모방범

MOHO HAN
by MIYABE Miyuki

Originally published in Japan by SHOGAKUKAN, INC., Tokyo.
Korean translation rights arranged with MIYABE Miyuki, Japan
through THE SAKAI AGENCY and SHINWON AGENCY.

이 도서의 국립중앙도서관 출판예정도서목록(CIP)은
서지정보유통지원시스템 홈페이지(http://seoji.nl.go.kr)와
국가자료공동목록시스템(http://www.nl.go.kr/kolisnet)에서 이용하실 수 있습니다.
(CIP제어번호: CIP2012000796)

모방범 2

7

하룻밤이 지나도 가우라 마이는 돌아오지 않았다.

다음날 아침 등교해서 그 사실을 알았을 때, 아시하라 기미에는 놀라지 않았다. 담임 여선생은 아침부터 찌푸린 표정이었다. 아마도 어젯밤 마이 어머니의 히스테리를 달래기 위해 많은 에너지를 소모하고 잠을 자지 못했기 때문일 것이다. 애들은 여기저기 모여서 가우라 마이에 대해 이야기하고 있었다.

그런 가운데 기미에는 홀로 불길한 확신을 품은 채 숨을 죽이고 있었다.

'마이는 죽었어. 누군가가 죽였을 거야.'

그런 생각을 떨칠 수 없었다.

어젯밤 꿈속에서 들었던 여자의 비명. 그것은 마이의 비명이었다. 마이는 그때 죽은 것이다. 누군가의 손에 의해, 그런 비명을 지르지 않을 수밖에 없는 고통을 당하며 숨을 거둔 것이다. 기미에는 그렇게 믿었다.

어른들에게 그런 말을 하면 망상이라고 일축해버릴 것이다. 친구에게 이야기하면, 앞에서는 눈물을 글썽이며 마이가 정말 불쌍하다고 동정하고서는 저들끼리 모이면 기미에는 마이를 정말 미워한 모양이야, 그러니까 죽기를 바라지, 하고 쑥덕거릴 것이다.

그래서 기미에는 입을 다물었다.

기미에는 특별히 똑똑한 아이는 아니었다. 뛰어난 감수성의 소유자도 아니었다. 다만 중학교 이학년 소녀에게서는 찾아보기 힘든 분별력을 갖추고 있었다. 그 분별력이 그녀로 하여금 입을 다물라고 속삭였다. 자신의 확신에 대해 절대로 남에게 이야기하지 말고 추이를 살펴보라고 말했다. 말을 하는 그 순간, 그것은 망상으로 변하고 말 테니까.

그리고 또 한 가지, 기미에의 냉정한 분별력은 왜 가우라 마이의 비명이 자신의 꿈에 나타났을까 하는 의문을 자신에게 던지게 했다. 나는 그 정도로 마이와 가깝지 않았다. 친구도 아니었다. 마이에게는 친한 친구가 없었다. 남자친구는 있어도 여자친구는 없는 아이였다. 아니, 남자친구는 필요로 했지만 여자친구는 필요로 하지 않는 아이였다.

마이의 생활에는 결코 호감을 느낄 수 없었다. 그런 행동을 하는 걸로 봐서 가정에 상당한 문제가 있지 않을까 하는 생각을 한 적도 있었다. 마이의 생활과 그런 생활을 인정하거나 방치하는 그 부모의 속내를 기미에는 상상할 수 없었다.

공감도, 동경도, 흥미도 없었다. 약간의 호기심을 느끼긴 했지만, 마이에게 매력을 느낀 적은 없었다. 그런 기미에가 왜 유독 어젯밤에만 마이의 절박한 감정을 멀리서 감지할 수 있었을까?

만일 기미에가 정말로 분별 있는 어른이었다면, 어젯밤 꿈속에서 들은 마이의 비명을 망상으로 치부해버렸을 것이다. 그건 그저 꿈에 지나지 않는다고. 평소에 뭔가 재미있는 일이 일어나기를 바라고 있었기 때문에, 마이의 가출을 재료로 삼아 제멋대로 꿈을 꾼 것이라고 실소를 금치 못했을지도 모른다.

그러나 기미에는 자신이 체험한 사실에 집착하는 어린 소녀였다. 자신에게 일어난 일을 의심할 만큼의 노회함을 갖추지 못한 십대 소녀에 지나지 않았다. 그러므로 그것을 믿었다. 그 꿈속의 비명은 진짜였다고.

그리고 자신을 향해 물었다. 왜 나는 마이의 비명을 들었을까? 왜 내가 그 소리를 들었을까?

이 주일이 지나도 가우라 마이는 돌아오지 않았다.

어머니가 경찰서에 실종신고를 냈다는 소문이 들려왔다. 그 소문에는 마이의 어머니가 재혼을 했고, 의붓아버지와 마이 사이가 나빴다는 새로운 사실도 곁들여져 있었다.

마이의 진짜 아버지는 마이가 어렸을 때 교통사고로 세상을 떠났다고 한다. 의붓아버지와 살게 된 것은 삼 년 전인데, 마이가 의붓아버지를 잘 따르지 않아 어머니가 둘 사이에 끼어 애를 먹었다고 한다.

"가출 원인도 거기에 있지 않았을까?"

기미에의 어머니도 미간을 찌푸리며 그렇게 말했다.

"어린 중학생이 없어졌으니 경찰도 열심히 찾아주리라 생각하겠지만, 사실은 그렇지 않은 모양이야. 그애 행동에 대해 경찰도 알고 있는 것 같아."

집 부근에서도 아카이 시내 번화가에서도 마이의 사진이 붙은 전단지를 볼 수 없었고, 마이에 대해 탐문수사를 벌인다는 이야기도 들려오지 않았다. 마이의 부모도 딱히 열심히 마이를 찾는 것 같지 않았다.

가우라 마이는 잊혀져가는 것 같았다.

어른이라면 가출을 한다 해도 단순히 배가 항구를 떠나 다른 항구로 가버리는 것에 지나지 않을 것이다. 아니 그 이전에, 어디를 표류하고 있다 한들 직업이나 세금이나 국민보험 같은 여러 가지 무선주파수 때문에 어쩔 수 없이 '사회'라는 대륙과 연결되지 않을 수 없을 것이다.

그러나 미성년자일 경우는 그렇지 않다. 그들이 가정을 버리고 집을 떠난다는 것은 아예 배를 버린다는 것을 뜻한다. 존재 그 자체가 사라져 버리는 것이다. 가우라 마이도 그런 유령선의 하나가 되어버린 것이다.

그러나 가출한 지 한 달 후, 신학기가 되자마자 그 유령선이 소식을 전해왔다. 풍문이 아니라 공식적인 보고의 형식으로. 담임선생이 안도의 표정을 지으며 아침 자습시간에 알려주었던 것이다.

"가우라 마이의 어머니에게서 연락이 왔는데, 어제 가우라 마이가 편지를 보내왔다고 해."

탄성이 터져나왔다. 실망의 한숨을 내쉬는 애들도 있었다.

"여러분도 이런저런 소문을 들었을 테지만, 가우라는 의붓아버지와 사이가 좋지 않아서 고민이 많았던 모양이야. 그렇지만 지금 건강하게 잘 지내고 있고, 부모님께 걱정을 끼쳐 죄송하다는 편지를 보냈다고 해. 부모님도 이제 마음을 놓은 모양이니까, 너희들도 이제 걱정하지 마."

누군가가 물었다.

"가우라는 지금 어디 있는데요?"

"도쿄에 있는 모양이야."

"주소는 몰라요?"

"편지에는 적혀 있지 않은 것 같아. 다시 편지하겠다고 했다니까 곧 알 수 있을 거야."

사람을 놀라게 하고 난리야, 라고 한 남자애가 말했다.

"걔, 분명 폼 잡으려고 가출했을 거야."

선생은 웃으면서 고개를 저었다.

"그런 말 하면 못써. 가우라의 심정을 이해해줘야지. 너희들도 집에서 부모님이랑 다퉜을 때 집을 뛰쳐나가고 싶은 충동을 느낀 적이 있을 테니까."

'편지가 왔다고?'

아시하라 기미에는 멍한 머리로 생각했다.

'마이의 편지? 도쿄에서 잘 지내고 있다고?'

그럼 내가 들은 그 비명은 뭐였지?

역시 그냥 생각이 지나쳤던 걸까. 그냥 꿈이었던 걸까.

그리 사이도 좋지 않았던 기미에가 어떻게 마이의 죽음을 꿈으로 꿀 수 있을까 하는 수수께끼도, 그저 생각이 지나쳤다고 하면 간단히 풀려 버린다.

'그런데 내가 왜 그런 꿈을 꿨을까?'

마이를 싫어했기 때문에? 큰 사건이 터지면 재미있을 테고, 평소에 싫어하던 마이가 그런 사건에 휘말려드는 건 상관없으니까?

아시하라 기미에는 우울해졌다. 그리고 자기 자신이 미워졌다.

기미에는 평소 명랑한 성격이었기 때문에 어머니는 금방 딸의 변화를 알아차렸지만, 왜 그러냐고 물어보아야 할지 어떨지 망설이는 사이에 기미에의 우울은 점점 더 심해지고 성적도 떨어졌다.

더이상 참을 수 없어 어머니는 기미에에게 물었다. 마이의 편지가 온 지도 석 달이 지난 후의 일이었다.

"무슨 고민이라도 있니?"

기미에는 아무 대답도 하지 않았다. 자신의 심정을 솔직하게 설명할 자신이 없었고, 설명한다 하더라도 동급생에게 사고가 일어나기를 기대했었다고 하면 어머니가 자신을 경멸할지도 모른다는 생각이 들었기 때문이었다.

"혼자서 고민하는 것보다는 누군가에게 말하는 게 좋아. 엄마가 불편하면 친구에게 하는 것도 좋지 않을까?"

기미에는 생각했다. 친구에게 의논한다고?

'역시 나를 경멸할 거야. 아시하라는 무서운 애라고 따돌려버릴지도 몰라.'

그럴 바에는 어머니에게 말하는 편이 좋다. 친구에게 경멸당하는 것보다 부모 쪽이 그래도 낫다. 그렇게 판단하고 기미에는 고백했다.

어머니는 깜짝 놀랐다. 마이가 가출한 그날에 기미에가 그런 무서운 꿈을 꾸었을 줄이야. 내 딸이 이렇게 섬세하다니.

여자는 둔한 것보다는 섬세한 편이 좋다. 그리고 가출을 하면 그런 험한 꼴을 당한다는 생각을 할 터이므로 나쁘지 않다.

기미에 어머니의 생각으로는, 마이의 경우는 자식 교육에 실패한 전형적인 예였다. 부모가 정신을 못 차리니까 자식이 그렇게 된 것이었다.

생각할수록 화가 치밀었다. 그날 밤의 전화하는 태도라니. 상식을 벗어난 행동이었다. 그리고 마이의 어머니는 옷차림도 화려한데다 중학생 딸을 둔 사람치고는 너무 젊어 보였다. 말투도 건방지고 예의라고는 모른다. 그런 주제에 젊은 남자 선생 앞에 서면 애교 만점이다. 어머니나 아내보다는 여자로서만 살아가는 사람 같았다.

그리고 소문에 지나지 않는 일이긴 하지만, 마이의 의붓아버지라는 사람은 아주 젊다고 하지 않는가. 아직 서른도 안 되었다니, 마이의 아버지라기보다는 나이 차가 많은 오빠로 보일 것이다. 마이의 어머니와는 직장에서 만나 결혼했다고 하는데, 이웃 사람들의 말로는 그 의붓아버지라는 사람은 직업도 없이 늘 집에서 빈둥거리기만 하는 모양이었다.

부모건 딸이건 똑같다. 그런 가족 때문에 우리 딸이 성적이 떨어질 정도로 고민해야 한단 말인가.

화가 나서 저도 모르게 그런 말을 할 뻔했다. 그러나 그래서는 안 된다. 지금 기미에는 그런 별볼일 없는 동급생에 대해 나쁜 망상을 했다는 사실 때문에 자기혐오에 빠져 있는 것이다.

"기미에, 마이에 대해서 나쁜 상상을 한 건 너만이 아닐 거야. 어머니도 그랬고, 아마 선생님도 그랬을걸."

"그렇지만……"

"네가 상상력이 풍부한데다, 마침 그때 가출한 애가 있었고, 또 가출을 하면 그런 무서운 일을 당할지도 모른다고 생각했기 때문에 꿈속에서 마이의 비명 소리를 들은 거야. 그건 네가 마이가 그런 꼴을 당하길 바랐기 때문이 아냐."

"그럴까?"

"그렇고말고."

기미에의 어머니는 빙긋 웃어 보였다.

"그렇지만 엄마는 기뻐. 네가 그렇게 한 가지 일에 열심히 집중한다니 말이야."

기미에는 조금 안정을 되찾은 것 같았다. 그러나 금방 우울증이 없어지지는 않았다. 어머니는 이런저런 생각 끝에 담임선생과 의논했다. 그러자 선생은 악몽에 대해 밝히지는 말고, 기미에가 마이를 정말로 걱정하고 있다는 것, 그애가 돌아오기를 바란다는 것, 연락이 와서 정말 마음을 놓았다는 것을 마이의 부모를 만나 전하는 게 어떻겠느냐고 제안했다.

솔직히 말해 기미에의 어머니는 선뜻 마음이 내키지 않았다. 마이의 어머니 같은 사람과는 만나기도 싫었다. 그러나 기미에는 그 이야기를 듣자 꼭 그렇게 하고 싶다고 했다. 어쩔 수 없이 함께 마이의 집을 찾아가기로 했다.

마이의 어머니는 의외로 두 사람의 방문을 반겨주었다.

무더운 날이었다. 마이의 집 거실에는 에어컨이 없고, 선풍기가 미지근한 바람을 불어내고 있었다. 보리차를 담은 유리잔도 잘 씻지 않았는지 탁해 보였다.

기미에는 처음에는 망설였지만 마이 어머니의 반응이 부드러운 것을 확인하고는 자신의 기분을 적극적으로 말하기 시작했다. 그 솔직한 태도가 마이 어머니의 가슴에 가 닿은 듯, 그녀는 이야기하는 도중에 자리에서 일어서서 마이의 편지를 보여주기도 했다. 귀여운 동물 그림이 든 봉투와 편지지에 손으로 쓴 글씨였다.

'걱정 끼쳐서 미안해요'라는 글씨를 보고 기미에의 어머니는 눈물을 글썽였다. 같은 내용이라도 남의 입으로 전해듣는 것과 직접 보는 것과는 그 느낌이 전혀 달랐다.

다시 편지가 오면 반드시 기미에에게 알려주겠다고 마이의 어머니는 약속했다. 만일 연락이 되면 기미에의 마음을 마이에게 전해주겠다고도 했다.

"잘됐어."

돌아오는 길에 기미에의 어머니는 딸의 어깨를 감싸며 말했다.

"아, 목말라. 우리 어디 가서 파르페라도 먹고 가자."

기미에는 무거운 짐을 내려놓은 표정이었다.

그러나 기미에는 다른 문제를 생각하기 시작했다.

'그 편지……'

파르페를 먹으면서 기미에는 의구심을 지울 수 없었다.

'그 글씨, 정말로 마이가 쓴 걸까? 그 편지, 정말로 마이가 보낸 걸까?'

물론 글씨는 비슷했다. 글씨체는 원본만 있으면 얼마든지 다른 사람이 흉내낼 수 있다. 그보다 더 마음에 걸리는 것은 편지지와 봉투였다. 귀여운 동물 그림. 마이는 절대로 그런 취향이 아니다. 마이의 노트를 본 적이 있어서 잘 안다. 마이는 그런 어린애 같은 편지지를 고르지 않는다.

'그렇지만……'

만일 편지가 가짜라면, 누가 쓴 것일까? 그것은 과연 무엇을 의미하는 걸까?

생각할수록 무서워졌다. 아무에게도 말하지 말자. 침묵을 지키자. 이건 망상이야. 잊자. 마음의 문을 닫고, 더이상 생각하지 말자. 몰랐던 일이라고 생각하자.

기미에는 그 결심을 오랫동안 지켰다.

8

1996년 9월 12일.

스미다 구 오가와 공원 쓰레기통에서 사람의 팔이 발견되었다는 뉴스가 흘러나오고 있었을 때, 다카이 유미코는 미용실에서 예복을 입고 있는 중이었다. 장수암에서 걸어서 오 분 거리에 있는 단골 미용실이었다.

유미코는 지금 처음으로 선을 보기 위해 전통 예복을 입는 중이었다.

다음 생일이면 스물여섯이다. 이제 선볼 때가 아니냐는 주위 사람들의 권유를 순순히 받아들였다. 성인식 때도 이 미용실에서 아버지가 사준 호화로운 예복을 입었었다. 주인 가마다 노리코가 젊은 견습생 둘을 데리고 운영하는 자그만 동네 미용실이었다. 자주 오가는 사이 노리코와도 어느새 친해졌다. 이날도 선을 앞둔 복잡한 심정을 그녀에게 털어놓고 있었다.

"아무래도 선뜻 내키지가 않아요."

한 평 반이나 됨직한 탈의실 한복판에서 허수아비처럼 팔을 벌리며, 유미코는 투정을 부리듯이 말했다.

"그냥 한번 만나보고 마음에 안 들면 거절하면 그만이라지만, 그렇게 간단하지는 않을 거라구요."

어두운 표정의 유미코에게 노리코가 웃음을 지으며 말했다.

"너무 어렵게 생각하지 마. 호텔 레스토랑에서 맛있는 걸 먹는 것만 해도 어딘데. 또 만나보면 멋진 사람일지도 모르고, 멋지지는 않아도 착한 사람일지도 모르잖아."

"사진을 보니 좀 신경질적인 사람 같았어요. 키도 작고 쩨쩨할 것 같아요."

노리코는 까르르 웃었다.

"사진으로는 몰라. 우리 남편도 사진을 보면 신경질적으로 보여. 실제로는 전혀 안 그런데."

노리코는 결혼한 지 십 년도 안 되어 남편을 잃고 혼자서 두 아이를 키운 건실한 여성이었다. 유미코는 그녀의 얼굴을 흘끗 바라보며 웃었다.

"아주 핸섬하시던걸요. 선생님은 연애결혼했죠?"

유미코는 가마다 노리코를 '선생님'이라고 부른다. 노리코는 유미코의 옷매무새를 바로잡아주며 눈썹을 치켜올렸다.

"뜨거운 연애였지. 그렇지만 외모에 반한 건 아니었어."

"정말?"

"유미코는 외모가 중요해?"

"그렇진 않아요."

"말을 들어보면 외모 지상주의자인 것 같은데. 하기야 젊을 때는 다 그렇지 뭐. 그렇지만 남자는, 아니 남자뿐만 아니라 인간은 외모가 중요한 게 아냐."

유미코는 입을 다물었다. 문득, 이제 곧 스물여섯인 자신에게는 이런 화려한 예복이 어울리지 않는다는 생각이 들었다.

우울해졌다. 이런 기분으로 억지웃음을 지으며 선을 보러 갈 수는 없을 것 같았다.

"중매결혼은 정말 싫어……"

노리코는 유미코의 등을 토닥였다.

"아직 결혼하는 건 아니잖니. 싫으면 거절하면 그만이야. 왜 우물쭈물하고 그래, 평소답지 않게."

미용실에서는 영업시간 내내 라디오를 틀어놓는다. 그런 대화를 주고받는 중에도 라디오에서 유행가가 흘러나오고 있었다. 그러나 지금의 유미코에게는 그런 노래도 잡음으로밖에 들리지 않았다. 사랑의 기쁨을 노래하는 젊은 여가수의 노래 따위는 듣고 싶지 않았다. 그러다 뉴스가 흘러나오기 시작했다. 무미건조한 아나운서의 목소리가 오히려 더 편했다.

오가와 공원 사건을 전하는 내용이었다. 정오가 조금 넘었으니 유미코는 속보를 들은 셈이었다.

"또 이상한 사건이 터졌네."

예복 허리띠를 묶어주면서 노리코가 말했다.

"이 나라가 점점 이상해지는 것 같아."

그 팔의 신원은 아직 밝혀지지 않았지만, 같은 공원의 다른 쓰레기통에서는 실종된 젊은 여자의 핸드백이 발견되었다고 한다.

"오가와 공원이라면 벚꽃의 명소잖아. 그런 곳에 여자를 죽이는 살인자가 어슬렁거리다니."

"범인이 지금도 오가와 공원에 있는 건 아니잖아요."

"그야 그렇지만, 그 공원을 잘 알고 있었을 거야. 전혀 모르는 곳에다 시체를 버리진 않지."

그러고 보니 가마다 선생님은 텔레비전 서스펜스 드라마를 좋아한다.

"누군진 모르지만, 참 불쌍하다. 유미코, 연애도 못 해보고 선도 한 번 못 보고 죽는 여자도 있잖아? 그러니까 얼굴 좀 펴."

선생님은 때로 이런 식으로 설교를 한다. 유미코는 거울을 보는 척하면서 대답을 피했다.

"자, 다 됐다."

노리코는 자리에서 일어나 유미코의 뒤로 돌아가서 예복 상태를 점검했다.

"아주 예뻐. 허리는 조이지 않지?"

"예, 괜찮아요."

"프랑스 요리 정도는 먹을 수 있을 만큼 조였으니까 걱정 마. 택시 타고 내린 후나 화장실에 갔다 왔을 때는 반드시 거울을 보고 주름이 안 갔는지 확인해야 해."

유미코는 고개를 끄덕였다. 집에 전화를 하자 어머니 아야코가 데리러 왔다. 선을 보는 장소는 아카사카에 있는 호텔. 시간은 오후 두시.

상가를 지나 두 사람은 장수암으로 들어섰다. 단골손님들이 유미코의 옷을 보고는 선을 보느냐고 놀리기도 하고, 예쁘다고 칭찬하기도 했다.

"표정이 왜 그러니?" 하고 아야코가 말했다.

"복잡하게 생각할 필요 없잖니. 얼굴 좀 펴봐."

중매를 선 사람은 간노 히데코라는 할머니인데, 아버지 노부카쓰의 젊은 시절 스승과 잘 아는 사이로, 나이는 칠십 가까이 되었다. 무슨 사정이 있는지는 모르지만, 노부카쓰는 이 여자에게 꼼짝을 못 했다. 이

할머니는 당신 자식이나 손자들의 뒤를 봐주고도 남아도는 에너지를 주체하지 못해 노부카쓰의 딸 유미코의 인생에도 간섭하고 나선 것이다.

"유미코는 내가 책임지고 멋진 사람을 골라주지. 입이 딱 벌어질 만큼 좋은 사람을 찾아낼 테니 기다려봐."

유미코가 스무 살이 될 때부터 할머니는 종종 그런 말을 하곤 했다. 노부카쓰는 그 말을 반쯤 농담으로 치부하면서 흘려들었다. 그후로 몇 번이나 남자 사진을 가져오곤 했다. 그때마다 노부카쓰와 아야코는 변명을 늘어놓기 바빴다.

"유미코는 제 남편은 제가 찾고 싶대요."

그러나 그것도 한두 번이지, 유미코가 나이가 들수록 거절하기가 점점 곤란해졌다.

"연애하는 것도 좋지만 선보는 것도 나쁘지 않아. 옛날 사람들이 선보고 결혼한 것도 다 이유가 있는 거야."

마침내 노부카쓰는 그 할머니의 권유를 더이상 거절할 수 없었다.

"유미코, 할머니 체면을 생각해서라도 한 번만 나가봐."

그 결과로 오늘의 자리가 성립된 것이다.

"가볍게 한번 나가볼까, 하는 정도로 생각하면 되는 거야. 혹시 아니? 아주 좋은 남자를 만날지."

그러나 사진으로 보는 한 상대는 몸집도 작고, 안경 너머로 보이는 눈은 단춧구멍처럼 작고, 안색은 창백해 보일 정도로 하얬다.

심한 마마보이가 아닐까. 지방공무원이라는데, 엄마가 손을 잡아주지 않으면 출근도 못 하는 사람이 아닐까.

그러나 유미코는 자신에게 무조건 상대 남자를 폄하하는 경향이 있다는 것을 자각하고 있었다. 그 때문에 더 우울하고 슬펐다.

'난 아직 제대로 된 연애도 해본 적이 없어.'

그것이 유미코의 마음에 짙은 그림자를 드리웠다.

'연애도 한번 못 해보고 선을 봐야 한다니. 게다가 생쥐처럼 생긴 남자랑.'

여태 만나본 사람이 없는 건 아니었다. 좋아하는 남자도 있었다. 자신을 좋아해주는 남자도 있었다. 그러나 결실을 맺지는 못했다. 두세 번 데이트를 한 상대에게 갑자기 다른 여자가 생기거나, 호감을 가진 남자가 아닌 그 남자의 친구가 데이트 신청을 해오거나 했다. 실망해서 거절하면, 은근히 마음에 두고 있던 그 남자가 전화를 걸어와서 그 친구가 상심해 있는데 다시 한번 기회를 주는 게 어떻겠냐고 부탁하는 것이다. 이상하게도 그런 식으로 꼬이기만 했다.

친구들 대부분은 벌써 결혼했다. 아이도 있다. 그녀들의 연애를 유미코는 지켜봐왔다. 결혼식에도 갔다. 모두 행복하고 즐거워 보였다. 친구들은 연애도 하고 결혼도 하는데, 난 왜 안 되는 걸까. 생각할 때마다 화가 치밀었다. 내게 뭔가가 부족한 걸까?

누군가는 남자를 다루는 법을 몰라서 그렇다고 했다.

"유미코는 오빠도 있는데, 참 이상해. 남자 다루는 법을 왜 그렇게 몰라?"

그때 옆에서 다른 친구가 그 말을 듣고 웃음을 참느라 애를 쓰던 모습을 지금도 기억하고 있다.

그 웃는 얼굴. 아마 속으로는 이렇게 중얼거렸을 것이다. 오빠가 그러니까 유미코가 남자를 모르는 것도 당연해.

중학교 때 가키자키 선생을 만나 시각장애가 있다는 사실을 알고부터 다카이 가즈아키의 인생은 변했다. 가키자키 선생이 소개해준 대학병원 연구실에 다니면서 치료를 받는 사이에 성적도 좋아지고, 둔하기만 했던 행동도 점점 날렵해졌다.

그러나 거기에도 한계가 있었다. 시각장애는 고칠 수 있지만, 아무리 훌륭한 대학병원이라도 선천적인 기질만은 바꿔줄 수 없는 것이다. 가즈아키는 부끄럼을 잘 타고, 겁이 많고, 잘 울고, 바보 같아 보일 정도로 마음 좋고, 남자다운 데라고는 하나도 없는 소년인 상태 그대로 나이를 먹었다. 벌써 스물아홉. 오빠도 연애와는 무관한 인생을 살아왔을 것이 분명했다. 여동생의 입장에서 봐도 짜증나는 오빠였다. 그러니 괜찮은 여자가 접근해올 리 없다.

남의 일에 간섭하기 좋아하는 그 할머니는 "유미코가 시집을 가면 다음은 가즈아키 차례야"라고 하지만 믿을 게 못 된다. 멋진 남자를 소개시켜준다고 하더니 생쥐 같은 남자와 선을 보라고 하니까.

장수암에 돌아오자, 가즈아키가 가게 앞을 쓸고 있었다. 유미코와 아야코를 보고는 빗자루를 멈추고 활짝 웃었다.

"야! 유미코, 정말 예뻐. 정말 잘 어울려."

"이렇게 예쁜데 선보기 싫다고 부루퉁해 있으니, 참" 하고 아야코가 말했다.

"유미코, 마음에 든다고 금방 결혼하지 마. 나, 외로울 거야."

가즈아키는 남의 속도 모르고 초등학생처럼 들떠 있었다.

그때 가게 안에서 노부카쓰가 얼굴을 내밀었다.

"할머니한테서 전화가 왔어."

"그래요? 무슨 일이래요?"

"오늘 선을 못 보게 됐다는군."

유미코는 놀라서 고개를 번쩍 들었다.

"어째서요?"

"그쪽이 급한 일이 생겼다는 모양이야."

아야코는 유미코를 쳐다보고는 한숨을 내쉬었다.

"모처럼 이렇게 예쁘게 꾸몄는데……"

유미코는 차라리 잘됐다고 안도하면서도 한편으로는 김이 샜다. 그리고 그런 자신의 이중성이 혐오스러웠다. 생쥐 같은 사람이라고 하면서도 내심 조금은 기대하고 있었던 것이다. 혹시 실물이 사진보다 나을지도 모른다고.

다카이 유미코는 이때 선을 보려고 했던 상대와 다른 자리에서 다시 만나게 된다. 오빠가 일으켰다는 살인사건의 수사본부에 있는 형사인 그 사람과.

피스는 거짓말을 하면 된다고 했다. 간단한 일이라고 했다. 가능한 한 단순하게, 열성적으로.

오가와 공원 사건의 뉴스를 구리하시 히로미는 일부러 집에서 어머니 스미코와 아침을 들면서 보았다. 그 뉴스를 접하는 어머니의 표정을 보고 싶어서였다.

어머니가 그런 유의 사건을 좋아한다는 사실을 구리하시 히로미는 잘 알고 있었다. 어머니는 엽기적인 토막살인이라든지 치정에 얽힌 살인사건, 방화나 유괴, 폭행 같은 그런 이야기를 너무도 좋아했다. 그런 사건들은 모두 남들에게나 일어나는 것일 뿐, 자신과는 아무런 관계도 없다고 생각하기 때문이다. 그러니 마음 놓고 남의 불행을 안주로 삼을 수 있는 것이다.

그러니 당연히 오가와 공원 사건에 대해서도 관심을 보일 것이다. 발견된 것이 오른팔뿐이라는 것을 알면 실망할지도 모른다. 머리나 몸통이 발견되었더라면 좋았을 것을, 하고. 그 어머니 곁에 앉아 구리하시 히로미는 내심 조소를 금치 못하고 있었다. 어머니는 남의 일이라고만 생각하고 멋대로 지껄이지만, 사실은 남의 일이 아니야. 이 여자들을 죽인 범인이 바로 나라구. 오른팔을 잘라서 버린 것도 나란 말이야. 그렇게 말하고 싶은 충동을 억누르고 있었다.

그도 너무 흥분한 나머지 어젯밤에는 거의 잠을 이루지 못했다.

NHK 종합뉴스가 시작되는 새벽 다섯시에 일어나 텔레비전을 켰지만, 아직 발견되지 않았는지 아무 말이 없었다. 그는 침착해야 한다고 속으로 되뇌었다. 피스는 오른팔은 오후에 쓰레기 수거를 할 때 발견될 테니 참고 기다리라고 했다.

그래도 텔레비전을 끌 수 없었다. 최초의 일보를 놓치기 싫었다. 뉴스 시간대에 발견되리라는 보장이 없다. 임시 뉴스로 흘러나올지도 모른다. 또는 와이드쇼 시간대에 현장 생중계로 전할지도 모를 일이다. 그렇다면 현장에 한번 가보는 것도 괜찮을 것 같다. 리포터가 마이크를 잡고 중계하는 모습을 구경꾼들 틈에 끼어서 살펴보는 것이다. 물론 슬픈 표정으로 말이다. 연기만 잘하면 리포터가 마이크를 들이댈지도 모른다. 그러면, 일본에서 이런 사건이 일어나다니, 너무 화가 나고 불안하다고 말해줄 것이다. 이런 짓을 저지르는 인간은 분명 비뚤어진 복수심을 채우기 위해 연약한 여자에게 폭력을 휘두르는 정신적인 패배자이며, 물에 빠진 생쥐처럼 초라하고 소심한 남자일 것이라고 말해줄 것이다. 리포터는 분명 감탄할 것이다.

사건에 대해 이런저런 발언을 하는 자신의 모습을 상상하는 것만으로도 즐거웠다. 몽상 속에서 구리하시 히로미는 너무도 멋진 지식인이었다. 젊은 여성 리포터도 그런 그에게 깊은 관심을 보일 것이었다.

상상 속의 자신의 모습에 완전히 도취된 채 텔레비전을 보고 있었다. 올해도 꽁치가 풍어라는 소식이나 가을 단풍놀이 시즌의 명소를 소개하는 쓸데없는 뉴스 따위를 보면서 대체 언제 그 소식이 흘러나올까 지켜보고 있자니, 갑자기 그런 프로그램마저도 너무 사랑스러워 보였다. 위에서 내려다보면 아무리 보잘것없는 것이라도 작고 귀엽게 느껴지는 법이다.

아무것도 모르는 부모의 모습도 평소보다 더 사랑스러워 보였다. 몇 년이나 느껴본 적이 없던 부모에 대한 애정이 솟구치는 것에 구리하시 히로미는 신선한 놀라움을 느꼈다. 높은 곳에 오르면 모든 것이 달라 보이는 모양이다. 멋진 인생이 자신에게 다가오는 것 같았다. 피스가 말한 대로였다.

그냥 숨기는 건 재미없다고 피스는 말했다. 게다가 숨겨놓기만 하면 발각될지도 모른다는 공포에 사로잡힐 것이라고 했다. 그러니 숨기지 말자, 우리가 내보이고 싶은 부분만 보이자고 했다.

처음에는 피스의 말을 이해할 수 없었다. 기껏 고생해서 숨겨놓았는데 왜 굳이 위험한 다리를 건너야 하지? 난 싫어!

구리하시 히로미의 그런 말을 피스는 진지한 표정으로 들어주었다. 겁쟁이라고 비웃지도 않았다. 그래서 히로미는 숨김없이 속마음을 드러낼 수 있었다. 솔직히 말하면, 난 무서워. 그냥 조용히 숨어 지내고 싶어.

구리하시 히로미의 속내를 듣고 피스는 조용히 웃었다. 어린 시절부터 변함없이 둥글고 부드러운 웃음이었다. 지식인의 웃음이었다. 그리고 말했다. 숨어 있기 때문에 두려워하는 거야. 주도권을 사회 쪽에 넘겨버렸기 때문에 두려운 거야. 입장을 바꾸어보면 하나도 두려워할 게 없어.

피스의 말이 옳았다. 늘 그랬지만, 특히 이번 일은 더 옳았다. 가슴이 두근거리고, 가만히 앉아 있을 수 없을 정도로 마음이 밝아지고, 게다가 남들에게 상냥해지기까지 했다!

이 년 전의 그 사건 직후에, 기시다 아케미에게 손을 댄 직후에, 얼굴도 모르는 소녀를 묻은 후에, 구리하시 히로미는 피스의 권유로 원룸 하나를 빌려 혼자 지내기 시작했다. 사후 처리를 하고 이번 계획을 실행하기 위해서는 히로미가 혼자 지낼 수 있는 공간이 필요하다고 했다. 거역할 수 없었다.

그 이후로 집과 원룸을 오가는 생활을 해왔지만, 집에서 잔 적은 한 번도 없었다. 그러나 어제는 집에서 잤다. 부모 곁에 있고 싶어서. 그들에게 미소를 보여주고 싶어서. 아무것도 모르고 아무것도 할 수 없는 쓰레기 같은 부모가 사랑스럽고 불쌍해 보였다. 보살펴주고 싶었다.

그리고 무엇보다도 오늘 이 순간, 오른팔이 발견되는 이 순간, 연극의 막이 오르는 이 순간을, 아무것도 모르는 부모에게 보여주고 싶었다. 그들의 표정을 옆에서 훔쳐보고 싶었다. 그들이 오가와 공원에서 발견된 오른팔에 대해 보이는 관심을, 혐오를, 흥미를, 나누어갖고 싶었다.

내가 저지른 일이라는 사실을 감추고서.

아버지는 요즘 몸이 좋지 않아서인지 아침이 되어도 자리에서 일어나지 않았다. 스미코는 일곱시가 넘어서야 겨우 기어나오더니 히로미가 거실에 앉아 텔레비전을 보는 모습에 깜짝 놀란 눈을 했다. 왜 이렇게 빨리 일어났느냐고 물었다. 히로미는 잠을 푹 잤더니 일찍 깼다고 대답해주었다.

오가와 공원의 쓰레기 회수시간이 빨리 다가오기를 바라는 한편으로, 이렇게 가슴 두근거리는 기다림의 시간이 끝나버리는 것이 섭섭하기도 했다. 오늘 하루는 이렇게 고양된 기분을 맛보고 싶었다.

어머니가 차려준 아침도 맛있었다. 딱딱한 토스트와 단맛이 강한 딸기잼, 향기 없는 인스턴트커피. 그래도 맛있었다. 아무것도 모르는 어머니와 같이 먹으니 더 맛있었다. 높은 곳에 올라 있으니 맛있는 것이다.

구리하시 히로미가 맛있게 아침을 먹는 것을 보고 스미코도 기분이 좋았는지, 달걀 프라이를 해줄까 하고 물었다. 과거의 히로미였다면 토스트도 다 먹었는데 무슨 놈의 프라이야, 이런 멍청한 할망구, 하고 버럭 고함을 질렀을 것이다. 그러나 오늘은 달랐다. 아니, 오늘부터는 다르다. 좀더 성숙한 어른이 된 것이다. 그러니 멍청한 할망구에게도 상냥해질 수 있는 것이다.

"응, 먹고 싶어."

스미코에게 웃으며 그렇게 말했을 때, 텔레비전 화면에서 움직임이 느껴졌다. 히로미는 텔레비전 화면으로 고개를 돌렸다.

여덟시 조금 지난 시각이었다. 아침 와이드쇼. 평소라면 웃음 띤 남녀 사회자가 그렇고 그런 인사말을 늘어놓으며 등장했을 것이다.

그러나 오늘 아침은 달랐다. 갑자기 중계화면이 비쳤다. 오가와 공원이었다.

구리하시 히로미는 손에 든 커피잔을 테이블 위에 내려놓았다. 손이 떨리고 땀이 나서 떨어뜨릴 것 같았기 때문이었다.

현기증이 일었다. 심장이 목구멍까지 솟구쳐오르더니 빠른 템포로 춤을 추기 시작했다. 볼이 뜨거워지고 귓불까지 피가 돌았다.

발견된 거야, 하고 속으로 외쳤다. 내 연극이, 아니 우리들의 연극이 시작된 거야.

틀림없이 오가와 공원의 오른팔에 대한 보도였다. 구리하시 히로미는 너무 기뻐 눈물이 솟구칠 것 같았다. 현장에는 리포터가 서 있었다. 빨간 원피스를 입은 젊은 여자. 그날 쓰레기 구덩이 바닥에서 죽은 기시다 아케미와 비슷한 옷이었다. 얼굴도 닮았다. 그 우연의 일치에 소리내어 웃고 싶었다.

당황스러운 표정의 리포터는 빠른 어조로 사건에 대해 보도하고 있었다. 지성의 흔적이라고는 찾아볼 수 없는 것도 기시다 아케미와 닮았다고 구리하시 히로미는 생각했다. 점점 더 즐거워지기 시작했다.

리포터는 오른팔을 발견하기에 이른 경위를 더듬거리면서 설명했다. 개를 데리고 산책을 하던 여고생이 발견했다고 한다. 개가 냄새를 맡은 것이다. 그러고 보면 그 오른팔에서 이상한 냄새가 나기도 했다. 운반할 동안 방취제를 듬뿍 넣었고, 원룸도 꼬박꼬박 환기를 시켰기 때문에 참을 수 없을 정도는 아니었지만, 그래도 버릴 때는 악취를 느낄 수 있었다.

오호, 여고생이 발견했군. 그것도 즐거운 일이었다. 미인일까. 육감적인 몸매일까. 머리는 좋을까. 만일 리포터보다 지성미가 있는 아이라면 틀림없이 내 마음에 들 것이다. 만나고 싶어질지도 모른다.

그런데 계속 듣고 있자니, 오른팔을 발견했을 때 그 여고생은 혼자가 아니었다는 게 아닌가. 구리하시 히로미는 김이 샜다. 말에 앞뒤도 없는 저런 게 어떻게 리포터가 되었을까.

남자 고등학생과 함께였다고 한다. 동급생인 것 같다고 리포터는 말했다. 아침 일찍 개를 데리고 데이트를 한 것 같다고 한다. 구리하시 히로미는 혀를 찼다. 그 남자 고등학생은 그가 배역으로 정하지도 않은 인물이다. 제멋대로 무대 전면에 나타난 것이다. 녀석을 만나보고 싶다. 만나서 어떤 놈인지 확인해보아야겠다.

문득 인기척을 느끼고 눈을 들어보니, 스미코가 달걀 프라이 접시를 들고 곁에 서 있었다. 스미코의 시선은 텔레비전 화면에 고정되어 있었다. 흐릿한 눈동자가 흥미와 호기심으로 둔중한 빛을 발하고 있었다.

"괴상한 사건이 일어난 모양이야."

구리하시 히로미는 그렇게 말하고 스미코의 손에서 접시를 받아들었다. 달걀 프라이는 너무 익혀서 노른자가 딱딱했다. 텔레비전을 보면서 굽느라 그만 깜빡한 모양이었다.

그래도 화가 나지 않았다. 구리하시 히로미는 어머니의 표정을 주의 깊게 살펴보았다. 배고픔으로 고통받는 어린아이가 빵조각을 바라보는 듯한 시선이었다. 그렇다, 어머니는 배고픔을 느끼고 있는 것이다. 그녀의 시각으로 논평을 할 수 있는 어떤 것에 대한 갈구, 안전한 장소에서 바라볼 수 있는 자극적인 일을.

문득 구리하시 히로미는 생각해보았다. 지금 저 오른팔을 쓰레기통에 버린 것이 나라고 고백한다면, 어머니는 기뻐할까. 재미있으니까 앞으로도 계속 해보라고 할까.

그러나 그는 가슴 아픈 광경을 지켜보는 듯한 진지한 말투로 이렇게 말했다.

"토막살인이래. 또 젊은 여자일 거야. 정말 비참하군."

스미코는 이윽고 텔레비전 화면에서 눈길을 떼더니 구리하시 히로미의 얼굴을 빤히 들여다보았다.

"이런 사건에 말려드는 사람은, 그 사람에게도 그럴 만한 이유가 있는 거야."

딱딱한 달걀 프라이를 입안으로 밀어넣으면서 히로미는 속으로 히죽거렸다. 어머니, 당신은 정말 내가 예상했던 대로 반응하는군.

"문제가 있는 여자가 틀림없어. 모르는 남자에게 몸을 파는 매춘부니까 저렇게 죽는 거야."

"그럴까?"

"그렇고말고."

스미코는 심하게 눈을 깜빡였다. 그녀가 구리하시 히로미의 얼굴을 빤히 쳐다보는 것은 그의 속내를 읽어내려고 할 때나 읽어냈을 때라는 것을 그는 잘 알고 있었다.

"네가 예전에 만나던 그 여자도 그래."

구리하시 히로미는 건성으로 물었다.

"그 여자?"

"머리 긴 여자 말이야. 벌써 이삼 년이나 지난 일이지만, 하루가 멀다 하고 네 주위를 어슬렁댔잖아. 팬티가 다 보이는 짧은 미니스커트를 입고 말이야."

스미코는 기시다 아케미에 대해 말하고 있는 것이다. 스미코가 알고 있는 아들의 '여자'는 기시다 아케미에서 정지한 상태이므로, 아케미의 얼굴과 모습밖에 떠올릴 수 없는 것이다.

"그애 말이군" 하고 구리하시 히로미는 웃었다.

"그애랑은 이미 끝났어. 그렇지만 나쁜 애는 아니었어."

"너 정말 여자 보는 눈이 없구나."

스미코는 심술궂은 표정으로 텔레비전 화면을 응시했다.

"너는 여자한테 인기가 있으니까 조심해야 해. 알겠니?"

"알고 있어."

난 알고 있어, 어머니. 당신이 알고 있는 이상으로, 예상하는 이상으로 많은 것을 알고 있어.

예를 들면 지금 기시다 아케미가 있는 곳. 그녀가 지금 어디에 있는지, 어머니는 상상할 수 있어? 땅 밑에 있어. 구더기와 사이좋게 지내고 있지. 아니, 이미 눈알이 휑하니 뚫린 해골로 변해서 슬픈 표정으로 위를 바라보고 있을 거야. 어머니도 그애가 누워 있는 땅에 같이 묻어줄까?

구리하시 히로미는 달걀 프라이를 다 먹어치웠다. 맛있었다. 위대한 개막식을 지켜보고 있자니 거실에 떠도는 공기마저 맛있었다. 사자死者들의 행진이 시작되면서 그는 다시 태어난 것이다.

계획을 세울 당시, 놈들에게 언제 전화를 할 것인지를 두고 피스와 의견이 갈렸다. 구리하시 히로미는 당일이 좋다고 생각했다. 피스는 신중하게, 며칠은 상황을 지켜볼 필요가 있다고 했다.

"그러면 놈들이 핸드백을 발견하지 못할지도 모르잖아?"

구리하시 히로미는 입을 삐죽거렸다. 피스는 웃으면서 오른팔이 발견된 후라면 경찰이 오가와 공원의 모든 쓰레기통을 철저히 조사할 테니 그런 걱정은 하지 않아도 된다고 했다.

그래도 히로미는 불만이었다. 우리는 안전권에 있지 않은가. 쇠는 뜨거울 때 두드려야 한다. 빨리 놈들에게 우리의 존재를 알려야 한다.

놈들, 놈들, 놈들에게.

피스와 이 계획에 대해 이야기할 때, '놈들'이란 말은 일종의 암호였다. '놈들'은 사건을 수사하게 될 형사들이기도 하고, 사건에 대해 보도하는 매스컴 관계자들이기도 하고, 사건에 대해 이야기하는 일반 시민들이기도 하다. '배우'들의 가족도 역시 '놈들'이다.

'배우', 이것도 암호였다. '배우'란 죽은 이들이다. 피스와 히로미 둘이서 지혜를 짜서 만들어낸 이 연극의 출연자들이다. '여배우'라고 부를 때도 있었고, 피스는 때로 '캐스트'라고도 했다. 사건 전체를 잘 연출하기 위해서는 캐스팅이 중요하다고 말했다.

오늘, 1996년 9월 12일의 기념할 만한 개막식. 구리하시 히로미는 첫 장면에 등장하는 그 오른팔의 주인공을 별로 좋아하지 않았다. 멍청한 여배우였기 때문이다. 그가 좋아하는 얼굴도 아니었다. 목소리도 매력이 없었다. 바람 빠진 풍선 같은 목소리였다.

그러나 피스는 그녀로 결정했다. 아니, 그녀와 같은 여배우가 나타나기를 기다리고 있었다고 했다. 약간의 육체적인 특징이 있으면서도 신원이 밝혀지기 힘든 여자. 그애는 오른팔에 자그만 반점이 있었다. 본인의 말에 따르면 부모는 그녀에게 아무런 관심도 보이지 않으며, 가출을 했는데도 찾으려고도 하지 않고, 오히려 가출한 것을 다행이라고 생각한다고 했다.

그애는 말이 많았다. 나이는 열일곱이라고 했지만, 말투로 보아서는 더 어렸다. 어휘력이 떨어지는 것만 보아도 알 수 있었다. 그녀에게 말을 시키면서 피스는 몇 번이나 말을 수정해주기도 하고 올바른 표현을 가르쳐주기도 했다.

맞아, 그애는 너무 말이 많았어.

우리는 너에 대해 알고 싶을 뿐이라고 했더니, 처음에는 믿을 수 없다는 표정을 지었다. 몸을 원하는 게 아냐? 나하고 자고 싶지 않아? 이상해, 이런 남자는 처음이야. 그리고 불안한 표정으로 피스에게 물었다. 나, 매력 없어? 조금 뚱뚱하다는 건 알아. 지금은 여드름이 있긴 하지만, 평소 때는 안 그래.

괜찮아, 우린 돈으로 여자를 사지 않아, 하고 구리하시 히로미는 말했다. 그애는 피스에게만 말을 걸었다. 무슨 질문을 할 때면 항상 피스에게 했다. 내 쪽은 보려고도 하지 않았다. 가끔씩 흘끗 시선을 던지기만 할 따름이었다. 그게 기분 나빠서 일부러 그쪽으로 몸을 기울이고 말을 걸어도 여자는 피스만 바라보며 말했다. 이 사람이 이런 말을 하는데 정말이야? 하고.

쳇, 나는 역시 피스에게는 안 돼, 하고 구리하시 히로미는 생각했다. 아무리 멍청한 여배우라도 누가 감독인지를 아는 것이다. 연기를 지도하는 사람의 말만 듣겠다는 거로군.

그래도 좋아. 내가 피스고 피스가 난데 뭐. 우리는 일심동체라고.

그랬다. 그 여자애는 말이 많았다. 말하는 것 자체가 즐거운 것 같았다. 지금까지 아무도 이렇게 내 말을 들어주지 않았어. 엄마 아빠도 선생도 날 무시했어. 내가 무슨 생각을 하고 무엇을 느끼는지 아무 관심도 보여주지 않았어.

그애의 부모는 그녀가 일곱 살 때 이혼했다고 한다. 제각기 금방 재혼 상대를 찾아 새로운 생활을 시작했다. 그래서 그녀는 귀찮은 존재에 지나지 않았다.

그렇지 않을 거야. 아버지는 그렇다고 해도 어머니는 너를 소중하게 생각하지 않을까? 자기 배를 아파하면서 낳은 자식이니까.

그렇게 말하자 그애는 고개를 저었다. 그건 거짓말이야. 세상의 모든 어머니가 자식을 사랑한다는 건 신, 신……

신화? 전설?

맞아! 그건 신화야. 우리 엄마는 나를 미워했어. 왜 그러냐면, 내 얼굴이 헤어진 아빠를 닮았으니까. 눈 주위를 쏙 빼닮았대. 그러니까 내 얼굴만 보면 아빠 생각이 나는 거야. 엄마의 남자도 내 얼굴을 보면 아빠를 떠올려. 그래서 나를 미워한 거야.

아빠도 그랬어. 아빠의 여자는 내 얼굴만 보면 질투를 했어. 내 얼굴을 볼 때마다 아빠와 옛날 여자 사이에서 난 아이라는 생각이 떠올라서 히스테리를 일으키는 거야. 나한테 접시를 던진 적도 있어.

난 어디에도 갈 곳이 없어. 아무도 걱정해주지 않아. 내가 없어져도 아무도 걱정하지 않아. 그렇지만 난 괜찮아. 나는 이런 내가 좋아.

피스는 빙긋 웃었다. 여자애도 따라 웃었다. 지금까지 크게 웃은 적은 있지만 미소를 지은 적이 없었던 여자애에게서마저 미소를 끌어내는 피스의 얼굴.

그리고 피스는 말했다. 넌 우리가 찾던 여자야. 네가 있을 곳은 여기야. 너는 우리들의……

여배우야.

그리고 그애는 쓰레기통 속으로 들어갔다.

구리하시 히로미는 또다른 여배우, 그 핸드백의 주인을 좋아했다. 그 아가씨는 꽤 마음에 들었다. 아주 귀여웠다. 후루카와 마리코. 그녀의 볼의 촉감은 어렸을 때 가지고 놀던 고무공의 표면 같았다. 엷은 핑크색 고무공이었다. 던지면 통, 하고 튀어올랐다. 그렇지만 멀리는 가지 않았다. 늘 그의 손으로 돌아왔다. 구리하시 히로미가 그런 이야기를 후루카와 마리코에게 하자, 그녀는 엷은 핑크색 볼에 눈물을 흘리면서, 도망치지 않을 테니까 묶은 손을 풀어달라고 했다.

히가시나카노 역에서 주택가로 이어지는 밤길을 지날 때였다. 그날 밤은 목적도 계획도 없이 흘려보내고 있었다. 그런데 피스가 그녀를 발견했다. 나중에 물어보니 첫눈에 반했다고 했다. 밤길에서 그녀는 혼자 눈에 띄었다. 그녀 주위만 환하게 보였다. 말 한마디 나누지 않았지만, 그녀가 우리의 소중한 여배우라는 사실을 알았다고 했다.

피스는 그녀에게 거짓말을 했다. 친구가 갑자기 복통을 일으켰는데 가까운 곳에 병원이 없냐고 물었다. 후루카와 마리코는 착한 아가씨였다. 뒷좌석에 누워 응급환자 연기를 하는 구리하시 히로미를 걱정스러운 눈으로 바라보았다.

그리고 말했다. 이 부근에는 병원이 없어요. 우리집이 바로 저긴데, 우리집 전화로 구급차를 부르는 게 어떨까요? 어머니가 집에 계시니까 잠깐 쉴 수도 있을 거예요.

집이 근처에 있다. 후루카와 마리코는 그곳으로 돌아가려 하고 있다. 우리의 무대에 오르지 않고 가버리려 하고 있다.

참을 수 없는 일이다.

머리가 좋은 피스는 후루카와 마리코의 제안을 받아들였다. 고맙다고 인사를 했다. 집이 어느 쪽인가요? 차로 천천히 따라가겠습니다. 피스는 함부로 같이 차를 타고 가자는 말은 하지 않았다. 그렇게 하면 상대가 경계하리라는 것을 잘 알기 때문이다.

밤길에는 아무도 없었다.

후루카와 마리코는 저기 모퉁이를 돌면 집이라며 손가락으로 가리켰다. 바로 코앞이었다. 그리고 다시 한번 차 안에 누워 있는 구리하시 히로미를 걱정스러운 눈길로 바라보고는 천천히 걸어가기 시작했다.

피스는 갑자기 뒤에서 덮쳤다. 후루카와 마리코는 비명도 지르지 않았다. 눈을 감은 여배우는 마치 인형 같았다.

마리코를 태우고 그들은 천천히 차를 몰았다. 일부러 속도를 줄여 그녀가 손가락으로 가리키던 집 근처를 살펴보면서 그 앞을 지났다. 구리하시 히로미는 승리감에 몸을 떨었다.

후루카와 마리코는 잘 울었다. 화도 잘 냈다. 그래도 그녀의 부모가 사이가 좋지 않아 아버지가 집을 나간 상태라는 사실을 알아낼 수 있었다.

그녀는 피스에게 반항했다. 피스가 싫었는지도 모른다. 그녀와 지낸 시간이 짧았던 것도 그 때문일 것이다.

그러나 구리하시 히로미는 그녀가 좋았다. 핑크색 고무공 마리코. 마음속으로 그렇게 부르며 그녀를 어린 시절의 친구처럼 좋아했다.

그래서 퇴장시키고 싶지 않았다. 피스에게 부탁했다. 한 번뿐이었지만, 부탁해보았다. 그녀를 좀더 오래 잡아두고 싶다고.

각본은 바꿀 수 없어, 하고 피스는 말했다. 지겨워지기 전에 다음 장면으로 넘어가는 게 좋다고 했다.

그래서 어쩔 수 없이 포기했다. 대신에 후루카와 마리코에 관한 장난은 모두 내게 맡겨달라고 했다.

피스는 소리내어 웃었다. 장난은 모두 히로미의 몫이야. 나보다 솜씨가 좋으니까 모두 맡길게, 하고 말했다.

그래서 구리하시 히로미는 장난이 시작될 때를 두근거리며 기다렸다. 신중한 피스를 열심히 설득했다. 장난은 빠른 편이 좋다. 빠르고, 크게, 불을 지피는 것처럼. 자신 있다. 오른팔이 발견되면 바로 시작하자.

피스는 빙긋 웃었다. 그리고 승낙했다. 히로미한텐 졌어. 네 말대로 빠른 게 좋을지도 몰라. 내 계획은 너무 신중한 것 같아.

역시, 히로미는 든든해.

"저기, 보도국 스태프와 잠깐 이야기를 하고 싶은데, 안 되나요?"

"네, 가능합니다. 제게 말씀하셔도 되고, 아니면 누구 찾는 사람이라도 있습니까?"

"아닙니다. 누구든 좋습니다. 지금 전화 받는 분이라도 괜찮습니다."

"실례지만 전화하시는 분은 누구시죠?"

"이름은 밝히고 싶지 않습니다."

"그렇다면, 방송국에 요망사항이라도?"

"하하하, 그런 대단한 일로 전화한 게 아닙니다. 약간의 정보를 주려고요."

"정보……"

"그래요. 오늘, 큰 소동이 벌어졌죠. 오가와 공원의 토막시체 건. 아직 오른팔밖에 안 나왔죠?"

"예, 그렇습니다만……"

"그리고 핸드백이 나온 것으로 아는데. 여자 핸드백. 그게 후루카와 마리코라는 사람의 소지품이란 건 밝혀졌나요?"

"무슨 말씀이신지?"

"그리 어려운 말이 아니에요."

구리하시 히로미는 웃었다. 정말 즐거웠다.

애차의 운전석에 앉아 창을 열고 오른팔을 걸쳤다. 서늘한 바람이 얼굴을 스쳤다.

구리하시 약국 근처의 공원 곁에 차를 세워두고 있었다. 놀이기구가 없어서 아이들이 오지 않는 자그만 공원. 노인 하나가 개를 데리고 산책을 하고 있었다.

장난을 시작할 때, 어디서 전화를 하면 좋을까 생각해보았다. 장소 선정이 중요하다고 피스는 말했다. 휴대폰을 사용하므로 탐지될 위험은 거의 없지만, 대화 도중에 기차나 전철 소리, 어린아이들이 노는 소리, 상가에서 들려오는 소리 같은 것이 들리면 장소가 밝혀질 가능성이 있으니 그것만 조심하라고 했다.

구리하시 히로미는 사전에 여러 곳을 조사해보았다. 적당한 장소를 몇 군데 발견했지만, 집 가까운 곳에서는 이 공원이 가장 좋다고 판단했다. 스쿨존이라 조용하고 교통량도 적다. 아이들이 집으로 돌아간 후로는 사람도 거의 다니지 않는다. 사람 눈을 신경쓰지 않고 나무를 바라보면서 느긋하게 전화를 할 수 있다.

"가르쳐드리죠."

왼손에 휴대폰을 들고 구리하시 히로미는 친절하게 말했다.

"오가와 공원에서는 더이상 아무것도 발견되지 않을 겁니다. 물론 후루카와 마리코 씨의 시체도. 핸드백은 거기 버렸지만, 그 여자는 다른 곳에 묻혀 있습니다. 그러니까 그 오른팔은 그녀의 팔이 아닙니다."

"여보세요? 그 사건에 대해 잘 알고 있습니까?"

이놈은 보도국 기자일까? 기자치고는 상황에 대처하는 능력이 떨어지는 것 같다. 벌써 목소리가 떨리지 않는가.

"그 팔은 누구 것입니까?"

"그건 말할 수 없습니다. 어차피 경찰이 조사를 하겠죠."

상대는 당황하고 있었다. 구리하시 히로미는 웃음을 머금었다. 너무 크게 웃으면 경박한 놈이라고 생각할지도 모른다.

"할 말은 이게 답니다. 현재로서는. 그럼."

입에 거품을 물면서 여보세요, 하고 외치는 상대의 목소리가 흘러나오는 휴대폰을 내려다보며, 창틀에 걸치고 있던 오른팔을 들어 손가락을 살랑살랑 흔들며 안녕을 고했다. 그리고 종료 버튼을 눌렀다.

얼굴 가득 웃음이 번졌다. 심호흡을 했다. 모든 것이 완벽하게 돌아가고 있었다. 자, 이제 집으로 돌아갈까, 하고 얼굴을 들었다. 그 순간, 구리하시 히로미의 얼굴은 얼음처럼 굳어버렸다. 백미러에 낯익은 커다란 얼굴이 비쳤다.

다카이 가즈아키. 가즈아키가 웃으면서 구리하시 히로미를 바라보고 있었다.

9

범인이 방송국에 전화를 걸어 장난치듯이 정보를 주다니, 전대미문의 사건이었다. 완전히 새로운 타입의 범죄자가 나타났다. 그 외에도 다른 무슨 짓을 저질렀을지 모르고, 앞으로 또 무슨 짓을 저지를지 모를 놈이다.

모든 사람이 그렇게 생각했다. 특히 후루카와 마리코 또래의 젊은 여자들과 그 부모들에게는 결코 남의 일이 아니었다.

그러나 대처할 방법이 없는 공포였다. 아무리 두렵다고 외쳐도, 경찰은 대체 뭘 하고 있는 거냐고 격분해도, 사회의 규범이 흐트러지니까 그런 범죄가 일어나는 거라고 한탄해도 아무 소용이 없었다. 남의 집에

난 불도 아닌데 자신의 손으로는 아무 대처도 할 수 없는 그런 사건이었다.

그래서 사람들은 이럴 때 적당히 빠져나갈 샛길을 만들어낸다. 여러 가지 방법이 있다. 철저히 구경꾼으로서 호기심을 불태운다. 그렇게 함으로써 자신을 사건의 바깥에 두고, 그 사건에서 철저히 멀어지는 것이다. 또는 형사나 탐정이 된 기분으로 사건을 추리하면서 범인을 추적해 본다. 또는 희생당한 여자를 폄하하면서, 그런 무서운 사건에 휘말려든 것은 피해자들 쪽에도 어떤 문제가 있기 때문이며, 그러므로 자신에게는 절대로 그런 일이 일어나지 않을 것이라는 꽤 합리적인 논리를 만들어낸다.

그보다 더 단순한 '망각'이라는 방법도 있다. 바쁜 일상 속에서 자신과 직접적인 관계가 없는 일들은 마음속에 담아두지 않는 것이다.

유미코라는 젊은 딸을 둔 다카이 부부도 처음 하루 이틀 동안은 사건에 대해 깊은 관심을 보였다. 배달을 내보내지 말아야겠다, 잠시 외출을 절제하게 해야겠다는 식의 태도를 보였다.

그러나 유미코의 활동을 제한해버리면 우선 장수암의 영업에 지장이 생긴다. 배달을 나갈 아르바이트생을 당장 구할 수 있을 만큼 장수암은 풍족하지 않다. 인건비가 만만치 않은 것이다.

결국 그 사건을 잊어버리기로 했다. 정보를 받아들이지도 않고 마음에도 두지 않는 방법밖에 없다. 장수암 사람들의 생활은 사건에 대한 다양한 추측과 수많은 정보를 전달하는 한낮의 와이드쇼와는 거리가 멀었다. 그래서 그리 어렵지 않게 사건을 망각할 수 있었다.

유미코는 부모가 자신 때문에 오가와 공원 사건에 대해 이야기하는 것 자체를 싫어한다는 것을 알고 있었다. 그래서 그녀도 그 사건에 대해 언급하지 않고, 뉴스를 보아도 아무 말도 하지 않고, 단골손님 가운데 사건에 대해 이야기하는 사람이 있어도 그냥 흘려들었다.

그러나 속으로는 다른 사람들처럼 깊은 관심을 가지고 그 사건의 추이를 지켜보고 있었다. 젊은 여성을 노리는 변태적인 범죄자가 도쿄 도심을 어슬렁거리고 있는 것이다. 그 사건을 주목하지 않을 수 없다. 사건의 상세한 내용에 대해 더 알고 싶었다.

텔레비전을 볼 수 없어 새로운 정보는 신문과 주간지에서 구했다. 그 신문이나 주간지도 부모가 보지 않는 곳에서 몰래 읽어보았다. 그러는 사이에 오빠 가즈아키도 그 사건에 대해 흥미를 가지고 있다는 것을 알게 되었다.

가즈아키는 프로야구와 드라마를 좋아했다. 유미코는 야구는 잘 모르지만, 아마도 약한 팀을 응원하는 것 같았다. 9월 중순이 지나 시즌 후반에 이르면 우승 가능성이 없는 팀의 시합은 스포츠 뉴스에서도 거의 다루지 않지만, 가즈아키는 그런 뉴스도 열심히 챙겨보았다.

드라마는 유미코도 무척 좋아했다. 그러나 드라마에 대해 가즈아키와 대화를 나누기는 창피할 것 같았다. 남자가 왜 저런 드라마를 좋아하냐는 생각이 들었다. 가즈아키는 드라마의 전개나 출연자의 동향뿐 아니라 그 작가가 이전에 어떤 작품을 썼는지, 저 장면은 어디서 로케이션을 했는지, 어떤 설정이 어떤 드라마를 모방한 것인지 자세하게 조사하면서 드라마를 보았다.

그래서 평소에 신문을 볼 때도 가즈아키는 텔레비전난이나 스포츠난밖에 읽지 않는다. 잡지도 스포츠지 아니면 텔레비전 정보지만 읽는다. 오후의 휴식시간에 뒷문 쪽 양지바른 곳에 앉아 텔레비전 정보지를 읽는 가즈아키의 모습은 가족들에게는 낯익은 풍경이었다.

그러나 오가와 공원 사건 이후로는 그런 가즈아키도 신문의 사회면을 읽기 시작했다. 신문이나 주간지를 사서 읽을 때도 있었다. 오빠가 펼친 지면을 흘끗 살펴보면, '나머지 유해는 어디에?' '범인을 추리한다' 같은 제목이었다. 분명 오가와 공원 사건에 대한 정보를 얻기 위해서 읽는 것이었다.

부모는 가즈아키가 그런 기사를 읽는 걸 간섭하지 않는다. 물론 가즈아키가 아무 말도 하지 않기 때문에 무엇을 읽는지 모를 수도 있다. 원래가 말이 없고, 누가 무슨 말을 하든 그냥 웃기만 한다. 오히려 가즈아키가 갑자기 말이 많아지면 가족들은 그의 정신상태를 의심할 것이다.

어쨌든 가즈아키는 평소 '사회'와 거의 관계하지 않고 살아간다. 어떤 곳에서도 일할 수 있을 만큼 충분한 기술을 가지고 있으면서도, 손님을 상대하는 데는 서툴렀다. 부모는 분명 가즈아키 혼자서 장수암을 계승하기는 어렵고 유미코가 없으면 아무것도 안 된다고 생각하고 있을 것이다. 가즈아키는 성실한 일꾼이지만, 어떤 의미에서는 유미코보다 더 보호받고 자란 탓에 아직 어린아이 수준을 벗어나지 못한 상태였다.

그런 그가 오가와 공원 사건에 대해서만은 흥미를 보였다.

지금까지 세간의 관심을 끈 사건은 그 외에도 많았다. 젊은 여자를 대상으로 한 엽기적인 사건도 많았다. 가즈아키는 거기에 대해서는 아무런 관심도 보이지 않았다. 그럼에도 불구하고 오가와 공원 사건에 대해서만은 특별한 관심을 보인다.

무대가 도쿄이기 때문에? 그러나 네리마 구와 스미다 구는 도쿄에서도 상당히 멀리 떨어져 있다.

그렇다면 이번 사건의 범인이 말이 많기 때문일까? 사람들 눈에 띄기를 좋아해서 매스컴에다 전화를 하기 때문일까? 그런 특징적인 범인의 행동이 세상일에 무관심한 오빠의 관심을 불러일으킨 것일까?

"오빠."

사건이 발생하고 열흘 정도 지났을 즈음, 호기심을 참지 못한 유미코가 물었다.

"오빠, 요새 신문 열심히 보더라. 특별히 관심 있는 거라도 있어?"

오후 휴식시간이었다. 어머니는 은행에 가고, 아버지는 잠깐 눈을 붙여야겠다고 이층으로 올라가버렸다. 요즘 들어 아버지는 예전과 달리 자주 피로를 호소하며 낮잠을 자곤 한다. 역시 아버지도 나이가 든 모양이었다.

유미코의 목소리에 가즈아키는 신문을 접고 뒤를 돌아보았다. 신문을 숨기려는 노골적인 동작 같아 유미코는 웃었다.

"왜? 내가 보면 안 되는 기사야?"

가즈아키는 겸연쩍게 웃었다. 유미코는 문 옆의 벽에 기대어 팔짱을 꼈다.

"오가와 공원 사건 기사 읽고 있었지? 나도 궁금해. 사람들이 다들 관심을 가지고 있으니까, 관심을 가지는 게 당연하지."

가즈아키는 신문을 무릎 위에 올리고 호주머니에서 담배를 꺼냈다. 타르가 일 밀리밖에 안 되는 약한 담배였다. 스물한 살이 넘어서 배운 담배다. 서툰 손짓으로 한 개비에 불을 붙이더니 훅, 하고 연기를 뿜어냈다. 오빠의 가느다란 눈은 담배연기에 가리자 슬플 정도로 더 작아 보였다. 동물원의 코끼리 눈 같다고 유미코는 생각했다.

"오빠는 그런 사건에 별로 관심이 없었잖아. 오가와 공원 사건이 특이하긴 하나보네."

가즈아키는 큰 얼굴을 들고 유미코를 올려다보며 말했다.

"밤에 돌아다니지 마. 걱정돼."

"알고 있어. 그 사건이 해결될 때까지는 자제할 거야."

가즈아키는 고개를 끄덕였다.

"세상에는 그런 무서운 놈도 있으니까."

"그건 그래."

"네가 밤에 나가 있으면 잠이 안 와."

유미코는 소리내어 웃었다.

"그럼 오빠가 밤에 나가서 놀면 되잖아."

입가에 미소를 머금으며 가즈아키는 고개를 숙였다. 그러고는 커피 캔에 꽁초를 버렸다.

다른 사람과 이야기할 때는 그 배후에서 다른 소리가 들려오는 것 같은 느낌이 든다. 대화의 분위기가 주위 공기 속을 흐르고 있는 것 같은 느낌. 그러나 오빠와 이야기를 나눌 때는 그렇지 않다. 너무 조용하다.

"범인은 어떤 놈일 것 같아?"

오빠와 오가와 공원 사건에 대해 이야기하고 싶었다. 지금 일본에서 가장 화제가 되고 있는 일이 아닌가.

"변태일 것 같아? 그렇지만 변태치고는 머리가 좋더라. 방송국에 전화를 걸어서 하는 말만 봐도 알 수 있어."

가즈아키는 둥그런 머리를 약간 기울이며 생각하는 듯한 표정을 지었다. 평소에도 유미코가 세 마디를 할 때 한 마디나 할까 말까 한 사람이라 마음에 두지는 않았다.

"어제 나온 『주간 포스트』에 오가와 공원 사건 특집이 실렸어. 일본에서는 드문 일이지만, 미국에서는 이런 연속살인사건이 많대. 그런 살인자가 서른 명은 된대. 일본에서도 앞으로 이런 사건이 많아 질 거야. 이번이 시작일지도 몰라."

가즈아키는 미간을 약간 찌푸렸다. 엷고 폭이 넓은 눈썹은 좋게 말해 온화해 보이고, 나쁘게 말해 둔해 보이는 그의 독특한 분위기를 만들어 내는 소도구 중의 하나이다. 유미코는 또렷한 이목구비에 어울리는 짙은 눈썹을 가지고 있다. 아버지도 어머니도 그렇다. 그런데 왜 오빠 눈썹만 저럴까?

가즈아키는 아직도 고개를 갸우뚱하고 있다. 겨우 입을 열어 무슨 말을 하려다가 생각을 바꾼 듯 다시 담배 한 개비를 꺼내물었다.

"나도 한 대 줘."

유미코는 손을 내밀었다. 가즈아키는 동생이 숨어서 담배를 피운다는 사실을 알고 있었기 때문에 웃으면서 한 개비를 건네주었다. 그 담배에 불을 붙여주면서 이렇게 말했다.

"드라마 같아."

유미코는 그가 유미코의 담배에 불을 붙여주는 이 상황이 드라마의 한 장면 같다는 말로 알아듣고 웃으면서 말했다.

"드라마에서는 멋진 남자가 불을 붙여줘."

가즈아키는 눈을 깜박이며 웃었다. 그리고 자신의 담배에는 불을 붙이지도 않고 자리에서 일어섰다.

"설거지해야 돼."

"내가 도와줄게."

"넌 미용실에 간다며?"

그러고 보니 오늘 아침에 어머니에게 휴식시간에 미용실에 갈 거라고 했었다. 가즈아키는 집에서 유미코가 하는 말이라면 모두 머릿속에 담아두고 있다.

"선보려던 날 이후로는 가마다 선생님에게 안 가봤잖아. 오늘 가봐."

그 선에 대해서는 생각도 하기 싫었다. 유미코는 담배를 커피캔 속에 버렸다.

"미용실에 가면 잡지 읽을 거지?"

"응, 정보를 한번 모아봐야겠어. 가마다 선생님도 그런 사건에 관심이 많아."

유미코는 하얀 앞치마를 벗어던지고 지갑을 가지러 이층으로 올라가려 했다. 가즈아키가 등에 대고 말했다.

"유미코, 상가 쪽으로 갈 거야?"

유미코는 돌아보았다.

"안 가는데…… 시킬 일이라도 있어?"

"안 가면 됐어."

다시 묘한 정적이 찾아왔다. 오빠와의 대화에는 행간이 없다는 느낌이 든다.

"머리 예쁘게 하고 와."

그렇게 말하고 오빠는 빙긋 웃었다. 수도꼭지를 틀고 커다란 통 속에 팔을 집어넣는다. 유미코는 평소와는 다른 어색한 느낌이 들었지만 깊이 생각해보지 않았다. 가즈아키가 무슨 말을 하려고 했는지 추측해보려고도 하지 않았다.

'상가 쪽으로 갈 거야?'

그 말 다음에 그는 이런 말을 하려고 했다.

'구리하시 약국 쪽으로는 절대로 가지 마.'

장수암을 나서면서 유미코는 다시 한번 오빠의 모습을 보았다. 가즈아키는 묵묵히 설거지만 하고 있었다.

10

처음부터 아리마 요시오라는 인물에 대해 관심을 가졌던 것은 아니었다.

후루카와 마리코의 가정 사정에 관해서는 마리코에게 들어서 알고 있었다. 그 시점에서는 마리코의 아버지 후루카와 시게루가 키포인트라고 생각했다.

구리하시 히로미와 피스가 구상하는 각본 속의 '등장인물'로서 후루카와 시게루와 마리코 부녀는 아주 매력적인 소재였다. 젊은 애인 때문에 집을 나간 아버지와 그의 가련한 외동딸. 아버지와 어머니의 갈등으로 괴로워하는 그 딸도 사랑이나 결혼에 대해 진지하게 생각할 나이에 이르렀다. 아버지를 용서할 수 없다는 생각을 하면서도, 수많은 난관을 극복하고 맺어진 불륜의 사랑이 젊은 여자의 가슴속에 어떤 메아리를 불러일으킬지도 모른다. 그런 상태에서 후루카와 마리코가 직장의 유부남 상사와 불륜이라도 저지르면 일은 더 재미있어질 것이라고 구리하시 히로미는 생각했다. 그래서 그녀에게 여러 가지 질문을 던졌다. 너, 연상의 남자를 좋아하지? 아버지와 비슷한 남자를 좋아하지? 회사 상사와 몰래 만나는 거 아냐?

후루카와 마리코는 코웃음을 쳤다. 올가미에 걸려든 처지에 허락도 없이 제멋대로 웃는 '등장인물'은 그 자체로 실격이다. 그때는 피스가 자리에 없어서 구리하시 히로미는 자기 재량으로 마리코에게 벌을 주었다. 아침부터 밥도 주지 않고 화장실에도 못 가게 했다.

마리코도 그 벌에는 못 견뎌했다. 배고픔은 참을 수 있지만 배설은 참을 수 없는 법이다. 오후 세시가 되자 더이상은 참지 못하고 화장실에 보내달라고 울면서 애원했다. 구리하시 히로미는 그녀를 화장실에 데리고 가서는 문을 닫지 못하게 했다. 화장지도 빼앗아버렸다.

후루카와 마리코는 문이 열린 상태에서 볼일을 보고, 울먹이는 목소리로 화장지를 달라고 했다. 구리하시 히로미는 웃으면서 화장지를 던져주고, 지금 그 모습을 애인이 보면 백년의 사랑도 식어버릴 거라고 말했다. 후루카와 마리코는 한참 울먹이다가 작은 소리로 난 아직 애인이 없어, 하고 혼잣말처럼 중얼거렸다.

나중에 이 일로 구리하시 히로미는 피스에게 심하게 야단을 맞았다. 멋대로 벌을 주어서가 아니었다. 원래의 계획에 지장을 초래하지 않는 한, 벌을 주건 상을 주건 아무래도 좋았다.

피스는 구리하시 히로미가 후루카와 마리코에 관해 머릿속에 그리고 있는 스토리가 너무 진부하다는 데에 화를 낸 것이었다. 아버지가 젊은 여자를 사랑해서 가정을 버렸고, 그 상처 때문에 아버지 나이에 가까운 직장 상사와 불륜관계를 맺는 여주인공? 너무 진부해. 텔레비전 드라마도 창피해서 다루지 않을 정도로 후진 설정이야. 너무 기가 차서 말도 안 나와.

피스는 새삼 강조했다. 자신들의 각본에서 가장 중요한 것은 독창성이라고. 어디선가 들어본 듯한 이야기는 절대로 끌어들여서는 안 된다고. 그랬다가는 모든 의미가 사라지고 만다고.

그렇다면 후루카와 마리코의 '등장인물'로서의 독창성은 어디 있느냐고 히로미는 불만스러운 표정으로 물었다. 그러자 피스는 웃으면서 말했다.

"시게루야. 마리코의 아버지. 마침내 딸은 무참히 토막난 시체로 변해 집으로 돌아오지. 그런 딸의 모습을 보고 그는 누구를 저주할 것 같아? 범인일까? 아니면 자기 자신일까? 불륜에 빠져 딸을 지켜주지 못했기 때문에 이런 비참한 일이 일어나고 말았다고, 스스로를 책망하지 않을까? 그리고 무슨 일이 있어도 제 손으로 범인을 잡고 말겠다는 집념을 불태우지 않을까? 또는 자기혐오와 죄책감을 이기지 못하고 미쳐버리거나 자살을 시도하거나 하지 않을까?"

그쪽이 훨씬 더 드라마틱하지 않으냐고 피스는 말했다. 마리코에게는 불행한 딸이라는 역할만 주면 된다. 어차피 그녀는 곧 죽을 것이다. 흥미의 초점은 그녀의 죽음이 던지는 충격파에 휩싸일 유족들에게 있다. 그들에게 펼쳐지는 드라마야말로 대중들의 마음을 움직일 것이다.

과연 그럴까, 하고 구리하시 히로미는 생각했다. 피스가 후루카와 시게루에게 이상하게 집착하는 것이 왠지 고루하다는 느낌이 들었다. 아무래도 피스는 남자의 바람기에 대해 아주 부정적인 생각을 가지고 있는 듯했다.

"후루카와 시게루 같은 짓을 하는 남자를 싫어하는구나."

그렇게 물어보자 피스는 거침없이 고개를 끄덕였다.

"그럼, 너무 무책임하잖아. 가정에 대해서 말이야. 그런 인간은 벌을 받아 마땅해."

그러나 오가와 공원의 쓰레기통에서 마리코의 핸드백이 발견되어 소동이 커져도 후루카와 시게루는 매스컴에 모습을 드러내지 않았다. 코멘트도 없고 인터뷰에도 응하지 않았다. 회사에서는 장기휴가를 얻어 애인과 함께 어딘가로 잠적해 집으로 돌아오지도 않았다.

이래서는 시게루에게 시비를 걸 방법이 없다고 피스도 불만을 터뜨렸다. 정말 구제불능이로군, 그 시게루라는 놈.

그렇다면 그 남자의 애인도 '등장인물'로 삼자고 구리하시 히로미는 피스에게 제안했다. 그러나 피스는 고개를 가로저었다. 재미도 있고 효과적이기도 하지만, 너무 위험하다는 것이었다.

일이 계획대로 되지 않는 것에 짜증을 내기 시작한 피스는 다른 수단을 강구했다. 그때 눈에 든 것이 바로 마리코의 할아버지 아리마 요시오였다.

"제법 분위기 있는 할아버지잖아."

피스는 그렇게 말하면서 노인을 칭찬했다.

"멋진 소재가 될 거야. 시게루보다 더 나은 재목일지도 몰라."

구리하시 히로미는 반대였다. 노인을 끌어들인다는 게 마음에 걸렸다. 딱히 불쌍해서가 아니라 노인이 싫기 때문이었다. 그는 어디까지나 후루카와 시게루라는 남자에게 매력을 느꼈다. 다 큰 딸을 두고서, 다시 말해 어린아이에서 소녀로, 소녀에서 여자로 성장해가는 딸을 지켜보는 입장에 있으면서 그런 딸과 별다를 바 없는 젊은 여자에게 손을 댄 남자. 불쾌하지는 않았다. 오히려 자신이 여태 맛본 적 없는 귀한 과일 맛을 알고 있는 남자라고 해석했다. 물어보고 싶었다. 당신, 사실은 딸하고 하고 싶었지, 하고. 원한다면 한번 시켜줄 수도 있어. 마리코가 내 손에 있으니까. 당신이 진심으로 원한다면 마리코와 한번 시켜줄게. 그런 다음에 나한테 말해주는 거야, 어떤 기분인지.

그래서 그날, 그러니까 9월 23일, 구리하시 히로미는 후루카와 시게루를 납치할 생각으로 후루카와의 집에 전화를 걸었다. 그런데 아리마 요시오가 전화를 받은 것이다.

이야기를 하다보니 대화 상대로 꽤 괜찮은 할아버지인 것 같았다. 피스의 직감이 옳았다.

아리마 요시오는 정말로 마리코가 어디 있는지 안다는 증거를 대보라고 했다. 아주 냉정한 반응이었다. 할아버지는 돌대가리가 아니었다. 구리하시 히로미는 기뻐하며 그 거래에 응하겠노라고 대답했다. 머리를 풀 회전시키면서 다음 행동을 생각해보았다. 근사한 계획이 번개처럼 머리를 스쳤다. 준비를 했다. 신주쿠 플라자 호텔, 일곱시. 프런트에 메시지를 맡겨두겠다고 했다.

그때부터는 정말 바빴다. 워드프로세서로 간단한 문장을 작성하고, 후루카와 마리코의 소지품 중에서 손목시계를 골랐다. 그 손목시계에 이름이 새겨져 있는 것은 마리코에게 들어서 알고 있었다. 이번 거래의 재료로 여자의 손목시계만큼 잘 어울리는 것도 없다고 생각했다.

피스는 없었다. 그렇다면 모두 단독행동으로 해야 한다. 나중에 허락을 받으면 된다. 괜찮을까?

괜찮을 거야. 상대는 피스가 최고의 재목이라고 평한 마리코의 할아버지가 아닌가. 이야기는 피스가 바라는 대로 진행되는 셈이다. 아리마 요시오를 무대로 끌어내 중요한 '등장인물'의 하나로 삼는 것이다.

휴대폰을 호주머니에 쑤셔넣고 구리하시 히로미는 자리에서 일어섰다.

소녀에게는 이름이 없었다.

부모에게 받은 이름은 오래전에 버렸다고 했다. 히다카 치아키, 멋대가리 없는 이름이다. 아버지가 자신이 태어나기 전부터 지어두었다고 했다. 당시 아버지가 벼락공부한 성명학의 지식으로는 히다카라는 성에 가장 잘 맞는 이름이 치아키였기 때문에, 태어날 아기가 남자건 여자건 무조건 치아키라고 지어둔 것이었다. 그 이름만 붙이면 건강하게 잘 자랄 것이라고 생각했다.

소녀는 부모가 사이가 좋지 않다는 것을 알고 있었다. 사이가 나쁘면서도 헤어지지 않는 이유도 알고 있었다. 아버지는 세상의 눈을 두려워했고, 어머니는 경제력이 없었다. 둘은 자주 싸웠다. 아버지는 화를 냈다. 어머니는 울면서 자기가 왜 이렇게 불행하게 살아야 하느냐고, 대답 없는 의문을 던지곤 했다.

자기 자신을 남과 바꿀 수 없는 유일하고 독자적인 존재로 의식할 나이가 되자, 소녀는 심한 불안을 느낄 때가 많아졌다. 난 누구를 위해 살아가는 거지? 내가 살아 있다는 것을 누가 기뻐해주지?

아버지는 자기 혼자만 지탱하기에도 벅찬 사람이었다. 어머니는 잃어버린 시간을 불행하게 여기며 지금의 생활에 집착할 뿐, 소녀에 대해서는 아무런 배려도 해주지 않았다. 어머니가 딸을 생각하는 것은 그 딸이 어머니의 생활을 위한 '담보'이기 때문이지, 애정 때문은 아니었다.

소녀는 생각했다. 내가 사고를 당하거나 병에 걸려 죽으면 엄마 아빠는 크게 슬퍼하지도 않을 것이다. 그러고는 곧 이혼할 것이다. 그럴듯한 구실이 생겼으니까.

아빠는 직장 상사나 부하들에게 이렇게 말할 것이다. 아내와 둘이 있으면 죽은 딸 생각이 나서 견딜 수가 없어. 아내는 당신이 무심해서 딸이 죽었다고 원망하고, 나도 자책감 때문에 견딜 수가 없어. 이런 상태로 가다가는 서로에게 상처만 줄 뿐이야. 그래서 헤어지기로 했어.

엄마는 주위 사람들에게 이렇게 말할 것이다. 딸도 없이 남편과 둘이 있으면 옛날 생각이 나서 너무 괴로워요. 내가 못난 어미였기 때문에 우리 치아키가 죽은 거죠. 그런 생각을 하다보면 그애에게 너무너무 미안해서, 더이상 그 사람과는 살 수가 없어요.

엄마 아빠는 비극의 주인공으로 주위 사람들의 동정을 살 것이다. 그리고 두 사람은 새로운 인생을 시작할 것이다. 소녀라는 담보를 지워버리고.

소녀는 예뻤다. 그녀가 우울해하거나 눈물을 흘리면 반드시 누군가가 다가와 위로해주었다. 소녀가 눈길을 던지면 소년들은 얼굴을 붉히면서 뜨거운 시선으로 응답했다.

집에서 얻을 수 없었던 애정을 바깥에서는 간단히 손에 넣을 수 있었다. 미소만 지으면 그만이었다. 남자애의 몸을 슬쩍 건드리기만 하면 그만이었다. 처음에는.

그러나 곧 그것만으로 만족할 수 없게 되었다. 상대도, 소녀 자신도. 소녀는 자신의 몸이 애정을 얻기 위한 도구로서 매우 우수하다는 것을 깨닫고, 그것을 자랑스럽게 생각하게 되었다.

한번 자주기만 하면 세상의 남자는 모두 상냥해졌다. 몸을 주는데 난폭하게 구는 남자는 한 번도 보지 못했다. 모든 사람이 그녀를 소중히 여겼기에, 그녀가 떠나기를 바라지 않았기에, 한 번이 아니라 몇 번이라도 자고 싶어했기에, 그녀에게 온갖 정성을 쏟았다. 적어도 소녀 자신은 그렇게 생각했다.

즐겁고 따스하고 평온한 시간을 가지고 싶었다. 집이 가난하지는 않았으므로 돈은 별 문제가 없었다. 그래도 즐겁고 따스하고 평온한 시간을 같이 보낸 상대는 소녀가 원하는 것을 살 수 있도록, 소녀가 더 귀엽고 아름다워질 수 있도록 얼마간의 돈을 주었다.

여전히 소녀에게는 이름이 없었다. 마음에 드는 이름을 아직 찾지 못했다. 언젠가 자신이 그럴듯한 존재가 되면 이름이 떠오를 것이다. 또는 언젠가 자신을 그럴듯한 존재로 만들어줄 남자를 만나면 그 남자가 이름을 줄 것이다. 소녀는 그렇게 생각했다.

그날, 신주쿠 역 동쪽에서 소녀는 사람을 기다리고 있었다. 상대는 텔레폰 클럽을 통해 몇 번 대화를 나누었던 남자인데, 만나는 건 오늘이 처음이었다. 겁이 많고 얌전한 사람이어서 소녀가 몇 번이나 유혹을 했는데도 이렇다 할 반응을 보이지 않았었다.

그런데 오늘은 이야기가 잘 풀렸다. 그는 일자리를 구하지 못했다고 했다. 카피라이터가 되고 싶어서 광고회사에 일자리를 구하고 있지만, 매번 실패해 실망만 하고 있다는 것이었다. 그러다 겨우 그를 카피라이터로 써줄 작은 회사를 찾았다고 했다.

소녀는 축하해주겠다고 했다. 나랑 만나지 않을래요? 얌전한 남자는 만나도 되느냐고 겁먹은 목소리로 말했다. 소녀는 밝은 목소리로 대답했다. 정말 당신을 만나고 싶어요, 라고.

신주쿠 역 동쪽 출구에서 다섯시 반. 소녀는 교복 차림으로 나갔다. 그는 손에 빨간 장미 한 송이를 들고 가겠다고 했다. 소녀는 웃었다. 꼭 드라마 같았다.

소녀는 들떠 있었다. 지금까지 텔레폰 클럽을 통해 만난 사람에게 무서운 일을 당한 적은 한 번도 없었다. 그건 아주 특별한 행운이고, 그런 행운이 언제까지고 계속되리란 보장은 없다고 한 친구가 말했지만, 소녀는 절대로 그렇지 않을 것이라고 생각했다. 난 특별한 존재니까. 특별히 좋은 일만 일어날 운명이니까.

그 사람은 카피라이터가 될 수 있을까? 될 수 있다면 정말 멋질 텐데. 수입도 좋고 이름도 알려지겠지. 소녀의 마음은 현실을 떠나 높은 곳으로 떠올랐다. 거기서 소녀는 잘나가는 카피라이터의 아내가 되어 세련된 이탈리아풍 패션으로 치장을 하고, 녹음이 깔린 안뜰이 있는 집에서 여성잡지와 인터뷰를 하고 있다. 유명 카피라이터의 아내로서 자신의 생활과 화려한 유행에 대해서, 아름다운 여성의 감각으로 이야기를 한다. 만일 그렇게 된다면 내 이름은, 내 이름은……

"저기, 아가씨."

뒤에서 누군가가 등을 두드렸다. 뒤를 돌아보니 키 큰 젊은 남자가 웃고 있었다.

"놀라게 해서 미안해. 잠깐 이야기를 좀 나눌까 해서."

젊은 남자는 겸연쩍은 웃음을 머금었다. 잘 정돈된 얼굴. 눈도 예뻤다. 그 눈동자를 향해 소녀는 미소를 지었다.

"왜요?"

그로부터 십 분도 지나지 않아 히다카 치아키는 말을 걸어온 젊은 남자와 마주하고 앉았다.

이층에 있는 카페의 창가 자리에서 조금 전까지 치아키가 기다리고 있던 장소가 내다보였다. 자리에 앉아 주문을 하고 그쪽을 내려다보니, 청바지에 운동화를 신은 젊은 남자 하나가 그 자리에서 왔다갔다하고 있었다. 분명히 사람을 찾는 모습이었다. 치아키는 풋, 하고 웃음을 터뜨렸다.

"왜 그래?"

마주 앉은 그가 놀란 표정으로 물었다. 호주머니에서 담배를 꺼내던 손길이 멈추었다.

"아무것도 아녜요. 신경쓰지 말아요."

목을 움츠리며 치아키는 말했다. 가볍게 눈을 치켜뜨고 상대를 보았다. 치아키의 그런 시선에는 뭐라 말할 수 없는 매력이 있다고 친구가 말했었다. 스스로도 자신이 있었다.

젊은 남자는 치아키가 내려다본 방향으로 눈길을 던졌다. 청바지 남자는 초조한 듯 사방을 살피고 있었다. 눈을 가늘게 뜨고 그 남자를 살펴본 다음, 남자는 치아키의 얼굴을 바라보며 말했다.

"누구랑 만나기로 한 모양이지?"

치아키는 어깨를 으쓱했다. 이것 또한 그녀의 장기였다. 귀엽게 보이는 몸짓.

"신경쓰지 마세요."

이전에 육 개월 정도 사귄 적이 있었던 탤런트 지망생에게, 일본인으로서 할리우드 영화나 미국의 텔레비전 드라마에 나오는 배우들처럼 진짜 멋지게 어깨를 으쓱할 수 있는 건 80년대 이후에 태어난 젊은이들뿐이라는 말을 들은 적이 있다. 말을 할 때 몸이나 손발을 움직이는 관습은 원래 섬세한 마음의 움직임을 표현하는 어휘가 적은 영미권 사람들에게서 발달한 것인데, 1979년 이전에 태어난 일본인은 아무리 미국화되었다고는 해도 어디까지나 표면적인 흉내에 지나지 않기 때문에,

말을 하면서 그런 동작을 취하면 어딘지 모르게 어색해 보인다는 것이다. 그런 점에서 80년대 이후에 태어난 젊은이들은 '미국화'라는 말의 의미를 이해할 수 없을 정도로 미국 문화에 젖어 자랐기 때문에 자연스럽게 그런 동작을 취할 수 있다는 것이다.

치아키는 어려운 건 잘 모르지만, 왠지 모르게 멋진 것 같았다. 그래서 어깨를 으쓱하거나, 말을 하면서 상대의 몸을 건드리거나, 고개를 갸웃하는 동작을 거울을 보며 연습했다. 이 정도면 귀엽고 섹시하고 자연스럽다는 생각이 들 때까지 연습한 다음, 실전에 적용해보았다. 그런 피눈물나는 노력의 결과가 치아키의 몸짓에 고스란히 배어 있었다.

마주 앉은 남자도 치아키의 그런 귀여운 몸짓에 매력을 느끼는 것 같았다. 그는 빙긋 웃더니 테이블 너머 치아키 쪽으로 몸을 기울였다.

"애인 만나는 걸 방해한 것 같은데?"

"애인 없어요. 정말이에요. 그냥 친구예요."

눈앞의 그가 말을 걸기 직전까지만 해도 카피라이터를 지망하는 젊은이와의 화려한 미래를 공상했다는 사실마저 치아키의 머릿속에서 깡그리 지워져버렸다. 게다가 멀리서 보니 만나기로 했던 그 남자는 어딘지 모르게 머리가 나쁜 것 같고, 생긴 것도 별로였다. 정말로 카피라이터가 될 수 있을지도 의심스러웠다. 그보다는 눈앞에 있는 이 사람이 훨씬 더 멋지고 분위기도 있어 보였다.

"아까도 말했지만, 난 이상한 사람이 아냐. 사실은 카메라맨 지망생이야."

마주 앉은 남자가 그런 말을 했을 때, 주문한 음료수가 나왔다. 그는 아이스커피, 치아키는 오렌지주스였다. 젊은이들 사이에서 유명한 가게여서 손님이 많았다. 치아키처럼 교복을 입고 모여앉은 소녀들도 있었다. 그 여자애들 가운데 하나가 치아키와 똑같은 오렌지주스 스트로를 물고서 아까부터 치아키와 남자의 얼굴을 번갈아 살펴보다가, 치아키가 노려보자 시선을 돌려버렸다.

"아까 모델을 찾고 있다고 했잖아요."

스트로를 입술 사이에 끼운 채, 눈을 치켜뜨고 상대를 똑바로 쳐다보면서 치아키는 코맹맹이 소리로 물었다.

"미리 말해두지만, 너무 큰 기대를 하면 곤란해. 선배와 나는 연예계와는 아무런 연줄도 없고, 패션모델을 스카우트하는 사람도 아냐."

그렇게 말하고 남자는 시럽도 넣지 않은 아이스커피를 글라스째 한 모금 마시더니 미간을 찌푸렸다.

"맛없어요?" 하고 치아키는 눈을 동그랗게 떴다.

"별로야. 뭐, 상관없어."

그러고는 글라스를 테이블 위에 아무렇게나 내려놓았다. 그런 동작이 어딘지 모르게 어른스러워 보였다. 파스텔 톤의 실내에서 그만이 두드러져 보였다. 그래, 이 사람은 어른이야. 샐러리맨처럼 꾀죄죄해 보이지도 않으면서 사회인의 분위기가 느껴져.

"나와 선배는 현대 일본인의 얼굴을 찾고 있어. 그런 사람을 모델로 쓰고 싶어서 말이야."

"오빠하고, 선배?"

"참, 아직 말을 안 했지. 난 설명을 잘 못 해서 말이야."

그는 머리를 긁적였다. 긴 머리칼이 찰랑거렸다. 그는 앞머리를 쓸어 올리고 차근차근 설명하기 시작했다.

그와 그의 선배 카메라맨은 주로 보도사진을 찍는 프리랜서이다. 옛날에도 같이 사진집을 낸 적이 있는데, 이번에는 20세기 말 일본인의 초상이라는 콘셉트로 새로운 사진집을 제작해 출판과 함께 공동사진전을 개최할 예정이다. 그래서 지금 작품 제작에 여념이 없다.

"팔십 퍼센트는 다 됐어. 둘이서 지금까지 찍어온 작품들이 있으니까. 그런데 둘 다 사건을 주로 찍다보니 인물 사진이 부족해."

"사건 사진만 찍었어요?"

"그렇지. 보도사진이란 주로 그런 거니까."

"정말 대단하네요."

"대단할 것도 없어. 난 아직 초짜야. 이제부터가 문제지."

그는 그렇게 말하고 아이스커피를 마신 다음 다시 미간을 찌푸렸다. 치아키는 웃으면서 그 모습을 지켜보았다. 그의 어투가 마음에 들었다. 처음 만나는 치아키를 어떻게 상대하면 좋을까 망설이면서, 친밀감과 열의를 동시에 보여주고 싶어하는 그의 마음이 전해져왔기 때문이다.

'좋은 사람이야.'

치아키의 웃음이 더 커졌다.

'오늘 이 사람을 만난 게 내게는 큰 행운일지도 몰라.'

"그래서 나를 그 사진집 모델로 쓰겠다는 거예요?"

"그렇지."

"난 그렇게 미인이 아닌데요. 다리도 굵고 키도 보통이고……"

그는 웃으면서 치아키의 말을 가로막았다.

"그러니까 나는 지금 탤런트를 스카우트하는 게 아니라고 하잖아. 아까 역 앞에 서 있을 때, 네 표정이 좋았어. 뭐라고 할까, 아주, 아주 맑은 눈으로 뭐든 다 들여다볼 수 있을 것 같은 느낌. 그렇지만 뭔가 불안한 것 같았어. 그래서……"

"그래서?"

그가 말꼬리를 흐리자 이번에는 치아키가 몸을 앞으로 내밀었다.

그는 눈을 내리깔고는 창밖으로 시선을 던졌다. 말하기 어렵다는 듯이 입술을 깨물고 있었다. 그리고 어깨를 으쓱하더니 치아키 쪽을 바라보며 말했다.

"말해도 기분 나쁘게 생각하지 않을 거지?"

이 순간, 치아키는 예전에 만났던 탤런트 지망생의 말을 믿지 않기로 했다. 눈앞에 앉은 남자는 어디를 보나 80년대 이전에 태어났지만, 어깨를 으쓱하는 폼이나 입술을 깨무는 동작이 너무도 자연스럽지 않은가.

"너무 외로워 보였어. 고독한 것 같았어. 그런 분위기가 현대 젊은이의 초상화로 너무 잘 어울릴 것 같다는 생각이 들었거든."

치아키는 웃음을 거두고 눈앞의 남자를 빤히 쳐다보았다. 사람을 쳐다보는 방법도 열심히 연습해왔지만 적어도 이때만큼은 순수한 마음으로 쳐다보았다.

맞은편에 앉은 남자가 사과했다.

"미안해. 기분 나빴지?"

치아키는 말없이 고개를 가로저었다.

"아네요, 화나기는요. 오히려 기분 좋아요."

"좋아?"

"응, 나 말예요…… 밝고 명랑하다는 말은 들어보았지만, 외로워 보인다는 말은 처음이거든요."

사실은 너무 외롭다는 뜻을 은근히 내비치며 그렇게 말했다.

이번에는 그가 입을 다물었다. 치아키는 얼굴을 들고 그에게 웃어 보였다.

"나, 모델이 될게요."

"정말 괜찮니?"

"응."

"저…… 나도 선배도 돈이 없어서 모델료는 줄 수 없는데."

"돈은 필요 없어요. 서비스할게요."

"그건 안 돼. 일은 정식으로 하는 게 좋아."

그러나 금방 다행이라는 표정을 지으며 웃어 보였다.

"정말 고마워. 꼭 좋은 작품을 만들게."

무리지어 앉은 여학생들이 다시 치아키와 남자 쪽을 바라보고 있었다. 이번에는 혼자가 아니라 두세 사람이 동시에 쳐다보고 있었다. 그 얼굴에서 한결같이 질투의 빛이 어른거렸다.

치아키는 가슴이 뿌듯해졌다. 이런 일은 태어나서 처음이었다.

"그럼 어떡하면 돼요?"

치아키가 흥분하자 그는 당황하는 듯했다.

"오늘은 됐어. 지금 갑자기 스튜디오로 갈 수는 없지. 벌써 늦은 시간인데, 가족들이 걱정하잖니."

"가족? 그런 거 없어요."

그는 치아키의 얼굴을 빤히 들여다보며 말했다.

"너, 가족들과 사이가 안 좋구나."

치아키는 어깨를 으쓱했다. 보다 효과적인 각도로, 보다 효과적인 표정을 지으며.

"나를 걱정해주는 사람은 아무도 없어요."

그러자 그는 단호하게 말했다.

"그건 너의 오해야. 자식을 걱정하지 않는 부모가 어디 있어."

치아키는 놀랐다. 자신을 똑바로 쳐다보는 그의 눈동자에서는 걱정과 동정, 그리고 약간의 분노의 빛이 감돌고 있었다. 가슴 깊은 곳이 찌릿했다.

처음이야. 정말 이런 사람 처음이야.

그의 말대로 오늘은 그냥 집으로 돌아가는 게 좋을지도 모른다. 그러나 돌아가고 싶지 않았다. 더 오래 그의 곁에 있고 싶었다. 지금 헤어지면 너무 멀어져버릴 것만 같았다.

치아키는 자신의 기분에 솔직한 소녀였다. 그리고 그것을 바람직한 것이라고 믿었다. 자신의 기분에 솔직한 것과 탐욕스럽고 성급한 것은 종이 한 장 차이라는 사실을 몰랐다. 그리고 그 작은 틈을 만들어내는 것이 사회에 대한 자신의 상상력이라는 것도 몰랐다. 누구에게서도 배우지 못했다.

그래서 자신의 기분에 솔직해지기 위해서라면 아무렇지도 않게 거짓말을 했다.

"아무도…… 없어요."

"응?"

"우리집에는 아무도 없어요. 엄마 아빠는 바빠요. 가정부가 만들어놓은 저녁만 냉장고에 있을 뿐이에요."

맞은편에 앉은 남자는 다시 입을 다물었다. 몹시 당혹스러워하는 것 같았다. 동시에 치아키를 동정하는 것 같기도 했다.

동정. 누군가를 자신의 소유물로 삼고 싶을 때 최고의 무기가 되는 것이 바로 이런 감정이다. '동정'이야말로 마음을 파고드는 송곳이다. 치아키는 소녀의 본능과 지혜로 그것을 체득하고 있었다.

"그럼 오늘 스튜디오로 갈까? 테스트로 폴라로이드를 찍어보고, 또 촬영 장소를 정하려면 네 의견도 들어봐야 하니까."

말을 멈추었다가 남자는 서둘러 덧붙였다.

"물론 돌아갈 때는 내가 데려다줄게."

"응, 그럼 되겠네요!"

"그럼 선배한테 연락할게."

맞은편 남자는 자리에서 일어섰다. 품속에서 휴대폰을 꺼내면서 통로 쪽으로 걸어갔다. 치아키는 그의 뒷모습을 바라보면서 혼자 만족스러운 미소를 지었다.

오 분 정도 지나서 그는 자리로 돌아왔다. 고개를 갸우뚱거렸다.

"선배한테 연락이 안 돼."

"스튜디오에 전화한 거예요?"

"아니, 지금 누굴 만나느라 호텔에 있어. 서쪽 출구에 있는 플라자 호텔이야."

그는 선 채로 무릎을 탁탁 치면서 잠시 생각하고는 중얼거렸다.

"프런트에 메시지를 남길까…… 차도 가지러 가야 하는데……"

"차? 어디 세워뒀는데요?"

"남쪽 출구 주차장."

"그럼 차를 타고 같이 플라자 호텔로 가면 되잖아요."

그는 미간을 찌푸렸다.

"이렇게 복잡한 시간에? 걷는 게 더 빠를 것 같은데."

"아, 그렇겠네요."

치아키는 고개를 끄덕였다.

"그럼 부탁 좀 해도 될까?"

"나 말이에요?"

"응, 플라자 호텔 프런트에 메시지를 전해줄 수 있을까? 나는 그 동안 차를 빼서 서쪽 출구 지하주차장에 가 있을 테니까. 스튜디오는 시모키타자와야. 미안하지만 빨리 좀 갔다 왔으면 좋겠는데."

치아키는 고개를 끄덕였다. 그는 호주머니에서 봉투를 꺼냈다.

"이거야."

의심할 수 있는 유일한 기회였다. 그러나 히다카 치아키는 의심하지 않았다.

"그런데 좀 이상하잖아요?"

"뭐가?"

"나, 아직 이름도 말하지 않았어요. 오빠 이름도 모르고."

그는 웃었다.

"그렇네. 난 나카무라 겐지라고 해."

"난 히다카 치아키라고 해요."

그는 테이블 위의 계산서를 들고 카운터로 향했다. 치아키는 발걸음도 가볍게 가게 밖으로 나갔다.

기회는 이때 또 한번 있었다. 카운터 뒤쪽 벽에 이 가게 점장의 얼굴 사진이 걸려 있었다. 고리타분한 중년 남자가 정면을 바라보고 있고, 그 아래에 나카무라 겐지라는 이름이 적혀 있었다.

그러나 히다카 치아키는 카운터 벽을 보지 않았다. 그녀가 본 것은 현실이 아니라 꿈이었다. 그 카메라맨이 나카무라 겐지도 아니고, 그가 한 말도 모두 거짓이라는 것을 치아키는 알 길이 없었다.

그의 부탁대로 플라자 호텔 프런트에 메시지를 전하고, 히다카 치아키는 신주쿠 역 서쪽 출구 지하주차장으로 달려갔다.

나카무라 겐지는 치아키가 찾기 쉽게 차 옆에 서 있었다. 차는 행동파 카메라맨에게 어울리는 대형 사륜구동이었다. 치아키가 번호판을 보고 렌터카라는 사실을 알아차린다 해도 별 상관 없었다. 현장으로 달려가는 사진기자가 번쩍거리는 로버나 체로키를 타고 다닐 돈이 있을 리가 없지 않은가.

사실이 그랬다. 치아키는 그를 보자마자 웃으면서 달려왔다. 그리고 소녀 특유의 감각으로 재빨리 그 차의 가치를 가늠해보았다. 치아키가 번호판을 확인하는 것을 알아차리고 나카무라 겐지가 먼저 입을 열었다.

"미안해, 렌터카라서. 너희 같은 여고생 눈으로 보면 보잘것없지만,

나나 선배나 돈이 없어서 어쩔 수 없어.”

시원스럽게 말하고 남자는 경쾌한 동작으로 운전석에 올랐다. 시야의 구석에서 치아키의 표정이 묘하게 변하는 것을 알 수 있었다. 기대한 대로였다. 치아키는 고작 렌터카라고 생각한 자신을 자책하고 있는 것 같았다.

그런 반응이야말로 그가 바라던 바였다. 경박한 물질주의, 황금만능주의의 여고생들. 그러나 그 내면에는 자신들의 그런 성향의 대극에 있는 어떤 가치관과 조우하고 싶은 바람이 있다. 돈이 전부가 아니라는 사고방식을 가지고 살아가는 남자에 대한 비현실적인 동경이 있는 것이다. 그렇기 때문에 그런 내면의 한 부분을 슬쩍 건드려주기만 하면 가볍게 마음을 사로잡을 수 있다.

“그런데 혹시 프런트에서 누가 말을 걸지 않았니?”

치아키는 눈을 동그랗게 떴다.

“누가?”

“아니면 됐어.”

그는 흡족한 미소를 띠었다.

“누군가가 나하고 한 약속을 지켜주었다는 걸 알았어.”

치아키는 웃으면서 물었다.

“그게 무슨 말이에요?”

“좋은 일이야. 나중에 가르쳐줄게.”

치아키가 조수석에 앉자 나카무라 겐지는 차를 움직이기 시작했다. 차 안은 쓰레기 하나 없이 깨끗하고, 뒷좌석에는 아무렇게나 펼친 지도 한 장과 음료수 캔 몇 개가 놓여 있었다.

차는 시모키타자와로 향했다. 가는 도중에 신호를 기다리는 틈을 타서 캔 음료수 쪽으로 손을 뻗으며 목이 마르지 않느냐고 물을 생각이었다.

치아키는 마실 수도 있고 안 마실 수도 있다. 첫 교차로가 나왔다. 그녀가 마시지 않는다면 다른 수단이 마련되어 있다.

히다카 치아키는 우롱차를 골랐다. 실제로 목이 마르기도 했다. 공기가 건조해서인지도 몰랐다.

그녀가 마신 우롱차에는 어떤 가공이 되어 있었다. 치밀한 성격의 피스가 캔뚜껑을 살짝 열어 주삿바늘로 수면제인 할시온 수용액을 주입해둔 것이었다. 거구의 남자라도 비틀거릴 정도의 양이었다. 캔뚜껑을 원래 모양으로 돌려놓는 데도 세심한 주의를 기울였다.

백미러에서 신주쿠 고층빌딩들의 모습이 사라지기도 전에 히다카 치아키는 잠에 빠져들었다. 목을 푹 꺾고 다리를 벌린 채. 교복 스커트 사이로 팬티가 드러나 보였다.

나카무라 겐지는 웃었다. 너무 우스워서 참을 수 없었다. 그리고 구리하시 히로미로 돌아왔다.

카페 점장의 이름을 빌린 것은 참으로 위험천만한 일이었다. 그런 만큼 스릴이 있었다. 히다카 치아키에게 그의 가짜 이름을 발견할 기회를 준 것은 그의 운과 그녀의 운을 저울질해보는 참으로 가슴 두근거리는 도박이었다. 이 세상이 자신의 꿈처럼 돌아가리라는 근거 없는 믿음을 가진 이 어리석은 소녀는, 조금만 고개를 돌려 카운터 뒷벽을 보지 않았기 때문에 지금 여기 이렇게 잠들어 있는 것이다. 치아키는 도박에서 졌다. 그녀의 수호천사는 그녀에게 시선을 돌려보라는 지시를 내리지 않았고, 그래서 그녀의 목숨을 구리하시 히로미에게 던져주고 만 것이다.

연극은 끝났다. 그는 경쾌하게 차를 몰았다. 잠시 후루카와 마리코의 집에 들러 선물을 전해주고, 도쿄에서 멀리 떨어져 있는 피스와 히로미만의 공간, 이 멋진 계획의 무대 뒤쪽으로 갈 것이다.

아리마 할아버지는 역시 약속을 잘 지키는 사람이었다. 이쪽의 요구사항을 모두 받아들였다. 이것 또한 도박이었지만 충분히 승산이 있었다. 여덟시에 호텔 바로 전화를 걸면 칭찬의 말이라도 해줄까. 내가 기대한 대로 잘해주었다고. 아니면 더 심하게 놀려줄까.

예정대로라면 피스도 오늘밤 늦게 '산장'에 도착할 것이다. 치아키를 보면 뭐라고 할까? 구리하시 히로미가 혼자서 해낸 이 일을 어떻게 평가할까? 처음에는 멋대로 위험한 행동을 해서는 안 된다고 화를 낼지도 모르지만, 결국에는 만족할 것이다. 그래, 오늘은 '산장'으로 접근할 때 특히 조심해야 해. 후루카와 마리코의 집에 들를 때도 차를 좀 떨어진 곳에 대고 걸어서 가도록 하자.

기분이 좋은 나머지 구리하시 히로미는 저도 모르게 휘파람을 불고 있었다. 제목은 '맥 더 나이프'. 이 계획을 실행할 즈음의 어느 날 심야 음악 프로그램에서 들었는데 아주 마음에 들었다. '나이프'라는 단어가 들어 있는 것이 특히 좋았다. 가사의 뜻은 모르지만, 그건 아무래도 좋다. '나이프'라는 말만 있으면 그만이다.

그러나 피스도 구리하시 히로미도 아직까지 나이프를 사용해본 적이 없었고, 앞으로도 그럴 생각이 없다. 칼까지 휘두르면 나중에 청소하기 귀찮아진다.

그러나 아무리 조심스럽게 일을 진행해도 쓰레기는 나온다. 청소를 할 때마다 피스와 구리하시 히로미는 다툰다. 둘 다 더러운 일은 싫어했다.

'피스 자식, 방을 개조하면 될 것을.'

인테리어 업자에게 적당한 구실만 댈 수 있으면 여자들을 가두어두는 방을 완전히 바꿀 수 있다고 피스는 말했다. 바닥 아래쪽에 배수 파이프를 넣고, 바닥을 콘크리트로 발라 중앙에 구멍만 하나 뚫어놓으면 된다. 그렇게 하면 호스로 물만 뿌리면 청소는 간단히 해결된다.

게다가 거기에 갇힌 여자들도 자신이 처한 입장을 보다 쉽고 빨리 깨닫게 될 것이다. 그 순간의 얼굴을 보고 싶다. 자신이 동물 취급을 받고 있고, 감금당했고, 지금까지 친절하게 대해준 그 멋진 남자가 한 말이 모두 거짓말이었고, 자신이 완전히 속았음을 깨닫는 그 순간의 얼굴. 아, 얼마나 매력적인 표정일까.

구리하시 히로미는 휘파람을 불었다. 히다카 치아키는 계속 잠을 자고 있었다. 나이프는 노래 속이 아니라 구리하시 히로미의 마음속에 들어 있었다.

꿈을 꾸었다.

꿈속에서 히다카 치아키는 사진 모델이 되어 있다. 그녀 앞에 서 있는 카메라맨은 이상할 정도로 커다란 카메라를 들고 있어서 얼굴이 보이지 않는다. 치아키는 교복이 아닌 짧은 원피스를 입고 있다. 제일 좋아하는 노란색. 맨발에, 발톱은 빨갛게 칠해져 있다.

조명이 너무 뜨거워 치아키는 땀을 흘린다. 여자가 다가와서 치아키의 얼굴에 파우더를 두드린다. 머리카락을 다듬어주면서 정말 예뻐요, 하고 말한다. 치아키는 여자를 향해 미소를 짓는다. 하지만 그 여자는 사라지고 없다. 치아키의 코끝에는 파우더 향기만 남아 있다.

커다란 카메라를 이리저리 돌리고 있는 카메라맨은 마치 춤을 추고 있는 것 같다. 포즈를 취하는 건 모델인데, 카메라맨이 왜 춤을 추지?

치아키는 웃었다. 그 웃는 얼굴을 향해 카메라맨은 셔터를 누른다. 찰칵, 찰칵, 찰칵.

덥다. 눈부시고 뜨겁다. 얼굴을 제대로 들 수 없을 정도로 강렬한 조명. 모델 치아키는 잠깐 쉬고 싶어진다. 피곤해, 좀 쉬고 싶어. 그러나 커다란 카메라를 들고 춤을 추는 카메라맨의 귀에는 치아키의 말소리가 들리지 않는 것 같다. 좀 이상해. 치아키는 카메라 앞을 떠나려 한다. 이제 싫어. 그만둬. 하지만 누군가가 치아키의 오른손을 잡아당긴다. 그래서 움직일 수 없다. 왜 이렇게 세게 잡아당겨? 당기지 마, 아파. 왜 이렇게 더워? 눈부셔. 조명 좀 꺼. 나 쉬고 싶어.

카메라맨은 미친 듯이 춤을 춘다. 바닥이 울린다. 쿵, 쿵, 쿵.

쿵!

그 순간, 눈을 떴다.

히다카 치아키는 몸을 부르르 떨면서 얼굴을 들어올렸다. 코끝에 땀방울이 맺혀 있었다.

시야가 희미하다. 초점이 맞지 않는다. 머리가 흔들거린다. 위장이 텅 비었는데도 구역질이 난다.

대체 여긴 어디지?

서너 평 넓이의 방이었다. 바닥도 벽도 모두 판자. 치아키는 문득 작년 여름에 친구와 놀러 갔던 가루이자와의 펜션을 떠올렸다. 나무 냄새가 나는 방.

그러나 지금 치아키가 있는 이 방은 그 펜션에 비하면 너무나 살풍경하다. 바닥에는 아무것도 깔려 있지 않고, 장식품도 없다. 침대 하나만 덩그러니 놓여 있고, 치아키는 그 침대에 기대 바닥에 앉아 있었다. 침대 반대편에는 십사 인치 텔레비전 한 대가 싸구려 테이블 위에 놓여 있다.

치아키의 정면 벽에는 커튼도 달리지 않은 허리 높이의 창이 하나 나 있었다. 뿌연 유리창 너머로 튼튼한 철창이 보인다. 밝은 햇살이 일직선으로 치아키 쪽으로 비쳐들었다. 아까 꿈속에서 보았던 밝은 조명도 강렬한 햇살 때문인 것 같았다.

'여기가 어디지?'

치아키는 세차게 머리를 흔들었다. 머릿속에 탁한 공기가 가득 찬 것 같은 느낌이었다. 아무리 생각해도 기억이 나지 않았다. 내가 여기서 뭘 하고 있지?

자신의 몸을 내려다보고는 깜짝 놀랐다. 속옷 차림이었다. 양말도 없었다. 축 늘어진 다리를 끌어당겨 무거운 몸을 들어올리고 무릎으로 바닥을 짚고서 몸을 일으키려는데, 손목이 아파왔다. 치아키는 오른손을 내려다보고는 눈을 동그랗게 떴다.

오른 손목에 수갑이 채워져 있었다. 수갑의 다른 쪽은 침대 다리에 채워져 있었다.

꿈속에서 누가 오른손을 잡아당긴 것도 이 수갑 때문이었다. 머리끝에서 발끝까지 피가 거꾸로 흐르는 것 같은 충격에 휩싸였다. 대체 무슨 일이 일어난 걸까?

치아키는 입을 벌리고 소리치려 했다. 그러나 작은 신음소리밖에 나오지 않았다. 그 순간, 그 소리에 반응이라도 하듯 어디선가 쿵, 하는 소리가 들렸다. 치아키는 몸을 움츠렸다.

창문 왼쪽 벽에 문이 있었다. 이 방의 출입구로 사용되는 문일 것이다. 쿵, 하는 소리는 그 문 건너편에서 들려왔다. 가까운 곳이 아니다. 머리 위에서 들려오는 소리 같기도 했다.

이 침대에서 수갑을 벗겨내고 도망쳐야 한다. 치아키는 있는 힘을 다해 침대를 밀기도 하고 잡아당기기도 해보았다. 싸구려 파이프 침대라 치아키의 힘으로도 간단히 움직일 수 있을 것 같았다. 그러나 아무리 애를 써도 꼼짝도 하지 않았다. 자세히 보니 침대 다리가 바닥에 나사로 고정되어 있었다.

치아키는 울먹였다. 그때 또 쿵, 하는 소리가 들려왔다. 치아키는 겁을 먹고 두 팔로 머리를 감싸며 몸을 웅크렸다.

그때, 문이 열렸다. 두 개의 다리가 방 안으로 들어섰다. 새하얀 운동화. 남자의 발끝이 보였다.

치아키는 눈을 들어올렸다.

"아!" 하고 그 남자는 말했다.

"이제 눈을 떴군."

그 목소리가 치아키의 기억을 불러냈다. 느낌이 좋은 청년, 카메라맨, 나카무라 겐지, 신주쿠의 찻집, 그리고 그의 차.

"당신……"

치아키는 입술을 바르르 떨면서 말했다.

"나를 속였어!"

그는 회심에 찬 미소를 지었다. 하늘색 셔츠에 하얀 면바지를 입고 문에 등을 기대고 있었다. 나는 이런 꼴로 땀을 흘리고 있는데, 자기는 저런 깔끔한 차림이라니. 그리고 어떻게 저리도 기분 좋게 웃을 수 있단 말인가.

"다시 소개하지. 난 나카무라 겐지가 아니라 구리하시 히로미라고 해."

남자는 천천히 치아키에게 접근했다. 치아키는 침대에 등을 대고 바닥에 걸터앉은 채 뒤로 물러나려 애썼다.

"가까이 오지 마!"

"겁내지 마. 손대지 않을 테니까."

구리하시 히로미는 웃으면서 치아키를 내려다보았다.

"너무 잘난 체하지 마, 아가씨. 냄새나고 더러워서 눈뜨고 봐줄 수가 없군."

치아키는 눈앞이 캄캄해지면서 현기증이 일었다. 구리하시의 말 대로 짐승처럼 쭈그리고 앉은 자신의 모습이 너무 창피했다. 나를 이렇게 만든 게 누군데? 내가 무슨 잘못을 했다고? 뭐야, 이 남자!

구리하시 히로미는 바닥에 쭈그리고 앉아 치아키와 눈높이를 맞추었다.

"난 아무 잘못도 하지 않았는데 왜 이런 꼴을 당해야 하느냐고 생각하고 있지? 그렇지?"

느글느글하게 웃으면서 남자는 하얀 이를 드러냈다.

"그렇지만 넌 아주 나쁜 짓을 했어, 치아키."

구리하시 히로미는 일어서서 침대 다리 쪽에 있는 텔레비전을 켰다. 화면이 흔들리더니 드라마의 한 장면이 비쳤다. 구리하시 히로미는 채널을 바꾸었다. 그러자 뉴스 프로그램이, 아니 와이드쇼의 스튜디오가 나타났다.

"흠, 하고 있군."

구리하시 히로미는 치아키가 화면을 볼 수 있도록 텔레비전 앞에서 비켜섰다. 사회를 보는 아나운서가 중계 리포터와 이야기를 나누고 있었다. 리포터는 신주쿠 플라자 호텔 앞에 서 있었다.

아무래도 사건 현장에서 생중계를 하는 것 같았다. 무슨 사건일까?

치아키의 등허리로 차가운 바람이 불었다. 혹시 나? 내가 유괴당한 것이 벌써 사건으로 보도되고 있는 걸까?

그렇다면 사람들이 나를 찾고 있다는 말이다. 차가운 바람이 희망에 찬 두근거림으로 변했다. 치아키는 눈길을 돌려 구리하시 히로미라는, 아직 그 정체를 알 수 없는 남자의 얼굴을 쳐다보았다.

구리하시 히로미는 여전히 웃음을 띠고 있었다. 동요하는 기색은 없었다. 그리고 치아키의 마음을 꿰뚫어본 듯 장난스러운 어투로 말했다.

"미안하지만 놈들은 네가 행방불명되었다고 야단법석을 떠는 게 아냐. 너도 다른 사람 말을 주의 깊게 듣는 습관을 좀 길러야겠어. 아까 내가 뭐라고 했어? 네가 아주 나쁜 짓을 했다고 했지?"

와이드쇼 화면에서는 침울한 표정의 아나운서가 리포터에게 말하고 있었다.

"범인의 메시지를 전한 여고생의 신원은 아직 밝혀지지 않았나요?"

"애석하게도 아직 파악하지 못한 것 같습니다."

"이런 잔혹한 사건에 여고생이 관련되어 있다니 정말 충격적입니다."

"그렇습니다. 공범자인지, 또는 그냥 이용당했는지는 아직 알 수 없습니다."

"어쨌든 후루카와 마리코 씨의 안전을 확인하는 것이 급선무이고, 만일 범인에게 감금되어 있다면 하루라도 빨리 구출해야 할 것입니다."

치아키는 대체 무슨 소린지 알 수 없었다. 잔혹한 일? 여고생이 관련되었어? 범인의 메시지? 무슨 말이야? 후루카와 마리코? 누구지? 치아키는 고함을 지르고 싶었다. 너희들이 구출해야 할 사람은 나란 말이야!

"이런 멍청이! 신문도 텔레비전 뉴스도 안 보나보지?"

느긋하게 팔짱을 끼면서 구리하시 히로미는 내뱉듯이 말했다.

"이봐 히다카 치아키, 스미다 구 오가와 공원에서 잘린 팔 하나가 발견되었다는 뉴스 안 들어봤어? 후루카와 마리코라는 실종된 여자에 대해서도 아무것도 몰라?"

멍하니 입을 벌린 채 치아키는 남자의 눈을 바라보았다. 거기에는 순수한 경멸의 빛이 감돌고 있었다. 마치 저주해야 마땅할 원수를 노려보듯이 그 시선을 치아키의 얼굴에 고정시킨 채, 구리하시 히로미는 지금 와이드쇼에서 다루고 있는 사건에 대해, 거기에서 치아키가 한 역할에 대해, 그녀가 플라자 호텔에 전한 메시지에 대해, 하나하나 설명했다.

이야기는 듣는 중에 치아키는 기억을 떠올렸다. 오가와 공원 사건.

그렇다, 엄마가 말했었다. 이런 끔찍한 사건도 있으니 밤거리를 나다니지 말라고 했다. 남자는 다 늑대야, 그런 말도 했다.

그때 나는 뭐라고 대답했었던가, 치아키는 자문해보았다. 엄마에게 무슨 말을 했던가.

'난 남자에게 죽을 정도로 멍청하지 않아!'

그렇게 대답했었다.

치아키의 눈에 눈물이 고였다. 입술 양쪽이 들썩거리면서 토막난 말이 흘러나오기 시작했다.

"집, 에, 가고, 싶어. 엄마, 보고, 싶어."

구리하시 히로미는 폭소를 터뜨렸다.

"집에 가고 싶다고? 엄마 아빠는 바빠서 집에 없다면서? 가정부가 만든 저녁만 냉장고 안에 들어 있다면서?"

그렇게 웃으면서 그는 방을 나섰다.

그후 얼마간 치아키는 혼자 방치되어 있었다.

치아키는 텔레비전과 시간을 함께했다. 리모컨을 찾을 수도 없고, 침대에 손이 묶여 전원을 끌 수도 없었다.

그러나 그 덕분에 시간의 흐름은 알 수 있었다. 의식을 회복한 직후부터 보기 시작한 와이드쇼는 오전 프로그램이었다. 그후 같은 채널에서 뉴스를 보고, 정오의 오락 프로그램을 보고, 오 분짜리 요리 프로그램을 보고, 그리고 다시 와이드쇼가 시작되었다. 플라자 호텔 사건은 와이드쇼의 가장 큰 화젯거리였다.

사건의 개요를 듣고 치아키는 자신이 지금 어떤 상황에 놓여 있는지를 알 수 있었다. 아직 사람들은 치아키가 오가와 공원 사건의 공범자인지, 그냥 이용만 당한 무고한 제삼자인지를 확인하지 못하고 있었다.

그러나 심정적으로는 '공범'으로 보고 있는 것 같았다.

엄마는 나를 찾고 있을까? 내가 외박을 자주 했으니까, 아마도 하루 정도는 더 기다릴지도 모른다.

배도 고프고 목도 말랐다. 햇살이 그대로 비쳐드는 방이라 땀도 많이 흘렀다. 덕분에 화장실에는 가고 싶지 않았지만, 오후 세시가 넘어서자 더이상 참을 수 없는 지경에 이르렀다.

몇 번이나 소리쳐 불러보기도 했다. 그러나 아무런 대답이 없었다. 텔레비전만 끊임없이 이야기를 쏟아내고 있었다. 사건을 보도하는 동안은 그래도 괜찮았다. 한 시간 정도가 지나자 다른 코너가 시작되고 '홈메이드 케이크 가게 순례' '가을을 즐기는 패션' 같은 평화로운 화면이 비치기 시작했다. 그것이 견디기 힘들었다. 손을 뻗으면 닿을 것 같은 곳에 안락과 행복이 있는데, 치아키의 상황은 조금도 변함이 없었다. 텔레비전이란 얼마나 잔혹한 장난감인가.

히다카 치아키가 조금이라도 상상력이 있는 소녀였다면, 구리하시 히로미가 텔레비전을 켜둔 의미를 알아차렸을 것이다. 실체가 없는 '정보'만 던져줌으로써 고독과 허기와 목마름의 고통을 한층 더 부추기는 일종의 고문이라는 사실을 깨달았을지도 모른다.

네시에 접어들면서는 더이상 참을 수 없어, 엉덩이에 힘을 주고 두 다리로 사타구니를 조이면서 식은땀을 흘렸다.

"제발 화장실 좀 가게 해줘! 화장실!"

몇 번이나 문을 향해 외쳤다. 그러는 사이에 자신이 바보라는 생각이 들었다. 창밖을 향해 외치면 될 것을.

"살려주세요! 누구 없어요? 제발 살려주세요!"

몇 번이나, 온몸의 힘을 짜내 외쳤다. 이 목소리를 들어줄 사람이 있을지도 모른다. 그 남자는 치아키를 여기 묶어두고 그냥 가버렸을지도 모른다.

목이 아파왔다. 침도 나오지 않았다. 생리적인 욕구가 점점 더 강해졌다. 눈물이 났다.

문 저편에서 발소리가 들려왔다. 치아키는 귀를 기울였다. 계단을 오르는 발소리. 여기는 이층인가?

문이 열리고 구리하시 히로미가 얼굴을 내밀었다.

"시끄러!"

자고 있었던 모양이었다. 머리카락이 흐트러져 있고, 눈두덩이 부어 있었다.

치아키는 그에게 다가가려 했다. 수갑이 묶인 손발이 아팠다.

"제발 화장실 좀 가게 해줘."

구리하시 히로미는 눈꺼풀을 깜빡거렸다. 그러고는 멍하니 텔레비전을 보았다. 와이드쇼는 끝나고 드라마 재방송이 시작되고 있었다.

"어, 벌써 시간이 이렇게 됐네."

"부탁이야!"

"너 정말 구제불능이구나."

"화장실!"

"우리가 너를 여기 방치한 건, 아무리 소리쳐도 사람이 오지 않는 외딴 곳이기 때문이란 걸 몰랐어? 처음엔 조용하길래 아는 줄 알았지."

"화장실!"

"고함쳐도 아무도 오지 않는다는 거, 이제 알겠지?"

치아키는 소리내어 울었다. 더이상 참을 수 없었다.

구리하시 히로미는 호주머니를 뒤지더니 작은 열쇠를 꺼내 수갑을 풀어 치아키의 양손에 다시 채웠다.

"화장실은 복도 끝에 있어."

치아키는 비틀거리며 방을 뛰쳐나갔다.

밤.

치아키는 다시 수갑을 찬 채 침대에 묶여 있었다.

배가 고파 현기증이 날 지경이었다. 위에서 꾸르륵 소리가 났다. 해가 떨어지자 실내의 기온도 내려가고 땀도 다 식어버렸다. 더이상 고함을 지를 기력도 없었다.

화장실에 뛰어갔을 때 수갑 때문에 팬티를 제대로 내리지 못해 그만 오줌을 지리고 말았다. 자신의 몸에서 나는 악취에 진저리를 쳤다.

볼일을 마치자 구리하시 히로미는 그녀의 목을 한 팔로 휘감고 방으로 데리고 왔다. 그래서 치아키는 짧은 복도와, 복도를 사이에 두고 마주 보고 있는 문과, 복도 앞에 난간이 달린 계단이 있다는 것 정도밖에 볼 수 없었다.

건물 분위기로 보아서는 별장인 것 같았다. 구리하시 히로미가 '외딴 곳'이라고 한 건 거짓말이 아닌 것 같았다.

'그치만, 왜 나를?'

'목적이 뭘까? 내 몸을 원하는 걸까?'

'그렇다면 하자는 대로 해주다가 기회를 봐서 도망칠 수 있을지도 몰라.'

아까부터 치아키는 그 생각만 하고 있었다. 곁에 와서 협박하고 놀리는 것보다 그냥 내버려두는 것이 더 불안했다.

눈을 감자 어머니 얼굴이 떠올랐다. 걱정하고 있다. 울먹이고 있다. 치아키, 왜 엄마 말을 듣지 않는 거야? 치아키는 돈만 좀 남겨두고 부모가 빨리 죽기를 바란 적도 있다. 그러나 지금은 엄마 얼굴이 너무 보고 싶다.

'집에 가고 싶어. 그래, 난 돌아갈 수 있어. 반드시 돌아갈 거야.'

다시 문이 열리더니 구리하시 히로미가 들어섰다. 샤워를 했는지 얼굴이 깨끗하고 옷도 갈아입었다. 하얀 셔츠에 카키색 바지. 로션 냄새도 났다.

"냄새나."

노골적으로 싫다는 표정을 지으며 그는 미간을 찌푸렸다. 치아키는 몸을 움츠렸다. 구리하시 히로미는 한 손에 타월을 들고, 겨드랑이에는 지도를 끼고 있었다. 도쿄 지도인 모양이었다. 치아키의 시선을 느낀 그는 타월을 들어 보이며 말했다.

"이거? 네 목을 조르려고 가져온 건 아니니까 안심해."

그는 마치 개똥이라도 보는 듯한 눈길로 치아키를 내려다보았다.

"집에 돌려보내주지. 그렇지만 여기 위치를 발설하면 안 되니까 눈을 가리는 거야."

"정말? 정말 집에 보내주는 거예요?"

"물론, 넌 이제 쓸모가 없으니까."

"정말이지? 나, 아무 말도 안 할게요."

"말할 것도 없잖아."

그는 웃으면서 치아키에게 다가왔다. 침대 다리에서 수갑을 풀어 치아키의 두 손으로 옮겼다.

"그전에 절차를 밟을 게 있어. 샤워, 식사, 어느 것부터 먼저 할래?"

"아, 나……"

갑자기 이런 말을 하다니, 나를 놀리려는 건지도 몰라. 순서를 정하라고 하지만 하나를 선택하면 다른 하나는 생략해버릴지도 몰라. 집에 돌려보내준다는 것도 거짓말일지도 모르고.

"왜 대답이 없어? 필요 없어?"

치아키는 외쳤다.

"배고파!"

구리하시 히로미는 빙긋 웃더니 재빨리 방을 빠져나갔다. 문이 열려 있다. 손에는 수갑이 채워져 있지만 발은 자유로웠다. 도망칠 수 있다. 지금이라면.

그러나 움직일 수 없었다. 자칫 잘못하다가는 모든 게 허사로 돌아갈지 모른다. 집에 돌려보내주겠다고 하지 않았는가.

그렇지만 거짓말일지도 모른다. 그렇다면 지금뿐이다. 지금이 유일한 기회일지도 모른다.

만일 치아키가 조금이라도 냉정한 사고력을 가졌더라면, 지금의 이 상황이 그녀에게 고통을 주기 위한 설정임을 알 수 있었을 것이다. 도망치건 도망치지 않건, 치아키가 망설이며 괴로워할 걸 알고서 문을 열어둔 것임을.

오 분 정도 지나 구리하시 히로미는 돌아왔다.

"자, 먹어."

종이봉지 안에는 햄버거와 콜라가 들어 있었다. 햄버거는 식어서 돌처럼 딱딱하고 콜라는 미지근했다. 그래도 치아키는 미친 듯이 먹었다.

구리하시 히로미는 문에 기대고 서서 만족스러운 눈길로 치아키를 내려다보면서 말했다.

"다음은 샤워."

그는 수갑을 잡고 개를 끌듯이 치아키를 데리고 갔다. 긴 복도. 문 반대편에는 허리 높이의 창이 달려 있다. 애석하게도 덧문이 닫혀 있어 바깥은 보이지 않았지만, 별장풍의 목조건물이라는 것만은 분명했다.

좌우를 둘러보니 복도 오른편에 계단이 있었다. 굵은 통나무 난간이 보였다. 구리하시 히로미는 치아키를 왼쪽으로 이끌었다. 맞은편에 발이 쳐진 입구가 있고, 그 구석에 샤워기가 달린 세면장이 있었다. 비닐 시트가 깔린 바닥 위에 바구니 하나가 놓여 있고, 그 안에 목욕 타월이 들어 있었다.

구리하시 히로미는 샤워 부스 안으로 치아키를 밀어넣었다.

오랫동안 사용하지 않았는지 여기저기 까만 곰팡이와 때가 끼어 있었지만, 지금은 아무런 문제가 되지 않았다. 더러워진 속옷을 벗어던지고 샤워기 앞에 섰다. 혹시 여기서 나를 덮치려는 걸까? 아닐 거야. 그럴 생각이 있었다면 기회는 얼마든지 있었어.

그러나 일단 그런 생각을 하니 마음 놓고 느긋하게 씻을 수 없었다. 치아키는 서둘러 샴푸를 하고 물을 끼얹은 다음 타월로 몸을 감았다.

탈의실로 나와보니 가려진 발아래 구리하시 히로미의 발끝이 보였다. 콧노래를 부르며 복도에서 기다리고 있었다.

"벌써 끝났어? 자, 이걸 입어."

발을 걷고 구리하시 히로미는 옷을 내밀었다. 치아키의 교복이었다. 주름 하나 없이 잘 보관되어 있었다. 그리고 새 속옷과 양말.

"이거, 받아도 돼요?"

"그럼, 샤워까지 했는데 헌 속옷을 입으면 아무 소용이 없잖아."

치아키는 재빨리 몸을 닦고 옷을 입었다. 교복을 입으니 갑자기 눈물이 솟구쳤다.

치아키가 탈의실에서 나오자 구리하시 히로미는 다시 콧노래를 부르기 시작했다. 노래를 부르면서 다시 수갑을 채웠다. 교복과 수갑의 조화. 아직 자유로워진 건 아니다. 아직 마음을 놓기에는 이르다. 치아키는 자신의 마음이 어디를 향하고 있는지 알 수가 없었다. 안전? 위험? 안심? 경계?

"드라이어가 없으니까 머리카락은 마를 때까지 기다려."

치아키의 젖은 머리카락을 슬쩍 만지면서 그가 말했다.

"그게 머리카락 건강에도 좋아."

아까의 방으로 돌아갔다. 아직 위험하다.

"침대에 앉아."

치아키는 시키는 대로 했다.

"네 주소는 학생수첩을 보고 알았는데, 집 앞까지 데리고 갈 수는 없으니까 가까운 데서 내려줄게. 밤에 사람 눈에 안 띄는 장소, 가능하면 공원 같은 데가 좋은데, 적당한 곳 없어?"

구리하시 히로미는 뒷주머니에서 지도를 꺼내 치아키 앞에 펼쳐 보였다. 치아키가 사는 미타카 시 주변이 상세하게 나와 있는 지도였다. 정말 나를 돌려보내줄 모양이다.

"어디든 좋아요. 차에서 내려주기만 하면 내 발로 걸어갈 테니까요."

"그렇게는 안 돼. 너를 내려주다가 다른 사람 눈에 띄면 곤란해. 지리도 모르는 곳에서 차를 몰고 어슬렁거리는 것도 싫어."

그도 그럴 것 같다. 치아키는 열심히 머리를 굴려보았다. 자칫 잘못하다가는 구리하시 히로미의 생각이 바뀌어버릴지도 모른다.

"가까운 곳에 공원이 하나 있어요."

"넓어?"

"별로 안 넓어요. 어린이공원인데, 나무도 있고 놀이기구도 있어요."

"장소는?"

치아키는 지도를 보았다. 공원은 금방 확인할 수 있었다. 손가락으로 가리켰다.

"흠…… 여기로군."

그때 치아키는 문득 기억을 떠올렸다.

"여기, 코끼리처럼 생긴 미끄럼틀이 있어요. 어릴 때 엄마가 자주 데리고 갔었어요."

왜 이런 기억이 날까? 엄마가 그리워서일까?

"그래? 잘됐네."

이상하게 밝은 목소리였다.

"아주 좋아. 잘됐어."

그의 반응은 객관적으로 보면 이상한 것이었지만, 치아키는 알아차리지 못했다. 오히려 치아키는 기뻤다. 이 남자의 기분을 더 맞추어주면 목숨을 더 확실하게 보장받을 수 있을 것 같았다.

"나, 그 코끼리 미끄럼틀을 정말 좋아했어요."

구리하시 히로미는 어린이공원의 위치를 다시 확인하고는 소리내어 지도를 덮었다. 그러고는 타월을 고쳐쥐고서 마치 타월의 강도를 확인하려는 듯이 두 손으로 힘차게 당겨보았다. 치아키는 몸을 움츠렸다. 마치 그 타월로 눈을 가리는 게 아니라 목을 조를 것 같은 느낌이 들어서였다.

그는 빙긋 웃었다.

"왜 겁을 먹고 그래?"

그는 치아키 쪽으로 다가가서 타월을 목에 감았다.

"이렇게 네 목을 조를 것 같아서?"

치아키는 몸도 마음도 얼어붙고 말았다. 너무 긴장한 나머지 목이 아픈 것도 잊어버렸다. 여기서 몸을 뒤틀면 이 남자가 기분 나빠할지도 몰라. 놈은 이런 게임을 좋아하는 거야. 여기서 멋진 말을 던져 남자의 기분을 맞춰줘야 해. 그러나 아무리 열심히 생각해봐도 아무것도 떠오르지 않았다.

지금까지 돈 많은 중년 남자를 유혹하는 방법을 수도 없이 생각했었고, 텔레폰 클럽에서 만난 대학생으로 보이는 남자의 말이 어디까지가 진실이고 어디까지가 거짓인지 구별하기 위해 머리를 열심히 굴려보기도 했다. 그럴 때마다 귀엽고 작은 머리 안에 사는 '히다카 치아키의 지성'은 너무도 적확한 판단을 내려주었다.

그러나 지금, 치아키의 머릿속에는 아무것도 없었다. 너무 무서워서 치아키의 몸을 내버려두고 어디론가 가버린 것 같았다.

치아키의 두 눈에서 눈물이 흘러내렸다. 목을 감고 있는 타월의 감촉은 어떤 상상보다도 리얼했다. 말이 나오지 않았다.

구리하시 히로미는 웃어젖혔다. 그리고 치아키의 목에서 타월을 풀었다.

"이런 바보, 너 생각보다 겁쟁이구나. 텔레폰 클럽에서 놀았으니 꽤 강단이 있을 줄 알았는데."

그는 치아키의 곁에 앉았다. 침대가 그의 체중에 눌려 끼익, 하고 울었다. 구리하시 히로미는 잠시 뜸을 들이더니 팔로 치아키의 어깨를 감쌌다.

치아키는 다시 깜짝 놀라 몸을 움츠렸다. 구리하시 히로미의 팔이 그녀의 목에 닿아 있었다. 약간 땀에 젖었는데도 차가운 느낌이었다.

"아까부터 말했었지? 넌 무사히 집에 갈 수 있다고. 내 말을 믿어."

치아키는 손등으로 눈물을 닦았다. 입은 산소가 부족한 어항 속의 금붕어처럼 뻐끔거리고 있었다. 텅 빈 머리로 말을 찾았다.

"……죽이지 마."

이렇게 남에게 간절히 부탁하는 것은 중학교 이학년 때, 그녀를 버리고 옆 반 여자애와 사귄 남자친구 집에 전화를 건 이후로 처음이었다. 그리고 그 남자는 자신의 간절한 바람을 거절했다.

"아무도 너를 죽이거나 하지 않아. 너, 내가 하는 말 못 들었어? 이 전화 불통이야? 여보세요? 여보세요?"

구리하시 히로미는 장난스럽게 치아키의 귀에 입을 대고 말했다. 그의 숨결이 귀와 볼에 닿자 치아키는 속이 메슥거렸다.

"왜 그렇게 겁을 내? 남자가 무섭지는 않을 텐데? 그리고 난 네가 좋아하는 타입 아냐? 찻집에선 분명히 그렇게 보였는데."

구리하시 히로미는 마치 연인을 대하듯이 치아키의 귀에 입을 가까이 대고 속삭였다. 치아키는 구리하시 히로미가 상황에 걸맞지 않은 태도를 보이는 것이 이상했다. 이 사람은 나를 속여서 여기에 데리고 와 하루 종일 수갑을 채워놓고, 자신이 다른 여자를 유괴해 죽인 범인이라는 걸 알게 하더니, 이제는 처음 접근해서 유혹할 때의 분위기를 다시 만들어내려 하고 있다. 그리고 치아키가 생명의 위협을 느끼고 있는 힘을 다해 그의 비위를 맞추려고 하자 일부러 심술을 부린다. 그러다 치아키가 울면 다시 연인인 듯 무드를 잡는다.

왜 이럴까? 몇십 번이나 그런 질문을 던져보았지만 치아키는 알 수 없었다. 목적이 뭐야? 그러나 그렇게 묻는 게 너무 무서웠다. 목적은, 너를 죽이는 거야, 라고 한다면…… 그래서 치아키는 이렇게 말했다.

"나랑 하고 싶으면 해도 좋아요. 뭐든 할게요. 괴롭히지만 말아주세요."

흐느껴 울며 애원했지만 구리하시 히로미는 코웃음을 쳤다.

"어린애는 별로 안 좋아해."

히다카 치아키는 구리하시 히로미가 자신의 감정을 가지고 장난을 치는 이런 행동이, 단지 그가 그렇게 하고 싶기 때문에 하는 것일 뿐이라는 것을 이해할 수 없었다. 지금까지 치아키에게 접근해온 남자들은 아저씨건 학생이건 모두 최종적으로는 그녀의 육체가 목적이었다. 약간의 연애 기분이나 원조 기분이 있긴 하지만, 결국 그들이 원하는 건 치아키의 신선한 몸이었다. 너무나 명쾌하고 알기 쉬웠다. 치아키뿐 아니라 텔레폰 클럽이나 길거리에서 이야기를 나누고 간단히 어른과 관계를 맺는 소녀들에게 중요한 것은 오로지 그런 명쾌함이었다. 돈과 몸을 물물교환하면 뒤끝이 없다. 그래서 마음을 놓을 수 있다. 남자들은 소녀들이 시장에 내놓지 않은 상품까지 팔라고 억지로 강요하지 않는다. 가게 앞을 지나는 소녀를 붙들고, 방으로 같이 가서 일기장을 보여달라고 하지는 않는다.

그러나 구리하시 히로미는 그렇지 않았다. 그는 치아키의 내면으로 들어가려 하고 있었다. 그것도 치아키의 생명을 담보로 그녀의 감정을 마구 흔들며 장난감처럼 가지고 놀려 하고 있었다.

그것은 치아키가 한 번도 가격을 붙여본 적이 없는 것이었다. 그런 것에 값어치를 매길 수 있을 줄은 상상도 하지 못했다. 바꾸어 말해, 비밀스러운 공간에 간직해두고 있는 것일수록 더 비싼 값어치가 있다는 것을 아는 소녀였다면, 자신의 몸만을 돈을 받고 팔 수는 없었을 것이었다.

"괴롭히지 말라고……?"

구리하시 히로미는 그렇게 중얼거리더니 치아키를 끌어안았다. 치아키는 막대기처럼 뻣뻣하게 굳은 채 그의 턱 아래 얼굴을 갖다댄 꼴로 앉아 있어야 했다. 자신의 것인지 그의 것인지 알 수 없는 땀냄새가 풍겼다.

"그러고 보니 너, 한 번도 물어보지 않았어. 내가 오가와 공원 사건의 범인인지 아닌지."

치아키는 말없이 코를 훌쩍거렸다. 굳이 논리적으로 따져 생각해보지 않아도 치아키의 몽롱한 의식은 그것을 벌써 알고 있었다. 그러나 짙은 공포의 벽에 가로막혀 그런 기색은 겉으로 드러나지 않았다.

"왜 그런 짓을 했냐고 묻지도 않았어. 오른팔을 잘라서 쓰레기통에 버리고, 유괴한 여자의 핸드백도 보란 듯이 쓰레기통에 버렸는데."

그의 손이 치아키의 머리카락을 쓰다듬었다.

"여러 가지 점에서 두 여자는 너와는 달라. 비슷한 점도 있지만, 다른 부분이 더 많아."

구리하시 히로미는 '두 여자'라고 했다. 하나는 후루카와 마리코, 또 한 사람은 오른팔의 주인공일 것이다. 하루 종일 와이드쇼와 뉴스를 본 탓에 치아키는 오가와 공원 사건에 대해 자세히 알게 되었다. 그래서 지금 시점에서는 아직 경찰도 그 팔이 후루카와 마리코의 것인지 아닌지 판단을 내리지 못하고 있다는 사실도 알고 있었다. 다른 사람의 것일 가능성이 높지만 아직 단정할 단계는 아니라고 했다.

그러나 지금, 구리하시 히로미는 '두 여자'라고 했다. 후루카와 마리코와 그 오른팔의 여자는 다른 사람인 것이다. 그는 두 사람을 죽였다. 피해자는 둘이다.

아니, 그 외에도 다른 피해자가 있을지 모른다. 치아키는 몸을 부르르 떨었다.

"후루카와 마리코라는 사람도 죽었나요?"

기어들어가는 목소리로 치아키는 물었다. 구리하시 히로미는 낮은 소리로 웃었다.

"그런 걸 왜 물어? 왜 그런 식으로 묻는 거야? 왜 당신이 죽였냐고 묻지 않지?"

남자는 체격에 비해 얇은 가슴을 떨면서 웃었다.

"물론 죽였지. 후루카와 마리코도."

구리하시 히로미는 치아키를 더 세게 끌어안았다. 그의 심장 고동이 전해져왔다. 그 고동 소리가 점점 빨라졌다.

"건방진 애였어. 나에게 살려달라고 사정도 하지 않고, 오히려 설교를 늘어놓았지."

구리하시 히로미는 흥, 하고 코웃음을 쳤다.

"나더러 인간쓰레기라고, 이건 아무런 의미도 없는 짓이라고 하더군. 자기는 불륜 때문에 가정을 버린 아버지를 잘 알기 때문에, 남자에 대해 아무런 환상도 없고, 자기가 보기에는 나 같은 건 남자 축에도 못 낀다고 했지."

마치 그래서 자신이 후루카와 마리코에게 남자의 맛을 톡톡히 보여주었다는 어투였다. 치아키는 긴장해서 침묵을 지켰다. 마음대로 해도 좋으니 죽이지 말아달라는 간절한 바람이 이 남자에게는 통하지 않는다는 것을 비로소 깨달았다.

"또 한 사람…… 그 오른팔은…… 누구 거예요?"

치아키의 물음에 구리하시 히로미는 날카롭게 쏘아붙였다.

"그런 걸 말해주면 집에 돌아가서 경찰에 알리려고?"

"아녜요! 절대로 안 그래요!"

치아키는 세차게 고개를 저으며 구리하시 히로미에게서 떨어지려 했다. 그러나 그의 팔이 치아키의 몸을 단단히 옭아매고 있었다. 치아키의 코가 구리하시 히로미의 딱딱한 목젖에 닿았다. 코가 찌부러질 듯이 아팠다. 그러나 그는 마치 그 코의 연골의 촉감을 즐기려는 듯, 팔에 더 힘을 넣었다. 치아키는 숨이 막혀 입을 크게 벌리고 가쁘게 숨을 몰아쉬었다.

갑자기 구리하시 히로미가 그녀를 놓아주었다. 밀치는 듯한 기세로. 치아키는 침대에서 떨어질 뻔했다.

"창녀."

그가 내뱉듯이 말했다.

"이제 장난은 끝났어. 넌 집으로 돌아가야 해. 그리고 세상의 웃음거리가 되는 거야. 알아? 넌 우리에게 협력했다고 세상의 손가락질을 받을 거야. 네 인생은 끝이야. 몸 파는 여고생! 그래도 돌아가고 싶어?"

"가고 싶어요."

치아키는 죽고 싶지 않았다.

"정말 돌려보내주는 거죠?"

구리하시 히로미는 치아키를 내려다보고는, 더러운 물건이라도 집어 드는 것처럼 옷을 잡고 일으켜세웠다.

"뒤로 돌아. 눈을 가려야 하니까."

타월이 눈을 가렸다. 눈앞이 새카맣게 변했다.

"이쪽으로 와. 발밑을 조심하고."

두 사람은 문을 나섰다. 치아키는 흥분과 공포와 희망으로 머리가 어지러웠다.

복도를 나섰다. 문이 닫히는 소리가 났다. 치아키가 방향감각을 잃고 서 있자 구리하시 히로미가 등을 밀었다. 그러나 앞쪽이 계단인 것 같아 치아키의 발걸음은 조심스러웠다.

"잠깐, 계단이야."

구리하시 히로미가 등을 잡았다.

치아키의 기억은 틀리지 않았다. 여기서부터 계단을 내려가는 것이다. 치아키는 두 팔로 몸을 감싸고 떨리는 가슴을 진정시키려 했다.

그때 발아래에서 다른 목소리가 들려왔다. 젊은 남자의 밝은 목소리.

"재밌었어?"

치아키는 깜짝 놀랐다. 지금까지 구리하시 히로미 말고 다른 사람이 있다는 것은 상상도 하지 못했었다.

"좋았어" 하고 구리하시 히로미는 대답했다.

"요즘 여고생의 얼굴을 자세히 볼 수 있었으니까."

"……얼굴은 꽤 예쁜걸."

발아래의 목소리가 말했다. 아래에서 위를 올려다보고 있는 것 같았다.

'그렇지만, 왜?'

"피해자에게는 사다리나 계단을 보여줘서는 안 돼. 눈으로 보면 절대로 다가가려고 하지 않으니까" 하고 계단 아래의 남자가 말했다. 말투로 보아 치아키 쪽을 보고 설명하는 것 같았다.

"그러니까 눈을 가렸지. 너도 보지 않는 게 편할 거야."

치아키의 심장이 오그라들었다. 온몸에서 식은땀이 솟구쳤다. 대체 무슨 말이지?

"나, 집에 가는 거 맞죠?"

비위를 맞추려고 있는 힘을 다해 부드러운 목소리를 내려고 애썼다.

아래쪽 남자가 말했다.

"실험하느라 큰 소리가 났는데, 눈치채지 못했을까?"

커다란 소리라면, 쿵! 쿵! 하고 울리던 그 소리?

"이불을 매달아서 떨어뜨리는 실험을 하긴 했는데, 본 게임에서 잘될지 어떨지 모르겠어."

"무슨 실험……"

다시 필사적으로 순진한 목소리를 내려던 치아키의 목소리가 갑자기 끊어지면서 비명으로 바뀌었다. 목에 뭔가가 감기고 있다. 이건 타월이 아니다.

"정말로 무사히 돌아갈 수 있다고 생각했어?"

그렇게 말하면서 구리하시 히로미는 히다카 치아키의 목에 로프를 걸었다. 로프의 끝은 천장 대들보에 묶여 있었다. 계단을 이용한 간이 교수대였다.

히다카 치아키의 목에서 비명이 나오기도 전에, 구리하시 히로미는 그녀의 등을 밀었다. 발이 허공을 밟으며, 치아키의 몸은 대롱대롱 매달렸다. 마지막으로 느낀 것은 미지근한 손과, 목을 파고드는 로프의 감촉과, 그녀의 무게에 대들보가 삐걱거리는 소리……

그리고 숨이 끊어지기 직전에 귀에 와 닿은, 계단 아래 남자의 밝은 목소리.

"히로미도 정말 심술이 대단해."

허공에 매달린 두 다리를 보며 피스가 말했다.

"경찰은 이애를 해부해보고 어떤 결론을 내릴까?"

구리하시 히로미는 계단 끝에 걸터앉았다. 치아키의 위장 내용물. 그리고 샤워.

"식사를 하고 샤워를 했으니 공범으로 생각하겠지. 적어도 단순한 피해자라고는 보지 않을 거야. 멋진 기획이야, 피스."

"이애는 죽은 후의 자기 입장이 어떻게 될지 한 번도 생각해보지 않았을 거야."

"그 정도 머리가 있는 애였다면 더 재미있었을 텐데."

구리하시 히로미는 진심으로 애석해했다. 피스와 둘이서 연극을 계속하는 것도 재미있는 일이지만, 만일 마음에 맞는 여자 동료가 하나 있다면 더 자극적일 것도 같았기 때문이다. 물론 피스는 그런 제안을 받아들이지 않을 테지만.

"정말 위험한 행동이었어."

피스가 미간을 찌푸리며 말했다. 구리하시 히로미는 웃어젖혔다.

"전광석화와도 같은 솜씨였다고 해야겠지."

피스는 화가 난 것 같지는 않았지만, 얼굴에서 미소가 지워져 있었다.

"아리마 할아버지를 쓰는 건 피스도 계획했던 일이잖아. 이제 슬슬 다음 단계로 넘어가야지."

"이런 식은 안 돼. 좀더 신중해야지."
"결과가 좋았으니까 됐잖아?"
"누군가가 히로미를 목격했을지도 몰라."
"그런 장소에서 여고생을 만난다고 눈여겨볼 사람은 없어."
"그것만이 아냐. 아리마 요시오가 경찰에 신고했을지도 몰라. 일곱시 훨씬 전부터 로비에 형사가 잠복하고 있었을지도 모르고. 형사가 프런트에서 히다카 치아키를 잡아서 히로미가 있는 데까지 안내하라고 했을지도 모를 일이었어."
"그 겁쟁이 할방구가 그럴 리 없지. 실제로도 안 그랬잖아."
"결과론적으로는 그렇지."
"결과가 좋았으니까 따질 것도 없잖아."
돌이켜보면 피스가 지적한 그런 위험은 충분히 있었다. 그러나 아리마 요시오를 자극해보겠다고 생각한 순간부터 구리하시 히로미는 확신했다. 이 할아버지는 내 말을 들을 것이다. 손녀 마리코가 인질로 잡혀 있으니 듣지 않을 수 없을 것이다.
그리고 신주쿠 역 앞에서 히다카 치아키를 발견했을 때, 그녀를 끌어들였을 때, 그 확신은 더 굳어졌다. 얼마나 멋들어진 타이밍인가. 이것이 하늘의 도움이 아니고 무엇이란 말인가.
"만일 히다카 치아키를 끌어들일 수 없었다면 전화로 그 할방구를 다른 곳으로 오게 했을 거야. 신주쿠를 한 바퀴 빙글빙글 돌릴 생각이었으니까."
그런 의미에서 히다카 치아키는 덤이었다. 정말 맛있는 덤이고 일회용이었다.
구리하시 히로미의 말을 피스는 조용히 듣고 있었다. 그리고 평소의 침착한 어조로 말했다.

"조심하는 게 좋아."

그렇게 말하면서 피스는 순간 구리하시 히로미의 눈을 똑바로 쳐다보았다.

"앞으로는 내 허락 없이 이런 일을 하면 안 돼. 우리는 팀이니까."

구리하시 히로미는 고개를 끄덕였다. 피스는 나의 멋진 솜씨에 질투심을 느끼는지도 모른다.

"시체를 어떻게 처리할지는 내가 생각해둘게. 효과적으로 연출할 방법을 짜내야지. 이애의 가정 이야기는 나중에 천천히 들려줘."

"기대할게" 하고 구리하시 히로미는 자리에서 일어섰다. 피스도 기분이 조금 풀린 것 같았다.

"일단 정리부터 해야지. 이애, 아무하고나 잤으니까 이상한 병이 있을지도 몰라."

피스는 하하하, 하고 웃었다.

"그래서 이애에게는 손을 대지 않았군."

11

거울 속 얼굴이 웃고 있다.

상체를 모두 비추는 커다란 거울이다. 이 원룸을 보러 왔을 때, 안내를 해준 부동산업자는 방도 욕실도 작지만 이 큼지막한 거울 때문에 젊은 여자들이 좋아한다고 설명했다.

그 말에는 이 원룸은 젊은 여성에게나 어울리지 당신 같은 사람에게는 맞지 않으니 그만두라는 뜻이 담겨 있는 것 같았다. 그래서 구리하시 히로미는 그 방을 빌리기로 했다. 그런 말을 했더니 피스는 배를 잡고 웃었다. 히로미, 넌 정말 성격이 삐딱해, 하고.

만일 부동산업자가 히로미라는 입주자를 선호하지 않았다면 일부러 방까지 안내도 하지 않았을 것이다. 광고에다 '여성 전용'이라고 써넣으면 그만인 것이다. 그러면서 고객에게 그런 말을 하다니, 웃기는 놈이다.

거울을 들여다보며 구리하시 히로미는 입을 벌리고 웃어 보았다. 가지런한 하얀 이가 보였다.

어릴 적에는 입에 비해 작은 이가 싫었다. 그러나 작은 이는 도시적이고 세련된 분위기를 풍긴다. 이가 크고 길면 억센 촌놈 같아 보일 것이다.

거울 속의 구리하시 히로미는 약간 여윈 얼굴이었다.

히다카 치아키의 시체를 코끼리 미끄럼틀 꼭대기에 올리는 게 생각보다 힘들어 히로미는 땀을 흠뻑 쏟았다. 그러고 나서 옷을 갈아입지 않는 바람에 그만 감기에 걸리고 말았다. 그러나 단순한 감기가 아닐지도 몰랐다. 열이 사십 도 가까이 올라 다음날 병원에 가려고 했지만, 다리가 후들거려 걸을 수도 없을 정도였다. 히로미는 창문을 열고 병원 간판을 찾아보았다.

원룸 남쪽 두 블록 정도 떨어진 곳에 병원 간판이 하나 걸려 있었다. 원룸은 하쓰다이 역에서 걸어 십 분 거리에 있었다. 네리마의 집에 가려면 전철을 갈아타야 한다. 히로미는 집과 일직선으로 연결되는 것마저도 싫었다. 이곳은 구리하시 히로미만의 성이었다. 비록 집에서 방세를 내주고 있다고는 해도.

병원의 이름은 '요요기 클리닉'이었다. 원장의 성이 요요기였다. 하얀 옷에 청진기를 목에 걸고 내과환자를 진료하느라 정신이 없어 고용의사인줄 알았는데, 간호사가 '원장 선생님'이라고 불러 히로미는 깜짝 놀랐다. 그래서 원장을 경멸했다. 그의 생각으로는, 원장이라면 감기

환자 따위는 상대하지 않아야 한다. 심각하고 어려운 질병을 다루어야 한다. 원장이란 사람은 의사협회 일을 하거나 정치가를 만나고 다녀야 하는 법이다.

그러나 요요기 원장은 친절하게 진찰해주었다. 고열 때문에 얼굴을 찌푸리고 있어도, 질문에 무뚝뚝하게 답해도 신경쓰지 않았다. 사십대 후반에서 오십대 초반 정도의 자그만 체격으로, 머리는 반백이고 청결한 느낌을 주었다. 가운을 벗어도 약냄새가 날 것 같았다.

원장은 폐렴일 가능성이 있다며 엑스레이를 찍었다. 링거도 맞았다. 검사를 받는 동안 구리하시 히로미는 축 늘어져 있었다. 화가 치밀었고, 자괴감에 빠졌다.

승리의 기쁨을 만끽해야 할 이런 때 병원 신세라니. 세상의 모든 것이 자신의 발아래 놓여 있고, 세상은 밝게 빛나고 있지 않은가. 그런데 지금 허리를 구부리며 기침을 하고 있다니. 금방 피곤해져서 신문이나 텔레비전도 오래 볼 수 없다. 피스는 걱정이 되는지 빨리 병원에 가보라고 하더니, 감염될 위험이 있으니 잠시 떨어져 있자고 하면서 연락도 하지 않는다. 애당초 원룸을 찾아온 적도 없었지만 전화마저 끊어버리다니, 섭섭한 생각이 들었다.

히다카 치아키의 죽음으로 전국이 들끓고 있다. 경찰은 '용의자'를 찾는 데 혈안이 되어 있고, 매스컴은 '범인상'을 추측하느라 바쁘다. 사람들은 겁을 먹으면서도 다음 희생자가 누구인지 은근히 기다리고 있다. 이 모든 것이 피스와 구리하시 히로미의 기획 작품이다.

요요기 클리닉의 진료과목은 내과, 외과, 소아과, 안과, 치과 다섯 가지인데, 작은 병원이라 내과 외래창구는 소아과와 합쳐져 있었다. 진료를 마치고 약이 나오기를 기다리는 한 시간 동안 구리하시 히로미는 엄마의 품에 안겨 울어대는 아이 곁에 앉아 있어야 했다. 아이는 감기에 걸려 열이 있는 듯, 볼이 발갛게 달아올라 있었다. 어머니도 어젯밤에 잠을 자지 못했는지, 꾸벅꾸벅 졸며 아기를 어르고 있었다.

대합실 끝에 작은 텔레비전 한 대가 놓여 있었다. 화면도 흐렸다. 히다카 치아키를 묶어두었던 방에 있는 텔레비전보다도 더 구식이었다. 환자들은 한결같이 그 텔레비전 화면을 바라보고 있었다.

그 사건을 다루는 프로그램이 나오고 있었다.

히다카 치아키를 직접 만나본다면 여기 있는 사람 누구도 그녀를 정상적인 여고생이라고 생각하지 않을 것이다. 자기가 좋아서 몸을 파는 매춘부라고 매도할 것이다. 그러나 그녀는 죽었다. 살해당했다. 그때부터 치아키는 모든 사람의 동정을 받는 천진무구한 소녀로 탈바꿈해버린다. 적어도 그녀의 사생활이 밝혀질 때까지는.

텔레비전 화면에서는 치아키의 동급생이 인터뷰에 응하면서 울고 있었다. 치아키의 문란한 생활을 잘 아는 소녀들이지만, 카메라 앞에서는, 아니 동급생의 죽음이라는 거대한 이벤트에 직면해서는 자신에게 주어진 역할이 무엇인지 너무도 잘 이해하고 있는 것이다.

구리하시 히로미는 저도 모르게 웃고 말았다. 졸고 있던 옆자리의 여자가 이상하다는 눈길로 빤히 쳐다보았다. 히로미는 움찔했다. 너무 경솔했다. 다행히 마침 차례가 와서 서둘러 약을 받으러 갔다. 곁눈질로 힐끗 살펴보니, 여자는 더이상 구리하시 히로미를 보고 있지 않았다.

구리하시 히로미는 안도의 한숨을 내쉬었다. 한순간이나마 히로미를 움찔하게 만든 그 여자는 아이와 이야기를 하고 있었다. 히로미는 속으로 빌었다. 저 아이의 고열이 일주일 동안 내리지 말기를. 어떤 항생물질도 듣지 않아 그냥 죽어버리기를. 그러면 저 젊은 어머니는 구리하시 히로미의 음침한 웃음도, 변사체로 발견된 히다카 치아키도, 연속 유괴 살인사건도 잊어버리고 말 것이다.

구리하시 히로미는 문을 열고 바깥으로 나섰다. 빨리 방으로 돌아가 눕고 싶은 생각밖에 없었다.

아이를 어르던 젊은 어머니는 몸을 틀고 고개를 들어 그의 뒷모습을 바라보고 있었다.

약을 먹고 열은 내렸지만 관절통과 기침은 여전했다. 사흘째, 체온이 삼십칠 도로 내려가자 구리하시 히로미는 네리마의 집으로 돌아갔다. 미리 전화를 해두었기 때문에 어머니는 이불을 펴고 기다리고 있었다. 딱히 간호를 해주지는 않았지만, 집이 약국이니 환자에게는 편리한 곳이었다. 그리고 최소한의 환자식도 만들어주었다.

일주일 동안 그런 상태였다. 감기는 나았지만 기침은 완전히 가라앉지 않았고, 안색도 나빴다. 피스에게 전화를 걸 때도 도중에 몇 번이나 수화기에서 입을 떼야 했다.

집에서 빈둥거리는 동안 치아키 사건을 보도하는 프로그램을 넌더리가 날 정도로 보고 있자니 아리마 요시오 생각이 났다. 피스에게 전화를 했다. 아리마 요시오에게 전화를 해도 되겠느냐고. 감기에 걸린 것을 눈치채지 못하게 할 수 있다면, 하고 피스는 대답했다.

"왜?"

"우리가 보통의 인간이라는 느낌을 갖게 해서는 안 돼. 가능한 한 괴물이라고 생각하게 만들어두는 게 좋아. 아직 기침이 낫지 않았잖아. 그러니까 완전히 나을 때까지는 전화하지 않는 게 좋아."

안 된다고 하니까 더 걸고 싶었다. 아리마 할방구는 손녀의 시계를 쓰다듬으며 울먹이고 있을 것이다. 그 목소리를 듣고 싶어 견딜 수 없었다.

그래서 부모가 없을 때 살짝 전화를 걸어보았다. 아리마 요시오는 울고 있지 않았다. 기대가 완전히 어긋난 것이었다. 전화 도중에 기침이 터져나와 괴로워진데다 마리코의 목소리를 들려달라고 당당하게 요구하는 할방구의 목소리를 듣고는 화가 나서 전화를 끊어버렸다.

무슨 영문인지 그 전화 건은 보도되지 않았다. 지금은 그 할방구 곁에 경찰이 대기하고 있을 터이니 일부러 발표하지 않았을지도 모른다. 그 덕분에 피스에게 단독행동을 했다는 잔소리를 듣지 않고 넘어가긴 했지만, 어떤 욕구불만은 남아 있었다.

그래서 피스에게 전화를 했다. 히다카 치아키를 써먹었으니 어서 다음 행동에 들어가야 하지 않느냐고 보챘다.

"내가 감기가 걸려서 안 되면 피스가 전화해도 되잖아."

그러자 피스는 웃었다.

"특별한 이유가 없는 한 전화는 히로미가 하는 게 좋아. 난 히로미만큼 잘할 수 없어. 스스로는 못 느낄지 모르겠지만, 히로미는 정말 말을 잘해. 세상이 원하는 '범인상'에 딱 맞아. 난 도저히 그 정도로는 못 해."

구리하시 히로미는 그 말에 기분이 좋아졌다. 그래. 우리 두 사람은 세상이 벌벌 떠는 연속살인범을 만들어낸 거야. 이건 창조적 행위야.

물론 처음에는 그 '연속살인범'이라는 환영 뒤에 숨어서 기시다 아케미와 가우라 마이의 살인이라는 과거의 움직일 수 없는 사실로부터 도망치는 것이 목적이었다. 그렇지만 이제는 그것만이 아니다. 이 세상이 살인자의 초상화를 얼마나 정밀하게 그려낼 수 있는가를 두 눈으로 지켜보고 싶은 충동이 더욱 강해졌다.

"다음은 어떻게 하지?"

피스는 잠시 생각하더니 말했다.

"이제는 후루카와 마리코의 유해를 세상에 내보내도 될 것 같은데."

"뭐? 그럼 파내자는 말이야?"

"그렇지, 그러니까 빨리 감기가 나아야지. 나만 힘쓰는 일을 하는 건 싫거든."

"알았어, 알았어."

아직 외출할 만한 기력이 없어 누워서 신문이나 잡지를 읽기도 하고 여자들의 비디오와 사진과 유류품 따위를 정리하기도 하면서 천천히 시간을 보냈다. 그런대로 기분은 좋았다. 자신의 전과를 확인하면서 훈장을 닦는 기분이었다. 욕실의 큰 거울 앞에 서서 웃어보았다. 사랑에 빠진 여자가 자신의 얼굴을 거울이나 지하철 창에 비춰보며 미소를 짓듯이. 그런 기분을 알 것 같았다. 행복하니까 웃는 것이다. 자신의 얼굴에 행복이 떠올라 있는 것을 눈으로 직접 확인해보고 싶은 것이다. 지금 구리하시 히로미도 그런 기분이었다. 너무나 행복하고 스스로가 자랑스러웠다.

거울은 사람을 비춘다. 얼굴을 비추고 눈동자를 비춘다. 그것은 단지 물리적인 작용일 뿐, 그 사람의 내면을 비추는 것은 아니다. 거울은 아무런 관심도 없다. 그래서 사람들은 마음 놓고 그 앞에 서서 자신을 내보일 수 있는 것이다. 기쁨이나 자랑스러움을, 세상의 눈을 의식하지 않고 그대로 드러내 보일 수 있는 것이다. 만일 이 세상에 거울이 존재하지 않고 서로가 서로의 얼굴을 점검해주고 자신이 자신을 관찰하면서 살아가야 한다면, 사람들은 지금보다 훨씬 철저하게 자신을 점검해야 할 것이고, 불안에 떨며 살아가야 할 것이다.

그런 생각을 하면서 시계를 보았다. 오후 다섯시 반. 창밖은 이미 어두워져 있었다. 베란다에 걸어놓은 타월이 유령처럼 흔들리고 있다. 그 타월을 걷으려고 창밖으로 나갔다.

그때 그는 보았다. 가로등 불빛 아래 다카이 가즈아키가 우뚝 선 채 창문을 올려다보고 있는 모습을.

12

1996년 10월 11일자 '도민 생활상담 다이얼' 통화기록

통화번호 : 96-101128

상담원 : 가가미 가즈미

착신시각 : 오후 2시 30분

통화시간 : 15분

상담자 : 29세, 남성, 미혼, 자영업

상담내용 : 친구관계

어릴 적 친구가 범죄에 관련되어 있는 것 같다. 아직 본인에게 물어보지는 않았지만, 의심하기에 충분한 사실을 보고 들었다. 경찰에 알려야 할까. 아니면 친구에게 이야기를 해보아야 할까.

비고 : 이 상담자는 처음이 아니다. 과거 이 년 동안 세 번 이토, 오리베 두 상담원에게 의논한 적이 있다. 그러나 과거 세 번의 상담은 모두 내성적인 성격 때문에 주위 사람들과 잘 사귀지 못하고 여자를 만나지 못하는 자신의 고민에 관한 것으로, 이번 건과는 무관하다.

상담자가 보고 들었다는, 친구가 관련된 것으로 보이는 범죄가 어떤 종류의 것인지에 대해서는 본인은 아무 말도 하지 않았고, 질문에 도 대답하지 않았다.

당직자의 인상으로는, 이 상담자는 심한 공포를 느끼고 있는 것 같다. 이번 통화에서는 이쪽의 의견을 듣기보다는 자신의 고민을 털어놓는 것이 목적인 듯, 다소 일방적으로 이야기를 마친 다음 구체적인 의견은 듣지도 않고 전화를 끊어버렸다.

이토, 오리베 두 상담원과 이야기를 해보았다. 과거 세 번의 상담 내용이나 그때의 상담원에 대한 태도 등으로 보건대, 이 상담자는 내성적

인 성격이긴 하나 생각이 깊고 거짓말을 할 타입은 아니라는 점에 의견의 일치를 보았다. 따라서 그의 상담 내용에 대해서는 앞으로도 주의 깊게 대응할 필요가 있는 것으로 보인다.

1996년 10월 16일자 '도민 생활상담 다이얼' 통화기록
통화번호 : 96-101601
상담원 : 이토 유이치
착신시각 : 오전 9시 5분
통화시간 : 약 40분
상담자 : 29세, 남성, 미혼, 자영업
상담내용 : 친구관계

11일자 통화번호 '96-101128' 상담자의 재상담. 상담전화가 열리기를 기다렸다가 바로 전화한 것 같음.

비고 : 가가미 상담원에게 인계받아 이토가 담당함. 이 상담자와는 이번이 세번째. 이전의 두 번은 여자와 사귀지 못하는 고민을 의논한 것이었다. 또한 지난 두 번이 일 년에서 일 년 반 이상 간격을 두고 상담한 것임에도, 이 상담자는 당시 당직자의 목소리와 각 상담원이 말한 의견을 자세히 기억하고 있었다. 꽤 지능이 높은 사람으로 보인다.

지난번 전화 이후 어떻게 지내느냐고 묻자, 친구가 '범죄'에 관련되었다는 생각은 착각일지도 모른다고 했다. 그런 엄청난 일을 저지를 만한 사람이 아니라고 했다.

상담자의 태도는 성실하고 어투도 밝다. 그러나 상담원이 상담자의 친구가 관련되었을지도 모른다고 생각하는 '범죄'의 내용에 대해 질문하자 대답을 하지 않았다. 다만 그런 엄청난 일이란 구체적으로 어떤 것이냐는 질문에, 신문과 텔레비전에서 화제가 되고 있는 사건이라고

대답했다.

친구에 대한 의심을 푼 것은 확실한 반증을 얻어서가 아니라 단지 기분 변화에 지나지 않는 것 같다. 친구를 의심하는 것은 나쁜 일이라고 반성하기도 했다.

그래서 왜 그 친구가 범죄에 관련되었을지도 모른다는 의심을 하게 되었느냐고 묻자, 지난번에는 대답을 하지 않았지만, 이번에는 친구가 이상한 전화를 거는 것을 보았기 때문이라고 말했다.

그 이상한 전화 내용에 대해서는 말하지 않았다.

1996년 10월 21일자 '도민 생활상담 다이얼' 통화기록

통화번호 : 96-102103

상담원 : 가가미 가즈미

착신시각 : 오전 9시 2분

통화시간 : 1분 미만

상담자 : 29세, 남성, 미혼, 자영업

상담내용 : 친구관계

비고 : 이토 상담원을 지명했고, 동 상담원이 휴가라고 하자 금방 전화를 끊음.

같은 날 통화기록

통화번호 : 96-102118

상담원 : 가가미 가즈미

착신시각 : 오후 5시 40분

통화시간 : 약 1분

상담자 : 29세, 남성, 미혼, 자영업

상담내용 : 친구관계

이토 상담원에게 메시지.

'신문이나 잡지를 보니 아무래도 불안해서 확인해봐야겠다고 전해주세요.'

지금 상담원에게 말할 수 없느냐고 했지만, 정중한 어조로 여자 상담원에게는 말을 못 하겠다고 함.

1996년 11월 1일자 '도민 생활상담 다이얼'

상담원 기록 발췌

기록자 : 이토 유이치

오늘, 친구가 범죄에 관련되어 있는 것 같다는 상담을 해온 남성으로부터 그후 연락이 끊긴 것이 상담원들 사이에 화제가 되었다. 범죄의 성질이나 내용 등이 밝혀지지 않았으므로 함부로 상상하기는 조심스럽지만, 매우 마음에 걸리는 건이다. 앞으로 이 상담자에게서 전화가 왔을 때 어떻게 대처할 것인지 이야기를 나누었다.

그러나 그 이후 상담자는 도민 생활상담 다이얼에 전화를 걸지 않았다. 상담원 이토, 가가미 두 사람은 상담자의 신원조차 알지 못했고, 그가 말한 내용의 진위에 대해도 확인할 방법이 없었다.

경시청 보쿠도 경찰서 내에 설치된 연속 여성 유괴살인 시체유기사건 특별합동수사본부에는 매일같이 수많은 정보가 들어왔다. 오가와공원 사건이 발생한 9월 12일부터 10월 31일까지 전화나 투서로 들어온 정보제공 총수는 약 이천 건에 이른다.

전화 · 남성 · 45세 · 성명 불명 · 회사원

"네, 그러니까 우리집 건너편 아파트입니다. 원룸 아파트 '가사 다카이도'. 이름은 모르지만 거기 사는 장발 남자가 대낮부터 맥주를 마시고 떠들어댑니다. 가끔은 여자 비명 소리도 들려요. 예? 매일 밤이요. 비명 소리가 너무 시끄러워요. 그놈들을 한번 조사해봐주세요. 부탁합니다."

전화 · 여성 · 52세 · 익명 희망 · 주부

"그렇습니다. 한참 고민하다가 역시 신고를 해야겠다고 생각했어요. 예, 예, 그렇습니다. 제 사위입니다. 예, 수치스러운 일이니 비밀로 해주기 바랍니다. 우리 딸이 어떻게 그런 남자를 만났는지 모르겠어요. 부모인 내가 이런 말을 하기는 좀 뭣하지만, 그애는 어릴 때부터 공부도 잘했고, 용모도 빼어났고, 그러니까 수준 이상이라고 할 수 있어요. 대학을 졸업할 때는 지도교수가 연구직에 남아달라고 할 정도였는데, 여자가 박사학위를 받아 뭘 하겠어요. 구식 사고방식이라고 할지도 모르겠지만 그런 데는 좀 엄격해서요. 일도 할 필요도 없이 신부 수업만 하면 그만이었는데, 그래서는 사회를 알 수 없으니까 아버지의 회사에 비서를 시켰더니 석 달 정도 근무하다가 사위를 만나게 된 겁니다.

예? 그러니까 그 사위가 수상하다는 겁니다. 예? 근거? 물론 근거는 없지만, 증거 같은 건 경찰이 찾아야 하는 게 아닌가요? 그러니까 사위는 학력도 없는 주제에 돈만 펑펑 쓰고……"

투서 · 무기명 · 성별 불명

"나는 살인자. 하고 싶지 않지만 일을 저지르고 맙니다. 항구로 와서 나를 말려주세요."

투서 · 무기명 · 워드프로세서 문장 · 해독 불가능한 암호 같은 문장 가운데 한 군데만 읽을 수 있음

"경찰은 멍청이."

전화 · 여성 · 38세 · 성명 주소 명기

"그래요, 6월 1일 아니면 2일이었을 거예요.

우리집은 후루카와 마리코의 집에서 오백 미터 정도 떨어진 곳에 있어요. 예, 가족과 함께 살고 있어요. 부모님과. 이 이야기는 부모님도 알고 있습니다.

예? 그래요. 경찰이 왔었습니다. 그때는 깜빡 잊고 말을 못 했어요. 정말이에요. 뉴스를 보다가 문득 생각이 났어요.

역에서 우리집까지는 걸어서 이십 분 정도 걸립니다. 평소에는 자전거를 타고 다니는데, 그때는 오른쪽 발목을 다치는 바람에 자전거를 탈 수가 없어서 그냥 걸었어요. 밤 열한시가 넘었을 거예요.

누가 길을 묻더라구요. 젊은 남자 두 사람인데, 한 사람이…… 맹장염이라고 했어요. 병원이 어디냐고 하더군요. 가까운 곳에 나카노 외과가 있어서 가르쳐주었어요. 고맙다고 정중하게 인사를 하고 갔습니다.

그렇지만 나중에 생각해보니 정말로 아팠을까 하는 생각이 들었어요. 그리 절박한 것 같은 느낌이 아니었거든요. 그리고 뒤에서 차가 슬그머니 접근해오는 것 같아서 음침한 생각이 들었어요. 마치 사람이 오기를 기다리고 있었던 것 같은 느낌이요. 위험? 그런 느낌은 없었어요. 태도는 아주 정중했습니다. 학교 선생 같은 분위기였어요. 차 색깔? 기억 안 나요. 그렇지만 사륜구동인 것만은 분명해요.

몽타주 같은 걸 만든다면 협조할 수 있습니다."

전화 · 남성 · 60세 · 익명 희망 · 자영업

"당신들은 세금 도둑이야. 이런 흉악한 범인도 잡지 못하다니, 대체 뭣들 하고 있어. 세계 최고를 자랑하는 일본의 경찰이 이게 무슨 꼴이야. 당신들, 무슨 낯으로 월급 받고 있는 거야, 정신 차려!"

투서 · 성명 주소 명기 · 남성 · 교직원

"교직에 몸담고 있는 사람으로서 제자를 의심하는 것은 참으로 견디기 힘든 일입니다. 며칠 동안 잠 못 드는 밤을 보내다가 이 흉악한 사건이 하루라도 빨리 해결되기를 바라는 마음에서 정보를 제공하기로 마음먹었습니다. 제가 의심하는 제자는 삼 년 전에 담임을 맡았던 한 남학생입니다. 재학중에 상해사건을 두 번이나 일으켰는데, 그중 한 건은 학교 내에서 처리할 수 없어 경찰에 넘겼습니다. 입학 때부터 포악한 행동이 눈에 띄었는데, 패거리를 지어 학교를 휘젓기 시작한 것은 일학년 말부터였습니다.

이번 사건을 보고 제가 그에게 의혹의 눈길을 보내게 된 직접적인 이유는 재학중에 그가 쓴 작문에 여성에 대한 폭력행위를 지향하는 내용이 들어 있었기 때문입니다. '못생긴 여자는 모두 잡아들여서 때려 죽여야 한다'라는 유치한 문장이 있었습니다. 그런 작문을 숙제로 제출해 놓고 선생이 어떻게 반응할까를 살펴보려는 생각 자체가 이번 사건과 성격을 같이한다고 봅니다.

아래에 이 학생의 주소와 연락처를 적습니다. 저에게 연락을 할 때는 경찰 당국임을 밝히지 말아주시기 바랍니다."

전화 · 남성 · 성명 불명 · 아주 작은 목소리라 알아듣기 힘듦

"잘은 모르겠지만…… 친구가 그…… 이상한 전화를 거는 걸 우연

히 봤습니다…… 나중에 뉴스를 보고서야 알았는데, 그 후루카와 마리코의 할아버지에게 건 전화가 아닌가 하는 생각이 듭니다……

그렇지만 제 착각일지도 모르니까……

경찰에서도 휴대폰은 역탐지하기 어렵다던데, 정말입니까?

그…… 저는 어떡하면 좋을까요? 의심은 가지만…… 확인할 방법이 없을까요?"

전화 · 여성 · 30세 · 주부

"제가 옛날에 아르바이트로 가정교사를 하던 여자애가 행방불명이 되었어요. 지금은 스무 살도 넘었을 겁니다.

예, 오른팔에 작은 반점이 있었는데…… 콩깍지 같은 반점이요. 오가와 공원 사건 때, 잘린 오른팔에 반점이 있었다는 뉴스를 보고, 늘 마음에 걸렸습니다. 드물잖아요, 오른팔에 반점은.

그애 이름은 아사이 유카리입니다. 지금 사는 곳? 죄송합니다. 그건 모릅니다. 옛날 주소라면 알아요. 몇 년 전부터 연락이 끊겼으니까요. 부모는 이혼한 것 같아요. 제가 가정교사를 할 때부터 원만하지가 못했거든요."

전화 · 남성 · 성명 불명

"혹시 또 경찰이 범인 아냐? 그래서 숨기고 있는 거지? 엉!"

13

1996년 10월 11일.

다카이 유미코는 텔레비전 뉴스에서 후루카와 마리코의 유골이 발견되었다는 소식을 접했다.

9월 말에는 히다카 치아키라는 여고생의 유해가 발견되고, 그녀가 공범인가 피해자인가를 두고 소동이 벌어진 기억이 아직도 생생하다. 그러나 후루카와 마리코는 다르다. 순수한 희생자이고, 그녀의 할아버지 아리마 요시오라는 사람도 범인들에게 농락당하고 있다.

점심시간은 장수암의 하루 중 가장 바쁜 시간대이다. 가게 구석에 놓여 있는 십사 인치 텔레비전에서 임시 뉴스가 흘러나왔을 때, 유미코는 방금 가게 안으로 들어온 단골손님들의 주문을 받고 있었다.

그 손님 중 하나가 외쳤다.

"아, 나왔다!"

그의 눈길은 유미코의 어깨 너머로 향하고 있었다. 유미코는 뒤를 돌아보았다.

"나왔다!"라고 외친 회사원은 가끔 엉뚱한 말로 유미코를 놀라게 하는 어린애 같은 취미가 있는 손님으로, 전에도 고무로 만든 장난감 뱀을 유미코의 호주머니에 집어넣기도 하고, 스커트 아래에 거울을 들이민 적도 있었다.

그러나 이번에는 장난이 아닌 것 같았다. 뒤를 돌아보는 유미코의 눈에, 젓가락질을 멈추고 텔레비전 화면을 뚫어져라 바라보는 손님들의 얼굴들이 비쳤다. 화면에는 후루카와 마리코의 얼굴이 비치고 있었다.

손님들은 약속이나 한 듯이 이 사건에 대한 자신의 의견을 말하고 무능한 경찰을 비판하기도 하면서 이야기를 시작했다.

"역시 죽였어."

"불쌍하게도."

"오래전에 죽인 게야."

"어디서 발견됐지?"

"유미코, NHK 틀어봐."

유미코도 손길을 멈추고 텔레비전 화면을 바라보았다. 성질 급한 손님 하나가 리모컨으로 채널을 NHK로 돌렸다. 긴장한 표정의 스튜디오 아나운서가 현장중계 아나운서와 대화를 나누고 있었다. 거기에 따르면 백골로 변한 후루카와 마리코는 오늘 아침 이른 시간에 도쿄의 한 운송회사 입구에 종이가방에 담긴 채 버려져 있었다는 것이다.

또한 범인은 HBS 보도국에 전화를 걸었다. 종이가방이 어디 있는지를 알리는 내용이었다고 한다. 다른 손님이 외쳤다.

"HBS 쪽으로 돌려봐!"

화면이 바뀌었다.

HBS는 현장중계를 내보내고 있었다. 리포터 옆에 범인에게 전화를 받았다는 기자가 서 있고, 둘이서 범인과 나눈 대화를 재현하고 있었다. 리포터의 손에는 종이가방이 발견되기 전후 사정을 시간 순서대로 정리한 일람표가 들려 있고, 거기에 따르면 종이가방이 발견 장소에 놓인 것은 오늘 아침 이른 시각인 것 같다고 했다.

"유미코, 미안하지만 물 좀 줄래?"

바로 곁에서 손님이 부르는 소리에 유미코는 퍼뜩 정신을 차리고 화면에서 눈을 뗐다. 그러고는 서둘러 카운터 쪽으로 돌아갔다. 아버지는 김이 오르는 냄비 앞에서 묵묵히 일을 하고 있지만, 어머니는 카운터 너머로 텔레비전을 훔쳐보고 있었다. 동정과 안도감이 뒤섞인 표정이었다.

일련의 연속 여성 유괴살인이 시작된 이래로 유미코는 다양한 입장의 다양한 연령층의 손님들이 보이는 반응을 지켜봐왔다. 이 사건에 관심을 보이지 않는 사람은 없었다. 배달을 갔다가 그릇과 돈을 챙기는 짧은 시간 동안에도, "혼자 배달 나가면 무섭지 않니?" "우리도 고등학생 딸이 있는데 걱정이야" 하고 말을 붙이는 손님이 있을 정도였다.

그렇게 많은 사람들의 목소리를 접하면서 한 가지 느낀 점이 있었다. 피해를 입은 여성들과 비슷한 연령대의 딸이나 손녀를 두고 있는 사람들은 이 사건에 대해 이야기할 때 거의 예외 없이 어딘지 모르게 꺼림칙한 표정을 짓는다는 것이었다. 지금 유미코의 어머니 같은 저런 표정.

그것은 아마도 정말 안됐다는 생각과, 우리집 딸이나 손녀가 아니라 다행이라는 안도감이 같은 농도, 같은 온도로 섞인 결과일 것이다. 그리고 그 혼합물 속에는, 이런 범죄자에게 살해당한 여자 쪽에도 어떤 문제가 있지 않을까, 그러니 우리 딸은, 여동생은, 손녀는 괜찮을 거야, 하는 생각이 한두 방울 첨가되어 있다. 그러나 그런 속마음을 밖으로 표현할 수 없기 때문에 저런 표정을 짓게 되는 것이 아닐까.

자신이 피해자가 되었을 수도 있었고 또는 앞으로 될지도 모를, 피해자들과 동년배의 여자들은 심한 불안과 슬픔과 분노를 드러냈지만, 때로는 아무렇지도 않은 밝은 표정으로 이 사건에 대해 이야기하기도 한다. 겁도 없이 낯선 남자를 따라가니까 저렇게 되는 거야, 하고 희생자들을 매도함으로써 안도하는 경향이 있다. 유미코는 그런 심정을 알 것도 같았다. 다들 두려움에 떨고 있는 것이다.

그리고 남자들은 묘하게 객관적인 태도를 보인다. 동정하거나 화를 내거나 기분 나빠하는 표정이 아니다. 물론 커다란 관심을 보이기는 하지만, 그 관심이 절실한 감정을 동반하는 경우는 피해자들과 같은 또래의 딸을 두고 있는 아버지들뿐이다.

유미코는 생각해보았다. 지극히 기본적이고 소박한 의문이었다. 왜 남자는 여자를 죽일까. 얼굴도 모르는 여자를. 자신과는 아무런 관계도 없는 여자를. 여자이기 때문에 언젠가는 죽여야 한다는 생각을 가지고 있는 것일까. 남자에게는 여자를 죽일 수 있는 특별한 권리라도 있다는 것일까.

냉수를 담은 유리컵을 쟁반 위에 올리고 얼굴을 들었다. 문득, 주방 한구석에 서 있는 오빠와 눈이 마주쳤다.

유미코의 손이 흔들리면서 컵이 바닥에 떨어져 쨍그랑, 하고 깨졌다.

"앗! 미안해요."

유미코는 황급히 쭈그리고 앉아 유리 파편을 주워모았다. 어머니가 손님들을 향해 죄송합니다, 하고 사과했다. 뉴스에 정신이 팔린 손님들은 그 소리에는 신경도 쓰지 않았다.

유미코의 심장이 콩닥콩닥 뛰기 시작했다. 유리 파편을 치우고 손을 씻고, 찬물을 담은 새 컵을 나르는 사이 심장의 고동은 잦아들었지만, 오빠의 표정을 보고 놀란 그 충격은 아직도 가시지 않았다.

왜 저렇게 무서운 얼굴을 하고 있을까?

다카이 가즈아키는 평소 표정이 그리 풍부한 사람이 아니다. 늘 웃는 얼굴이지만, 그 외의 표정은 참으로 빈곤하다. 다른 사람의 미움을 받지 않기 위해서, 따돌림당하지 않기 위해서, 나는 괜찮다는 것을 알리기 위해서, 늘 웃고 다니다보니 저렇게 되고 만 것이다.

그 오빠가 지금, 후루카와 마리코의 백골 유해가 발견되었다는 뉴스를 보고 지금까지 한 번도 보이지 않았던 무서운 표정을 짓고 있는 것이다. 사람이란 누구든 가면 하나쯤은 가지고 있지만, 다카이 가즈아키의 서랍에는 결코 저런 가면이 들어 있지 않을 터였다.

연속 여성 유괴살인의 보도에 가즈아키가 깊은 관심을 가지고 있다는 것을 유미코는 이미 알고 있었다. 신문과 잡지에 난 관련 기사를 열심히 챙겨보고, 텔레비전 뉴스도 빠지지 않고 보았다. 참 희한한 일이라고 생각했지만, 이야기를 나누어보니 납득이 갔다. 가즈아키에게는 유미코라는 여동생이 있는 것이다. 당연한 일이다.

그렇다 하더라도 지금 보인 저 무서운 표정은 무엇인가? 오빠는 왜 충격을 받았을까?

잔혹하긴 하지만 후루카와 마리코라는 여성이 살해당했으리란 것은 다들 추측했던 바가 아니던가. 혹시 아직 죽지 않고 감금되어 있다 하더라도 언젠가는 죽을 것이라고.

그러므로, 백골로 변하긴 했어도 유골이 발견된 것은 어떤 의미에서 다행스러운 일이라고 할 수도 있다. 이제 더이상 범인에게 농락당하지 않아도 된다. 그녀는 가족의 품에 안겨 마침내 편히 눈을 감고 쉴 수 있게 된 것이다.

뉴스를 받아들이는 이들이 이렇게 떠들썩한 분위기를 보이는 것도 이미 살아돌아올 가능성이 없는 후루카와 마리코라는 여자의 유해가 발견되었기 때문이다. 슬픈 소식이긴 하지만, 안도의 한숨을 몰아쉬게 하는 소식이다. 이 뉴스를 보는 사람은 누구 할 것 없이 마리코를 동정하면서 범인에게 분노를 느낄 것이다.

그런데 오빠는, 왜 그러는 거지?

"잠깐 들어가도 돼?"

밤 열시가 넘어서 유미코는 오빠 방문을 두드렸다.

안쪽에서 텔레비전 소리가 들렸다. 뉴스쇼인 것 같았다. 캐스터가 후루카와 마리코의 백골 유해 발견에 대해 설명하고 있다.

가즈아키는 멍한 눈으로 문을 열었다. 유미코는 오빠의 얼굴을 빤히 들여다보았다. 분명히 졸다가 깨어난 표정이었다.

"미안해, 벌써 자고 있었어? 아직 샤워도 안 했잖아."

"응."

가즈아키는 건성으로 대답하고 멍하니 서 있었다. 유미코를 방 안으로 들이려 하지도 않았다.

그러고 보니 오랫동안 오빠 방에 들어가본 적이 없다. 들어가도 되냐고 오빠 방문을 노크한 것도 처음이었다. 그런 여동생에게 별다른 반응도 보이지 않고 멍하니 선 채 맞이하는 것이 너무도 오빠답다.

"잠깐 할 얘기가 있는데, 들어가도 돼?"

가즈아키는 작은 눈을 깜빡이더니 응, 하고 고개를 끄덕이며 문을 활짝 열었다. 오빠의 방은 잘 정돈되어 있었다. 침대 커버가 구겨져 있는 건 조금 전까지 자고 있었기 때문일 것이다.

방 한가운데로 가서 유미코는 침대에 걸터앉았다. 가즈아키는 바닥에 양반다리를 하고 앉아 주위를 둘러보았다. 침대 곁에 재떨이와 담배와 라이터가 놓인 작은 쟁반이 있었다. 가즈아키는 그것을 끌어당겨 담배에 불을 붙였다.

"오빠, 요즘 하루에 몇 개비나 피워?"

"열 개비 정도."

"거짓말! 한 갑은 피우겠다."

"글쎄."

"요즘 많이 피우잖아."

그런 말을 하면서 유미코는 문득 깨달았다. 오빠의 담배가 는 것도 연속 유괴살인사건에 관심을 기울이기 시작하고부터이다.

가즈아키는 할 얘기가 뭐냐는 표정으로 유미코를 바라보면서 담배를 피우고 있었다. 방 안의 조그만 텔레비전에서는 뉴스가 흘러나오고 있었다. 후루카와 마리코의 백골 유해가 버려진 나카노 구의 사카자키 이삿짐센터 부근의 지도가 화면을 가득 채우고 있다.

가즈아키는 흘끗 텔레비전 화면을 훔쳐보고, 유미코는 그런 가즈아키의 표정을 살피고 있었다.

마주 앉고 보니, 낮에 뉴스를 보고 왜 그리 놀란 얼굴을 했느냐고 묻기가 힘들어지고 말았다. 오빠는 성격이 여리기 때문에 후루카와 마리코의 불행을 슬퍼해서 그런 표정을 지은 것뿐인지도 모른다. 그런데 왜 이렇게 마음에 걸릴까?

이 사건이 아니더라도 유미코에게 최근 한 달은 참으로 견디기 힘든 시간이었다. 지난번에 어쩔 수 없이 선을 보려고 했다가 상대에게 급한 사정이 생겨 취소된 다음, 간노 할머니는 한걸음에 달려와 사과하고 유미코를 위로하는 등 호들갑을 떨었다. 유미코에게 선입견을 주지 않기 위해 상대가 지방공무원이란 것만 밝히고 자세한 내용은 숨겼지만 사실 그 사람은 보쿠도 경찰서의 형사이고, 오가와 공원 사건 때문에 눈코 뜰 새 없이 바쁘다고 했다. 그렇지만 그 사람은 유미코 사진을 보고 마음에 들어했어, 유미코가 경찰이라고 싫어하지만 않는다면, 하고 할머니는 말했다. 그런데 그로부터 열흘도 되지 않아 할머니는 다른 남자의 사진을 들고 다시 나타났다. 그 사진과 이력서가 아직 유미코의 손에 있다. 연애도 못 해보고 선을 봐야 하는 자신의 처지가 원망스러울 따름이었다. 그리고 이번 상대도 착한 것 말고는 봐줄 게 없는 사람 같았다.

이름도 모를 남자의 손에 걸려들어 목숨을 잃고 쓰레기처럼 버려진 후루카와 마리코는 불쌍했다. 하지만 한편으로 그런 그녀의 재앙을 뉴스를 통해 지켜보고 있는 나라는 인간은 도대체 뭔가, 하는 생각도 들었다. 만일 지금 내 인생이 후루카와 마리코처럼 갑자기 중단되어버린다면 누가 가장 슬퍼할까? 누가 가장 큰 영향을 받을까? 부모와 오빠 이외에 유미코의 불행에 충격을 받을 사람이 있을까?

아니다. 다카이 유미코의 인생은 벽에 던지면 깡! 하는 공허한 소리를 내는 빈 깡통이나 다름없다. 그냥 이대로 이 가게에서 음식을 나르고 배달을 하면서 이웃 사람들과 사이좋게 지내는 인생으로 끝나고 말 것인가. 사람들은 은밀히 속삭일 것이다. 장수암의 간판 아가씨 유미코도 꽤 나이가 들었을걸, 그애 몇 살이라더라? 이제 아가씨라고 할 수도 없어, 하고. 여기서 벗어날 방법은 없을까? 어디에도 갈림길은 없는 것일까? 아니면 무수한 갈림길이 있는데도 내가 그것을 놓치고 있는 것일까.

그런 혼란스러운 마음으로 가족들의 일상을 지켜보고 있노라면 속이 울렁거릴 때도 있다. 왜 이런 자극도 없는 생활에 만족하고 사는 걸까? 오빠가 특히 그렇다. 조금도 초조해하는 기색이 없다. 투지도 없다. 이제 곧 서른인데, 이대로 만족하는 걸까?

그렇게 생각하고 있기 때문에, 변화와 자극에 목말라 있기 때문에 오빠의 표정에 과잉반응을 하는지도 모를 일이다. 오빠의 표정에는 별다른 의미가 없는지도 모른다.

그렇지만……

마음에 걸린다. 뉴스를 바라보던 오빠의 그 표정. 사카자키 이삿짐센터 간판 앞에 선 리포터의 딱딱한 표정을 백 배로 과장해도 오빠의 그 표정에는 미치지 못할 것이다. 그건 남의 일을 대하는 표정이 아니었다.

"유미코, 맥주 마실래?"

침대 구석에는 작은 아이스박스만한 크기의 냉장고가 숨은 듯 놓여 있었다.

"세상에 이런 장난감 같은 냉장고도 있어? 언제 샀어?"

"구리하시한테 얻었어."

그렇게 말하면서 가즈아키는 미니 냉장고 문을 열고 캔맥주를 꺼냈다.

"왜 구리하시에게 물건을 받아?"

가즈아키는 눈에 힘을 주고 있는 동생을 향해 웃어 보였다.

"글쎄? 네가 구리하시에게 당하지만 말고 대가를 받으라고 했잖아. 그래서 이걸 받았어."

오빠의 손에서 차가운 맥주를 받아들면서 유미코는 일부러 미간을 찌푸렸다.

"어떻게 받아냈어?"

"구리하시가 원룸을 빌렸을 때 이사를 도우러 갔었잖아. 벌써 오래된 일이지만."

유미코는 기억을 더듬어보았다. 신장개업 직후였을 것이다. 일요일 아침, 갑자기 구리하시 히로미가 찾아와서는 이사를 하는데 좀 도와달라고 했다. 말이야 '부탁'이지만, 얼굴에는 '명령'이라는 말이 씌어 있었다. 가즈아키는 거부의 몸짓 하나 보이지 못하고 웃는 얼굴로 따라나서서 하루 종일 일을 하고 돌아왔다.

"그럼 저건 그 원룸에 딸려 있는 냉장고 아냐? 멋대로 들고 나오면 안 될 텐데."

"괜찮아, 히로미는 더 좋은 냉장고 사서 쓰고 있으니까."

"주인이 알면 화낼 거야."

그렇게 말하고 유미코는 차가운 맥주를 목 안으로 부어넣었다.

"너 정말 맛있게 마시는구나."

그러면서 가즈아키는 웃었다. 가즈아키도 맥주로 목을 축이고는 손을 뻗어 텔레비전을 껐다.

"매일 똑같은 뉴스뿐이야. 지겨워."

그럴수록 유미코는 더 묻고 싶었다. 낮에 왜 그렇게 놀라는 표정을 지었어? 하고.

"네가 구리하시를 싫어하는 것도 알고, 나도 가끔 화가 날 때도 있어.

그렇지만 알고 보면 정말 불쌍한 놈이야."

갑자기 가즈아키는 그렇게 말했다. 유미코는 맥주캔을 무릎 위에 올리고 오빠의 얼굴을 똑바로 쳐다보았다. 오빠는 뭔지 모를 보이지 않는 것을 찾는 사람처럼 빛바랜 갈색 방바닥을 물끄러미 내려다보고 있었다.

"무슨 복잡한 문제가 있는 것 같아. 요즘 일도 안 하고 빈둥거리잖아? 그것도 다 이유가 있는 거야."

평소 같으면 날카롭게 구리하시 히로미를 비난했을 유미코는 가즈아키의 적극적인 기세에 눌려 입을 다물지 않을 수 없었다. 가즈아키가 구리하시 히로미를 '놈'이라고 부른 것도 놀라웠다.

유미코는 한때 구리하시 히로미를 동경하면서 가즈아키를 깔보기도 했다. 그런 오빠가 요즘 들어 변화를 보이고 있는 것이다. 유미코는 다시 맥주를 한 모금 마셨지만, 차갑기만 하고 아무런 맛도 느낄 수 없었다.

"구리하시에게는 나름대로 말 못 할 고민이 있는 것 같아. 그것 때문에 어딘지 모르게 비뚤어져 있어. 그놈도 그게 괴로울 거야."

"그래서 빈둥거리고 노는 거야? 그 사람 대학도 나왔고, 일류기업에 취직도 했어. 그런데 금방 그만뒀잖아. 어른이 된 후로는 그 사람과 별로 이야기해보지 않아서 잘은 몰라. 그런데 오빠에게, 윗사람이 모두 멍청이들이라 그만뒀다고 했다면서?"

가즈아키는 쓴웃음을 지으며 대답했다.

"응, 그랬지."

"그게 문제야. 저만 대단하고 주위 사람들은 모두 바보라는 생각. 그러니 무슨 일인들 제대로 하겠어? 구리하시가 괴로워한다니, 뭘 괴로워하는지는 모르겠지만, 그건 모두 제 손으로 뿌린 씨앗이야."

가즈아키는 맥주를 마시면서 유미코의 말을 음미하는 듯, 가끔 눈을 깜빡거렸다.

"그 사람, 어깨에 힘만 들었지 전혀 알맹이가 없다고 생각해. 오빠가 훨씬 더 훌륭해."

유미코의 말이 끝나기도 전에 가즈아키는 반론했다.

"글쎄, 내가 더 훌륭하다고? 정말로 그럴까?"

유미코는 놀랐다. 오빠가 이런 식으로 따지듯이 말하는 경우는 여태 한 번도 없었기 때문이다.

"난 그런 생각을 해본 적이 없어."

종이에 씌어 있는 규칙이나 법률처럼 움직일 수 없는 진실을 확인하며 읽는 듯한 어투로 가즈아키는 그렇게 말했다.

"구리하시가 일도 안 하고 빈둥거리면서 불평만 늘어놓긴 하지만, 역시 구리하시는 뭔가가 있어. 나보다 나은 점이 많아. 머리도 좋고 멋있어. 나에게서는 절대로 찾아볼 수 없는 뭔가가 있어."

"그런 게 어딨어?"

"여자들에게 인기도 많잖아. 자극적으로 살고 있고. 동창들도 나보다는 구리하시를 더 잘 기억할 거야."

"아냐, 오빠가 더 훌륭해."

그런 말을 하면서도 유미코는 자신의 말이 거짓임을 자각하지 않을 수 없었다.

"난 말이야, 유미코가 걱정하는 것처럼 구리하시의 명령에 순종하는 똘마니가 아냐. 여자들은 이해하기 힘들지 모르지만, 어릴 때부터 같이 자란 남자들 사이에는 좀 특별한 뭔가가 있는 거야. 물론 내가 그놈의 봉이고 똘마니인 것처럼 보일지는 모르겠지만……"

멍하니 열려만 있던 가즈아키의 눈이 갑자기 또렷한 초점을 만들기 시작했다. 그러나 그 '특별한 무엇'이 뭔지 유미코는 알 수 없었다. 그것은 가즈아키의 내면에 들어 있어서 바깥에서는 볼 수 없는 것인지도 모른다.

"그렇지만 나만 할 수 있는 일도 있는 거야."

그렇게 말하고 가즈아키는 얼굴을 들어 유미코의 눈을 바라보며 싱긋 웃어 보였다. 늘 보아왔던 그 멍하고 둔해 보이는 웃음이 오늘따라 유미코의 눈에는 어떤 가면을 덮어쓴 것처럼 보였다. 그리고, 낮에 뉴스를 보았을 때의 오빠의 표정을 떠올렸다. 그건 저도 모르게 가면 위로 드러낸 오빠의 진짜 얼굴일지도 모른다는 생각이 들었다.

"오빠, 오가와 공원 사건, 마음에 걸리지 않아?"

갑자기 화제가 바뀌자 가즈아키는 놀란 듯 작은 눈을 크게 떴다.

"응? 뭐야, 갑자기……"

"신문 열심히 읽었잖아? 드라마밖에 보지 않던 오빠가 갑자기 뉴스도 열심히 보고."

"요즘 그걸 안 보는 사람이 어딨어."

그렇게 슬쩍 넘어가려는 가즈아키의 어색한 몸짓을 유미코는 놓치지 않았다.

"오늘 낮에 후루카와 마리코의 유해가 발견되었다는 뉴스 봤지? 오빠가 그 뉴스를 보고 얼마나 무서운 표정을 지었는지 몰라. 왜 그랬어? 왜, 그 뉴스를 보고 그렇게 놀란 거야?"

가즈아키는 우물거렸다. 오랜 세월을 같이 살아온 유미코가 그걸 놓칠 리 없었다. 가즈아키는 당황하면서 발가락을 곰지락거리고 있었다. 옛날에 학교에서 따돌림을 당하고 울었다는 사실을 유미코가 눈치채고 말했을 때와 똑같은 행동이었다.

가즈아키는 손가락으로 코밑을 문지르며 어색하게 반문했다.

"그런 뉴스를 보면 누구든 겁을 내는 게 당연하잖아. 난 그런 뉴스를 보고 웃을 수 있을 정도로 나쁜 사람 아냐."

"그런 차원의 문제가 아냐. 알잖아?"

"몰라."

"그럼 말하겠는데, 난 혹시 오빠가 범인이 아닌가 하고 생각해버릴 정도였어. 그만큼 무서운 얼굴이었어."

가즈아키의 얼굴이 새파랗게 질렸다.

"오빠, 왜 그렇게 놀라?"

유미코는 웃었다. 웃으면 오빠의 표정이 누그러질지도 모른다는 생각에서였다.

"오빠, 겁주지 마. 정말 오빠가 범인이야? 무서워라—"

그리고 가즈아키의 어깨를 가볍게 쳤다. 유미코는 가즈아키가 식은 땀을 흘리고 있다는 것을 알았다. 손바닥에 끈적끈적한 촉감이 남았다.

"오빠, 왜 그래?"

농담이 농담에서 벗어나 정체 모를 불안을 자아내고 있었다. 불안이 불안에 지나지 않을 때는 그래도 행복하다. 불안의 정체를 모를 때까지는.

가즈아키는 맥주캔을 내려놓았다. 캔이 넘어졌다. 쏟아진 맥주가 방바닥에 눈물 자국 같은 지도를 그렸다.

"나도 설명을 잘 못 하겠어."

말끝을 약간 떨면서 가즈아키는 말했다. 눈길을 아래로 깔고서. 그 눈이 무엇을 보고 있는지 유미코는 알 수 없었다.

"유미코에게 걱정 끼칠 만한 일은 안 했어. 정말이야. 난 그런 용기도 없어. 내가 조금만 더 용감하다면……"

마치 스스로를 책망하는 듯한 어투였다.

"용감하다면? 그게 무슨 말이야?"

유미코가 따지고 들자 가즈아키는 말을 잘못했다는 것을 깨달은 듯

흠칫하며 눈을 들어올렸다.

"용감하다니, 누가? 오빠는 어릴 때부터 지금까지 용감했던 적이 한 번도 없었어. 누구를 두고 하는 말이야?"

'조금만 더 용감하다면', 그 다음 말을 꼭 듣고 싶었다. 그 말을 할 때의 오빠는 지금까지 유미코가 알아왔던 오빠와는 전혀 다른 사람 같았기 때문이다.

"오빠, 뭘 고민하고 있어? 뭔가를 결정하지 못하고 망설이는 사람 같아."

"왜 그렇게 무서운 얼굴로 그래."

"오빠, 너무 이상해. 걱정돼."

"걱정되는 건 너야. 그때 선을 보지 못해서 실망한 거 아냐?"

"난…… 그렇지 않아. 선은 원래 보고 싶지도 않았어."

"그럴까? 어쨌든 유미코는 좋은 아내가 될 테니까, 빨리 결혼하는 게 좋아."

"오빠한테 그런 말 듣고 싶지 않아."

그러면서 유미코는 문득 생각해보았다. 혹시 오빠에게 좋아하는 여자가 생긴 걸까. 그러나 그 사람에게 고백할 용기가 나지 않아서…… 그래서 조금만 더 용감하다면, 이란 말을 한 걸지도 모른다.

유미코는 오빠의 표정을 곁눈질로 살폈다. 입가에 일부러 미소를 지으면서.

"왜 그래? 그런 눈길로 보지 마."

"알았다, 바로 그거야."

"그거라니, 뭐?"

"오빠, 애인이 필요한 거지? 좋아하는 여자가 생긴 거지? 그래서 고민하는 거지, 그렇지?"

순간 가즈아키의 눈의 초점이 흐려졌다. 유미코는 가까이에서 오빠의 눈동자를 들여다보고, 바로 이거라고 생각했다.

그러나 가즈아키는 웃어젖혔다. 상황을 호도하려는 웃음이 아니었다. 어딘지 모르게 안도감이 밴 기분 좋은 웃음이었다.

"그래 맞았어, 그런 고민이야. 조금만 더 용감하다면 보다 적극적으로 행동해서 애인을 만들 수 있을 텐데 말이야. 난 바보니까 그냥 멀리서 지켜만 봐. 그래서 아무것도 안 돼."

열심히 고개를 가로저으며 익살스러운 표정으로 그렇게 말한 다음, 냉장고 문을 열어 새 맥주캔을 하나 꺼냈다. 마개를 딴 다음, 광고에 나오는 탤런트처럼 시원스럽게 마셨다. 그런 오빠를 가만히 지켜보면서, 유미코는 지금 오빠의 모습이 뭔가를 감추기 위한 것인지, 아니면 비밀을 들킨 사람의 모습인지 알 수 없었다.

"오빠는 어떤 타입이 좋아?"

가즈아키는 입가에 맥주 거품을 묻힌 채로 멍한 표정을 지으며 한참을 생각한 후에 대답했다.

"귀여운 여자가 좋아."

"머리는 긴 게 좋아? 짧은 게 좋아?"

"긴 머리가 좋아. 아, 짧은 머리가 어울리는 사람도 좋아."

"취미는 같아야겠지? 드라마 마니아면 좋을 거야."

"젊은 여자 중엔 별로 그런 사람 없어."

가즈아키는 허공의 한 점을 멍하니 바라보았다. 마치 구체적인 어떤 얼굴을 떠올리는 듯. 그 시선의 깊은 곳에는 어떤 절박한 느낌이 배어 있는 것 같았다.

갑자기 가즈아키가 입을 열었다.

"용감한 사람이면 좋겠어."

"뭐?"

"용기가 있는 사람이면 좋겠어."

남자가 여자에게 바라는 자질치고는 너무 이상하다. 유미코는 무슨 말을 해야 좋을지 몰라 멍하니 손에 든 캔을 내려다보았다.

"이상한 사건이 일어나는 세상이니까. 그러니까 그런 범인의 손에 걸려들었을 때도 지혜와 용기를 발휘할 수 있는 여자가 좋다는 거야. 그건 유미코도 마찬가지야. 오빠는 네가 너무 걱정스러워."

"알고 있어. 엄마 아빠한테도 넌더리가 나게 들었어."

유미코는 그렇게 대꾸하고는, 문득 속상한 기분이 들어 입을 비죽 내밀었다.

"그렇지만 오빠, 아무리 지혜와 용기가 있어도 상대할 수 없는 나쁜 남자도 있는 거야. 연속살인사건으로 죽은 여자들이라고 왜 지혜와 용기가 없었겠어? 하지만 범인의 상대가 될 수 없었던 거야. 그런 사건을 볼 때마다, 여자란 정말 슬픈 존재라는 생각이 들어. 여자이기 때문에 죽을 수밖에 없는 그런 세상인 것만 같아."

말을 멈추고 오빠가 대답해주기를 기다렸다. 늘 그랬듯이, 그래 맞아, 오빠도 그렇게 생각해, 라고 말해주기를.

가즈아키는 천천히 고개를 들고는 진지한 표정으로 물었다.

"그럼 어떻게 하면 될까?"

"어떡하다니?"

"여자들이 죽지 않게 하려면 어떻게 해야 되지?"

이번에는 유미코가 움츠러들었다.

"그야 범인을 빨리 잡는 수밖에 없잖겠어?"

가즈아키는 고개를 끄덕였다.

"그래, 빨리 잡아야 해. 그래야 마음 놓고 잠을 자지."

그러고는 크게 하품을 했다. 유미코는 자리에서 일어섰다.

"잠들기 전에 창문 열고 환기 좀 시키는 게 좋겠어."

"아, 그렇게 할게."

가즈아키는 일어서서 커튼을 젖히고 창문을 열었다.

"오빠, 잘 자."

문 앞에서 뒤를 돌아보는 유미코의 눈에, 등을 돌리고 선 가즈아키의 둥근 머리가 유리창에 비쳐 보였다. 순간, 오늘 낮처럼 유미코는 섬뜩한 느낌을 받았다.

가즈아키의 표정이 일그러져 있었다. 어떤 광기에 찬 화가가 다카이 가즈아키라는 착한 남자를 모델로 하여 자신의 내면에 꿈틀대는 분노와 절망과 공포를 그대로 옮겨 그려놓은 것 같았다. 오빠와는 전혀 닮지 않은 오빠의 초상화로 보였다.

그리고 잠시, 유미코는 이런저런 생각을 해보았다. 가즈아키의 창백한 얼굴. 좋아하는 여자가 있다는, 정말인지 거짓인지 모를 말. 용기 있는 사람이 좋다고 할 때의 그 절박한 어투.

결국 그녀가 세운 가설은, 오빠는 지금 한 여성을 마음에 두고 있다는 것이었다. 가즈아키는 그 사람을 정말로 소중하게 생각하고 있기 때문에, 처참한 사건이 해결되지 않은 채 언제 다음 희생자가 나올지 모르는 이 상황이 불안해서 견딜 수 없는 것이다. 후루카와 마리코의 뉴스에 그렇게 민감하게 반응한 것도, 혹시라도 자신이 마음에 두고 있는 소중한 여성이 후루카와 마리코처럼 희생당할지도 모른다는 상상을 하고 공포를 느꼈기 때문일 것이다.

'조금만 더 용감하다면'이란 말은 여전히 해석하기 곤란하지만, 그건 아마도 유미코가 처음 생각했던 대로 그 여자에게 고백하지 못하는 자신에 대한 답답함에서 비롯된 말일 것이다.

그 다음 가게가 쉬는 날, 유미코는 친구와 백화점에 가기로 했다. 만나서 선에 대한 이야기도 나누고 싶어서 유미코는 이날을 손꼽아 기다리고 있었다. 막 외출 준비를 하고 있는데 전화가 걸려왔다. 그 친구였다. 어젯밤에 갑자기 사랑니가 부어서 급히 치과에 가야 한다고, 약속을 다음주로 미루자는 것이었다.

옷은 갈아입었지만 아직 화장을 하지 않은 어중간한 차림으로 혼자서라도 백화점에 갈까, 아니면 평소처럼 비디오테이프를 빌리러 갈까 망설이고 있는데, 계단을 내려가는 발소리가 들려왔다. 분명히 오빠였다.

살짝 엿보니 역시 짐작대로 외출복을 입고 계단을 내려가고 있었다. 파란색과 녹색이 섞인 그 줄무늬 셔츠는 지난주에 어머니가 사온 것이었다.

오빠는 여자를 만나러 가는 것이다. 둘이서 만날까, 여럿이서 만날까. 아니면 무작정 그 여자가 있는 가게나 회사로 찾아가는 걸까.

'그래, 따라가서 확인해보자.'

유미코는 서둘러 핸드백을 메고 방을 나섰다. 가즈아키는 현관에서 구두를 신고 있었다. 유미코의 미행이 시작되었다.

가즈아키는 네리마 역으로 가는 버스를 탔다. 유미코는 재빨리 지나가는 택시를 잡고 먼저 역에 도착해서 표를 끊은 다음 버스가 오기를 기다렸다. 기둥 뒤에 숨어서 지켜보고 있으니 가즈아키가 맨 마지막으로 버스에서 내렸다. 이 역이나 역 근처에서 누가 기다리고 있는 것 같지는 않았다. 느긋한 발걸음이었다.

가즈아키는 역 안으로 가 표를 끊고 플랫폼으로 들어섰다. 유미코는 십 미터 정도 떨어져서 그 뒤를 따랐다. 가즈아키는 이케부쿠로 방향

전철을 탔다.

객관적으로 거리를 두고 보니 오빠의 둥그런 몸이 평소보다 더 크게 보여서 유미코는 놀랐다. 버스나 전철을 탈 때 늘 제일 뒤에 서는 것도, 커다란 몸이 사람들에게 방해가 될 것을 염려해서 그러는 것인지도 몰랐다.

가즈아키는 손잡이를 잡고 멍하니 전방을 응시하거나 광고를 바라보고만 있었다. 전철이 이케부쿠로 역에 도착하자 가즈아키는 탈 때와 마찬가지로 맨 나중에 내려 서두르는 기색도 없이 천천히 걸어갔다. 야마노테 선을 탈 생각인 것 같았다.

플랫폼 계단을 내려 넓은 역 구내로 나가자 오가는 사람들에 가려 몇 번이고 오빠의 모습을 놓칠 뻔했다. 그때마다 겨우 뒤쫓아가서 다시 오빠를 찾았지만, 한번은 방심하는 사이에 이 미터 거리까지 바싹 다가가는 바람에 당황하면서 몸을 숨기기도 했다.

가즈아키는 변함없는 발걸음으로 야마노테 선의 플랫폼으로 계단을 올라, 마침 미끄러져들어온 전철 안으로 뛰어들어갔다. 유미코는 가즈아키의 옆 차량으로 급히 뛰었다. 하마터면 문이 닫혀 타지 못할 뻔했다. 미행이란 텔레비전 드라마에서 보는 것처럼 간단하지 않다. 막 올라탄 야마노테 선이 어느 방면인지 생각할 겨를도 없었다.

창문 너머로 옆 차량 뒷문 옆에 서 있는 가즈아키의 옆얼굴이 보였다. 어떤 목적도 없고 어딘가를 바라보는 것도 아닌 졸린 듯한 표정이었다. 데이트를 하거나 마음에 둔 여자의 얼굴을 보러 가는 사람의 표정이 아니었다. 얼굴에서 긴장감을 찾아볼 수 없었다.

가즈아키의 바로 옆자리에는 젊은 연인이 사이좋게 앉아 있었다. 말소리는 들을 수 없지만, 풍부한 표정에 손짓 발짓을 섞어가며 대화를 나누고 있다. 여자도 남자도 유미코와 같은 또래로 보였다. 아니, 더 젊을지도 모른다. 대학생일까?

부러웠다. 여태 연인들을 보고 그런 생각을 한 적은 없었다. 너무 잘 어울리는 한 쌍이었다. 다른 연인들에게서는 찾아볼 수 없는 행복한 분위기가 두 사람의 머리 위로 퍼져나가고 있었다. 한쪽이 억지로 상대의 기분을 맞춰주는 어색한 연인에게서는 결코 찾아볼 수 없는 분위기였다. 비록 자그만 메밀국수집이지만 다양한 사람들을 접한 경험으로 그 정도는 한눈에 알아볼 수 있었다.

어쩌면 가게를 찾아오는 여러 부부, 연인, 또는 다른 커플들을 무의식적으로 계속 관찰해오다보니 오히려 연애를 하기 어렵게 된 것인지도 모른다. 언젠가 그런 생각을 친구에게 이야기했더니, 친구는 웃었다. 나이가 많건 적건, 못생겼건 잘생겼건, 사람들은 제각기 연애라는 걸 하는 법이라고. 그런 말은 변명일 뿐이라고.

가즈아키는 아키하바라 역에서 내렸다. 유미코는 실망했다. 여긴 전자제품 가게만 있는 곳이잖아?

유미코는 긴장이 풀려, 그제야 급히 나오는 바람에 원피스와는 어울리지 않게 운동화를 신고 있다는 것을 깨달았다. 완전히 시골뜨기 같아 보였다. 오빠가 역을 나서면 다시 전철을 타고 어딘가에서 구두를 사 신어야겠다고 생각했다.

그러나 가즈아키는 출구 쪽으로 향하지 않았다. 치바 쪽으로 가는 소부 선 플랫폼에 서는 것이었다.

유미코는 다시 긴장했다. 가즈아키는 조금도 망설이는 기색이 없었다. 서슴없이 전철에 올라타고는 반대편 문 앞에 섰다. 유미코는 같은 차량의 반대편 끝에 손잡이를 잡고 섰다. 야마노테 선만큼 복잡하지 않았다. 이대로 가다가는 들킬지도 모르니 옆 차량으로 옮길까 생각하고 있는데, 전철이 료고쿠 역에 도착하고 가즈아키가 선 쪽의 문이 열렸다. 가즈아키는 재빨리 전철에서 내렸다. 유미코도 서둘러 따라 내렸다. 가즈아키는 눈길 한 번 돌리지 않고 곧장 계단을 내려가 개찰구를 빠져나간 다음 훌쩍 택시에 올라탔다.

유미코는 깜짝 놀라지 않을 수 없었다. 가즈아키는 평소 택시를 타지 않는다. 네리마 역까지 갈 때도 늘 버스를 탄다. 외출했다가 늦어져 버스가 끊어지면 걸어서 돌아올 정도이다. 유미코도 택시를 잡아탔다. 다행히 가즈아키가 탄 택시는 저만치 떨어진 곳에서 신호를 기다리고 있었다.

"아저씨, 저 택시를 따라가주세요."

운전사는 유미코가 손가락으로 가리키는 대로 묵묵히 가즈아키가 탄 택시 뒤에 바싹 붙었다. 조수석 창을 통해 앞차의 뒷자리에 앉은 가즈아키의 둥그런 머리가 보였다.

료고쿠 역에서 전철의 어느 쪽 문이 열리는지도 알고, 전철을 내려서는 주저 없이 택시를 타는 것으로 보아 적어도 전에 와본 적이 있는 것 같았다.

유미코는 가슴이 두근거렸다. 미행은 헛되지 않았다. 그러고 보면 오빠가 지난 휴일에는 뭘 했었는지 기억이 나지 않았다. 자주 가는 곳이나 구리하시 히로미를 제외한 다른 친구관계 등, 유미코는 오빠에 대해 아는 것이 거의 없었다.

네리마에 비하면 도로는 넓지만 하나같이 낡은 집들뿐이었다. 유미코는 같은 도쿄이면서도 낯설게 느껴지는 스미다 구의 거리를 창 너머로 바라보았다. 별로 살고 싶은 동네는 아니었다.

이윽고 앞쪽에 울창한 숲이 보였다. 가즈아키가 탄 택시는 그쪽으로 향하고 있었다. 공원인 것 같았다. 입구에 문이 보였다. 마침 개를 데리고 있는 노인 하나가 그 문으로 들어서고 있었다.

공원 입구 신호등에서 가즈아키가 탄 택시가 멈췄다. 마침 빨간불이었다. 유미코가 탄 차도 멈춰 섰다.

"아가씨, 앞 차가 섰는데 어떡할까?"

가즈아키가 요금을 지불하고 있다. 커다란 발 하나가 바깥으로 빠져나오고, 이어서 커다란 머리가 따라나왔다.

"다음 모퉁이에서 세워주세요."

신호가 파란색으로 바뀌었다. 유미코는 몸을 틀어 오빠의 모습을 찾았다. 막 공원 안으로 들어서려 하고 있었다.

"여기 세워주세요!"

택시가 멈추었다. 유미코는 서둘러 요금을 지불했다.

"아저씨, 여기가 어디예요?"

운전사는 이상하다는 표정으로 유미코를 물끄러미 바라보았다. 그리고 대답했다.

"오가와 공원이지."

너무 놀라서 말이 나오지 않았다. 유미코의 손가락 끝에서 동전 하나가 굴러떨어졌다.

"아가씨, 동전 떨어졌어!"

운전사가 부르는 소리를 뒤로하고 유미코는 공원 입구로 달려갔다. 그러나 가즈아키의 모습은 벌써 사라지고 없었다.

'목격자를 찾습니다.'

유미코는 오가와 공원 입구로 들어서자마자 눈앞에 나타난 커다란 입간판을 올려다보았다. 하얀 바탕에 검은 글씨, 중요한 부분은 빨간 글씨로 씌어 있었다.

'금년 9월 12일에 공원 내의 쓰레기통에서 절단된 여자의 팔이 발견되었습니다. 동시에 6월에 실종된 나카노 구에 사는 여자 회사원의 핸드백도 발견되었습니다. 이 사건은 현재 수사가 진행중입니다. 보쿠도 경찰서에서는 공원 내에서 수상한 행동을 보인 인물이나 차량 등에 대한 정보를 구하고 있습니다. 사건의 조속한 해결을 위해 여러분의 협력을 부탁드립니다.'

입간판 끝에는 보쿠도 경찰서의 수사본부 전화번호가 적혀 있었다.

유미코는 간판에서 눈길을 떼고 공원 안쪽으로 들어섰다. 공원 안에는 많은 사람들이 있었다. 벤치에 앉아 있는 사람, 산책로를 걷는 사람, 개를 데리고 있는 사람, 자전거를 타는 사람.

그런 사람들 틈에 섞여 유미코는 열심히 가즈아키의 모습을 찾았다. 그러나 찾을 수 없었다. 분명 이 공원의 어떤 장소를 찾아왔을 것이다. 그곳이 어딘지를 모르는 한 찾기는 힘들 것 같았다.

유미코는 피로에 지쳐 가까운 벤치에 앉았다. 핸드백을 곁에 내려놓고 두 손으로 머리카락을 쓸어올리다가 잠시 눈을 감고 생각해보았다.

'여기가 바로 오가와 공원……'

그 사건이 시작된 장소이다. 이 공원 안 어딘가에 그 쓰레기통이 있을 것이다. 여자의 오른팔이 버려진.

'오빠……'

오빠는 여기 뭘 하러 왔을까? 그냥 구경하러 오지는 않았을 것이다. 그럴 사람이 아니다. 어젯밤의 대화를 떠올려보았다. 후루카와 마리코의 백골 유해가 발견되었다는 뉴스를 들었을 때의 그 창백한 얼굴이 떠올랐다.

무슨 목적으로 여기에 왔을까? 뭔가를 확인하려는 걸까?

'혹시……'

오빠는 그 사건에 대해 뭔가를 아는 게 아닐까. 어떤 관계가 있는 게 아닐까.

'설마. 아니야, 그럴 리가 없어!'

그때였다. 머리 위에서 아주머니의 목소리가 들려왔다.

"아가씨! 이봐요, 아가씨!"

14

유미코는 얼굴을 들었다. 바로 눈앞에 장바구니를 든 아주머니가 눈이 휘둥그레져서 서 있었다. 유미코가 앉은 벤치에서 오른쪽으로 뻗은 산책로 쪽으로 몸을 반쯤 돌린 채.

"핸드백 날치기야!"

퍼뜩 옆자리를 보니 핸드백이 없다. 눈을 감고 있는 사이에 누군가가 집어간 것이었다.

"저기, 저애!"

아주머니는 오른손으로 산책로 쪽을 가리켰다. 눈을 들어보니 소녀 하나가 조심스럽게 몸을 웅크린 채 이쪽을 바라보고 있었다. 유미코와 눈이 마주치자 마구 달리기 시작했다. 팔에는 유미코의 핸드백이 안겨 있었다.

"거기 서!"

유미코도 달렸다. 운동화를 신은 게 다행이었다. 금방 뒤를 따라잡았다. 그런데 소녀의 움직임이 이상했다. 도둑질을 하고 도망가는 사람치고는 너무 휘청거렸다.

"거기 서지 못해!"

고함을 지르면서 유미코는 소녀의 오른팔을 붙잡았다. 그 순간, 그 팔이 너무 여위었다는 것을 깨달았다.

유미코가 팔을 잡아당기자 소녀는 엉덩방아를 찧고 말았다. 유미코도 같이 넘어졌다. 유미코는 수치심과 분노 때문에 아픔도 잊고 벌떡 일어섰다. 소녀도 반쯤 몸을 일으켰다. 며칠 세수도 하지 않았는지 얼굴이 더러웠다. 몸에서는 냄새가 났다. 옷도 때에 절어 있었다. 긴팔 셔츠에 청바지, 구멍 난 운동화. 맨발인 듯 복사뼈가 드러나 보였다.

"너……"

소녀는 울먹였다. 낯선 동네에서 울먹이는 소매치기 소녀를 붙들고 유미코는 어쩔 줄 몰라했다.

'울고 싶은 건 나야……'

유미코는 도둑에게도 큰소리치지 못하는 자신이 오빠와 하나도 다를 게 없다는 생각이 들면서, 그런 자신에게 화가 났다.

"너, 이름이 뭐니?"

땅바닥에 퍼질러앉아 울먹이는 소녀를 일으켜세우고 벤치로 데리고 가 앉힌 다음 물었다.

"집은 이 근처니?"

적어도 이삼 일 동안 아무것도 먹지 못하고 씻지도 못한 소녀에게는 어울리지 않는 질문이었다. 소녀가 눈을 부릅떴다.

"바보! 이 근처면 내가 이러겠어!"

유미코는 할 말을 잃고 말았다.

"하긴 그렇겠지만…… 그렇다고 바보라니!"

소녀도 지지 않았다. 눈물을 흘리면서 바락바락 악을 썼다.

"바보니까 바보라고 하지!"

그러나 소녀의 눈은 유미코를 바라보려 하지 않았다. 눈을 내리깔고 있었다. 겁을 먹은 듯, 수치심에 사로잡힌 듯. 바보라는 말도 소녀가 스스로에게 내뱉은 말인지도 모른다는 생각이 들었다. 그래서 유미코의 눈을 바라보지 못하는 것이다.

그 때문에 유미코의 마음도 조금 누그러졌다. 열 살 정도는 아래로 보였다. 아직 어린애다.

유미코는 웃음 띤 목소리로 말했다.

"앞으로는 그런 말 하지 마."

소녀는 손등으로 눈물을 훔쳤다. 여전히 유미코와는 눈길을 마주치려 하지 않았다.

"이름이 뭐니? 말해봐. 나는 다카이 유미코라고 해. 스물여섯 살이야."

소녀는 비로소 눈을 들고 유미코를 흘끗 바라보았다. 유미코는 문득 고등학교 시절의 반 친구 얼굴을 떠올렸다. 이학년 때 교칙위반으로 정학을 당해 학교를 그만둔 애였다. 그녀도 이애처럼 눈을 치켜들고 흘겨보는 버릇이 있었다.

"이름 가르쳐주기 싫어?"

"말하고 싶지 않아."

"그럼, 내 맘대로 야마다 하나코라고 부르지 뭐."

"싫어."

"그럼 네가 좋은 걸로 한번 대봐."

소녀는 다시 유미코를 흘겨보았다. 유미코는 소녀의 눈동자를 들여다보려 했다. 그러나 마치 감시 카메라가 있다는 걸 알고 물건을 훔치려고 내밀었던 손을 거두어들이는 비행소녀처럼, 유미코의 시선을 느낀 소녀는 황급히 표정을 지워버렸다.

"밥 안 먹었지? 난 너를 도와줘야 할 의무는 없으니까 그냥 가도 돼. 그렇지만 그랬다가는 오늘밤 잠이 안 올 것 같아. 그래서, 밥 먹고 옷 사

입을 돈을 조금 빌려줄 생각인데, 어때?"

소녀는 여전히 눈을 내리깔고 있었다. 이를 꽉 깨물고 있는지 묘하게 아래턱이 튀어나온 듯이 보였지만, 예쁜 얼굴이었다. 무릎 위에 올린 두 손을 곰지락거리면서 바짓자락을 잡았다 놓았다 하고 있었다. 분명히 허둥대는 모습이었다. 어떤 기대를 품은 허둥거림. 이애는 돈이 필요하다. 도움을 필요로 하고 있다.

"부자가 아니니까 많이는 빌려줄 수 없어. 지갑을 다 털어도 이만 엔 정도밖에 없어. 절반 빌려줄게."

소녀는 갑자기 얼굴을 들어올리고 되물었다.

"빌려주는 거야? 그냥 주는 게 아니고?"

"난 낯선 사람한테 돈 받는 거 싫어해. 너도 그렇지? 사실은 주는 거면서 일부러 빌려준다고 하는 거야. 그렇잖아? 네가 어디 사는 누군지도 모르는데 어떻게 갚을 줄 알고?"

소녀는 크게 고개를 끄덕였다.

"맞아. 그러니까 이상하다고 생각했지. 돌려받을 생각이 없으면 빌려준다고 하지 마. 말만 바꾸면 다야? 어른들은 다 엉터리야."

유미코는 깜짝 놀랐다. 꽤나 비뚤어진 아이 같았다.

"세상에는 그런 식으로 돌려 말하는 게 많아. 그게 세상이란 것도 배워둬."

마치 학교 선생이라도 된 듯한 기분이 들었다.

"그렇지만 너, 돈을 그냥 준다고 하면 기분 나쁘지 않아?"

"난 그런 거 신경 안 써. 줘. 그리고 당신 정말 바보야."

소녀는 코웃음을 치면서 유미코를 바라보았다.

"벌써 잊었어? 난 당신 핸드백을 훔치려던 사람이야. 그런데 왜 돈을 준다는 거야?"

유미코는 일부러 정색을 하고 대답했다.

"네가 혹시라도 내 이름은 야마다 하나코입니다, 하고 고백하고, 사실은 가출해서 배가 고파서 핸드백을 훔쳤다는 말을 하지 않을까 해서. 그래야 드라마가 되잖니."

소녀는 소리내어 웃었다. 물론 소녀를 웃기려고 한 말이지만, 그런 유쾌한 웃음을 대하니 기분이 이상했다.

그러나 소녀는 즐거워서 웃는 것이 아니었다. 그 히스테릭한 웃음은 공원 안의 산책로를 오가는 사람들의 발걸음을 멈추게 했다. 소녀의 웃음소리는 다른 사람의 웃음을 이끌어내는 것과는 거리가 멀었다. 사람들은 한 번 발걸음을 멈추었다가는 재빨리 그곳을 떠나버렸다.

문득 유미코는 옛날 일을 떠올렸다. 동네 축제 때 장난감을 팔러 온 아저씨였다. 길가에 자리를 펴고 스위치를 넣으면 심벌즈를 연주하는 원숭이 장난감을 팔았다. 귀를 쫑긋쫑긋하면서 빙글빙글 돌아가는 토끼 장난감도 있었다. 어린이들에게 인기 있는 아저씨였다. 그런데 어느 날, 원숭이 장난감이 고장나서 아저씨가 스위치를 내렸는데도 멈추지 않았다. 원숭이는 이를 드러내고 시끄러운 소리를 내며 주인의 명령을 무시하고 심벌즈를 두들겨댔다. 원숭이는 내내 웃고 있었다. 아이들도 따라 웃었다. 그러나 잠시 후 아이들은 서서히 뒤로 물러나기 시작했다. 어린 유미코는 그 아저씨가 원숭이의 등에 붙은 뚜껑을 열고 배터리를 꺼내는 것을 보았다. 유미코는 그래도 원숭이는 계속 움직일 것이라고 생각했다. 미친 원숭이니까. 미쳐버리면 모든 게 그런 식으로 변해버리니까.

눈을 번득이며 사람 기분을 상하게 하는 웃음을 터뜨리는 소녀 곁에서, 유미코는 자신이 그때의 장난감 장수 아저씨가 된 듯한 기분이 들었다.

더이상 있을 필요가 없다고 생각했다. 핸드백을 열고 지갑을 꺼냈다. 빳빳한 만 엔짜리 지폐를 소녀의 무릎에 올려놓았다.

"그럼, 안녕."

소녀 쪽은 보지도 않고 자리에서 일어나 걸었다. 뒤에서 웃음소리가 뚝 그쳤다.

"나, 히구치 메구미라고 해."

소녀의 목소리가 뒤따라왔다. 예상외로 작은 목소리였다.

문득 유미코는 그 자리에 멈춰 섰다. 그리고 천천히 뒤를 돌아보았다.

소녀는 아직 벤치에 앉아 있었다. 무릎 위의 돈도 그대로였다. 웃음이 사라진 얼굴에 눈물 자국이 거무스름한 선을 그리고 있었다.

"우리 아버지, 살인자야."

억양 없는 목소리로 히구치 메구미라는 소녀가 그렇게 말했다. 고백도 아니고 변명도 아닌, 설명서를 읽는 듯한 의무적인 목소리였다.

"세 명이나 죽였어. 게다가 하나는 어린아이였어. 그래서 지금 재판 중이야. 아마 사형일 거야. 난 그런 아버지의 딸이야."

유미코는 퍼뜩 떠오르는 말을 그대로 내뱉었다.

"왜 내게 그런 말을 하니?"

히구치 메구미는 고개를 저었다.

"그냥, 내가 왜 이런 데서 날치기 짓을 하는지 알려준 거야. 만 엔을 준 대가로."

"그건 대가가 아냐, 너의 변명이겠지. 자신이 이런 태도를 보이는 데는 이유가 있다고 변명을 하려는 것뿐이야."

메구미는 풋, 하고 웃었다.

"그건 맞아."

그러고는 고개를 끄덕였다. 유미코는 몇 걸음 옮겨 소녀의 곁에 섰다. 그녀의 몸과 옷에서 더러운 냄새가 났다.

"아버지가 그렇게 되는 바람에 가출한 거야?"

"아냐."

"그럼 왜?"

"아빠가 불쌍해서, 내가 할 수 있는 일을 찾고 있어. 아빠가 그런 짓을 한 건 우리 가족을 지키기 위해서였어. 원해서 한 게 아냐. 궁지에 몰렸던 거야. 아빠도 피해자야. 다른 사람들에게 그걸 알리고 싶어."

문득 유미코는 깨달았다. 이런 태도가 이애의 본래 모습이라는 것을. 아무 어려움 없이 곱게 자란 소녀임이 분명하다는 생각이 들었다.

"이 공원 근처에 아빠가 죽인 사람의 아들이 살고 있어."

"아들?"

"응, 나랑 비슷한 또래야. 고등학생."

"그럼, 그 학생을 만나러 온 거니?"

"응, 그애가 아빠를 만나줬으면 해서. 아빠와 직접 만나서 이야기를 나누면 아빠의 마음을 알고, 얼마나 반성하고 있는지를 알고, 용서해줄 거라고 믿어. 그러면 재판에서 아빠에게 유리해져. 그렇지만 그애가 도망쳐버렸어. 그리고 아빠 변호사에게 손을 써서, 그애를 만나지 말라고 변호사한테 야단을 맞았어. 그래서 가출한 거야."

유미코는 멍하니 히구치 메구미의 얼굴을 바라보았다. 머리가 나쁜 것 같지는 않은데도, 자신의 행동이 얼마나 이기적이고 파괴적인지 전혀 모르고 있다. 이런 행동은 대체 어디서 비롯하는 것일까?

"그애를 만날 때까지 돌아가지 않을 생각이었는데, 돈이 떨어지니까 너무 힘들어."

히구치 메구미는 쓴웃음을 지으며 말을 이어갔다.

"날치기는 처음이 아냐. 잠도 여기서 자. 몸이 간지러워 죽겠어."

"그만 포기하고 어머니에게 돌아가."

유미코는 빨리 이 자리를 벗어나고 싶어졌다.

"피해자의 아들이라는 그 고등학생, 몇 년을 기다려도 네 아버지를 만나주지 않을 거야. 그러니까 그냥 돌아가는 게 좋아."

히구치 메구미는 얼굴을 쳐들고 날카로운 눈길로 유미코를 노려보았다.

"왜? 왜? 그건 불공평해."

유미코는 한 걸음 뒤로 물러섰다.

"불공평?"

"아빠는 좋아서 강도짓을 한 게 아냐."

그건 네 생각에 지나지 않아, 라는 말이 목구멍을 타고 올라왔다. 그러나 유미코는 참았다. 빨리 이 자리를 떠나야겠다는 생각뿐이었다. 이 공원에 온 것 자체가 잘못이었다고 후회했다.

"당시에 아빠가 얼마나 궁지에 몰려 있었는지 아무도 알아주지 않아. 아빠의 말을 들어주려고도 하지 않아. 너무해. 나쁜 짓을 했다고 무조건 사형시키는 건 너무 심해."

눈꼬리를 치켜올리며 히구치 메구미는 그렇게 말했다. 눈앞의 유미코라는 존재는 완전히 무시하고 있는 듯했다.

유미코는 주위를 둘러보았다. 사람들은 흘끗 이쪽으로 눈길을 던졌다가는 재빨리 지나쳐버렸다. 메구미가 그녀만의 생각과 분노에 젖어 있는 틈을 타서 유미코는 그 자리를 벗어나려 했다. 이런 애를 상대해서 뭘 하겠어. 난 오빠를 따라온 거야. 내가 걱정할 상대는 오빠야.

유미코는 발길을 돌려 공원 출입구 쪽으로 향했다. 꽃이 져버린 코스모스 화단을 돌아 바깥으로 나가려는 순간, 메구미의 고함 소리가 들려왔다.

"왜 도망치는 거야!"

왜, 라는 질문에 대해 대답할 의무는 없다. 유미코는 달렸다. 상황이 잘 파악되지 않았을 때는 감추어져 있었던 공포심이 갑자기 유미코를 덮쳤다. 강도살인범의 딸! 그 말이 무겁게 가슴을 짓누르기 시작했다. 저 이상한 여자애는 살인자의 딸이야. 관계해서는 안 돼.

메구미는 고함을 지르며 유미코를 따라왔다. 유미코는 있는 힘을 다해 달렸다. 실수로 신고 온 운동화가 여기서도 위력을 발휘했다.

갑자기 히구치 메구미의 날카로운 금속성 목소리가 들려왔다.

"살인자! 넌 살인자야!"

유미코는 발목이라도 잡힌 사람처럼 그 자리에 우뚝 멈춰 섰다. 그리고 뒤를 돌아보았다. 히구치 메구미는 코스모스 화단 곁에 쭈그리고 앉아 가쁜 숨을 몰아쉬며 악을 쓰고 있었다. 유미코가 멈춰 선 것을 보고는 손을 들어 유미코를 가리키며 외쳤다.

"여러분, 저 여자는 살인자예요! 잔혹한 여자예요! 피도 눈물도 없는 살인자예요!"

유미코는 너무 어이가 없어 입만 멍하니 벌리고 서 있었다.

바로 곁에서 웃음소리가 들려왔다. 입구 쪽 산책로를 지나가는 젊은 여자 두 사람이었다. 두 사람의 눈에는 아마도 히구치 메구미나 유미코나 똑같이 이상한 여자로 보였을 것이다.

유미코의 눈에 자신과 히구치 메구미의 얼굴을 번갈아 쳐다보며 지나가는 사람들의 모습이 비쳤다. 울고 싶었다. 수치스러웠다. 왜 내가 이런 꼴을 당해야 한단 말인가.

"그만둬."

그 자리에 선 채 유미코는 중얼거리듯이 말했다.

"그런 이상한 소리 하지 마."

그 말이 들렸는지, 아니면 힘이 다 빠져버렸는지 히구치 메구미는 가쁜 숨을 몰아쉬며 가만히 있었다. 하지만 유미코를 노려보는 그 눈길은 여전히 도발적이었다. 히구치 메구미는 유미코의 평온한 마음을 뒤흔들어서 자신의 고통과 짐을 유미코에게 전가하려 하고 있었다.

그때, 여자의 목소리가 들려왔다.

"히구치!"

유미코는 눈을 들어 목소리의 주인을 찾았다. 코스모스 화단 왼쪽에서 엷은 파란색 스웨터에 하얀 면바지를 입은 여자가 다가오는 것이 보였다. 드문드문 흰머리가 섞여 있었다. 그러나 얼굴은 젊어 보였다. 마흔 정도나 될까.

"히구치?"

여자는 다시 한번 히구치 메구미를 불렀다. 친밀한 어투는 아니었다. 구원의 목소리도 아니었다. 그녀의 표정은 환자를 다루는 구급대원의 그것과 비슷했다.

히구치 메구미는 자신의 이름을 부르는 여자 쪽으로 고개를 돌렸다. 그 순간, 히구치 메구미의 얼굴은 흉기처럼 날카롭게 일그러졌다.

"뭐 하러 왔어!"

파란색 스웨터를 입은 여자는 메구미의 히스테릭한 반응을 무시하고 유미코 쪽을 보았다. 아까부터 두 사람의 대화를 엿듣고 있었던 것 같았다.

"아는 사이세요?"

그 여자가 물었다. 유미코는 황망히 고개를 가로저었다.

여자는 미간을 찌푸리며 히구치 메구미를 내려다보았다. 메구미는 턱을 까딱하더니 코웃음을 치며 고개를 돌려버렸다.

"네가 여기서 소동을 부리고 있다는 얘기를 듣고 왔어" 하고 여자가 말했다. 애써 감정을 억누르는 어투였다.

"처음 보는 사람에게 이런 실례가 어디 있니? 하기야 벌써 늦었지만."

여자는 미안하다는 표정으로 유미코 쪽을 흘끗 바라보고는 다시 메구미를 내려다보며 말했다.

"네가 뭘 하든 우리하고는 상관없는 일이야. 그렇지만 남에게 피해를 주는 행동을 하면 내가 나서지 않을 수 없어."

히구치 메구미는 신경질적으로 말을 받았다.

"당신이 신이치를 숨겼지? 신이치를 도망치게 한 당신이 잘못이야."

"신이치는 내 아들이야. 함부로 이름을 부르지 마."

"그런 쓰레기가 뭐 잘났다고 그래."

"쓰레기는 네 아버지 같은 사람이 아니니? 그런 죄를 저질러놓고 너를 시켜서 벌을 피하려고 하다니, 뻔뻔스러워."

히구치 메구미는 자리에서 튀어올라 여자를 덮쳤다.

"아빠는 아무 말도 하지 않았어! 아빠는 쓰레기가 아냐! 사과해! 아빠에게 사과하란 말이야!"

그러나 그 과격한 행동으로 히구치 메구미는 육체적인 한계에 다다르고 말았다. 여자의 멱살을 잡으려고 뻗었던 손이 허공을 가르더니 그대로 그 품에 쓰러져버렸다. 흙빛 얼굴이 점점 종잇장처럼 새하얗게 변해갔다.

메구미는 정신을 잃고 말았다. 여자는 커다란 쓰레기봉투라도 끌어안은 표정으로 말했다.

"미안해요. 이애는 내가 경찰에 이야기해서 처리할 테니 신경쓰지 마세요."

그러나 유미코의 사람 좋은 성격이 입을 제멋대로 움직이게 만들었다.

"혼자서는 못 옮길 것 같은데요."

"괜찮아요."

파란색 스웨터를 입은 여자는 키는 크지만 몹시 마른 편이었고, 안색도 좋지 않아 보였다.

"제가 도울게요. 어디로 옮길 건가요?"

파란색 스웨터의 여자는 이시이 요시에라고 했다.

유미코는 그녀와 힘을 모아 정신을 잃은 히구치 메구미를 오가와 공원에서 걸어서 십 분 정도 거리에 있는 그녀의 집까지 옮겼다. 메구미는 비쩍 말라서 그리 무겁지 않았지만, 이시이 요시에가 워낙 힘이 없어서 결국 유미코 혼자 힘으로 옮긴 것이나 다름이 없었다.

현관문을 열고 메구미를 들이면서 이시이 요시에는 표정이 더욱 어두워졌다. 유미코가 메구미를 어디에 누이면 좋겠냐고 묻으니, 처음에는 '거실'이라고 했다가 금방 '이층'이라고 말을 바꾸더니, '이층이면 옮기기가 힘들 텐데……' 하고 말꼬리를 흐렸다. 유미코는 그제야 알아차렸다. 이시이 요시에는 사실 히구치 메구미를 자기 집으로 들이는 것 자체가 싫었던 것이었다.

결국 거실 옆의 작은 방에 누이기로 했다. 카펫이 깔린 바닥에 쿠션을 놓고 메구미를 뉘었다. 메구미는 원래의 흙빛 안색으로 돌아와 있었다. 숨결이 고른 것으로 보아 기절이 아니라 그냥 지쳐 잠든 것 같았다.

요시에는 유미코에게 정중하게 인사를 하고, 유미코는 오가와 공원에서 일어난 일에 대해 이야기했다. 요시에는 고개를 끄덕이고 사정을 설명해주었다. 그제야 비로소 유미코는 이시이 부부와 히구치 메구미, 그리고 메구미가 '신이치'라고 부른 쓰카다 신이치라는 소년을 둘러싼 사정을 이해할 수 있었다.

이시이 부부가 양자인 신이치의 입장을 생각해 히구치 메구미의 터무니없는 요구를 거절하는 것은 당연한 일이었다. 메구미에게는 쓰카다 신이치에게 뭔가를 요구할 권리가 없었다.

"지금은 연락이 되지만, 사실 그애는 말도 없이 집을 나가버렸어요."

피로에 지친 표정으로 어깨를 늘어뜨리고 고개를 떨군 채 요시에는 말했다.

"그애는 히구치 메구미가 자신을 쫓아다닌다는 걸 우리에게 말하지 않았어요. 말없이 가출할 수밖에 없었겠죠."

"히구치 메구미에게 그런 짓을 하지 못하도록 할 방법은 없나요?"

요시에는 눈을 감고 고개를 저었다.

"그쪽 변호사하고 몇 번이나 의논을 했어요. 변호사도 몇 번이나 주의를 주었답니다. 그렇지만 그애는 누구의 말도 듣지 않아요."

"그래서 그애도 아무 방해도 받지 않으려고 가출해서 쓰카다 신이치 주위를 맴도는 거군요."

"홈리스같이 되어버렸어요."

유미코는 화제를 쓰카다 신이치 쪽으로 돌렸다.

"전 신문을 잘 보지 않아서, 여태까지 사와 시 일가족 살해사건에 대해 모르고 있었어요."

이시이 요시에는 힘없이 웃었다.

"그 사건에 대해 모르는 사람을 만나면 너무 마음이 놓여요."

요시에는 커피를 타오겠다면서 자리에서 일어섰다. 유미코는 괜찮으니 그냥 쉬라고 했지만 요시에는 벌써 부엌으로 걸어가고 있었다.

"그런데, 어떡하실 생각이세요?"

"어떡하다니요?"

"메구미를 여기서 지내게 할 수는 없잖아요? 경찰을 부를 건가요? 아니면 가족이나 변호사에게 연락할 건가요? 만일 여기서 무슨 일이 벌어졌는지를 설명할 필요가 있다면 저도 도울게요. 증인이 될게요. 메구미가 또 뭐라고 할지 모르잖아요?"

"글쎄요……"

이시이 요시에는 주전자를 불 위에 올렸다. 부엌은 아주 깨끗했다. 그녀는 한숨을 내쉬며 불쑥 말을 뱉었다.

"그냥 경찰에 연락해버릴까……"

"그러는 게 일이 깔끔할 거예요. 전화할까요?"

"아니에요. 사정을 잘 아는 형사가 있어요."

요시에는 손을 닦으면서 부엌에서 나왔다.

"신이치가 오가와 공원 사건과 조금 관계가 있어서요. 그리 대단한 건 아니지만……"

유미코는 고개를 끄덕였다.

"뉴스에서 봤어요. 발견자가 고등학생이라던데, 그게 신이치인가요?"

"그래요. 왜 그애에게만 이런 불행한 일이 자꾸 일어나는지……"

요시에는 눈물을 감추려는 듯 눈을 깜빡거렸다.

"그 사건의 수사본부에 사와 시 사건에 대해 알고 있는 형사가 있어서 신이치를 많이 걱정해주세요. 명함이 있으니까 그쪽으로 전화를 해보죠."

그러나 그 형사는 자리를 비우고 없었다. 결국 소년과로 연결되어 최종적으로는 가까운 파출소에서 처리하게 되었다.

전화를 건 지 오 분도 되지 않아 경찰관이 나타났다. 창문 너머로 보니 집 앞에 자전거가 세워져 있었다. 자전거로 어떻게 데려간단 말인가 싶어 유미코는 화가 치밀었다. 파출소에서 하는 일이 다 이 모양이지.

오십대 경찰관은 이시이 요시에가 조리 있게 상황을 설명하는 동안 가끔씩 유미코를 훔쳐보았다. 기분 나쁜 눈길이었다. 유미코도 자신의 입장을 또박또박 설명하고, 질문에 성실하게 대답했다.

그러나 한 가지 대답하기 곤란한 질문이 있었다.

"그런데 다카이 유미코 씨는 무슨 일로 오가와 공원에 오셨지요? 네리마라면 좀 먼 거리인데……"

유미코는 할 말이 없었다. 오빠를 미행하다보니 여기까지 오고 말았다고 하면 가즈아키를 의심할지도 모른다.

유미코가 머뭇거리자 경찰관은 따지듯이 물었다.

"혹시, 당신도 구경하러 온 거요?"

그 말에 이시이 요시에가 유미코의 얼굴을 바라보았다. 그 눈길에 가시가 돋친 듯한 느낌마저 들었다.

"그런 사람이 꽤 있어요."

유미코가 대답을 못 하자 경찰관은 말을 이었다.

"큰 사건이니까, 현장을 보려고 오는 젊은 여자들이 많습니다, 부인."

마지막 말은 요시에를 향한 것이었다. 요시에는 "아, 그런가요" 하고 대답했다.

"전…… 그런 사람 아니에요. 구경하러 온 게 아니에요. 친구하고 긴자에 쇼핑하러 가기로 했는데 친구에게 갑자기 일이 생겨서…… 그래서 야마노테 선을 타고 무작정 가다가, 갑자기 한 번도 가보지 않은 곳으로 가보고 싶은 생각이 들어서 료고쿠 역에서 내려서 걸었어요. 그러다 공원이 있길래 벤치에 앉아서 쉬고 있었는데……"

경찰관은 한심한 여자라는 듯이 경멸 섞인 눈길을 던졌다.

이시이 요시에가 끼어들었다.

"이제 어떡하면 좋을까요? 이애를 우리집에서 맡을 수는 없어요. 경찰에서 보호할 수는 없나요?"

경찰관은 부루퉁한 표정으로 말했다.

"술에 취해서 행패를 부리는 것도 아닌데 가둘 수야 없는 노릇 아니겠습니까."

"가출한 애라고 했잖아요. 보호자에게 연락을 취해서 집에 데려다주세요."

"부인, 경찰 입장에서도 한쪽 말만 듣고 행동할 수 없습니다. 그것보다는 부인이 먼저 저애 부모에게 전화를 해서 데리러 오라고 하는 편이 나을 것 같은데요. 그게 조용하게 해결할 수 있는 방법입니다."

"난 조용히 해결할 생각 없어요!"

마침내 이시이 요시에는 분통을 터뜨리고 말았다.

경찰은 깜짝 놀라 눈만 끔뻑거렸다. 요시에는 떨리는 목소리로 한꺼번에 말을 쏟아냈다.

"이애의 무책임한 어머니 때문에 우리 신이치가 얼마나 고통받는 줄 알기나 해요! 내가 왜 저애 부모한테 전화해야 한단 말예요!"

경찰은 말이 안 통해 답답하다는 표정으로 손을 저으며 말했다.

"부인, 너무 흥분하지 마세요. 상대는 미성년자입니다. 어린애란 말입니다."

유미코도 서서히 화가 치밀었다. 얼굴을 들고 경찰을 똑바로 쳐다보며 단호한 어투로 말했다.

"그럼 내가 저애를 집까지 데리고 가겠어요. 저애 아버지의 변호사에게라도 넘겨주겠어요!"

그래도 경찰관은 조금도 흔들리는 기색을 보이지 않았다.

"이보세요, 아가씨 기분은 알겠지만……"

"제 이름은 다카이 유미코예요!"

"아, 다카이 씨. 어디 사는 누군지도 모르는 당신에게 아이를 맡길 수는 없어요. 당신은 당사자가 아니잖습니까."

"날치기 당한 당사자예요. 핸드백 훔치는 건 절도죄가 아닌가요? 전 저애를 현행범으로 잡았어요. 다시는 그런 짓을 못 하게 보호자에게 데려다주는 게 뭐 잘못이라도 된다는 말인가요? 경찰이 안 하니까 내가 하겠다는 거예요."

경찰관은 세상모르는 소리 하지 말라는 듯 큰 소리로 말했다.

"날치기 당한 걸 사건으로 처리하고 싶다면 하세요. 그렇지만 고생 좀 할걸요. 조서를 꾸미려면 경찰서에 오래 잡혀 있어야 합니다. 그리고 실제로 날치기를 당했는지 안 당했는지, 증인도 없지 않습니까? 그래서 당신을 위해서라도 사건으로 처리하지 않는 게 좋다고 하는 겁니다."

"그럼 제가 거짓말을 한다는 거예요?"

"그럴 가능성도 있다는 겁니다."

"세상에 사람을 어떻게 보고!"

유미코가 화를 내며 대들려는데 뒤에서 목소리가 들려왔다.

"내가 집에 가면 되잖아!"

이시이 요시에도 유미코도 경찰관도 깜짝 놀라 뒤를 돌아보았다. 히구치 메구미가 문에 몸을 기댄 채 서 있었다.

"이런 집에 신세지고 싶지 않아."

이시이 요시에가 자리에서 벌떡 일어섰다.

"이런 집이라니!"

"이런 집이니까 이런 집이라고 하는 거야. 아줌마, 입만 벌렸다 하면 신이치, 신이치 하는데, 그놈이 당신 아들이라도 돼? 남이잖아. 쓰카다 신이치하고 아무 관계도 없는 당신이 무슨 권리로 우리 아버지를 욕하는 거야!"

이시이 요시에의 얼굴이 새하얗게 질려갔다. 몸속의 피가 아우성치면서 역류하고 있는 모습이 유미코의 눈에도 역력하게 보였다.

"권리가, 없다고?"

"남이잖아. 신이치를 맡은 것도 보험금이 목적 아냐? 우리 엄마가 그랬단 말이야."

요시에는 유미코 곁을 번개처럼 빠져나가 있는 힘을 다해 히구치 메구미의 뺨을 후려쳤다.

"당장 나가."

낮게 깔린 그 목소리는 그녀의 가장 깊은 곳, 인격의 밑바닥 아래를 흐르는 마그마처럼 끓어오르는 분노로 꿈틀대고 있었다.

그러나 그것이 한계였다. 요시에는 바람 빠진 풍선처럼 그 자리에 털썩 주저앉고 말았다. 유미코는 황급히 달려가 요시에를 안아일으키고 소파에 앉혔다.

"괜찮으세요?"

"아, 미안해요."

"그냥 앉아 쉬세요. 이애는 제가 집까지 데려다주고 부모를 만나 사정을 설명하겠어요."

그런 다음 유미코는 무슨 말인가를 꺼내려는 경찰관을 똑바로 쳐다보며 일갈했다.

"이보세요, 당신은 이시이 요시에 씨의 말을 안 믿는 거죠? 그럼 됐어요. 우리가 뭘 하든 간섭하지 말고 가세요!"

그때 헤헤헤, 하는 웃음소리가 들려왔다. 히구치 메구미는 어느새 현관 쪽에 서 있었다. 고소해 죽겠다는 표정이었다. 유미코는 더이상 참을 수 없었다.

메구미가 눈치를 챘는지 대문 쪽으로 도망치기 시작했다.

"그럼, 저 갈게요."

유미코는 급히 인사를 하면서 이시이 요시에의 오른손을 꼭 쥐었다

놓고는 히구치 메구미를 뒤쫓아 달려나갔다. 집을 나서자마자 곧 따라 잡을 수 있었다.

"너희 집 어디니?"

히구치 메구미는 흐느적거리며 걷고 있었다. 공복에다 피로해 있는 탓에 발걸음에 힘이 없었다.

"전철을 타든 택시를 타든 돈이 있어야 하잖니. 내가 집까지 데려다 줄게. 그러니까 어서 말해."

차들이 오가는 큰길이 보였다. 히구치는 등을 돌린 채 내뱉었다.

"저리 가, 바보!"

"그래, 나 바보야. 너 같은 애를 집까지 데려다줄 정도로 바보야."

"더러운 년!"

유미코는 머리 꼭대기까지 피가 솟구쳤지만 억지로 웃음을 지어 보였다.

"더러운 년? 더러운 건 너잖니. 앞으로 더 그렇게 될 것 같은데. 넌 앞으로도 쓰카다 신이치를 잡으려고 이리저리 돌아다닐 거지? 그러려면 돈이 필요할 거야. 넌 날치기도 제대로 못 하니까 몸을 팔게 될걸. 그게 확실한 길이니까. 시부야나 이케부쿠로 근처에 가서 징그러운 아저씨가 접근할 때까지 기다려봐. 금방 돈을 벌 수 있을 테니까. 그러면 넌 더러운 년이 되는 거야."

히구치 메구미는 발걸음을 멈추었다. 그러나 여전히 고개는 돌리지 않았다.

"그래도 넌 아빠를 위해 노력하겠지. 뭐든 해봐. 그렇지만 오늘은 안 돼. 무슨 일이 있어도 널 집까지 데려다줘야겠어. 이대로 내버려두면 무슨 짓을 할지 모르니까. 이다음에는 나같이 발이 빠른 젊은 여자가 아니라 노인의 핸드백을 날치기할지도 모르니까. 그러다 네가 노인을 다치게 할지도 모르지. 그런 생각을 하면 이대로는 잠이 안 올 것 같아. 그래서 널 집까지 묶어서라도 데리고 가려는 거야. 집 주소, 빨리 말해봐."

유미코는 메구미의 어깨를 잡고 뒤로 돌려세웠다. 그러고는 재빨리 멱살을 낚아챘다. 태어나서 처음 해보는 행동이었다.

히구치 메구미는 울고 있었다. 유미코는 멱살을 잡고 얼굴을 빤히 들여다보았다. 몸에서는 여전히 냄새가 났다. 울어서인지 아까보다 냄새가 더 심해진 것 같았다.

"너, 냄새나" 하고 유미코가 말했다.

두 사람은 공원 앞에서 택시를 잡아탔다. 메구미가 뒷좌석에 앉자마자 운전사가 창문을 열었다.

히구치 메구미의 집은 에도가와 구 이치노에라고 했다. 작은 연립주택이고, 방세와 생활비는 어머니의 친정에서 도와준다고 했다.

"형제는 없니?"

유미코의 물음에 메구미는 솔직히 대답했다.

"없어, 나 외동이야."

"그럼 어머니랑 둘이서 살겠네? 네가 마음대로 나다니면 어머니가 얼마나 걱정하겠니."

메구미는 잠시 침묵을 지키다가 입을 열었다.

"엄마는 환자나 마찬가지야. 아무것도 못 해."

"최근에 그렇게 되신 거니? 아니면, 아버지가 사건을 일으킨 다음부터?"

"사건 다음부터. 울기만 하고 밥도 안 먹어. 정신병원에 입원한 적도 있어. 청소도 안 하고 밥도 안 해. 돼지우리나 마찬가지야."

운전사는 코를 찡그리고 있었다. 냄새 때문일 것이다. 잔소리를 하기 전에 유미코는 선수를 쳤다.

"죄송해요. 이애는 환자라서 목욕을 못 해요."

지금까지의 독설과는 어울리지 않게, 메구미는 시키는 대로 고분고분 행동했다. 그녀의 공격적인 에너지도 한계에 달한 것 같았다. 울었기 때문일지도 모른다고 유미코는 생각했다.

"나, 어렸을 때는 공주님처럼 자랐어."

메구미는 기어들어가는 목소리로 말했다.

"아빠는 세탁회사 사장이었어. 큰 호텔은 모두 아빠 회사랑 계약을 했었어. 치바에서 가장 큰 세탁회사였거든. 내가 다닌 학교도 비싼 사립학교였어."

유미코는 웃었다. 놀리려는 것이 아니라, 정말로 우스웠기 때문이었다. 그러나 메구미는 진지한 표정이었다.

"수준 높은 학교라서, 아버지가 사건을 일으키자마자 퇴학당했어."

"학교에서 퇴학시킨 거니?"

메구미는 고개를 저었다. 그 몸짓이 가련해 보였다.

"대놓고 그러진 못했지. 아버지가 죄를 지었지만 나는 아무 죄도 없고 함부로 퇴학시키면 인권 침해가 되니까, 간접적으로만 압박을 줬어…… 친구들도 나를 따돌렸고."

앞쪽에 백화점 빌딩이 보였다. 메구미는 그 빌딩을 가리키며 말했다.

"우리집은 저 백화점 VIP였어."

"그래? 대단한걸."

"응, 부자였으니까. 사와 시에 있는 집도 엄청 컸고, 손님방에는 전용 화장실에 욕실까지 딸려 있었어."

부자라기보다는 아무래도 졸부 같은 느낌이었지만, 유미코는 입을 다물었다. 한동안은 메구미의 이야기를 들어주는 게 좋을 것 같았다.

"아빠는 회사가 거의 망할 상황이 되어서도 엄마에게 아무 말도 하지 않았어. 사건이 일어난 게 10월이었는데, 나는 다음해 초에 갈 오스트레일리아 여행 계획을 세우고 있었어. 돌고래랑 수영을 할 수 있는 해안에 가서 제트스키도 탈 생각이었어."

다카이 유미코는 식당집 딸이다. 그런 가정은 장사가 잘 되느냐 안 되느냐에 따라 집안 분위기가 달라진다는 사실을 그녀는 누구보다 잘 알고 있다. 만약 회사원의 딸이라면 아버지가 좌천을 당해 월급이 몇십 퍼센트가 깎인다 해도 어머니가 말을 하지 않는 한 경제적인 곤란을 느끼지 못할 것이다. 그러나 장삿집 딸은 다르다. 부모의 웃음소리, 목소리의 크기, 손짓, 신발을 신고 벗는 동작에까지 가게의 경영상태가 그대로 나타난다.

그런데 히구치 메구미는 사업이 기울어 강도살인을 저질러서라도 돈을 구해야 할 급박한 상황에 처했는데도 아버지가 가족에게 아무런 내색도 하지 않았다고 말하고 있다. 유미코는 믿기 힘들었다. 그리고 아버지가 그런 상태에 빠져 있는데도 해외여행 계획을 세우고 있었다는 딸이나 아무 눈치도 못 챘다는 그 어머니의 정신상태를 이해할 수 없었다. 대체 어떻게 된 가족일까? 그런 둔감증은 어디서 오는 것일까? 히구치 메구미의 그런 둔감증이 그녀가 지금 쓰카다 신이치를 추적하는 이기적인 행동의 근저에 깔려 있다면, 이런 터무니없는 행동을 그만두게 설득하는 것은 거의 불가능한 일이다. 적어도 유미코나 이시이 요시에가 감당할 수 있는 일이 아니다. 파출소의 경찰관도 어림없다.

"나, 오스트레일리아 여행, 정말 가고 싶었어."

유미코의 생각은 아랑곳없이 히구치 메구미는 즐거운 회상에 잠겨 있었다.

"아빠가 풀려나면 꼭 가볼 거야. 우리 가족끼리 재밌게 놀 거야."

유미코는 목구멍까지 치솟아오르는 말을 억지로 삼켰다. 네 아버지는 사람을 셋이나 죽였어. 그 세 명 가운데는 힘없는 여자애도 있었어. 그런 아버지가 풀려날 수 있을 것 같아? 절대로, 절대로 안 돼. 그러니 빨리 그런 환상은 버리고 현실을 직시해.

그러나 곁눈으로 본 히구치 메구미의 얼굴은 너무도 밝은 미래의 희망으로 반짝이고 있었다. 유미코는 그 얼굴을 보고 두려움을 느꼈다. 이애는 현세의 법률이나 윤리, 상식과는 다른 소우주에서 살고 있다. 빨리 이애를 택시에서 내리게 해야 한다. 내 힘으로는 감당할 수 없는 애다.

유미코의 침묵을 묵인과 허용으로 받아들였는지, 히구치 메구미는 더 말이 많아졌다. 얼마나 화목한 가정이었는지, 아빠가 얼마나 훌륭한 사람이고 뛰어난 경영자이고, 이웃에게 얼마나 신뢰받는 인물이었는지에 대한 것이었다. 아마 오랫동안 이런 말을 들려줄 상대를 찾지 못했을 것이다. 말하고 싶어 견딜 수 없었을 것이다.

히구치 히데유키는 혼자서 사건을 저지른 것이 아니다. 두 명의 공범자가 있었다. 두 사람은 그가 경영하는 회사의 직원이었다. 이시이 요시에에게 들은 이야기지만, 두 사람이 자발적으로 협력했는지, 사장의 압력에 어쩔 수 없는 공범자가 되었는지는 모르겠다고 했다. 그 점이 궁금해서 유미코는 메구미의 말을 가로막았다.

"아빠가 아주 훌륭한 사장님이었다는 건 알겠어."

메구미의 얼굴이 빛을 발했다.

"물론이지."

"그래서 부하직원이 강도살인에 협력한 거야? 사장이 하니까 우리도 하겠다고?"

유미코는 메구미가 화를 낼 거라고 각오하고 물었다.

그러나 메구미는 화를 내지 않았다. 국회의원 후보의 연설에 감동해 그와 악수하려고 달려오는 여자 유권자처럼 젖은 눈으로 유미코를 뚫어져라 바라보더니 유미코의 손을 잡으려 했다.

"아빠는 그 정도로 인덕이 있었어. 두 사람 다 조금도 망설임 없이 아빠의 뒤를 따른 거야. 지금도, 일이 그렇게 된 것은 자신들의 잘못일 뿐이고 아빠는 아무 잘못도 없다고 하고 있어."

유미코는 메구미의 손을 뿌리치며 황급히 눈길을 돌렸다.

택시는 좁은 사거리에 접어들고 있었다. 오른편에 낡은 아파트가, 왼편에는 작은 상가들이 보였다.

"여기 잠깐 세워주세요. 저기, 돈 좀 줘."

메구미는 오른손을 내밀었다.

"왜?"

"먹을 것 좀 사려고. 저기 편의점에서. 나, 배고파 죽겠어."

"그럼 같이 가자. 내가 고를게."

"싫어. 내가 좋아하는 걸 살 거니까 따라오지 마."

운전사가 문을 열었다. 유미코가 먼저 내리고 메구미가 그 뒤를 따랐다.

"빨리 와. 기사 아저씨를 너무 기다리게 하면 안 되니까."

절대로 놓쳐서는 안 된다. 지켜보아야 한다. 그러나 배가 고파 걸음도 제대로 떼지 못하는 애가 아닌가. 그리 극단적인 행동을 하지는 못할 것이다.

그때, 메구미가 갑자기 유미코를 힘껏 밀쳤다. 너무도 갑작스러운 공격에 유미코는 비틀거리며 그만 엉덩방아를 찧고 말았다. 운 나쁘게도 때마침 자전거가 달려오고 있었다. 다행히 부딪치지는 않았지만, 유미코의 얼굴은 새하얗게 질려버렸다.

"아가씨, 괜찮아요?"

운전사가 달려나왔다.

메구미는? 메구미는?

"그애는 어디로 갔어요?"

"저쪽 모퉁이로 사라졌는데……"

운전사가 가리키는 방향으로 유미코는 있는 힘을 다해 달렸다. 넘어질 때 충격을 받았는지 발이 마음대로 움직이지 않았다. 모퉁이를 돌았지만 메구미의 모습은 찾을 수 없었다. 아픈 허리를 두 손으로 누르면서 여기저기 찾아보았다. 그러나 아무 소용이 없었다. 화가 치밀었다.

"어떡할 거야, 아가씨?"

운전사에게 요금을 지불했다. 택시가 사라지자 더 화가 치밀었다. 이시이 씨에게 알려야 할 텐데, 아, 전화번호를 모르잖아. 울고 싶어졌다.

결국 유미코는 공중전화로 114에 주소와 이름을 대고 전화번호를 찾았다. 다행히 등록되어 있었다. 요시에가 전화를 받았다.

사정을 이야기하는 사이에 흥분해 목소리가 떨리고 말았다. 요시에는 유미코에게 사과하면서 다친 데는 없느냐고 물었다.

"괜찮아요."

"아무 상관 없는 사람에게 피해를 주다니, 정말 죄송합니다."

요시에는 울먹이는 목소리로 그렇게 말했다.

"괜찮아요. 오히려 제가 미안한걸요."

"내가 가야 하는 거였어요. 유미코 씨 잘못이 아니에요."

요시에는 괜찮다면 주소와 전화번호를 알려줄 수 없겠느냐고 했다. 유미코는 정중하게 거절했다. 걱정하지 말라고 하면서. 요시에는 억지로 알려고 하지 않았다. 유미코가 더이상 말려들고 싶어하지 않는다고 생각했는지도 모른다. 사실은 그것이 유미코의 본심이었는지도 모른다.

전화를 끊은 다음, 지나가는 사람에게 물어 가까운 역으로 걸어갔다.

허리와 옆구리가 아팠다. 머리를 다치지 않은 게 그나마 다행이었다.

오늘 일을 생각하니 후회만이 쓴물처럼 올라왔다. 유미코는 자책하지 않을 수 없었다. 나는 왜 이렇게 경솔할까. 쓸데없이 남의 일에 끼어들고 말았다. 하지만 그때는 그렇게 해야 한다고 생각했다. 그렇게 하지 않을 수 없었다. 그 무책임한 경찰관의 얼굴. 어깨에 힘만 주고 아무 도움도 안 되는 경찰.

그런데, 그게 정말일까? 사와 시 사건은 정말 있었던 일일까? 혹시 내가 세상을 모르는 것뿐이고 경찰관의 대응방식이 옳았던 건 아닐까? 오히려 이시이 요시에가 상식을 벗어난 것은 아닐까? 이시이 요시에와 히구치 메구미 사이에는 뭔가 다른 문제가 있는 것은 아닐까? 혹시 속은 건 아닐까? 정말 믿을 수 없는 이야기가 아닌가. 가해자의 가족이 피해자 유족에게 감형탄원서를 써달라고 조르다니. 그게 과연 있을 수 있는 일일까? 인간이라면 도저히 그럴 수 없는 일이다.

흔들리는 전철 안에서 유미코는 몇 번이나 오늘 일어난 일이 혹시 꿈이 아닐까 하고 생각해보았다. 아무도 믿어주지 않을 것 같았다.

그러나 이 허리의 통증은 현실이다. 그런 만큼 더욱더 후회스럽고 수치스러웠다. 네리마 역에 내려서야 비로소 안도의 한숨을 내뱉었다. 너무도 비현실적인 체험을 한 탓에 오빠의 뒤를 쫓겠다던 원래의 목적조차 잊고 말았다.

버스에서 내려 장수암 쪽으로 발길을 서둘렀다. 모퉁이 하나만 돌면 집이 나타날 즈음, 멀리서 구급차의 사이렌 소리가 들려왔다. 발길을 멈추고 귀를 기울였다. 사이렌 소리는 유미코 쪽으로 다가왔다.

유미코는 아직 알 수 없었지만, 그 사이렌은 앞으로 유미코가 직면해야 할 악몽의 시작을 알리는 신호였다. 히구치 메구미에게서는 벗어났지만, 그 악몽에서는 벗어날 수 없었다.

15

그날, 구리하시 약국은 아침부터 문을 열지 않았다. 구리하시 히로미가 보기에는 문을 열건 안 열건 장사가 안 되긴 마찬가지였지만 이 날은 정말로 휴업이었다. 스미코의 상태가 좋지 않았기 때문이다.

구리하시 히로미는 이틀 전부터 네리마의 집에 머물고 있었다. 기분 좋은 귀가는 아니어서 신경질이 나 있었다. 게다가 어머니는 류머티즘 때문에 무릎이 아프다 어깨가 아프다, 온종일 비명을 질러댔다.

어머니가 계단에서 굴러떨어졌을 때, 구리하시 히로미는 이층 방에서 낮잠을 자고 있었다. 10월 중순의 서늘한 날씨에 담요 한 장 덮지 않았는데도 구리하시 히로미는 땀을 흘리고 있었다. 꿈을 꾸었던 것이다.

밤에는 잠을 설치면서 낮에는 잘 수 있는 건 무엇 때문일까. 낮에는 어둠이 없기 때문이다. 어둠을 타고 모습을 드러내는 공포에 시달리지 않아도 되기 때문이다. 그러나 일단 잠이 들면 그곳 역시 어둠의 세계이다. 그 세계에서는 누구든 혼자일 수밖에 없다. 그래서 구리하시 히로미는 꿈을 꾸었다. 꿈속에는 그 여자애가 있었다.

피스와 둘이서 게임을 시작했을 때, 구리하시 히로미의 얼굴은 빛났다. 자신감에 가득 찬 그 눈은 세계의 끝까지 꿰뚫어볼 듯했다. 그리고 어느 날, 그 여자애가 피스와 구리하시 히로미의 게임을 지켜보고 있다는 것을 알았다. 여자애는 즐거워하고 있었다. 예전처럼 구리하시 히로미를 쫓아와 몸을 돌려달라고 요구하지 않았다. 단지 꿈속에 나타나 마치 그의 그림자라도 되는 듯, 히로미가 오른쪽으로 움직이면 오른쪽으로, 왼쪽으로 움직이면 왼쪽으로, 앞으로 움직이면 앞으로 따라왔다. 그러면서 다음 게임을 기다렸다.

자신이 그 여자애를 만족시켜주고 있다는 사실을 깨닫고, 구리하시 히로미는 태어나 처음으로 기쁨을 맛보고 깊은 안도감에 잠겨들었다. 그런데 왜 이 여자애가 이 게임을 좋아하는 걸까? 태어난 지 얼마 되지도 않아 생명과 이름을 빼앗긴 원한 때문에 구리하시 히로미를 그렇게 따라다니며 괴롭히던 누나의 망령이, 왜 피스와 히로미의 게임을 즐겁게 바라보는 걸까?

게임은 절대적인 즐거움을 가져다주었다. 여자애에게 신경쓸 필요 없이 게임에만 열중하면 그만이었다. 그래서 여자애는 별로 마음에 두지 않았다. 그런데 가즈아키라는 놈이 이쪽을 기웃거리기 시작한 이후로 이상하게 변하고 말았다.

가즈아키가 히로미의 원룸을 찾아온 것은, 온 일본이 히다카 치아키라는 멍청한 여고생의 죽음으로 시끌벅적하던 때였다. 감기가 나아가고 있던 즈음, 문득 창을 열고 아래를 내려다보는데 가즈아키가 창문을 올려다보고 있는 것이 아닌가. 열이 다시 오르는 것 같았다. 저놈이 어떻게 이곳을 아는 걸까 하고 놀랐다가, 문득 이사를 할 때 하루 종일 부려먹은 기억이 떠올랐다. 그렇다. 놈은 이곳을 알고 있다. 우둔한 인간일수록 이런 기억력은 뛰어나다.

구리하시 히로미는 재빨리 고개를 움츠렸다. 가즈아키와 시선이 마주치지는 않았지만 놈이 곧 방으로 올라와 인터폰을 누를 것이라고 생각했다. 그리고 기억을 떠올렸다. 처음으로 후루카와 마리코의 집으로 전화를 걸어 아리마 요시오와 대화를 나눌 때, 우연히 가즈아키가 나타났던 일을.

길가의 차 안에서 전화를 걸었었다. 그러다 문득 백미러를 봤더니, 크고 둥근 얼굴 하나가 비쳤다. 뇌를 다친 코끼리처럼 지성이라고는 눈곱만큼도 없는 작은 눈을 깜빡거리면서 가즈아키는 웃고 있었다.

처음에는 가슴이 철렁했다. 그러나 가즈아키는 아무것도 눈치채지 못한 듯 멍청한 표정으로 인사를 하고는 뭘 하고 있느냐고 물었다. 구리하시 히로미는 왠지 유쾌해졌다. 유괴해서 죽여버린 여자의 외할아버지에게 손녀의 시체가 어디 있는지 알고 싶으냐고 말하는 중이라고 대답하고 싶을 정도였다.

우둔한 놈은 게임에 참가할 수 없다. 아니, 게임이 존재한다는 것조차 모른다. 가즈아키 놈이 의심한다는 건 말도 안 된다. 그래서 그때는 금방 잊어버렸다. 그러나 하쓰다이의 원룸을 올려다보는 가즈아키의 심각한 표정에는 그때의 안도감을 한 번에 날리고도 남을 뭔가가 깔려 있었다.

평소답지 않게 구리하시 히로미는 잔뜩 긴장한 채 가즈아키가 나타나기를 기다렸다. 그러나 가즈아키는 방으로 올라오지 않았다. 잠시 후 창밖을 내다보니 가즈아키의 모습은 사라지고 없었다.

고열의 후유증으로 환상을 본 걸까, 하고 생각했다. 그러나 왜 하필 가즈아키가 환각으로 나타난단 말인가. 구리하시 히로미는 웃었다. 그리고 잊어버렸다.

그런데 그후로도 가즈아키의 모습을 또 발견한 것이다. 이번에는 하쓰다이 역 앞에서였다. 가즈아키는 택시에서 내려서고 있었다. 히로미는 급히 전신주 뒤로 몸을 숨겼다. 가즈아키는 히로미가 사는 원룸 쪽으로 걸어갔다.

구리하시 히로미는 외출할 참이었다. 피스와 약속한 장소로. 그런데 가즈아키 놈이 나타났다. 내가 없는 틈을 타서 방을 조사해보려는 것이 아닐까. 망상이라는 것을 알면서도, 가즈아키에게는 그런 지성과 담력도 없다는 것을 알면서도, 한번 그런 생각을 하게 되자 도저히 마음이 놓이지 않아 구리하시 히로미는 서둘러 방으로 돌아갔다.

물론, 가즈아키는 오지 않았다. 벨도 울리지 않았다. 그 때문에 구리하시 히로미는 약속 장소에 늦게 나가게 되었고, 피스에게 야단을 맞았다.

가즈아키, 가즈아키, 가즈아키, 죽일 놈, 다카이 가즈아키. 그 돼지가 왜 내 주위를 어슬렁거리는 거지?

그후, 피스와 밤새워 다음 작전 계획을 짜고 잔뜩 지쳐 집으로 돌아왔는데 휴대폰이 울렸다. 오전 아홉시. 통화 버튼을 누르자 가즈아키의 목소리가 들렸다.

"안녕 히로미, 일어났어?"

구리하시 히로미는 머리 꼭대기까지 피가 솟구쳐 고함을 지를 뻔했다. 가즈아키는 멍청한 목소리로 말했다. 할 이야기가 있는데, 만날 수 없겠느냐고.

"난 너랑 할 이야기 없어."

참다못해 구리하시 히로미는 그렇게 쏘아붙였다. 후루카와 마리코의 백골 유해를 어떤 방식으로 세상에 드러낼까에 관해 피스와 밤새 의논하고 온 이 몸에게 왜 이런 저급한 인간이 전화질을 하는 거지?

"좀 걱정스러운 일이 있어서, 히로미를 만나 의논하고 싶어. 많이 생각해봤는데, 역시 본인에게 직접 물어보는 게 좋을 것 같아서 말이야."

구리하시 히로미는 휴대폰을 귀에서 떼고 물끄러미 그 작은 기계를 바라보았다. 거기서 가즈아키의 목소리가 흘러나온다. 구리하시 히로미에게 뭔가를 요구하는 가즈아키의 목소리가.

이런 건 절대로 용서할 수 없다.

"빌린 돈 이야기라면 갚아줄게."

말로는 얼마든지 갚아줄 수 있다.

"돈 이야기가 아냐. 언제든 괜찮아. 네가 편한 시간으로."

"무슨 일이야? 난 바빠."

게임이 있단 말이야. 메밀국수나 배달하는 너 같은 놈은 죽었다 깨어

나도 참가할 수 없는 게임.

"저기, 히로미" 하고 가즈아키가 불렀다. 내 이름을 함부로 부르지 마!

"중학교 이학년 때 일인데, 나에게 한 말, 기억나? 내가 눈 치료를 하러 다닐 땐데, 우연히 서점 앞에서 만났을 때……"

무슨 말이야? 그때 일을 내가 어떻게 기억해, 이 돼지야.

"히로미, 요새도 꿈꿔? 여자애가 뒤쫓아오는 꿈 말이야."

구리하시 히로미는 다시 전화기를 노려보았다. 분명히 보통 휴대폰이다. 그런데 이런 믿을 수 없는 말이 흘러나오고 있다니.

"여자애 유령이 따라온다고 했잖아. 기억 안 나? 딱 한번이었지만, 히로미가 나에게 직접 고백했잖아. 내가 시력 회복 훈련 이야기를 했을 때 말이야."

빨리 말하려고 하면 할수록 가즈아키의 혀는 이상하게 꼬인다. 능력 이상으로 빨리 달리려는 아이의 허망한 노력처럼.

'정말 웃기고 있군.'

그런 생각을 하면서 구리하시 히로미는 휴대폰을 집어던졌다.

그러나 전화는 끊어지지 않았다. 가즈아키의 목소리는 여전히 들려오고 있었다.

"여보세요? 히로미, 화났어? 미안해. 걱정이 돼서…… 이것저것…… 난 네가 그 사건에…… 너를 괴롭히는 여자애의 유령은……"

시끄러, 시끄러, 시끄러!

가즈아키의 목소리가 구리하시 히로미의 귀를 찔렀다. 사건. 그 사건. 걱정된다고?

히로미는 천천히 바닥에 떨어진 휴대폰을 집어들어 종료 버튼을 눌렀다.

다시 통화 버튼을 누르고 피스에게 전화를 걸었다. 단 한번 신호가 울리자 피스의 목소리가 들려왔다. 절대로 사람을 기다리게 하는 법이 없는 사내. 빈틈이 없는 사내.

"피스, 들킨 것 같아" 하고 구리하시 히로미는 말했다. 심장이 두근거리기 시작했다.

"누구에게?"

필요한 것만 콕 찔러서 묻는 사내.

"가즈아키. 다카이 가즈아키. 알지? 얼굴 기억나지? 장수암이라는 메밀국수집에……"

"어떻게?"

"내가 전화를 걸다가 들키고 말았어. 아마 뒤에서 들은 모양이야. 여태까지는 별일 아니라고 생각해서 말하지 않았어."

가능한 한 침착하게 목소리를 낮추어 방금 온 전화에 대해 설명했다. 다 들은 다음 피스는 잠시 침묵했다. 그리고 말했다.

"다카이 가즈아키라면 괜찮을지도 몰라. 괜찮아. 오히려 재미있어졌어."

"재미있어졌다고?"

"놈을 이용하면 돼. 그건 내게 맡겨. 그보다 지금 당장 히로미가 해야 할 일은 가즈아키에게 전화를 거는 거야. 이렇게 말해. 아까 전화로 가즈아키가 무슨 말을 하려고 했는지 알겠다고 말이야. 그러나 거기에 대해서는 지금 아무 말도 할 수 없다고. 왜냐하면 너무 위험하니까. 사실 난 지금 아주 위험한 입장에 처해 있다고."

구리하시 히로미는 재빨리 펜을 들고 말하는 대로 받아적었다.

"그 이상은 말해선 안 돼. 어때, 가즈아키를 끌어들일 수 있겠지?"

"아, 그건 자신 있어."

"긴박한 느낌을 주도록 연출하는 거야. 마지막으로 이렇게 말해. 네가 의심하는 그런 일은 절대로 하지 않았다고. 그러나 지금은 아무 말도 할 수 없다고. 그러니 가즈아키도 아무에게도 말해선 안 된다고 다짐을 두는 거야. 언젠가 네 도움을 필요로 할 때가 올 테니, 그때는 꼭 부탁한다고 해. 이번만큼은 반드시 머리를 숙여."

"알았어. 걱정하지 마."

"진지한 태도를 보여야 해. 이쪽에서 사정을 밝힐 때까지 기다려달라고 말이야. 그렇게 일단 시간을 벌어. 가장 중요한 것은 가즈아키의 돌머리에서 나온 생각을 그 돌머리 속에 가두어두는 거야. 그러기 위해서는 위협하기보다는 부드럽게 접근해야 해. 그게 효과적이니까."

"가즈아키는 내 편을 들려는 걸까?"

구리하시 히로미는 웃었다.

이상한 놈이다. 정말 웃기는 놈이다. 여자애 이야기를 꺼내다니. 그게 사건과 무슨 관계가 있다는 말이지?

"우리, 곧 후루카와 마리코의 유해를 세상에 내보내기로 했잖아?" 하고 피스가 말했다.

"10일이었나, 11일이었나, 언제지?"

"아직 결정하지 않았어. 히로미, 가즈아키에게 전화를 건 다음에는 그놈을 그냥 내버려둬도 돼. 놈은 얼마간은 참고 있을 테니까. 그렇지만 마리코의 유해가 나오면 놈은 다시 움직일 거야. 전화를 걸거나 찾아올지도 몰라. 그때는 좀더 치밀한 연극이 필요해."

"어떡하면 돼?"

"그건 산장에서 의논하자구. 어차피 마리코를 파내야 하니까. 연출은 내게 맡겨."

다음날, 피스는 새로운 줄거리를 짜냈다. 히로미는 그와 만나 그 줄

거리를 면밀히 검토했다.

구리하시 히로미의 가슴에 다시 평안이 찾아왔다. 그리고 새로운 줄거리는 새로운 투지를 불러일으켰다.

"이제 막 병상에서 일어난 히로미에게는 힘든 역할일지도 몰라."

피스는 웃었다. 그러나 히로미는 웃지 않았다.

자신의 역할이 얼마나 어려운 것인지 구리하시 히로미는 너무도 잘 알고 있었다. 가즈아키에게 들킨 것은 불운이지만, 그건 어디까지나 히로미의 부주의 때문이다. 그러나 피스는 그런 불리한 조건을 오히려 흥미로운 소재로 삼아 게임을 보다 스릴 있게 만들어냈다. 구리하시 히로미는 명예회복을 위해서라도 혼신의 힘을 기울이지 않으면 안 된다.

"모든 준비가 갖추어질 때까지 참아야 해. 놈의 동정을 사. 여자애 유령을 불러내봐. 그러면 진짜 멋진 연기를 할 수 있을 테니까."

피스의 말이 히로미의 아픈 상처를 건드렸다.

"가즈아키를 가두어야 해. 그 나약한 마음을 잘 이용해봐. 히로미를 이해하려는 가즈아키를 말이야. 그건 너만이 할 수 있는 일이야."

그래, 그 일은 나밖에 할 수 없어.

그렇게 해서 구리하시 히로미는 약국으로 돌아왔다. 부모에게는 혼자 사는 데 지쳤다고 했다. 어머니가 지어주는 밥을 먹고 싶다고 했다. 스미코는 요리다운 요리라고는 한 번도 해본 적이 없지만, 히로미의 말에 무척 기뻐했다.

구리하시 히로미는 가즈아키와 가까운 곳에서 지내기 위해 돌아온 것뿐이었다. 가즈아키의 움직임을 알기 위해서는 그와 가까워야 한다. 은밀히 정보를 모으면서 가즈아키를 끌어들여야 한다.

중요한 임무였다. 그와 동시에 가즈아키의 부름에 응하기라도 하는 듯, 여자애는 매일 꿈에 나타났다. 여자애는 게임을 즐기지 않고, 구리하시 히로미를 공포의 심연으로 끌어들이는 본래의 역할에 충실하면서 원한에 가득 찬 깊고 어두운 눈으로 히로미를 응시하기 시작했다.

그래서 밤에는 잠들 수 없었고, 낮에만 잠을 잤다. 고독한 어둠의 세계에서 꿈을 꾸었다. 그때, 어머니가 계단에서 떨어지는 소리가 들렸다. 어머니는 비명도 지르지 않았다. 그냥 쿵, 하는 소리만 들렸다. 구리하시 히로미는 잠에서 깨어나 현실로 돌아왔다.

"살려줘" 하는 어머니의 울먹임이 들려왔다.

구리하시 히로미는 계단 쪽으로 달려갔다. 어머니는 머리를 아래로 하고 두 다리를 계단 위로 향한 채 거꾸로 쓰러져 있었다. 가슴이 마치 춤이라도 추는 듯이 이상하게 구부러져 있었다.

"왜 그래?"

계단 위에 서서 구리하시 히로미는 짜증스럽게 말했다. 화를 내면 어머니가 일어설지도 모른다고 생각했다.

"등뼈가 부러진 것 같아."

"아버지는 뭘 하고 있어!"

그제야 계단 아래서 아버지가 고개를 내밀었다. 오른손에 신문을 들고, 이마에 돋보기안경을 걸친 채. 아버지가 어머니의 모습을 보고 비명을 질렀다.

"구급차! 구급차를 불러!"

구리하시 히로미는 벽을 짚으며 천천히 계단을 내려갔다. 어머니에게 다가가기가 싫었다. 스커트가 위로 말려 속옷이 드러나 있다. 그런 어머니의 하반신을 보고 싶지 않았다.

"나 죽어…… 히로미, 나 죽어."

울면서 어머니는 애원했다.

"히로미가 오고 있어…… 나를 데리러 오고 있어."

구리하시 히로미는 어머니의 발을 내려다보면서 발걸음을 멈추었다. 천장을 향하고 있는 어머니의 축 늘어진 턱이 울먹이는 소리를 낼 때마다 부르르 떨리고 있었다.

"히로미가 오고 있어…… 히로미, 여기야. 너 어디 있니?"

"나 여기 있어."

계단에 멈춰 선 채 구리하시 히로미는 큰 소리로 말했다. 그러나 어머니는 꼼짝도 하지 못하고 울먹일 뿐이었다.

"히로미, 엄마 여기 있어."

어머니가 애타게 부르는 히로미가 자신이 아니라는 것을 구리하시 히로미는 너무도 잘 알고 있었다. 그러나 분노를 억누를 수 없었다. 왜 어머니는 죽은 누나를 그리워하는 거야.

나를 괴롭히기 위해서 일부러 저러는 거야. 내가 미워서 저러는 거야.

구리하시 히로미는 계단을 더 내려와서 어머니의 허리를 냅다 걷어찼다. 그 반동으로 자기까지 휘청거릴 만큼 세게 걷어찼다. 어머니는 비명을 지르며 계단 아래로 미끄러져내렸다. 머리가 바닥에 부딪히는 둔탁한 소리가 들렸다.

멀리서 구급차 사이렌이 들렸다. 아버지가 그 구급차를 향해 "여기야!" 하고 불렀다.

"구급차가 왔어!"

어머니는 기절했는지, 다시 맞을지 모른다고 겁을 먹었는지, 걸레처럼 축 늘어진 채 꼼짝도 하지 않았다. 구리하시 히로미는 가쁜 숨을 몰아쉬고 있었다. 갑자기 무릎에서 힘이 빠져 계단 위에 털썩 주저앉았다. 그 순간, 등 뒤에서 인기척을 느끼고 뒤를 돌아보았다.

계단 위에 그 여자애가 서 있었다. 지금까지 한 번도 보여준 적이 없는 표정이었다. 남자 어른들이 흔히 보이는 그런 웃음이었다. 나는 알고 있어, 내가 알고 있다는 것을 넌 알아, 내가 알고 있다는 것을 네가 안다는 것을 나도 알아, 그러니 우리 사이좋게 지내. 그런 의미를 담은 웃음이었다.

소녀의 입이 움직이더니 소리없이 말했다.

'살인자.'

이윽고 계단 아래로 달려온 구급대원이 쓰러진 스미코 곁에 앉더니 계단에 있는 남자 쪽으로 의심스러운 눈길을 던졌다.

"또 다친 사람이 있어요?"

대원이 물었다. 그러나 구리하시 히로미는 대답하지 않았다. 떨고 있었다. 떨면서 헤실헤실 웃고 있었다. 나는 알고 있어, 넌 내가 알고 있다는 걸 알아, 내가 알고 있다는 것을 네가 안다는 걸 나도 알아, 그러니 우리 사이좋게 지내.

스미코는 죽지 않았다.

등뼈도 부러지지 않았다. 계단에서 떨어진 것치고는 가벼운 상처였다. 머리를 부딪히고 어깨 근육의 인대가 늘어지고 허리에는 멍이 들어 혼자서는 화장실도 갈 수 없는 상태였지만 목숨에는 지장이 없었다. 의사는 불행 중 다행이라고 했다.

"오른쪽 늑골에 금이 갔지만, 머리를 다치지 않은 게 천만다행이라고 생각하세요."

구리하시 히로미는 어머니가 계단에서 떨어진 직후에 알아들을 수 없는 말을 했다고 의사에게 말했다. 뇌 속에 엑스레이 사진으로는 알 수 없는 상처가 난 건 아니냐고 물었다.

의사는 웃었다. 친절한 사람이었다.

"뇌파 검사를 했는데 아무 이상이 없습니다. 아마 충격 때문에 그랬을 겁니다. 외과적인 처치만 하면 됩니다. 어머니는 참 운이 좋으신 분입니다. 몸이 가벼워서 충격이 덜했던 것 같습니다."

의사가 어머니의 뇌 상태에 대해 의구심을 가진다면 병원에 가둘 수 있는데, 참으로 애석한 일이었다.

큰 병실에는 자리가 없어 이인실에 들어갔다. 스미코는 간호사가 나가자마자 욕을 해대기 시작했다. 더 싼 방이 있는데 돈을 벌어먹으려고 일부러 이런 비싼 방에 입원시켰다는 것이었다. 같은 병실에 있는 환자는 온몸에 투명 파이프를 잔뜩 매단 식물인간이었다.

"시끄럽게 굴지 마. 다른 환자한테 피해를 주잖아."

구리하시 히로미가 나무라자 스미코는 자신도 환자라고 하소연했다.

"환자면 환자답게 조용히 있어."

"너무 아파서 그래. 이러니까 남자애는 아무 소용이 없다니까. 이럴 때 딸이 하나 있으면 얼마나 좋을까."

아버지는 입원 수속을 밟느라 접수실에 가 있었다. 이런 병원의 접수실은 늘 붐비니까 이삼십 분은 걸릴 것이다. 구리하시 히로미는 베개로 어머니의 입을 막아 죽이는 데 시간이 얼마나 걸릴까를 생각해 보았다. 그때 간호사가 들어왔다. 구리하시 히로미는 그쪽을 향해 웃어 보였다.

간호사는 미인이었다. 예전에 피스가 여자는 하얀 옷을 걸치면 삼십 퍼센트는 더 예뻐 보인다고 했는데, 이 간호사는 정말 미인이었다. 그리고 구리하시 히로미가 알고 있는 누군가의 얼굴을 떠오르게 했다. 누구였더라?

"혈압을 잴게요."

간호사가 스미코의 팔에 압박대를 감았다. 부드러운 미소가 끊이지 않는 얼굴이었다.

"미안해요. 저 못난 자식이 아가씨 얼굴을 훔쳐보고 있네요" 하고 스미코가 말했다. 간호사는 퍼뜩 얼굴을 들어올려 구리하시 히로미를 바라보고는 재미있다는 듯이 웃었다.

기억이 났다. 하치오지에서 납치한 여자 회사원. 후루카와 마리코 다음으로 납치한 몸집이 작은 여자. 후루카와 마리코와는 달리 계속 울어대서 피스가 넌더리를 냈던 여자.

"간호사가 기분 나빠하잖니. 빨리 나가."

스미코는 나무라듯이 말했다. 간호사는 웃으면서 괜찮다고 말했다. 간호사는 그에게 호의적인 태도를 보였다. 당연하다. 구리하시 히로미에게는 그만한 매력이 있으니까. 그걸 모르는 사람은 어머니 혼자뿐이다.

구리하시 히로미는 병실을 빠져나와 흡연실로 가 담배를 피워물었다. 하치오지에서 납치한 그 여자도 저렇게 손가락이 예뻤던가? 기억이 잘 나지 않았다. 애인에게 선물받았다는 루비 반지를 끼고 있었고, 그것을 빼앗지 말아달라고 애원했었다. 물론 빼앗지 않을 거라고 상냥하게 대답해주었다. 그녀를 방으로 끌고 들어가려 하자 피스가 미간을 찌푸리며 그만두라고 했다. 생리중이라는 것이었다. 어떻게 알았는지 히로미가 신기해하자 피스는 이상한 냄새가 난다고 말했다. 못 느끼겠어? 보기보다는 둔감하군. 그래 나 둔감해. 생리중이면 어때. 여자에게도 그렇게 말했다. 임신할 염려가 없으니 오히려 좋지 않느냐고. 여자는 모든 것을 체념한 표정이었다. 의식을 되찾고 자신이 낯선 산장 같은 곳에 와 있다는 것을 안 순간 각오하고 있었을지도 모른다. 어쩔 수 없다고 생각했을 것이다. 그러나 그녀가 너무 겁을 먹고 굳어 있는 탓에 행위는 조금도 재미가 없었다.

돌려보내줄 거냐고 여자는 물었다. 구리하시 히로미는 물론이라고 고개를 끄덕였다. 겁먹게 해서 미안해. 네가 이렇게 솔직하고 예쁜 여자인 줄 알았더라면 절대로 납치하지 않았을 거야. 우리는 성질 나쁜 여자를 벌주기 위해서 이런 행동을 하는 거야.

여자는 말이 없었다. 그녀는 단정한 슈트를 입고 있었다. 스커트 길이도 길고 화장도 엷었다. 나쁜 여자를 노렸다면 애초에 나 같은 사람은 쳐다보지도 않았을 거야. 그러니까 거짓말이야. 여자는 마음속으로 구리하시 히로미를 비난하고 있었다. 그러나 입 밖으로 내지는 않았다. 두려웠기 때문이었다. 구리하시 히로미는 너무 재미있어 몸이 조여드는 것 같았다.

다음날 아침, 그녀를 계단 쪽으로 데리고 가기 전에 집에 보내주겠다고 거짓말을 했다. 그런데 네가 생각날 때마다 꺼내볼 만한 기념품을 하나 가지고 싶은데, 그 반지 내게 주지 않을래, 하고 말했다.

이까짓 반지 하나 때문에 이놈의 기분을 상하게 할 필요는 없어. 이놈의 마음이 변하기 전에 빨리 이곳을 벗어나야 해. 여자가 눈동자를 굴리면서 그런 계산을 하고 있는 모습을 구리하시 히로미는 느긋하게 바라보고 있었다. 여자가 고분고분 말을 들으리란 건 불을 보듯 뻔했다. 그녀는 수갑을 찬 채 반지를 빼내 구리하시 히로미에게 건넸다. 고마워, 하고 히로미는 말했다. 그로부터 십 분 후 그녀가 로프에 걸려 대들보에 매달릴 때, 히로미는 고마워, 하고 말했다. 정말 재미있었어. 고마워.

나중에 이 반지를 그녀의 애인에게 우편으로 보내주자고 피스는 말했다. 극적인 효과를 위해서.

담배 두 개비를 피우고 흡연실을 나오니 그 간호사가 걸어오고 있었다. 간호사는 구리하시 히로미의 얼굴을 보고는 화사하게 웃었다. 구리하시 히로미도 웃어 보였다. 그녀가 기분 나빠하지 않는다는 것은 그 가벼운 걸음걸이로 금방 알 수 있었다.

간호사는 흡연실 바로 앞의 엘리베이터를 탔다. 그 등과 허리의 선을 바라보면서, 구리하시 히로미는 이 여자에게는 분명 남자가 있다고 생각했다. 그녀의 저 새하얀 손가락을 잘라 보내면 그 남자는 어떤 표정을 지을까.

자질구레한 입원 절차를 마치고 구리하시 히로미가 집에 돌아온 것은 밤 여덟시가 넘어서였다. 잔소리만 늘어놓는 어머니 앞에서 아버지는 곤란한 표정을 지으며 오늘밤은 병실에 있겠다고 했다. 구리하시 히로미는 기꺼이 그렇게 하라고 했다.

스미코가 퇴원할 때까지 약국은 휴업이다. 셔터를 내리고 문단속을 했다. 목욕을 하고 맥주를 마시는데 전화벨이 울렸다.

피스라고 생각하고 수화기를 들었더니 다카이 가즈아키였다.

"히로미? 아, 돌아왔구나. 어머님이 다치셨다는 소식 들었어. 좀 어떠셔?"

좁은 동네에서는 나쁜 소식일수록 더 빨리 퍼지는 법이다. 누가 다쳤다면서? 누군데? 죽을까? 언제쯤 죽을까?

"소식이 빠르군. 누가 그래?"

가즈아키는 히로미의 비꼼 섞인 어투를 알아차리지 못했다. 이 동네에 사는 사람은 아무도 모른다.

"이웃집 사람한테 들었어. 계단에서 떨어지셨다면서?"

"별것도 아냐. 뼈도 안 부러졌어. 갈비뼈에 금이 간 정도야."

"아, 다행이네. 정말 운이 좋았구나."

어리석은 가즈아키는 과장된 목소리로 그렇게 말했다. 우리 엄마가 다쳤는데 네놈이 왜 걱정하고 지랄이야. 누가 걱정해달라고 부탁이라도 했어?

그러나 가즈아키는 이렇게 말할 것이다. 우리는 소꿉친구잖니.

"아저씨는 괜찮아?"
"오늘밤은 병원에서 잘 거래."
"그래……"
가즈아키는 말꼬리를 흐렸다. 뭔가를 생각하는 듯한 침묵이었다. 이건 분명 연기다. 다카이 가즈아키라는 놈은 뭔가를 생각한다는 것 자체가 불가능한 인간이니까.
"정말 다행이야."
그렇게 말하고 가즈아키는 다시 입을 다물었다.
구리하시 히로미는 선수를 쳤다.
"너, 우리 엄마 안부 물으려고 전화한 거 아니지?"
딩동댕. 전화 저편의 침묵이 더욱 깊어졌다. 이윽고, 거의 알아들을 수 없을 정도로 작은 목소리가 들려왔다.
"응."
그래, 그래야지. 11일 이후로 텔레비전에서 후루카와 마리코의 유해에 대해 그렇게 호들갑을 떨었는데도 가즈아키는 연락 한 번 해오지 않았다. 그런 점에서는 지난번에 피스에게 처음으로 가즈아키에 대해 말했을 때 그가 말했던 예측은 빗나갔다.
그러나 결국은 빗나가지 않았다. 피스가 예상한 이상으로 가즈아키라는 인간은 겁이 많았던 것이다. 후루카와 마리코의 유해가 나온 이후로 히로미에게 묻고 싶은 게 너무 많았지만, 언젠가는 모든 것을 밝히겠다고 한 히로미의 말 때문에 다른 구실이 없으면 먼저 전화를 걸 수가 없었던 것이다. 아니, 그것은 단순히 겁이 많아서가 아니라 가즈아키가 구리하시 히로미에게 얼마나 충실한가를 말해주는 증거일 것이다. 조금만 시간을 줘. 위험해. 지금은 밝힐 때가 아냐. 그때가 오면 반드시 알려줄게. 그런 그의 말을 그대로 믿은 것이다.

"지난번에……"

가즈아키는 머뭇머뭇 말을 꺼냈다.

"지난번에 했던 이야기 말이지? 말하지 않아도 알아. 그런 무서운 일은 가즈아키 입으로 말하지 않아도 돼."

얼굴 가득 비열한 미소를 지으며 구리하시 히로미는 상냥하게 말했다. 이럴 때 전화란 얼마나 편리한 문명의 이기인가!

"나, 정말 정신을 차릴 수가 없어."

부드러운 말에 위안을 받았는지, 가즈아키는 목소리에 힘을 되찾고 있었다.

"얼마 전에 후루카와 마리코라는 사람의 유해가 나왔잖아?"

"응, 나왔지."

여기서부터가 중요하다. 피스가 말했듯이 좀더 치밀한 연극이 필요한 것이다.

"그 여자는 정말 불쌍해. 그렇지만 가즈아키, 걱정하지 마. 범인이 잡힐 때까지, 절대로 다른 희생자는 나오지 않을 거야. 그것 하나만은 내가 보장하지."

가즈아키는 경악했다.

"어떻게? 어떻게 그걸 보장할 수 있지?"

"내가 범인을 지켜보고 있으니까. 놈은 지금 매스컴을 상대로 게임을 하느라 정신이 없어. 그러니까 새로운 희생자가 나올 가능성이 거의 없다고 봐야 해. 그리고, 지금 일본의 모든 여자들이 조심하고 있으니까 놈도 함부로 움직일 수 없을 거야."

잠깐의 침묵.

"어, 어, 어떻게 네가 범인을 지켜본다는 거야? 범인을 알고 있어? 어디 사는 누군데?"

"그건 말할 수 없어."

이것도 피스가 지시한 대사였다.

"아직은 말할 수 없어. 확실한 증거가 없어. 물증 말이야. 움직일 수 없는 증거. 그것을 손에 넣지 못한 이상 아무리 네가 소꿉친구라고 해도 말해줄 수 없어."

그리고 아무 관계도 없는 가즈아키를 사건에 말려들게 하고 싶지 않다고 덧붙였다.

"난 괜찮아! 히로미 혼자서 위험에 빠지게 할 수는 없어!"

예상했던 반응이었다.

"아냐, 안 돼. 나는 혼자지만 네게는 여동생이 있잖니. 널 끌어들이는 것은 유미코를 위험에 빠뜨리는 일이기도 해. 그렇잖아? 범인은 젊은 여자만 골라 죽이는 극악무도한 놈이야!"

가즈아키는 입을 다물었다. 약간 거칠어진 숨소리가 들려왔다. 겁나지? 그렇지, 가즈아키?

그 순간 다카이 유미코를 산장으로 데리고 가고 싶은 격렬한 충동이 일었다. 구리하시 히로미는 몸을 부르르 떨었다.

"나도 유미코가 걱정돼. 그러니까 지금은 가즈아키 널 끌어들이고 싶지 않아. 경찰에 말하지 말라고 한 것도 그 때문이야. 범인을 잡더라도 그 과정에서 유미코를 잃어버리면 아무것도 안 돼. 그렇잖아?"

조용히, 속삭이듯이 그렇게 말했다.

"그런데 하필이면 이런 때 어머니가 입원하는 바람에 나도 제정신이 아냐. 다행히 이 주일 정도면 집으로 올 수 있다고 해. 차라리 잘된 일인지도 몰라. 그 일 때문에 어머니에게 걱정을 끼치지 않아도 되니까."

효자 히로미. 멋지잖아. 설득력 있는 대사였어.

"부탁해, 가즈아키. 내 부탁을 들어줘. 지금은 시간이 필요해."

"알았어."

가즈아키는 힘주어 대답했다. 초등학생의 정의감. 의심 없는 단순한 뇌. 구리하시 히로미는 한 손으로 입을 가렸다. 터져나오는 웃음을 억누르기 위해서.

피스가 만든 새로운 줄거리. 그것은 다카이 가즈아키에게 모든 죄를 덮어씌우는 것이다. 움직일 수 없는 증거, 금방 죽은 싱싱한 희생자의 시체와 함께 가즈아키를 세상에 내던지는 것이다.

그러기 위해서는 치밀한 준비가 필요하다. 타이밍도 잘 맞추어야 한다. 모든 조건이 갖추어졌을 때, 가즈아키를 산장으로 유인한다. 여동생의 안전을 위해, 혼자서 비밀리에 가즈아키가 집을 나와 산장으로 오면, 그 다음은 일사천리라고 피스는 말했다.

그때까지는 가즈아키를 너무 가까이도, 너무 멀리도 두지 않아야 한다. 그러기 위해서는 지금과 같은 연극이 필요하다고 피스는 말했다.

피스의 말대로 효과만점이었다

"알았어. 그때까지 기다릴게. 그렇지만 약속해줘. 내 힘이 필요할 때는 바로 연락해줄 거지?"

"물론. 그때가 되면 네가 도망친다고 해도 억지로 부를 거야."

구리하시 히로미는 회심의 미소를 지었다.

"히로미."

"또 뭐야?"

"오늘 낮에 나, 오가와 공원에 갔었어."

생각지도 않은 말이었다. 구리하시 히로미는 수화기를 고쳐잡았다.

"뭘 하러?"

"가본 적 있는 곳이 아닐까 해서."

기분 나쁜 말이었다. 날카로운 가시덤불이 구리하시 히로미의 마음을 마구 긁어대기 시작했다. 이 자식, 무슨 말을 하는 거야?

"후루카와 마리코의 유해가 버려져 있던 사카자키 이삿짐센터는 히로미 네가 이사할 때 부탁한 회사잖아. 기억 안 나?"

그렇다. 그래서 그 회사 앞에 버린 것이다.

사카자키 사장은 기분 나쁜 놈이었다. 이삿짐센터를 하고 있지만 본업은 어디까지나 어려운 사람들을 돕는 일이라고, 묻지도 않았는데 득의양양하게 말했다. 설교투에 잘난 척하는 말투.

견적을 뽑을 때 견습사원과 함께 그 사장이란 놈이 나타났었다. 계약서의 직업란이 비어 있는 것을 보고 눈을 반짝이면서 직업이 없느냐고 나무라듯이 물었었다. 놈은 설교를 하고 싶어했다. 건방진 놈. 젊은이들은 대체로 친구를 불러서 이사를 하는데, 우리 같은 회사에 부탁하다니 참 드문 일이라고도 했다. 그래서 이사할 때가 되어 일부러 가즈아키를 부른 것이다. 내게도 전화 한 통이면 달려올 친구가 있다는 것을 보여주고 싶었다.

되살아난 그때의 불쾌감. 그리고 뉴스 화면에 비친 사카자키 사장의 새파랗게 질린 얼굴. 그때의 상쾌한 기분. 그것들이 섞여 목구멍까지 치밀어올라왔다.

"……넌 기억력도 좋아."

울렁이는 속을 겨우 억누르며 그렇게 말했다.

"난 쓸데없는 건 잘 기억해. 어릴 때부터 그랬어."

보통이라면 웃어넘길 일이지만 두 사람은 웃지 않았다.

"그래서 오가와 공원도 히로미와 무슨 관계가 있지 않을까 생각했어. 지금은 잊어버렸지만 그곳에 가보면 기억이 날지도 모른다고 생각했어. 히로미가 아는 곳이라면 나도 알지 않을까 하고."

왜? 왜 내가 아는 장소를 네놈이 알아야 한단 거야!

"그렇지만 아무 기억도 안 났어. 어릴 적에 소풍이라도 갔었나 했지만, 아무 느낌도 없었어."

수화기를 얼굴에서 멀리 떼고 크게 숨을 들이쉰 다음, 구리하시 히로미는 느릿한 목소리로 가즈아키에게 물었다.

"가즈아키. 너, 내가 범인이 아닐까 의심하고 있지?"

가즈아키는 솔직히 대답했다.

"그때는 그랬어. 미안해. 그렇지만 아까 이야기를 듣고 그런 의심이 사라졌어."

"고마워."

"그렇지만 범인은 히로미와 가까운 사람이 아닐까 하는 생각이 들어. 그렇지?"

"왜 그런 생각을 해?"

"사카자키 이삿짐센터 말야."

"우연일지도 모르잖아. 전부터 무슨 일이든 해준다고 잡지에 소개되기도 한 회사니까."

"그건 그래. 그래도 가까운 사람이 아니라면 네가 눈치를 챌 수 없잖아. 지금도 감시하고 있지? 위험하다는 것은 그놈과 가까이 있기 때문이야."

옳은 말이다. 박수라도 쳐줄까, 가즈아키. 지금까지 박수를 받아본 적이 없을 테니까.

"어쨌든 넌 아무 걱정 마. 쓸데없는 생각 하지 말고."

히로미는 힘주어 말했다. 가즈아키에게도 자신만만하게 들릴 것이라고 생각했다. 수화기 저편의 가즈아키에게는 그것이 겁에 질려 떨고 있는 것으로 들린다는 것은 꿈에도 생각하지 못했다.

"그럴게. 언제든 연락해줘. 빨리 범인을 잡아야 하니까."

"우리 엄마 걱정해줘서 고마워."

"괜찮으면 한번 문병이라도 갈게."

전화를 끊은 후에도 다카이 가즈아키는 수화기를 든 채 한참 동안 가만히 서 있었다. 쉬는 날이라 가게에는 아무도 없고, 불도 꺼두었다. 그 어둠 속에서 가즈아키는 생각하고 있었다.

히로미는 나에게 거짓말을 하고 있어.

왜 거짓말을 하는 걸까? 하지만 지금은 그냥 지켜보고 있을 수밖에 없다. 그가 정말로 범죄에 관련되어 있다면, 더이상 새로운 희생자가 나오지 않을 거라는 말에도 신빙성이 있을 것이다.

그래, 히로미의 행동을 지켜보는 거야. 다음에는 또 무슨 거짓말을 할지, 그걸 확인한 다음에 움직이자. 기회는 반드시 올 것이다.

히로미는 혼자가 아니다. 그것만은 분명하다. 누군가 히로미를 조종하는 인간이 있다.

다카이 가즈아키에게는 일련의 사건을 종식시키는 것도 중요하지만, 구리하시 히로미를 그 인물로부터 구출하는 것도 마찬가지로 중요한 일이었다.

왜냐하면, 그를 구할 수 있는 것은 다카이 가즈아키밖에 없으니까.

그들은 소꿉친구니까.

16

구리하시 스미코는 열흘 동안 입원생활을 했다. 입원 당시만 해도 담당 의사는 보름 이상의 치료가 필요하다고 했다. 그것이 이렇게까지 단

축된 것은 상처가 예상보다 빨리 회복되어서가 아니었다. 문제는 그녀의 정신상태였다.

그녀는 끊임없이 히로미를 찾았다. 불면을 호소하고 늘 안절부절못했다. 의사는 계단에서 떨어진 충격과 병원이라는 낯선 공간에서 폐쇄된 생활을 해야 하는 데서 오는 정신적 불안정이라고 가볍게 넘겼다. 그러나 스미코의 상태는 점점 나빠져갈 뿐이었다.

스미코는 응급처치를 마친 다음날 805호 육인실로 옮겼다. 외과병동의 그 입원실에는 자전거를 타다 넘어진 여중생이나 목욕탕에서 미끄러진 할머니 등 가벼운 사고로 다친 사람들이 대부분이라 분위기는 비교적 밝았다. 그러나 스미코가 들어온 이후로 담당 간호사에게 불편을 호소하는 환자가 있었다. 스미코의 바로 옆 침대에 있는 쉰여덟 살의 아다치 요시코였다.

"그 사람, 낮에는 계속 부루퉁하게 앉아만 있고 누가 불러도 대답도 않아요. 참 속을 알 수가 없어요. 게다가……"

아다치 요시코는 간호사와 친했기 때문에 구리하시 스미코가 머리가 조금 이상한 것 같다고 솔직하게 자신의 생각을 말해주었다. 자신에게만 보이는 환각과 대화를 나눈다는 것이었다.

"아이 말이에요. 아이랑 이야기를 하는 거예요."

간호사는 알고 있었다. 스미코가 옛날 어릴 적에 죽은 히로미라는 딸을 그리워해서 늘 혼잣말을 중얼거린다는 사실을. 처음에는 그 간호사도 요시코를 달래면서 이해해달라고 부탁했다.

"히로미는 옛날에 태어난 지 얼마 안 돼서 죽어버린 따님 이름이래요. 그걸 잊지 못해서 저러시는 거예요. 낯선 병원생활 때문에 괜히 그런 안 좋은 기억이 떠오른 모양이에요."

"그렇군요……"

아다치 요시코는 생각했다. 그녀 역시 자식과 손자가 있었으므로 아이를 잃은 슬픔은 조금이나마 이해할 수 있었다.

"게다가 구리하시 씨는 입원한 후로 약한 수면제를 먹고 있어요. 그래서 반수면상태에서 잠꼬대를 하는 모양인데, 정 불편하시면 선생님께 한번 의논드려볼게요."

"아, 그럼 괜찮아요. 하루 이틀 더 지켜보지요, 뭐."

요시코는 성격이 밝고 긍정적인 사람이라 간호사의 설명을 듣고 구리하시 스미코를 동정했다. 정말 안된 사람이다, 너무 싫은 티를 내면 안 되겠다, 설령 무시하고 대답을 전혀 않더라도 가끔씩 말을 걸어줘야겠다고 생각했다.

구리하시 스미코는 같은 병실의 환자와는 어떤 대화도 나누려 하지 않았다. 그러면서도 의사나 간호사에게는 여기가 아프다, 저기가 아프다 하고 늘 투정을 부리고, 그들이 가고 나면 또 입을 다물고는 텔레비전만 보았다. 이도 닦지 않고 머리도 다듬지 않았다.

그래서 요시코는 다른 방도를 생각해냈다. 매일 한 번씩 그녀를 보러 오는 남편에게 말하기로 한 것이다. 병실에 올 때도 죄지은 사람처럼 등을 잔뜩 굽히고 인사 한마디 없이 나가버리는 걸로 보아 그 역시 꽤 내성적인 사람인 것 같았지만, 일단 당신 마누라 잠꼬대 때문에 잠을 못 자겠다고 장난처럼 말을 걸어보면 되지 않을까 생각했다.

"안녕하세요. 남편분께서 수고가 많으시네요, 매일 이렇게 병실을 찾아오시고."

구리하시 스미코의 남편은 요시코의 목소리를 듣자마자 머리를 연신 조아리며 틀에 박힌 인사말만 늘어놓았다.

"죄송합니다. 아내가 정말 폐를 많이 끼치고 있습니다. 정말 죄송합니다. 이 사람은 성격이 좀 특이해서요."

"그렇지 않아요. 서로 마찬가지인걸요."

그러나 남편은 요시코의 얼굴도 보지 않고 도망치듯이 방을 나가버렸다. 그사이 스미코는 요시코에게 등을 돌리고 담요를 덮어쓴 채 자는 척하고 있었다. 그것을 보고 안쪽 침대에 누워 있던 여중생이 손으로 입을 가리고 웃었다.

"아주머니, 아무래도 안 되겠는걸요. 포기하세요."

요시코는 고개를 설레설레 저었다. 무안해진 탓인지 갑자기 집이 그리워졌다.

아다치 요시코는 남편과 함께 작은 인쇄소를 경영하고 있었다. 납품을 하러 가는 도중에 가벼운 접촉사고가 일어나 무릎을 다쳤다. 늘 활동적이고 적극적인 요시코는 병실의 독특한 공기에 도무지 익숙해지지 않아 조금만 좋아지면 퇴원해야겠다고 생각하고 있었다.

그러던 어느 날 오후였다. 복도에서 갑자기 간호사들이 바쁘게 오가는 소리가 들렸다. 구급차 사이렌도 들리지 않았는데 이상한 일이었다.

요시코는 자리에서 일어났다. 같은 방 환자들도 복도 쪽을 쳐다보고 있었다.

"무슨 일일까?"

"응급환자 같지는 않은데."

스미코의 침대는 비어 있다. 삼십 분 전쯤에 혼자 일어나 비틀비틀 병실 밖으로 나간 것이었다. 평소답지 않게 혼자 화장실에 가나 생각했었다.

"무슨 일이에요?"

지나가는 간호사에게 환자 하나가 물었다. 간호사는 당혹스러운 표정으로 주위를 한 번 둘러보더니, 몸을 반쯤 병실 안으로 내밀고는 속삭이듯이 말했다.

"면회하러 온 어린아이 한 명이 사라져서 소동이 일어났어요."

구리하시 스미코는 아직 돌아오지 않았다. 요시코는 텔레비전을 껐다. 스미코가 나간 지도 벌써 한 시간이나 됐다. 어디서 뭘 하기에 아직 안 들어오는 걸까. 소동이 벌어진 것을 보고 아이를 찾는 걸 도와주고 있는 걸까? 다리를 다친 게 아니니 걸어다닐 수 있을 테고, 옛날에 죽은 어린 자식 생각이 나 도저히 가만히 있을 수가 없어서 간호사들과 같이 찾아다니는 걸까?

잠시 후 그 간호사가 얼굴이 들이밀고는, 아이를 찾았으니 안심하라고 말했다. 환자들은 안도의 한숨을 내쉬며 기뻐했다.

"어디 있었어요?"

"옥상에요."

"어머, 왜 그런 데를 갔담?"

"글쎄요, 아이니까 그럴 수도 있겠죠."

간호사는 잰걸음으로 나가버렸다. 요시코는 그 말투가 왠지 마음에 걸렸다.

그런데 구리하시 스미코는 병실로 돌아오지 않았다. 그날 밤이 다 가도록. 다음날 그녀의 짐을 챙기러 온 간호사가 진상을 알려주었다.

"사실은 구리하시 씨가 데려간 거예요."

병실 사람들은 잠이 다 달아날 정도로 깜짝 놀랐다. 허리를 다쳐 누워 있던 할머니가 몸을 일으키고 물었다.

"뭐라고요?"

"역시 머리가 좀 이상했나봐요. 죽은 아이가 아직 살아 있다는 이상한 착각에 빠져서 남의 애를 데리고 간 거예요."

"그런데 옥상에는 왜? 뭐 하러 간 거죠?"

"글쎄요."

"그 사람 병원에서 쫓겨난 건가요? 그래서 짐 정리하는 거예요?"

"아니에요. 개인실로 옮겨요. 간호사실이랑 가까운 곳으로요."

"그냥 쫓아내버리지. 다른 병원으로 가라고 해요."

"다른 데서도 마찬가지일 텐데 받아줄 데가 있을까요? 그보다 빨리 나아서 퇴원하시는 편이 낫죠."

그후 구리하시 스미코는 개인실에서 간호사의 감시를 받으면서 조용히 지냈다. 그즈음 요시코는 재활치료에 열중하고 있었다. 정말 힘들었다. 차라리 낫지 않는 게 좋겠다는 생각이 들 정도였다. 매일 오후 정해진 시간에 간호사의 도움을 받아 오층에 있는 재활치료실로 가야 했다. 그러다 우연히 '구리하시 스미코'라는 명패가 달린 병실 앞을 지나게 되었다. 병실 문은 열려 있고 웬 젊은 남자의 목소리가 들려왔다.

"아주머니, 몸은 좀 나으셨어요?"

"낫긴 뭘 나아."

불평이 잔뜩 섞인 대답이었다.

"그런 말씀 하시면 안 돼요. 지난번에 왔을 때보다 안색도 많이 좋아지셨는데요, 뭘."

스미코와 대화를 나누는 젊은 남자는 침대 옆의 철제의자에 앉아 있었다. 덩치가 크고 통통한 몸매였다. 마치 작은 접시에 커다란 떡이 올려져 있는 것 같았다. 너무 재미있는 풍경이라 요시코는 저도 모르게 웃었다. 어쩌면 그 웃음은 구리하시 스미코에게 위로의 말을 건네는 그 청년의 목소리가 너무 따스하게 느껴졌기 때문인지도 모른다. 요시코는 여태 남편 외에 스미코에게 문병 오는 사람을 한 번도 보지 못했고, 의사나 간호사 외에 그녀에게 그렇게 따스한 목소리로 말을 거는 사람을 보지 못했다. 환자들 사이의 소문으로는 아들이 하나 있는 모양이었지만, 그도 한 번도 병실에 나타나지 않았다. 적어도 요시코가 함께 병실을 쓰고 있던 동안에는.

병실이란 한 인간이 자신에 대해서나 타인에 대해서나 얼마나 외로운 존재인가를 확인하는 곳이고, 그런 자신의 모습이 가감 없이 드러나는 장소이다. 지금까지 손에 쥐고 있다고 생각했던 애정과, 쌓아왔다고 확신했던 인간관계가 그저 거짓과 무관심과 착각과 기대에 의해 만들어진 환상에 지나지 않는다는 사실을 두 눈으로 목격하고 절망에 빠지는 일이 종종 있다. 두 달에 걸친 입원생활중에 요시코 자신도 그것을 몸으로 느꼈고, 그런 사례들을 봐왔다.

그래서 사람들을 거부하는 별난 환자로 낙인찍힌 스미코에게도 이런 따뜻한 문병객이 찾아왔다는 것이 요시코는 기뻤다. 세상에는 나쁜 일만 있는 게 아니다. 슬픈 사람만 있는 게 아니다.

"아주머니, 귤 좋아하시죠? 이거 드세요."

청년은 과일 봉지를 내밀었다.

"가즈아키, 내가 귤을 좋아하는 줄 어떻게 알았니?"

구리하시 스미코는 놀란 목소리로 그렇게 말했다.

"초등학교 때 제가 놀러 가면 항상 귤을 주셨잖아요. 겨울이면 상자째 들여놓고 드셨죠? 히로미와 나랑 그 자리에서 반 상자를 먹어치운 적도 있는걸요."

"그런 일이 있었나?"

아다치 요시코는 그런 따스한 풍경을 잠시 지켜보다가 조용히 그 자리를 떠났다.

그 청년은 누구였을까? 이야기하는 걸로 봐서는 아들의 어릴 적 친구인 것 같았다. 아들 이름은 히로미이고, 청년의 이름은 가즈아키. 요시코는 그 가즈아키란 청년이 어떤 사람인지 알고 싶었다. 그러나 병실에서는 물어볼 사람이 없었다. 아무리 소문이 잘 퍼지는 동네라지만 팔층

환자가 오층에서 일어난 일을 아는 데는 한계가 있는 것이다. 결국 그런 요시코의 궁금증을 풀어준 것은 외과병동의 간호부장이었다.

"재활치료를 받고 돌아오는 길에 구리하시 씨의 병실 앞을 지나다가 봤는데, 아들이 문병을 온 것 같더라고요."

요시코가 슬쩍 말을 건네자, 간호부장은 고개를 갸우뚱하더니 이렇게 말했다.

"아, 아들이 아니라 아들 친구라고 하던데요. 이웃에서 메밀국수집을 하는데, 아들이 너무 바빠서 대신에 왔다고 해요."

"아, 그랬군요."

우연히도 간호부장과 그런 대화를 나눈 다음날, 요시코는 재활치료를 받고 돌아오다가 오층 엘리베이터 앞에서 그 가즈아키란 청년을 만났다. 체격이 좋고 든든해 보이는 그는 잠 오는 눈으로 좀처럼 움직이지 않는 엘리베이터의 표시 램프를 바라보고 있었다.

"병원 엘리베이터는 느려서 기다리기 지겹죠?"

낯선 부인이 옆에서 말을 걸자 가즈아키는 깜짝 놀란 듯 눈을 심하게 깜빡거렸다.

"아, 네. 내려가세요?"

"아니, 병실은 위쪽이에요. 이대로 내려가서 집에 갈 수 있다면 좋겠지만."

가즈아키는 요시코의 지팡이와 커다란 고정대가 달린 왼쪽 다리를 바라보았다.

"많이 다치셨네요. 고생이 많으시겠어요."

"재활치료를 받고 있는데, 나이가 들어서 잘 낫질 않아요."

"저는 뚱뚱해서 다리가 부러지면 정말 고생할 거예요. 재활치료하라고 하면 막 울면서 병원에서 도망갈지도 몰라요."

둘은 마주 보고 웃었다. 가즈아키의 말투는 조금 어색했지만, 말을 걸어준 사람을 무안하지 않게 해주려고 열심히 할 말을 찾는 성실함이 느껴졌다. 좋은 사람이구나, 요시코는 웃으며 생각했다.

내려가는 엘리베이터가 왔다. 가즈아키는 "몸조심하세요" 하고 인사하고 엘리베이터에 올라탔다. 문이 닫힐 때까지 요시코는 웃으면서 그 모습을 지켜보았다.

요시코의 재활치료는 본인의 열성에 힘입어 순조롭게 진행되었다. 검사에서도 이상이 발견되지 않아 10월 20일에 퇴원하기로 정해졌다. 그때부터 요시코는 손가락으로 날짜를 헤아리며 재활치료에 전념했다. 별다른 소문이 없는 걸로 봐서 구리하시 스미코의 상태도 많이 좋아진 모양이라고 생각했다. 아마 그 가즈아키란 청년이 문병을 온 것이 그녀에게 좋은 영향을 끼쳤을 것이다. 병원 분위기에도 익숙해져 죽은 자식 생각에서도 해방되었을지 모른다. 요시코는 믿는 마음 반, 바라는 마음 반으로 혼자 그렇게 상상했다.

퇴원 날에는 아침 일찍부터 주변을 정리하고 남편이 데리러 오기를 기다렸다. 담당 간호사는 요시코에게 너무 그렇게 들뜨다가 혈압이 올라가면 퇴원이 취소될 수도 있다면서 웃었다. 무사히 허락이 떨어져 805호실 환자들과 작별인사까지 나눴는데 정작 남편은 바쁜 일이 있다며 오후 세시가 되어서야 나타났다.

둘은 서로 투덜거리며 각각 짐가방과 지팡이를 들고 엘리베이터를 타고 로비로 내려왔다. 남편은 요시코를 의자에 앉게 하고 차를 빼러 나갔다. 요시코는 혼자서 주위를 오가는 파자마 차림의 다른 환자들을 바라보면서 약간의 우월감과 미안함을 함께 느끼고 있었다.

로비의 텔레비전에서는 오후의 와이드쇼가 진행되고 있었다. 또 그 시끄러운 연속 유괴살인사건이다. 입원 기간 동안은 텔레비전을 볼 시간이 많아 요시코는 사건에 대해 잘 알고 있었다. 지금은 후루카와 마리코에 관한 영상이 나오고 있다.

그때, 시야 한구석에서 낯익은 얼굴이 스쳐 지나갔다.

가즈아키였다. 구리하시 스미코를 문병하러 왔다가 돌아가는 길인 모양이었다. 그는 엘리베이터에서 내려 곧장 정면 출입구 쪽으로 향하고 있었다.

요시코는 깜짝 놀라 가즈아키를 눈으로 좇았다. 하얀 셔츠와 하얀 바지, 메밀국수집에서 일하는 복장 그대로 온 것 같은 차림새였다. 그러나 그 얼굴은 하얀 옷에 뒤지지 않을 만큼 새하얗게 질려 있었다.

가즈아키가 자동문 앞에 서는데 마침 남편이 바깥에서 들어왔다. 두 사람은 자동문에서 스쳤다. 가즈아키와 남편의 몸이 서로 부딪쳤다. 몸집이 작은 남편이 비틀거렸다. 그러나 가즈아키는 남편 쪽을 돌아보지도 않고 빠른 걸음으로 사라져버렸다. 마치 무언가로부터 도망치려는 사람처럼.

무슨 일이지?

"쳇, 요새 젊은것들은 도대체 예의가 없어."

남편은 화를 내면서 요시코 곁으로 다가왔다. 요시코는 가즈아키가 사라진 방향에서 눈을 떼지 못했다. 왠지 보통 일이 아닌 듯한 예감이 들었기 때문이었다.

'무슨 일이라도 있었나? 구리하시 씨가 또 무슨 사건을 저지른 걸까?'

머지않아 요시코는 다시 가즈아키의 얼굴을 보게 된다. 다른 곳도 아닌 바로 텔레비전의 화면을 통해서. 그리고 그때, 이날 로비에서 느낀 막연한 불안과 예감을 곱씹어보게 된다.

17

10월의 남은 날들은 때로는 춤추는 소녀처럼 경쾌하게, 때로는 죽어가는 달팽이처럼 무겁게 흘러갔다.

사건에 진전은 없었다. 피스와 히로미는 잠수중이니 당연했다. 두 사람의 머릿속에는 다카이 가즈아키를 범인으로 날조해내는 일밖에 없었다. 피해자는 이 정도면 충분하다. 다음은 범인이다. 사회가 요구하는 범인.

심리학적인 배경은 충분하다고 피스는 말했다. 다카이 가즈아키가 사회에 대해 품고 있는 원한이 모든 것을 설명해준다. 그는 패배자로 태어나 패배자로 살아갈 수밖에 없었다. 그것에 대한 복수심이 그를 범죄로 내몰았다. 희생자가 여성인 것은 그가 욕구불만에 찬 남자라는 사실을 생각하면 자연의 섭리와도 같다.

남은 것은 움직일 수 없는 증거를 만들어내는 일뿐이다. 그것만 있으면 모든 것이 완성된다. 알리바이 따위는 아무 걱정도 없다. 서른이 다 된 나이에도 부모와 같이 살고 있고, 애인도 없으며, 취미도 없는 남자의 행동 패턴은 너무나도 뻔하다. 언제 어디서 무얼 했느냐는 물음에 대해 가즈아키가 대답할 수 있는 말은 하나뿐이다. '집에 있었습니다.' 그리고 가족이 그것을 증명할 것이다. 가족의 진술이란 믿을 수 없다.

21일에 『일간 저팬』 기사를 보고 구리하시 히로미는 깜짝 놀랐다. 용의자 'T'. 그 인물에 대해서는 이전부터 알고 있었다. 말하자면 그는 피스가 깔아놓은 수많은 지뢰 가운데 하나였다. 예상한 대로 경찰은 그것을 밟았다. 피스는 실로 주도면밀하다. 때로 신들린 것처럼 보일 정도다.

밤늦은 시간에 가즈아키가 전화를 걸어왔다. 그 'T'라는 사람이 범인이냐고 물었다. 구리하시 히로미는 단호하게 아니라고 대답했다. 그리고

안에서 솟구쳐오르는 말을 삼켜버렸다. '범인은 바로 너야, 가즈아키.'

가즈아키는 크게 실망하는 눈치였다.

"그런 놈은 그냥 내버려둬도 돼."

그런 구리하시 히로미의 말에 알았다고 힘없이 대답했다. 그리고 달리 할 말이 있는 듯 전화를 끊지 못하고 머뭇거렸지만 결국 아무 말도 하지 않았다.

구리하시 스미코가 퇴원하자 가즈아키는 축하의 꽃다발을 들고 구리하시 약국을 찾아왔다. 구리하시 히로미는 스미코가 입원중에 어린 여자애를 납치하다시피 한 사건을 일으키는 바람에 예정보다 빨리 퇴원할 수밖에 없었던 사정에 대해서는 가즈아키에게 이야기하지 않았다.

무슨 이유인지는 모르겠지만, 가즈아키는 스미코와 대화를 나눌 때 잔뜩 긴장하는 느낌이었다. 스미코의 휠체어 손잡이에 손을 올릴 때도 절대로 몸에 손이 닿지 않게 조심하는 것 같았다. 그러면서도 갓 태어난 나약한 병아리를 대하는 듯한 상냥하고 깊은 눈길로 스미코를 바라보았다.

가게 입구에서 가즈아키는 구리하시 히로미에게 물었다.

"신문이나 텔레비전에서 T에 대해서 마구 떠들어대고 있는데, 어떻게 생각해?"

구리하시 히로미는 고개를 저으며 짐짓 별 관심 없다는 태도를 보였다.

"가즈아키, 나 집을 비우는 날이 많아질 거야."

"원룸으로 돌아가는 거야?"

"응, 사건에 관련된 일이야. 전화할게. 상황이 변하건 변하지 않건."

"알았어. 조심해."

가즈아키는 발걸음을 돌렸다. 그리고 어디를 보나 동정으로밖에 보이지 않는 눈길을 던졌다. 그것이 구리하시 히로미의 마음에 불쾌한 찌꺼기처럼 달라붙었다.

그리고 곧장 피스에게 연락을 취했다. 그러나 피스는 11일 이후로 갑자기 주목을 받기 시작한 용의자 T에 열중하고 있었다.

"금상첨화란 이런 걸 두고 하는 말이야. 역시 걸려들었어! 다가와 가즈요시, 생각한 대로 잘해줬어."

"그놈을 연출에 써먹을 거야?"

"그럼, 써먹어야지. 오가와 공원을 선택한 것도 그놈 때문이란 걸 잊었어? 게다가 우리는 후루카와 마리코를 돌려보낸 이후로 아무것도 못하고 있어."

"가즈아키는?"

"괜찮아. 놈은 그냥 내버려두면 돼. 다가와가 등장하는 줄거리에다 가즈아키를 집어넣으면 얼마나 재미있겠어."

피스는 변덕이 심하다. 구리하시 히로미는 반대할 힘이 없다.

"어쨌든 산장으로 가서 이야기를 하자구. 언제 갈 거야?"

"언제든 좋아. 학원이 쉬니까."

피스는 곧 지금 강사로 일하고 있는 대입학원을 그만둘 생각이라고 했다. 사건이 중요한 국면으로 접어들고 있는데다 강사 일이 싫어졌기 때문이라고 했다.

"학생들에게는 배낭을 메고 전 세계를 여행한다고 말할 거야. 그러면 좋아들 하겠지. 그 나이의 학생들은 여행을 동경하니까."

"좋을 대로 해. 가능한 한 빨리 잡다한 일을 좀 정리해줘."

결국 두 사람은 10월 27일부터 '산장'에서 지내기 시작했다. 아지트인 산장에 와서도 피스는 T에 열중했다. 구리하시 히로미는 울화통을 억누르면서 때로 가즈아키에게 전화를 걸어, 상황에는 변화가 없다, 무슨 일이 있으면 연락하겠다고 말해두면서 그가 문 낚싯바늘이 벗겨지지 않게 주의를 기울였다. 그건 너무도 간단한 작업이었다.

이렇게 해서 11월로 접어들었다. 11월 1일, 조간신문을 보자마자 피스는 어린애처럼 소리쳤다.

"이걸 봐! 오늘밤 특별방송에 놈이 출연한대!"

몇 시간 만에 피스는 다가와를 이용한 오늘밤의 시나리오를 완성했다. 구리하시 히로미도 흥분했다. 물론 방송국에 전화하는 역할은 구리하시 히로미였다.

"생방송은 처음이야."

"잘해봐."

늦은 점심을 먹고 낮잠을 자려는 피스를 붙잡고 구리하시 히로미가 말했다.

"나 말이야, 가즈아키가 마음에 걸려."

하품을 하면서 피스는 대답했다.

"그놈이 네게는 큰 짐이로군."

"이번에도 텔레비전을 보고 놈이 전화를 걸어올 거야."

"그래서 생각해뒀어. 히로미, 장수암은 오늘 영업해?"

"응."

"그럼 놈은 뉴스 시간에도 주방에 있겠지?"

"그럴 거야."

"누구랑?"

"아버지랑 둘이서."

"손님들이 주방을 볼 수 있어?"

"안 보여."

피스는 활짝 웃었다.

"그렇다면 알리바이 증언을 할 수 있는 건 가족뿐이라는 거군."

그러나 구리하시 히로미는 불안했다.

"그래도 방송이 나가는 시각에 놈을 바깥으로 불러내는 것이 좋지 않을까?"

피스는 자신만만하게 대답했다.

"괜찮아. 가족들이 증언할 수밖에 없으니까. 서른이 다 된 사내가 주방을 잠깐 비우고 바깥에서 전화를 거는데 그런 걸 감시할 가족이 세상에 어디 있겠어."

"놈은 휴대폰도 없어."

"가게 말고 집 안에 다른 전화도 없어?"

"있긴 해. 번호는 하나뿐이지만."

"그럼 문제없어. 가즈아키가 범인으로 지목되면 그 가족들도 경찰에 시달릴 거야. 가혹한 질문 공세를 받겠지. 그러나 가족은 가즈아키가 범인이 아니라는 증거를 제시할 수 없어. 가족들의 눈을 피해서 전화를 거는 건 쉬운 일이니까. 게다가 움직일 수 없는 증거도 있고."

피스는 혼자 무대에 오른 연극배우처럼 들떠 있었다. 연속 여성 유괴 살인사건의 범인이 되는 것은 다카이 가즈아키로서도 멋진 일이라고 피스는 말했다.

"좋은 역할이지. 주연이잖아? 피해자는 모두 조연에 불과해. 아무리 충격적인 연속살인사건이라 해도, 모두들 피해자 따위는 기억하지 않아. 역사에 남는 건 범인의 이름뿐이니까."

"나도 알고 있어. 그렇지만, 범인이 된다는 건 경찰에 잡힌다는 거잖아?"

"바보 같은 소리. 가즈아키는 경찰에 붙잡히지 않아."

구리하시 히로미는 깜짝 놀라며 물었다.

"안 잡힌다고?"

"당연하지. 우리가 아무리 머리를 써도, 가즈아키를 경찰에 넘겨버리면 가즈아키를 범인으로 만들 수 없어. 생각해봐. 놈이 살아 있으면 자기 입으로 뭐든 얘기할 수 있어. 네가 아리마 요시오에게 전화를 건 것부터 해서, 너에게 품었던 의심에 대해서 모두 말할 거야. 그러면 경찰은 널 의심하게 될 게 뻔해."

"나를?"

"그러면 너도 나도 끝이야. 우리는 알리바이가 전혀 없으니까. 그리고 가즈아키에게 다른 알리바이가 발견될 수도 있고. 그가 살아서 입을 열 수 있는 상태로 경찰에 넘겨져서는 안 돼. 그건 우리의 무덤을 파는 거나 마찬가지야."

구리하시 히로미는 문득 피스를 떠보고 싶은 생각이 들었다.

"그렇지만 피스, 내가 잡혀도 너는 무사할 거야. 내가 아무 말도 하지 않으면 되니까."

그러자 피스의 표정이 굳어졌다.

"히로미, 나를 그런 인간으로 봐? 내가 그렇게 비겁한 놈으로 보여?"

구리하시 히로미는 할 말을 잃고 말았다. 쓸데없는 말을 했다고 후회했지만 이미 때는 늦었다.

"우리는 팀이야. 모든 걸 함께 해왔어. 그런데 히로미 너 혼자 경찰에 잡히게 하고 나만 편하게 살 수 있을 것 같아?"

"미안해, 농담이었어."

구리하시 히로미는 사과했다. 그러나 피스는 자신이 뱉어낸 '비겁한 놈'이란 말에 스스로 흥분해 화난 표정으로 손톱을 깨물었다.

피스는 어릴 때부터 조금도 변하지 않았다. 비겁하다느니, 패기가 없다느니, 머리가 나쁘다느니, 성격이 비뚤어졌다느니 하는 말을 참을 수 없어했다. 그런 말을 입에 담은 사람을 절대 잊지 않고, 절대 용서하지 않았다.

"어쨌든 나는 그런 비겁한 짓은 하지 않아."

피스는 몇 번이나 그 말을 반복했다.

"알고 있어. 진심으로 한 말이 아냐."

"그럼 다시는 그런 말 하지 마."

"안 그럴게, 절대로."

피스는 여전히 구리하시 히로미의 얼굴을 노려보고 있었다. 그러다 무슨 생각이 났는지 갑자기 웃음을 띠며 말했다.

"그렇지만 생각해볼 만한 일이야. 만일 내가 갑자기 사고가 나서 죽으면, 히로미 혼자서 다카이 가즈아키를 범인으로 만드는 건 어렵겠지. 그럴 경우는 지금 아이디어가 좋겠어. 히로미가 경찰에 잡히면, 가즈아키가 공범이라고 주장하는 거야."

"그런 말 하지 마."

"아냐, 옛날에 실제로 그런 사건이 있었어. 1940년대였던가, '우메다 사건'이라는 게 있었어."

자기 지식을 늘어놓기 좋아하는 피스의 버릇이 또 나오기 시작했다. 구리하시 히로미는 내심 넌더리를 냈지만, 조용히 듣고 있을 수밖에 없었다.

"이름이 뭐였더라? 어쨌든 한 남자가 강도살인사건의 용의자로 체포되었어. 흉악한 사건이라 사형당할 게 불 보듯 뻔했지. 그런데 놈은 어차피 죽을 바에는 혼자는 싫다고 우메다라는 남자가 공범이라고 거짓 자백을 한 거야."

"경찰이 그런 거짓말에 속아넘어갔어?"

"넘어갔지. 애당초 사건 자체가 너무 잔인해서 절대로 단독범은 아닐 거라고 본 거야. 그래서 범인의 자백을 그대로 믿어버린 거지. 결국 우메다는 고문에 못 이겨 자백을 하고 말아. 사실 그에게는 알리바이가 있었지. 그런데 그 증인이 여동생이었어. 가족의 말은 신빙성이 없다고 해서 받아들여지지 않았지."

"범인은 어떻게 되었는데?"

"사형당했어. 그러나 마지막 순간까지 계속 거짓말을 했어. 옥중에서 우메다가 무죄를 주장하자 변호사가 도우러 왔는데, 범인은 그 변호사에게 거래를 제안했지. 자기 여자에게 많은 돈을 주면 자백을 철회할 수도 있다고 말이야. 변호사는 거절했고, 결국 범인은 교수대에 올라가서도 거짓말을 철회하지 않았어. 물론 지금은 우메다가 무죄라는 사실이 밝혀졌지."

피스는 다시 손톱을 깨물기 시작했다.

"내 머리도 맛이 간 모양이야. 범인 이름을 기억하지 못하다니."

"옛날 일인데, 모르면 어때서."

"그 사건은 우메다의 이름을 따서 '우메다 사건'으로 불렸는데, 사실은 범인의 이름을 따야 하는 거야. 그가 저지른 사건이니까."

피스의 눈이 열기를 띠기 시작했다. 어렸을 때 재미있는 게임을 하거나 프라모델을 조립할 때도 피스의 눈은 이런 식으로 빛났다. 역시 피스는 변하지 않았다. 소년일 때의 모습 그대로다. 그래서 여자에게 인기가 있는지도 모른다.

"진범은 우메다에게 무슨 원한이 있었던 것도 아냐. 이해관계가 있는 것도 아니었고. 두 사람은 군대에서 같이 지냈지만, 친구는 아니었어. 상식적으로 볼 때, 진범이 그런 거짓말로 우메다를 끌어들일 이유는 하나도 없었던 거야. 그래서 경찰도 범인의 말을 그대로 믿고 말았지."

구리하시 히로미는 화제를 돌리고 싶었다. 가즈아키를 어떻게 처리할 건지에 대해 이야기하고 싶었다. 그러나 피스는 그런 그를 한심하다는 듯이 바라보았다.

"어이, 히로미, 정신 차려. 내가 왜 우메다 사건에 대해 말하는지 모르겠어?"

"……"

"진범이 우메다에게 한 행동이 뭔지 생각해봐."

"누명을 덮어씌웠지."

"겉으로 보면 그것뿐이지만, 사실은 달라."

피스는 몸을 앞으로 기울이며 구리하시 히로미의 얼굴을 빤히 들여다보았다.

"진범은 우메다에게 완벽한 '악'의 모습을 보여준 거야."

순수한 악.

"우메다에게 원한이 있었던 것도, 돈이 목적이었던 것도 아니었어. 나중에 변호사에게 거래를 제안한 것도 진심이 아니었을 거라고 난 생각해. 상식적으로 거절할 게 뻔할 테니까. 목적은 우메다 측을 괴롭히는 거였어. 최종적으로는 거절하겠지만, 그사이에 많은 고민을 할 테지. 돈을 주면 정말로 진실을 말해줄까 하고 말이야. 실제로 우메다의 무죄가 밝혀지기 전에 범인은 사형을 당했어. 우메다와 변호사는 분명 후회하고 괴로워했을 거야. 범인은 자신이 죽은 후에 그가 괴로워할 것을 알고 거래를 제안한 거지."

피스는 즐거운 듯이, 아니 자랑스러운 듯이 말했다.

"진정한 악이란 이런 거야. 이유 따위는 없어. 그러므로 피해자는 자기가 왜 그런 어처구니없는 일을 당하는지 모르는 거야. 원한, 애증, 돈, 그런 이유가 있다면 피해자도 납득을 할 수 있겠지. 자신을 위로하거나 범인을 미워하거나 사회를 원망할 때는 그 근거가 필요한 거야. 범인이 그 근거를 제시해주면 대처할 방법이라도 있지. 그러나 애당초 근거 같은 건 없었어. 그거야말로 완벽한 '악'이야."

"난 잘 모르겠어" 하고 구리하시 히로미는 기죽은 목소리로 말했다.

"더 심한 범죄들도 많잖아?"

"더 심한 범죄? 더 많은 사람을 죽이고, 더 많은 돈을 빼앗는 것? 그런 건 아무 의미도 없어. 그건 어디까지나 범죄일 뿐, 악은 아니야."

그런가. 구리하시 히로미는 이야기가 이런 식으로 흐르면 손을 들고 만다. 그에게는 애당초 깊은 생각 같은 건 없었다. 어려운 문제는 생각하기도 싫었다.

이 년 전, 그 폐허의 쓰레기 구덩이에서 기시다 아케미와 여중생을 죽인 후에 너무 무서운 나머지 히로미는 피스에게 달려가 의논했다. 피스는 말했다. 걱정하지 마. 경찰 따위에게는 절대로 잡히지 않아. 내게 생각이 있어. 나를 믿어.

피스는 폐허로 달려와주었다. 구리하시 히로미가 두 구의 시체와 함께 숨어 있던 폐허의 지하실로. 그리고 함께 시체를 옮겼다. 하나는 피스의 자동차 트렁크에, 다른 하나는 뒷좌석에.

어디다 묻으면 좋겠느냐고 구리하시 히로미가 물었다. 영원히 발견되지 않을 산속 같은 데를 생각하면서. 그러자 피스는 단호하게 말했다. 바보 같은 소리! 어디에 묻건 언젠가는 발견되고 말아. 묻은 후에는 언제 발견되나 하고 늘 떨면서 살아야 하는 거야.

피스는 곧장 차를 '산장'으로 몰고 갔다. 아버지에게 상속받았다는 히가와 고원에 있는 별장이었다. 구리하시 히로미는 깜짝 놀랐다. 어릴 때부터 친구였는데도 아직 한 번도 아버지가 죽었다는 말을 들어보지 못했기 때문이다. 그러고 보니 구리하시 히로미는 여태 한 번도 피스의 아버지 얼굴을 본 적이 없었다.

"어머니는? 잘 지내셔?"

"응. 지금은 도쿄를 떠났어."

피스는 간단히 대답했다. 피스는 어릴 적부터 가족에 대해서는 별로 말을 하려 하지 않았다.

"산장은 나만 사용하는 곳이야. 아무도 오지 않아."

새벽까지 두 사람은 두 구의 시체를 산장 정원에 묻었다. 그리고 두 사람은 산장에서 아침을 먹었다. 피스는 주말마다 이 산장에서 머무는 듯, 냉장고에는 먹을 것이 가득 들어 있었다.

"혼자 여기 와서 뭘 하는데?"

피스는 웃으면서 대답했다.

"꼭 혼자 오지는 않아."

"아, 그래."

"혼자 있고 싶을 때도 와. 그냥 산과 숲을 바라보면서 멍하니 있는 거야. 여기에 오면 살아 있다는 느낌이 들어. 사진을 찍을 때도 있어. 대학 때 취미로 한 적이 있는데, 일층에 작은 암실도 만들어뒀어. 내가 찍은 사진은 모두 거기서 현상해. 지금은 거의 안 쓰지만."

피스는 두 사람의 소지품을 살펴보았다. 여중생의 신원은 금방 밝혀졌다. 수첩에 친구들과 자신의 주소, 전화번호가 적혀 있었기 때문이었다.

피스는 그 수첩의 글씨를 흉내내 여학생의 부모에게 편지를 보냈다. 부모가 무책임한 사람이라면 이 정도에서 관심을 끊을 것이라고 피스는 말했다. 그 말대로였다.

기시다 아케미의 집에도 편지를 보냈다.

"히로미하고 만나는 거, 가족이 알고 있었어?"

"모를 거야. 남자가 늘 바뀌었으니까."

"그 정도론 곤란해. 확실하지 않으면 덫을 놓았다가 오히려 이쪽이 함정에 빠지고 말아."

"괜찮아. 그애는 부모랑 사이가 안 좋았으니까, 굳이 그애의 친구관계를 추적하려 들지 않을 거야."

피스는 구리하시 히로미가 가지고 있는 기시다 아케미의 편지를 보고 몇 번 연습을 하더니 간단히 글씨를 흉내냈다.

감탄사를 자아내게 하는 글이었다. 아버지와 같이 살면, 내게 다가오는 사람들이 정말로 나를 소중히 여겨서인지, 아니면 돈이 목적인 것인지 분간이 안 된다, 그게 너무 괴롭다, 아무도 나를 모르는 곳으로 가서 살아보고 싶다, 홀로 설 수 있는 사람이 되었을 때 집으로 돌아가겠다.

피스는 웃었다.

"감상적이지 않아? 세상 모르고 자란 아가씨의 입에서 나올 만한 말이지."

기시다 아케미의 핸드백 안에는 수첩뿐 아니라 그녀 명의의 통장과 현금카드가 들어 있었다. 부모에게 돈을 받는 계좌였다. 잔금은 삼십만 엔 정도.

피스는 편지가 도착했을 즈음에 그 계좌에서 십만 엔을 인출하자고 했다.

"위험하지 않을까?"

"괜찮아. 그애는 부모가 보내주는 돈으로 놀았어. 그런 생활밖에 모르는 아이니까. 그러니까 부모랑 떨어져 지내고 싶다고 하면서도 이런 돈에 의지하는 거야. 분명히 그래. 조금씩 돈을 빼내는 편이 오히려 가족을 안심하게 할 거야."

피스의 예상은 적확했다. 위조한 편지가 아케미의 집에 도착한 후에도 구리하시 히로미의 신변에는 아무런 변화도 일어나지 않았다. 어느 날 갑자기 아케미의 부모에게서 전화가 걸려오는 일도 없었다. 역시 아케미는 남자친구에 대해 가족에게 말하는 타입이 아니었다. 아케미에게 남자친구가 있다는 사실을 알고 있다 해도 딸이 말을 하지 않으면 그녀의 부모는 그 남자의 신원을 알아낼 수 없는 것이다. 그렇다면 그 부모가 실종신고를 한다 해도 경찰이 구리하시 히로미를 찾는다는 것은 불가능한 일이다.

기분이 좋아진 히로미는 변장하는 기분으로 검은 선글라스를 쓰고 아케미가 살던 아파트로 정찰을 나가보았다. 벌써 그 방에는 다른 사람이 살고 있었다. 부모가 정리를 하러 왔었는지도 모른다.

그뿐만이 아니었다. 편지를 보낸 지 보름 정도 지나, 십만 엔을 인출한 그 계좌에 새로 이십만 엔이 입금되었다. 그것을 확인하는 순간, 구리하시 히로미는 저도 모르게 휘파람을 불고 말았다.

기시다 아케미의 부모는 피스가 짠 각본을 고스란히 머릿속에 입력시켜버린 것이다. 딸은 살아 있다. 제멋대로 독립선언을 하고 집을 나갔다. 그러나 돈이 떨어지면 살 수 없을 것이다. 언젠가 지치면 돌아오겠지. 그때까지는 돈을 부쳐줘야지, 하고 생각했을 것이다.

"정말 아름다운 가족이야."

피스는 비꼬듯이 말했다. 구리하시 히로미는 존경과 감사의 눈길로 피스를 우러러보았다. 역시 피스는 대단해. 거짓말의 천재, 아니, '창작'의 천재야. 제 손으로 기시다 아케미를 죽였음에도 불구하고, 구리하시 히로미는 피스가 만들어낸 줄거리가 오히려 현실이 아닌가 하고 착각할 정도였다.

이제 안심이다. 아무 걱정 없다. 구리하시 히로미의 머리 위를 덮고 있던 검은 구름은 흔적도 없이 사라졌다.

애당초 죽이고 싶어 죽인 것은 아니다. 상황이 그를 그런 행위로 이끈 것이다. 어떤 의미에서는 자신은 오히려 살인행위를 강제당한 피해자인지도 모른다. 그러나 이제는 그 부당한 살인의 족쇄를 벗어던질 수 있다.

그렇게 모든 것이 정리되었을 때, 피스가 이상한 말을 꺼냈다.

"그렇지만 이 정도 위장공작으로는 그리 오래가지 못해."

"그건 또 무슨 말이야?"

"냉정하게 생각해봐. 가우라 마이는 제쳐두고라도, 기시다 아케미는 언젠가는 반드시 부모에게 돌아가야 해. 그러나 현실은 달라. 벌써 죽어버렸으니까. 오 년이나 십 년 후가 되면, 부모도 의심을 하기 시작할 거야. 아니 그보다 더 빠를지도 몰라. 정신을 차릴 때도 되었는데 돌아오지 않는다고 말이야."

"그때가 되면, 나와 아케미의 연관성은 아무도 밝혀낼 수 없어."

별 생각 없이 가볍게 그렇게 말하는 구리하시 히로미를, 피스는 진지한 눈길로 바라보았다.

"그건 모르지. 아무리 가느다란 선이라도 찾는 사람의 눈에 띄면 끝장이야. 지금은 그냥 시간을 벌고 있을 따름이란 사실을 잊어선 안 돼. 일본 경찰의 능력을 얕보다가는 큰 코 다칠 수가 있어."

"괜히 겁주지 마."

"겁주려는 게 아니라니까. 냉정하게 생각해보자는 거지. 그렇다고 방법이 없는 건 아냐."

"방법?"

"미래를 위해서 보강작업이 필요해."

"무슨 말이야?"

그렇게 묻는 구리하시 히로미를 향해 피스는 빙긋 웃어 보였다.

"도쿄 부근에서 비슷한 실종사건을 일으키는 거야. 그리고 충분히 시간이 흐른 다음에, '범인'이 활동을 시작하는 거지. 범행 성명을 내고, 유해를 찾게 만들고. 그러다 최종적으로는 기시다 아케미와 그 여중생도 '범인'의 마수에 걸린 것처럼 꾸미는 거지. 먼 길을 돌아가는 것 같지만, 그게 가장 안전해."

그렇게 말하는 피스의 얼굴은 구름 한 점 없이 맑았다.

"물론 그 '범인'은 가공의 존재야. 나와 히로미가 만들어낸 신기루. 히로미는 그 신기루의 그늘에 숨어 영원한 안식을 누리면 돼."

그렇다. 처음에는 그랬다. 모든 것은 기시다 아케미와 그 여중생의 살인으로부터 경찰의 눈길을 돌리려는 목적에서 시작되었다. 피스의 말에 구리하시 히로미는 무조건 찬성했다. 좋은 생각이라고 믿었다. 목적은 명확했다. 가공의 연속살인자를 만들어내어 그 그늘 속에 숨는 것이었다.

그럼에도 불구하고, 피스는 때로 지금처럼 의미를 알 수 없는 이상한 말을 한다. '완벽한 악의 모습'이라고?

"우리가 하려는 것도 단순한 범죄가 아냐. '악'을 체현하는 거야."

피스의 말에 점점 열기가 더해져갔다.

"모든 피해자에게, 모든 피해자의 가족에게 영원히 풀리지 않을 수수께끼를 던져주는 거야. 왜? 우리 딸이 왜 죽어야 했을까? 범인은 왜 우리에게 왜 이런 고통을 주는 것일까? 왜, 왜, 왜? 그러나 아무도 그 이유를 몰라. 별것도 아닌 놈들이 잔머리를 굴려보겠지. 경찰도 눈을 부라리며 수사를 할 테지. 그러나 그들은 몰라. 아무것도 없으니까. 그걸 아는 사람은 나, 아니 우리뿐이지."

거기까지 말하고 피스는 어깨를 으쓱했다.

"그것만으로도 충분히 할 만한 가치가 있고, 또 어려운 일이야. 다만, 네가 다카이 가즈아키에게 들키는 바람에 갑자기 계획을 바꾸어서 그 놈까지 끌어들어야 하게 됐지만."

구리하시 히로미는 속으로 투덜거렸다. 그 일은 몇 번이나 사과하지 않았던가.

"그렇지만 괜찮아. 다카이 가즈아키에게 우메다가 본 것과 같은 것을 보여주는 것도 재미있을 거야. 아주 재미있는 이야기가 될 것 같아. 난 말이야, 우메다 사건의 진범이 너무 부러웠거든."

피스의 그 말에, 구리하시 히로미는 처음으로 어렴풋한 불안을 느꼈다. 지금까지 무엇이든 피스의 말을 따랐다. 매스컴과 피해자의 유족들에게 전화를 걸었다. 시체를 자르고, 슬쩍 오른팔만 버리기도 하고, 후루카와 마리코의 백골을 파내기도 했다. 그 모든 것은 '신기루'의 실체를 만들어내기 위한 것이었다. 구리하시 히로미가 그늘 속에 숨기 위해서, 그 그림자를 더 짙고 검고 어둡게 하기 위해서.

그런데 피스의 진짜 목표는 다른 데 있었다. 물론 범죄가 발각되면 곤란한 것은 피스도 마찬가지다. 하지만……

"다카이 가즈아키를 진범으로 만들기 위해서는 의심스러운 상황을 계속 만들어내고, 또 그를 죽여야 해."

피스는 단호하게 그렇게 말하고 구리하시 히로미를 돌아보았다.

"자살하게 만드는 거야. 연속 유괴살인사건의 범인이 자신이라는 고백을 담은 유서와 물증을 남기고 말이야."

"그게 쉽게 될까?"

"걱정하지 마. 유서는 내가 만들 거야."

남의 글씨를 흉내내는 능력은 벌써 실증되었다.

"길게 쓸 필요도 없어. 연속살인범이 자살하는 건 드물지도 않고. 그들은 한결같이 이중인격자니까. 하나는 살인을 즐기고 살인에 중독된 인격. 또하나는 살인을 혐오하고 양심의 가책을 느끼는 인격. 그 사이에서 괴로워하다 자신의 육체와 정신을 소멸시키는 길을 택하는 거야. 미국에는 그런 예가 엄청 많아."

피스는 전문가처럼 말했다. 아마도 책이나 자료를 읽고 머리에 담아두었을 것이다. 그런 말을 할 때 피스는 절대로 '……라고 하더라' '그렇게 쓴 글을 읽은 적이 있다'라는 식으로 말하지 않는다. 마치 처음부터 자신이 알고 있던 지식이라는 듯이 단정적으로 말하는 것이 피스의 버릇이다.

구리하시 히로미는 처음으로 피스를 비판적인 시선으로 바라보았다. 완벽한 악이 어떻다는 둥, 이상한 말을 하고 있기 때문이다.

"그리고, 물증은 우리가 보관하고 있는 물건을 활용하면 돼. 나는 가즈아키의 집에 갈 수 없으니까, 히로미가 그걸 들고 가즈아키의 방에 넣어둬야 해."

마치 식당 지배인이 아르바이트 학생에게 지시하는 듯한 말투였다. 구리하시 히로미는 떨떠름한 표정으로, 응, 하고 대답했다.

피스는 기분이 좋은 탓인지 구리하시 히로미가 내비친 그 희미한 저항을 느끼지 못했다.

"그나저나, 슬슬 시간이 됐군."

피스는 테이블 위에 있는 신문을 펼치고 방송 프로그램난을 보았다.

"오늘밤에 간단한 이벤트를 하기로 했지?"

구리하시 히로미는 고개를 끄덕였다.

"다가와 가즈요시가 생방송에 출연하니까."

"바보 같은 놈."

피스는 노래하듯이 말했다.

"후루카와 마리코의 유골을 보낸 후로 거의 학교에 결석한 거나 마찬가지니까. 오늘밤은 그걸 만회해야지. 부탁해, 히로미, 응?"

18

피스는 다가와 가즈요시라는 인물을 오 년 전부터 알고 있었다. 너무도 잘 알고 있었다. 그의 감추어진 성적 취향과 과거의 소행까지 모든 것을.

피스는 대학 졸업 후 샐러리맨의 길을 걷지 않고 도쿄에서 가장 큰 대입학원에 강사로 취직했다. 피스는 그곳에서 인기강사로 삼 년을 일했다. 그후 학원을 차려 독립하는 선배 강사의 권유를 받고 퇴직해 반년 정도 그를 도왔지만, 생각이 다르다는 이유로 그곳을 떠났다.

"학부모 가운데 재미있는 직업을 가진 사람이 있더라구. 사실은 그곳에 스카우트된 거야. 선배에게는 비밀로 했지만."

그 '재미있는 직업'이란, 요컨대 카운슬러 같은 것이었다. 환자의 정신을 치료하는 의사와 비슷한 것 같지만, 성격은 완전히 다르다. 온갖 일들을 의논하는 의뢰인을 상대로 그들과 같이 해결방법을 찾는 일이었다. 회사의 이름은 '주식회사 웰빙서포트'. 표면적으로는 웰빙에 관련된 책을 내는 출판사였다. 면담 형식의 카운슬링은 책을 산 독자에 대한 서비스 차원의 일이었다. 물론 상담료는 받았다.

피스는 그곳의 카운슬러가 되었다. 네 명의 카운슬러 가운데서 피스가 가장 어렸다. 젊은 사람들의 상담에 응할 수 있는 카운슬러가 필요했던 것이다. 그곳에서 일한 지 일 년도 안 되는 사이에 피스의 월급은 상당한 수준까지 올랐다. 피스는 그 일을 정말로 즐기는 것 같았다.

"카운슬러라는 명함을 보면 완전히 무장해제상태가 되는 인간들이 있어. 나에게 그런 비밀까지 밝혀도 괜찮은지, 오히려 내가 걱정이 될 정도라니까."

그 일도 지겨워지자 피스는 그곳을 그만두었다. 그로부터 얼마 후, 그 회사가 문제를 일으켜 매스컴의 주목을 받게 된다. 카운슬러 하나가 상담하러 온 여성에게 요구하지 않은 서비스를 해주려 했다가 형사고발을 당한 것이다. 피스는 뉴스를 보고 낄낄거리며 웃었다. 저런 일은 자신이 있을 동안에도 수도 없이 많았다고 했다.

"저런 게 외부에 드러나는 걸 보면, 그 회사도 이제 문을 닫을 때가 된 모양이지."

그러고 나서 피스는 다른 학원에 취직해 인기강사로 되돌아갔다. 지금도 그 학원에 나가고 있다. 강의시간이 많지 않아 매일 빈둥거리는 것 같지만, 명쾌한 강의로 학생들의 절대적인 지지를 얻고 있다.

그리고 다가와 가즈요시는 피스가 카운슬러 시절에 마련해놓은 일종의 '저축' 같은 것이었다.

도쿄를 무대로 벌일 퍼포먼스의 구체적인 계획을 세우기 시작했을 때부터, 줄거리를 좀더 재미있게 만들기 위해서는 제삼자를 끌어들일 필요가 있다는 아이디어를 가지고 있었다. 하지만 나중에 다카이 가즈아키 같은 방해물이 끼어들 줄은 꿈에도 생각지 못했고, 일면식도 없는 제삼자를 어떻게 끼워넣어야 할지 몰라, 그 아이디어는 그야말로 아이디어로 끝날 참이었다.

그런 때에 다가와 가즈요시라는 이름이 떠오른 것이었다. 자신의 인생을 바꾸기 위해, 자신에 대한 혐오감을 버리고 정상적인 직업을 얻어 연애도 하고 결혼도 해서 올바른 사회의 일원으로 살아가고 싶어서 웰빙서포트를 찾아왔던 다가와 가즈요시의 이름이 그가 고백한 내용과 함께 떠오른 것이다.

"그놈이라면 끌어들일 수 있을지도 몰라. 경찰은 반드시 전과자부터 조사할 테니까."

피스는 카운슬러 시절의 기록 가운데 인상에 남은 것을 은밀히 복사해두고 있었다. 덕분에 다가와 가즈요시의 주소 정도는 간단히 알 수 있었다.

그래서 그의 주거지에 가까운 오가와 공원을 최초의 무대로 삼은 것이었다.

피스의 예상보다는 조금 늦게 전개되긴 했지만, 다가와 가즈요시는 제1용의자로 수사선상에 올랐고, 매스컴에도 오르내리게 되었다. 그는 자신은 절대로 연속유괴살인범이 아니라고 주장하고 있다.

이윽고 특별방송이 시작되었다. 두 사람은 산장에서 느긋하게 방송을 지켜보고 있었다.

피스의 신호로 구리하시 히로미는 전화를 걸었다. 화면 아래의 자막에 적힌 번호로. 스튜디오에서는 곧 소동이 벌어졌고, 구리하시 히로미의 가슴은 부풀어올랐다.

마침내 다가와의 얼굴을 만천하에 공개할 거래의 타이밍이 찾아왔다.

"광고라고!"

텔레비전 앞에서 구리하시 히로미는 외쳤다. 너무 화가 치밀어 휴대폰과 음성변조기를 텔레비전을 향해 던져버릴 뻔했다.

"자식들, 나보다 스폰서가 더 소중하단 말이지!"

히로미는 휴대폰에다 고함을 질렀다.

"네놈들은 나를 무시하고 있어!"

전화를 끊어버렸다. 이런 굴욕은 처음이다. 절대로 용서할 수 없다.

그러나 피스는 냉정했다. 안락의자에 몸을 기댄 채 말했다.

"다시 걸어, 히로미."

그건 부하에게 내리는 지시였다.

"뭐라고?"

"다시 전화를 해서 대화를 해."

"싫어! 우리가 지고 들어갈 수는 없어!"

피스의 눈동자에 그늘이 졌다.

"이건 그런 문제가 아냐. 애당초 우리가 압도적으로 유리한 싸움이야. 광고 같은 걸로 다툰다는 건 어리석은 일이야."

"그럼 내가 바보라는 거야!"

"이 정도 일을 그냥 넘어가지 못한다면 바보지."

지겨울 정도로 긴 광고였다. 화면에는 속옷 차림의 여자가 비치고 있었다. 구리하시 히로미의 뇌리에 이전에 보았던 여자들의 속옷이 떠올랐다가 사라졌다. 그러고 보니 요즘 들어 새로운 먹잇감을 잡아들이지 못했다. 비명도 애원도 구걸하는 목소리도 듣지 못했다. 퍼포먼스가 시작되면 줄거리에 불필요한 범행을 동시진행하는 것은 위험하다고 피스는 주장했다. 그래서 히다카 치아키 이후로는 아무도 데려오지 못했다.

피스의, 피스의, 피스의 방침. 모든 것을 피스가 결정했다.

"난 못 걸어."

구리하시 히로미는 휴대폰을 들고 발걸음을 돌려 거실을 가로질러갔다. 그리고 난폭하게 문을 열었다.

"후회하기 없기다."

피스의 느릿하고 조용한 음성이 뒤를 따라왔다. 마치 잠꼬대를 하는 것처럼 들렸다.

"후회는, 누가 후회를 해!"

내뱉듯이 말하고 계단을 올랐다. 여자들을 가두어두었던 방 문이 반쯤 열려 있었다. 지난번에, 문을 닫아두면 이상한 냄새가 난다고 피스가 말했던가? 구리하시 히로미는 방 안으로 들어가서 불을 켰다. 침대에 걸터앉자 눅눅한 매트리스가 엉덩이 아래에서 이상한 소리를 냈다.

덧문을 닫아두어서 실내는 어두웠다. 복도의 불빛이 평행사변형 모양으로 바닥에 드리워져 있었다. 구리하시 히로미는 그 평행사변형을 노려보았다. 노려보고 또 노려보면서 엉덩이를 흔들어 침대에서 소리를 냈다. 삐걱, 삐걱, 삐걱, 삐걱. 그러고는 머리를 마구 긁어댔다. 낡은 텔레비전을 켰다. HBS에 채널을 맞추자 아나운서가 허공을 향해 외치고 있었다. '범인'이 다시 전화를 건 것이다. 믿을 수 없었다. 피스가 자기 손으로 전화를 걸었어? 계단을 내려가 거실로 뛰어들자, 피스는 안락의자에 앉은 채 휴대폰을 귀에 대고 있었다. 기척을 느끼고는 날카로운 시선으로 조용해! 하고 경고했다. 구리하시 히로미가 사용하던 것보다 조금 작은 음성변조기가 달려 있었다. 피스도 저걸 가지고 있었어! 언제 샀을까? 전화는 내 역할이라 하나만 있으면 될 텐데, 왜?

피스는 전화를 끊은 후에도 계속 텔레비전을 보기만 할 뿐, 아무 말도 하지 않았다. 이윽고, 프로그램이 끝나자 텔레비전을 끄고 천천히 입을 열었다.

"나머지 대사는 내가 했어. 나 샤워할 거야. 저녁은 나중에 먹자."

아무런 감정도 실리지 않은 말투였다. 그러나 피스는 구리하시 히로미 쪽을 돌아보지 않았다. 화가 나 있다는 증거였다.

구리하시 히로미는 거실 안을 왔다갔다했다. 왜 그러는지 자신도 알 수 없었다. 그냥 그렇게 하고 싶었다. 에너지를 발산하고 싶었다. 화가 치밀었다. 일이 재미없게 돌아가고 있다. 왜 나를 바보 취급하는 거야.

고함이라도 치고 싶었다. 누구에게? 고함치고 화를 내도 안전한 누군가를 향해.

문득 어떤 인물의 얼굴이 떠올랐다. 늘 히로미에게 당하기만 하는 희생자. 두부가게 할아버지. 마리코의 할아버지. 그놈도 텔레비전을 보고 있었을까? 내 말이 광고 때문에 잘려나가는 것을 보았을까?

구리하시 히로미는 아리마 요시오에게 전화를 걸었다.

통화는 삼 분 정도로 끝났다. 대화도 간단했다. 오늘밤 그 할방구는 꽤 세게 나왔다. 무서운 말을 했다.

당신은 혼자가 아니야. 혼자서 저지른 건 아닐 거야. 제멋대로 전화를 끊었다가 야단맞았지? 그래서 이 할아버지에게 화풀이를 하려고 전화를 했지?

욕을 하고 끊은 다음, 히로미는 자신이 식은땀을 흘리고 있다는 사실을 깨달았다. 그 할방구, 우리가 둘이란 사실을 눈치챘다. 혼자가 아니라는 사실을 알아버렸다. 내가 피스에게 야단맞았다는 사실까지 알고 있다.

그 자리에 그만 쭈그려앉고 말았다. 헛구역질이 올라왔다. 이윽고 샤워를 마치고 나온 피스를 향해 히로미는 말했다.

"일이 크게 잘못된 것 같은 기분이 들어."

피스는 표정 하나 바꾸지 않고 구리하시 히로미의 말을 들었다. 도중에 갑자기 자리에서 벌떡 일어서더니 녹화한 프로그램을 재생하기 시작했다. 화면을 보는 것이 아니었다. 그저 틀어놓기만 했을 뿐이었다.

"할아버지는 이 사실을 경찰에 알리겠지. 경찰이 그 이야기를 그냥 받아들이지는 않겠지만, 매스컴은 그렇지 않을 거야. 할아버지를 텔레비전에 내보내서 범인 복수설을 들고 나올지도 몰라."

어떻게 하지, 하고 히로미가 몸을 앞으로 내미는데, 피스가 자리를 피하듯이 벌떡 일어서더니 한 손으로 리모컨을 들고 버튼을 눌렀다. 영화나 드라마에서 나오는 권총 발사 자세와 똑같았다.

"여기야."

피스는 무덤덤하게 말했다. 비디오 화면은 구리하시 히로미의 전화가 광고 때문에 끊어지기 직전을 비추고 있었다.

"너는 여기서 성질을 부렸어."

마치 판사가 형이라도 선고하는 듯한 억양 없는 목소리. 구리하시 히로미는 그 말투에 갑자기 화가 치밀었다.

"알고 있어. 그렇지만 나 혼자만의 책임은 아냐. 한마디 상의도 없이 전화를 건 건 피스 너도 부주의했어."

피스는 똑같은 말을 반복했다.

"너는 여기서 성질을 부렸어."

구리하시 히로미는 입을 다물었다. 피스는 자신의 잘못을 지적당하는 것을 가장 싫어한다.

피스는 다시 비디오를 껐다. 어두운 화면 위에 자신의 얼굴을 비추며 서 있었다.

산의 어둠과 정적이 산장 속까지 파고드는 것 같았다. 여기에 올 때면 늘 둘이서 새로운 줄거리를 의논하거나 텔레비전을 보았다. 이런 적막은 처음이었다.

구리하시 히로미가 참다못해 무슨 말을 하려고 입을 여는 순간, 피스가 고개를 돌리며 웃었다. 평소의 그 온화한 웃음이었다.

"괜찮아. 아리마 요시오가 무슨 말을 하건, 음성변조기 때문에 아무도 다른 사람인 줄 모를 거야."

구리하시 히로미는 가슴을 쓸어내리며 웃었다.

"그래, 그렇지?"

피스는 부엌으로 걸어갔다.

"밥 먹어야지. 건배도 하고. 다가와 가즈요시의 얼굴을 만천하에 공개했으니, 우리 계획대로 된 거잖아?"

다음날 아침, 눈을 뜨자마자 텔레비전을 켜보니 모든 채널에서 어젯밤의 그 프로그램을 다루고 있었다. 구리하시 히로미는 커피를 끓이면서 채널을 돌려보다가 제일 자세해 보이는 HBS로 맞췄다. 자리에 앉아 텔레비전을 보기 시작했다. 어젯밤에 사회자였던 아나운서가 지금은 게스트로 출연하고 있었다. 잠시 후 피스가 계단을 내려왔다.

와인을 너무 많이 마셔서 머리가 아프다고 투덜대는 피스를 향해 구리하시 히로미가 웃으면서 말했다.

"다가와 가즈요시가 경찰에 체포됐어!"

놀랍게도 다가와 가즈요시는 최근 반년에 걸쳐 오가와 공원 주변에서 실제로 어린애에게 성폭력을 행사하거나 성폭력 미수사건을 저질렀다는 것이었다. 어젯밤에 텔레비전으로 얼굴이 알려지고, 손가락에 낀 특이한 반지 때문에 탄로나고 만 것이다.

"피해를 입은 여자애의 어머니가 경찰에 전화를 했다는 거야."

히로미는 배를 잡고 웃었다.

"이렇게 잘 풀릴 줄이야! 피스, 설마 다가와의 행적을 알고 있었던 건 아니겠지?"

피스는 블랙커피를 마시면서 반은 찌푸리고 반은 즐거운 듯한 표정으로 말했다.

"물론, 그놈이 요즘 뭘 하는지는 몰랐지. 하지만 저런 성범죄자는 아무리 전문적인 카운슬링을 받아도 못 고치는 경우가 많아. 다가와는 그런 치료를 한 번도 못 받았을 테니까 더욱 그렇겠지. 저런 짓을 해도 이상하지 않은 놈이야."

그러나 만족스러운 분위기는 오래가지 않았다. 와이드쇼의 사회를 맡은 여자 아나운서가 이런 말을 한 것이었다.

"그런데 어젯밤 특별방송에서 광고 때문에 대화가 끊어져서 화가 난 범인이 전화를 끊었다가 다시 거는 해프닝이 있었습니다. 방송이 끝난 후, 시청자로부터 이십여 건에 달하는 전화가 걸려왔습니다. 광고 전에 전화를 건 범인과 광고 후에 전화를 건 범인이 다른 사람이 아닌가라는 의견이었습니다."

구리하시 히로미는 웃는 표정인 채로 얼어붙어버렸다. 피스도 커피잔을 든 손을 멈추었다.

어젯밤의 사회자가 말했다.

"저는 현장의 혼란을 추스르느라 아무런 느낌도 못 받았습니다만, 우리 HBS는 어젯밤의 대화가 중대한 의미를 가진다고 판단해 독자적으로 녹화 테이프를 음향연구소에 보내 성문 감정을 의뢰하기로 했습니다."

그 음향연구소에는 세계적인 권위자가 근무하고 있고, 과거에도 중대한 사건의 단서를 발견해냈다는 이야기가 이어졌지만, 구리하시 히로미의 귀에는 아무 소리도 들어오지 않았다.

게스트로 나온 남자 탤런트가 말했다.

"범인은 늘 음성변조기를 사용하지 않습니까? 그렇게 소리가 왜곡되어 나오는데도 감정이 가능한가요?"

그 물음에 다른 게스트인 저널리스트가 대답했다.

"물론이죠. 성문은 아무리 음성변조기를 써도 속일 수 없습니다."

구리하시 히로미는 온몸의 피가 심장에 고이는 것을 느꼈다. 히로미는 속으로 외쳤다. 설령 범인이 둘이라는 사실을 알았다 해도, 그걸로는 범인을 잡지 못해. 침착해, 구리하시 히로미! 그러나 다른 한편으로는 떨고 있었다. 지금까지 자신들이 바보 취급해오던 경찰과 사회에 자신들의 정체가 드러나버린 듯한 느낌에 사로잡혔다.

왜 이렇게 무서운 거지? 고작 범인이 한 명이 아니라는 사실이 드러나는 것뿐이잖아. 그렇지만, 그렇지만……

"피스, 다들 알아챈 것 같아. 아리마 할방구만이 아냐. 들었지? 스무 건도 넘는대."

피스는 커피잔을 든 채 텔레비전 리모컨을 집어들었다.

"채널 바꾸지 마!"

구리하시 히로미 자신도 놀랄 만큼 큰 소리로 외쳤다. 피스가 천천히 고개를 돌렸다.

"다른 방송국에서는 어떻게 반응하는지 알아봐야지."

다른 두 방송국도 그 문제를 다루고 있었다. 시청자에게서 전화가 걸려왔으니 방송국도 가만있을 수 없는 것이다. 조사하지 않을 수 없다.

"놀랄 것 없어."

리모컨을 내려놓고 피스는 일어섰다.

"감정 결과가 정확하게 나올지 안 나올지도 모르잖아."

"그렇지만!"

"초조해하지 마. 신문 사올게."

사이드 테이블에서 자동차 키를 꺼내 문 쪽으로 걸어갔다. 구리하시 히로미는 자리에서 일어나 눈을 부릅뜨고 말했다.

"피스."

"응?"

"잠옷 차림으로 갈 거야?"

피스는 자신의 몸을 내려다보았다. 그리고 아무 말도 않고 침실로 향했다.

구리하시 히로미는 옷을 갈아입고 차에 오르는 피스를 그 자리에 선 채 바라보고 있었다. 무력감이 엄습했다. 의자에 털썩 주저앉았다.

가슴속에서 소용돌이치는 의문을 입 밖에 내는 것이 두려웠다. 그래서 혼자라는 것이 오히려 고마웠다. 피스가 곁에 있었더라면, 더는 참지 못했을 것이다. 따지지 않고는 배길 수 없었을 것이다.

피스, 전화를 다시 걸었을 때, 음성변조기를 써도 성문을 속일 수 없다는 걸 알고 있었어? 범인이 둘이라는 사실이 드러날 위험이 있다는 걸 알고서, 그래도 괜찮다고 판단해서 전화를 건 거야?

피스는 그렇다고 대답할 것이다. 그 정도를 알아챈다고 경찰이 어떻게 할 수 있는 건 아냐, 다가와를 끌어들이는 계획을 중단하는 쪽이 오히려 좋지 않다고 생각해서 다시 전화를 건 거야.

피스는 그렇게 대답할 것이다. 그러나 그건 거짓말이다. 피스도 성문 감정을 모르고 있었음이 분명하다.

구리하시 히로미는 저도 모르게 두 팔로 몸을 끌어안고 목을 움츠렸다. 생각지도 못했던 일이, 허전한 산장의 공간 사방에서 그의 목을 졸라오는 것 같았다.

이번 일이 피스와 내가 드러낸 최초의 허점이었을까?

이전에도 치명적인 잘못을 범했던 건 아닐까? 다만 우리가 모르고 있을 뿐이 아닐까?

그러나 경찰은 절대로 그걸 놓치지 않을 것이다.

우리는 우물 안 개구리처럼 저 혼자 좋아 날뛰고 있는 건 아닐까? 계획은 완벽하다고, 물 한 방울 샐 틈이 없다고, 아무도 우리를 추적할 수 없을 것이라고.

그러나 사실은 여기저기에 흔적을 남겨놓은 것이 아닐까? 경찰은 그런 우리의 잘못을 하나하나 분석해서 서서히 포위망을 좁혀오고 있는 건 아닐까? 아직 수사의 손길이 닿지 않은 것은, 그저 물리적인 시간문제에 지나지 않는 건 아닐까?

구리하시 히로미는 두 팔로 머리를 감싸고 눈을 감았다. 벌써 취조실에 앉은 듯한 기분이었다. 더럽고 흠집이 많은 테이블 건너편에 대머리 형사가 이를 쑤시면서 코웃음을 치고 있는 것 같았다. 형사가 웃을 때마다 이쑤시개가 좌우로 흔들거린다.

'너희들 정말 멍청하군.'

'너희들이 남긴 단서가 얼마나 많은 줄 알아? 우린 그 정도만 있으면 충분해. 너희들을 찾는 건 시간문제였어.'

'정말 친절한 친구들이야. 이건 완전히 '헨젤과 그레텔'이잖아. 그런데 너희들, 어느 쪽이 헨젤이고, 어느 쪽이 그레텔이지?'

'빵 부스러기를 떨어뜨린 게 너냐?'

몸을 부르르 떨면서 구리하시 히로미는 얼굴을 들어올렸다. 그리고 생각했다.

'예, 빵 부스러기를 떨어뜨린 건 접니다. 전 이런 짓 하고 싶지 않았어요. 빨리 그만두고 싶었다구요. 그렇지만 그놈이 무서워서 질질 끌려다닌 거예요. 그래서 일부러 수사하는 여러분들을 위해 단서를 남겼던 겁니다. 빨리 그놈이 잡히라고요.'

벌벌 떨면서, 눈물을 흘리면서 하소연한다. 그러면 죄가 가벼워질지도 모른다. 그렇다, 그렇게 하자. 그렇게 하면 돼. 그렇게 보이도록 하는 거야.

그러나 다음 순간 깨달았다. 형사에게 울먹이는 그 얼굴, 하소연하는 그 음성은 자신의 것이 아니었다. 구리하시 히로미가 아니었다.

그건, 피스였다.

19

신문을 손에 들고 돌아온 피스는 이상할 정도로 쾌활했다.

"주요 신문에는 성문에 대한 내용이 없어. 와이드쇼는 별거 아냐. 아무 걱정 마."

그리고 즐겁게 아침식사 준비를 하면서 호들갑스럽게 떠들었다.

"가즈아키를 우리 대신 범인으로 만드는 작업을 빨리 시작해야겠어. 성문 감정 결과가 나와서 범인은 두 명 이상이라고 신문이나 방송에서 소란을 피우면 바보 같은 인간들은 그 말을 그대로 믿어버리겠지. 그러니까 그전에 가즈아키를 완벽한 범인으로 만들어서 데뷔시킬 필요가 있어. 진짜 범인이 등장하면 성문 감정 결과가 어떻든 아무도 신경 안 써!"

억지를 부리는 것 같은 어투였다.

"가즈아키만 등장하면 성문 감정이 잘못되었다고 믿을 거야. 그리고 얼마 지나지 않아 잊어버릴 거야. 대중이란 그런 거니까. 진실보다는 화려한 스토리를 더 좋아하지. 지금 세상은 범인이 잡히기를 갈망하고 있으니까. 걱정할 필요 없어."

정말? 구리하시 히로미는 속으로 물었다. 어떻게 자신할 수 있지?

그러나 구리하시 히로미는 노골적으로 반론을 펴지 않았다. 그랬다가는 쓸데없이 시간만 낭비하고 만다. 어쨌든 빨리 '신기루'를 완성시키고, 그것을 다카이 가즈아키에게 덮어씌워 모든 것을 끝내고 싶을 따름이었다.

여자를 가지고 놀 때는 재미있었지만, 시체 처리는 징그럽고 혐오스러웠다. 아무리 미인이라도 죽으면 추했다. 이제 모든 것을 정리할 때가 왔다.

"알았어. 그래서, 가즈아키를 어떻게 하면 좋을까?"

가즈아키를 함정에 빠뜨리는 일은 정말로 즐거울 것이다.

"HBS 생방송 때, 약한 여자만 노리는 비겁한 놈이라고 우릴 욕한 년이 있었잖아" 하고 피스는 말했다. 입가에 미소를 머금은 채.

"그래서 이번에는 어른을 처치하는 거야. 그리고 그것이 이번 연속 유괴살인사건을 저지른 다카이 가즈아키의 마지막 살인이 되는 거지. 그는 그 시체를 처리하고 자살해. 그리고 대단원!"

구리하시 히로미는 고개를 끄덕였다. 이제 곧, 그의 인생이 막을 내린다는 사실도 모른 채.

성인 남자는 처치하기 쉽지 않다. HBS에 출연한 여성 평론가가 입을 비죽거린 것처럼 약한 여성만 노리는 비겁한 놈이기 때문은 아니다. 두 사람은 충분히 용감했고, 납치와 살인을 거듭하면서 솜씨도 좋아졌다. 이유는 단순했다. 성인 남자를 살해하는 것은 매우 귀찮고 더러운 일이었기 때문이다. 그래서 피스도 구리하시 히로미도 그 일이 내키지 않았던 것이다.

그렇지 않아도 살인 이후의 뒷처리는 큰 노동이다. 구리하시 히로미는 지금까지 자신들이 선택한 '여배우' 가운데 후루카와 마리코를 가장 마음에 들어했고, 피스도 피스대로 특유의 논리로 '여배우' 몇 명을 선택했다. 그러나 그렇게 고른 '여배우'의 시체를 처리할 단계에 이르면 마음이 무거워졌다. 그만큼 시체는 더럽고 심한 냄새를 풍겼다. 후루카와 마리코는 깨끗하고 아름다운 눈을 가지고 있었다. 그러나 그 눈도 계단의 교수대에 목을 걸자, 빨간 모세혈관이 불거져 추하게 변해버렸다. 구리하시 히로미의 실망은 이만저만이 아니었다.

인질을 감금하고 살해하기 위한 거점으로 쓰고 있는 산장을 구리하시 히로미는 '기지'라 불렀지만, 피스는 배우들의 '대기실'이라고 했다.

여배우들이 매스컴을 통해 세상에 등장하기 전에 활동하는 장소이므로. 그리고 '대기실'에서 여배우들은 반드시 아름답지만은 않으니 인내심을 가지고 시체를 처리해야 한다고 설교했다.

산장은 건물 자체도 크지만 부지는 더 넓었다. 산장 뒤편에는 쓰레기를 자체적으로 처리할 수 있는 소각로가 설치되어 있었다. 그러나 그곳에서는 여배우들의 시체는 물론이고 그녀들의 더러워진 옷가지조차도 절대 소각하지 않았다. 구리하시 히로미는 그것이 불만이었다. 태워버리면 간단한 일인데. 그래서 몇 번이나 불만을 터뜨렸다. 그럴 때마다 피스는 이렇게 말했다.

"저 소각로는 최신식이 아냐. 연기 여과기가 달려 있지 않아. 그게 뭘 뜻하는지 알아? 태우면 심한 냄새가 난다는 거야. 냄새를 풍기면 들킬 위험이 높아져. 연기는 어디까지 어떻게 날아갈지 모르는 거야."

피스는 도쿄에 있는 구리하시 히로미의 원룸에는 절대로 접근하지 않았다. 구리하시 히로미는 도쿄에 있는 피스의 집에는 자주 들락거리지만, 직장에는 절대로 찾아가지 않고 전화도 걸지 않는다. 산장을 찾을 때는 신중하게 행동한다. 혼자서 갈 때는 반드시 밤 시간을 이용한다. 도중에는 절대로 다른 곳에 들르지 않는다. 심야에도 문을 연 레스토랑이나 주유소에도 가지 않는다. 피스와 둘이서 산장을 찾을 때도 밤 시간을 이용한다. 산장이 가까워지면, 구리하시 히로미는 뒷좌석에서 몸을 숙인다. 산장을 드나드는 사람은 피스 혼자로 해두기 위해서였다. 한겨울의 산장 난방은 중유를 사용하는데, 그 업자를 상대하는 것도 늘 피스 혼자였다. 물론 식료품이나 일용품을 사들이는 것도 피스의 일이었다.

그렇게까지 철저하게 두 사람이 같이 행동하는 모습을 감추는 것은 오로지 안전을 위해서라고 피스는 말했다. 둘 중 하나가 불행하게 경찰에 잡혔을 때, 다른 한 사람이라도 구할 수 있는 유일한 방편이라고.

"내가 잡히더라도 히로미에 대해서는 말하지 않을 거야. 히로미도 그래야 해. 그리고 남은 사람이 잡힌 사람을 돕는 데 최선을 다하는 거지. 알았지? 그러니까 우리 둘의 관계는 절대로 세상에 드러나지 않게 해야 해."

구리하시 히로미는 피스의 그런 신중한 태도를 이해했다. 그래서 히로미는 철저히 피스의 지시에 따랐다. 그러나 소각로의 사용을 금지하는 것은 너무 지나치다는 생각이 들어 불만을 터뜨린 것이었다. 그럴 때마다 피스는 웃으면서 말했다.

"어릴 적부터 정리정돈을 싫어하더니, 아직도 그래, 히로미?"

꼼꼼한 성격의 피스의 지시에 따라, 구리하시 히로미는 '여배우'들이 남긴 오물을 씻어내고 유품을 정리하고, 버릴 건 버리고 보관할 것은 보관한다. 그런 물품을 보관하는 방은 마치 범죄 드라마의 증거품 보관소 같다. 오가와 공원에 버린 후루카와 마리코의 핸드백도, 아리마 요시오와 게임을 할 때 사용한 그녀의 손목시계도 모두 거기에 보관되어 있었다.

구리하시 히로미는 피스의 허락 없이는 절대로 그곳의 물건을 가져갈 수 없었다. 유류품뿐만 아니라 그녀들을 촬영한 사진이나 비디오테이프도 마찬가지였다.

"이런 결정적인 증거품은 한 곳에 모아두는 게 좋아. 만일 내가 잡히면, 히로미는 무슨 일이 있어도 이곳을 먼저 정리해야 해. 반대로 만일 히로미가 잡혔을 때도, 히로미가 나에 대해 말을 하지 않는 한, 물적 증거는 모두 여기에 있으니까 걱정할 필요가 없지."

지당한 말이다. 정말 머리 좋은 놈이라는 생각이 들었다.

같은 이유로 피스는 여배우들의 시체를 산장 바깥에 묻지 않았다. 그래서 그녀들은 피스가 만들어낸 줄거리의 진행상 시체를 바깥으로 옮길 필요가 있을 때까지 모두 산장 부지 안에 묻혀 있었다. 후루카와 마리코의 시체도 그 부지에서 일부러 파내어 반출한 것이다.

봄이 오면 그녀들의 시체 위에는 꽃이 피고, 가을에는 낙엽이 쌓일 것이고, 겨울이면 하얀 눈이 모든 것을 덮을 것이다. 그리고 피스와 히로미는 산장의 창 너머로 부지 전체를 내려다보면서 그 여자들을 애무하는 듯한 기분을 맛보는 것이다.

구리하시 히로미는 어릴 적에 곤충채집을 해본 적이 없다. 마치 성스러운 작업이라도 하는 듯이 곤충을 채집하는 아이들을 볼 때마다 왜 저런 재미없는 일을 하는 건지 이상해서 견딜 수가 없었다. 색깔이 고운 나비를 채집하는 건 그래도 이해가 갔지만, 장수풍뎅이나 사슴벌레 같은 징그러운 것들을 모으는 것은 바보 같은 짓으로밖에 느껴지지 않았다. 예비 변태들이라고 생각했다.

그러나 지금 이렇게 내려다보는 산장 부지의 이름 없는 묘들은 구리하시 히로미에게는 마치 자신에게만 보이는 아름다운 나비 표본처럼 느껴졌다. 그런 느낌을 말하자, 피스도 크게 고개를 끄덕였다.

"나도 곤충채집은 안 좋아했어. 잠자리채보다는 현미경을 사달라고 아버지에게 조른 적이 있었어. 아버지는 기꺼이 사주셨지."

그리고 웃으면서 이렇게 덧붙였다.

"내가 곤충채집을 싫어한 건, 채집 자체가 싫어서가 아니었어. 의미도 없는 걸 모으는 게 싫었을 뿐이야. 그런 것에서는 이야기가 나오지 않으니까 말야."

그날 밤, 남의 눈을 걱정할 필요가 없는 시간이 되자 구리하시 히로미는 피스와 함께 바깥으로 나왔다. 달빛 아래 산장 부지를 걸으면서 앞으로의 계획에 대해 이야기를 나누었다. 저 교활한 여성 평론가를 사회적으로 단죄하기 위해서, 그리고 다카이 가즈아키에게 죄를 뒤집어 씌워 큰 소동을 일으키면서 이 이야기의 대단원을 만들어내려면, 어떻게든 성인 남자 하나를 죽여야 한다. 가능한 한 경쾌하고 재미있게. 이 어려운 일을 완성하려면 어떻게 해야 할까?

"교양 없는 남자는 싫어."

평소에 피스가 해오던 말이었다.

"우리와 대화를 나누고, 우리가 하려는 일을 이해할 수 있는 인간이어야 해. 홈리스를 처리했을 때 같은 피로감은 다시 느끼기 싫어."

경찰이 걸려들지 않을지는 모르겠지만 만일 걸려든다면 재미있을 거라고, 오가와 공원에 오른팔을 버릴 때 약간의 장치를 해두었다. 오른팔을 버리는 장면이 아마추어 사진가의 파인더에 들어가도록 꾸민 것이다. 피스가 현장을 살펴보기 위해서 몇 번 오가와 공원을 찾았을 때, 그 아마추어 사진가가 오가와 공원을 찍고 있다는 사실을 안 것이었다.

물론 그 홈리스는 빨리 처치해야 했다. 피스와 히로미는 신속하게 움직였다. 홈리스는 술과 음식과 대화에 굶주려 있었다. 그래서 더 간단했다. 물론 같이 있는 장면이 다른 사람 눈에 띄지 않도록 조심했다.

그 홈리스는 산장 부지 안에 없다. 그런 놈을 여배우들과 같이 취급할 수야 없는 노릇이 아닌가. 언덕 정상 부근의 숲속에 깊은 구덩이를 파고 묻었다. 그를 묻을 때, 피스는 구멍 바닥에 침을 뱉었다. 그리고 말했다.

"지성 없는 인간은 살아갈 가치도 없어."

"그렇지만 상대가 어른이란 것도 쉽지 않은데, 거기에다 교양까지 갖추어야 한다니, 일이 정말 어려워지지 않을까? 조금 타협하는 게 좋을 것 같아."

구리하시 히로미는 그렇게 말하면서 낙엽을 발로 찼다. 이 시기가 되면 산장 주변은 벌써 초겨울이다.

피스는 아무 말 없이 구리하시 히로미가 발로 찬 낙엽이 바람에 날려가는 모습을 바라보고 있었다.

"바로 이 부근이었지, 그 여자애를 묻었던 곳이."

구리하시 히로미는 눈을 들었다. 이 미터 정도 앞에 달빛을 받아 어렴풋이 빛을 발하는 무언가가 있었다.

그애, 오가와 공원에 버린 오른팔의 주인공.

오가와 공원에 후루카와 마리코의 핸드백과 더불어 그애의 유해 일부를 함께 버림으로써, 이중 삼중으로 드라마틱한 연출을 할 수 있었다. 피스는 그 아이디어에 자부심을 느끼는 것 같았다.

처음에는 그 여자애의 머리를 버릴 생각이었다. 충격적일 거라고 생각해서였다. 그러나 구리하시 히로미는 그 아이디어에 반대했다. 피스가 자신의 아이디어에 대해 반대하는 구리하시 히로미의 생각을 받아들인 것은 그것이 처음이자 마지막이었는지도 모른다.

"잘린 머리는 아름답지 않아. 다른 부분이 좋을 것 같아. 예를 들면 손 같은 것. 손만 빌려주는 모델의 손 같은 게 좋지 않을까?"

피스는 기꺼이 그 안을 받아들였다. 그래서 손이 아름다운 여자를 찾기로 했다.

그렇게 해서 그 여자애를 만난 것이다. 치바의 우라야스 역 가까운 곳이었다. 치바 쪽은 사냥감이 부족하니까 하치오지나 나카노 쪽으로 방향을 바꾸자고 의논하던 참이었다.

새벽 두시가 지나고 있었다. 늦더위가 조금 남아 있었지만 새벽 시간이면 서늘해지는 9월 초였다. 거리는 조용히 잠들어 있었다. 두 시간만 있으면 날이 밝을 것이었다. 시간이 없다. 이제 슬슬 돌아갈까 하고 오른쪽으로 방향을 트는데, 갑자기 눈앞에 여자 하나가 나타났다.

피스는 브레이크를 밟았다. 여자는 차를 밀치듯 한 손을 보닛 위에 세우고 헤드라이트 불빛에 눈을 가늘게 뜰 뿐, 화도 내지 않고 두려워하는 기색도 없었다.

"위험하잖아!"

피스가 그렇게 말하면서 차에서 내렸다. 구리하시 히로미는 뒷좌석에 조용히 숨어 있었다. 담요를 덮어쓰고 있어서 설령 여자가 차창 안을 들여다본다 해도 눈치채지 못했을 것이다.

"취했어?"

피스가 묻자 여자는 소리 높여 웃었다.

"그래, 나 취했어."

그런 대화가 오고간 후 피스는 운전석에, 여자는 조수석에 앉았다.

"집까지 태워다줄 테니까, 안전벨트 매."

"나 혼자 살아. 재미없어. 아무 데나 좀 데리고 가줘. 좋은 차네. 우리 드라이브하자."

차림새는 어른스러웠지만, 자세히 보니 어린애였다.

피스는 천천히 차를 출발시켰다. 그때 이미 구리하시 히로미는 피스가 이 여자를 선택했다는 사실을 알아차렸다.

"손이 정말 예뻤어."

비죽 고개를 내밀고 있는 동 페리뇽 병을 바라보면서 피스가 말했다.

"보닛에 닿아 있는 팔이 하얗고 매끈했지. 거기에 반점까지. 문신이 아닌가 싶을 정도로 인상적이었어. 이 팔이 바로 우리가 찾던 사냥감이란 사실을 알았지."

그녀는 사흘 동안 여기에 있었다. 죽기 전에 동 페리뇽 샴페인을 마시고 싶다고 해서 피스가 일부러 사러 갔었다. 그리고 그 병을 그녀의 묘석으로 삼았다.

"재미있는 여자애였어."

그리운 듯이 피스가 말했다.

"그애가 이번 줄거리의 아이디어를 주었지."

그러고는 입을 꾹 다물며 눈을 깜빡이더니, 구리하시 히로미를 돌아보았다. 피스의 단정한 얼굴이 달빛을 받아 푸르스름하게 빛났다.

"어른을 끌어내려면 어린애를 이용하는 게 좋을 것 같아. 다카이 가즈아키를 끌어들이는 데도 가장 효과적일 테고."

피스는 그렇게 말하고 웃었다. 입술 사이로 달빛보다 흰 이가 보였다.

"말이야 쉽지만, 어린애에게 손을 대는 건 외줄타기보다 위험해. 그렇잖아?"

"지금까지 우리가 해왔던 일이 모두 외줄타기 아니었어?"

피스는 어깨를 으쓱해 보였다. 때로 이런 식으로 배우 같은 몸짓을 보이는 습관이 있다.

"그렇지만, 이건 문제가 달라!"

구리하시 히로미의 목소리가 높아졌다. 이 건에 대해서만은 양보할 수 없다는 태도였다.

"어린애를 어디서 구하려고? 유괴할 거야? 그랬다가는 부모가 금방 신고할걸. 잡힐 가능성이 천 배는 더 높아질 거야. 말이 되는 소리를 해."

갑자기 피스의 얼굴에서 표정이 사라졌다. 구리하시 히로미는 깜짝 놀랐다. 피스와 오래 지내오면서 이런 표정 없는 얼굴은 몇 번 본 적이 없었다. 적어도 구리하시 히로미가 아는 범위에서는.

대개는 무언가 자신의 마음을 상하게 했을 때 보이는 표정이다. 누군가가 자신의 잘못을 지적했을 때, 그리고 그 지적이 옳을 때 보이는 표정이다.

그럴 때면 상대가 선생이건 직장 상사이건 상관없이 피스는 돌처럼 굳어버린다. 그것은 보통 사람이 입을 다물거나 화를 내는 것과는 차원이 달랐다. 보통 사람은 입을 다물더라도 눈의 움직임이나 태도나 분위기로 어떻게든 자신의 감정을 전하는 법이다.

'그렇게까지 말할 필요 없잖아.'

'그렇게 무서운 표정 짓지 마.'

'알았어, 어차피 난 형편없는 놈이니까.'

'흥, 그런 식으로 나를 바보 취급한단 말이지.'

아무리 억누르려 해도 그런 감정이 상대에게 전해지고 만다. 그렇게 해서 다시 대화나 행동이 이어진다. 인간관계는 그런 행위의 축적으로 이루어지는 것이다.

그러나 피스는 다르다. 상대가 누구건, 어떤 입장이건, 피스의 잘못을 지적하는 순간 그 사람은 기묘한 장치의 스위치를 누른 것이나 마찬가지다. 그 스위치는 피스라는 인간의, 인간다운 감정의 발로를 완전히 정지시켜버리는 스위치이다.

SF영화를 좋아하던 소년 시절, 구리하시 히로미는 피스가 이렇게 감정적으로 백지상태인 표정을 드러낼 때마다 생각했다. 피스는 사실은 잘 만들어진 안드로이드가 아닐까. 그 안드로이드는 자신에 대한 부정적인 말을 들으면 방어 프로그램을 작동시켜 그 자리에서 모든 움직임을 멈추어버리는 것이다.

그래서 구리하시 히로미는 그 스위치를 누르지 않도록 늘 조심했다. 왜냐하면, 그 스위치를 눌러버리면 피스는 사흘 정도는 입을 열지 않기 때문이다. 먼 옛날, 어릴 적의 구리하시 히로미 자신이 딱 한번 그 스위치를 눌렀던 적이 있다. 지금도 그는 선명히 기억하고 있다. 피스와의 관계가 끊어져버릴지도 모른다는 두려움, 그 외로움을.

그런데 하필이면 이런 중요한 때에 그만 그 스위치를 누르고 말았다. 이건 곤란하다. 지금은 어쨌건 빨리 가즈아키를 범인으로 만드는 것이

최우선이다.

"미안…… 그렇게 화내지 마."

구리하시 히로미는 서둘러 분위기를 바꾸려고 했다. 억지로 입을 비틀어 웃었다. 벌써 늦었다는 것을 알면서도.

피스는 구리하시 히로미를 무시했다. 동 페리뇽 병을 멍하니 바라보다가는, 금방 등을 돌리고 산장 쪽으로 걸어가기 시작했다.

구리하시 히로미는 그런 피스에게 말을 걸 수 없었다. 소용없다는 것을 알기 때문이다. 적어도 오늘밤은.

그러나 자신의 의견이 옳다는 생각에는 변함이 없었다. 어린애를 끌어들이는 것은 너무도 위험하다.

젊은 여자 하나가 납치되어 죽으면, 세상은 표면적으로는 야단법석을 떤다. 텔레비전의 와이드쇼만 봐도 금방 알 수 있다.

그러나 속내도 과연 그럴까? 유괴되고 살해당한 여자에 대한 이 세상의 동정 가운데 과연 몇 퍼센트가 진짜일까? 구리하시 히로미는 생각했다. 그 가운데 적어도 이십 퍼센트는 말없이 그 여자를 조롱하고 있을 것이다. '또 하나 죽었군. 아무 문제가 없는데 그렇게 죽을 리가 없지. 바보 같은 여자였을 거야. 남자에 굶주려 있었는지도 모르지. 그러니까 괜히 슬퍼하거나 가슴 아파할 필요는 없어.'

여자는 상품이다. 어떤 사회문제도 여자 하나가 잔혹하게 살해당했다는 뉴스보다 자극적일 수 없다. 여자는 상품이면서 스타다. 그러니까 피스도 이 산장에서 죽은 여자들을 '여배우'라고 하는 것이다. 그러나 어린애는 다르다. 어린애는 절대로 안 된다. 어린애는 상품이 될 수 없다. 적어도 지금은. 지금의 일본에서는.

구리하시 히로미는 차가운 호주머니 속에 두 손을 찔러넣고, 다른 누구도 아닌 자기 자신을 향해 자신이 조금 지쳤음을 어필하기 위해서 길게 한숨을 토해냈다.

쓸데없이 성인 남자를 제물로 삼겠다고 하니까 이런 사태가 벌어지는 거야, 피스. 여자면 돼. 그런 멍청이 평론가의 도발에 흔들릴 필요 없어.

밤하늘에는 별들이 가득했다. 피스와 둘이서 시체를 묻을 구덩이를 파면서, 조그만 포클레인 한 대만 있으면 좋겠다고 하며 올려다보던 그 아름다운 밤하늘이었다.

몇번째 여배우였더라? 그래, 후루카와 마리코 전에 하코네에서 사냥했던 전문대생. 그애를 묻을 때가 바로 이런 계절이었다. 밤공기가 싸늘했지만 눈은 내리지 않았었다.

구리하시 히로미는 눈을 가늘게 뜨고 기억을 더듬었다. 맞아, 그 전문대생이었어. 다리가 참 예뻤지. 초미니에 롱부츠. 춥지 않냐고 물었더니 보온 속옷을 입어서 괜찮다면서 웃었어.

그애를 어디다 묻었더라? 피스가 그린 지도를 보아야 알 수 있을 것 같았다. 어쨌든 그날 밤은 대단했다. 온통 별이 가득했다. 밤하늘에 헤아릴 수 없이 많은 자그만 구멍이 뚫려, 거기에서 빛이 샤워처럼 쏟아져내리는 것 같았다. 우리는 별과 함께 묘를 팠다. 이런 별밤 아래 묻히는 여자는 행복할 거라는 생각마저 들었다. 피스도 말했다.

"하늘이 축복하는 거야."

"누구를?"

"그야 당연하지. 우리 둘을."

그 말에 이끌리듯 구리하시 히로미는 고개를 들어 하늘을 올려다보았다. 그리고 확신했다. 피스의 말이 옳다는 것을. 우리는 축복받고 있다. 세계는 우리 손안에 있다. 그 고양된 기분, 승리의 감촉, 행복한 마음.

하지만 그렇다고 해서 구속되어서는 안 된다. 노예가 되어서는 안 된다. 늘 자유로워야 한다. 절대적으로.

구리하시 히로미도 피스도 이제는 지도와 기록을 참고하지 않으면 이 정원 어디에 누가 묻혀 있는지, 모두 몇 명이 묻혀 있는지 알 수 없다. 그렇지만 이 정원에는 유령의 그림자도 없고, 산장을 둘러싼 자연은 모든 것에 무관심한 듯 아름답기만 하다.

산장 안으로 돌아가는 구리하시 히로미의 뒷모습을, 동 페리뇽 병의 어두운 그림자가 말없이 바라보고 있었다.

다음날 점심 무렵, 구리하시 히로미가 거실로 내려가보니 피스는 어딘가로 전화를 걸고 있었다. 휴대폰이 아니라 산장 전화였다.

피스는 벌써 아침을 먹은 것 같았다. 히로미는 하품을 하면서 커피를 끓였다. 그러면서 귀를 쫑긋 세웠다. 피스는 상대를 '아키라'라고 불렀다. 그 순간, 히로미는 손에 든 잔을 떨어뜨릴 뻔했다.

피스는 웃으면서 상대와 친밀하게 대화를 나누고 있었다. 난로 앞의 안락의자에 몸을 묻고, 다리를 꼰 채 실내화를 흔들고 있었다.

"……그래서 선생님은 쉬고 있는 거야. 지금 여행중이거든. 그런데 아키라가 그림엽서를 수집한다는 게 생각이 나서. 어떤 게 좋아? 뭐? 사진이 든 건 안 된다고?"

히로미는 믿을 수 없다는 듯한 눈길로 피스를 바라보았다. 피스는 지금 어린애에게 전화를 하고 있다. 저애를 이용할 생각일까? 위험하다고 그렇게 말했는데도!

아까부터 피스는 자신을 선생님이라고 부르고 있다. 그렇다면 상대는 학원에서 가르친 제자가 아닌가. 발각될 게 뻔하다. 과연 제정신일까?

"건강 조심하고, 공부 열심히 해. 그럼 다음에 봐."

피스는 수화기를 내려놓고 잠깐 눈가에 주름을 잡으며 웃었다. 그러고는 얼굴을 들어올려 구리하시 히로미를 보았다. 입가에는 여전히 미소를 머금은 채.

"잘 잤어? 어젯밤 늦게까지 텔레비전을 본 모양이지?"

구리하시 히로미는 입을 꾹 다물고 있었다. 피스는 안락의자를 뒤로 젖히며 다리를 바꾸어 꼬았다.

"걱정 마. 어린애는 포기했으니까."

구리하시 히로미는 퍼뜩 얼굴을 들었다. 피스는 머리 뒤로 깍지를 끼고 천장의 조명등을 올려다보았다.

"내가 가르쳤던 학생이야."

"그런 것 같더라."

"어젯밤에 생각했던 애야."

"역시."

"그렇지만 포기했어."

피스는 자리에서 벌떡 일어서면서 밝은 목소리로 말했다.

"히로미가 옳아. 내가 틀렸어. 패배를 인정하지. 어린애는 그만두도록 하자."

그런데 왜 전화를 걸었어?

히로미는 내심 의문을 던지고 있었다. 피스가 눈웃음치며 말했다.

"우리가 방침을 바꾸는 바람에 목숨을 구한 아이의 목소리를 듣고 싶었던 거야. 아키라, 선생님은 너를 죽여서 정원에 묻으려다가 그만뒀어. 속으로 그런 말을 하면서 전화하면 기분이 좋아질 것 같아서 말이야. 정말로 기분이 좋았어."

피스는 입가에 미소를 머금은 채 강렬한 눈길로 말했다.

"다른 계획을 세우자."

결국, 그날 오후는 새로운 계획을 짜는 데 소비했다. 성인 남성, 피스가 원하는 보통 이상의 상식과 교양을 갖춘 남자를 납치해서 살해하려면 어떻게 해야 할까?

지도를 펼치고, 지금까지의 기록을 참조하고, HBS의 특별방송을 녹화한 테이프를 다시 보았다.

해가 떨어져 창밖에 어둠이 쌓이자, 문득 생각났다는 듯이 피스가 시계를 보면서 혀를 끌끌 찼다.

"깜빡했네. 벌써 시간이 이렇게나 됐어. 장 보러 가야지."

산장에 있을 때는 반드시 피스가 차를 몰고 바깥 외출을 하게 되어 있다. 산장을 출입하는 사람은 피스 하나뿐인 것으로 해두기 위해서였다. 대신에 청소와 세탁은 구리하시 히로미의 몫이었다.

오후 여섯시가 되었다. 산장에서 간선도로변에 있는 슈퍼마켓까지는 차로 한 시간 정도 걸린다. 영업시간이 일곱시까지니까 서둘러야 한다.

"오늘밤은 있는 걸로 때우지 뭐."

시간 가는 줄도 모르고 이야기에 열중했다. 구리하시 히로미는 피로를 느꼈다. 피스의 얼굴에도 피로한 기색이 떠올랐다. 한 끼 정도는 인스턴트로 때워도 좋다고 생각했다.

"그건 안 돼. 커피도 떨어졌어."

피스는 서둘러 두꺼운 재킷을 걸치고 키를 집어들었다.

"필요한 거 없어?"

"별로 없어. 담배만 사다줘."

"몸에 안 좋으니까 안 사."

"쳇, 마음대로 해."

피스는 웃으면서 나갔다. 잠시 후 시동 거는 소리가 들려왔다.

구리하시 히로미는 기지개를 켜고 소파에 드러누웠다.

피스가 외출을 하면 늘 이렇게 소파에 드러누워 천장을 올려다보곤

한다. 마음이 착 가라앉으면서 뿌듯해지는 시간이다.

피스의 아버지는 이 산장 외에도 상당한 예금과 유가증권을 유산으로 남겼다고 한다. 일을 하지 않아도 충분히 먹고살 만한 재산을. 그래도 피스가 일을 하는 것은, 사회를 알고 싶고, 세상을 등진 사람이 되고 싶지 않기 때문이다.

그는 지금 학원에서 시간강사를 한다. 일주일에 열 시간. 보수라고 해봐야 도쿄에 있는 아파트 집세도 안 될 정도이다. 그런데도 피스는 여유롭게 생활하고 있다.

"엄마가 또 돈을 보내왔어. 용돈이 부족할 거라면서. 돈이 남아돌면 자선사업이라도 하면 될 걸 왜 자꾸 내게 신경을 쓰는지 몰라."

그런 말을 하기도 한다. 그럴 때마다 구리하시 히로미는 불쾌했다. 평소에 피스는 어머니에 대해서는 아무 말도 하지 않고, 물어도 대답도 않기 때문이다.

단편적으로 들은 이야기를 종합해보면, 피스의 어머니는 남편이 세상을 떠난 후 병이 들어 지금은 요양시설에서 유유자적하게 지내고 있는 것 같다. 그래서 피스는, 자신과 결혼할 여자는 시어머니를 모시지 않아도 된다고 웃으면서 말하곤 했다.

경제적인 여유는 마음의 여유와 직결된다. 그래서 피스는 늘 그렇게 여유로운 것이다.

"만일 내가 가난했더라면, 이렇게 스마트한 범죄극은 만들어내지 못했을 거야."

피스는 웃으면서 그렇게 말한 적이 있다.

만일 찢어지게 가난했더라면.

못생겼었다면.

키가 작았다면.

교양이 없었다면.

"아마도 나는 범죄를 저지르지 않았을 거야."

기시다 아케미를 처리하고 연속 유괴살인사건이라는 거대한 범죄극의 막을 올릴 즈음에, 피스는 그렇게 말했었다.

"범죄에는 어릴 적부터 관심이 많았어. 그렇다고 피비린내나는 걸 좋아했다는 말은 아냐. 뭐라고 할까. 범죄를 저지르는 놈들은 왜 한결같이 그렇게 돌대가리일까 하는 생각이 들었거든."

질투 때문에 여자가 남자를 죽인다. 욕정 때문에 남자가 여자를 죽인다. 빚 때문에 채무자가 채권자를 죽인다. 보험금 때문에 남편이 아내를 죽인다. 경영자가 자기 회사의 사원을 죽인다.

"하나같이 재미없는 사건들뿐이야. 경찰이 조금만 신경써서 조사하면 범인은 금방 잡혀. 그런 범죄는 머리 나쁜 원시인도 간단히 저지를 수 있어."

그렇다면 젊은이들의 무모한 범죄에 대해서는 어떻게 생각하느냐고 구리하시 히로미는 물어보았다.

"그건 원시인 이하야. 야수라고 해야겠지. 자신의 욕망이나 감정을 컨트롤할 수 없는 놈들이야. 정말로 완성된 범죄. 진정한 악을 배경으로 한 범죄는 교양 있는 인간이 아니고서는 절대로 해내지 못해."

그런 말을 들었을 당시에는, 구리하시 히로미는 속이 뜨끔했다. 자신은 기시다 아케미와 가우라 마이를 일종의 착란상태에서 죽이고 말았기 때문이다. 자신이 피스가 경멸하는 그 원시인에 속한다는 생각이 들었다.

"히로미 넌 원시인이 아냐."

피스는 고개를 저으며 말했다.

"그때는 환자였을 뿐이야. 환각에 시달린 나머지 교양이 뿌옇게 흐려졌던 거지. 넌 어렸을 때부터 여자애에게 쫓기는 환각에 시달렸지. 한 번은 내가 쫓아줬지만, 곧 다시 되돌아왔어. 그렇지?"

그렇다. 가우라 마이의 목을 조른 것은, 그 폐허의 빌딩 바닥에 나타난 그녀가 마치 환각 속의 여자처럼 보였기 때문이다.

"네가 그렇게 된 건 전적으로 부모 탓이야. 그런 부모 밑에서 원시적이고 야수적인 범죄자가 되지 않은 건, 오로지 너의 지성과 노력 덕분이야. 거기에 대해서는 자부심을 가져도 좋아."

나 자신에게 자부심을 가지라고?

"그럼, 초등학교 때부터 공부도 잘하고 운동도 잘하고, 그래서 여자애들한테 인기도 있었잖아."

"피스 너한텐 어림도 없었지" 하고 말하자 피스는 밝게 웃었다.

"친구가 있다는 건 정말 좋은 일이야. 혼자 있으면 대화가 불가능하니까. 히로미 네가 곁에 있다는 건 내게 큰 행운이야."

그렇다. 그보다 큰 행복은 이 세상에 없었다. 앞으로도 그럴 것이다.

소파에 반듯이 누워 느긋하게 담배를 피웠다. 그때, 휴대폰이 울렸다. 벌떡 일어나 전화를 받았다. 아버지였다.

"웬일이야?"

아버지에게는 여행을 간다고 말해두었다. 급한 일이 있으면 휴대폰으로 전화를 하라고 했다.

"네 엄마가 좀 이상해."

아버지는 목소리를 낮추어 속삭이듯이 말했다.

"점심때 나갔다가 방금 백화점 쇼핑백을 들고 돌아왔는데, 온통 어린애들 옷뿐이야. 여자애 옷."

그 한마디에 행복한 기분이 담배연기처럼 사라져버렸다. 계단에서 굴러떨어진 후로 어머니는 정신이 이상해졌다. 어머니 역시 여자애의 환영을 보게 된 것이다. 히로미가 태어나기 이 년 전에 죽은 누나 히로미의 환영을.

"……다시 입원시키는 게 좋겠어. 이번에는 신경정신과로."

누나 히로미는 태어난 지 한 달 만에 잠을 자다 죽었다. 스미코는 히로미에게 젖을 먹이고 잠을 재운 다음, 기저귀를 빨아널고 돌아왔다. 아기는 아직도 자고 있었다. 스미코는 아기 옆에 누웠다. 늘 잠이 부족하던 스미코는 그대로 두 시간을 자버렸다.

잠에서 깬 스미코는 사위가 어둑해진 것을 알고 자리에서 벌떡 일어났다. 아기는 울지도 않고 자고 있었다. 그러나 아니었다. 아기는 싸늘하게 식어 있었던 것이다. 원인은 알아낼 수 없었다. 결국 유아돌연사 증후군이라는 진단이 내려졌다. 그렇게 세상을 떠나는 아기가 의외로 많다고 의사는 말했다. 부모의 잘못이 아닙니다. 빨리 잊고 다시 아기를 가지도록 하세요.

그러나 스미코는 그때 입은 정신적 외상에서 벗어나지 못했다. 아기를 잊을 수 없었다. 이 년 후에 태어난 히로미의 동생에게 한자만 다른 히로미라는 이름을 붙여준 것도 그 때문이었다. 아버지는 동생에게 죽은 누나의 이름을 붙이는 것이 썩 내키지 않았고 할아버지도 강하게 반대했지만, 어머니는 막무가내였다.

구리하시 히로미는 어릴 적부터 죽은 누나 히로미와 비교당하면서 자랐다. 그애가 살았더라면 이랬을 것이라는 어머니의 말과 함께 히로미는 초등학생이 되고, 중고등학생이 되었다. 어머니가 목소리를 죽여 하는 말이 자연스럽게 들려왔다.

"왜 히로미가 죽고 이런 애가 태어났을까? 정말 세상일이란 알다가도 모르겠어."

구리하시 히로미가 도망치고 또 도망쳐도 뒤를 쫓아오는 여자의 환각에 시달리기 시작한 것은 여섯 살 때부터였다. 처음 그 꿈을 꾸었을 때를 지금도 또렷이 기억하고 있다.

생일이었다. 아버지가 조그만 케이크를 사왔다. 케이크에는 형형색색의 초가 꽂혀 있었다. 모두 열 개였다. 여섯 개를 꽂고, 나머지 네 개를 달라고 해서 가지고 놀 생각이었다. 그런데 식탁에 놓인 케이크 위에는 여덟 개의 초가 꽂혀 있었다.

아버지가 놀라며 물었다. 왜 여덟 개냐고. 어머니는 태연하게 대답했다. 죽은 히로미의 생일도 같이 축하하고 싶다고.

소심하고 침울한 성격의 아버지였지만, 그때만큼은 어머니에게 화를 내며 나무랐다. 아들이 불쌍하지도 않으냐고 했다. 그래도 어머니는 굽히지 않았다. 동생이 누나를 그리워하는 건 당연한 일이니까 괜찮다고 하면서. 그게 싫으면 케이크를 안 먹으면 되지 않느냐면서.

어린 구리하시 히로미는 울었다. 이번에는 아버지가 화를 냈다. 사내가 울긴 왜 울어! 그러자 맞은편에 앉아 있던 어머니가 벌떡 일어서더니 케이크를 통째로 집어들고 부엌 창 너머로 집어던져버렸다.

그런 다음 자리로 되돌아온 어머니는 울고 있는 구리하시 히로미를 내려다보며 아무런 감정도 없는 목소리로 말했다.

"앞으로 다시는 이 집에서 생일잔치 같은 건 없어."

멀고먼 옛 기억. 그러나 결코 잊을 수 없는 기억이다. 가슴의 상처와 슬픔은 그날부터 지금까지 이어져왔다.

계단에서 떨어진 어머니는 계속해서 허공을 향해 외쳤다.

"히로미가 오고 있어…… 나를 데리러 오고 있어."

진짜로 누나가 어머니를 데리러 와서 지옥에라도 같이 가버리면 된다. 그러나 누나는 오지 않았다. 어머니의 상처도 그리 대단하지 않았다. 단지 머리가 조금 이상해졌을 따름이었다.

'자업자득이지 뭐.'

구리하시 히로미는 휴대폰에 대고 다시 한번 말했다.

"어쨌든 난 못 가. 마음대로 처리해."

수화기 저편에서 어머니가 흐느끼는 소리가 희미하게 들려왔다.

"나 혼자서 어떻게 해. 네가 좀 와줘야 되겠는데……"

"난 여기서 못 움직여."

"자, 잠깐만, 히로미. 너 지금 어디 있니?"

대답도 하지 않고 전화를 끊고, 휴대폰을 의자 위에 내려놓았다. 번호를 가르쳐준 게 잘못이라고 생각하며 어금니를 꽉 깨물었다. 조용한 실내에 자신의 숨소리가 바람 소리처럼 크게 울려퍼졌다.

이곳으로 아버지가 전화를 걸어왔다. 아버지 목소리 뒤로 어머니의 신음소리 같은 것이 희미하게 들려왔다. 그것 때문에 성스러운 산장이 오염된 듯한 느낌이 들었다.

부모는 방해물일 뿐이다. 나의 어린 시절을 그렇게나 처참하게 망쳐놓고, 그것도 부족해서 이제는 집요하게 나를 괴롭히려 하고 있다. 나의 새로운 인생, 피스와 둘이서만 소유한 비밀스러운 영광과 빛나는 미래까지 오염시키려 하고 있다. 놈들에게 절대로 이 성스러운 공간으로 끼어들 틈을 주어서는 안 된다. 놈들에게는 아무런 권리도 없다.

'아예 아버지를 죽여버리면 어떨까?'

아버지는 전혀 교양인이 아니라 지적인 대화를 바랄 수는 없다. 아버지의 관심사는 오로지 세끼 밥과 프로야구, 그리고 주간지의 야한 기사 정도뿐이다. 피스가 바라는 사냥감이 될 자격도 없다.

그러나 손쉬운 사냥감인 것만은 확실하다. 또하나 큰 이점이 있다.

아버지가 피해자가 되면 나는 피해자의 유족, 피스는 그 유족의 친구가 된다.

그리고 이윽고 발견될 '범인'이 가즈아키라는 사실이 이 비극을 화려하게 장식해줄 것이다.

매스컴 앞에서 나는 망연자실한 표정을 지을 것이다. 아버지의 비참한 죽음. 그 범인이 유족의 소꿉친구라는 사실이 이 비극을 한층 비극적으로 만들어줄 것이다. 피스는 그런 나의 어깨를 두드리며, 특유의 냉정하고 총명한 시선으로 사건 전체를 분석하고, 어릴 때부터 내성적이고 폐쇄적인 성격이었던 가즈아키가 잔혹한 살인자로 변모해가는 과정을 묘사하며, 통찰력 있는 발언을 할 것이다.

피스와 나는 숨은 연출자이면서 그 사건에 배우로도 등장하여, 스스로 창작한 각본에 따라 연기할 것이다. 자작 연출. 참을 수 없는 쾌감에 사로잡힐 것이다.

지금까지의 각본으로는 피스와 나는 영원히 사건의 표면에 등장할 수 없었다. 가즈아키를 범인으로 날조하면 그와 어릴 적 친구라는 이유로 다소나마 매스컴의 주목을 받아 발언할 기회가 주어지겠지만, 그건 한정된 범위일 따름이다. 그러나 피해자의 유족이 되면, 사정은 완전히 달라진다.

세상은 나 구리하시 히로미의 말을 듣고 싶어할 것이다. 소꿉친구의 손에 아버지를 잃은 청년, 그 영혼의 외침을 듣고 싶어할 것이다. 수많은 마이크가 얼굴 앞에 나타나고, 수많은 기자들의 눈이 나에게 집중될 것이다. 원한다면 수기를 쓸 수도 있다. 인기 잡지에 독점 게재하는 것이다. 그러고 나서 서서히 텔레비전에 나간다. 와이드쇼는 안 된다. 익숙해진 후에는 괜찮겠지만, 처음부터 그런 식으로 얼굴을 내밀면 품격이 떨어진다. 자신을 싸구려로 만들어서는 안 된다. 그보다는 정식 뉴스 프로그램이 좋다. 가장 좋은 건 NHK다.

어둠이 산장을 감싸고 있었다. 거실 유리창에는 커피 테이블 곁에 서 있는 구리하시 히로미의 모습이 비치고 있었다. 그 영상이 구리하시 히로미의 환상을 부추겼다. 그는 유리창에 비친 자신을 향해 미소를 보냈다. 아니, 웃어서는 안 된다. 인터뷰가 시작되면 비통하고 어두운 표정을 지어야 한다. 미소는 마지막 순간에, 미인 아나운서에게, 상처를 딛고 일어서서 꿋꿋하게 살아가려는 아름다운 청년의 미소를 보여주어야 한다. 가즈아키는 나의 소꿉친구였습니다. 절대로 나쁜 애가 아니었습니다. 그를 살인자로 몰아간 것은 이 사회입니다. 그도 실은 현대사회의 희생자에 지나지 않습니다.

그때, 유리창 위로 날카로운 한줄기 빛이 지나갔다. 멍하니 자신의 얼굴에 취해 있던 구리하시 히로미는 저도 모르게 눈을 감았다. 자동차 타이어가 비포장길을 구르는 소리가 들려왔다. 피스가 돌아온 것이다.

서둘러 거실을 가로질러 현관으로 향했다. 빨리 새로운 아이디어를 피스에게 알리고 싶었다. 귀찮은 아버지를 처리하고, 우리가 짠 줄거리를 보다 극적으로 만들 수 있는 묘안이 있다는 것을 큰 소리로 알리고 싶었다.

피스는 산장 현관의 높은 문을 열어젖히고, 어둠 저편으로 경쾌한 미소를 보내고 있었다.

"어서 오세요. 편하게 생각하시고" 하고 말을 걸었다.

'누구에게 말하는 거야?' 구리하시 히로미는 발걸음을 멈추고 입술까지 올라온 말을 삼켰다.

"그럼, 실례하겠습니다."

정중한 말과 함께 한 남자가 현관문으로 들어섰다. 단정한 양복 차림에 짧은 머리, 나이는 사십대 초반. 딱 벌어진 체격. 은은히 풍기는 젤 냄새. 산장에 갑자기 들어온 이물질. 제삼의 사나이.

"늦어서 미안해."

피스는 약간 호들갑스럽게 구리하시 히로미에게 말을 걸었다. 제삼의 사나이도 입가에 미소를 머금고 구리하시 히로미를 올려다보았다.

"오는 길에 이분 차가 엔진이 고장나서 멈춰 있는 걸 보고 모셔왔어."

제삼의 사나이가 구리하시 히로미에게 말했다.

"기무라라고 합니다."

"도쿄의 주택회사에서 근무하신대."

구리하시는 자신이 어떤 표정을 짓고 있는지 자각하지 못하고 있었다. 그만큼 놀란 것이다. 구리하시 히로미의 얼굴에 피스의 계산된 미소와는 다른 불온한 뭔가가 드러난 듯, 기무라라는 남자의 입가에서 미소가 사라졌다.

"죄송합니다. 갑자기 이렇게…… 전화 좀 빌릴 수 있을까요? 그러면 금방 사람이 올 겁니다."

피스는 소리 높여 웃었다.

"불편해하지 마세요. 이런 어두운 산길에서 언제 올지도 모르는 사람을 기다리느니 산장에 가자고 권한 건 저니까요."

그리고 아직도 막대기처럼 서 있는 구리하시 히로미를 손짓으로 가리키며 말했다.

"저 친구는 구리하시 히로미라고, 제 어릴 적 친구예요. 여기 머물면서 제 일을 도와주고 있어요. 좀 무뚝뚝한 게 흠이지만, 좋은 친굽니다. 어쨌든 안으로 드시죠."

피스는 기무라의 등을 밀어 현관 안으로 들이고 문을 잠갔다. 기무라는 아직도 구리하시 히로미의 눈치를 살피고 있었다.

기무라가 실내화를 신자 피스가 앞장서서 거실로 안내했다. 구리하시 히로미는 겨드랑이에서 식은땀이 흐르는 것을 느꼈다.

피스, 대체 무슨 생각을 하는 거야? 저런 남자를 여기로 데려와서…… 게다가 이름까지 가르쳐주다니.

저놈을, 기무라라는 저 남자를 사냥감으로 삼을 생각일까? 말도 안 된다. 너무 무모하다. 이 산장 가까이에서 만난 남자를 죽이다니, 너무 위험하다.

그냥 죽여서 묻어버리면 그만이 아니다. 이 살인은 세상 사람들에게 보여주기 위한 것이다. 시체를 만천하에 공개하지 않으면 아무런 의미가 없다. 그것은 곧, 언젠가는 이 사람의 신원이 밝혀지고 만다는 뜻이다. 경찰이 살해 당시의 행동이나 동선을 확인하기 쉬워진다는 것이다.

도쿄의 회사에 근무한다고 했다. 게다가 저런 양복 차림이니, 분명 이곳에 일 때문에 왔을 것이다. 낮부터 지금까지의 행동은 쉽게 밝혀질 것이다. 사냥개보다 냄새를 더 잘 맡는 경찰이 그걸 놓칠 리가 없다.

피스가 기무라를 발견한 길은 이 별장지대가 있는 산에서 산기슭의 작은 마을로 내려가는 두 갈래 길 가운데 하나이다. 이곳 사람들이 '구도로'라고 부르는 길이다. 다른 하나인 '신도로'가 훨씬 폭이 넓고 주위가 탁 트여 있어서 사람들은 거의 신도로를 이용한다. 그렇다고 해서 구도로가 동물이나 다니는 길이라는 것은 아니다. 피스처럼 그 길을 좋아하는 사람도 있고, 가을이나 겨울에는 산불예방을 위해 산림청 직원이 이 길로 순찰을 돌기도 한다. 지금 이 순간에도, 길가에 세워져 있는 기무라의 차를 발견한 사람이 경찰에 신고했을지도 모른다. 갑자기 무릎이 떨려왔다.

그를 죽여서는 안 된다. 너무 위험하다. 놈은 사냥감으로 적합하지 않다.

기무라는 거실 소파에 앉아 담배를 피워물고, 피스는 말을 걸면서 부엌에서 커피를 끓이고 있었다.

"……그런 약속을 하고 아버지에게 이 산장을 빌렸죠. 말하자면 청소부인 셈이에요."

"정말 멋진 별장입니다."

"많이 낡았어요."

피스는 세 개의 컵에 커피를 따르고, 그중 하나를 기무라 앞에 놓았다.

"감사합니다. 저한테는 신경쓰지 마세요. 그냥 전화만 좀 빌려주면……"

피스의 지나친 친절에 당황해하는 기색이었다. 피스는 대체 무슨 말로 이놈을 여기까지 끌고 온 것일까?

"그럼 잠시만 기다려주세요. 우리가 잘 아는 주유소에 전화를 해보겠습니다. 휘발유 정도는 여기까지 가져다줄 겁니다."

피스는 그렇게 말하면서 부엌을 나와 거실 입구에 막대기처럼 서 있는 구리하시 히로미의 소매를 당겼다.

"잠깐 따라와" 하고 작은 목소리로 속삭였다. 둘은 발소리를 죽이고 복도로 물러났다. 문을 닫고 계단 앞까지 갔다.

"대체 무슨 생각이야?"

"전화 잭을 빼놓고 와. 현관 옆에 있는 전화기 본체에 달린 것 말이야. 그것만 빼면 저놈은 외부로 전화할 수 없어."

구리하시 히로미는 시키는 대로 재빨리 달려가 잭을 빼고, 다시 계단 아래로 돌아왔다.

피스는 야구 배트를 집어들고 있었다. 계단 아래에 오래된 야구 도구나 배드민턴 세트 같은 스포츠 용구를 넣어두는 자그만 공간이 있었다.

"저놈이 우리의 사냥감이야."

피스는 조용히 말했다. 항의하려는 구리하시 히로미를 제지하며, 곁눈으로 거실 문 쪽을 보고 말했다.

"위험하다는 건 잘 알아. 그러니까 저놈을 가둔 다음에 바로 자동차를 가지러 가야 해. 기름을 넣은 다음 차를 몰고 이곳을 떠나는 거야. 계획은 벌써 세워뒀어."

구리하시 히로미는 세차게 고개를 저었다.

"저놈은 도쿄에서 근무하는 샐러리맨이잖아. 위험해. 저놈이 오늘 이쪽으로 왔다는 걸 알고 있는 사람이 많을 거야. 저놈이 실종되면 이 주변을 수사할 게 뻔해. 그리고 저놈의 시체를 공개하면 경찰의 눈은 자연히 이쪽 별장지대로 향할 거야."

"그 정도는 나도 생각해뒀어."

피스는 여전히 침착했다.

"저놈은 어제 도쿄를 떠났어. 새로 조성될 별장지에 단골고객이 별장을 짓는다고 해서 땅을 조사하러 온 거야."

히가와 고원은 스키장 외에는 이렇다 할 관광자원이 없는 곳이었다. 하지만 북부에 댐이 건설되면서 그럴듯한 인공호수가 생겨, 여름이면 그곳에서 윈드서핑을 하고 제트스키를 즐기는 사람들이 많아지기 시작했다.

"연휴인데도 일본의 주택회사 샐러리맨은 싼 별장지가 없을까 하고 오늘 하루 동안 이 주변을 몇 번이나 돌았어. 좋은 곳을 발견하면 기획서를 작성하는 거지. 휴일에도 남몰래 이렇게 일을 하지 않으면 경쟁에서 살아남을 수 없는 게 바로 일본의 샐러리맨이란 말씀이야."

피스는 그렇게 말하고 윙크했다.

"그렇게 해서 지리도 모르는 산길을 돌아다니다가, 기름이 떨어지고 휴대폰 배터리가 나간 것도 모르고 있었던 거야."

우리를 위해 제 발로 찾아온 사냥감이라고 피스는 속삭였다. 그리고 배트를 손에 쥐었다.

"자, 가자."

20

11월 3일 오후 열시.

가나가와 현 가와사키 시 나카사키다이에 있는 일본임업주택 가와사키 사택의 한 방에서 한 여자가 열심히 한 채의 집을 짓고 있었다. 그 '집'의 부지는 사방 오십 센티미터로 자른 베니어판, 기둥은 사택 근처의 가구공장에서 얻어온 것이다.

여자는 어릴 때부터 손재주가 좋았다. 아마도 그녀가 스무 살 때 세상을 떠난 아버지에게 물려받은 능력일 것이다. 어머니는 아이의 공작 숙제를 도와주기는커녕 바느질도 제대로 못 할 만큼 손재주가 없어서 늘 아버지에게 놀림을 받았기 때문이다.

지금으로부터 꼭 이십 년 전, 여자는 스물세 살 때 직장에서 만난 남편과 결혼했다. 남편은 본사 영업추진부에 근무하던 당시 스물다섯 살의 청년으로, 키는 보통이었지만 매우 마른 몸매였다. 회사 기숙사에서 생활하는 청년은 술도 거의 마시지 않고, 도박도 하지 않고, 휴일은 프라모델을 만들며 시간을 보내는 성실하고 얌전한 사람이었다. 그러나 회사 운동회 등에서는 허약해 보이는 외모에 어울리지 않게 맹활약을 해 동료들을 놀라게 했다.

여자가 그와 친해진 것은 입사한 지 이 년째 되는 해 연말이었다. 망년회 분위기에 휩쓸려 장소를 옮겨가며 술을 마시다 어느새 정신을 차려보니 전철도 끊어진 시간이었다. 그러나 다음날이 쉬는 토요일이라 좀더 기다렸다가 첫 전철을 탈 작정으로 다음 장소를 의논하는데, 술을 더 마시자는 사람이 셋, 술은 그만하고 커피나 마시자는 사람이 둘이었다. 그래서 두 팀으로 나뉘었다. 그 둘이 바로 여자와 청년이었다.

심야 커피숍은 사람들로 붐볐다. 담배연기와 술냄새가 커피 향기를 지워버리고 있었다. 자리에 앉자마자 여자는 취기와 피로 때문에 눈을 제대로 뜰 수 없었다. 맞은편에 앉은 청년은 가만 내버려두면 일 분도 안 되어 잠들어버릴 것 같은 여자의 얼굴을 동정 어린 눈길로 바라보고 있었다.

"택시를 잡고 싶긴 하지만, 실은 커피값밖에 없거든요."

남자의 그런 솔직한 태도가 여자에게는 매력적으로 보였다.

"괜찮아요. 내 주머니 사정도 마찬가지예요. 너무 무리해서 놀았나 봐요."

여자는 졸음을 쫓으려고 눈을 깜빡거렸다. 커피를 가져온 점원이 감시하는 듯한 눈길로 여자를 보았다. 점원이 가고 난 다음 청년은 속삭이듯이 말했다.

"이런 심야 커피숍에서는 손님이 잠들면 바로 쫓아내버려요. 힘들겠지만 자면 안 돼요."

"견딜 만해요."

말은 그렇게 했지만 눈을 뜨고 있는 것 자체가 고통스러웠다. 커피를 마셨지만, 맛도 향기도 없고 아무런 효과도 없었다. 몸이 따뜻해지니 오히려 더 잠이 쏟아졌다.

아까 그 점원이, 영양떼 가운데에서 가장 약한 놈을 노리며 멀리서 지켜보고 있는 사자처럼 여자를 감시하고 있었다. 아무래도 찍힌 것 같았다. 무거운 눈꺼풀을 의지의 힘으로 힘껏 들어올리며 여자는 멍하니 생각해보았다.

'차라리 이럴 바에는 바깥에 나가서 찬바람을 쐬는 편이 낫겠어.'

그러나 차가운 바람을 맞으면 또 조금이라도 따뜻하게 시간을 죽일 수 있는 곳을 찾고 싶어질 것이다. 적당한 장소가 찾아지리란 법도 없다. 망년회 시즌에다 주말까지 겹친 때였다.

눈을 떠야 해, 눈을 떠야 해. 여자는 커피잔을 잡으려고 손을 내밀다가 엉뚱한 곳을 더듬으며 몸까지 휘청하고 말았다. 그럴 줄 알았다는 듯이 점원이 다가왔다. 그때 청년이 말했다.

"아, 그렇지. 재미있는 거 보여줄게요."

그는 안주머니에서 수첩을 꺼내더니 백지를 한 장 찢어냈다. 사각형 백지를 테이블 위에서 접어 남은 부분을 뜯어내고 정사각형을 만들었다. 그리고 그것을 다시 접기 시작했다.

"종이접기?"

"맞아요."

청년의 가느다란 손가락이 섬세하기 움직이기 시작했다. 여자는 손으로 턱을 괴고 청년의 작업을 지켜보고 있었다.

학이 만들어졌다. 아주 평범한 종이학이었다. 물론 여자도 접을 줄 알았다. 그러나 반쯤 감긴 눈으로 보기에도 청년의 종이학 접는 방법은 여자가 아는 것과는 판이하게 달랐다.

청년은 완성된 종이학을 손가락 끝으로 들어올렸다. 그리고 꼬리 부분을 잡고 슬쩍 잡아당겼다.

그러자 종이학이 날갯짓을 시작했다. 길고 가느다란 목도 아래위로 흔들렸다.

"어머, 움직이네!"

여자는 놀라면서 청년의 얼굴을 바라보았다. 그는 웃고 있었다.

"어떻게 접는 거예요? 가르쳐줘요."

청년은 다시 수첩을 꺼내 백지를 한 장 찢어냈다. 여자는 잠이 조금 달아나는 듯했다.

한 시간도 되지 않아 여자는 자기 손으로 날갯짓하는 종이학을 접을 수 있게 되었다. 청년은 칭찬했다.

"손재주가 좋네요."

"어릴 때부터 그런 말 많이 들었어요."

"그럼 이것도 해볼래요? 간단한 거예요."

청년은 신기한 종이접기를 계속해서 가르쳐주었다. 거기에 푹 빠지면서 여자의 졸음도 달아나버렸다. 여자는 커피를 리필할 때와 화장실에 가서 세수를 할 때를 제외하고는 열심히 종이를 접었다.

청년은 숙모에게 종이접기를 배웠다고 했다. 오랫동안 입원생활을 했던 숙모에게는 오로지 종이접기만이 낙이었다고 했다. 그리고 청년은 원래 모형이나 프라모델 조립을 좋아해서, 숙모가 가르쳐주는 종이접기를 금방 배울 수 있었다.

여자는 청년에게 세상을 떠난 아버지를 위해 종이접기를 했던 기억을 이야기했다. 아버지는 위암 말기 선고를 받고 수술을 하게 되었는데, 수술하는 당일까지 여자는 종이학을 접었다.

"결국 아버지는 돌아가시고 말았지만, 종이학을 보고는 예쁘다고 기뻐해주셨어요. 그래서 관 속에 넣어드렸죠."

그러다보니 새벽 다섯시가 되었다. 두 사람은 가게를 나와 역으로 걸어갔다. 청년은 두 사람이 접은 작품을 여자가 가지고 있던 바늘과 실로 꿰었고, 여자는 그것을 목에 걸었다.

12월, 새벽의 한기 속을 두 사람은 나란히 걸었다. 역 계단을 올라갈 때 청년이 여자의 손을 잡아주었다.

그로부터 일 년 후, 두 사람은 결혼했다. 여자는 학이 아름답게 날갯짓하는 자수를 놓은 벽걸이를 손수 만들었다.

결혼 이 년째 되는 해에 장녀가, 다음해에 장남이 태어났다. 생활은 어렵고 사택생활도 힘들었지만, 여자는 행복했다. 남편은 성실하고 다정한 사람이었다. 남편은 매년 결혼기념일이 되면 고급 종이를 사서 아내만을 위한 종이학을 접었다.

그렇게 이십 년이 흘렀다.

장녀는 지금 전문대학에 다니며 영양사 자격을 따기 위해 공부하고 있다. 장남은 내년 봄에 대입 시험을 치를 예정이다. 사춘기 때는 아버지에게 반항도 많이 했지만, 지금은 자신의 진로문제를 두고 아버지와 자주 의논하는 아이가 되었다.

여자는 문득 자신의 인생이 행복하다고 생각할 때가 있었다. 아버지가 오래 살아계셨더라면 꼭 이런 모습을 보여드리고 싶었다.

자식들이 성장하자 종이접기는 뜸해졌고, 결혼기념일에도 종이학을 접지 않게 되었다. 대신에 부부는 모형 주택 만들기에 빠져들기 시작했다. 그냥 만들어서 보기만 하는 것이 아니었다. 그 모형은 그들이 앞으로 지을 꿈의 주택이었다. 그래서 창문도 열리게 만들었고, 동선을 확인하기 위해 축도도 정확히 계산했다. 그리고 완성된 모형을 두고 대화를 거듭해, 개량할 부분은 개량하고 비용을 줄이기 위해 포기할 부분은 포기하면서 마이홈의 청사진을 그리고 있었다.

오늘밤 여자가 만들고 있는 것은 여섯번째 모형이었다. 장남의 의견을 받아들여 지붕 아래 로프트를 단 것이었다. 로프트는 창고로 써도 되고, 아버지의 서재로 해도 된다고 장남은 말했다.

남편은 현재 일본임업주택 도쿄 본사의 영업추진차장이라는 직함을 가지고 있다. 결혼 후 여러 군데 지사를 돌고 한때는 사무직으로도 근무했지만, 지금의 부서는 주택회사의 핵심이다. 성실하게 일한 보람이 있었던 것이다. 그랬기에 마이홈을 지을 택지도 확보할 수 있었고, 집을 지을 자금도 마련할 수 있었다. 그러나 남편은 주말에도 일할 때가 많을 정도로 바빴다.

여자는 모형을 만들던 손길을 멈추고 시계를 보았다. 열시가 지나고 있었다. 너무 늦다.

남편은 어제부터 출장이었다. 군마 현 북부의 히가와라는 별장지에 스웨덴 식 별장을 짓고 싶어하는 고객이 있어서 현지조사를 하러 간 것이다. 그 일 자체는 어제 끝날 예정이었고, 오늘은 별장을 견학할 계획이라고 했다. 히가와 부근은 고급 별장지라 좋은 집이 많으니 우리집을 위해서라도 많이 보고 사진도 찍어오겠다고 했다.

사실은 그녀도 같이 가고 싶었지만, 아이들을 두고 갈 수는 없었다. 그래서 남편이 집을 비울 동안 지금 이 모형을 완성해두리라 생각했다. 그러면 남편이 좋은 집들을 보고 와서 새로운 계획을 세우고 새로운 모형 제작에 착수할 수 있을 테니까.

지금 사는 곳은 사택이라 조심스러워서 함부로 이웃들에게 집을 지을 계획에 대해 밝히지 않았다. 남편도 회사에는 히가와에 가는 길에 별장지로 재개발할 만한 땅이 없는지 살펴보는 것이 목적이라고 말해두었다. 남편이 평소에도 일에 열심인 것을 아는 회사 사람들은 웃으면서 전송해주었다고 한다.

여자는 의자에서 일어나 조금 거리를 두고 완성 직전의 모형을 바라보았다. 로프트를 다니 집이 좀 길어 보였다. 폭이 넓고 튼튼해 보이는 집을 좋아하는 그녀로서는 그 점이 좀 마음에 걸렸다.

다시 시계를 보았다. 열한시가 가까워졌다.

'너무 늦네.'

남편은 다음날은 출근해야 하고 견학한 별장에 대해서도 같이 이야기를 나누어야 하니 저녁나절에는 돌아온다고 했다. 게다가 견학은 밝은 때가 아니면 불가능하다.

남편은 휴대폰을 들고 나갔다. 그녀는 거실 전화기로 가서 번호를 눌렀다. 그러나 전원이 꺼져 있었다. 여자는 수화기를 내려놓았다.

'이런 시간에 길이 막힐 리도 없고……'

다시 한번 시계를 보았다. 시간이 뒤로 돌아갈 리는 없다. 모형을 만드느라 남편이 늦는다는 생각도 하지 못했다.

'혹시 사고가 아닐까?'

그러나 여자는 고개를 저으며 그런 생각을 떨쳐버렸다. 다시 모형을 마무리해야겠다고 생각하고 발걸음을 뗐다. 그때, 전화벨이 울렸다.

"여보세요, 당신?"

수화기 저편은 침묵이었다.

"여보세요?"

전화선이 어둠 저편의 공간으로 연결되기라도 한 듯, 아무 소리도 없는 침묵만이 새어나왔다.

"당신이에요?"

대답이 없다. 여자는 얼른 목소리를 바꾸어 외부인을 대하는 투로 말했다.

"여보세요? 어디로 거셨나요?"

그러자 갑자기 목소리가 들려왔다. 은행 현금지급기에서 나오는 목소리 같은 합성음이었다.

"기무라 씨 부인 되시나요?"

"예, 그런데요?"

크크크크, 멀리서 합성음이 웃었다. 그리고 물었다.

"요즘도 종이접기 좋아해?"

여자는 경악했다. 심장이 멈추는 것 같았다.

"예? 무슨 말이세요?"

"남편을 위해 종이학이나 접어. 기도하면서. 관에 같이 넣으려면 지금부터 준비해야 할 거야."

전화는 끊어졌다. 수화기 저편이 다시 어둠 속에 잠겼다.

밤 열한시를 알리는 시계 소리가 들렸다. 여자는 두려움에 떨며 수화기를 든 채 시계를 올려다보았다. 그리고 그 바늘의 모양을 바라보다가, 문득 기억을 떠올렸다. 아버지가 밤 열한시에 숨을 거두었다는 사실을.

전화를 끊고 구리하시 히로미는 계단을 올라갔다. 계단을 다 오르지도 않았는데 큰 소리가 들려왔다.

"왜 이런 짓을 하는 거야? 이런 짓을 해서 너희들에게 무슨 이익이 있냔 말이야!"

기무라의 말에 피스가 무어라 대답하고 있다. 그의 작고 부드러운 목소리는 계단까지는 들리지 않는다. 구리하시 히로미는 손바닥 안의 휴대폰을 내려다보고 웃으면서 그 목소리를 들을 수 있는 방 쪽으로 다가갔다.

"말도 안 돼!"

문을 열자 기무라의 목소리가 생생한 영상과 함께 눈앞에 나타났다. 기무라는 얼굴을 돌려 구리하시 히로미를 올려다보았다. 살을 파고들 것 같은 시선이었다.

"자네, 대체 제정신인가? 자네 둘이 얼마나 터무니없는 짓을 벌이고 있는지 알아?"

회사에서 부하들에게 지시를 내릴 때는 꽤 설득력 있는 목소리일 것이다. 그러나 지금 기무라의 목소리는 마구 흔들리고 있었다.

기무라는 뒤로 돌려진 팔에 수갑을 찬 채 침대에 걸터앉아 있다. 머리칼은 헝클어지고, 관자놀이에는 마른 피가 달라붙어 있다. 거실에 들어선 직후에 피스가 야구 배트로 내려쳤을 때 생긴 상처에서 흘러나

온 피다. 죽지는 않고 기절할 정도로만 때린다는 건 상당한 어려운 일이다. 그러나 피스는 의학이나 호신술 책을 읽고 비디오를 보며 연구해 그런 기술을 익혀두었다.

기무라의 손발에는 쇠고랑이 채워져 있고, 그 쇠고랑은 쇠사슬로 침대 다리에 연결되어 있다. 사슬의 길이가 오십 센티미터밖에 되지 않아 일어설 수도 없었다. 그 쇠고랑은 피스가 신주쿠의 가게에서 장난삼아 산 것인데, 적절하게 써먹게 된 것이다. 발을 움직이지 못하게 하는 것만이 목적이라면 밧줄로 묶어도 충분하지만, 쇠고랑에는 다른 심리적 효과가 있다. 정신을 차린 뒤에 자신의 두 발에 쇠고랑이 채워진 것을 보면, 대부분의 사람은 바로 얼이 빠져버리고 만다.

피스는 침대에서 일 미터 정도 떨어진 곳에 놓인 접이식 의자에 앉아 있다. 그래서 두 사람의 모습은 마치 범죄영화의 한 장면 같았다. 감옥에 갇힌 죄수와 그를 찾아온 면회자.

"부인에게 전화했어."

손바닥 속의 휴대폰을 보이면서 구리하시 히로미가 말했다.

"당신을 위해서 종이학을 접는다고 하더군."

야수처럼 흉포한 빛을 발하던 기무라의 눈에서 힘이 빠지고, 초점이 흐려졌다.

휴대폰을 보고 기무라는 무슨 생각을 했을까. 구리하시 히로미의 손에서 저걸 빼앗을 수만 있다면 누군가에게 도움을 청할 수 있다는 생각을 하는 걸까. 아니면, 배터리만 온전했더라면 이런 일을 당하지 않았을 것이라는 생각을 하는 걸까. 그의 휴대폰에는 앙증맞은 종이학이 매달려 있었다.

"기무라 씨가 우리를 이해해주지 못해서 정말 섭섭해."

딱딱한 접이식 의자에서 엉덩이를 비틀며 피스가 말했다. 마치 그 목소리에 주술이라도 걸린 듯, 갑자기 기무라는 생기를 되찾고 외쳤다.
"당연하지, 그걸 누가 이해해!"
"허참, 제발 큰 소리 좀 치지 마세요."
피스는 미간을 찌푸렸다.
"우리는 화를 내거나 고함치는 걸 정말 싫어해요. 그리고 말인데, 기무라 씨, 울며불며 발버둥치면 우리 마음을 바꿀 수 있을지도 모른다고 생각한다면 그건 큰 착각이에요."
공부하기 싫다고 떼를 부리는 어린아이를 달래는 가정교사 같은 어투였다.
구리하시 히로미는 이럴 때 피스가 보이는 태도나 목소리가 무척 마음에 들었다. 지금까지 이 방에서 죽기 싫다고 울거나 살려달라고 매달리거나 너희들은 반드시 체포되어 사형을 당할 거라고 저주하던 여자들을, 피스는 이런 부드러운 목소리로 굴복시켰다. 피스의 그런 목소리를 들을 때마다 구리하시 히로미는 마음이 편안해졌다. 아무것도 모른 채 그저 자원을 낭비하고 시간만 죽이며 사는 그들의 인생에, 피스와 구리하시 히로미라는 뛰어난 두 인간이 어떤 의미를 부여해주는 것이다. 그러기 위해서 앞으로 자신들이 해야 할 일에 대해서 설명한다. 말하자면 환자에게 병명을 알려주고 수술 동의를 구하는 일과 비슷하다고 할까. 이렇게 상쾌한 일도 없다.
"기무라 씨, 당신이 꼭 해야 할 역할이 하나 있어요" 하고 피스는 말을 이었다.
"거기에 대해서는 아까부터 몇 번이나 설명을 했지요? 당신은 우리가 만들어내는 스토리에서 중요한 배역을 맡는 거예요. 없어서는 안 될 장기판의 말 같은 거죠. 덕분에 당신의 이름은 적어도 현대 살인사건사에 뚜렷이 남게 되는 거예요. 그보다 더 멋진 일이 어디 있겠어요."

"웃기지 마!"

있는 힘을 다해 고함을 지르더니, 기무라는 숨이 넘어간 사람처럼 푹 고개를 꺾었다. 아무래도 이제야 자신의 상대가 얼마나 강한지 알아차린 것 같았다.

"뭐가 웃긴다는 거죠?"

피스는 예의 바르게 물었다.

"우리는 농담 같은 건 하지 않아요. 이건 거대한 프로젝트니까."

천천히 고개를 저으며 기무라는 천천히 말했다.

"무슨 권리로 나를 장기판의 말로 삼겠다는 거야? 너희들은 남의 생명을 빼앗을 자격이 없어."

"왜 그런 말을 하지요?"

피스는 진지한 표정으로 반문했다.

"왜 우리에게 남의 생명을 빼앗을 권리가 없다고, 아무것도 모르는 당신이 그런 말을 할 수 있죠? 내가 보기에는, 당신이야말로 우리에게 그런 말을 할 권리가 없어요."

기무라는 처연한 표정으로 격렬하게 눈을 깜빡였다. 마치 눈앞에 있는 피스의 모습을 시야에서 지워버리기라도 하려는 듯이.

그러나 피스도 구리하시 히로미도 엄연한 현실적인 존재였다. 나타났다가는 금방 사라지는 환상이 아니었다.

"어차피 당신은 빠져나갈 구멍이 없어. 당신은 우리 계획에 꼭 알맞은 배역이야. 오늘 낮부터 지금까지 당신의 행동에 대해 아는 사람은 아무도 없으니까" 하고 구리하시 히로미가 말했다.

"우리는 그런 사람을 찾고 있었죠" 하고 피스가 여전히 부드러운 말투로 맞장구를 쳤다.

"게다가 성인이고, 교양 있고, 사회적 지위도 있는 인물을 말이에요.

그런 사냥감은 그리 쉽게 찾을 수 없죠. 그래서 우리는 거의 포기하고 있었어요."

피스는 빙긋 웃었다.

"그런데 당신이 나타난 거예요. 당신의 차를 발견한 그 순간, 그건 정말 멋진 순간이었죠. 기무라, 당신은 신을 믿나요?"

갑작스러운 질문에 기무라는 금붕어처럼 멍하니 입을 뻐끔거렸다.

"……신?"

"그럼요, 신. 인간의 운명을 좌우할 수 있는 멋진 존재."

"너…… 무슨 말을 하려는 거야?"

"난, 당신의 차가 산길에서 멈춰 서 있는 것을 보는 순간, 역시 신이란 존재한다고 생각했어요. 내가 찾고 찾고 또 찾다가 거의 포기하려고 할 때, 그것이 눈앞에 나타났으니까. 말 그대로 천우신조라고 생각했죠."

피스는 구리하시 히로미를 돌아보더니, 다시 한번 활짝 웃었다.

"히로미에게도 맛보여주고 싶었어…… 그 순간의 짜릿한 맛을. 전 세계가 내 편이 된 듯한 느낌을."

"말도 안 되는 소릴……"

기무라는 맥없이 고개를 저었다.

"신은 존재해요" 하고 피스는 말을 이었다.

"그리고 그 신은 우리 인간이 벌이는 어떤 드라마틱한 행동을 보고 싶어하죠. 내가 만들어가는 스토리를 즐기고 있어요. 그러니까 우리를 좀 도와줘요."

피스의 온화한 얼굴에, 장래의 꿈을 말하며 얼굴을 빛내는 어린아이의 표정이 떠올랐다.

"당신 차는 내가 히가와 바로 앞까지 옮겨놓았어" 하고 구리하시 히로미가 말했다.

기무라는 마치 그런 게 있었던가 하는 표정이었다. 그렇다, 나는 차를 타고 온 거야, 나는 차를 몰고 왔어, 이건 꿈이 아냐.

"당신이 정신을 잃고 있을 동안 내가 당신 차를 몰고 히가와로 갔지. 히가와 인터체인지 바로 앞에 쇼핑센터가 있지? 거기 무료주차장에 세워뒀어. 주차장이래봤자 그냥 자갈밭이지만 말야. 혹시 누가 훔쳐갔을지도 모르지만, 그건 또 그 나름대로 일을 재미있게 만들어주겠지."

"너도 미쳤군."

그 말에 밝게 웃으면서 피스가 구리하시 히로미를 보았다. 구리하시 히로미는 과장되게 어깨를 으쓱했다.

"우리는 둘 다 제정신이야."

"너희들은 친구야?"

"아, 그럼. 죽마고우지. 그렇지, 피스?"

피스는 큭큭, 하고 웃으면서 고개를 끄덕였다.

"친구면서 둘이서 같이 이런 무서운 짓을 저지른단 말이야? 어릴 적 친구라면 부모도 서로 아는 사이가 아니야? 너희들이 잡히면 부모님이 어떤 기분일지……"

피스는 더 참지 못하고 폭소를 터뜨렸다.

"당신 정말 재미있는 사람이야. 우리가 보기엔, 당신의 가치관은 가능한 것도 없고 불가능한 것도 없는 일본적인 가치관 그 자체야. 그런 게 무슨 소용이 있어. 그렇지만 우리의 스토리를 재미있게 만드는 데 당신은 없어서는 안 될 절대적인 캐릭터야. 당신을 만나서 정말 다행이야."

피스는 영차, 하고 의자에서 일어섰다.

"히로미, 내가 저녁을 만들게. 기무라 씨에게 앞으로의 계획을 이야기해줘."

그러고 피스는 가벼운 발걸음으로 방을 나섰다. 잠깐 문 앞에서 뒤를 돌아보았다.

"아, 히로미. 파스타 만들 건데, 소스는 뭘로 할까? 토마토가 좋아, 크림이 좋아?"

피스는 들떠 있었다. 피스 본인도 말했듯이, 기무라가 눈앞에 굴러온 것이 아주 기쁜 모양이다.

"토마토가 좋겠어."

"오케이. 삼십 분만 기다려."

피스가 문을 닫자, 구리하시 히로미는 일부러 기무라 쪽을 보지 않고 천천히 걸어서 아까까지 피스가 앉아 있던 의자에 천천히 걸터앉았다. 그리고 그런 일련의 동작을 기무라가 지켜보고 있다는 것을 느꼈다. 구리하시 히로미가 무슨 말을 할까, 무슨 수작을 부릴까, 필사적으로 생각하는 것 같았다.

의자에 앉은 다음 구리하시 히로미는 일부러 눈을 감았다. 쇠고랑을 찬 기무라의 두 다리가 초조하게 움직이는 것이 보였다.

구리하시 히로미는 천천히 고개를 들고 말했다.

"괜찮아요, 걱정하지 마세요. 나는 제정신이니까요."

순간, 기무라는 얼이 빠진 표정으로 구리하시 히로미를 쳐다보았다.

"피스의 말은 거짓말이 아니에요. 저놈은 연속 여성 유괴살인사건의 범인입니다. 벌써 스무 명도 넘게 죽였어요."

"그렇지만 자네는……"

"난 저놈의 공범자가 아닙니다. 저놈이 범인이 아닐까 짐작은 했지만, 증거가 없어요. 그 증거를 잡으려고 저놈을 돕는 척하는 겁니다."

기무라의 눈 속에서 검은색과 하얀색이 바쁘게 움직였다. 숨을 멈추고, 온몸의 신경을 곤두세우고, 눈앞에 나타난 구명보트가 진짠지 가짠지를 가늠하려 하고 있었다.

"저놈이 당신을 죽이려는 걸 보고, 이제 확증을 얻었습니다. 조금만 참으세요. 절대로 당신을 죽이지 못하게 할 테니까요."

이윽고 기무라는 크게 한숨을 내쉬었다.

"무, 무슨 말인지……"

"안 믿기죠?"

"마치 영화 같아. 이거 정말 현실 맞지?"

"물론 현실이지요. 당신이 정신을 차렸을 때 피스가 집이며 부인에 대해 이것저것 물었죠?"

"아, 그랬어. 바보처럼 묻는 대로 다 대답하고 말았지."

"종이학 같은 것도."

"그래, 그랬지."

"지금까지 피해자들도 모두 그런 식으로 프라이버시를 고백해야 했어요. 저놈은 그런 걸 좋아해요."

"완전히 미쳤어."

"예, 맞아요."

그렇게 대답하고 구리하시 히로미는 의자에서 일어섰다. 일부러 문 저쪽의 움직임에 신경을 쓰는 척하며 목소리를 낮추었다.

"어쨌든 저놈에게 반항하지 말고, 또 도망치려고 하지 마세요. 알았죠? 저놈을 자극하면 안 됩니다. 당신의 목숨은 내 목숨을 걸고 지켜드리겠습니다."

구리하시 히로미는 기무라를 감금한 방을 나와 계단을 내려갔다. 토마토소스 냄새가 풍겨왔다. 피스는 부엌에서 파스타를 만들고 있었다.

"저 친구, 믿어?" 하고 피스는 짧게 물었다.

"응, 믿고 있어. 이제 도망치지 않을 거야. 아직 죽여서는 안 되니까,

가능한 한 조용하게 만들어야 해."

파스타를 삶는 김 너머로 피스가 미소를 지어 보였다.

"저녁이나 먹자. 내일이 중요해. 본격적인 시작이니까."

구리하시 히로미는 고개를 끄덕였다.

"응, 가즈아키 차례지."

21

11월 4일, 이날 몇시경에 오빠를 찾는 전화가 걸려왔는지 유미코는 정확히 기억하지 못한다. 이날은 집안이 아침부터 어수선한 바람에 오빠의 행동 하나하나까지 신경쓸 여유가 없었다.

다카이 노부카쓰는 평소에도 말이 없고 무뚝뚝한 사람이라 결코 백점짜리 아버지라고는 할 수 없었다. 그런데 이날따라 아버지의 표정이 평소보다 더 침울해 보였다. 유미코가 아침인사를 해도 대답도 하지 않았다. 어릴 적부터 장삿집 아이는 공부는 못해도 인사성 하나는 밝아야 한다고 엄하게 교육받아왔던 유미코는 아버지의 그런 태도가 좀 이상했다. 못마땅했다.

가족 가운데 하나가 저기압이면 금방 전염되는 법이다. 오전 열시, 가게 안팎 청소를 끝내고 테이블과 의자를 정리할 즈음에 이르러서는 유미코뿐 아니라 어머니 아야코에게도 저기압이 전염되어버렸다. 그런 분위기에 영향받지 않은 것은 가즈아키뿐이었다.

그렇지만 가즈아키는 가즈아키대로 요즘 들어 뭔가 골똘히 생각하는 눈치로, 가족과는 대화도 나누지 않고 있어서 완충제 역할을 기대할 수도 없었다. 유미코가 보기에 오빠 가즈아키는 멍하니 자기 생각에 빠져

가족의 신경망에 가시가 걸려 있다는 것도 모르고 있는 듯했다.

유미코는 오빠의 이런 기묘한 우울증이 시작되었을 즈음부터 오빠를 유심히 지켜봐왔다. 미행해보기도 했다. 그러나 오빠가 왜 그런 상태에 빠졌는지 아직 그 이유를 알아내지 못했다. 텔레비전 드라마 마니아라 보는 책이라고는 텔레비전 잡지밖에 없었던 오빠가 신문이나 잡지를 읽게 된 것, 아무런 관계가 없을 것 같은 오가와 공원을 찾아간 것을 연관시켜보면 아무래도 지금 세상을 떠들썩하게 하고 있는 연속 여성 유괴살인사건과 관련이 있는 것 같았다. 그러나 그것은 너무도 황당무계한 생각이어서, 유미코에게 불안을 불러일으킬 만큼 절실한 현실성을 지니고 있지 않았다.

오빠가 왜 그 미치광이 연속살인범 때문에 고민해야 한단 말인가. 그런 범죄는 오빠의 세계와는 아무런 관계도 없다. 나는 오빠를 잘 안다. 오빠가 그런 사건과 관련될 리 없다. 그렇다면 다른 이유가 있을 것이다. 그렇지만 그게 무엇인지 알 수가 없다.

그 시점에서 자신의 사고가 다람쥐 쳇바퀴 돌듯 하고 있다는 것을 유미코는 자각하지 못하고 있었다. 조금만 관점을 바꾸면 다른 것이 보일 수도 있다는 생각도 하지 못했다. 예를 들면 다카이 가즈아키는 연속 여성 유괴살인사건의 범인을 알고 있고, 그 범인이 가까운 친구라서 경찰에 고발하지 못하고 고민하고 있을지도 모른다는 생각 같은 것.

유미코는 어릴 적부터 간직해온, 상냥하고 얌전하며 조금 머리가 떨어지는 오빠의 이미지에서 벗어나지 못했다. 지금도 마찬가지였다. 그런 이미지가, 오빠는 절대로 그런 무서운 사건에 관련되었을 리 없다는 확신을 품게 했다. 그리고 거기에 대해 본인은 아무런 자각이 없었다. 11월 4일, 그 시점에서 유미코는 오빠가 보름 가까이 보였던 불가해한 행동과 우울증을 이해하는 것을 거의 포기하다시피 한 상태였다.

열한시가 다가오자 노부카쓰는 가게 문을 열기 위해 밖으로 나갔다. 평소에는 유미코가 하는 일이지만, 아버지가 해도 별 상관 없는 일이라 유미코는 모른 체 그릇을 씻기 시작했다. 한 해에 한두 번은 이런 날도 있는 것이다. 가족이 약속이라도 한 듯 저기압에 빠져드는 날이.

그런데 입구 쪽에서 무언가 쿵, 하고 바닥에 떨어지는 소리가 났다. 황급히 가게 앞을 보니, 노부카쓰가 마치 누군가에게 용서를 빌기라도 하는 듯이 두 손과 무릎을 땅에 대고 엎드려 있었다. 얼굴이 땅바닥에 닿아 있었다.

"여보!"

아야코가 비명을 지르며 달려나왔다. 한 박자 늦게 유미코가 그 뒤를 따랐다. 눈을 꼭 감은 아버지의 얼굴을 보는 순간, 유미코는 아버지가 쓰러졌다는 것을 알았다.

"아빠! 정신 차려!"

비명이 터져나왔다. 그러자 다카이 노부카쓰는 귀찮다는 듯이 딸을 나무랐다.

"큰 소리 내지 마라. 머리가 울려."

'아, 의식은 있어!'

유미코는 아버지의 목소리를 확인하는 순간 그 자리에 주저앉고 말았다.

"한마디로 나이 탓이지요."

의사는 부드러운 미소를 머금으며 말했다.

병원과 함께 나이를 먹은 듯한 진찰실의 침대는 체격 좋은 노부카쓰가 반듯하게 눕자 삐걱거리는 소리를 냈다. 몸집이 큰 아버지가 낡은 베개에 머리를 올리고 얌전하게 드러눕는 모습이 너무 귀여워 유미코는 웃음이 나왔다.

"다카이 씨 아버님도 만년에 고혈압이셨을 겁니다. 이런 체질은 유전되니까요. 다카이 씨도 매일 혈압을 재고, 경우에 따라서는 약을 드셔야 할 겁니다."

부드러운 목소리로 설교하듯 말하는 의사는 아직 사십대 초반이라 노부카쓰보다 한참 어렸다. 그는 고집을 부리는 아버지를 달래는 아들처럼, 노부카쓰와 아야코를 번갈아 바라보며 말했다.

"이건 전혀 부끄러운 일도 아니고 숨길 일도 아닙니다. 좀더 빨리 오셨더라면 가게 앞에서 쓰러지는 일은 없었을 겁니다."

"정말 죄송합니다."

아야코가 머리를 숙였다.

노부카쓰는 천장을 올려다보며 말했다.

"조금 이상하다 싶긴 했지만, 당신이 호들갑을 떨 것 같아서 말이야."

"당연하잖아요. 남편이 아픈데 누가 안 그러겠어요."

"아직 빚도 있는데 내가 드러누우면 어떻게 되겠어."

"그게 무슨 문제예요? 당신의 몸이 더 소중해요."

의사는 노부카쓰의 혈압을 재면서 웃고 있다.

"다카이 씨, 아무 걱정 마세요. 이 정도 고혈압으로 죽는 건 아니니까요."

노부카쓰는 며칠 전부터 아침에 일어날 때나 앉았다가 일어설 때 어지럼증을 느끼기 시작했다고 한다. 오늘 아침은 특별히 더 심했고, 그래서 더 무뚝뚝해졌던 것이다. 본인도 불안해서 그랬을 것이라고 의사는 말했다.

유미코는 의사와 마주하고 있는 어머니 바로 뒤에서 소독약 냄새를 맡으며, 크고 작은 병을 호소하는 환자들의 목소리와 의사들의 대답을 듣고 있었다.

노부카쓰가 가게 앞에 쓰러져 있는 모습을 보는 순간 유미코는 커다란 종합병원의 응급실과 복도를 오가는 간호사의 발소리, 수술실 앞에 놓인 딱딱한 벤치를 떠올렸었다. 더 나아가 어머니와 오빠와 나란히 장례식장에 서 있는 자신의 모습을 떠올리기도 했다.

그것이 현실이 아니라는 데 유미코는 가슴을 쓸어내렸다. 그런 상상을 하기에는 너무 이른 것 같았다.

노부카쓰가 구급차를 싫어해서 세 가족은 가즈아키가 운전하는 승용차를 탔다. 병원으로 들어서자 핏기 없는 얼굴의 노부카쓰는 가장다운 면모를 잃지 않은 채 가즈아키에게 가게를 비울 수 없으니 먼저 돌아가라고 말했다. 가즈아키는 순순히 아버지의 말에 따랐다. 큰 이상은 없으리라 생각했기 때문일 것이다. 승용차는 주차장에 두고 키를 유미코에게 맡긴 다음 가즈아키는 가게로 돌아갔다.

결국 노부카쓰는 외래 진찰실에서 링거를 맞고, 약이 가득 든 큰 봉지를 들고 귀가했다. 돌아오는 길에는 유미코가 운전을 했다. 아야코는 밝게 웃었고, 뒷좌석에 기대앉은 노부카쓰도 밝은 표정이었다.

"오늘 하루는 가게를 쉬어야겠어요. 알았죠? 당신."

노부카쓰는 불만스러운 표정이었다.

"나는 괜찮은데……"

"안 돼요. 의사도 오늘 하루는 쉬라고 했잖아요."

"가즈아키가 벌써 문을 열었을지도 몰라."

"아버지가 이런 지경인데 그애가 문을 열 리가 없어요."

아야코의 말대로였다. 가즈아키는 불 꺼진 주방에서 가만히 기다리고 있었다. 문에는 '금일 휴업'이라는 종이가 붙어 있었다.

"글씨 좀 잘 쓰지, 저게 뭐야."

노부카쓰가 그 글씨를 보고 잔소리를 했다.

"게다가 '금일 휴업'이라니, 저런 어투는 손님에게 실례야. '피치 못할 사정으로 오늘은 쉬게 되었습니다. 죄송합니다', 이렇게 써야지."

장수암은 지금까지 단 한번도 임시휴업을 한 적이 없었다. 따라서 그런 안내문은 장수암의 역사상 처음 있는 일이었다. 가즈아키는 쓴웃음을 지으며 새 종이를 꺼내와서 몇 장이나 새로 쓴 다음에야 노부카쓰에게 합격을 받았다.

'피치 못할 사정으로 오늘은 쉬게 되었습니다. 정말 죄송합니다. 내일은 정상 영업을 하겠습니다.'

초등학생이 애써 반듯하게 쓴 듯한 글씨였다.

임시휴일이긴 하지만 사정이 사정이니만큼 외출은 삼가기로 했다. 유미코는 방 청소를 하고 텔레비전을 보면서 오후를 보냈다. 아야코도 부엌을 정리했다. 가즈아키는 가게의 카운터에 앉아 배달전화를 받고 있었다. 그러므로 그 전화는 그즈음에 걸려왔을 가능성이 크다.

오후 다섯시쯤 되자 약을 먹고 낮잠을 푹 잔 덕분에 원기를 되찾은 노부카쓰는, 지금부터라도 가게 문을 열겠다고 나섰다. 아야코가 버럭 화를 내면서 노부카쓰를 말렸다. 어머니가 아버지를 나무라는 모습을 본 건 유미코에게는 처음 있는 일이었다. 그만큼 그날의 어머니는 불안하고 두려웠던 것 같았다. 아버지가 가게 앞에서 쓰러졌을 때, 어머니의 뇌리에도 유미코처럼 응급실과 장례식의 영상이 떠올랐을 것이다.

어머니와 둘이서 저녁을 뭐로 할까 이야기하고 있는데, 가즈아키가 이층으로 올라와서 갑자기 급한 일이 있어 나갔다 와야겠다고 말했다.

"급한 일? 뭔데?" 하고 아야코가 물었다.

가즈아키는 머뭇거리면서 말했다.

"아니, 급한 일은 아니고, 갑자기 친구들이 모인다고 해서."

오빠는 마치 이불에 오줌이라도 싼 어린애 같은 표정을 지었다. 엄마, 또 쌌어, 하고 고백하기 전에 손을 비비고 발을 옴지락거리는 그런 태도였다. 유미코는 오빠의 그런 모습에 속으로 실소를 흘렸다.

"아버지가 아프신데 나가는 게 좀 미안하긴 하지만……"

"이젠 괜찮으니까 걱정하지 마. 의사 선생님도 이 정도 고혈압은 별 문제가 없다고 했고, 오늘은 가게도 쉬니까 나갔다 와."

어머니는 평소에도 가즈아키와 유미코가 다른 젊은이들처럼 일주일에 이틀을 쉬고 일 년에 십사 일 유급휴가를 받는 생활을 누리지 못하는 것을 가슴 아프게 생각하고 있었다. 특히 가즈아키는 내성적인 성격이라 외출할 일이 적은 식당 일을 하는 것이 더욱 걱정스러웠다. 요즘 세상에 이런 식당 주인에게 시집오려는 아가씨는 거의 없을 테니 말이다. 그러니 가즈아키가 외출한다는 말에 반대할 이유가 없는 것이다.

유미코는 아까 아버지를 나무라던 어머니의 어투를 흉내내 말했다.

"오빠, 구리하시가 불러낸 거 아냐?"

가즈아키는 "응?" 하고 깜짝 놀라면서 눈을 동그랗게 떴다.

"놀라는 걸 보니 맞는 모양이네. 그 사람 만나지 마."

가즈아키는 황급히 고개를 가로저었다.

"아냐, 구리하시도 오긴 하지만, 전화한 건 구리하시가 아냐. 내가 말했잖아, 친구들이 모인다고."

"오랜만에 나가겠다는데 왜 그러니" 하고 아야코가 웃었다.

"천천히 놀다 와."

"응."

가즈아키는 진지한 표정으로 고개를 끄덕였다. 아야코와 유미코가 얼굴을 마주 보며 의아해할 정도로 진지한 표정이었다. 마치 전장에 나가는 병사 같았다. 영화에서나 볼 수 있는 그런 표정.

가즈아키는 서둘러 자기 방으로 들어갔다. 아야코가 그 등에 대고 말했다.

"다림질한 셔츠는 서랍 안에 있어!"

"오빠 좀 이상해."

그러면서 평소 가슴속에 품고 있던 생각을 불쑥 내뱉었다.

"엄마, 못 느껴? 요즘 오빠가 좀 이상하지 않아?"

"글쎄. 너, 오빠를 너무 바보 취급하면 안 돼."

"누가 바보 취급한대?"

유미코는 어머니의 꾸지람을 듣고 그만 입을 다물었다.

삼십 분 정도 지나, 유미코가 카운터에 앉아 전화를 받으면서 잡지를 읽고 있는데 가즈아키가 내려왔다. 밝은 체크무늬 셔츠에 갈색 재킷. 무릎 부분이 튀어나온 청바지를 입고 있었다.

"잘 갔다 와."

가즈아키는 여동생이 거기 있는지 몰랐던 듯, 갑자기 누가 등이라도 친 것처럼 깜짝 놀랐다.

"갔다 올게."

가즈아키는 그렇게 대답하고 문을 열고 바깥으로 나갔다. 등을 둥그렇게 굽히고, 몸을 앞으로 기울인 채 걸어갔다. 걸음걸이가 아버지랑 똑같아, 하고 유미코는 속으로 중얼거렸다.

그것이 살아 있는 오빠의 마지막 모습이었다.

22

구리하시 히로미가 다카이 가즈아키를 불러내기 위해 전화를 건 것은 11월 4일 오후 다섯시가 지날 즈음이었다. 그때 그는 조에쓰 신칸센 히가와 고원 역에 내려서 역사 안의 공중전화를 썼다.

그날은 바빴다. 지난밤에는 늦게까지 기무라를 상대했고, 아침 일곱시에 일어나 세차를 하고, 산장 주변을 청소하고, 일층 거실에 있는 수납용 방을 정리하는 등 다카이 가즈아키를 맞이할 준비를 하느라 바쁘게 움직였다.

점심은 피스가 만들었다. 통조림 수프에 빵을 곁들인 간단한 식사였지만, 몸을 열심히 움직인 탓인지 둘 다 잔뜩 먹었다. 식사를 마친 다음에는 기무라에게도 같은 식사를 주었다.

어젯밤부터 먹지도 마시지도 않았지만 기무라는 여전히 식욕이 없는 듯, 처음에는 음식에 손을 대려고도 하지 않았다. 이날은 식사를 가져갈 때까지 피스도 구리하시 히로미도 기무라의 방에 얼굴을 내밀지 않았기 때문에, 기무라에게는 식사보다도 현재의 상황에 대한 설명과 정보가 더 절실했다. 식사를 가져가자 입에서 침을 튀기며 질문을 쏟아냈다.

"괜찮아. 우리는 아직 당신을 죽일 생각은 아니니까."

몇 번이나 피스는 그런 말로 기무라를 구슬렸다. '아직'이라는 말에 살짝 힘을 넣어서.

체념한 것인지 지친 것인지, 기무라는 점심을 담은 쟁반 위의 물컵을 들고 반 정도를 마셨다. 피스가 재촉해 구리하시 히로미는 바깥으로 나왔다. 한 시간쯤 지나 들어가보니 쟁반의 음식이 깨끗이 비워져 있고, 기무라는 쇠고랑을 찬 발을 바닥에 늘어뜨린 채 침대에 기대 잠들어 있었다. 머리가 푹 꼬꾸라지고, 턱이 가슴에 닿은 탓인지 숨결이 거칠었다.

"약을 너무 많이 넣은 모양이야. 수면제 양은 조절하기가 어려워."

피스는 얼굴을 찌푸리며 그렇게 말했다. 피스와 구리하시 히로미는 기무라를 침대에 누이고 로프로 몸을 묶었다. 시끄럽게 굴면 귀찮으니까 재갈도 물리자는 구리하시 히로미의 말에 피스는 반대했다.

"수면제 때문에 자다가 토할지 몰라. 기도가 막히면 질식할 거야. 아직 죽으면 안 되니까 그건 곤란하지."

그러나 구리하시 히로미도 간단히 물러나지 않았다. 오늘밤 이 산장에 가즈아키가 나타난다. 기무라가 이 방에서 소동을 부려 가즈아키가 그 소리를 들으면 아주 곤란한 일이 생길지도 모른다.

"괜찮아, 가즈아키는 이층에 올려보내지 않을 테니까" 하고 피스가 말했다.

"그렇지만 목소리가 들릴 텐데?"

"이렇게 묶인 상태에서는 아래층까지 들릴 정도로 소리치지 못해. 그리고, 이걸 잊지 마. 이층에는 내가 있다는 걸 말이야. 숨어 있어도 할 일은 빈틈없이 해. 그러니까 걱정하지 마."

결국 재갈은 물리지 않고, 만에 하나 그가 잠을 자는 중에 토하더라도 이상이 없도록 베개 위에 얼굴을 옆으로 돌려놓고 방을 나왔다. 그런 다음 두 사람은 문단속을 철저히 하고 차에 올라탔다.

평소처럼 산장이 있는 별장지대를 빠져나갈 때까지는 피스가 운전을 하고 구리하시 히로미는 뒷좌석에 몸을 숨겼다. 히가와 고원 역으로 이어지는 간선도로로 나서기 직전에 갓길에 차를 세우고 구리하시 히로미가 조수석으로 옮겨앉았다. 그리고 둘이서 앞으로의 계획과 순서를 재확인하면서 역으로 향했다.

"그런데 히로미, 생각해보면 말이야."

9월 12일, 구리하시 히로미가 집 가까운 공원 옆에 차를 세워두고 방송국에 전화를 걸다가 우연히 들킨 바로 그 순간, 불쌍한 다카이 가즈아키의 인생은 이미 결정이 난 것이라고 피스는 말했다.

"가즈아키는 내가 지어낸 이야기를 믿고 있겠지?"

히가와 고원 역으로 이어지는 길은 잘 정비되어 있고 차량 통행도 적어서 운전하기 편하다. 피스는 핸들 위에 손을 올리고 입가에 기분 좋은 미소를 머금고 있었다.

"물론 그럴 거야."

구리하시 히로미는 그렇게 대답하고 조수석에 몸을 묻었다. 드라이브는 쾌적했다. 앞으로 벌어질 일에 약간의 흥분을 느끼면서, 피스와 구리하시 히로미는 시속 백 킬로미터로 달리면서 낭만적인 기분에 젖어들었다.

"신경을 엄청 쓴데다 앞뒤도 딱딱 맞게 만들어놓았으니까. 내가 가즈아키라도 믿을 거야."

피스는 즐거운 표정이었다. 그의 눈동자는 조금이라도 자신의 뜻에 거슬리는 말을 들으면 돌처럼 딱딱하게 굳어버리지만, 반대로 사소한 감탄에도 보석처럼 맑게 빛난다.

방송국에 전화한 것을 들켰을 가능성이 높은 이상, 사실을 속이거나 가즈아키의 착각이라고 억지를 부리기는 어렵다고 피스는 말했다. 차라리 전화를 건 사실을 인정하는 편이 낫다.

그런 다음 왜 그런 일을 했는지 그 동기를 밝히면 된다.

피스의 지시에 따라 구리하시 히로미는 가즈아키에게 이렇게 고백했다.

가즈아키? 아, 집에 있어서 다행이야. 내 말 잘 들어. 드디어 찬스가 왔어. 내가 무슨 말 하는지 알지? 그 사건 말이야. 범인의 꼬리를 잡을 수 있는 절호의 찬스가 왔어. 가즈아키가 좀 도와주면 좋겠어. 도와줄 거지?

자세하게 설명할 여유는 없지만, 앞으로 우리가 해야 할 일과 관계가 있으니까 간단히 지금까지의 상황을 설명할게. 네가 짐작한 대로 나는 범인을 알아. 나와 아주 가까운 놈이야.

이름? 그건 지금 말할 수 없어. 미안해. 다만, 너도 아는 놈이야. 나보다는 별로 친하지 않겠지만 말이야.

어떻게 그걸 알게 되었냐고? 그놈 말이야, 별장을 가지고 있어. 펜션보다 더 멋져. 9월 초였던가, 거기 놀러갔다가 우연히 창고에 들어가게 된 거야. 그런데 거기에, 낡은 의자와 전기스토브 같은 거랑 같이 그 핸드백이…… 오가와 공원의 쓰레기통에서 나온 후루카와 마리코라는 여자애의 핸드백이 있는 거야. 신문지로 싸서 가구 뒤에 숨겨놓았었어. 창고에서 나오려다가 가구에 부딪혔는데, 신문지로 싼 물건이 어깨에 떨어졌지. 열어보니 핸드백이었어.

응? ……그럼, 분명히 그 핸드백이야. 그 안에 여자 지갑하고 정기권이 들어 있었거든. 거기에 후루카와 마리코라는 이름이 적혀 있었어. 그러니까 분명해.

그때는 아직 오가와 공원 사건이 일어나지 않았어. 그래서 핸드백을 보고서도 별 신경을 쓰지 않았던 거야. 그 친구, 여자관계가 좀 복잡해야지. 옛날에 사귀던 여자친구일 거라고 생각했지. 지갑까지 있다는 건 좀 이상했지만, 정기권은 기간이 지난 거였거든.

그러다 도쿄로 돌아오기 직전에 문득 생각이 나서 그놈에게 말했지. 창고에 여자 핸드백을 숨겨뒀더라고, 다른 여자가 그걸 보면 곤란할 테니까 빨리 버리라고 말이야. 물론 놀리려고 한 말이었어.

그랬더니 그놈이 갑자기 무서운 표정을 짓더라구. 뭐랄까, 두 눈이 바둑알처럼 새카맣게 변했어. 마치 귀신 같았어. 해서는 안 될 말을 했나 싶었지.

내가 겁먹은 걸 보고 그놈은 웃었어. 그러더니 이렇게 말하는 거야. 곧 그 핸드백이 큰 소동을 일으킬 테니까, 두고 봐. 그렇지만 구리하시 넌 그 핸드백을 빨리 잊어버리는 게 좋아, 하고.

난, 돌아가는 전철 속에서 한기를 느꼈어. 뭔지는 모르겠지만, 그놈은 제정신이 아니라는 생각이 들었어.

그로부터 일주일쯤 지난 후에 오가와 사건이 터진 거야.

정말 놀랐지. 그날 밤은 잠도 못 잤어. 그래도 아침에는 용기를 내서 그놈에게 전화를 했지. 그렇지만 도쿄의 집에도 없고, 별장에도 없는 거야. 그때 바로 경찰서에 갈까 하는 생각도 했었어.

그렇지만 생각해봤지. 나는 분명 그 핸드백을 보았다, 본 건 나뿐이다, 그것만으로는 증거가 안 될지도 모른다, 하고. 그리고 그놈 말이야, 겉보기에는 아주 그럴듯하거든. 일류회사에 다니는 엘리트니까. 그런 무서운 짓을 저지를 놈이 아니야.

그러니 설령 내가 경찰에 신고한다 해도 믿어줄지 의심스럽지 않겠어? 만약에 내 말을 믿는다고 해도, 경찰이 그놈에게 가서 당신 친구가 이런 말을 하더라고 말해버리기라도 하면 난 어떻게 될까?

만일 그 친구가 범인이 아니고 내가 아는 사실이 착각에 지나지 않았다면, 난 소중한 친구를 잃고 말 거야.

그러나 만일 그놈이 범인이라면, 난 정말로 큰 위험에 빠지고 말 거야. 그놈은 내가 핸드백을 봤다는 걸 아니까. 나의 증언으로 경찰이 움직인다는 것을 알면, 내 입을 막으려고 무슨 짓을 할지 몰라. 그놈은 살인자야! 조금도 망설이지 않을 거야.

게다가 그놈, 제정신이 아냐. 핸드백 때문에 큰 소동이 벌어질 거라고 말할 때의 그 얼굴, 그건 분명히 정신이상자의 얼굴이었어. 정말 무서웠어.

대체 어떻게 하면 좋을지 몰랐어. 확증이 없어. 친구를 의심하는 것도 싫어. 그리고 간단한 사건이 아냐. 사람을 죽였어. 유괴와 살인이야.

만에 하나 나의 착각이라면 그놈의 인격과 인생은 돌이킬 수 없는 상처를 입고 말아.

그래서 있는 힘을 다해 생각해본 거야. 내가 범인 흉내를 내서 방송국에 범행 성명 같은 걸 내보면 어떨까 하고. 물론 거짓말을 하는 거지. 그러고 난 다음에 그놈의 반응을 살피는 거야. 만일 그놈이 범인이라면 거짓 성명을 듣고 보통 사람과는 다른 반응을 보이지 않겠어? 범인이 아니라면, 그런 범죄를 저지른 인간이 방송국에 전화질을 해서 자랑한다고 지극히 상식적으로 분노를 드러내지 않을까?

그래서 가즈아키가 들은 그 전화는 그때의 거짓 전화였던 거야.

내 말, 믿어줄 거지?

다카이 가즈아키는 믿었다. 어릴 적부터 늘 그랬듯이. 히로미의 말이라면 뭐든 믿었다.

돼지처럼 어리석고 둔한 가즈아키는 단 한번도 히로미의 거짓말을 눈치챈 적이 없었고, 아무리 말도 안 되는 거짓말이라도 그냥 믿었다. 히로미가 가즈아키에게 전화를 걸어 독감 때문에 우리 반만 내일 쉰다고 했을 때도 가즈아키는 그 말을 믿고 학교에 가지 않았다. 같은 학년 아이들이 장수암 앞을 지나쳐 등교할 때도 그놈은 우리 학급만 쉰다고 믿고 가게 청소를 하고 있었다. 그와 별다를 바 없는 부모도 가즈아키의 말을 믿고 학교에 전화 한 통 하지 않았고, 결국 저녁때 집을 찾아온 담임선생에게 야단을 맞았다.

차가운 장맛비가 내리는 날에도, 비가 내리는 날은 수온이 높아서 풀에 들어갈 수 있다는 히로미의 말에 체육시간에 수영복으로 갈아입고는 아이들의 웃음거리가 되었다. 담임선생까지 웃으며 가즈아키를 수영복 차림 그대로 복도에 벌을 세웠다.

중학교 이학년 때, 가즈아키가 좋아하던 여자애 이름으로 연애편지를 만든 적도 있었다. 신발장 안에 넣어둔 그 연애편지를, 가즈아키는 말 그대로 가슴에 꼭 품었다. 예상대로 가즈아키는 히로미에게 어떡하면 좋으냐고 의논해왔다. 그 바보가 답장을 쓰지 않도록 타이르는 한편으로 히로미는 계속해서 거짓 연애편지를 보냈고, 가즈아키의 기뻐하는 모습에 피스와 둘이서 배를 잡고 웃었다. 왜냐하면, 반에서 제일 예쁜 그 여자애는 피스의 여자친구였기 때문이다.

그해 크리스마스에 가즈아키는 여자애에게 선물을 마련했다. 화려한 색종이로 서툴게 포장한 곰인형이었는데, 여자애는 그것을 포장도 뜯지 않은 채 가즈아키에게 되돌려주었다. 히로미와 피스는 가즈아키가 그것을 어떻게 처리할지를 두고 내기를 했다. 히로미는 '버린다'였고, 피스는 '여동생에게 준다'였다. 이때도 히로미는 피스에게 졌다. 크리스마스가 지나 유미코가 그 곰인형을 안고 친구들과 노는 모습을 목격한 후 피스에게 천 엔을 주었다.

남의 물건을 훔치고 가즈아키에게 덮어씌운 적도 있었다. 백화점에서 여자 속옷을 훔치고, 그것을 가까운 맥도널드에서 기다리고 있던 가즈아키의 가방 안에 쑤셔넣기도 했다. 그놈이 계산을 하려고 가방을 여는 순간, 화려한 레이스가 달린 팬티가 카운터 위에 떨어졌다. 그보다 더 유쾌한 일은 없었다.

가즈아키는 늘 히로미와 피스가 판 함정에 빠져드는 존재였다. 히로미와 피스가 놓은 덫에 걸려 그들이 미리 불러놓은 관객들의 웃음거리가 되었다.

"왜 그랬을까?"

문득 소리내어 그렇게 말한 후, 구리하시 히로미는 제풀에 깜짝 놀랐다.

"왜 그랬느냐니?" 하고 피스가 물었다.

"왜 가즈아키는 그렇게 속기만 했을까? 조금도 의심하지 않고, 화도 안 냈잖아."

구리하시 히로미의 물음에 피스는 희미한 미소를 지었지만 금방 대답하지 않았다.

전방에 히가와 고원 역으로 통하는 신칸센의 고가철도가 보였다. 앙상한 가지를 드러내기 시작한 겨울의 히가와 산과 숲 사이에 갑자기 모습을 드러낸 그것은 마치 태곳적 거대 동물의 등뼈 화석 같아 보였다.

"생각해보면 볼수록 대단해."

피스는 눈을 가늘게 뜨고 말했다.

"뭐가 대단한데?"

"저 신칸센 고가철도도 이 도로도 원래는 산이나 숲이었던 것을 개발한 거야. 인간의 기술이란 정말 대단한 거지."

"……"

"그렇지만 모든 인간이 대단한 건 아냐. 모든 인간이 그런 기술을 개발할 수 있는 건 아니지. 세상에는 유능한 인간과 무능한 인간 두 종류가 있으니까."

"가즈아키는 무능하니까 우리에게 속아넘어간 건가?"

피스는 고개를 저었다.

"무능이란 말도 아까워. 그렇지만 써먹을 데는 있어. 누군가에게 이용당하기 위해 존재하는 그런 인간이야. 그것뿐이야."

그렇다. 그것뿐이다.

그래서 다카이 가즈아키는 믿었다. 어린 시절부터 여태까지, 히로미가 하는 말이라면 뭐든 믿었다. 전화 한 통화면 뭐든 그대로 받아들였다.

그래도 그후의 전개는 조금 마음에 걸렸다. 전화 저편에서 가즈아키가 머뭇거리면서 오늘은 나갈 수 없다고 말했을 때, 구리하시 히로미는 숨이 막히는 듯했다.

'아버지가 쓰러졌어? 고혈압?'

구리하시 히로미의 눈앞이 새카맣게 변하더니 빨간 안개가 끼었다. 고혈압으로 쓰러질 것 같은 사람은 바로 나야! 그렇게 외치고 싶었다. 하필이면 오늘, 이런 날에 가즈아키의 아버지가 쓰러지다니. 그런 말도 안 되는 일 때문에 이 아름다운 계획이 무산될 위기에 처하다니!

'장수암은 두시에서 다섯시까지가 휴식시간이지? 그 사이에 불러내는 거야. 아무한테도 말하지 않고 살짝 빠져나오게 해야 해. 물론 히로미에게서 전화가 왔다는 것도 가족에게 비밀로 하게 해야 해.'

피스는 그렇게 지시했다.

그러나 아버지가 쓰러졌으니 가즈아키는 나오려 하지 않을 것이다. 처음부터 강력한 흡인력이 있는 이야기를 해두지 않으면 걸려들지 않을 것이다.

날짜를 바꿀까? 그러나 기무라를 그렇게 오래 산장에 가둬둘 수는 없다. 여자애들과는 달라서 재미도 없고, 한눈을 팔 수도 없다. 도망치면 그걸로 끝장이다. 역시 그놈은 오늘밤 안에 죽여버리는 게 좋다.

그리고 기무라의 사망시각, 나중에 경찰이 밝혀낼 사망추정시각에 가즈아키의 알리바이가 성립되지 않도록 하려면 어떻게든 오늘밤에서 내일 사이에 가즈아키를 집에서 끌어내야 한다. 어떤 수단을 써서라도 그렇게 해야 한다.

눈을 감고 구리하시는 결단을 내렸다.

"사정은 잘 알겠지만, 오늘이 결정적인 찬스야. 오늘이야말로 내가 그렇게 기다려왔던 찬스란 말이야!"

튀어나오려는 욕설을 있는 힘을 다해 억누르고 연극을 계속했다.

"그 친구의 별장에 초대를 받았어. 초대라고는 해도 실은 청소를 하러 가는 거지만."

왜 청소를 하러 가느냐고 가즈아키는 물었다.

"평소에 사람이 살지 않고 크기도 크니까 도와줄 사람이 필요해. 그리고 난 지금 백수잖아? 일당이 짭짤해. 게다가 그놈이 내게 청소를 부탁한 데는 어떤 이유가 있을 거야. 일부러 창고에 들어가게 해서 거기에 아무것도 없다는 것을 보여주려는 걸 거야. 아니면 혹시 내가 별장에서 뭔가를 조사하려고 하는지 살펴보려는 건지도 몰라. 드라마 같은 데도 나오잖아. 일부러 기회를 주는 거 말이야."

혼자 그런 곳에 가는 건 위험하다고 다카이 가즈아키는 말했다. 구리하시 히로미의 말을 의심하는 눈치는 전혀 없었다.

"물론 나도 알고 있어. 혼자는 정말 위험해. 그래서 전화한 거야. 가즈아키, 나랑 같이 가주지 않을래? 저쪽에서 준 이런 기회를 이용해서, 혼자 청소하기 힘들다고 친구를 데려가겠다고 하면 돼. 응? 부탁해. 저번에 날 도와주겠다고 했잖아."

아버지가 걱정된다면서 가즈아키는 머뭇거렸다.

"그렇지만 아버지가 중태에 빠진 건 아니잖아. 나는 목숨이 위험할지도 몰라. 부탁해. 나를 버리지 마."

'나를 버리지 마.'

자신이 내뱉은 말이 뜻밖에 기억을 자극했다. 어디선가 들어본 소리 같았다. 이전에도 가즈아키에게 그런 말을 한 적이 있는 것 같았다.

나를 버리지 마. 왜 가즈아키에게 그런 말을 했을까? 피스가 아니라?

구리하시 히로미는 마음을 다잡았다. 지금 쓸데없는 생각을 할 여유는 없다.

"부탁해, 가즈아키. 같이 가자."

거의 애원하는 목소리였다. 이야기는 거짓이지만 애원하는 마음은 진짜였다. 피스가 쓴 각본을 바꾸고 싶지 않았다. 무슨 수를 쓰든 가즈아키를 별장까지 데리고 가야 한다.

"알았어, 갈게" 하고 가즈아키가 말했을 때, 구리하시 히로미는 무릎이 달달 떨릴 정도로 기뻤다.

"아, 고마워. 정말 고마워."

그 말도 진심이었다. 우리의 죄를 덮어써줄 가즈아키. 오로지 우리를 위해 이 세상에 존재하는 가즈아키.

"그럼 이렇게 해. 지금 집을 나와서 도쿄 역으로 가. 조에쓰 신칸센을 타는 거야. 히가와 고원 역이라고 알지? 별장이 많은 곳이야. 옛날에 같이 스케이트 타러 간 적 있잖아. 그때는 급행열차밖에 없었지. 기억 안 나? 이상하네. 난 기억나는데."

같이 스케이트를 타러 간 친구는 피스였던가.

"도쿄 역에서 히가와 고원 역까지 한 시간도 안 걸려. 역에서 내리면 렌터카를 하나 빌려. 나, 차 없거든. 아, 아직 말 안 했구나. 지금 면허정지야. 벌점이 너무 많아서. 그러니까 차는 네가 좀 빌려."

여기서부터 피스가 설정한 대로 가면 된다. 구리하시 히로미는 거침없이 미리 짜놓은 대로 말했다.

"난 히가와 고원 역 가까운 호텔에 있어. 찾아오기 어려우니까 렌터카를 빌린 다음 내 휴대폰으로 전화를 해줘. 내가 장소를 가르쳐줄게. 거기서 나를 태우면 돼. 그 친구한테는 가즈아키를 데리고 간다고 말해둘 테니까."

수순을 거듭 확인한 다음, 다카이 가즈아키는 구리하시 히로미가 예상도 하지 못했던 말을 했다. 무기가 될 만한 걸 하나 가지고 갈까?

구리하시 히로미는 저도 모르게 웃었다.

"어떤 거? 밀가루 반죽 미는 방망이?"

말을 하고 나서야 아차 했다. 지금 여기서 웃어서는 안 된다. 자신들의 생명과 죄 없이 희생된 여자들의 생명과 앞으로 희생될지도 모를 여자들의 생명을 끌어안고서, 반대편 저울 위에 '친구에 대한 의혹'이라는 시커먼 덩어리를 올려놓고 그 반대편에 발을 올려놓으려는 중요한 장면이 아닌가.

"미안해, 생각을 너무 많이 하다보니까 머리가 이상해진 것 같아. 그렇지만 좋은 생각이야. 텔레비전 봤지? 범인에게는 공범이 있을 가능성도 있어. 몸을 지킬 무기는 내가 준비해둘게."

가즈아키는 알았다며 전화를 끊었다. 이제는 기다리기만 하면 된다.

길이 느슨하게 왼쪽으로 굽어지고, 이윽고 히가와 고원 역이 보였다. 신칸센 역은 세련된 건물이었다. 신칸센의 플랫폼과 재래선의 플랫폼을 잇는 유리로 된 통로를 걸어가는 사람들의 모습이 보였다. 연휴인데다 가을 관광 시즌이라 예상보다 사람이 많았다. 사람들 눈에 띄지 않으면 좋을 텐데, 하고 구리하시 히로미는 생각했다.

피스는 역 앞에서 차를 세웠다. 구리하시 히로미는 가볍게 조수석에서 내렸다.

"그럼, 계획한 대로."

"그래, 계획한 대로."

그렇게 확인하고 둘은 헤어졌다. 구리하시 히로미는 피스의 차가 시야에서 사라지는 것을 확인하고, 역 쪽으로 걸어가기 시작했다. 바람이 찼다. 구리하시 히로미는 재킷의 깃을 세웠다.

택시 승차장을 지나갈 때, 바로 뒤에서 어린 여자애의 웃음소리가 들려왔다. 우뚝 멈춰 서서 몸을 돌리다가 그애와 부딪힐 뻔했다.

"아, 미안해요!"

한 여자가 황망히 달려와 어린아이의 팔을 잡으며 사과했다. 아마도 어머니일 것이다.

구리하시 히로미는 웃어 보였다. 여자애는 환영이 아닌 진짜 존재였고, 달콤한 과자 냄새마저 풍겼다. 유령도 아니고 악몽도 아니었다.

"아뇨, 괜찮습니다."

어머니에게 그렇게 말하며 가볍게 고개를 숙였다. 꽤 미인이고, 비싸 보이는 차림새였다.

웃으면서 허리 높이 정도 되는 여자애 머리에 손을 올리고 가볍게 쓰다듬었다. 크림 냄새가 나는 것 같았다.

"죄송합니다. 실례했습니다."

그 어머니는 여자애의 손을 잡고 그의 곁을 떠났다. 얌전한 애였다. 그애가 갑자기 고개를 돌리더니, 구리하시 히로미의 얼굴을 뚫어져라 바라보았다.

구리하시 히로미는 웃었다. 여자애의 매끈한 머리칼 감촉이 손바닥에 되살아났다. 그대로 저애의 고개를 한 바퀴 휙 돌려버렸다면 어떻게 되었을까? 아마도 딱딱한 과자를 쪼개는 것 같은 소리가 났을 것이다. 목뼈가 부러지면, 달콤한 향기가 더 강하게 풍겼을 것이다. 그건 어린 여자애의 혼이 뿜어내는 냄새일 것이므로, 혼이 몸을 떠날 때 그 향기는 더욱 강해질 것이 분명하다.

언젠가 한번 시험해보고 싶다. 이 건이 정리되면. 피스가 쓸 각본의 다음 장에서.

그래, 다음은 어린애, 어린애, 어린애다. 어린애가 좋겠어.

23

11월 4일 오후 일곱시 삼십오분. 조에쓰 신칸센 히가와 고원 역 북쪽 출구 로터리에 낡은 흰색 승용차가 들어섰다. 운전석에 앉은 통통한 몸매의 젊은 남자가 손님을 기다리고 있는 택시 운전사에게 시내 지도를 내밀며, 북쪽에 있는 별장지대 '히가와 고원 그린힐'로 통하는 길을 물었다. 운전사가 길을 가르쳐주자 젊은이는 정중하게 인사를 하고, 도쿄보다 훨씬 춥다고 하면서 문을 닫았다.

그로부터 십 분 후, 히가와 고원 역 앞 교차로에서 북쪽으로 백 미터 정도 떨어진 지점에 낡은 흰색 승용차가 세워져 있는 것을 히가와 고원 역 파출소의 경찰차가 목격했다. 차가 횡단보도에 걸쳐져 있어서 경찰차가 주의를 주려고 접근하는 찰나, 교차로 인도에 있는 공중전화부스에서 통통한 몸매의 젊은 남자가 나와서 서둘러 차에 올라타는 모습이 보였다. 전화를 걸었던 모양이었다. 급한 일이라도 있는 듯 뛰어서 차에 올라탔다. 추운지 잔뜩 앞으로 기울인 어깨와 긴장된 얼굴이 보였다.

통통한 몸매의 젊은 남자는 운전석에 앉자 서둘러 안전벨트를 매고 히가와 고원 북쪽에 있는 별장지대를 향해 달리기 시작했다. 차는 금방 시야에서 사라져버렸다. 딱히 쫓아갈 만한 범죄를 저지른 것도 아니고 해서 그냥 내버려두었다. 도쿄 네리마 번호판을 단 것으로 보아 펜션이나 호텔에 예약 확인을 했던 것이리라 여겼다.

오후 여덟시 반을 지날 즈음, 히가와 고원 그린힐로 통하는 도로에 면한 카페 '은하'의 종업원이 오후 여섯시 전부터 창가에 앉아 있던 젊은 남자가 그제야 자리에서 일어나 바깥으로 나가는 것을 보았다. 젊은 남자는 계속 창밖을 바라보고 있었다. 아무래도 누구와 약속이 있는데 상대가 늦어서 기다리고 있는 것 같았다.

처음 보는 손님이었다. 그린힐이라는 고급 별장지대의 입구에 위치한 그 가게에는 단골손님이 꽤 많아 종업원은 대부분의 손님 얼굴을 기억하고 있었다. 이 젊은 남자는 분명히 처음 오는 손님이었다.

한번 보면 잊지 못할 얼굴이었다. 훤칠한 키에 세련된 차림새, 잘생긴 얼굴에 머리칼이 조금 길고, 턱 주위에 수염이 조금 자라 있었다. 샐러리맨은 아닌 것 같았다. 종업원은 남자를 유심히 관찰하고 있었다. 커피 리필을 가지고 갈 때 말이라도 걸어볼까 했다.

그러나 가까이 다가가서 보니 남자의 표정이 꽤 긴장되어 있었다. 종업원은 직업적인 감각으로 알 수 있었다. 그는 너무 오래 기다리다 짜증이 난 정도가 아니라 심하게 화가 난 상태이거나 겁을 먹고 있는 것처럼 보였다. 순간 종업원은 이 사람이 음악가일 거라고 생각했다. 그린힐에는 호화로운 별장에 사는 유명한 작곡가가 있는데, 도쿄에서 찾아오는 음악 관계자를 거칠게 다루는 것으로 유명하다. 예전에도 그에게 심한 질책을 당하고 도쿄로 돌아가던 중에 이 가게에서 울음을 터뜨리고 만 바이올리니스트를 위로해준 적이 있었다. 그녀는 그 작곡가의 부름을 받고 일부러 먼 길을 찾아와 오래 기다렸다가 연주를 시작한 지 오 분도 채 안 되어 쫓겨나고 만 것이었다.

이 젊은 남자 손님도 그런 경우가 아닐까 하고 종업원은 생각했다. 그러나 악기가 없는 걸로 보아 음악평론가나 음악잡지의 편집자일지도 모른다. 종업원은 혼자 멋대로 상상의 나래를 펼치고 있었다. 바로 그때, 기다리던 사람이 왔는지 젊은 남자가 자리에서 일어나 급히 카운터로 향했다.

종업원은 카운터로 달려갔다. 기다리는 동안 남자는 커피를 다섯 잔이나 마셨다. 종업원은 다시 한번 남자의 모습을 세심하게 관찰했다.

스웨터는 고급 브랜드였다. 피로에 전 얼굴이었지만, 코에서 턱으로 이어지는 선이 깔끔했다. 품위와 지성을 겸비한 사람이라고 종업원은 생각했다.

"정말 오래 기다리셨네요" 하고 그녀는 말을 걸었다.

잔돈을 바지 호주머니에 넣고 서둘러 가게를 빠져나가던 남자가 놀란 눈으로 그녀를 돌아보았다. 그 격렬한 반응에 그녀는 깜짝 놀라고 말았다.

"아, 죄송해요. 누굴 기다리시는 것 같아서요."

젊은 남자는 그녀의 얼굴을 훑어보더니 한마디를 내뱉었다.

"쓸데없는 참견하지 마."

그러고는 난폭하게 문을 닫고 나가버렸다. 그의 뒷모습과 함께 안으로 불어오는 차가운 바람에 여자는 몸을 부르르 떨었다. 흉포한 칼날 같은 그 눈길 하나 때문에 그 남자에 대한 첫인상은 무너져버렸다.

분한 마음에 그녀는 창밖을 내다보았다. 젊은 남자는 가게 건너편에 세워진 흰색 승용차에 막 올라타려는 참이었다. 통통한 몸매의 젊은 남자가 운전석에서 몸을 반쯤 바깥으로 내밀고 무슨 말을 하고 있다. 멀어서 목소리는 들리지 않았지만, 말다툼을 하고 있는 것 같았다.

'뭐야! 저 차 완전 고물이잖아. 별것도 아닌 게!'

종업원은 코웃음을 치고 그 젊은 남자가 앉은 자리를 치우기 위해 카운터 바깥으로 나왔다. 커피잔과 재떨이를 쟁반에 담고 물수건으로 테이블을 닦은 다음 다시 한번 창밖을 내다보았다. 고물 흰색 승용차는 사라지고 없었다. 어느 방향으로 갔는지 알 수 없었다. 더이상 흥미도 일지 않았다.

"왜 신칸센을 안 탄 거야! 신칸센은 한 시간이면 되지만 승용차로는 세 시간이나 걸려. 그래서 신칸센을 타라고 한 거야. 사람을 이렇게 기다리게 하면 어떡해!"

다카이 가즈아키의 차에 올라타자마자 구리하시 히로미는 화를 냈다. 화가 치밀어 머리가 돌아버릴 것 같았다. 이놈이 건방지게 내 지시를 어겨! 내가 한 말을 무시했어!

원래는 히가와 고원 역에서 가즈아키에게 차를 빌리게 해서 그 차 안에서 의논을 한다는 구실을 대고 여기저기로 끌고 다닐 예정이었다. 물론 목적지 가운데는 기무라가 들렀던 히가와 일대도 포함되어 있다.

기무라가 들렀던 장소에 다카이 가즈아키도 들르게 한다. 그렇게 해서 가즈아키를 본 목격자를 만들어둘 수만 있다면, 나중에 저절로 증언이 나올 것이다.

그런데 가즈아키가 신칸센을 타지 않고 이런 늦은 시간에 나타났다. 주변은 벌써 컴컴해서 걸어다니는 사람도 없다. 어디를 가든 목격자는 기대할 수 없다. 이런 개새끼!

"미안해, 신칸센을 타면 바로 도쿄로 돌아갈 수 없을 것 같아서 그랬어."

가즈아키는 머뭇거리며 그렇게 변명했다. 차는 그린힐 외곽을 도는 도로로 접어들고 있다. 포장도 안 된 일차선 도로에다 주변에는 숲이 울창하다. 가로등도 드물어 가즈아키는 겁을 먹은 것 같았다. 차는 느릿느릿 움직이고 있었다.

"돌아간다니, 왜?"

"아무래도 아버지가 걱정돼서 그래."

"나는 걱정도 안 된단 말야?"

"물론 걱정돼. 그래서 널 도와준 다음에 늦게라도 도쿄에 돌아가려고 차를 타고 온 거야. 마지막 열차를 놓치면 아침까지 기다려야 하니까."

이 자식은 정말로 바보 중의 바보다.

"너, 내 입장을 알고나 있어? 내가 어떤 위험에 처해 있는지 알고나 있냐구! 우리가 그놈의 별장을 청소하고 난 다음에, 잘 있어, 하고 빠져나올 수 있을 것 같아? 우리는 살인자일지도 모를 놈을 조사하러 가는 거란 말이야!"

구리하시 히로미는 피스와 둘이서 짠 이야기 속에 푹 빠져 있었다. 연기를 하고 있다는 자각조차 없었다. 나는 친한 친구를 살인자로 지목하고 고통스러워하는 선량한 사람이다. 너무 괴로워서 자신의 의심을 철저히 해소하려고 노력하는 훌륭한 젊은이다.

"히로미 네가 위험한 지경에 빠져 있다는 건 나도 알아."

울퉁불퉁한 길을 달리느라 우스꽝스럽게 몸을 흔들어대면서 다카이 가즈아키는 말했다.

"그 때문에라도 차가 있는 게 좋겠다고 생각한 거야. 다급하면 이걸 타고 도망칠 수 있을 테니까."

그 어투가 너무도 진지해서 구리하시 히로미는 저도 모르게 웃음을 터뜨릴 뻔했다. 표정을 숨기기 위해서 창 쪽으로 얼굴을 돌렸다.

'피스와 이야기해서 계획을 다시 짜야겠어.'

지금까지 세워두었던 치밀한 계획을 머릿속에서 다시 그려보았다.

1. 가즈아키를 도쿄에서 불러낸다. 이것은 11월 4일 오후부터 5일 밤까지 가즈아키의 알리바이가 성립하지 않게 해두기 위해서이다.

2. 가즈아키가 반드시 렌터카를 빌리게 한다.

3. 그 차로 기무라가 다닌 길을 따라간다. 그때 구리하시 히로미는 뒷좌석에 숨어서 가능한 한 사람 눈에 띄지 않도록 한다.

4. 가즈아키를 산장으로 데리고 가서 창고를 조사한다는 구실을 대고 기무라의 소지품에 지문을 남긴다.

5. 4일 밤 가즈아키를 산장에서 재우고, 그 동안 기무라를 죽인다. 기무라의 사체를 가즈아키가 빌린 렌터카의 트렁크에 넣는다.

6. 5일 밤이 될 때까지 가즈아키를 잡아둔다. 그 동안 사건의 진상을 이야기해도 좋다.

7. 밤이 되면 가즈아키의 렌터카로 산장을 떠난다. 구리하시 히로미가 차를 운전해 아카이 산의 유령빌딩까지 간다. 거기서 가즈아키는 렌터카의 배기가스를 마시고 '자살'한다. 유서는 피스가 작성해둔다.

처음에 피스에게 그 계획을 들었을 때, 구리하시 히로미는 '범인' 가즈아키의 자살이 너무 갑작스럽지 않은가 하는 의문을 제기했다. 아직 경찰의 추적을 받고 있는 것도 아니다. 기무라를 죽인 것은 건방진 여성 평론가를 곤란에 빠뜨리기 위한 것으로, '범인'에게는 아주 기분 좋은 일이다. 그럼에도 그 직후에 스스로 목숨을 끊는다는 것은 이상하지 않은가.

그러자 피스는 자신만만한 표정을 지으며 웃었다.

"연속살인자의 자살은 그리 드문 일이 아냐. 미국에서는 범인이 밝혀지지 않은 연속살인사건이 갑자기 정지되면, 가장 먼저 범인이 자살했을 가능성을 생각한다고 해. 그 정도로 자살이 많아. 파괴충동이란 바깥으로만 향하는 건 아니야."

"그럴까…… 미국은 그렇다 쳐도 일본 경찰은 그런 일에 익숙하지 않을 텐데."

"걱정하지 마. 이게 모델 케이스가 될 수 있도록 내가 멋지게 유서를 작성할 테니까."

"그것보다 이 계획에서 가장 중요한 것은, 가즈아키가 히가와 고원 역에서 렌터카를 빌리게 하는 거야. 반드시 렌터카라야 한다는 걸 명심해."

그 이유가 뭔지 구리하시 히로미는 알 수 없었다. 피스는 설명했다.

"잘 들어. 이번 기무라 건으로 가즈아키가 자기 차를 사용한다고 해 봐. 그 트렁크에 기무라의 시체를 넣으면 기무라의 흔적이 가즈아키의 차에 남게 돼."

그건 다카이 가즈아키야말로 연속유괴살인범이라는 증거의 하나로 인정될 것이다.

"그렇지만 그건 위험해. 알겠어? 기무라의 시체가 가즈아키의 자가용에서 발견되면, 경찰은 가즈아키가 범행 때마다 자신의 차를 사용했을 가능성이 높다고 생각할 거야. 그렇다면 기무라 이전의 피해자들, 후루카와 마리코나 히다카 치아키를 비롯한 여자들의 흔적도 가즈아키의 차에 남아 있어야 해. 머리카락 하나, 섬유 조각 하나라도 말이야. 경찰의 수사력이라면 그 정도는 충분히 찾아낼 수 있어."

맞는 말이다.

"그러나 현실적으로 가즈아키의 자가용에서는 여자애들의 흔적이 발견되지 않아. 당연하지. 범행에 그 차가 사용되지 않았으니까. 그러면 경찰 가운데 그 점을 의심하는 사람이 나올 수 있어. 과연 다카이 가즈아키는 다른 범행을 저지를 때는 다른 차를 사용했을까? 이건 좀 이상하다. 이놈이 진짜 범인일까? 공범자가 있을지도 모른다. 그렇게 생각하면 곤란해."

그러므로 기무라의 시체와 자살한 가즈아키는 가즈아키가 빌린 렌터카에서 발견되어야 한다는 것이다.

"가즈아키가 범행 때마다 다른 렌터카를 빌렸다고 해서, 경찰이 전 일본을 뒤져서 그 렌터카를 찾아낼 수는 없을 거야. 그건 애당초 불가능한 일이야."

그제야 구리하시 히로미는 가즈아키에게 차를 빌리게 하는 일이 얼마나 중요한지 이해할 수 있었다. 무엇보다도 연속 여성 유괴살인은 가즈아키 혼자의 소행이고, 그가 진짜 범인이며, 그 외에는 아무도 관계하지 않았다고 경찰이 생각하게 만드는 것이 중요하다. 범인은 이놈이다, 단독범이다, 공범은 없다, 고.

그래야 하는데…… 구리하시 히로미는 운전석의 다카이 가즈아키를 곁눈질로 살피면서 어금니를 깨물었다. 이 자식은 나타나자마자 우리 계획을 뒤틀어버렸어.

"어쨌든 별장으로 가자."

구리하시 히로미는 창 건너편에 펼쳐진 어둠을 응시했다. 이 자식이 더이상 계획을 엉망으로 만들어버리기 전에 잡아두어야 한다.

'산장'의 창에는 불이 밝혀져 있었다. 차가 다가가자 피스가 현관문을 열러 나오는 모습이 보였다. 가즈아키의 차를 맞이하며 밝은 미소를 흘린다. 그 하얀 얼굴에 구리하시 히로미는 한순간 영문을 알 수 없는 공포를 느꼈다.

"왜 이리 늦었어. 청소는 내가 벌써 다 했어."

가즈아키가 차를 세우자, 피스가 찻길에 깔린 자갈을 밟으며 다가와 큰 소리로 말했다.

가즈아키는 재빨리 곁눈질로 히로미를 보았다. 가즈아키의 눈길에 히로미는 당혹스러워했다. 피스는 분명 그런 두 사람의 분위기를 꿰뚫어보았을 것이다.

'피스는 도착이 늦는 걸 보고 벌써 계획에 차질이 생겼다는 것을 눈치챈 거야.'

산장으로 접근해오는 승용차가 어디를 보나 렌터카라고는 할 수 없는 고물인 것을 보고 재빨리 추측했음이 분명하다. 피스의 머리는 전광석화와도 같으니까.

"춥지? 배는 안 고파? 빨리 들어와. 차는 저쪽에 대면 돼" 하고 피스는 활짝 웃었다.

"아, 히로미가 데리고 온다던 친구가 가즈아키였구나. 정말 오랜만이야. 나 기억나?"

천천히 차에서 내린 가즈아키는, 히로미가 같이 오자고 해서 왔는데 방해가 안 되는지 모르겠다고 의례적인 인사말을 했다. 피스는 기분 좋은 웃음을 흘리면서 두 사람을 산장 쪽으로 안내했다.

"거기 서 있지 말고 어서 들어와. 커피 끓여올게."

히로미는 가즈아키의 어깨를 밀었다.

"빨리 들어가자. 안 들어가면 이상하게 생각할 거야."

가즈아키는 마치 영화 속의 수사관 같은 표정을 지으며 고개를 끄덕였다.

"정말 놀랐어. 히로미가 의심한 사람이 재라니……"

"저 친구 별명 기억해?"

"응, 피스잖아."

"늘 웃고 있다고 해서 붙은 별명이었지. 저놈이 연속살인범이라니, 믿어져? 내가 괴로워하는 이유도 알겠지?"

가즈아키는 대답하지 않았다. 피스가 산장의 문을 열고 기다리고 있다. 두 사람은 잰걸음으로 자갈길을 걸어갔다.

거실은 밝고 난로에는 장작이 타오르고 있었다. 거기다 온풍기까지 틀어서 머리가 멍해질 정도로 따뜻했다.

"깨끗하네. 지각하는 바람에 용돈도 못 벌게 됐어" 하고 히로미가 말했다.

피스는 부엌에서 커피를 타면서 즐겁게 웃었다.

"물건들을 창고에 집어넣는 정도였어. 그러니까 걱정하지 마. 할 일은 얼마든지 있으니까. 난 여기 좀 오래 머물러야 하거든."

"아, 그거 다행이네."

히로미는 가즈아키에게 웃어 보이면서 재빨리 눈짓으로 신호를 보냈다. 어쨌든 지금은 피스의 말에 따르자고. 가즈아키도 눈짓으로 대답했다. 가즈아키의 눈짓이 꼭 윙크하는 것 같아 구리하시 히로미는 저도 모르게 웃음을 터뜨릴 뻔했다.

기어이 '산장'까지 오고 말았다. 가즈아키를 데리고 오는 데 성공했다. 그걸로 일단은 마음이 놓였다.

피스가 커피를 들고 왔다. 구리하시 히로미는 오늘 하루 동안 반년에 마실 커피를 모두 마셔버린 것 같은 기분이 들어 손을 대지 않았지만, 가즈아키는 손을 내밀어 잔을 들었다. 뭔가 의심하는 눈치도 없이 시선을 오로지 피스 쪽으로 향하고 있었다. 저렇게 노골적으로 쳐다보면 이상하게 생각할 텐데, 정말 바보 같은 자식이다.

"화장실 가고 싶은데, 어디야?"

구리하시 히로미가 그렇게 말하면서 자리에서 일어섰다. 피스가 안내했다. 둘이서 거실을 가로질러 복도로 나가자, 피스가 문을 닫았다. 간발의 틈도 두지 않고 피스가 낮게 깔린 목소리로 말했다.

"가즈아키 저 자식, 자기 차 몰고 왔지?"

구리하시 히로미는 고개를 끄덕였다. 사정을 이야기하자 피스는 고개를 끄덕였다.

"어쩔 수 없지 뭐. 계획을 바꿔야겠어. 조금 생각해보자."

"기무라는?"

"약을 먹여서 재웠어. 네가 나간 다음에 한번 더."

"가즈아키는 일을 마치면 도쿄로 돌아가려고 해. 아버지가 걱정된다고 말이야. 집에 전화를 걸지도 몰라. 어떻게 하지?"

피스는 웃었다.

"괜찮아. 전화는 못 쓰게 해뒀으니까. 고장이라고 하면 그만이야."

그런 다음 거실로 돌아갔다.

구리하시 히로미가 볼일을 보고 돌아오니 둘은 열심히 이야기를 나누고 있었다. 저녁 메뉴를 의논하고 있는 것 같았다.

"내가 만들게. 대단한 솜씨는 아니지만" 하고 피스가 웃으면서 말했다.

"그렇지 않아. 피스는 요리를 잘해."

가즈아키는 머뭇거리며 두 사람의 얼굴을 번갈아 바라보았다.

"메밀국수나 우동 같은 건 나도 할 수 있는데."

그 말에 피스는 그제야 생각났다는 듯이 기쁜 표정을 지어 보였다.

"맞아, 가즈아키는 메밀국수집을 하고 있다고 했지?"

결국 피스가 카레라이스를 만들기로 했다. 가즈아키가 도와주겠다고 나섰다.

"그리고…… 미안하지만 전화 좀 쓸 수 있을까? 집에다 연락을 해야 하거든."

가즈아키의 조심스러운 부탁에 피스는 정말 미안하다는 표정으로 말했다.

"미안해, 지금 전화가 고장이야. 집이 오래되다보니 배선에 문제가 생긴 모양이야. 수리를 부탁해두긴 했는데, 전화국 서비스가 엉망이야. 이틀 후에나 온대."

"집에는 여기 온다고 말해뒀지?" 하고 구리하시 히로미가 물었다. 어이가 없는 질문이었다. 가족에게는 절대 말해서는 안 된다고 한 사람이 바로 그가 아니었던가.

만약에 가즈아키가 히로미를 만나러 히가와 고원에 간다고 가족에게 말했다고 해도 문제될 건 없다. 경찰이 물으면 미리 준비한 대로 대답하면 그만이다.

'예, 다카이 가즈아키가 왔었습니다. 예, 이 산장에요. 11월 4일 밤이었을 겁니다. 피스와 저는 10월 말부터 여기 머물고 있습니다. 가즈아키가 전화로 잠깐 들러도 되겠느냐고 해서 그러라고 했습니다. 갑작스럽게 걸려온 전화라 깜짝 놀랐습니다.'

'지금 생각해보면, 그때 벌써 기무라라는 사람의 시체를 트렁크 안에 싣고 있었던 것 같습니다. 아, 그렇습니까. 기무라라는 사람이 행방불명된 장소가 이 산장에서 가까운 곳이었군요.'

'아마, 가즈아키는 정신적으로 좀 문제가 있지 않았을까요? 광기에 휩쓸려 자살하기 직전의 상황이었을 겁니다. 기무라 씨를 죽인 건…… 동반자살이라고나 할까요, 그런 느낌이 들지 않습니까? 갑자기 우리에게 연락을 한 것도 아마 작별인사를 하고 싶어서 그랬을 겁니다. 우리는 어렸을 때부터 친했거든요.'

'제가 아는 가즈아키는 친구를 정말 소중히 여기는 상냥한 애였습니다. 믿기지 않아요, 정말로.'

"어디로 간다고는 안 했어."

가즈아키의 말에 구리하시 히로미는 퍼뜩 정신을 차렸다.

"아, 그럼 걱정하시겠구나. 늦더라도 돌아가는 게 좋지 않을까? 히로미, 억지로 사람을 데리고 오면 어떡해. 옛날에도 그러더니 지금도 가즈아키에게 억지만 부려."

피스가 미간을 찌푸리며 그렇게 말했다.

"혼자 오기가 뭐해서 말야."

가즈아키는 고개를 저으며 말했다.

"아냐, 괜찮아. 나도 바람을 좀 쐬고 싶었거든. 어차피 오늘은 아버지가 몸이 안 좋아서 가게도 쉬는걸 뭐."

가즈아키가 가스레인지의 불을 살피고 있는 사이에 피스는 구리하시 히로미와 눈짓을 주고받으며 빙긋 웃었다. 그러나 피스는 금방 가즈아키에게로 시선을 돌렸다.

"조금 있다가 불만 약하게 하면 되겠네."

참으로 상냥한 눈길이었다.

"역시 가즈아키는 프로야. 덕분에 맛있는 카레를 먹게 됐어. 정리는 내일 해도 되니까 오늘은 천천히 쉬자."

저녁식사는 부자연스러울 정도로 단란했다. 피스는 중학교 시절의 추억을 이야기했다. 가즈아키도 옛날 이야기를 꺼냈다. 구리하시 히로미는 연기를 하고 있다는 것도 잊고 그리움에 흠뻑 젖을 정도였다.

세 사람의 화제는 자연스럽게 지금의 생활로 옮겨갔다.

"가업을 잇는다는 건 정말 좋은 일이야. 난 부모의 기대를 저버린 자식이거든. 일찍부터 절대로 아버지 같은 샐러리맨은 안 되겠다고 호언장담한 탓에 여태 자유업이야."

가즈아키는 그런 피스를 곁눈질로 살피면서 머뭇거리며 말했다.

"지금은 뭘 하고 있어?"

피스는 웃었다.

"뭘 하고 있을 것 같아?"

가즈아키는 구리하시 히로미의 얼굴을 바라보았다. 히로미는 냉랭한 어조로 말했다.

"입시학원에서 일주일에 삼 일 정도 강의를 해. 그것 말고는 그냥 노는 모양이야. 이 친구는 부자니까."

"응, 정말 대단한 별장이야."

가즈아키가 새삼 놀랍다는 듯이 말했다.

"어이, 히로미, 괜히 멀쩡한 사람을 불로소득자로 만들지 마. 이래봬도 일에 목숨을 건 사람이야."

"회사에서 일한 적 없어? 히로미의 말로는 일류회사에 다닌다고 들었는데."

가즈아키가 다시 물었다.

구리하시 히로미는 카레가 목에 걸릴 것 같아 움찔했다. 친구가 연속살인사건의 범인인지도 모르겠다는 말로 덫을 놓을 때 그런 말도 했었던가 하고 생각해보았다.

거짓말하기는 쉽다. 문제는 그 거짓말을 늘 잊어버린다는 데 있다.

피스가 눈치를 채고 장단을 맞춰주었다.

"과거형이라면 맞는 말이야."

"그럼 회사를 그만뒀구나."

"조직의 부속품이 되는 게 싫었거든."

"불안하지 않았니? 난 취직한 경험이 없어서 모르겠지만, 역시 상당한 각오가 필요하지 않을까? 보통 사람이라면 한번 취직한 회사를 그만두기 어려울 것 같아."

"그렇지도 않아. 능력만 있으면 일거리를 가지고 오는 사람이 있으니까."

구리하시 히로미는 겨우 카레를 목 안으로 넘겼다. 가슴이 막혀 물컵을 들고 벌컥벌컥 들이켰다. 다 먹은 접시를 정리하면서 가즈아키가 말했다.

"히로미도 그런 말을 자주 했었어. 능력만 있으면 일거리는 얼마든지 있다고."

구리하시 히로미는 일부러 큰 소리를 내며 웃었다.

"그럼, 지금은 피스의 일을 도와주고 있어. 이 친구가 여기 틀어박혀 일을 할 때 내가 청소도 하고 쇼핑도 하는 거지."

"피스는 여기서 무슨 일을 해?"

피스는 고개를 갸우뚱하더니 가볍게 일어서서 부엌으로 갔다.

"맥주 더 줄까?"

냉장고를 연다. 차가운 맥주병을 흔들며 돌아와서는 빙긋 웃었다.

"실은 여기서 극본을 쓰고 있어."

구리하시 히로미는 갑자기 온몸에 오한이 일어 스푼을 떨어뜨릴 뻔했다. 한순간이었지만, 피스가 가즈아키를 등장인물로 삼아 극본을 쓰고 있다는 사실을 폭로하는 게 아닌가 하는 생각을 했던 것이다

"극본?"

"응, 대학 때 친구가 조그만 극단을 했었는데, 그때 내가 말하자면 전속작가 역할을 했었어. 돈은 전혀 안 되는 일이었지만."

피스는 새로 딴 맥주를 잔에 따르며 말을 이었다.

"그렇지만 연극계에서는 꽤 주목받았었지. 필명으로 발표했기 때문에 다른 사람은 몰라."

가즈아키는 겸연쩍은 표정으로 고개를 숙였다.

"난 연극은 본 적이 없어. 영화관에도 요새는 통 못 가봤고."

"요즘은 다들 그래."

"그렇지만 정말 대단해. 피스는 유명작가가 될지도 모르겠네."

순진한 가즈아키의 칭찬이 기분 좋았는지, 피스는 지금 쓰고 있는 작품의 내용에 대해, 극단의 배우들과 관련된 에피소드에 대해, 흥행이 얼마나 어려운 일인지에 대해 눈을 반짝이며 이야기했다. 가즈아키도 정신없이 이야기를 듣고 있었다. 히로미는 감탄하지 않을 수 없었다.

모두 거짓말이었다. 피스는 소극단에 관계한 적도 없고, 극본 따위는 한 줄도 써본 적이 없다. 처음부터 끝까지 거짓말이었다. 어떻게 눈 하

나 깜짝하지 않고 저런 거짓말을 할 수 있을까.

식사가 끝나자 피스가 말했다. 피곤하지? 목욕할래? 히로미는 가즈아키에게 눈짓을 보내며 둘 다 괜찮다고 말했다. 피스는 샤워를 해야겠다면서 먼저 자리에서 일어섰다.

피스가 나가고 둘만 남자 가즈아키가 마치 쓰레기를 바닥에 툭 떨어뜨리는 듯한 어투로 중얼거렸다.

"이상해."

구리하시 히로미는 저도 모르게 되물었다.

"뭐가 이상한데?"

가즈아키는 말없이 부엌 쪽을 바라보았다.

"접시를 물에 담가둬야겠는데."

"가즈아키……"

"조사할 곳은 창고뿐이야?"

"그래……"

히로미는 초조함을 느꼈다. 갑자기 가즈아키를 다루기 힘들 것 같다는 느낌이 들었다. 왜?

"피스가 잠들면 창고를 조사해보자. 빈방이 있으면 거기도."

"알았어."

가즈아키는 그릇을 씻기 시작했다. 히로미는 화장실에 간다고 하고는 욕실로 뛰어갔다. 피스는 정말로 욕조에 몸을 담그고 콧노래를 부르고 있었다.

"피스, 어떡할 거야?"

욕실 안에서 물소리와 함께 대답이 들려왔다.

"차랑 같이 처리해버려야겠어."

"같이?"

피스는 탁한 웃음소리를 내며 말했다.

"가솔린을 붓고 범행에 사용된 차와 함께 불을 질러서 자살한 걸로 위장하는 거야. 타버리면 경찰도 자세히 조사하지 못할 테지. 그렇게 하려면 가즈아키에게 그 유령빌딩까지 차를 몰게 해야 해. 살아 있는 동안에 말이야. 그런 구실을 만들 시간이 있어야 하니까 또 수면제를 사용할 수밖에 없겠어."

"알았어."

히로미는 그렇게 대답하고 목소리를 더 낮춰 물었다.

"피스."

"응?"

"기무라는 언제 처리할 거야?"

"언제든 좋아."

"그럼 내가 할게. 너무 긴장해서 스트레스가 쌓였어. 좀 풀어야겠어."

"그럼 그렇게 해."

피스는 그렇게 말하고는 킥킥, 하고 웃었다.

"내가 자는 동안에 창고를 조사한다고?"

"물론이지. 원래 계획이 그거 아냐?"

"기무라의 지갑을 거기 뒀으니까, 가즈아키의 지문을 묻혀. 절대 잊지 마."

그리고 다시 콧노래를 부르기 시작했다. 사랑하는 사람의 죽음을 슬퍼하는 옛날 유행가였다.

일층 거실 옆의 빈방에 가즈아키와 구리하시 히로미의 잠자리를 마련해준 다음, 피스는 먼저 쉬어야겠다면서 이층 자기 방으로 올라갔다. 자정이 가까운 시간이었다. 한 시간 정도 더 기다렸다가, 구리하시 히로미는 계획대로 가즈아키를 데리고 일층 창고를 조사하러 들어갔다.

창고 안은 부자연스러워 보이지 않을 정도로만 정리해두었다. 기무라의 명함이 든 지갑은 맨 구석 벽에 붙은 선반 위의 낡은 골프백 뒤에 슬쩍 놓아두었다.

"후루카와 마리코의 핸드백을 발견한 게 바로 저기야. 저기 슈트케이스가 있는 데 있지? 저기였어."

목소리를 죽이고 몸을 낮춰 손전등을 신경질적으로 들어대면서 구리하시 히로미가 말했다. 손전등을 사용하는 것은 그의 아이디어였다. 불을 켰다가 만일 화장실에 가려고 일어난 피스가 불빛이 새어나오는 것을 보기라도 하면 곤란하다고 했다.

온갖 잡동사니가 가득 쌓인 창고 안에서 가즈아키는 둔중한 몸을 이리저리 비틀며 고전하고 있었다. 조금만 움직여도 몸이 닿고 먼지가 코에 들어가 재채기를 했다. 가즈아키가 재채기를 할 때마다 히로미는 깜짝 놀라는 시늉을 해야 했다.

"조심해! 피스가 들으면 어떡하려고 그래!"

아무리 말도 안 되는 연극이지만, 그럴듯한 연기를 해서 어떻게든 가즈아키의 지문을 기무라의 지갑에 남겨두어야 한다. 그것 때문에 히로미는 미리 짠 각본에서 그가 해야 할 역할 이상으로 열성적이었다.

구리하시 히로미가 저녁식사 때부터 갑자기 가즈아키를 다루기 힘들 것 같다는 느낌을 받은 것도 그의 착각은 아니었다. 이 창고 조사에서도 가즈아키는 히로미가 바라는 대로 반응해주지 않았다. 지시를 따르지 않는 것도 아니고 딴청을 부리는 것도 아니다. 진지하면서도 조금 겁먹은 듯한 태도였다. 그러나 뭔가가 달랐다. 이럴 경우에 가즈아키는 분명 이러한 태도를 보일 거라고 예상한 곳에서마다 가즈아키는 미묘하게 다른 행동을 보였다.

그래서 초조해졌다. 피스라면 여유만만하게 가즈아키를 유도할 수 있었을 것이다. 피스라면 이런 바보 같은 연극 정도는 완벽하게 해낼 것이다. 그런데 자신은 안 된다. 그래서 히로미의 행동은 쓸데없이 연극적으로 변해갔다.

"어이, 혹시 여기가 살인현장이 아닐까?"

물건을 뒤지는 척하면서 히로미가 말했다.

"피스는 여기서 여자애들을 죽였을지도 몰라."

벽 앞에 놓인 커다란 옷장을 조사하던 가즈아키는 느릿한 손놀림을 멈추더니 히로미를 돌아보았다.

"그렇지 않을 거야. 그런 생각은 안 하는 게 좋아."

히로미는 화가 나서 속으로 따졌다. 어떻게 아니라고 단정할 수 있어? 가즈아키, 너답게 굴지 못하겠어! 내가 이런 말을 하면 넌 겁을 먹고 벌벌 떨어야 하잖아.

'어떡하지, 히로미. 빨리 경찰에 알려야 하지 않을까?'

그러면서 울먹거려야 하잖아. 그러면 난 이렇게 말하겠지.

'조금만 더 기다려봐. 조금만 더 조사해보자. 증거가 없으면 경찰이 안 믿어줄 거야.'

그렇게 되어야 마땅하다. 그런데 이게 뭐야.

구리하시 히로미는 손전등으로 여기저기를 비추면서 기무라의 지갑을 숨겨둔 선반으로 다가갔다. 이걸 빨리 발견하게 하자. 그리고 여기서 나가자. 그런데 일이 잘 안 풀린다. 나 혼자 안달을 하는 것 같다. 과민한 탓인가.

"저기, 뒤편에 뭐가 없을까……"

그렇게 중얼거리면서 선반 쪽으로 목을 빼는데 뒤에서 가즈아키가 중얼거렸다.

"무슨 소년 탐정단 같아."

구리하시 히로미는 저도 모르게 뒤를 돌아보았다. 그 어투에는 분명히 사람을 놀리는 듯한 뉘앙스가 들어 있었다.

"뭐라고?"

히로미는 날카롭게 되물었다. 그리고 손전등을 가즈아키 쪽으로 비추었다.

가즈아키는 창고 문 바로 옆에서 두 손을 늘어뜨리고 커다란 얼굴을 갸우뚱하면서 히로미를 바라보고 있었다. 가즈아키의 손전등은 바닥만 비추고 있었다. 히로미의 손전등이 비치자 눈이 부신 듯 손으로 얼굴을 가렸다.

"뭐라고 했어?"

"소년 탐정단 같다고 했어."

가즈아키가 다시 한번 말했다. 이번에는 놀리는 것 같은 느낌은 아니었지만, 여전히 목소리에는 힘이 없었다. 마치 어린애들 장난에 끼어들었다가 피곤해진 어른 같은 몸짓이었다.

"어이, 정신 똑바로 차리고 조사해봐. 살인사건이란 걸 알아야지!"

"알고 있어. 그렇지만, 여기에는 아무것도 없는 것 같아."

"그렇지 않아. 잠깐만 기다려봐. 여기, 여기 뭐가 있어!"

구리하시 히로미는 손을 뻗어 기무라의 지갑을 꺼냈다. 자신이 발견해버리다니, 처음 줄거리와는 달랐지만 그걸 신경쓸 때가 아니었다. 어쨌든 이걸 가즈아키가 만지게 해야 한다.

"봐, 이거. 지갑이야. 남자의 지갑. 명함이 들어 있어."

가즈아키의 눈앞에 기무라의 지갑을 내밀었다. 가즈아키는 그것을 오른손으로 받아들고 손전등으로 비추어보았다.

"어디 있었어?"

"저기, 구석 선반 위에."

"그래……"

가즈아키는 지갑을 펴고 안을 살폈다. 오른손 손가락 끝으로 지갑 안을 확인한다. 인마, 그래서는 지문이 안 묻어, 구리하시 히로미는 안달이 났다.

"정말이야. 명함이 들어 있네. 기무라 쇼지. 회사 이름도 있어. 일본임업주택."

"어이, 가즈아키."

구리하시 히로미는 스스로도 흥분한 목소리로 느껴질 만큼 애써 목소리를 짜냈다.

"그 연속유괴살인범 말이야, 텔레비전에서 여자 평론가가 여자밖에 못 죽이는 놈이라고 하니까 화를 내면서 다음에는 성인 남자를 죽여 보이겠다고 하지 않았어?"

가즈아키는 대답도 하지 않고 지갑을 뒤적이고 있었다. 어쩐지 그 손가락이 떨리고 있는 것처럼 보였다. 그래, 겁을 먹어야지. 내가 이렇게 멋진 연기를 하는데, 네놈이 겁을 먹지 않을 수 있겠어?

"이 지갑 주인인 기무라라는 사람은 벌써 죽었을 거야. 역시 피스가 범인이야. 이게 증거야. 이건 과민반응도 아니고 착각도 아냐!"

가즈아키는 말없이 지갑을 접었다. 탁, 하는 소리가 났다.

"큰 소리 내지 말라니까."

"그럼 어떻게 할까? 이걸 증거로 가지고 갈까?"

"그러자. 네가 가지고 있어. 피스에게 안 들키게."

겨우 창고에서 나갈 수 있게 되었다. 두 사람은 발소리를 죽이고 부엌으로 돌아와 손전등을 찬장 서랍에 넣었다. 그리고 방으로 돌아왔다. 구리하시 히로미는 해방된 기분으로 말했다.

"명백한 증거물을 찾았으니 다른 방은 조사할 필요도 없겠어. 우리는 정말 엄청난 일에 휘말려들고 만 거야. 그렇지만 가즈아키, 경찰이 표창장을 줄 거야. 매스컴에도 나갈 테고. 그 연속살인범을 밝혀냈으니까."

기무라의 지갑은 지금도 가즈아키의 손안에 들어 있다. 아무것도 모르는 이 멍청이는 지갑에다 지문을 떡칠해놓았다. 아까 묻은 구리하시 히로미의 지문은 흔적도 없이 사라지고 말았을 것이다. 정말 고마운 멍청이다. 히로미는 여유를 되찾았다. 귀찮은 일이지만, 해야 할 일은 정확히 해냈어, 피스.

가즈아키는 침대에 앉아 지갑에서 꺼낸 기무라의 명함을 불빛 아래에서 다시 한번 확인하고 있다. 히로미는 가까이 다가가 위에서 내려다보았다.

"새로 만든 명함이야. 이 회사, 텔레비전 광고에서 본 적이 있어. 큰 회사야."

"이 전화번호로 전화해보자."

가즈아키가 불쑥 말했다.

"왜? 왜 그런 짓을 해?"

"이 기무라라는 사람이 지금 어디 있는지, 행방불명되었는지 알아봐야 하잖아?"

히로미는 기절초풍할 노릇이었다. 가즈아키 같은 멍청이가 이런 말을 할 줄이야. 이건 대사에도 없던 말이잖아.

"그렇게 조사해서 뭘 하게? 무슨 도움이 된다는 거야?"

"중요한 일이야. 이 지갑 주인의 신원을 확인하지 않으면 왜 이 지갑이 여기 있는지 알 수 없잖아? 그냥 피스가 아는 사람인데 여기 놔두고 갔을지도 모르고."

구리하시 히로미는 흉포한 충동에 휩싸여, 자칫 가즈아키를 때릴 뻔했다. 팔이 위로 올라갈 참이었다. 너 따위 놈이 어떻게 그런 생각을 할 수 있어? 너는 아무 생각도 없는 멍청이잖아. 우리가 시키는 대로만 하고, 간단히 속아넘어가야 할 얼간이잖아.

이건 각본에도 없던 이야기야. 피스, 줄거리가 뒤틀리고 있어, 어떻게 된 거야.

"전화해보자, 여기다가."

가즈아키는 침대에서 일어서려 했다. 히로미는 충동적으로 가슴을 밀었다. 가즈아키는 바닥에 뒹굴었다.

"지금 몇신 줄 알아? 이런 시간에 회사에 사람이 있을 것 같아?"

히로미를 올려다보는 가즈아키의 눈동자 깊은 곳에서 미약하나마 두 사람의 역사에서 처음으로 저항의 빛이 번득였다. 히로미는 자신의 눈을 의심했다. 이 자식, 정말 가즈아키 맞아? 조금만 협박하면 얼간이처럼 주머니를 털어주고, 개처럼 벌벌 기던 가즈아키 그놈이 맞아?

"큰 회사니까 당직이 분명 있을 거야. 이런 사람이 회사에 있는지 없는지 가르쳐줄지도 몰라. 사정을 이야기하면, 긴급사태라고 하면……"

가즈아키는 고개를 내저었다. 가즈아키가 말을 이렇게 빨리 할 수 있다니. 가즈아키는 지갑을 쥔 채 말을 이었다.

"아냐, 역시 그건 아냐. 이렇게 신중해서 될 일이 아니야. 경찰이 빠를 거야. 이걸 가지고 경찰서로 가야겠어. 히로미도 따라올 거지? 이 별장으로 경찰을 불러야 해. 그때 후루카와 마리코의 핸드백 이야기도 하면 돼. 경찰도 사건이 사건인 만큼 심각하게 받아들일 거야."

조금 전부터 느끼고 있던 위화감이 이제 뚜렷한 형태를 띠고 히로미에게 결론을 재촉했다. 이건 계산착오다. 가즈아키를 잘못 봤다. 가즈아키는 내가 생각했던 그런 얼간이가 아니었다.

"너, 지금 네가 무슨 말을 하는지 알고 있어?"

목소리가 떨렸다. 식은땀이 흘렀다. 가즈아키가 자신을 당황하게 만들고 있다. 이럴 리가 없다. 어떻게 이럴 수가? 지금까지 그렇게 멋들어지게 계획을 성공시켜온 내가 아닌가. 경찰도, 살해당한 '여배우들'의 가족도, 매스컴도 모두 뜻대로 움직여온 내가 아닌가. 아무도 우리의 정체를 눈치채지 못하고 우왕좌왕하기만 했다. 우리에게, 피스와 나에게 대적할 인간은 없었다.

그런데, 왜 이 얼간이 가즈아키 하나를 조종하지 못한단 말인가.

순서는 전부 머릿속에 들어 있다. 창고를 조사하고, 기무라의 지갑을 발견하고, 거기에 가즈아키의 지문을 묻혀두었다. 그런 다음 오늘밤은 여기에서 묵고 내일 피스의 눈치를 살피면서 신중하게 행동하자고 꼬드겨 가즈아키를 여기 잡아둔다. 그러고는 잠이 오지 않으니 술이나 한잔 하자면서 수면제를 탄 위스키를 먹인다. 가즈아키가 죽은 듯이 잠들면 피스와 내가 기무라를 처리하고, 그 시체를 가즈아키의 차 트렁크에 넣고, 절묘한 타이밍으로 유서가 배달되도록 한다. 그 다음은 가즈아키를 처리할 만큼 충분한 여유를 확보하기 위해 계속 잠을 재운다. 그런 계획이 아니었던가.

그런데, 왜 이런 간단한 일에 발목이 잡혀야 한단 말인가. 왜 기무라의 회사에 전화를 걸어본다고 하고, 경찰서에 간다고 하는가. 이놈에게 그런 의지 같은 게 있을 리가 없는데.

"히로미, 우리 같이 경찰서로 가자."

다짐을 받겠다는 듯이 다카이 가즈아키는 말했다.

"지금까지 히로미가 한 말은 진실이지? 그렇다면 같이 경찰서로 가자. 여기서 어물거릴 일이 아냐."

지금까지의 이야기가 진실이냐고? 가즈아키의 입에서 어떻게 이런 말이 나올 수 있단 말인가.

"서두르자. 차를 가지고 오길 잘했어."

가즈아키는 히로미를 밀치듯 하며 일어서서 문 쪽으로 향했다. 앞뒤 따질 겨를도 없이, 연극의 줄거리를 잊어버리고, 히로미는 낮게 힘준 목소리로 말했다.

"잠깐! 잠깐! 그건 좀 곤란해!"

문을 열면서 가즈아키는 뒤를 돌아보았다. 히로미의 얼굴을 똑바로 쳐다보았다. 이것도 처음이었다. 가즈아키가 내 눈을 똑바로 보다니. 나와 얼굴을 정면으로 마주 보다니. 이런 쓰레기 같은 놈이.

"뭐가 곤란하다는 거야, 히로미? 어디 한번 말해봐. 내가 어떡하면 좋겠어?"

"장기판의 말이 되어주면 돼."

피스의 목소리가 들렸다. 가즈아키가 연 문 저편에 어느새 피스가 서 있었다. 얼굴 가득 미소를 머금고. 그 손에는 기무라를 쓰러뜨린 알루미늄 배트가 들려 있었다.

"장기판의 말이 되어주기만 하면 돼. 그것뿐이야."

그렇게 말하고 피스는 배트를 치켜들었다. 둔탁한 소리가 들리는 순간 히로미는 눈을 감았다. 감은 눈꺼풀 너머로 붉은 색채가 떠올랐다.

기무라 쇼지는 자신이 처리되어야 할 때가 왔다는 말을 이해하지 못하는 것 같았다. 애당초 침대에 꽁꽁 묶여 있으니 저항할 염려는 없었다. 피스는 그의 머리맡에 의자를 놓고 앉아, 한 시간에 걸쳐 이제부터 기무라에게 일어날 일과 그 파문에 대해, 그 일이 피스와 히로미에게 얼마나 중요한지에 대해, 그리고 두 사람이 기무라를 만난 것이 얼마나 기쁜 일인지에 대해 설명했다. 마치 귀가 먼 노인에게 치료방법을 친절하게 설명하는 의사 같았다.

그래도 기무라는 이해하지 못했다. 죽일 생각이었으면 빨리 죽일 수 있었을 텐데 왜 이제 와서 죽여야 하느냐고 어린애처럼 따졌다. 피스는 우리의 계획을 위해서 지금까지 살려두었고, 이제 그 시간이 끝났기 때문에 죽을 수밖에 없다고 참을성 있게 설명했다.

"너희들은 남의 생명이 뭐라고 생각하나?"

어깨까지 로프로 칭칭 동여매인 기무라는 마치 큰 상처를 입고 온몸에 깁스를 한 사람처럼 베개 위에서 머리를 상하좌우로밖에 움직일 수 없었다. 그래도 그 부자연스러운 자세로 있는 힘을 다해 목을 뻗쳐 피스에게 설교했다.

"남의 생명이니까, 남의 생명이라고 생각할 뿐이지요."

피스는 상냥한 말투로 그렇게 말했다.

"우리는 원칙적으로 지인이나 친구는 죽이지 않아요. 죽으면 슬프니까요. 그렇지만 남은 아무렇지도 않아요."

"그 남들도 가족이 있고 친구가 있어! 그 사람의 죽음을 슬퍼할 사람들이 있단 말이야!"

"그야 그렇겠지요. 그렇지만 우리와는 관계없어요."

"이런 짓을 해서 뭐가 좋단 거야!"

"즐겁지요. 당신도 해보면 알걸요. 재능이 없으면 불가능한 일이지만요."

당신의 유해는 반드시 가족에게 돌아갈 테니 마음 놓으라고 피스는 말했다.

"우리에게는 추한 중년 남자의 시체를 곁에 두는 그런 취미는 없으니까요. 경찰은 당신을 발견해 검시를 하고 조사하고 싶은 만큼 조사한 후에 가족에게 돌려줄 테지요. 그리고 부인은 이미 당신에게 무슨 일이 일어났으리라고 각오하고 있을 테니까, 당신의 유해가 돌아왔다고 해서 죽을 만큼 충격을 받지도 않을 거예요. 오늘밤에 각오를 굳힐 겁니다."

"말도 안 돼…… 난 지금까지 한 번도 아내에게 연락하지 않고 외박한 적이 없어. 걱정하고 있단 말이야! 각오라니, 그런 말도 안 되는 소리 하지도 마!"

"그렇지만 종이학이란 게 있지요."

"종이학?"

"당신은 여기 오자마자 부인과 만난 이야기를 했잖아요? 그 다음에 우리가 부인에게 전화를 걸었지요. 남편을 위해서 종이학을 접는 게 좋을 거라고 말이죠. 그러니까 부인은 당신 신상에 불길한 일이 일어났다는 것을 예감하고 있을 겁니다. 그래서 당신과 부인 사이의 중요한 에피소드를 당신에게 들었던 거예요."

피스는 밝게 웃었다.

"머리를 때려서 기절시키고 밧줄로 묶어 감금한 남자에게 부인을 만난 이야기를 해달라고 강요하다니, 정말 이상한 놈들이라고 생각했을 테죠. 이런 이상한 놈들이니까, 어떻게든 이 위기에서 벗어날 수 있을 거라고 생각했겠죠. 그런데 아니랍니다. 우리에게는 나름대로 생각한 게 있어서 그런 이야기를 들은 거예요."

"아내를 불안하게 만들려고?"

"그럼요. 당신이 여기서 고통받을 동안 부인도 고통받으라고 말이죠. 그게 극적이지 않을까요? 우리는 적극적으로 남에게 상처를 입힐 생각은 없어요. 우리는 사디스트가 아니니까요. 다만 연출가로서 최대한의 효과를 얻으려고 한 것뿐이에요. 가장 드라마틱한 줄거리를 만들려고. 그러기 위해서 세부적인 장치를 만들어낸 거지요."

피스는 그렇게 말하고 일단 일어서서 문을 열고 히로미를 불러들였다. 히로미는 두 손으로 커다란 베개를 들고 방 안으로 들어왔다.

기무라는 흰자위를 번득거리며 두 눈을 크게 떴다.

"자네는, 자네는 내 편이잖아. 자네는 이놈이 연속살인범이란 걸 알고 나를 도와주겠다고 했잖아!"

흙빛으로 변한 얼굴에 식은땀을 흘리며 고개를 마구 흔들어댔다. 히로미는 베개를 안은 채 피스에게 말했다.

"이런 상태에 빠져서도 그런 거짓말에 간단히 속아넘어가는 인간의 심리에 대한 연구는 잘 했겠지?"

"물론이지."

피스는 밝은 목소리로 말했다.

"질식사는 별로 고통스럽지 않아요, 기무라 씨. 혹시나 해서 나중에 다시 한번 로프로 목을 조르겠지만, 그때는 거의 가사상태에 빠져 있을 테니까, 아무 느낌도 없을 거예요. 이건 내가 보장하지요."

그러나 베개로 얼굴을 눌러도 기무라는 여전히 버둥거렸다. 결코 머리 좋은 인간이 보일 행동은 아니었다.

구리하시 히로미와 피스는 빠르게 움직였다. 기무라의 시체를 욕실로 옮겨 더러운 옷을 벗기고 일단 창고에 넣은 다음 그를 감금하고 있던 방을 청소했다. 매트리스와 담요는 나중에 햇볕에 말리면 된다.

기무라의 시체를 깨끗이 씻기고 미리 사둔 속옷을 입힌 다음, 가즈아키의 차 트렁크에 밀어넣었다. 가방 안에 그의 소지품 모두를 넣고, 그 가방도 트렁크에 넣었다. 단, 휴대폰만은 기념품으로 남겨두기로 했다.

지금까지도 '여배우들'에게서 액세서리를 비롯한 다양한 기념품을 수집해두었지만 휴대폰은 처음이었다. 먼동이 트는 시간이 되어서야 작업이 일단락되었다. 피로에 지친 두 사람은 잠깐 수면을 취하기로 했다. 그러나 흥분한 탓에 푹 잠들 수 없었다. 약속이나 한 듯이 아홉시 전에 눈을 뜨고, 오늘의 메인이벤트를 벌일 결의를 다졌다.

피스가 말했다.

"먼저 아침부터 먹자. 그런데, 오늘은 요리를 할 기분이 아냐. 드라이브인에 가서 먹지 뭐. 이제부터 바쁠 테니까 단단히 먹어둬야지."

나가기 전에 창고에 던져놓은 가즈아키를 보러 갔다. 몸에 상처를 남기지 않기 위해 얇은 침대보로 둘둘 말아서 그 위를 로프로 묶었다. 원래도 뚱뚱한 가즈아키는 마치 번데기 같았다. 히로미는 저도 모르게 킥킥거렸다.

가즈아키는 의식을 되찾은 상태였다. 웃음소리에 눈을 한 번 뒤룩거렸다.

"뭐야, 깨어났잖아."

히로미는 너무 즐거워서 견딜 수 없었다.

피스의 솜씨는 거의 예술가의 경지였다. 배트로 내려치면서도 절대로 죽지 않게 한다. 피를 흘리면서 커다란 혹이 생기고는 몇 시간 동안 의식을 잃을 뿐이다. 바로 그 몇 시간이 포인트였다. 꼼짝하지 못하게 묶어서 감금할 수 있기 때문이다.

"집 잘 지켜. 우리는 아침 좀 먹고 올 테니까."

산을 내려가서 가까운 국도에 들어서자마자 삼거리가 나오고 거기에 휴게소가 있다. 사람들 눈에 띄지 않으려고 절대 이용하지 않았던 휴게소였다. 그러나 지금 두 사람의 기분은 들떠 있었다. 한 번 정도는 어떨까 싶어 주차장에 차를 들이밀었다.

두 사람은 마음껏 먹었다. 계획은 완벽하다. 실패란 있을 수 없다. 그런 성취감에 흥분했다. 히로미는 앞일에 대해 이야기하고 싶어 견딜 수 없었다. 피스는 '다카이 가즈아키의 유서'를 다 써두었을까?

차로 돌아와 주차장을 채 빠져나가기도 전에 히로미가 물었다.

"가즈아키는 어디서 처리할 거야? 유서는 만들어뒀어?"

피스는 막 주차장으로 들어오는 빨간 스포츠카에게 자리를 비켜주려고 상대 운전자에게 손짓을 하고 눈인사를 나누는 참이었다. 빨간 스포츠카의 운전석에는 보이시한 인상의 젊은 미인이 타고 있었다. 조수석에는 친구로 보이는, 둥그스름한 얼굴에 긴 머리를 한 여자가 앉아 있었다.

두 여자는 휴게소 입구 가까운 편리한 자리를 양보해주려는 피스에게 감사의 웃음을 보냈다.

빨간 스포츠카와 헤어져 국도로 나선 후에 피스는 명랑한 목소리로 말했다.

"정말 수수께끼야. 여자 둘이 있으면 왜 하나는 미인이고 다른 하나는 폭탄일까?"

"미인끼리는 친구가 될 수 없는 게 아닐까?"

"그렇지만 친구가 되는 시점에서는 미인과 폭탄이라도, 사귀는 사이에 폭탄이 미인을 닮으려고 노력하지 않을까? 화장이나 패션, 다이어트 방법 같은 거. 만일 내가 폭탄이라면 친구에게 배우려고 노력할 거야."

"피스라면 그러겠지. 학구열이 왕성하니까."

"그런데 세상에는 그렇지 못한 인간이 더 많은 것 같아. 학구열은 고사하고 아예 배울 능력이 없는 사람 말이야. 선천적으로 그런 게 없어. 아마 폭탄도 그럴 거야."

피스는 소리내어 통쾌하게 웃었다.

"그러니까 그런 인간은 지금 내가 말한 그런 의문을 애당초 품지 않는 게 아닐까?"

"맞아, 맞아."

기분 좋게 고개를 끄덕이다가, 문득 히로미는 가즈아키가 바로 그런 인간이라는 생각이 들었다. 가즈아키는 그렇게 당하면서도 무엇 하나

배우려 한 적이 없었다.

가즈아키는 그 조수석의 폭탄과 똑같다. 피스와 나 같은 미인 곁에 있으면 오히려 자신의 비참한 모습이 두드러질 텐데도 도무지 떨어지려 하지 않는다. 그런 주제에 배우려는 마음도 없다.

왜 가즈아키는 늘 당하기만 할까 하고 의문을 품어본 적도 있었다. 그러나 대답은 간단했다. 미인과 폭탄끼리 단짝인 것과 같다. 히로미가 아는 것을 가즈아키는 모른다. 그놈에게는 인생을 배울 능력이 없다. 그것뿐이다.

그런데도 가즈아키는 내 곁에 있다. 그것 또한 폭탄이 미인에게 평생의 우정을 바치는 것과 똑같다. 주위에서 아무리 설명해줘도 미인이 되려고 하지 않는다. 애당초 배울 능력이 없는 것이다.

그렇다. 피스는 그런 말을 한 적이 있다. 왜 가즈아키가 늘 우리에게 속고 이용당할까 하고 묻자, 가즈아키는 애당초 그런 인간이기 때문이라고 대답했었다. 그 말은 곧 이런 뜻이었던 것이다.

산장으로 돌아와 가즈아키를 창고에서 꺼내 침대보 끝을 잡고 거실까지 질질 끌고 가 난로 곁의 벽에 비스듬히 뉘어놓았다. 얼굴과 얼굴이 마주치자 히로미는 저도 모르게 이렇게 말했다.

"고마워. 나를 위해 늘 곁에 있어줘서 고마워. 너의 우정에 정말 감사하고 싶어."

히로미는 제 말에 스스로 감동해서 눈물까지 고였다. 가즈아키를 위한 눈물이 아니었다. 가즈아키 같은 친구를 둔 자신에 대한 감동의 눈물이었다.

가즈아키는 지성이라고는 없는 가축처럼 작은 눈을 깜빡이며 히로미를 바라보았다. 왼쪽 눈이 충혈되어 있었다. 배트에 맞은 후유증이거나 넘어질 때 어딘가에 부딪혀서 그런 것 같았다.

그때 가즈아키가 입을 벌리고 중얼거리듯이 말했다.

"이런 게 아닐까 싶었어."

그 말에 피스는 휘파람을 휙— 불더니 흥미롭다는 표정으로 히로미를 돌아보았다.

히로미는 가즈아키에게 다가가 그 앞에 쭈그리고 앉았다. 피스는 거실 소파에 걸터앉아 다리를 꼬고 담뱃불을 붙였다. 희한한 일이었다. 피스는 거의 담배를 피우지 않는다. 어쩌다 한 갑을 사긴 하지만, 일 년이 지나도 반 갑이 그대로 남아 있을 정도이다.

"이런 거라니, 그게 뭔데? 나를 의심하고 있었어?"

히로미가 물었다.

"그래."

가즈아키는 열심히 눈을 깜빡이면서 대답했다. 머리를 움직이면 아픈 듯, 목을 거북처럼 앞으로 빼고 턱을 당긴 채 꼼짝도 하지 않는다.

"너, 내 말 안 믿었어?"

"그래."

"왜? 괜찮은 스토리였을 텐데."

"세상에 그런 이야기가 어딨어. 엉터리 드라마 같았어. 그런 걸 믿을 사람은 아무도 없어."

히로미는 갑자기 분노가 폭발할 것 같은 느낌에 사로잡혔다. 자신도 놀랐다. '여배우'들을 죽이기 시작한 이후로 그런 발작은 거의 사라졌었다. 최근 이삼 년 동안은 갑자기 솟구치는 자신의 분노보다는 사소한 일에도 자존심이 상해 돌처럼 굳어버리는 피스를 더 걱정했을 정도였다. 분노의 발작이 어떤 것인지도 잊고 있었다.

그것은 마치 자동차 핸들을 잡고 있다가 갑자기 컨트롤이 불가능한 상태에 빠져드는 것 같은 일이었다. 시속 백이십 킬로미터로 달리며 경치를 즐기고 있는 고독한 운전자에게 갑자기 화이트아웃 같은 공백상태가 찾아와, 두 손 안에 든 핸들이 마치 스스로의 의지를 가지기라도 한 듯이 조종당하기를 거부하고, 액셀을 밟지 않았는데도 스피드는 점점 올라간다. 눈앞의 장애물을 닥치는 대로 밀쳐버리고 점점 가속이 붙어 차체가 일그러지는 소리가 들려오고, 그래도 스피드는 더 올라가고, 히로미의 정신은 가속을 이기지 못해 점점 뒤로 밀려 마침내 뒷좌석의 시트에 달라붙는다. 그러면서 자신의 차가 눈앞의 모든 장애물을 부수는 것을 지켜본다.

"그만둬, 히로미, 그만두지 못해!"

다시 현실로 돌아와 핸들을 잡은 손을 놓은 순간, 히로미는 뒤에서 피스가 어깨를 붙들고 있다는 것을 알았다. 발아래에는 침대보에 둘둘 말린 가즈아키가 애벌레처럼 꿈틀거리고 있고, 바닥에는 피가 고여 있었다. 히로미는 주먹을 불끈 쥐고, 그 주먹에 묻은 피를 바라보았다.

숨이 가빴다. 목에서 색색거리는 소리가 났다. 발작을 일으킨 것도 오랜만이지만, 이렇게 분노를 마음껏 발산하기도 처음이었다.

"더이상은 안 돼! 가즈아키의 시체를 해부할 때 죽기 전에 맞은 사실이 드러나면 우리 각본이 엉망이 되고 말아!"

피스의 목소리가 숨결과 함께 목덜미에 닿았다. 등 뒤에서 히로미를 끌어안은 그의 팔은 생각보다 가늘었다. 그것만이 아니었다. 등에 밀착된 그 몸의 감촉은 묘한 느낌을 불러일으켰다.

히다카 치아키의 몸이었다. 후루카와 마리코의 몸이었다. 동 페리뇽을 마시고 싶어했던 불행한 여자애의 몸이었다. 목을 한 번만 비틀어도 숨이 끊어져버렸던 몸이었다. 히다카 치아키의 목에 밧줄을 걸어 힘껏 계단으로 밀쳤을 때, 히로미는 그녀의 가냘픈 등뼈를 두 손으로 느껴보았었다. 그 감촉이 아직도 손바닥에 남아 있다.

후루카와 마리코를 감금하고 있을 동안 저도 모르게 그녀를 때리고 범했다. 후루카와 마리코는 그의 취향이었다. 참으로 즐거운 한때였지만, 강간이 거듭되자 그녀는 얼이 빠져 울지도 화내지도 고함을 지르지도 않았고, 그래서 재미가 없어졌다. 그녀를 교수형에 처하기 직전에는 섹스를 하면서 손으로 목을 졸랐다. 그녀의 얼굴이 시뻘겋게 물들고, 삶은 달걀 같은 흰자위에 혈관이 불거지는 것을 보고 손을 놓자, 그녀는 토했다. 히로미는 오물이 몸에 묻었다고 화를 내며 그녀를 주먹으로 쳤다. 그러나 때릴 때의 감촉보다는 목을 조를 때 손바닥에 닿아오는 어린 대나무 같은 목뼈의 감촉이 더 신선했다.

지금은 이름도 잊은 어떤 불행한 여자애는 행여 목숨을 구할 수 있을지도 모른다는 희망을 품고 스스로 그의 상대가 되어주려 했다. 정말 재미없는 애였다. 그래서 섹스는 그만두고 만일 여기서 살아돌아간다면 뭘 하고 싶은지를 물으며 즐겼다. 그녀는 나쁜 머리로 온갖 지혜를 짜내 말했다. 미용사 자격을 따고 싶다. 보모가 되고 싶다. 아이를 좋아한다. 소식이 끊어진 친구를 찾아가고 싶다. 효도하고 싶다. 그런 말로 그의 동정을 사면 혹시 풀려날지도 모른다고 생각하는 것 같았다.

그러다 머리에 펑크가 나버렸는지 같은 말을 반복하기 시작했고, 히로미는 갑자기 화가 치밀어 그녀를 실컷 때린 다음에 위에 올라타고 목을 졸랐다. 정말 짜릿한 감촉이었다. 여자의 목과 등과 갈비뼈가 삐그덕거리는 소리를 낼 때, 그는 온몸으로 그 소리를 들으며 쾌감을 느꼈다.

여배우들의 몸. 그 부드러운 뼈. 구리하시 히로미라는 압도적인 존재 앞에 너무도 간단히 꺾여버리던 나약한 존재.

그것과 같은 감촉을 지금 피스에게서 느꼈다. 그는 어릴 적부터 싸우거나 뛰어노는 걸 좋아하지 않았기 때문에, 그의 몸에 닿은 것은 이번이 처음이었다.

피스의 몸은 여배우들을 연상시켰다. 아니, 여배우들이 아니다. 피스의 여배우들이 아니다. 히로미의 여자들이다. 그의 여자들이다.

이 팔을 뿌리치고 피스의 목을 조르고 싶다. 돌풍이 불듯이 그런 충동이 일었다. 한줄기 바람이 히로미의 닫힌 마음의 창을 열어놓았다. 그 창밖에 피스의 얼굴이 있었다. 나약한 몸이 있었다. 간단하다. 두들겨패고 목을 조르면 된다. 핸들을 단단히 잡고 액셀을 힘껏 밟으면 된다.

"……분명히 잡히고 말거야."

히로미의 발아래에서 가즈아키가 말했다. 벌레가 말을 하다니.

"뭐라고?"

히로미는 퍼뜩 정신을 차렸다. 열렸던 창문이 일제히 소리를 내며 닫혀버렸다.

"아무리 속이려 해도, 결국에는 잡히고 말 거야."

가즈아키가 얼굴을 들어올렸다. 문드러진 코에서 피가 흘러내렸다. 왼쪽 눈두덩이 찢어지고, 오른쪽 눈은 부어올라 완전히 감겨 있다. 입에서는 피가 섞인 침이 흘러내린다.

히로미가 제정신으로 돌아온 것을 확인하고 피스는 팔을 풀었다. 몸의 감촉이 사라지자 아까의 그 충동도 사라졌다. 그 감촉은 길게 꼬리를 늘어뜨리지도 않고 언제 생겼었냐는 듯이 사라졌다. 히로미는 방금 자신이 무슨 생각을 했는지도 잊어버렸다.

"절대 안 잡혀."

피스가 쓰러진 가즈아키를 안아올려 원래대로 벽에 기대놓으면서 말했다.

"나는 안 잡혀. 계획은 완벽해. 황홀해질 정도로 아름다운 스토리야. 가즈아키, 잘 들어. 이 사회는 내가 만들어내는 다음 이야기를 기다리고 있어. 그 다음 이야기와, 최고의 클라이맥스와, 길게 여운이 남는 라스트신. 그러니까 네가 협력해줘야지. 공연자로서 말이야.”

피스의 말은 늘 그렇듯이 설득력이 있다. 그러나 가즈아키는 피스를 보려고도 하지 않았다. 오로지 히로미에게 초점을 맞추려 애쓰고 있었다.

“히로미, 알고 있지? 내가 하는 말, 알지?”

피와 침을 흘리면서 그는 말했다.

“피스의 말을 믿어서는 안 돼. 너랑은 비교도 안 될 정도로 머리 나쁜 나도 못 속였잖아. 난 여태 네가 한 말을 한 번도 믿은 적이 없어. 히로미가 여자들을 죽이고 있다는 걸 오래전부터 알고 있었어.”

“그렇다면 왜 여기까지 왔어?”

“그만두게 하고 싶어서.”

일그러진 코에서 피가 흘렀다. 가즈아키는 힘껏 목을 빼며 말했다.

“조금이라도 빨리 이걸 그만두게 하고 싶었어. 같이 자수하러 가자고 설득할 생각이었어.”

피스는 두 손을 허리에 얹고 마치 강아지를 나무라는 듯한 어투로 말했다.

“그런 걸 두고 달밤에 혼자 춤춘다고 하는 거야. 히로미는 혼자가 아냐. 그 뒤에는 지휘자인 내가 있어. 그러니까 가즈아키 너는 이길 수 없어. 너는 인생에서 한 번이라도, 단 일 초라도 이긴 적이 없잖아?”

“자수하러 가자, 히로미.”

의도적으로 피스를 무시하고 가즈아키는 히로미에게 호소했다.

“이런 일은 더이상 안 돼. 너는 절대로 그런 인간이 아니었어. 넌 괴로운 일이 많았던 거야. 그래서 인생이 뒤틀렸을 뿐이야.”

“내 인생이 뒤틀렸다고? 너 같은 놈이 그런 말을 할 수 있어?”

히로미가 다시 손을 치켜들자 가즈아키는 목을 움츠렸다. 그러나 말을 멈추지는 않았다.

"넌 다른 인생을 살 수 있었어. 난 능력이 없으니까 부모님의 일도 제대로 못 이어받고 있지만, 넌 어릴 때부터 머리가 좋았으니까 어떤 인생이든 선택할 수 있었어. 그런데 지금 넌 뭐야? 수입은 있어? 친구는? 애인은?"

"시끄러!"

히로미는 웃었다. 피스를 돌아보며 웃었다. 피스는 웃지 않고 그저 고개만 젓고 있었다. 그리고 말했다.

"너는 절대로 우리 계획을 방해할 수 없어."

가즈아키가 외쳤다.

"피스에게 속으면 안 돼. 히로미, 난 너를 어릴 때부터 잘 알고 있어. 네가 유령 때문에 고통받는다는 것도 알고 있어. 제발 부탁이야. 이런 일은 그만둬. 정신 차려, 히로미."

"놀랍군."

피스는 팔짱을 풀고 놀랍다는 포즈를 취하면서 소파에 앉았다.

"다카이 가즈아키가 이렇게 말을 잘하는 모습은 처음 봤어. 많이 컸군."

여태 피스를 무시하고 있던 가즈아키는 목을 틀어서 비로소 피스의 얼굴을 보았다.

"당연히 많이 컸지. 지금 너희들이 몇 살인 줄 알아? 스물아홉이야. 열아홉이 아니고. 어린애가 아니란 말이야."

피스는 목구멍이 들여다보일 정도로 입을 크게 벌리고 웃었다.

"그럼, 우리는 어엿한 어른이지. 하지만 같은 어른이라도 능력차라는 게 있어. 넌 열등한 인간이야, 가즈아키."

가즈아키는 비웃으며 말을 받았다.

"아니지, 어른이 아냐. 너희들은 어른이 아냐. 아까부터 너희들 말을 들어보면 꼭 자기 자랑하는 어린애 같아. 어린애들은 항상 자기 세계가 최고라고 생각하니까. 둘 다 아직 어린애야. 앞뒤 생각하지 않고 거짓말을 하고는, 그걸로 어른을 속일 수 있다고 생각해. 어린애니까 그럴 수 있는 거야."

"시끄러!"

피스가 고함을 쳤다. 히로미는 그가 큰 소리를 지르는 모습을 처음 보았기 때문에 저도 모르게 몸을 움찔했다. 피스는 히로미에게 화살을 돌렸다.

"뭘 꾸물거리고 있어! 가즈아키의 말에 겁을 먹어? 꼴사납게!"

아, 그랬어…… 히로미는 생각했다. 난 가슴이 덜컹할 정도로 놀랐어. 그런데 피스, 나보다 네가 더 움찔하고 있잖아.

정말 이상하다. 지금까지도 여배우들에게 수도 없이 경멸적인 말과 욕설을 들어왔다. 혼자서는 아무것도 못 하는 덜떨어진 놈, 여자밖에 못 죽이는 겁쟁이, 여자들은 그런 상투적인 욕설을 있는 힘을 다해 내뱉었다.

그런 말에 피스는 단 한번도 흔들리지 않았다. 그런 역습도 미리 계산하고 있었다.

그런데 피스는 지금 가즈아키의 별것도 아닌 말에 화를 내고 있다. 가즈아키의 무엇이 피스를 이렇게 흔들어놓는 것일까?

히로미가 쳐다보자 피스는 다시 화를 냈다.

"뭐야? 뭘 빤히 쳐다보는 거야!"

히로미는 말없이 고개를 젓고 다시 가즈아키를 돌아보았다. 기다렸다는 듯이 가즈아키가 얼굴을 들고 히로미의 시선을 맞받았다.

"히로미, 이런 일은 이제 그만둬. 넌 도움이 필요해."

"도움? 도움이라고?"

"응, 도움."

가즈아키는 꽁꽁 묶인 몸을 힘껏 뒤틀어 목을 앞으로 쭉 뽑았다.

"네가 이렇게 된 건 다 그 유령 때문이야. 넌 너무 오래 그 유령에게 고통받아왔어. 여자를 죽이는 것도 그 유령을 죽이기 위해서일 거야. 네가 죽이고 싶어하는 건 그 유령이야."

피스가 손뼉을 치며 천장을 올려다보았다.

"이것 참 놀랄 일이군. 개나 소나 모두 평론가 노릇을 하는 세상이라지만, 다카이 가즈아키마저 이런 범죄심리학 대사를 읊을 줄이야!"

그래도 가즈아키는 피스를 상대하지 않고 오로지 히로미를 향해 외쳤다.

"난 알아. 네 인생을 그렇게 망쳐버린 게 여자애의 유령이란 걸. 히로미 널 쫓아오면서 몸을 돌려달라고 하잖아? 아기 때 죽은 히로미의 누나 유령이야. 히로미는 이 세상에서 며칠만 살다 간 그 누나의 이름을 그대로 물려받았잖아?"

피스가 끼어들었다.

"어이, 가즈아키. 어디서 그런 말을 들었어? 히로미가 여자애 유령을 죽이고 싶어서 그 대신에 살아 있는 여자를 죽인다는 말, 누가 한 거야? 너 같은 돌대가리가 그런 말을 생각해냈을 리는 없을 텐데."

히로미는 피스를 보았다. 피스의 눈길이 심각하다. 진지하게 가즈아키를 상대하고 있다.

"히로미……"

가즈아키는 애원하는 눈길로 말했다.

"부탁이야. 내 말 좀 들어봐. 피스에게 휘말려서는 안 돼. 넌 단지 이용당하고 있을 뿐이야. 피스의 말에 속아서 여자를 죽인다고 해서 유령은 절대로 없어지지 않아."

"없어졌어. 깨끗이 사라졌단 말이야."

히로미는 거짓말을 했다. 피스가 고함을 질렀다.

"히로미, 말 상대하지 마! 이런 놈 말을 왜 들어주는 거야? 이런 멍청이가 뭘 안다는 거야!"

"……그래, 가즈아키가 뭘 알 리가 없어."

가즈아키는 고통스러운 표정으로 고개를 저었다.

"그런 말은 애들이나 하는 거야."

"난 애가 아냐."

"그럴까? 그렇지만 말투는 완전히 애인데. 잘 생각해봐."

가즈아키의 충혈된 눈에는 눈물이 고여 있었다.

"히로미, 나는 멍청하고 둔한 놈이야. 하지만 조금씩은 변하고 있어. 아직은 힘이 없지만, 열심히 일해서 식당도 점점 좋아지고 있어. 그게 나의 생활이고 인생이야."

가즈아키는 말을 끊고 입에 고인 피와 침을 뱉더니 다시 떨리는 목소리로 말을 이었다.

"히로미 네가 보기에는 메밀국수 장사 따위는 정말 하찮은 일이겠지. 부자가 될 수도 없고, 여자에게 인기도 없어. 그렇지만 나는 나름대로 열심히 하고 있어. 멍청하고 둔한 나도 이렇게 노력해서 어른이 된 거야."

피스가 옆에서 비웃었다.

"그렇지, 멍청한 놈이 어른이 되어서 또 멍청한 자식을 만들겠지."

"난 히로미 널 늘 동경했었어. 넌 공부도 잘하고 달리기도 잘하고 여자에게 인기도 있었지. 내게 없는 걸 모두 갖고 있었어. 내 동생 유미코는 어릴 적에 내가 아니라 히로미가 오빠였다면 좋았을 거라고 말했었어."

"왜 그런 말을 하는 거지?"

히로미는 그렇게 묻고는 가슴이 덜컹했다. 왜 이런 질문을 하고 말았을까. 왜 이런 놈을 상대하고 있는 걸까.

"어릴 적에 넌 정말 멋졌어. 특별한 사람 같았어. 그대로 어른이 되면 나 같은 건 손도 닿지 않는 사람이 될 거라고 생각했어. 그런데, 지금은 어때? 실업자에다 아무 목적도 없이 빈둥거리기만 하고, 게다가 살인자야. 몇 명이나 여자를 납치해서 죽여도, 피해자 가족이나 방송국에 전화를 걸어서 유명인이라도 된 것처럼 떠들어도, 그게 무슨 소용이 있지? 아무도 히로미를 대단하다고 생각하지 않아. 옛날의 구리하시 히로미처럼 멋있어지지 않아."

"너 따위한테 그런 말 듣고 싶지 않아."

"아냐, 난 히로미 널 동경했었어. 그래서 내가 동경했던 히로미가 이렇게 터무니없는 살인자가 되어버린 걸 도저히 그냥 보고 있을 수 없는 거야. 그렇지만 네가 이렇게 살인을 저지르고 피스에게 속고 있는 건 네가 나빠서가 아냐. 넌 지금도 괴로워하고 있잖아? 여자애의 유령 때문에. 그 유령에게서 도망치려고 몸부림치다 그만 길을 잘못 들고 만 거야. 그러니까 네가 해야 할 일은 그 유령을 쫓는 거야."

"유령은 없어졌다고 하잖아! 여자애들을 죽이고부터 유령은 사라졌단 말이야!"

가즈아키는 지지 않았다.

"그게 바로 죽은 여자들이 여자애의 유령을 대신하고 있다는 증거야! 넌 사람을 죽이려고 한 게 아니라 유령에게서 도망치려고 했을 뿐이야. 하지만 영원히 붙잡히지 않으면서 여자들을 죽일 수는 없어. 살인을 그만두게 되면 유령은 다시 돌아올 거야. 교도소 안까지 따라올 거야!"

"바보 같은 소리."

피스가 소파에서 벌떡 일어서며 그렇게 내뱉고는, 결투라도 하듯이 마주 보고 있는 히로미와 가즈아키를 내버려두고 거실을 나가버렸다.

피스가 사라지자 히로미는 갑자기 맥이 빠졌다. 그대로 무릎을 꺾고 가즈아키 옆에 털썩 주저앉았다.

"유령 이야기는 하지 말아줘."

히로미는 작은 목소리로 속삭였다. 태어나서 처음으로 가즈아키에게 부탁하는 것이었다.

"부탁이야."

다카이 가즈아키는 눈물을 흘리기 시작했다. 피스가 사라지자 긴장이 풀린 것은 가즈아키도 마찬가지였다. 가즈아키는 엉엉 울었다.

"부탁이야…… 제발 이런 일은 그만둬. 살인은 안 돼. 정말 안 돼."

"그렇지만……"

이제는 돌이킬 수 없는 일이 되고 말았다.

"난 잡히고 싶지 않아."

"자수하지 않으면 끝낼 수 없어."

눈물을 흘리면서 가즈아키가 말했다.

"히로미 네 인생을 되찾으려면, 이런 짓을 깨끗이 청산해야 해."

히로미는 갑자기 변명하고 싶은 기분에 사로잡혔다.

"나라고 좋아서 하는 건 아냐. 너는 내가 피스에게 이용당하고 있다고 말하지만, 그건 아냐. 피스는 나를 구원해줬어. 아케미를 죽이고 나서 어떡하면 좋을지 몰라 우왕좌왕하는데 피스가 나를 구해주었어."

"아케미?"

가즈아키의 부어오른 눈꺼풀이 떠졌다.

"아케미라면, 예전에 네가 사귀던 여자 말이야?"

"네가 어떻게 알아?"

"알지. 몇 번 본 적이 있어. 구리하시 약국에 미인이 드나들고 있다고, 주변에서는 꽤 유명했어. 유미코도 말하던걸. 우리 가게 신장개업 할 때 화분 들고 왔었잖아. 그때도 같이 오지 않았어?"

신장개업? 화분? 기억이 잘 나지 않았다.

"히로미…… 그 사람을 죽였어? 그게 처음이었던 거야?"

히로미는 고개를 끄덕였다.

"그렇다면 어차피 도망칠 수 없어. 언젠가는 경찰이 반드시 히로미를 찾아올 거야. 아무리 애를 써도 소용없어."

가즈아키의 말이 끝나기도 전에 거실 문이 열리더니 피스가 들어섰다. 빙긋빙긋 웃으면서 가즈아키 곁으로 다가오더니 왼손으로 머리를 잡고 오른손에 들고 있던 주사바늘을 목덜미에 꽂았다.

잠깐 고개를 젓다가 가즈아키는 고개를 꺾고 말았다. 피스는 주사기를 빼낸 다음 웃음 띤 얼굴로 히로미를 올려다보았다.

"이렇게 시끄러운 놈은 잠을 재워야 해."

히로미는 등허리가 서늘해졌다.

"그게 뭐야?"

"수의사들이 사용하는 마취약. 큰 개도 한 방에 보내버리는 놈이지."

"그런 걸 어디서 구했어?"

"아는 데가 있어. 약기운이 완전히 사라질 때까지는…… 그래, 네 시간 정도 걸릴 거야. 그때까지 시간을 죽여야 하지만, 어쩔 수 없지."

피스는 발끝으로 가즈아키의 머리를 툭툭 차면서 즐겁게 말했다.

"좋은 생각이 났어. 기시다 아케미를 이용하는 거야."

"뭐?"

"기시다 아케미. 가즈아키는 그 여자를 알지? 바깥까지 목소리가 들렸어."

"……"

"가즈아키가 그 여자를 좋아한 걸로 하면 어떨까? 손에 닿지 않는 높은 절벽에 핀 한 떨기 꽃, 다카이 가즈아키는 어울리지도 않는 상대를 짝사랑한 거야. 아케미는 눈길 한 번 주지 않아. 그녀에게는 구리하시 히로미라는 멋진 남자가 있었으니까."

피스가 빙긋 웃었다. 하얀 이가 주사바늘과 함께 반짝였다.

"미치도록 짝사랑한 나머지 다카이 가즈아키는 기시다 아케미를 죽이고 말았다. 그것이 그의 내면에 잠들어 있던 잔혹성을 눈뜨게 했다. 그 이후로 다카이 가즈아키는 여자들에게 복수를 시작했다. 어때? 멋진 줄거리가 될 것 같은데. 대중들이 원하는 스토리란 바로 이런 게 아니겠어?"

"피스…… 그거 지금 생각해낸 거야?"

"그럼. 괜찮지?"

어린애는 앞뒤 생각하지 않고 거짓말을 한다. 그걸로 어른을 속일 수 있다고 생각한다.

발끝으로 가즈아키의 머리를 다시 한번 툭 차더니 피스는 말을 이었다.

"이 사회가 요구하는 건 진실이나 진심 같은 싸구려가 아냐. 아름다운 줄거리만이 사람들의 마음을 사로잡을 수 있어. 이놈은 이해하지 못한 것 같지만."

손가락을 퉁기면서 피스는 히로미를 바라보았다.

"가즈아키가 죽을 곳, 그가 자살해야 할 장소도 정해졌어. 아케미와 마찬가지로 그 아카이 산의 유령빌딩에서 죽는 거야."

정신을 잃은 가즈아키를 뒷좌석에 태우고 구리하시 히로미가 운전석에 앉아 산장에서 아카이 산을 향해 출발한 것은 오후 두시였다.

산장에서 아카이 산 쪽으로 가는 것은 처음이었다. 지도를 보니 자동차만 있으면 의외로 짧은 시간에 갈 수 있는 거리였다. 도쿄에서 아카이 산으로 가거나 도쿄에서 산장으로 오는 것보다 더 쉬웠다.

피스는 히로미와 면밀하게 작전을 검토하고 새로 짠 줄거리를 히로미에게 주입시킨 다음, 히로미보다 삼십 분 늦게 산장을 출발하기로 했다. 그는 일단 도쿄로 돌아가서 다카이 가즈아키의 가족의 동태를 살펴본다. 그런 다음 필요한 물건을 조달해 밤에 아카이 산의 유령빌딩에서 히로미와 합류한다.

히로미는 운전석에 앉기 전에 자신의 재킷을 가즈아키에게 걸쳐주고, 자신은 가즈아키의 재킷을 입었다. 그리고 가즈아키의 몸이 차창 바깥에서 보이지 않게 조그만 담요와 쿠션으로 가렸다. 산기슭을 달리다가 사람들 눈에 목격될 것을 우려해 세심한 주의를 기울인 것이다. 그리고 가즈아키가 가지고 온 털모자를 자신이 눌러썼다. 손으로 짠 듯 조잡해 보이는 회색 모자였다. 눈썹 위까지 눌러써보니 인상이 바뀌어 보였다. 시동을 거는데 피스가 운전석으로 다가왔다.

"잘 들어. 만일 가즈아키가 도망치려고 하거나, 같이 경찰에 가자거나 내게 속고 있다거나 그런 쓸데없는 말을 하면……"

피스는 '쓸데없는'이란 말에 힘을 넣었다.

"내가 도쿄에 가 있다고 해. 까불면 도쿄에 있는 가족을 가만두지 않을 거라고 말이야."

"알았어."

히로미는 가볍게 고개를 끄덕이고 창을 닫으려 했다. 피스는 미간을 찌푸리며 급히 차창에서 떨어졌다. 기분이 상한 표정이었다. 입이 비죽 튀어나온 것 같아 보였다. 그러나 히로미는 무시하고 차를 출발시키려 했다.

갑자기 피스가 손바닥으로 운전석 창을 두드렸다. 히로미는 깜짝 놀라 돌아보았다. 피스의 일그러진 얼굴이 차창에 달라붙어 있었다.

"내 말 알아들었어? 엉? 이거 열어봐. 열어보라니까!"

잠깐이었지만 히로미는 그 명령투의 말을 무시하고 그냥 달려나가려 했다. 유리 한 장을 사이에 두고 바라보는 피스의 얼굴이 정말 우스꽝스럽게 느껴졌다. 그러나 너무 피곤한 나머지 웃을 수도 없었다. 앞으로 두 시간 가까이는 운전을 해야 하고, 아카이 산에 가서도 할 일이 많았다.

그러나 결국은 히로미의 내면에 형성되어 있던 어린 시절의 서열의식이 이겼다. 언제나 피스가 1번이었다. 히로미는 창을 열었다.

피스는 험악한 표정으로 히로미의 얼굴을 뚫어져라 바라보았다.

"왜 그래?"

피스는 시선을 아래로 깔더니 묘한 표정을 지어 보았다. 화가 나지만 참아준다는 듯한 얼굴이었다.

"가즈아키에게 휘둘리면 안 돼. 저런 무능력한 놈이 하는 말은 아무 의미도 없어. 알았지?"

"응."

히로미는 짧게 대답했다.

"가즈아키가 우정이 어쩌구 하는 건 다 거짓말이야."

피스는 보닛에 반사된 오후의 햇살을 받으며 눈을 가늘게 떴다.

"진짜 우정이란 건 계급이 비슷한 사람 사이에 생겨나는 거야. 우수한 인간을 이해하려면 우수한 영혼이 필요해. 가즈아키 따위가 아무리 우정을 외쳐본들 그건 착각에 지나지 않아. 가즈아키에게는 우리를 이해할 능력이 없어."

백만분의 일 초, 아니 그보다 더 짧은 순간 히로미의 머리 한구석에서 거부의 의식이 솟구쳤다. 가즈아키가 멍청이라고 어떻게 단정할 수 있지? 가즈아키를 산장으로 불러들여놓고도 우리는 가즈아키를 마음대로 컨트롤하지 못했어. 그런 가즈아키가 과연 멍청이일까?

그러나 그런 생각을 입 밖에 꺼내지는 못했다. 가즈아키의 무능을 의심하면 자신들의 힘도 의심하지 않을 수 없다. 가즈아키의 말에 귀를 기울이는 순간, 피스와 히로미의 소중한 세계의 한 모퉁이가 무너지고 만다.

'너희는 둘 다 아직 어린애야.'

그래, 우리 둘은 덩치만 큰 어린애다. 다만, 위대한 어린애다.

피스가 다시 뭐라고 말했다. 그러나 앞의 말은 놓치고 끝마디만 겨우 들었다.

"……아케미가 중요해. 알았지?"

아케미? 기시다 아케미 말인가.

"유서는 이미 작성해뒀어. 미리 써둔 문장에다 아케미에 대한 뜨거운 짝사랑을 덧붙였더니 전체적으로 완성도가 높아졌어. 가즈아키가 쓴 것처럼 보이게 하려고 문장 수준도 두 단계 정도 떨어뜨린 게 아쉽지만."

거기까지 말하고서야 기분이 풀렸는지 피스는 차에서 손을 뗐다. 히로미는 그제야 액셀을 밟았다. 백미러 속에서 산장을 배경으로 선 피스의 모습이 작아져갔다. 그와 함께 뒷좌석에서 정신을 잃은 가즈아키의 떨리는 듯한 숨소리가 크게 들려오기 시작했다.

24

가즈아키는 차가 국도에 들어설 즈음부터 신음소리를 내기 시작하더니 그로부터 삼십 분 정도 지나 눈을 떴다. 목적지까지 절반 가까이 남겨둔 지점이었다.

의식을 되찾은 가즈아키는 영화 속의 흡혈귀처럼 갑자기 몸을 일으켰다. 히로미는 룸미러 너머로 그 모습을 보았지만, 말을 걸 수가 없었다. 무슨 말을 해야 할지 알 수 없었다.

가즈아키의 필사적인 호소와 되살아난 어릴 적 기억 때문에 히로미는 자신이 기수인지 말인지 확신이 서지 않았다. 어느 쪽이든 상대보다 우월한 위치에 서면 될 테지만, 지금 기분으로는 어느 쪽에 서든 혼자서는 아무것도 할 수 없을 것 같았다.

'혼자서는 아무것도 못 하는 게.'

옛날에 누군가가 그렇게 자신을 비난하던 기억이 떠올랐다. 누구였을까. 여자애였던 같기도 했다. 그때 가즈아키가 불렀다.

"히로미, 목이 아파."

커다란 손으로 목덜미를 쓰다듬고 있다. 주사바늘이 찔렸던 곳이다.

"어디로 가는 거야?"

가즈아키가 물었다. 겁먹은 것 같지도 않고, 당황하는 것 같지도 않았다. 아직 약기운이 가시지 않아서 그런지는 모르겠지만 이상하리만치 침착해 보였다.

"너, 무섭지 않아? 앞으로 무슨 꼴을 당할지 두렵지 않아?"

가즈아키는 고개를 세차게 흔들며 눈을 깜박였다. 마치 머릿속의 혼탁한 안개를 걷어내려 하는 것 같았다.

"히로미는 두렵지 않아."

"그렇지만 애석하게도 나는 네가 기대하는 그런 인간이 아니야. 아직 잘 모르는 모양인데, 나, 여자를 몇 명이나 죽였어. 사람 죽이는 거, 나한텐 아주 간단한 일이야. 네가 정상적인 인간이라면 지금 잔뜩 겁을 먹어야 당연해. 도망치려고 애를 써야 해."

들었는지 못 들었는지 가즈아키는 혼잣말로 중얼거렸다.

"머리가 아파. 손가락도 떨리고."

"약 때문이야. 개를 마취시키는 약."

가즈아키는 고쳐앉으면서 말했다.

"좀 심하네, 피스 그 자식."

히로미는 입을 다물었다. 젊은 남녀가 탄 오픈카가 차선을 침범해서 추월해간다. 여자의 머리카락이 바람에 날리고, 낮은 음악소리가 들려왔다.

"지금 어디로 가는 거야?"

"어디로 가는 게 아니야. 널 데려가는 거야."

"그래? 어디로 데리고 가는데?"

"기시다 아케미가 죽은 곳으로."

가즈아키는 룸미러를 통해 히로미를 노려보았다.

"그애를 죽인 건 불가항력이었어. 내가 죽인 게 아냐. 죽일 생각도 없었어."

가즈아키는 고개를 끄덕였다.

"그럴 거야. 그런데, 왜 그 여자가 죽은 곳으로 나를 데리고 가지?"

히로미는 룸미러 너머로 가즈아키의 작은 눈을 흘끗 보고는 한숨을 내쉬었다. 그리고 이야기를 시작했다. 지금까지의 과정과 앞으로의 계획에 대해. 때로 가즈아키가 이해하지 못해 질문을 하면 자세히 설명해주면서 이야기를 끌고 갔다.

그렇게 지금까지의 연속살인의 과정에 대해 설명하는 사이에 히로미는 묘한 기시감을 느꼈다. 먼 옛날, 지금과 똑같이 오랜 시간을 들여 가즈아키에게 이야기를 한 적이 있었던 것 같은 기분이 들었다.

"아, 있었어."

가즈아키의 목소리가 들려왔다. 저도 모르게 그런 의문을 가즈아키에게 털어놓았던 것이다.

"딱 한번 있었어. 그때 히로미는 내게 고백했었어. 유령이 쫓아오면서 몸을 돌려달라고 한댔어."

"언제?"

"중학교 이학년 때. 이 계절이었을 거야. 전교 마라톤 대회가 있은 다음날, 역 앞 서점에서 우연히 만났었어."

차는 어느새 아카이 산으로 통하는 아름다운 '아카이 산 그린로드'로 들어서고 있었다. 이 도로를 따라가다가 팔부능선쯤에 이르면 그 유령 빌딩이 나온다.

"여기서는 안 보이네……"

"뭐가?"

"아무것도 아냐."

왼편에 주유소가 보였다. 히로미는 핸들을 그쪽으로 꺾었다. 피스는 절대로 다른 사람 눈에 띄지 말라고 주의를 주었었다. 그러나 오래 이야기를 나누는 사이에 어느새 어깨의 짐을 가즈아키에게 맡겨버린 듯한 기분이 들었다.

"어서 오세요!"

힘찬 여자애의 목소리가 반겨주었다. 아직 고등학생일까. 미니스커트 아래로 뻗은 건강한 다리를 가을 햇살에 마음껏 드러내고 있었다.

그때의 기억이 되살아났다. 기시다 아케미와 한번 이 주유소에 들른 적이 있었다. 그녀가 죽은 그날 밤.

"가득."

히로미는 얼굴을 옆으로 돌리며 내리려 했다. 그때 가즈아키의 목소리가 들려왔다.

"히로미, 나를 자살로 위장하려는 건 무리야. 피스는 말뿐이야. 현실은 그렇게 만만하지 않아. 나랑 이렇게 같이 있는 걸 사람들에게 보였으니 너도 무사할 리가 없어."

옳은 말이다. 히로미는 손잡이를 잡은 채 가즈아키를 노려보았다. 그러나 아무 말도 할 수 없었다. 맞는 말이었기 때문이다.

히로미도 피스에게 이번 계획에 대해 들었을 때 똑같은 의문을 품었었다. 그러나 피스는 단호했다.

'물론 가즈아키와 같이 있는 모습을 사람들에게 보여서는 안 돼.'

그렇다면 밤이 올 때까지 산장에 있어야 하지 않는가.

'자살하기 직전에 가즈아키가 기시다 아케미가 죽은 현장에 있는 모습을 사람들에게 보여야 해. 그러니까 해가 지기 전에 가즈아키를 아카이 산의 유령빌딩으로 데리고 가야 해. 걱정 마, 히로미. 조금만 조심하면 히로미는 의심받지 않아. 가즈아키만 목격되면 그걸로 그만이야. 그 자식은 체격이 커서 금방 눈에 띌 테니까 걱정 마.'

목격자가 그렇게 단순할까? 아무리 가즈아키와 떨어져 있다고 하지만 같이 차를 타고 가지 않는가. 이 주유소에 있는 사람을 비롯해서 누군가가 반드시 히로미를 볼 것이다.

'다카이 가즈아키는 혼자가 아니었다. 같은 또래의 다른 남자와 같이 있었다.'

누군가가 그렇게 증언할지도 모른다.

그러면 경찰이나 매스컴은 그것을 중대한 문제로 삼을 것이다. 범인은 두 사람일지도 모른다고. 그 특별방송에 전화를 걸었던 것이 잘못이다. 아무리 가즈아키의 죽음을 자살로 날조하더라도 경찰은 반드시 남은 한 사람을 추적할 것이다.

다카이 가즈아키의 소꿉친구인 히로미는 가즈아키를 중심으로 한 동

심원 중에서 어느 자리를 차지하고 있을까. 지금까지 히로미는 자신이 그 원의 맨 가장자리에 있으리라 생각해왔다. 그러나 정말 그럴까? 가즈아키에게 돈을 빼앗고, 가즈아키의 집을 방문하고, 가즈아키의 여동생에게 오빠를 괴롭히지 말라는 말을 들었다. 어릴 적 친구이면서 백수인 히로미는 제삼자의 눈에 가즈아키와 가장 가까운 곳에 있는 사람으로 보일 것이 분명하다.

다카이 가즈아키와 쉽게 연결되는 인물? 그건 구리하시 히로미뿐이다.

다카이 가즈아키를 꼬드겨 나쁜 일을 시킬 만한 인물? 그건 아무리 눈을 씻고 찾아봐도 구리하시 히로미뿐이다.

모든 사람이 그렇게 생각할 것이다. 아주 자연스럽게.

구리하시 히로미는 차에서 내려 도망치듯이 멀리 떨어졌다. 그러나 머릿속의 생각은 떨쳐지지 않았다.

가즈아키를 범인으로 날조한 다음 죽인다고 해서 상황이 달라지는 것은 아니다. 오히려 더 위험해질 뿐이다. 적어도 히로미에게는.

"나는…… 벗어날 수 없을 거야."

저도 모르게 소리내어 말했다.

주유소에 또다른 차가 들어왔다. 빨간 체로키 지프. 젊은 커플이 타고 있고, 남자가 운전하고 있다.

여자가 차에서 내렸다. 짧은 갈색 머리칼이 찰랑거렸다. 미니스커트에 부츠를 신어 곧게 뻗은 다리를 뽐내고 있었다.

"커피 사올게. 차가운 거, 뜨거운 거?"

여자가 남자에게 물었다.

"차가운 걸로."

"알았어."

여자가 히로미의 곁을 지나쳤다. 감귤 향기가 풍겨왔다. 샴푸 냄새일까.

체로키에 남은 남자는 지도를 꺼내 점원과 이야기를 하고 있다. 길을 묻는 모양이었다. 아마도 길을 잘못 든 것 같았다.

여자가 돌아왔다. 걷는 것이 자신의 아름다운 다리를 자랑하는 행위라는 것을 자각하고 있는 듯한 걸음걸이였다. 히로미는 문득 생각에 잠겼다. 저 여자를 잡아서 족쇄를 채우고 침대 다리에 묶어두면 얼마나 재미있을까. 저 가느다란 목에 밧줄을 걸고, 눈을 가린 채 계단까지 걸어가게 한다. 아름다운 다리와 걸음걸이를 칭찬하고 웃으면서 갑자기 뒤에서 힘껏 밀어 허공에 대롱대롱 매달리게 하는 것이다.

얼마나 즐거울까. 그런 생각을 하고 있는데 옆을 지나치던 여자가 히로미에게 부딪쳤다. 여자의 오른쪽 팔꿈치가 히로미의 옆구리에 닿았다.

"아, 죄송해요."

여자는 황급히 팔을 빼면서 사과했다. 그때 처음 눈이 마주쳤다. 마주친 여자의 눈이 크게 떠졌다.

"죄송합니다."

여자는 다시 한번 사과하고 재빨리 체로키 쪽으로 다가가 차에 올라탔다. 남자는 계산을 하다가 여자가 옆구리를 찌르자 그녀 쪽을 돌아보았다. 여자는 그에게 커피를 건네주며 뭐라고 속삭였다.

남자가 앞유리 너머로 재빨리 구리하시 히로미를 살펴보았다. 여자도 보았다. 남자가 뭐라고 말하자 여자는 고개를 젓는다. 구리하시 히로미는 그들의 대화를 충분히 상상할 수 있었다. 남자가 기분 나쁜 눈길로 내 몸을 훑어보았다고 말했을 것이다.

저도 모르게 히로미는 체로키 쪽으로 걸어가고 있었다. 아니, 달려가고 있었다. 여자의 표정이 천천히 일그러졌다. 남자에게 뭐라 말을 하자 남자는 서둘러 시동을 걸고 차 뒤쪽을 확인하고서는 차를 뒤로 뺐다.

차에 다가가서 무슨 말을 하고 무슨 행동을 할 건지 아무 생각도 없었다. 여자의 머리카락을 붙잡고 차에서 끌어내려 그녀 위에 올라타고는 목을 조르고 싶었다. 두 손가락으로 남자의 눈을 찌르고, 놈의 입가에 떠오른 저 평화로운 미소를 지워버리고 싶었다.

그리고 무엇보다도 이 순간, 앞으로 남은 전 인생을 거는 한이 있어도 히로미는 저 운전석의 남자와 자신의 자리를 바꾸고 싶었다. 지금 자신이 놓인 처지를 저 자동세차기 앞에 던져버리고 다리가 예쁜 갈색 머리의 여자와 함께 조용히 사라지고 싶었다.

체로키가 엔진 소리를 울리며 사라졌다. 그리고 그 자리에, 여자애 하나가 서 있었다.

너무도 리얼했다. 여자애의 머리카락이 저무는 저녁 햇살 속에 빛나고, 바람이 스커트 자락을 휘날리고 있었다. 히로미는 그것이 실체인 줄 알았다. 주유소를 찾은 손님 중 하나라고 생각했다.

그러나 여자애는 히로미를 똑바로 쳐다보며 말했다.

"내 몸을 돌려줘."

히로미는 그저 눈만 껌뻑거릴 뿐이었다. 갑자기 여자애가 사라지고 누군가가 히로미의 어깨에 손을 올렸다.

구리하시 히로미는 너무 놀라 비명을 질렀다. 너무 큰 소리를 지르는 바람에 주유소 사람들이 모두 그를 쳐다보았다. 마치 회로가 끊어져 전기가 통하지 않는 것처럼 냉정하게 깨어 있는 뇌의 한 부분으로 히로미는 생각했다. 많은 사람들이 나를 보았다. 내 얼굴을 기억하고, 이상한 놈이라고 생각하고 있다.

그들은 기억을 떠올릴 것이다. 매스컴의 마이크 앞에서, 형사의 수첩 앞에서. 예, 그렇습니다. 우리 주유소에 왔었습니다. 안색이 창백했고, 큰 소리를 지르면서 다른 사람 차를 따라가려 했습니다.

"히로미, 괜찮아?"

가즈아키였다. 어느새 차에서 내린 가즈아키가 등 뒤에서 걱정스러운 눈길로 히로미를 바라보고 있었다.

뒤를 돌아보니 가즈아키의 목덜미에 난 주사바늘 자국이 보였다. 동전 크기만한 멍이 들어 있었다. 자살한 가즈아키의 시체에서 검시관은 분명 이 멍자국을 찾아낼 것이다. 자기 손으로 자신의 목에 주사바늘을 찌를 사람은 없다. 분명히 제삼자가 찌른 주사바늘 자국이라고 판단할 것이다.

도망칠 수 없다. 피스의 계획은 가즈아키가 말한 대로 엉터리다. 조금만 떨어져서 냉정한 눈길로 바라보면 구멍투성이다. 지금까지도 그랬을 것이다. 둘만의 세계에 갇혀 있었기 때문에 모르고 있었을 뿐이다. 경찰이 구멍투성이인 피스의 계획을 분석해서 증거를 모으는 데 시간이 좀더 필요했던 것뿐이다.

"유령이 돌아왔어. 네게 말했던 그 여자애의 유령. 여자들을 죽이는 동안은 안 보였던 그 유령……"

히로미는 떨고 있었다. 갑자기 한기를 느끼며 손발이 마비되는 것 같았다.

"차로 가. 같이 도쿄로 돌아가자."

가즈아키가 조용히 말했다.

히로미는 고개를 저었다.

"유령빌딩으로 가야 해."

"왜?"

"피스와 약속했으니까. 계획한 대로 해야 해."

왜 내가 이런 말을 하지? 피스의 계획대로 해서는 안 된다. 그렇게 구멍이 숭숭 뚫린 각본으로는 범죄를 완성할 수 없다.

"그럼 좋아. 그 유령빌딩이란 데로 가자. 네가 운전할래?"

히로미가 운전을 하고 가즈아키는 조수석에 앉았다. 피스의 계획대로라면 절대로 있어서는 안 될 일이었다.

그러나 이제는 아무래도 좋았다. 그러면서도 피스의 계획을 거부할 수 없었다. 피스의 계획을 무시하고 히로미 혼자서 다음 줄거리를 세우는 일은 불가능했다.

차를 몰면서 히로미는 마구 지껄였다. 가즈아키, 너는 유령빌딩에서 죽을 거야, 피스의 계획은 완벽하니까. 그런 잠꼬대 같은 말을 늘어놓았다.

알고 있다. 본심은 그렇지 않다. 피스의 계획은 완벽하지 않다. 현실을 직시하면, 가즈아키의 말이 핵심을 찌르고 있다는 것을 알 수 있다. 그래서 히로미의 말은 허공을 맴돌았다. 스스로를 설득하는 것 같은 그 어조에는 광신자의 열기는 있을지언정, 한 조각의 진실도 없었다. 열에 들뜬 것처럼 말을 토해내는 것 자체가, 지금 자신이 피로에 절어 있고 길을 잃고 헤맨다는 사실을 잔혹할 정도로 적나라하게 드러낼 뿐이었다.

히로미의 독백이 끝날 때까지 가즈아키는 말없이 귀를 기울이고 있었다. 이윽고 히로미가 배터리가 다 닳은 장난감 로봇처럼 입을 다물자, 가즈아키는 천천히 고개를 들고 평온한 목소리로 말했다.

"히로미, 도쿄로 돌아가자."

히로미는 앞만 바라보며 운전을 계속하고 있다.

"아직은 돌아갈 수 있어. 히로미 네가 오래도록 마음의 병을 앓고 있었다는 건 내가 잘 알아. 네가 한 일의 반은 그 마음의 병 때문이고, 반은 피스 때문이야. 그러니까 이런 짓은 이제 그만두자."

"바보 같은 소리 하지 마!"

땀에 젖은 손으로 핸들을 꼭 붙들면서 히로미는 눈을 희번덕거렸다.

"누가 그런 걸 인정해준대? 아무도 내가 한 짓을 용서해주지 않을 거야. 여자애 유령 이야기를 하면 다들 코웃음칠걸."

"그렇지 않아. 나는 믿고 있잖아. 그리고 내 눈을 고쳐준 대학의 선생님들도 믿어줄 거야."

가즈아키는 그렇게 말하면서 두 손으로 눈두덩을 눌렀다.

"내 눈은 여태 있지도 않는 걸 많이 보았어. 오른쪽과 왼쪽이 제멋대로였던 거야. 보통은 좌우의 눈이 협력해서 영상을 만들어내는데, 내 눈은 왼쪽이 게으름을 피워서 사물을 제대로 볼 수 없게 한 거야."

히로미는 멍하니 기억을 더듬었다. 중학교 때였을까. 여름방학, 아니면 그 이전. 가즈아키가 소속된 수영부의 선생이 자신을 교무실로 부른 적이 있었다. 수영부와는 아무 관계도 없는데다 그 선생을 내심 싫어했기 때문에 처음에는 무시하고 가지 않았다. 그런데 언젠가 피스에게 그 말을 했더니, 선생이 부르는데 안 가는 건 좋지 않으니까 가서 이야기를 들어보라고 해서 억지로 갔다. 아마 네 번 정도 불렀을 때였을 것이다.

교무실에서 그 선생의 책상 옆에 의자를 놓고 앉았다. 다른 선생들이 주위를 바쁘게 오가고 있었다. 왜 이런 시끄러운 데로 자신을 불렀는지 이해할 수 없었다. 그런데 그 선생이 가즈아키에 대해 물어오는 게 아닌가.

"그 선생이 뭐라고 했더라, 그 있잖아, 수영부의."

가즈아키는 몸을 벌떡 일으켰다.

"가키자키 선생님!"

"너, 지금도 만나?"

"연하장 정도는 보내. 지금은 교장선생님이셔."

그러면서 가즈아키는 고개를 갸우뚱했다.

“네가 가키자키 선생님을 기억하다니, 뜻밖이야.”

히로미는 설명하지 않았다. 말없이 기억을 더듬고 있었다.

가키자키 선생이 히로미를 부른 것은 히로미가 다카이 가즈아키의 이웃에 살고 유치원 때부터 친구였기 때문이었다. 그는 이렇게 말했다.

“다카이는 눈이 좀 나빠. 곧 전문병원에 가서 진찰을 받을 건데, 혹시 어릴 적에 뭔가 이상한 걸 느끼지 못했니? 구체적으로 말해서, 그러니까, 글자를 잘 못 읽는다든지, 방향감각이 안 좋다든지. 어릴 적 친구니까 느낀 게 있을 것 같은데. 정확한 진단을 하기 위해서는 그런 데이터가 필요해서 너를 부른 거야.”

가키자키 선생은 가즈아키를 위해 도와달라고 했다. 히로미는 이 선생이 자신이 가즈아키를 바보 취급하면서 부려먹고 있는 것을 전혀 모른다는 사실을 알고 안도했다. 그러면서도 선생과 친하게 지내는 가즈아키가 부럽기도 했다. 그런 감정이 생생하게 되살아났다.

가즈아키가 부러워서, 가키자키 선생을 만난 뒤로 가즈아키를 더욱 괴롭혔다. 그런 기억도 났다.

그 기억들은 지금까지 서랍 깊은 곳에 잠들어 있었지만, 그 서랍에는 자물쇠가 채워져 있지 않았다. 서랍이 열리자 기억들은 차례차례 튀어나왔다. 그 생생한 기억을 떠올리며 히로미는 현기증을 느꼈다.

그 여름. 그렇다, 중학교 이학년의 여름이 막 시작된 때였다. 내가 가키자키 선생을 만난 것은 여름방학 직전, 장맛비가 막 갠 날의 방과 후였다. 하늘은 너무나 파랗고, 강렬한 여름 햇살이 교정을 비추고, 운동장 위에는 농구 골대의 그림자가 선명하게 새겨져 있었다.

곧 여름이 온다. 마음이 들떠 도저히 가만있을 수 없는 날이었다. 그 또래 소년들만이 가질 수 있는 묘한 흥분이 아직도 기억에 생생하다.

그렇다. 나는 가키자키 선생과 이야기를 했다. 가즈아키의 눈에 대한 이야기를 들었다. 그래서 가을의 마라톤 대회가 끝나고 우연히 가즈아키를 만났을 때, 가즈아키에게 유령 이야기를 했던 것이다. 혹시 내가 보는 유령도 단순한 시각장애에 지나지 않을지도 모른다고 생각하면서.

아, 그렇다, 기억난다. 그 마라톤 대회를 전후로 피스는 무슨 영문인지 오래 학교를 쉬었다. 이 주일, 아니 더 길었을지도 모른다. 선생은 사정을 알고 있는 듯했지만 가르쳐주지 않았다. 피스도 거기에 대해서는 아무 말도 하지 않았다.

오랜만에 학교에 나타났을 때, 피스는 어쩐지 여위어 보였고 웃음이 적어진 것 같았다. 좀 여윈 것 같다고 하자 키가 자라서 그렇다고 했다. 장기결석 동안 뭘 하며 지냈느냐고 묻자 집안 사정이니 묻지 말라고 냉랭하게 말을 끊어버렸었다.

그러나 이틀 정도 지나자 피스는 원래의 모습을 되찾았다. 그래서 마음에 두지 않았다. 피스와 히로미의 콤비는 되살아났고, 일상은 안정을 찾았다.

안정. 그렇다. 피스와 둘이 있을 때만 가능한 '안정'. 그래서 피스가 없는 동안 히로미는 너무 외롭고 두려웠다. 여자애의 유령도 자주 나타났다. 매일 밤 꿈에 나타나서 몸을 짓눌렀다. 생각해보면 그 여자애의 유령이 꿈의 굴레를 벗어던지고 대낮에도 모습을 드러내기 시작한 것도 피스가 오래 결석했던 그 시기였다.

난 너무 외로웠다. 히로미는 기억을 떠올렸다. 너무 외로워서 견딜 수 없었다. 그래서 그때 우연히 만난 가즈아키에게 저도 모르게 고백하고 만 것이다. 너, 이상한 걸 보지? 그걸 보면 기분이 어때? 지금 그것 때문에 치료받고 있지? 나도 이상한 걸 보는데, 의사에게 의논하면 나을 수 있을까?

그랬다. 분명히 그런 말을 했었다. 지금까지 왜 그걸 깡그리 잊고 있었을까?

차는 아카이 산의 급사면을 타고 올라 급커브를 돌았다. 눈앞에 유령빌딩이 모습을 드러냈다. 그 순간, 핸들을 잡은 손에 힘을 넣으면서 히로미는 온몸에 소름이 돋는 것을 느꼈다. 무섭다. 난 너무 무섭다. 저기에 가는 게 정말 무섭다. 왜냐하면, 저기에는, 저기에는……

기시다 아케미가 날 기다리고 있으니까.

그녀를 죽인 이후로 이런 감정을 느끼는 건 처음이었다. 아케미뿐 아니라, 지금까지 죽인 여자들의 혼이 자신에게 위협을 가한 적은 한 번도 없었다.

그건 당연한 일이었다. 왜냐하면 피스와 히로미는 그녀들의 몸만이 아니라 혼까지도 완전히 지배하고 있었으니까. 생전이든 사후든, 그녀들이 피스와 히로미의 손에 들어온 이후로 그녀들은 완전한 노예였고, 인형이었으니까. 그러므로 구천을 떠도는 그 혼들이 자신을 위협한다는 것은 불가능한 일이었다.

그러나 지금은 그런 확신이 흔들리고 있다. 기시다 아케미가 저기에 있다. 그녀의 유령이 유령빌딩을 등지고 그 구멍 속으로 히로미를 끌어들이기 위해 손을 벌리고 기다리고 있다.

"싫어!"

저도 모르게 외쳤다.

"싫어! 유령빌딩에는 가고 싶지 않아!"

히로미는 급브레이크를 밟았다. 차가 앞으로 쓰러지듯이 급정거했다. 안전벨트를 매지 않았던 가즈아키는 앞유리에 이마를 부딪힐 뻔했다.

다행히 뒤에서 오는 차는 없었지만, 커브를 막 빠져나오는 지점이라 우물쭈물하다가는 사고가 날지도 몰랐다. 가즈아키는 손을 뻗어 핸들에 달라붙어 있는 히로미의 손을 잡고 흔들었다.

히로미는 두 눈을 크게 뜨고 거칠게 숨을 몰아쉬며 앞쪽의 유령빌딩을 올려다보고 있었다. 가즈아키의 목소리도 전혀 들리지 않는 것 같았다.

가즈아키는 있는 힘을 다해 히로미를 흔들면서 고개를 돌려 뒤를 돌아보았다. 커브미러에 두 대의 차가 다가오는 것이 비쳤다.

"히로미, 출발해!"

히로미는 뻣뻣하게 굳어 있었다.

"히로미!"

가즈아키는 있는 힘을 다해 히로미의 뺨을 후려쳤다. 히로미의 머리가 마치 인형처럼 옆으로 꺾였다. 가즈아키는 새파랗게 질려버리고 말았다. 어떻게든 히로미를 운전석에서 밀쳐내고 자신이 핸들을 잡아야 한다고 생각했다.

"히로미!"

다시 한번 절망적으로 외쳤다. 그때, 히로미의 눈빛이 살아났다. 그 눈이 커브를 돌아 접근해오는 차를 발견하고, 갑자기 액셀을 밟아 차를 발진시켰다. 차는 크게 한 번 흔들리고는 아무 일도 없었다는 듯이 그린로드를 달리기 시작했다.

가즈아키는 식은땀을 흘리면서 뒤차에서 눈길을 떼지 못했다. 택시였다. 손님의 얼굴은 보이지 않지만, 두 사람이 타고 있는 것 같았다. 운전사는 무덤덤한 표정으로 핸들을 잡고 있었다.

"괜찮아, 히로미?"

말을 걸어도 히로미는 가즈아키 쪽을 보지 않았다. 목을 움츠리고 앞을 노려보고 있었다. 그리고 메마른 목소리로 중얼거렸다.

"유령빌딩에는 안 가."

"응, 잘 생각했어. 어디서 유턴할 수 있을까?"

다음 커브를 돌자 그린로드는 느슨한 오르막길로 변했다. 그 중간쯤에 긴급주차공간이 마련되어 있었다. 히로미는 그곳에 차를 세웠다.

가즈아키는 안도의 한숨을 내쉬고 이마의 땀을 닦았다. 손이 떨리고 있었다.

여기서 운전대를 잡아야 한다. 그리고 그대로 도쿄로 돌아가야 한다.

"히로미, 운전은 내가 할게. 넌 잠깐 쉬어."

그러나 운전대에 머리를 대고 있던 히로미는 고개를 저었다.

"내가 운전할 거야."

"그렇지만……"

"너, 운전대를 잡고 나를 유령빌딩으로 끌고 갈 생각이지? 그건 안 돼. 절대로 안 되지."

가즈아키는 당황했다. 가까이에서 바라보는 히로미의 눈동자 속에서 혼란과 공포가 검은 소용돌이를 이루고 있었다. 이런 상태로 운전을 한다는 건 너무 위험하다.

그러나 억지로 히로미에게서 키를 빼앗은들 사태는 더 악화될 뿐이다. 가즈아키가 절실하게 바라는 것은 히로미를 피스의 영향권에서 끌어내고 혼란에 빠진 그를 잘 구슬려 도쿄로 데리고 가는 것이었다. 자신의 집으로 데리고 가 일단 안정을 취하게 한 다음에 경찰서로 가야 한다. 거기서 모든 것을 고백하게 해야 한다.

그러기 위해서는 히로미를 자극해서는 안 된다. 운전하고 싶다면 하게 내버려두는 것이 안전할지도 모른다.

"알았어. 그럼 부탁해."

천천히 그렇게 말하고 가즈아키는 고개를 끄덕이며 웃었다.

"그렇지만 신중하게 해야 해. 히로미 너도 이런 데서 나랑 같이 사고로 죽기는 싫지?"

"당연하지."

내뱉듯이 말하고 히로미는 두 손으로 얼굴을 쓰다듬었다. 그의 손도 바르르 떨리고 있었다.

"가즈아키, 담배 있어?"

가즈아키는 재킷 안주머니에 들어 있던 담배와 일회용 라이터를 건네주었다. 히로미는 떨리는 손으로 겨우 한 개비를 입에 가져가서 불을 붙이더니, 미친 듯이 담배연기를 빨아들였다.

25

가즈아키는 갑자기 콧등이 찡해왔다. 눈물이 나올 것 같았다.

왜 이렇게 되어버렸을까.

아주 옛날에는, 히로미는 소중한 친구였다. 히로미에 대해서라면 유치원 때부터 모르는 게 없다. 함께 미끄럼틀을 탔고, 공원을 뛰어다녔다. 겨울에 큰 눈이 내렸을 때는 둘이서 힘을 모아 눈사람을 만들었다. 옆집 가게에서 얻은 숯을 눈사람의 얼굴에 꽂아서 두 눈을 만들었다. 숯이 사각형이어서 눈사람은 화내는 얼굴이 되어버렸고, 유미코는 그걸 보고 무섭다며 울었다. 그래서 할 수 없이 숯을 빼내자 이번에는 달걀귀신 같다면서 울었다. 가즈아키는 여동생이 제멋대로 군다고 화를 냈지만, 히로미는 조용히 웃었을 뿐이었다. 히로미는 눈사람을 돌려놓으면 유미코가 울지 않을 거라면서 가즈아키와 함께 눈사람을 돌려놓았다.

어머니는 그걸 보고 히로미는 참 착한 아이라고 칭찬했다. 유미코가 무서워하지 않게 하려는 마음 하나로 그 무거운 눈덩이를 옮겼다. 시린 손을 불면서 있는 힘을 다해 눈사람을 옮겼다. 그렇게 상냥하고 착한 마음씨를 가졌던 히로미였다.

그랬다. 어린 시절의 히로미는 늘 가즈아키에게 상냥했다. 지금 생각해보면 믿을 수 없는 일이지만, 히로미는 가즈아키를 위해주고, 가즈아키를 도와주고, 가즈아키의 부족한 부분을 메워주었다. 동네에서 야구를 할 때도, 가즈아키가 삼진을 먹고 애들에게 놀림을 당하면 히로미가 보기 좋게 홈런을 쳐서 그애들의 기를 죽여주었다. 가즈아키가 한자쓰기를 못해 나머지공부를 하고 있으면, 히로미가 살짝 교실로 들어와서 가르쳐주곤 했다. 가즈아키가 쓰지 못하는 한자를 대신 써주기도 했다.

추억은 밤하늘의 별처럼 많았다. 그 모든 추억들이 별처럼 빛났다. 그런 별들이 모여 가즈아키의 밤하늘 여기저기에 별자리를 이루고 있었다.

그것이 언제부터 변하기 시작했을까. 최초의 징후가 보이기 시작해 히로미가 완전히 다른 사람으로 변하기까지의 시간이 너무도 짧았기 때문에, 가즈아키는 그 변화의 시점이 언제인지 알 수 없었다.

그러나 그 변화의 원인이 무엇인지는 알고 있다.

피스다.

피스는 전학생이었다. 그가 히로미와 가즈아키의 학교에 온 것은 초등학교 사학년 봄이었다. 비쩍 마른 얼굴에 묘하게 밝은 미소를 머금은 얼굴. 얌전해 보이는 남자애였다.

전학생은 모두 우등생 같아 보인다. 하나같이 공부를 잘할 것 같아 보인다. 그러나 피스는 진짜 우등생이었다. 히로미보다 공부를 잘하고, 히로미보다 빨리 달리고, 히로미보다 홈런을 잘 치고, 히로미보다 여자애들에게 인기 있는 소년은 가즈아키는 처음 보았다.

하지만 가즈아키는 히로미가 그런 피스에게 어떤 생각을 가지고 있는지 단 한번도 생각해본 적이 없었다.

피스와 히로미는 본능적으로 서로가 강력한 라이벌이라는 것을 알았다. 그래서 처음에는 거리를 두고 상대의 주변을 빙빙 돌았다. 적어도 가즈아키에게는 그렇게 보였다. 그리고 라이벌인 이상 그들이 친해진다는 것은 영원히 있을 수 없는 일이라고 생각했다.

그러나 현실은 정반대였다. 언젠가부터 피스와 히로미는 콤비가 되어 있었다. 그 둘 사이에는 가즈아키뿐 아니라 다른 누구도 끼어들 틈이 없었다. 대체 어떻게 그 둘이 친해질 수 있는지 알 수 없었다. 무엇이 그들을 하나로 묶은 것일까. 선생들조차 고개를 갸우뚱했다.

그것으로 히로미와 가즈아키의 밀월은 끝났다. 어느새 히로미에게 가즈아키는 길가의 매미 허물만도 못한 존재가 되어 있었다.

피스와 히로미는 남의 눈에 띄지 않게, 은밀하고 교활하게 가즈아키를 학대하기 시작했다. 그 둘은 음극과 양극처럼 서로 합하는 순간 미지의 에너지를 만들어내는지도 몰랐다. 발생한 에너지는 방출되어야 한다. 그 표적이 바로 가즈아키였다.

가즈아키에게는 참으로 고통스러운 소년 시절의 시작이었다. 초등학교 사학년이 지나자 학력의 차이가 눈에 띄게 드러났다. 그때까지 아무도 이해하지 못하고 눈치채지 못한 시각장애 때문에 가즈아키는 열등생으로 취급받기 시작했다. 열심히 공부하고 선생님의 설명도 열심히 들었는데도 왜 이렇게 성적이 나쁜지, 가즈아키 스스로도 거의 절망적인 심정이었다.

밤하늘의 별자리처럼 빛나던 어린 시절의 추억은 시커먼 구름에 가려져버렸다. 빛나는 히로미는 이제 가즈아키의 친구가 아니었고, 가즈아키는 선생들도 포기한 땅속의 두더지가 되고 말았다.

그래도 가즈아키는 히로미를 원망하거나 싫어할 수 없었다. 갑자기 변해버린 히로미. 멀어져버린 히로미. 옛날에는 그렇게 좋은 친구였는데. 그렇게 따뜻한 마음을 가진 친구였는데. 잊을 수 없었다. 고통스러운 학교생활을 무사히 보내기 위해서라도 그런 아름다운 기억을 간직하고 떠올리지 않을 수 없었다. 그래서 아무리 학대를 받아도 견뎌낼 수 있었다.

세월은 흘렀다.

중학교 이학년 여름, 가즈아키는 가키자키 선생님이라는 구세주를 만났다. 시각장애 치료를 받으면서 인생은 급변하기 시작했다. 만일 그대로 계속 나아갔더라면, 가즈아키는 히로미와의 관계를 끊고 어린 시절의 추억을 물리쳐 히로미가 없는 인생을 살아갈 수 있었을지도 몰랐다. 히로미의 공격에 눈 하나 깜빡하지 않고 그를 떨쳐낼 수 있었을지도 몰랐다.

그러나 현실은 그렇지 못했다. 왜냐하면, 그때 우연히 서점 앞에서 만난 히로미가 눈물을 글썽이며 물었기 때문이었다. 내가 유령을 보는 것도 눈이 나빠서 그런 걸까? 치료를 받으면 나도 유령에게서 벗어날 수 있을까?

히로미의 그 겁먹은 얼굴. 어쩔 줄 몰라하던 얼굴. 그 얼굴이 어린 시절의 추억을 간직한 가즈아키의 마음을 흔들어놓았다.

그러나 그로부터 일주일도 되지 않아 히로미는 원래의 히로미로 돌아가서 피스와 함께 가즈아키를 괴롭히기 시작했다. 그러나 히로미의 비밀을 안 가즈아키는 원래대로 돌아갈 수 없었다. 히로미의 공포에 질린 얼굴이 뇌리를 떠나지 않았다. 히로미의 그 강해 보이는 얼굴 바로 뒤에는 유령에 벌벌 떠는 원래의 모습이 감추어져 있다는 사실을 잊을 수가 없었다.

아무리 괴롭힘을 당해도 참아야 해. 그냥 웃어야 해. 그러면 언젠가는 히로미가 자신의 속마음을 털어놓을 날이 올 거야. 그때 둘이서 힘을 모아 그 유령을 쫓아내는 거야. 히로미가 정말로 친구를 필요로 할 때 도와줄 수 있어야 해.

가즈아키라는 소년은 그렇게 결심했다.

아무리 교활하게 위장을 해도 약한 자를 괴롭히고 남의 물건을 훔치고 사람을 속이면 언젠가는 들키고 만다. 몇 가지 사건이 겹치면서 가즈아키의 부모도 히로미를 다시 보게 되었고, 마침내 가즈아키에게도 히로미를 만나지 말라고 했다. 히로미를 동경하던 유미코조차 어느 때부터 그를 싫어하게 되었다.

학교에서도 마찬가지였다. 피스와 히로미는 아무것도 모르는 사람들 사이에서는 천사였지만, 그 정체를 알아버린 사람들 사이에서는 겉과 속이 다른 불량한 소년이었다.

히로미가 대학에 다닐 무렵에는 이웃에서도 그의 평판이 나빠졌다. 여자를 밝히고 돈을 함부로 낭비하는 모습을 사람들이 좋게 볼 리 없었다. 히로미가 증권회사를 그만두고 놈팡이처럼 지내게 되자 그에 대한 평가는 더욱 나빠졌다.

생각해보면, 그런 악평이 정점에 달했을 때 히로미는 다시 가즈아키 곁으로 돌아왔다. 노골적으로 그를 이용하려 했다. 세상의 눈길이 엄해지고 사람들이 잘 속아주지 않자 고향으로 돌아와 아무 저항 없이 그에게 속아줄 먹이를 찾은 것이었다. 그러나 그래도 좋았다. 가즈아키는 히로미를 버리고 싶지 않았다.

피스와는 계속 만나고 있는 것 같았지만, 피스 본인이 가즈아키 앞에 나타나는 일은 없었고 히로미도 피스의 이야기를 하지 않았다. 그것은 가즈아키가 바라는 바이기도 했다. 가즈아키가 돕고 싶은 사람은 어린 시절의 친구 히로미일 뿐이었다. 피스는 아무래도 좋았다.

생각이 난다. 장수암의 신장개업 날, 히로미는 커다란 난 화분을 들고 나타났었다. 어머니는 웃으면서 받긴 했지만, 그것을 가게 안에 놓아두려 하지 않았다. 유미코는 다시는 오빠에게 접근해서 돈을 뜯지 말라는 말을 하려고 뒤를 쫓아갈 정도였다.

그랬다. 그때, 히로미가 탄 화려한 승용차의 조수석에, 그 차보다 더 비싸게 치장한 여자가 앉아 있었다. 그 여자가 구리하시 약국 주변을 어슬렁거린다는 소문을 어머니가 들었다고 했다. 가즈아키도 얼굴을 기억하고 있었지만, 이름은 알지 못했다. 어젯밤부터 오늘에 걸쳐 히로미와 피스에게서 이야기를 듣기 전까지는.

히로미는 운전석에서 눈을 가늘게 뜨고 담배를 피우고 있다. 손가락이 떨려 담뱃재가 무릎 위로 떨어졌다. 가즈아키는 눈물을 감추려 눈을 깜빡거리고는 담뱃갑을 대시보드 위에 올려놓았다.

히로미는 기시다 아케미의 죽음이 모든 것의 시작이었다고 했다. 그녀를 죽이고서 어떻게 해야 좋을지 몰라 피스에게 의논했고, 피스는 하나의 죽음을 감추기 위해 연속살인을 계획했다.

그리고 피스와 히로미 둘이서 살인을 저질러왔다.

가즈아키는 자신의 머리가 그리 좋지 못하다는 것을 잘 알고 있다. 시각장애 때문에 간단한 지식을 얻는 것도 힘들었다. 그래서 남들보다 더 시간을 들여 열심히 노력했지만, 대학은 가지 못했다. 식당 일을 도우면서 아버지에게 얹혀사는 인생이었다. 아버지 없이 혼자 식당을 꾸려나갈 수 있을지도 자신이 없었다.

처음부터 이렇게 모자란 인간이었을까. 아니면 시각장애 때문에 이렇게 내성적인 인간이 되고 말았을까. 어느 쪽인지 알 수 없었다. 어느 쪽인들 이제는 어떻게 해볼 도리가 없다. 그러니 주제에 맞게 이렇게 살아가리라 마음먹고 있었다.

그리 현명하지도 않고, 특별한 개성도 없고, 세상도 잘 모르고, 경제도 예술도 철학도 모르는 인간이지만, 그러나 피스의 계획이나 행동이 얼마나 어리석고 어처구니없는 것인지는 알 수 있었다. 피스는 자신이 천재라고 생각하는 모양이지만, 조금만 자세히 들여다보면 그저 자존심만 비대한 병적인 인간일 뿐이다.

'나를 죽이고 유서를 날조해서 연속살인사건의 범인으로 만들겠다니.'

가즈아키는 겁이 많은 편이긴 했지만, 그런 계획을 들어도 조금도 두렵지 않았다. 너무 어처구니가 없는 애들 장난처럼 여겨졌다. 경찰이, 세상이 피스의 생각처럼 그렇게 만만하지는 않을 것이다.

오랜 시간 히로미가 마음을 열고 다가오기를 기다려왔다. 그러나 그것이 착각이었다는 것을 가즈아키는 깨달았다. 더 빨리, 자신이 먼저 히로미를 피스에게서 떼어놓아야 했었다. 지금의 피스는 나쁜 짓을 즐기는 악동에 지나지 않는다. 유령 때문에 고통받는 히로미가 피스와 가까이 지내서는 절대로 안 된다.

"히로미, 이제 괜찮아?"

담배를 다 피우고 핸들에 손을 올려놓은 채 멍하니 앞만 바라보고 있는 히로미에게 말을 걸었다.

그리고, 히로미가 울고 있다는 것을 알았다.

가즈아키의 의식이 순간 과거로 되돌아갔다. 어두컴컴한 서점 한구석, 키보다 높은 서가들, 바람에 밀려들어온 낙엽, 곰팡이 냄새, 그리고 파랗게 질려 있는 소꿉친구의 얼굴.

히로미는 유령이 보이는 게 눈이 나빠서 그런 거냐고 물으면서 울었다. 우는 모습을 보이기 싫은지 등을 돌리고 있었지만, 가즈아키는 그 눈이 젖어 있는 것을 똑똑히 보았다.

가즈아키는 그때와 똑같은 아픔을 느꼈다. 아니, 많은 세월이 흐른 지금이 더 아팠다. 히로미를 내버려두지 말았어야 했다. 더 일찍 다가가 손을 내밀어야 했었다. 아무리 경멸하고 학대해도 물러서지 말았어야 했다. 가즈아키를 바보 취급하는 히로미는 히로미의 표면을 살아가는 거친 히로미이고, 진짜 히로미는 그때부터 눈물을 글썽이며 가즈아키가 다가오기를 기다리고 있었던 것이다.

"괜찮아."

손을 뻗어 히로미의 어깨를 토닥이며 가즈아키는 말했다.

"이제 겁내지 마. 솔직하게 전부 이야기하면 경찰도 이해해줄 거야. 이제는 도망가지도 말고 숨지도 마."

자신이 곁에 있어 주겠노라고 가즈아키는 말했다. 누군가를 향해 자신이 곁에 있어주겠다는 말을 한 것은 태어나서 처음이었다.

갑자기 안개가 걷히고 눈앞이 활짝 열리는 것 같았다.

'지금까지 나는 누군가를 도울 만한 힘이 없기 때문에 아무에게도 손을 내밀어서는 안 된다고 생각했었어. 그렇지만 그건 잘못이야. 나는 근본적으로 잘못 생각하고 있었던 거야.'

누군가를 향해 손을 내밀고 내가 곁에 있으니 괜찮다고 말을 거는 순간에, 그는 다른 사람이 기댈 수 있는 존재가 된다. 처음부터 듬직한 인간은 없다. 처음부터 힘있는 인간은 없다. 누구든 상대를 받아들일 결심을 하는 순간에 그런 인간이 될 수 있는 것이다.

히로미는 무릎 위에 눈물을 떨어뜨리면서 쉰 목소리로 중얼거렸다.

"이 차 트렁크에 시체가 들어 있어."

가즈아키는 저도 모르게 고개를 돌려 뒷좌석 너머의 트렁크를 바라보았다.

"너에게 죄를 뒤집어씌우려고 싶었어."

히로미는 울먹이며 기무라라는 남자를 죽인 경위를 설명했다. 가즈아키는 무릎 위로 공포가 스멀스멀 기어올라오는 듯한 느낌에 사로잡혔다.

"그리고 하쓰다이의 내 원룸에는 이 트렁크 안의 시체 다음으로 발견될 여자의 시체가 있어. 벌써 뼈로 변하고 말았지만."

"그, 여자의 시체는 지금까지 어디 숨겨뒀어?"

"그 산장의 정원에 묻어두었어."

히로미는 그렇게 말하며 소매로 코 아래를 닦았다.

"그 정원에는 그 외에도 많은 시체가 묻혀 있어."

가즈아키는 깊이 숨을 들이쉬며 마음을 가라앉혔다. 사람을 죽이고 그 시체를 묻는다. 히로미가 한 것이 아니다. 히로미는 이용당했을 뿐이다. 주범은 피스다.

"그렇다면 빨리 경찰에 알려서 파내야지."

다시 한번 히로미의 어깨에 손을 올리고, 이번에는 힘을 넣어 살짝 어깨를 흔들면서 가즈아키는 힘찬 목소리로 말했다.

"이제 그만두는 거야. 이걸 그만두면 유령도 사라질 거야."

히로미는 코를 훌쩍거렸다.

"나는 그렇게 생각하지 않아. 지금도 유령은 더 늘어나고 있어."

"뭐?"

"여자애뿐만이 아냐. 아케미의 유령도 보여. 죽인 여자의 유령이 모두 나올 것 같아."

"그, 그건 지나친 생각이야."

히로미는 천천히 고개를 들어올려 가즈아키를 바라보았다.

가즈아키는 다시 한번 말했다.

"지나친 생각이야. 네가 죄의식을 가지고 있으니까 유령이 나오는 거야. 지금까지 느끼지 못한 것을 느끼게 되었으니까. 그건 절대로 나쁜 게 아냐. 네가 인간성을 되찾는 거야."

히로미는 환자가 침대에서 의사를 바라보는 듯한 눈길로 가즈아키를 올려다보았다.

"자, 어서 가자."

가즈아키가 재촉하자 히로미는 다시 시동을 걸었다.

가즈아키는 괜찮다고 한다. 괜찮다고 한다. 괜찮다고 한다.

그린로드에서 방향을 틀어 아카이 산을 내려가면서 히로미는 속으로 그 말을 끝없이 되뇌고 있었다.

가즈아키는 나를 도와주겠다고 한다. 가즈아키는 나를 도와주겠다고 한다.

유령이 나오는 것은 내 탓이 아니라고 한다.

가즈아키는 조수석에 앉아 있다. 체온이 느껴진다. 가즈아키가 살이 쪄서일까. 지금까지 많은 여자를 조수석에 태웠다. 피스도 태웠다. 그러나 이렇게 체온을 느낀 적은 없었다.

그러고 보니, 오랫동안 자신의 체온조차 느껴보지 못한 것 같다.

나는 이제 도망칠 수 없다. 피스의 계획은 무시해버리고 가즈아키에게 의지해야 한다. 그러나 경찰은 과연 나를 어떻게 다룰까? 경찰은 유령 이야기를 믿어줄까? 여자들을 죽임으로써 나는 유령으로부터 도망칠 수 있었다. 그런 사정을 경찰은 알아줄까? 아니면 그냥 변명으로 흘려버릴까.

내려가는 길은 텅 비어 있다. 운전은 그리 어렵지 않다. 손이 조금 떨리긴 하지만, 핸들을 잡고 있는 동안은 괜찮다. 아무것도 하지 않고 있는 것보다는 운전을 하는 편이 낫다.

급커브가 다가온다. 히로미는 열심히 운전을 하고 있다. 커브를 돌 때마다 산이 가까이 다가왔다가는 멀어진다. 어느새 그 리듬은 히로미의 내부에서 정상과 광기가 교체하는 것과 리듬을 맞추었다. 산이 다가오면 겁을 먹고, 산이 멀어지면……

'모든 걸 가즈아키 탓으로 돌리고 나 혼자 도망칠 수는 없을까?'

트렁크 속의 시체. 기무라라는 남자. 종이학 접기를 좋아하는 남자.

그를 죽인 것은 내가 아니다. 피스다.

아니, 가즈아키다.

"가즈아키야."

저도 모르게 소리를 냈다. 옆에 앉은 가즈아키가 고개를 돌렸다.

"왜 그래?"

히로미의 눈이 정면에서 조수석 쪽으로 옮겨간다. 그 통과지점에 룸미러가 있다. 히로미는 룸미러를 본다. 그리고 거기에서, 그를 뚫어져라 바라보는 두 눈을 발견한다.

너무 놀란 나머지 핸들에서 손을 떼고 만다. 룸미러에서 눈을 뗄 수가 없다.

"히로미?"

가즈아키의 짧은 외침. 히로미는 힘껏 눈을 깜빡인 다음 룸미러를 본다.

거기에는 아무것도 없다.

"조금 속도를 줄여. 진정하고 좀 천천히 가자. 길도 안 막혀."

히로미는 속도를 줄인다. 차는 느슨한 내리막길에 들어선다. 저 멀리 한 대의 승용차 꼬리가 보인다. 저기에 붙어서 가자. 그것만 생각하면 돼.

그러나 다시 시야 한구석에 두 눈이 나타난다.

히로미는 몸을 비틀며 돌아본다. 차가 천천히 방향을 튼다. 가즈아키가 황급히 히로미의 손을 누르며 핸들을 잡는다.

"괜찮아, 히로미?"

가즈아키의 말에 히로미는 떨리는 목소리로 대답한다. 뒤에 누가 있어. 뒤에서 나를 노려봐.

사자死者의 눈에서 도망칠 수 없다.

"아무도 없어, 히로미."

가즈아키의 침착한 목소리가 들려온다.

"유령은 없어. 유령은 히로미를 절대로 괴롭히지 못해. 경찰에 출두하려는 히로미를 괴롭힐 유령 따위는 없어."

히로미는 다시 운전에 집중하려 애쓴다. 급커브가 나타난다. 산길은 언제까지 이어지는 걸까? 왜 곧은길이 나타나지 않는 걸까?

산기슭이 몸을 내밀듯이 다가왔다가는 다시 멀어진다.

"히로미, 속도 줄여!"

가즈아키는 그렇게 말하면서 핸들을 잡은 히로미의 손에 손을 올린다. 그 감촉을 느낀다. 그와 동시에 다시 룸미러에 두 눈이 비친다.

히로미는 돌아보지 않았다. 룸미러를 노려본다. 착각이다. 망상이다. 뚫어져라 바라보면 사라진다.

두 눈은 사라지지 않았다. 그 눈은 계속 히로미를 응시하고 있다.

히로미는 눈을 꼭 감는다. 차가 다시 흔들린다.

눈을 뜨자 룸미러 속의 눈은 사라지고 없었다.

"경찰서로 갈 거야."

히로미가 애써 목소리를 짜내 말했다.

"이제 모든 것을 끝내는 거야."

가즈아키는 히로미의 옆얼굴을 바라보고 있다. 초조한 표정이다. 왜 그런 표정을 짓고 있어, 가즈아키? 나는 경찰에 간다고 선언했어. 뒤에 있는 유령이 들을 수 있게 확실히 말한 거야. 그러니 이제는 방해하지 말라고 하는 거야.

"히로미, 이제 내가 운전할게."

가즈아키가 벨트를 풀고 히로미의 얼굴과 전방의 도로를 번갈아 보면서 말했다.

"넌 지쳤어. 이런 상태로 운전은 무리야."

"괜찮아."

히로미는 고개를 젓는다.

"그렇지만……"

"괜찮아. 나는 유령에게 지지 않아."

딸꾹질 같은 묘한 웃음소리를 내며 히로미는 말했다.

"오랫동안 유령과 마주해왔어. 이제 와서 질 수야 없지."

"여자애의 유령 말이지" 하고 가즈아키가 중얼거리듯이 말했다.

"그래, 아기 때 죽은 누나의 유령."

히로미는 밝게 웃었다. 아무 문제 없어. 나는 이렇게 밝게 웃을 수 있으니까. 오케이. 문제없어.

"그렇지만 이상하지? 누나는 태어나서 한 달도 안 돼서 죽었어. 그런데 내 앞에 나타날 때는 작은 여자애의 모습을 하고 있거든. 유령도 자라는 걸까?"

내 몸을 돌려줘.

"아기의 모습으로 나온다면 말이 돼. 그렇지만 죽으면 자랄 수 없을 테니까, 내가 보는 여자애의 유령은 누나가 아닐지도 몰라. 지금까지는 누나라고 생각하면서 한 번도 의심하지 않았는데."

마음은 점점 더 흥분되어간다. 망설임과 고통과 공포가 강한 바람에 날려가듯 사라져간다. 그래, 맞아.

그런데, 그런데도 왜 나는 도망치는 사람처럼 점점 더 속도를 높이고 있는 걸까?

“가즈아키, 담배 좀 줘.”

가즈아키는 폭탄이라도 다루는 듯이 신중한 손길로 담배 한 개비를 꺼내 히로미의 입에 물려주고 라이터로 불을 붙였다.

깊은 숨을 빨아들이자 눈에 눈물이 고였다. 빨리, 빨리, 더 빨리. 액셀을 밟는다. 이번에야말로 그 유령을 떨쳐버리고 말 테다.

“……히로미, 어릴 때 죽은 누나에 대해 어머니에게 아무 말도 듣지 못했지?”

“그게 무슨 말이야?”

“누나가 어떻게 죽었는지에 대해서말야.”

“돌연사라고 했어.”

히로미는 입에 담배를 문 채 어깨를 으쓱했다.

“자고 있다가 죽은 거야. 원인도 모르고. 그래서 어머니는 누나를 잊지 못해서 그 이름을 내게 물려준 거야.”

가즈아키는 망설이다가 마침내 입을 열었다.

“……나, 히로미 어머니에게서 이야기를 들었어.”

“뭘?”

“어머니가 지난달에 다쳐서 입원하셨지?”

“아, 그랬지.”

“상처는 크지 않았는데, 노이로제 같은 증상을 보이셨지?”

히로미는 큰 소리로 웃었다. 그 바람에 입에 문 담배가 떨어지고 말았다. 그러나 본인은 모르고 있었다. 가즈아키도 창밖을 바라보고 있었기 때문에 담배가 떨어지는 것을 보지 못했다.

“그래, 누나가 저세상에서 마중을 나온다면서 야단법석을 떨었어.”

웃으면서 그렇게 말하지만, 히로미는 눈물이 흐르는 것을 느꼈다. 어머니는 아직 누나를 포기하지 않았어. 아직 누나를 되살려낼 수 있다고 생각하고 있는 거야. 내가 아니라, 누나를 원하는 거야.

"그렇게 누나가 보고 싶으면 빨리 저세상에 가서 누나랑 같이 살라고 말해줬지."

히로미는 마치 울분을 토해내듯이 말했다. 그러나 가즈아키는 조용히 고개를 저었다.

"어머니가 히로미의 누나를 잊지 못하는 것은 사랑 때문이 아냐."

가즈아키는 손바닥으로 얼굴을 문지른 다음, 그 손에 뭐가 묻지 않았는지 확인이라도 하듯이 가만히 들여다보고는 말을 이었다.

"어머니는 히로미의 누나를 두려워했어. 네가 누나의 유령을 보게 된 건 어머니 탓인지도 몰라. 어머니의 공포심을 느낀 어린 히로미가 유령을 만들어낸 건지도 몰라."

가즈아키는 손바닥을 접으면서 얼굴을 들었다.

"놀라지 마. 히로미의 누나는 돌연사한 게 아냐. 어머니가 죽인 거야. 어머니가 자기 손으로 아기를 죽였어. 내게 직접 그렇게 이야기했어. 이 귀로 똑똑히 들었어."

히로미의 시야 속으로 다시 산기슭이 다가왔다. 산이 그를 짓누를 듯이 눈앞에 우뚝 섰다.

손바닥 안의 핸들이 마구 흔들리는 것 같았다.

"히로미, 조심해!"

가즈아키는 손을 뻗어 핸들을 잡았다. 산을 향해 달려가던 차가 가즈아키의 힘으로 아슬아슬하게 반대편으로 방향을 틀었다.

"괜찮아?"

한 손으로 핸들을 쥔 채 가즈아키는 고개를 틀어 히로미의 눈을 보았다. 좁은 차 안에서 마치 핸들을 사이에 두고 두 사람이 씨름이라도 하는 것 같았다.

"……괜찮아."

히로미는 그렇게 중얼거리고는 메마른 입술을 핥았다. 입술은 새하얗게 질리고, 눈에는 눈물이 글썽이고 있었다.

"미안해, 이런 때 그런 이야기를 해서."

가즈아키는 히로미의 얼굴을 살피면서 핸들에서 손을 떼고, 손바닥으로 얼굴을 마구 문질렀다.

"도쿄에 돌아가서 말할 걸 그랬어."

"괜찮아."

운전은 계속할 수 있어. 괜찮아. 나는 정상이야. 히로미는 속으로 중얼거렸다.

"좀더 자세하게 말해줘. 어머니가 누나를 죽였다는 걸 네가 어떻게 알게 되었는지. 어머니가 입원한 것과 무슨 관계가 있는 거야?"

가즈아키는 고개를 저었다.

"나중에 이야기할게. 집에 도착한 다음에."

"그건 안 돼. 마음에 걸려서 도저히 운전을 못 하겠어. 빨리 말해줘."

"히로미……"

"걱정하지 마. 이제부터는 똑바로 운전할 테니까."

히로미는 다시 입술을 핥았다. 왜 이렇게 입술이 마르는 걸까.

그린로드를 양쪽으로 감싸고 있던 산이 사라지고, 시야가 탁 트였다. 눈앞에 아카이 시의 전경이 펼쳐졌다. 형형색색의 장난감 블록을 늘어놓은 듯한 풍경이었다.

그 풍경이 히로미의 마음을 편안하게 해주었다. 다시는 산이 눈앞에 다가오지 않을 것이다. 다시는 짓눌리는 듯한 압박감을 받지 않아도 된다.

"이야기해줘, 가즈아키. 빨리 듣고 싶어."

가즈아키는 다시 두 손으로 얼굴을 문질렀다.

"내가 히로미 어머니 문병을 갔을 때……"

가즈아키는 머뭇머뭇하면서 이야기를 시작했다.

"지난달, 그게 며칠이었더라?"

가즈아키가 병실을 찾아갔을 때, 구리하시 스미코는 침대에서 잠들어 있었다. 베개 위에 머리를 올리고 반듯하게 누워 입을 반쯤 벌린 채.

"깊이 잠드신 것 같아서 그냥 돌아오려고 했어. 그래서 침대 곁을 떠나려는데, 어머니가 뭐라고 하시는 거야. 나를 부르는 것 같았어. 그래서 발길을 돌려서 어머니에게 말을 걸었지."

그러자 구리하시 스미코는 침대에 누운 채 두 눈을 화들짝 떴다. 가즈아키는 너무 놀라 병실에서 뛰쳐나갈 뻔했다.

"어머니의 눈에 핏발이 서고 눈동자가 마구 구르더니, 갑자기 손을 뻗어 내 손을 잡고 외치는 거야. 살려달라면서."

가즈아키는 구리하시 스미코를 안정시키려 애썼다. 그녀는 가즈아키의 몸에 달라붙어 떨어지지 않았다. 필사적인 기세였다.

"정신 차리시라고 외쳤어. 갑자기 나쁜 꿈을 꾼 모양이라고."

스미코는 마치 둑이 터진 듯 중얼대기 시작했다. 히로미가 따라와, 히로미가 내게 원한을 품고 있어, 히로미가 나를 죽이려고 해, 하고.

"나는 웃으면서 말했지. 히로미가 어머니를 죽일 리가 있나요. 하나뿐인 아들인데."

그러자 스미코는 처음 보는 사람을 대하는 듯한 태도로 멀뚱히 가즈아키를 올려다보았다. 손을 놓고 머리를 감쌌다. 그러고는 신음처럼 반복해서 말했다. 너는 몰라, 아무도 몰라, 아무도 모르니까 결국 나는 죽고 말 거야.

그리고 황당한 표정으로 멍하니 서 있는 가즈아키에게 모든 것을 털어놓았다.

히로미의 누나는 돌연사한 게 아니야. 내가 죽였어. 베개로 얼굴을 눌러서 죽였어.

운전석의 히로미는 갑자기 추위를 느낀 듯 어깨를 움츠렸다. 무릎이 심하게 떨리기 시작했다. 그 바람에 발끝이 아까 떨어뜨린 담배를 찼다. 담뱃불은 꺼져 있었다.

"어머니가 왜 누나를 죽였을까?"

히로미는 기어들어가는 목소리로 물었다. 가즈아키도 작은 목소리로 대답했다.

"요즘 말로 하면, 육아 노이로제였던 것 같아."

"삼십 년 전에도 그런 게 있었나?"

"있었지. 다만 이름이 없었을 뿐이야."

그렇게 말하며 가즈아키는 둥그런 눈을 슬프게 깜빡였다.

"내 시각장애도 인정되지 않았으니까."

마치 이 자리에 없는 누군가를 원망하는 듯한 어투였다.

육아 노이로제? 그러나 히로미는 그렇게 생각할 수 없었다. 외할머니가 남자와 동반자살한 과거를 떠올렸다. 그 과거에 대해 아버지가 얼마나 지독하게 욕을 퍼부어댔는지도 알고 있다.

네 어머니에게 속아서 결혼했다고 원망하던 모습도.

혹시 아버지가 어머니를 의심한 것은 아닐까. 막 태어난 딸 히로미. 아기 히로미. 이애가 정말 내 자식일까.

또는 아버지가 아기를 무시해버린 것은 아닐까. 네 멋대로 낳았으니 네 멋대로 길러보라고. 너 같은 여자의 피를 이어받은 계집애 따위는 필요 없다고.

그렇게 막다른 골목에 내몰려 절망한 나머지 그 부정적인 힘을 아기에게 쏟아부은 것은 아닐까.

베개로 아기의 숨통을 막았다. 삼십 년 전, 어머니가 자기 자식을 고의로 죽일 수 있다는 사실을 받아들일 수 없던 시절이었다. 의사는 돌연사로 진단했다.

스미코는 입을 다물고 있었다. 자신의 손으로 아기를 죽였다고 고백할 수는 없었다.

그러고는 태연히 두번째 아이를 임신해서 낳고, 그 아이에게 자신이 죽인 아이의 이름을 붙여주었다.

히로미.

히로미는 이 세상에 있다. 이렇게 내 손으로 기르고 있다. 그러므로 히로미는 죽지 않았다. 나는 히로미를 죽이지 않았다.

그렇게 해서 스미코는 과거를 지워버렸다.

"히로미……"

차는 아카이 산의 이부능선 부근까지 내려와 있었다. 이제 고갯길 하나만 돌면 완만한 내리막길이 나온다.

"가즈아키, 담배 한 대 줘."

히로미는 자신의 얼굴에서 핏기가 가신 것을 느끼고 있었다. 핸들을 잡은 손에서 차가운 땀이 배어나왔다.

가즈아키는 담배를 물리고 불을 붙여주었다. 히로미는 연기를 깊이 빨아들였다.

그때 룸미러에 힐끗 누군가의 눈이 비쳤다.

히로미의 몸이 딱딱하게 굳었다. 시선이 전방의 커브에서 벗어나 룸미러로 빨려들어갔다. 저도 모르게 발에 힘이 들어가 액셀을 밟았다. 가즈아키가 겁먹은 눈으로 히로미를 바라보았다.

다시 룸미러에 눈이 비쳤다.

'내 몸을 돌려줘.'

그 여자애였다. 히로미를 노려보고 있었다.

히로미의 두 눈에서 눈물이 흘러내렸다. 손이 떨리고, 등이 차가워지고, 머릿속이 뜨거워졌다. 지금까지 단 한번도 입에 담지 않았고, 머릿속에 떠오른 적도 없던 말이 가슴속에서 차올라왔다.

'누나.'

룸미러 속의 두 눈을 응시하며 히로미는 외쳤다.

'누나, 누나.'

누나는 차라리 행운이었는지도 모른다. 누나는 단 한순간에 죽었지만, 나는 이십몇 년 동안 조금씩, 조금씩 살해당하고 있다.

룸미러 속의 눈이 사라졌다. 그리고 이제는 멀리 떨어져 보일 리 없는 유령빌딩의 윤곽이 갑자기 떠올랐다.

히로미는 깜짝 놀라 그 자리에서 펄쩍 뛰어올랐다. 담배가 무릎 위에 떨어졌다.

"왜 그래?"

가즈아키가 물었다. 차는 마지막 굽이로 접어들고 있었다. 히로미는 또다시 액셀을 밟았다. 차는 무서운 속력으로 달려나갔다.

"위험해, 히로미, 속도를 줄여!"

가즈아키가 다시 핸들로 손을 뻗었다. 그때, 룸미러 속에서 다시 두 눈이 나타났다. 누나의 눈이 아니었다. 기시다 아케미의 눈도, 후루카와 마리코의 눈도 아니었다. 히로미는 눈을 크게 뜨고 그것이 누구의 눈인지 확인하려 했다.

다음 순간, 가즈아키는 비명을 질렀다.

룸미러 속에 나타난 것은 어머니의 눈이었다. 그 눈이 히로미를 노려보고 있었다. 비밀을 알아버린 히로미는 어머니에게 위험한 존재가 되어버렸다.

그리고 히로미는 절망적인 사실을 다시 확인했다. 내 인생은 저주받은 것이다. 처음부터 끝까지 저주받았다. 나를 저주한 것은 그 여자의 유령이 아니라 바로 어머니였다. 여자애의 유령은 나와 똑같은 피해자, 나와 똑같은 희생자다.

무릎 위가 뜨거웠다. 타는 냄새가 났다. 가즈아키의 다급한 목소리가 들려왔다.

그러나 히로미는 룸미러 속의 두 눈과 죽을힘을 다해 싸우고 있었다. 눈을 떼면 숨이 끊어져버릴 것 같았다. 누나처럼 죽임을 당할 것 같았다.

젊은 여자들을 죽인 것은 잘못이었다. 정말로 죽여야 할 것은 어머니였다. 여자애의 유령을 두려워한 것은 착각이었다. 좀더 빨리, 그 여자애를 두 팔로 끌어안고 도망쳐야 했었다. 어머니 아버지의 손에 죽지 않을 곳으로 도망쳐야 했다.

"히로미, 담배! 셔츠에 불이 붙었어!"

가즈아키의 외침에 퍼뜩 정신을 차리는 순간, 화학섬유로 된 셔츠에 붙은 불이 히로미를 감쌌다. 불길이 목덜미까지 올라왔다. 머리카락까지 타기 시작했다.

차가 제멋대로 비틀거렸다.

충격이 왔다. 가즈아키가 핸들을 잡아당기며 외치고 있었다. 히로미는 불꽃에 휩싸인 채로 계속해서 룸미러를 노려보고 있었다. 그곳에는 분명 어머니 스미코의 얼굴이 있었다. 어머니의 얼굴은 웃고 있었다. 유령과 함께 히로미를 저세상으로 보낼 수 있어 기쁘다는 표정이었다.

차는 가드레일을 뚫고 우아한 곡선을 그리며 절벽 아래로 떨어져내렸다.

앞유리창 가득 저물어가는 하늘이 펼쳐지고, 그 검붉은 색이 히로미의 몸을 감싼 불꽃과 하나로 겹쳐졌다. 가즈아키의 비명이 들리고, 그가 두 손으로 앞유리를 붙잡는 것이 보였다.

룸미러 속의 어머니의 얼굴이 불꽃 속에서 사라져갔다.

차는 떨어져간다. 천천히, 부드러운 포물선을 그리며. 히로미는 입가에 미소를 지었다. 룸미러 속의 어머니와 함께 동반자살을 하는 것 같은 기분이었다. 이제 누나도 마음을 놓을 수 있을 것이다.

차가 절벽 아래 지면에 부딪치는 순간, 룸미러는 가루로 변했다. 그 찰나, 마지막으로 거기에 비친 것을 히로미는 보았다.

즐겁게 웃고 있는 두 눈이 있었다. 그것은 스미코의 눈이 아니었다.

피스의 눈이었다.

'아냐!'

목구멍 속에서 그렇게 외치는 순간, 앞유리가 깨지며 절벽 아래의 암석이 히로미의 머리를 부쉈다.

사람은 누구나 죽기 직전에 과거의 모든 기억을 떠올린다. 흘러간 모든 시간들이 선명하게 머릿속에 떠오른다.

히로미는 떠올렸다. 열세 살 여름, 소독약 냄새가 나는 수영장에서 가즈아키를 물속에 밀어넣고, 떠오르면 다시 그 머리를 물속에 밀어넣는 장면이었다. 뒤에서 피스가 지켜보고 있고, 반 아이들은 웃고 있었다. 처음에는 즐겁게 떠들어대던 아이들도 가즈아키가 물 밖으로 얼굴을 내미는 짧은 순간에 내지르는 비명을 듣고는 딱딱하게 굳어버리고 말았다. 누군가가 히로미를 말렸다.

그러나 히로미는 그만두지 않았다. 그만둘 수 없었다. 가즈아키를 물에 빠뜨려 죽이고 싶어 참을 수 없었다. 너무 즐거운 놀이였다.

마침내 누군가가 뒤에서 몸을 부딪치고는 히로미가 휘청거리는 틈을 타 가즈아키를 물에서 끌어냈다. 가즈아키는 꼴사납게 허우적거리며 수영장 가로 기어나왔다. 김이 샌 히로미는 고개를 돌리고 샤워실 쪽으로 걸어갔다. 반 아이들의 시선이 바늘처럼 등을 찔렀다. 그리고, 어느새 피스의 모습이 사라지고 없다는 것을 알았다. 피스는 샤워실 입구에 등을 기대고 서 있었다. 늘 그렇듯이 햇빛에 그을린 얼굴에 흘러넘칠 듯한 미소를 짓고 있었다.

애들이 있는 데서 그러는 건 곤란해. 전략적으로 실패야.

그렇게 말하고는 흰 이를 드러내며 웃었다.

히로미의 뇌리에 다른 광경이 펼쳐졌다. 아주 어린 시절, 어딘가 어두운 곳에서 무릎을 끌어안고 있었다. 울어서 눈두덩이 뜨겁고 볼은 젖어 있었다. 오줌이 마려웠지만 있는 힘을 다해 참았다. 밖으로 나가면 어머니에게 야단을 맞을 게 뻔하기 때문이었다.

어렸을 때 그런 일이 자주 있었다. 스미코는 화가 나면 아이를 창고에 가두었다. 사분의 일 평밖에 안 되는 좁은 곳이어서 히로미는 무릎을 끌어안고 머리를 숙이고 앉아야 했다. 숨이 막히고, 삼십 분만 지나도 머리가 아팠다. 어머니가 나오라고 할 때까지 나갈 수 없었다.

어머니는 왜 그렇게 화를 냈을까? 머리가 아프고 오줌이 마려웠다. 그렇지만 나가면 더 화를 낼 것이다. 지난번의 아버지처럼.

기억은 다시 다른 장소로 바뀌었다. 히로미는 부엌 의자에 앉아 다리를 달달 떨고 있었다. 스미코가 무어라 말하고 있었지만 히로미의 귀에는 들어오지 않았다. 이 잔소리가 그치면 바깥으로 나가 뛰어놀고 싶은 마음뿐이었다.

조금만 더 크면, 조금만 더 어른이 되고 힘이 세지면 어머니가 아무리 야단쳐도 무섭지 않을 것 같았다. 그때는 그냥 두들겨패면 된다. 이 집에서 가장 힘이 세지기만 하면, 누구의 명령도 들을 필요가 없다. 참고 견뎌야 할 일도 없다.

어머니의 잔소리가 또 시작되었다. 아, 시끄러, 시끄러. 그때 히로미 옆에 앉아서 담배를 피우고 있던 아버지가 갑자기 벌떡 일어서더니 큰 소리로 외쳤다. 시끄러, 넌 잔소리가 너무 많아. 따끔하게 한 번 말하면 됐지. 그러나 어머니는 아버지를 바보 취급해버렸다. 당신 같은 사람이 애 교육을 어떻게 시켜. 그 말에 아버지는 얼굴이 벌겋게 달아오르더니 히로미의 가느다란 손목을 비틀어 담뱃불로 피부를 지졌다. 잘 봐둬. 애 교육은 이렇게 시키는 거야, 알았어?

팔의 화상은 오랫동안 지워지지 않았다. 너무 억울해서 가즈아키에게도 똑같은 상처를 만들어주려고 담배를 가지고 장수암에 갔다가 아주머니에게 들켜 야단을 맞기도 했다.

기억, 기억, 기억. 인간이란 존재는 기억으로 만들어져 있는 모양이다. 그런 통찰이 번개처럼 뇌리를 가로질렀다. 수많은 기억을 얇은 피부 한 장으로 감싸고 있다. 그것이 인간이다. 어린아이에서 어른으로 성장함에 따라 몸이 커지는 것은 그만큼 피부 속의 기억이 늘어나기 때문이다.

지금 구리하시 히로미라는 인간의 피부는 찢어지고, 그것이 감싸고 있던 기억이 바깥으로 흘러나오고 있다. 처음에는 서서히, 그러다 점점 폭포수처럼 터져나오고 있다. 기억이라는 내용이 다 빠져나가버리면, 히로미는 바람 빠진 풍선처럼 그 자리에 풀썩 쓰러지고 말 것이다.

그렇게 되면, 다시 한번 살면 되지 않을까. 쭈그러진 히로미라는 그릇에 새로운 기억을 흘려넣어 새로운 히로미를 만들어내는 것이다. 히로미는 다시 태어나는 것이다.

그럴 수 있다. 지금이라면 가능하다. 늘 나와 같이 있어주었던 가즈아키라는 진정한 친구가 있으니까. 가즈아키를 나는 여태 모르고 있었다.

가즈아키, 가즈아키. 가즈아키는 살아 있을까.

살아야 해. 나도 살고 싶어. 다시 살아가는 거야. 다시는 피스에게 속지 않고.

강렬한 결의에 몸이 뜨거워졌다. 그러나 그것은 신경중추가 기능을 정지하기 직전에 보이는 마지막 몸부림에 지나지 않았다.

내가 죽으면 누가 피스의 거짓말을 꿰뚫어볼 수 있을까.

그것을 마지막으로 기억의 유출은 끝났다. 히로미는 죽었다.

가즈아키는 차가 가드레일을 뚫고 허공으로 떠오르는 동안 두 눈을 활짝 뜨고 처음부터 끝까지 모든 것을 지켜보고 있었다. 한순간이 무한히 늘어져, 슬로모션처럼 사고의 전모를 경험했다.

안전벨트를 매지 않은 그의 몸은 앞유리를 뚫고 바깥으로 튕겨나갔다. 그는 바깥 공기를 느꼈다. 붉게 물들어가는 저녁 하늘이 눈앞을 가득 채웠다. 그리고 천천히 머리가 아래로 꺾이면서, 그는 낙하해가는 스스로를 의식했다.

죽을 수 없어. 여기서 죽어서는 안 돼. 겨우 히로미를 되찾았는데. 지금부터 힘을 모아 해결하고 새롭게 해야 할 일들이 얼마나 많은데.

두렵지는 않았다. 강한 의지의 힘이 그를 지탱해주고 있었다. 이런 사고로 죽을 수는 없다. 히로미, 히로미는 무사할까?

가즈아키가 낙하해가는 궤도의 저 끝에 배기가스에 그을린 야윈 나무들이 욕구불만에 찬 어린아이들처럼 어깨를 나란히 하고 늘어선 숲이 있었다. 무력하고 병든 나무들이었지만, 가지 끝은 날카롭고 뾰족했다.

천천히 포물선을 그리면서 가즈아키는 떨어져갔다. 그를 환영하는 듯이 하늘로 가지를 벌린 나무들 사이로. 이윽고 거친 나뭇가지 끝이 목덜미를 파고들어 경동맥을 찌를 때까지도 가즈아키는 히로미의 안부를 걱정했다.

26

살인자

살인자의 그림자는
살인자의 뒤를 쫓는다
어디까지고 어디까지고
어느 날엔가 살인자를
죽여 묻어버리기 위해

오랜, 오랜 기억이다. 왜 지금 그 생각이 나는 걸까?

히로미가 운전하는 차가 죽음을 향하여 날아오른 그 순간, 피스는 누군가가 자신의 이름을 부르는 듯한 느낌에 눈을 번쩍 뜨고는 고개를 돌려 거실 벽에 걸린 시계를 보았다. 오후 네시 십팔분이었다. 그리고 바로 그때, 갑자기 기억의 바닥에서 어떤 신호처럼 그것이 떠올랐다. 그 옛날의 '살인자'라는 시.

아마도 초등학교 육학년 때였을 것이다. 국어시간에 담임선생이 다음 수업시간까지 뭐든 좋으니 마음대로 시를 한 편 지어오라고 했다. 어떤 내용이라도 좋다고 했다.

피스는 공부에 어려움을 겪어본 적이 없었다. 어머니가 그것을 자랑스럽게 생각하고 있다는 것도 그는 잘 알고 있었다.

기억력이 좋고 문장 이해력도 뛰어났다. 선생님 이야기를 듣지 않아도 그냥 교과서를 읽기만 하면 이해할 수 있었다. 다른 아이들이 곱하기나 분수 계산 때문에 고생을 할 때, 피스는 다른 아이들과 보조를 맞추기 위해 일부러 문제를 천천히 풀 정도였다.

선생의 생각을 읽고, 선생이 지금 무얼 요구하는지 그 자리에서 파악했다. 늘 튀지 않으려고 주의했다. 다른 아이들과 비슷하게, 그 이상도 그 이하도 아니게.

선생님은 피스처럼 총명한 아이가 어떤 시를 지어올지 기대하고 있었다. 총명할 뿐만 아니라 감수성도 예민한 아이. 선생님은 피스를 그렇게 평가했다.

피스는 물론 선생의 기대에 부응할 생각이었다. 선생을 기쁘게 해주고 싶었다. 그리고 글짓기 자체가 좋았다.

피스는 어떤 글을 써야 어른들이 좋아하고 다른 아이들이 감탄할지 잘 알고 있었다. 거기에 필요한 언어는 주위를 둘러보면 얼마든지 널려 있었다. 그것들을 적당히 늘어놓으면 간단히 좋은 문장을 만들어낼 수 있었다. 글쓰기를 못해 고생하는 다른 아이들이 너무 이상해 보였다.

시는 처음이었다. 작문과는 달리 짧게 지어야 하니까 어려울지도 모른다고 생각했다. 그렇지만 원고지를 앞에 두고 삼십 분 정도가 지나자 자연스럽게 단어들이 떠올랐다. 피스는 술술 써내려갔다. 그것이 바로 '살인자'라는 시였다.

다 쓰고 난 다음, 왜 이런 글을 쓰고 말았을까 하고 스스로도 고개를 갸우뚱했다. 좋지 않은 작품이었다. 선생님이 보고 감탄할지도 모르지만, 우등생 피스에 대해 내심 의구심을 품을 것이다. 그는 본능적으로 위험을 감지했다. 서둘러 종이를 바꾸어 새로운 시를 지어보려 했다.

그러나 아무것도 떠오르지 않았다. 머릿속에는 오로지 '살인자'의 구절들만이 떠오를 뿐이었다. 피스는 연필을 놓고 '살인자' 원고를 마구 찢어버렸다. 잘게 찢어서 쓰레기통에 넣어버렸다. 그래도 시의 한 구절 한 구절이 그의 뇌리에서 떠나지 않았다.

결국 새로 지은 시는 이른 봄의 부드러운 비에 대한 평범한 글이었다. 그것을 읽은 선생님은 일단 칭찬은 해주었지만 기대한 수준은 아니라는 표정이었다.

그 이후로 피스는 시를 싫어하게 되었다. 시는 위험하다는 것을 알았기 때문이었다. 그래서 '살인자'라는 시도 잊어버렸다.

그런데 왜, 지금, 이런 특별한 시간에, 갑자기 떠오른 것일까? 피스는 쓴웃음을 지었다.

히로미에게 밝힌 계획은 말뿐이었고, 그는 산장에서 느긋하게 오후 시간을 보내고 있었다. 도쿄에 가서 '장수암'을 감시할 것이라고 했지만, 사실은 그런 귀찮은 일은 싫었다. 가즈아키는 바보니 아무 저항도 하지 않고 히로미와 함께 여기저기 돌아다니다가 결국 유령빌딩에서 죽을 것이다. 그러니 피스는 약속한 대로 자정까지 유령빌딩에 가면 그만이었다.

피스는 마음 한편으로 가즈아키를 깔보고 있었다. 그를 끌어들임으로써 계획이 뒤틀리고 있다는 것도 심각하게 느끼지 못하고 있었다. 히로미가 가즈아키의 말에 마음이 흔들릴지도 모른다는 가능성이나 그 때문에 히로미의 불안정한 정신이 무너져버릴지도 모른다는 위험에 대해서는 고려하지 않았다.

그러나 다른 한편으로는 가즈아키라는 존재의 위험성을 느끼고, 그 때문에 모든 계획이 뒤틀려가고 있다는 것을 깨닫고 있었다. 마치 조류에 밀려 조금씩 항로를 벗어나는 배처럼, 피스는 가즈아키라는 존재에 영향을 받아 히로미에 대한 지배력을 조금씩 잃어가고 있었다.

그렇지만 그게 뭐 어쨌단 말인가. 피스는 혼자서 빙긋 웃었다. 재미있지 않은가. 사건이 일어나고서야 비로소 리더의 지도력이 두드러지는 법이다. 위기를 맞이했기 때문에 비로소 나의 진정한 능력을 발휘할 수 있는 것이다. 그러고 보니 지금까지는 좀 심심했다. 앞으로가 정말로 재미있을 것이다.

분열하는 두 마음의 틈새에서 시간은 천천히 흘러갔다. 가즈아키는 어떤 반응을 보일까? 히로미는? 오늘밤의 결말은 과연 어떤 모습일까? 그런 생각을 하는 사이에 자신이 쓴 '살인자'라는 시가 떠올랐다.

이제는 알 수 있었다. 어린 시절 자신이 왜 그런 시를 썼는지. 그것은 자신의 마음 깊은 곳에서 끌어올린 말이었다. 작문은 사방에 널린 언어를 조합해서 만들 수 있지만, 시는 그렇지 않다. 시를 쓰는 것은 자신의 마음속에 내시경을 넣고 거기에서 조직의 일부를 떼내 표본을 만드는 것과도 같다.

그래서 위험하다.

저녁노을이 밤의 어둠으로 바뀌고, 시계는 시간을 새겨나간다. 깊은 생각에 잠겨 반쯤 잠이 들어 있던 피스는 텔레비전에서 흘러나오는 시끄러운 소리에 퍼뜩 눈을 떴다.

새로운 뉴스였다. 화면에는 아카이 산과 그린로드가 비치고 있었다. 현장을 중계하는 기자가 일그러진 표정으로 떠들어대고 있었다.

교통사고. 차를 타고 가던 두 명의 젊은 남자가 사망하고, 트렁크에서는 다른 시체가 발견되었다.

그 두 사람이 바로 연속 유괴살인사건의 범인이 아닐까. 기자는 그렇게 말하고 있었다.

그뿐이 아니었다. 이어 HBS의 뉴스는 그 특집방송 때 걸려왔던 전화의 음성을 독자적으로 분석하고 있었다. 그 결과가 나온 것이었다.

"성문 감정 결과에 따르면, 특집방송 때 전화를 걸어온 인물은 두 사람인 것으로 보입니다. 성문의 패턴이 명백히 다르기 때문입니다. 연속 여성 유괴살인사건의 범인은 복수범으로 보입니다. 그린로드에서 사고로 죽은 두 남자가 전화를 건 두 사람이라고 단정할 수 있는 증거는 아직까지 없습니다. 그러나……"

말을 할수록 기자의 흥분은 높아져간다.

그런가. 내 각본이 그쪽으로 흘러갔단 말이지.

굳은 기름이 녹듯 피스의 얼굴 위로 천천히 웃음이 퍼져나갔다. 이윽고 그는 소리내어 웃기 시작했다. 점차 높아져가는 그 웃음소리에, 산장 정원에 말없이 묻혀 있던 유골들도 놀라 몸을 부르르 떠는 듯했다.

제3부

"부모에게 진상을 감출 수 있는
방법이 있으면 좋겠는데.
이런 이야기는 하지 않고 넘어가면 좋을 텐데."
힐러리 워, 『사건 당일은 비』

1

섣달로 들어서자 초겨울의 찬 기운이 몸에 스며드는 듯했다.

출입구의 자동문이 소리를 내며 열릴 때마다 찬바람이 불어온다. 가게에 들어서는 손님들도 모두 목과 어깨를 움츠리고 있다.

"어제 발매된 『도큐먼트 저팬』 임시증간호 있어요?"

대학생으로 보이는 젊은 남자 손님이 가게에 들어서자마자 카운터로 다가와 물었다. 반나절 사이에 벌써 여덟번째다. 아니, 내가 병원에 가 있을 동안에도 이런 손님이 있었을 테니까, 그보다 훨씬 많을 것이다. 쓰카다 신이치는 바닥을 닦던 손길을 멈추고 대걸레를 벽에 기대두고는 고개를 빼어 카운터 쪽을 살펴보았다.

"죄송합니다."

점장이 미안한 듯이 말했다.

"우리 가게는 『도큐먼트 저팬』을 취급하지 않습니다. 근처 '카운터 숍'에서는 팔지도 모르겠네요."

"아, 그런가요……"

젊은 남자 손님은 애석하다는 듯이 손가락으로 이마를 긁으며 겸연쩍은 웃음을 지었다.

"점심때부터 다 다녀봤는데 하나같이 매진이라서요."

"그렇겠지요. 역 구내 매점에는 가보셨나요?"

"거기도 없어요."

"원래 발행부수가 적은 잡지예요. 평소에는 그리 많이 팔리는 잡지가 아니니까요. 이번 호도 이렇게 많이 팔릴 줄은 예상하지 못했을 겁니다."

결국 젊은 남자는 아무것도 사지 않고 그냥 나갔다. 아마 앞으로도 편의점과 서점 몇 곳을 더 돌 것이다.

아까부터 냉동식품 코너 앞에서 아이스크림을 고르고 있던 젊은 커플이 카운터의 대화를 들었는지, 『도큐먼트 저팬』이 뭐냐고 서로에게 묻고 있다. 신이치는 아직 그 소식을 모르는 사람도 있다는 사실에 놀랐다.

"텔레비전 프로그램 아닐까?"

"새로 생긴 건가?"

"역 구내 매점에서 파느니 안 파느니 하지 않았어?"

"그럼 잡지겠지."

"매진될 정도라는데 사서 읽어야 하지 않을까? 나, 읽고 싶어."

"서점에 가볼까?"

"서점은 귀찮아. 여기서 못 사?"

신이치는 웃음을 참으며 대걸레를 잡고 다시 일을 시작했다.

다른 사람 말에 귀가 솔깃해져서 가지고 싶어하면서도 그게 뭔지도 모른다니. 이런 사람은 『도큐먼트 저팬』의 독자가 되기보다는 취재 대상이 되는 편이 나을 것이다.

다시 자동문이 열리더니 이번에는 앞치마를 두른 사십대로 보이는 여자가 들어왔다. 점장이 다시 사과했다. 여자는 투덜거리면서 나갔다. 젊은 커플은 냉동식품 코너를 벗어나 이번에는 일용품 선반 앞에서 웃고 있다. 신이치는 바닥 청소를 끝내고 대걸레를 들고 사무실 문 쪽으로 걸어갔다.

"아, 수고 많았어."

점장이 안경 너머로 부드러운 눈길을 던지며 말했다.

"정리하고 카운터 교대할게요. 계속 못 쉬셨죠?"

두시 반이 다 되었다. 신이치는 점심을 일찍 먹었기 때문에 이대로 근무를 계속할 생각이었다.

점장을 대신해서 카운터를 지키고 있는데 또 『도큐먼트 저팬』을 사러 온 손님이 들어왔다. 점장과 똑같은 대사를 읊었다. 오십대로 보이는 아저씨로, 아무래도 이 근처 공장에서 일하는 듯 얼룩진 작업복에서 기름 냄새가 풍겼다.

"담배 사러 온 김에 하나 사려고 했는데, 여긴 없구만. 공장에서 라디오를 듣는데, 그 프로그램에서 그러더라구. 『도큐먼트 저팬』 임시 증간호가 재미있다고, 그 사건의 범인들에 대해 소설처럼 알기 쉽게 썼다고 말이야."

친근감이 가는 아저씨여서 신이치는 저도 모르게 자신이 아는 사람이 거기에 글을 쓰고 있다는 말을 할 뻔했다. 이 아저씨라면 재미있어할 것 같은 느낌이 들었기 때문이다.

마에하타 시게코의 르포가 『도큐먼트 저팬』에 연재되기로 정해진 것은 아직 그 사건이 진행중이던 때였다. 그런데 시게코가 첫 원고를 완성하자마자 범인 두 명이 자동차 사고로 죽고, 사건은 수습단계에 들어서고 말았다. 편집부는 회의를 열어 일련의 유괴살인사건을 특집으로 다

룬 임시증간호를 12월 1일에 발매하기로 결정하고, 『도큐먼트 저팬』 본지에 연재할 예정이었던 시게코의 글도 그 임시증간호에 싣기로 했다.

범인들이 사망한 지도 벌써 한 달이 지났다. 연일 미친 듯이 새로운 특별방송을 꾸미던 텔레비전 방송국도 이제는 이야깃거리가 더 없는지 낮에는 와이드쇼, 밤에는 미니 특집 정도로 편성을 축소하는 실정이었다. 그러다 다른 큰 사건이 일어나면 이 사건도 기억의 저편으로 사라질 것이다.

신문과 잡지는 텔레비전보다 신속성이 떨어지는 단점을 만회하려는 듯이 한 달 동안 사건을 상세하게 정리 보도해 많은 독자를 모으고 있었다. 그들은 아직도 이 사건에서 손을 떼지 않고 있었다. 다만 신문과 잡지는 지면의 제약 때문에 제대로 된 기사를 싣지 못하는 한계가 있었다.

그런 상황에서 『도큐먼트 저팬』의 임시증간호는 아주 시의적절했다. 텔레비전은 이미 관심을 끊었고, 저명한 저널리스트나 논픽션 작가가 신문과 잡지보다 더 풍부한 내용을 정리해 책으로 내기까지는 아직 시간이 더 필요한 그 틈새에서, 사건에 대해 더 많은 것을 알고 싶어하는 독자의 욕구에 정확하게 부응한 것이었다.

예상 이상의 판매고를 올리는 것도 결코 이상한 일이 아니었다. 세상 사람들은 두 범인이 저지른 일과 그들의 생각, 그들의 인간성, 사건의 자세한 내막, 그리고 그들이 자동차 사고로 죽지 않았더라면 지금도 벌이고 있을 살인행각 따위에 대해 알고 싶어 안달하고 있다.

"『도큐먼트 저팬』은 잡지니까, 다음주에도 새로운 글이 나올 겁니다."

"그런가?"

"예, 그 사건을 추적해서 연속으로 보도할 거예요. 여성 작가가 힘을 쏟고 있으니까요."

"그럼 좋겠는데. 도대체 뭐가 어찌 됐길래 그런 말도 안 되는 인간들이 나왔는지 반드시 밝혀내야지."

담배와 거스름돈을 받아들고 그 아저씨는 가게를 나갔다. 신이치는 그 등에 대고 안녕히 가세요, 하고 인사를 했다.

'시게코 씨, 이제야 이름을 날리게 됐어.'

요즘 들어 시게코는 너무 바빠서 식사도 함께 하는 법이 없었다. 그래서 신이치와 쇼지는 슈퍼에서 사온 간단한 음식으로 저녁을 해결하고 있었다. 이렇게 첫회 연재가 빛을 보았으니, 이번주에는 한 번 정도 마에하타 부부가 얼굴을 마주하고 식사를 할 수 있을 것이다. 연재의 성공적인 출발을 축하하는 자리가 될지도 모른다.

그때가 오면 신이치는 마에하타 부부에게 감사의 인사를 하고 그 집을 나올 생각이었다. 그래서 신이치는 몰래 새로운 거처와 일자리를 찾고 있었다.

붙잡을지 붙잡지 않을지는 반반이다. 시게코는 붙잡을지도 모르지만, 쇼지는 절대로 붙잡지 않을 것이다.

연재가 결정되어 시게코가 교정지를 끌어안고 격투를 벌이고 있을 때 쇼지는 신이치에게 슬쩍 이런 말을 했었다.

"신이치, 싫지 않아?"

신이치는 시게코에게 그런 질문을 듣지 않을까 예상하고 있었기 때문에 쇼지의 질문에 깜짝 놀랐다.

"뭐가요?"

쇼지는 굳은살이 박인 손으로 뒤통수를 긁적이며 이렇게 말했다.

"시게코는 범죄에 대해서 쓰고 있잖아. 신이치 가족의 사건은 아니지만, 잔혹한 사건이라는 점에서는 똑같지. 시게코는 관계자도 아니고, 경찰도 아니고, 범인의 심리를 연구하는 학자도 아니야. 신문 기자나 잡지 기자도 아냐. 그냥 프리랜서에 지나지 않아. 사건과는 아무런 관련도 없고. 그런데 저렇게 쓰고 있어. 범인에 대해서 여러 가지로 추측을 하면서 말이야. 물론 그게 아무 의미 없는 일이라고는 생각하지 않아. 시게코 외에도 수많은 사람이 이 사건에 대한 글을 쓰고 있을 테니까. 그런 작업은 필요할 거야. 이런 사건이 다시는 일어나지 않게 하려면 어떻게 해야 하는지 함께 생각해봐야 한다는 의미에서도 말이지."

"그건 그렇죠."

"그렇지만 결과적으로…… 그 글이 널리 읽히면 시게코에게는 그게 실적이 되잖아? 이름도 알려질 테고. 돈도 어느 정도 들어올 거야. 그런 게, 신이치는 싫지 않아? 아무 상처도 입지 않은 제삼자가 그런 식으로 개입하는 게 싫지 않아? 남의 불행을 재료로 삼아 뭘 하나 싶은 생각이 안 들어?"

신이치는 시게코에게 같은 질문을 들을 때를 위해 준비해두었던 대답을 그대로 말했다.

"물론 그런 생각은 들어요."

쇼지는 각오는 했었지만 그렇게 솔직한 대답이 나올 줄은 몰랐다는 표정이었다.

"그렇겠지."

"예, 그래서 전 시게코 씨의 글이 잡지에 실리면 더는 여기에 있을 수 없을 것 같아요."

쇼지는 고개를 끄덕이며 손으로 얼굴을 문질렀다.

"시게코에게 화가 나?"

"아뇨, 오히려 감사하고 있어요."

"그렇지만 시게코가 널 여기 머물게 한 건 네가 이 사건의 발견자이기 때문이잖아? 취재원으로서 이용가치가 있다고 생각했기 때문이잖아?"

"그것만은 아니에요. 시게코 씨도 쇼지 씨도, 어려움에 빠진 저를 도와주셨어요. 거기에 대해서는 정말 고맙게 생각합니다."

신이치는 애써 말을 가렸다. 마음은 이미 정해져 아무런 망설임도 없었지만, 자신의 마음을 다른 사람에게 설명하는 건 정말 어려웠다.

"쇼지 씨 말처럼 왜 이런 일이 일어났는지, 다시는 이런 일이 일어나지 않게 하려면 어떻게 해야 하는지 생각해보기 위해서라도 범죄에 대해 조사하고 범인에 대해 생각해볼 필요가 있을 거예요. 그래서 시게코 씨의 작업에도 큰 의미가 있다고 생각합니다. 시게코 씨만이 아니라 여성이 그런 일을 하는 것도 대단한 의미가 있다고 생각해요. 잔혹한 범죄에 희생당하는 건 대부분 여성들이니까요. 그런데도 저널리즘에서 여성이 글을 쓰는 경우는 거의 없었으니까요."

"아, 그런가?"

쇼지는 당황하는 표정이었다.

"그래서 저도 시게코 씨가 열심히 글을 써줬으면 좋겠어요. 그렇지만 가까이 있는 건 괴롭습니다. 많은 생각을 하게 돼요. 남의 일이라고 대수롭지 않게 다루는 건 아닌가 하는 생각도 들고요. 저도 괴롭지만, 시게코 씨도 제가 가까이 있는 게 괴롭지 않을까요."

"하기야, 나도 그런 생각이 들어."

쇼지는 천천히 고개를 끄덕이더니 시게코의 작업실 쪽을 바라보며 말했다.

"신이치가 괴로운 것도, 거리를 두고 싶어하는 것도 당연하지만, 시게코는 괴롭다고 도망쳐서는 안 된다고 생각하고 있을 거야. 괴로운 것 정도는 각오하고 있지 않을까 싶어. 신이치가 괴로워서 떠나야겠다면 나도 말릴 수는 없어. 내게는 그런 자격이 없으니까. 하지만 혹시라도 자신이 아니라 시게코를 위해서 떠나는 거라면, 그건 착각일 거야. 시게코는 그런 어린애 같은 생각은 안 해."

예리하게 정곡을 찌르는 말이었다. 신이치는 저도 모르게 쇼지의 옆얼굴을 보았다. 여전히 시게코의 작업실을 바라보고 있는 그의 옆얼굴에 그의 속마음이 드러나 보이는 듯했다.

쇼지는 왜 이런 일이 일어났는지, 다시는 이런 일이 일어나지 않게 하려면 어떻게 해야 하는지 생각해보기 위해서라도 시게코의 작업은 필요한 것이라고 말했다. 그 말은 범죄 보도를 접하는 사람 모두가 가지고 있는 모범 답안일 것이다. 그러나 쇼지는 그 말을 마음속 깊이 받아들이지는 못하고 있다. 스스로를 그렇게 다독이고 있기는 하지만, 석연치 않은 구석이 있는 것이다. 어쩌면 신이치 이상으로 심각한 것일지도 모른다.

처음 시게코가 실종된 여자들에 관한 글을 쓰기 시작했을 때 가장 격려해준 사람이 쇼지였다고 한다. 만일 그것이 그의 진심이었다면, 지금 와서 물러난다는 것은 비겁한 일이다. 실종과 연속살인은 종류가 다르다는 변명은 통하지 않는다. 르포는 르포, 비극은 비극이다.

그러나 시게코를 그렇게 격려해주던 쇼지도, 그리고 지금 불안을 겉으로 드러내고 있는 쇼지도 모두 진짜다. 그 두 가지가 공존하기 때문에 그가 괴로워하는 것이다.

'이 두 사람은 아무 문제 없을까?'

문득 그런 생각이 떠올랐다.

신이치는 애써 그런 생각을 떨쳐버렸다. 쇼지는 시게코의 글이 높이 평가받으면 진심으로 기뻐하고 자랑스러워할 것이다. 방금 말한 것과 같은 불안도 마음 한구석으로 치워둘 것이다.

그후로 쇼지는 거기에 대해서는 더이상 언급하지 않았다. 신이치의 예상은 맞아떨어졌다. 『도큐먼트 저팬』에 실린 연재 첫회는 폭발적인 반응을 불러일으켰고, 쇼지는 진심으로 그것을 기뻐했다. 서점에서 그 잡지를 몇 권씩이나 사들고 와서 공장 직원들에게 나누어주기도 했다.

신이치는 이제 떠날 때가 왔음을 직감했다.

손으로 카운터를 짚고 선 채 유리문 너머를 바라보며 신이치는 한숨을 내쉬었다.

문이 열렸다. 신이치는 반사적으로 어서 오세요, 하고 인사를 하고 손님 쪽으로 눈길을 돌렸다.

히구치 메구미였다.

2

이시이 부부의 집을 떠나 여기로 온 이후로도 신이치는 몇 번이나 히구치 메구미의 꿈을 꾸었다.

꿈에서도 신이치는 늘 메구미에게 쫓기고 있었다. 이를 악물고 식은땀을 흘리며 도망을 쳤다. 그러다 갑자기 다른 세계로 튕겨나오듯 잠에서 깨어 자리에서 벌떡 일어났다. 눈을 뜨고 나서도 계속 도망치려는 듯이 이불 속의 두 다리가 앞뒤로 움직이고 있을 때도 있었다.

낮에 깨어 있을 때도 꿈을 꾸었다. 밤과는 달리 낮의 꿈에서 보는 것은 단편적인 장면이었다. 이를테면 버스정류장에서 줄을 서서 버스를 기다리고 있다. 신이치는 별 생각 없이 뒤를 돌아본다. 그리고 그 열의 맨 끝에 서 있는 메구미를 발견한다. 또는 시게코의 부탁으로 반찬을 사러 갔다가 슈퍼마켓에서 메구미를 발견하기도 한다.

낮의 꿈에서 메구미는 신이치를 뒤쫓지 않는다. 신이치가 거기 있다는 사실조차 알지 못한다. 신이치만이 메구미를 발견하고 소스라치게 놀란다. 그러나 다음 순간, 메구미는 버스정류장 줄에도 없고 슈퍼마켓 안에도 없다. 단순히 잘못 봤거나 환각에 불과한 것이다.

그런 다음이면 신이치는 늘 비참한 느낌에 사로잡힌다. 나는 왜 이렇게 벌벌 떨며 살아야 하는가. 왜 이렇게 겁을 먹고, 있지도 않는 존재를 보아야 하는가.

그래서, 지금 눈앞에 서 있는 메구미를 보고도 환각이라고 생각했다. 눈을 깜빡이기만 하면 사라져버릴 것이라고 생각했다.

그러나 현실은 그렇지 않았다. 신이치는 멍하니 메구미의 얼굴을 바라보고 있었다. 꿈이나 환각 속의 메구미보다 지금 눈앞에 있는 소녀가 좀더 통통해 보였다. 머리칼도 짧았다. 하얀 스웨터에 청바지도 새것 같았다.

"안녕."

엷은 핑크빛 립스틱을 바른 입술을 조금 벌리면서 메구미가 말했다.

"겨우 찾았네."

신이치는 가슴에 통증을 느꼈다. 오래 숨을 멈추고 있었으니 그럴 만도 했다. 큰 소리로 외치고 싶은 충동이 일었다. 카운터를 넘어 자동문을 박차고 가게 밖으로 뛰쳐나가고 싶었다. 그리고 다시는 돌아오고 싶지 않았다.

바로 그때 아까의 그 커플이 카운터로 다가와 메구미를 밀치고 카운터 위에 소리를 내며 바구니를 올려놓지 않았더라면 정말로 그렇게 했을지도 몰랐다. 신이치는 갑자기 뺨이라도 맞은 사람처럼 퍼뜩 정신을 차렸다.

"어, 어서 오세요."

신이치는 내용물을 꺼내면서 계산기를 두드리기 시작했다. 손가락이 떨렸다. 남자는 짜증난다는 듯이 몸을 흔들고, 여자는 남자의 팔에 달라붙어 무슨무슨 호텔에 가자고 코맹맹이 소리로 애교를 부리고 있었다.

밤의 악몽에서도 낮의 환각에서도, 신이치가 아르바이트를 하는 편의점에 메구미가 나타나는 장면은 없었다. 신이치는 이것도 꿈이라고 생각했다. 꿈이니까 이렇게 몸이 제대로 움직이지 않는 거라고 생각했다.

"오랜만이야."

커플이 나가자 메구미가 카운터 앞으로 돌아와 말했다. 여름방학 동안 만나지 못했던 친구와 신학기 첫날에 만나 인사를 나누는 것 같은 가벼운 어투였다. 그녀는 미소를 짓고 있었지만, 신이치는 눈길을 돌린 채 몸을 부르르 떨고 있었다.

"이야기하고 싶지 않아."

생각보다 먼저 그 말이 입 밖으로 나왔다.

"그렇지만 나는 이야기를 해야 하는걸."

여전히 가벼운 어투로 대답하고, 소리내어 웃었다.

"난 할 말 없어."

그 말을 하고서야 비로소 공포가 사라지고 분노가 치밀어올랐다. 신이치는 고개를 번쩍 치켜들었다.

"네가 더이상 쫓아오지 않게 해달라고 네 변호사에게 말했어. 변호사도 네가 이렇게 날 쫓아다니면 아버지에게 좋지 않다고 했어. 그러니까 빨리 돌아가. 그러는 게 너한테도 좋아."

그러나 히구치는 오히려 더 밝게 웃었다. 그 순간 신이치는 그 얼굴이 꽤 예쁜 편이라는 것을 처음으로 깨달았다. 아니, 그녀는 원래 귀여운 여자애였을 테지만, 그녀를 둘러싼 상황이 그녀의 매력을 가려버린 것이다.

그러나 지금의 메구미는 다르다. 안정되어 보인다. 신이치를 뒤쫓던 때와는 많이 달라 보인다. 뭔가가 근본적으로 변한 것 같다. 그 '뭔가'가

본능적으로 신이치를 움츠리게 했다.

"변호사에게 못 들었어? 나를 쫓아와봐야 아무 소용 없다고 했을 텐데. 난 절대로 네 아버지를 만나지 않을 거야. 게다가 애초에 피해자 가족은 피고인과 면회를 할 수 없다고 했어."

"그렇지 않아. 네가 원하기만 하면 만날 수 있어."

"난 만나고 싶지 않아!"

사무실 문이 열리면서 점장이 나타나 메구미를 향해 "어서 오세요" 하고 말했다. 신이치는 구세주를 만난 심정이었다.

점장이 무슨 일이냐는 표정으로 카운터로 다가왔다. 메구미는 밝은 어투로 말했다.

"실례지만 여기 점장님이세요?"

"예, 그런데요?"

"전 신이치의 사촌이에요."

메구미가 고개를 숙이자, 점장은 밝게 웃었다.

"아, 그래요?"

점장은 사촌이 왔는데 왜 그리 우물쭈물하느냐는 표정으로 신이치를 바라보았다. 신이치는 목이 막혀 말이 나오지 않았다. 점장은 신이치의 개인적인 사정에 대해서는 아무것도 모른다.

"점장님, 사실 신이치는 가출을 한 거거든요. 부모가 싸운다고 그냥 나가버렸어요. 그래서 제가 데리러 온 거예요."

"아, 정말이야?"

점장은 놀란 눈으로 신이치를 바라보았다. 뻔뻔스럽게 거짓말을 하면서도 메구미의 표정은 한없이 맑고 밝았다.

그러나 그 눈은 변하지 않았다. 히스테리를 부리지만 않을 뿐, 그녀의 본질은 변한 것이 없었다. 메구미가 고개를 돌려 웃자 그녀의 눈동자가 조명을 받아 반짝였다. 신이치는 그것을 보는 순간 모든 것을 알 수 있었다.

"신이치, 정말이야?"

걱정스러운 듯이 묻는 점장을 바라보며 신이치는 고개를 저었다.

"죄송합니다. 지금은 설명하기가 좀 곤란해요. 죄송하지만, 오늘은 이만 가봐도 될까요?"

"어쩔 수 없지 뭐. 사촌이 찾아왔으니. 어서 가보도록 해. 내일은 올 거니?"

"예, 내일 꼭 오겠습니다."

신이치는 사무실로 들어가 서둘러 옷을 갈아입고 가방을 메고 나갔다. 카운터 앞에서는 메구미와 점장이 이야기를 나누고 있었다.

신이치는 그녀의 팔을 잡아끌다시피 해서 편의점을 나와 자신이 사는 연립주택과는 반대 방향으로 걸어갔다.

"이거 놔, 아파!"

메구미가 외쳤다.

"신이치를 찾아온 사람은 나야. 끌어도 내가 끌어야 할 입장이야."

"내 이름 부르지 마."

"왜?"

"부르지 말라면 부르지 마!"

신이치는 근처 공원으로 향했다. 다행히 공원에는 사람이 별로 없었다.

피가 머리끝까지 끓어올라 숨을 쉬기도 힘들었다. 이 여자애는 미쳤다. 현실을 받아들이지 않고 피해다니는 사이에 머리가 이상하게 되어버린 것이다.

"너…… 대체 무슨 생각이야?"

겨우 목소리를 짜내 그렇게 말했다.

"뭐가?"

"몇 번을 말해야 알아듣겠어. 나는 네 아버지를 만날 생각이 없어, 영원히. 네 아버지가 한 일은 절대로 용서할 수 없어. 사형을 당해 마땅해."

사형이라는 말이 나오자마자 메구미는 소녀의 가면을 벗어던지고 원래의 표정을 드러냈다. 그녀의 두 눈에서 강렬한 빛이 일고, 볼이 실룩거리고, 하얀 이가 입술 사이로 드러났다.

"아빠는 아무 죄도 없어!"

"네 아버지는 살인자야. 우리 가족을 모두 죽였어."

메구미는 한순간 움찔하는 것 같더니 금방 기세를 되찾았다.

"그래, 죽였어, 어쩔래! 너의 그 바보 같은 동생하고, 거들먹거리는 어머니하고 무능한 아버지를 죽였어, 그래!"

그러고는 사냥감을 물어뜯는 맹수처럼 날카롭게 외쳤다.

"아빠를 부추긴 건 너야! 네가 부추긴 거야!"

신이치의 몸이 뻣뻣하게 굳었다. 상대에게 확실한 충격을 준 것을 확인한 메구미의 얼굴에, 마치 커다란 꽃이 피어나는 것같이 환한 웃음이 번졌다.

"네가 부추겼잖아. 네가 집에 돈이 많다고 자랑하고 다녔잖아. 책임은 너한테 있어. 넌 우리 아빠에게 사죄해야 해."

어깨에 걸치고 있던 가방이 발아래로 툭 하고 떨어졌다. 신이치는 현기증을 느꼈다.

형세가 압도적으로 자신에게 유리하게 돌아간다는 것을 확인하려는 듯 메구미는 신이치의 얼굴을 빤히 들여다보았다.

"큰소리쳐서 미안해. 나라고 이런 말 하고 싶겠어? 그렇지만 네가 우리 아빠를 만나주지 않겠다고 하니까 말이 심해져버렸어."

그러더니 어리광 부리는 아이처럼 신이치의 팔을 잡았다.

"우리 아빠를 좀 만나줘. 만나서 이야기하면 분명히 아빠를 용서할 수 있을 거야. 그래야 마음이 편해질 거야. 우린 둘 다 똑같은 비극의 희생자니까."

신이치는 눈을 감았다. 눈꺼풀 뒤가 새빨갛게 물들어갔다.

'죽여버리겠어.'

지금 당장 죽여주겠어. 갈가리 찢어버리고 말겠어.

신이치의 손이 꿈틀했다. 시선을 땅바닥으로 향한 채 어깨와 발이 돌처럼 굳어 꼼짝도 할 수 없는데도, 손가락만이 꿈틀거렸다. 잠들어 있던 거친 폭력성이 사냥감의 냄새를 맡고 깨어나고 있는 듯한 느낌이었다. 손가락 하나라도 메구미에게 닿으면 온몸이 일제히 공격태세에 들어갈 것 같았다.

그때, 공원 저쪽 도로에서 누군가가 부르는 소리가 들렸다.

"신이치!"

신이치는 눈을 번쩍 떴다. 그 목소리가 신이치를 묶고 있던 주술의 끈을 풀어주었다. 미즈노 히사미가 손을 흔들며 다가오는 모습이 보였다. 밝은 웃음을 띠고, 경쾌한 발걸음으로. 그 눈길은 메구미를 무시하고 오로지 신이치만을 향하고 있었다. 내가 구해줄 테니 조금만 기다리라는 무언의 격려를 보내주는 것 같았다.

메구미가 입꼬리를 끌어올리면서 웃었다.

"걸프렌드의 등장이시네."

공원 담을 가볍게 넘어서 잰걸음으로 다가온 미즈노 히사미가 신이치의 팔을 가볍게 쳤다.

"어떻게 된 거야? 편의점에 갔는데 조퇴했다더라구."

신이치는 고개를 끄덕였다. 아직도 얼굴이 굳어 있고 몸이 떨리고 있었다. 미즈노 히사미도 알아차렸을 것이었다.

"일찍 끝난 김에, 우리 영화 보러 가자."

그러면서 신이치의 팔짱을 꼈다. 그녀의 시선은 결코 메구미 쪽으로는 향하지 않았다.

메구미는 히죽거리며 신이치를 향해 말했다.

"뭐야, 이 사람은 나한테는 인사도 안 하네. 어떻게 된 거야? 야, 너, 지금 신이치랑 이야기하는 중이야. 끼어들지 마."

신이치가 입을 떼기도 전에, 미즈노 히사미는 메구미를 무시하고 일부러 놀란 표정을 지으며 신이치에게 말했다.

"방금 뭐라고 했어? 어서 가자. 아까부터 왜 이런 데 혼자 있는 거야? 춥잖아."

미즈노 히사미는 이 자리에 신이치 말고는 아무도 없다는 듯이 연기를 하고 있다. 그녀는 신이치의 팔을 잡아끌고 역 쪽으로 걸어가기 시작했다.

"자, 가자."

"까불지 마!"

메구미가 고함을 지르며 신이치에게 달려들었다. 미즈노 히사미는 미리 알고 있었다는 듯이 재빨리 몸을 돌려 메구미와 신이치 사이를 가로막고 섰다. 그리고 손을 올려 사정없이 메구미의 뺨을 때렸다.

갑자기 침묵이 찾아왔다. 메구미는 숨을 멈춘 채 두 눈을 크게 뜨면서 그 자리에 얼어붙고 말았다. 그 창백한 볼에 미즈노 히사미의 손자국이 빨갛게 새겨져 있었다.

"신이치를 따라다니지 마! 몇 번 말해야 알아들어? 네 머릿속에는 썩은 두부밖에 안 들었니?"

신이치는 메구미가 당황해하는 모습을 처음 보았다. 붕어처럼 입만 뻐끔거릴 뿐, 아무 소리도 내지 못했다.

"난 신이치의 여자친구지만 그 사건에 대해서는 자세하게는 몰라. 그렇지만 네 아버지가 신이치의 가족을 죽여서 재판을 받는 중이라는 건 알고 있어. 네가 아무리 발버둥쳐도 그 사실은 변하지 않아. 네 아버지도 네가 이러는 걸 좋아하지 않을 거야. 찾아가서 물어봐. 네가 이야기해야 하는 상대는 신이치가 아니라 네 아버지야."

그렇게 단숨에 몰아붙이고는 미즈노 히사미는 다시 신이치의 팔을 잡고 걸어가기 시작했다. 신이치는 메구미를 돌아보고 싶은 충동에 휩싸였지만, 그래서는 안 된다고 속으로 외치면서 히사미에게 이끌리는 대로 발걸음을 옮겼다.

"난 포기하지 않아."

메구미는 떨리는 목소리로 외쳤다. 신이치와 히사미는 무시했다.

"난 포기하지 않아. 네 책임이야. 아빠한테 사과해야 하는 건 너야. 네가 부추겼기 때문에 우리집이 이렇게 돼버린 거야. 다 너 때문이야!"

그 말이 신이치의 등을 찔렀다. 신이치는 입을 벌려 무슨 말인가를 하려 했다. 지금 메구미가 던진 말의 의미를 히사미에게 설명하려고 생각했는지도 모른다. 그러나 히사미는 가볍게 고개를 저으며 발걸음을 재촉했다.

"이야기는 나중에 해."

메구미가 쫓아오는 발소리가 들렸다.

"절대로 돌아보면 안 돼."

신이치는 고개를 끄덕였다. 두 사람은 벌써 공원 출구까지 와 있었다.

뒤쫓아오는 발소리가 그쳤다. 그리고 메구미의 맥 빠진 목소리가 들렸다.

"나, 몸 팔고 있어."

히사미의 눈이 휘둥그레졌다. 신이치의 발걸음도 흔들렸다. 그러나 두 사람은 멈추지 않고 앞으로 나아갔다.

"들었어? 나, 몸 팔고 있다구. 어떤 아저씨랑 계약을 했어. 안 그러면 생활이 안 돼. 아빠가 없으니까. 응? 나, 아저씨의 장난감이 된 거야."

메구미의 목소리는 점점 높아져갔다. 이제는 울부짖는 것이나 다름없었다.

"그게 무슨 뜻인지 알아? 매일매일 더러운 아저씨에게 능욕당하는 게 어떤 건지 너 알아? 대낮부터 아저씨의 사타구니에 얼굴을 박고 사는 게 어떤 건지 아냐구!"

신이치는 옆구리에서 식은땀이 흐르는 것을 느꼈다. 히사미는 신이치의 팔을 꼭 잡은 채 고개만 돌려 말했다.

"안됐네."

메구미가 알아듣지 못할 정도로 작은 목소리였다. 오히려 신이치에게 들려주려는 말인 것 같았다.

두 사람은 다시 걷기 시작했다. 공원 안팎을 오가는 사람들이 아직도 고함을 질러대고 있는 메구미를 힐끔거리고 있었다. 신이치는 자신이 떳떳하지 못한 짓을 저지른 것 같아 눈을 감아버렸다.

"미안해."

신이치가 중얼거리자 히사미는 그의 손을 꼭 잡으며 생긋 웃었다.

"괜찮아. 신이치가 사과할 일이 아냐."

두 사람은 악몽이라도 뿌리치는 듯이 열심히 걸었다. 어느새 역 근처에 이르러 두 사람은 역 앞의 패스트푸드점에 들어갔다. 자리는 텅 비어 있었다. 주위에 사람이 없는 것이 오히려 다행이었다. 두 사람은 똑같이 홍차를 시켰다.

히사미는 홍차를 한 모금 마시고 목을 살짝 움츠려 보이며 말했다.

"갑자기 험한 꼴을 보여서 미안해. 놀랐지?"

신이치는 가벼운 미소를 지었다.

“어쩔 수 없어. 여자들이 기가 센 건 우리 집안 내력이니까.”

미즈노 히사미는 언니와 여동생이 하나씩 있다. 사이가 좋아서 구두나 액세서리도 서로 바꾸어 하고 다닌다고 한다.

“우리 엄마나 언니도 종업원이 불친절하거나 전철에서 소란을 피우는 사람이 있으면 사정없이 고함을 질러. 여동생은 도망치는 치한에게 발을 걸어서 잡은 적도 있을 정도야.”

중학교 삼학년인 여동생은 초등학교 때부터 유도학원에 다녔다고 한다. 덕분에 히사미도 기본적인 호신술은 익히고 있다고 했다.

“히사미 네가 아니었더라면 어떻게 됐을지 몰라.”

신이치는 심각하게 말했다. 그러나 히사미는 아직은 심각한 화제를 피하고 싶은지 일부러 생글생글 웃고 있었다.

“정의의 칼잡이 히사미 등장! 그런 느낌이었어?”

신이치는 웃으면서 고개를 저었다.

“네가 없었으면 그애를 죽여버렸을지도 몰라.”

히사미의 얼굴에서 웃음기가 사라졌다.

“끔찍한 이야기 해서 미안해. 그렇지만 진짜로 그러고 싶었어. 갑자기 울컥해서 사람을 죽인다는 게 어떤 건지 알 거 같은 기분이었어.”

“그애가 뭐라고 했는데?”

미즈노 히사미의 말투에 평소와는 달리 어딘지 모르게 두려움이 배어 있는 것 같았다. 신이치는 그녀가 메구미가 외치는 소리를 똑똑히 들었기 때문이라고 생각했다. 네가 부추긴 거야, 하고 고발하는 그 목소리를.

“미안해. 말하고 싶지 않으면 안 해도 돼.”

“아냐, 언젠가는 꼭 얘기하고 싶었어. 용기가 없었을 뿐이야.”

미즈노 히사미는 왜 신이치가 메구미에게 쫓기고 있는지 자세한 사정을 알고 있었다.

"히사미, 지금까지, 사람을 못살게 구는 메구미도 심하지만 그렇게 당하면서도 도망만 치는 나도 정말 한심하다고 생각하지 않았어?"

히사미는 눈을 깜빡거렸다.

"글쎄, 그렇지만 그쪽 변호사에게 항의도 했고, 나름대로 노력했잖아."

"그렇지만 오늘 너처럼 맞서본 적은 한 번도 없어…… 단 한번도."

신이치는 확인하듯이 반복해서 그렇게 말하고 다시 말을 이었다.

"……그건, 내게도 마음에 걸리는 구석이 있어서 그래. 내가 부추겼다는 말 말이야."

"무슨 말이야? 네가 범인들에게 강도짓을 부추겼다는 거야?"

"결과적으로는 그래."

메구미의 아버지 히구치 히데유키의 목적은 오로지 돈이었다. 쓰러져가는 회사를 다시 일으키기 위한 돈이었다. 그래서 그와 그의 부하직원 둘은 처음에는 은행의 현금운송차량을 습격할 생각이었다. 일반 가정에 침입한들 돈이 있으리라는 보장이 없기 때문이었다.

그러나 현실적으로 현금운송차량을 노리는 것은 쉬운 일이 아니다. 그래서 그들은 망설이고 있었다. 그런데 마침 그때, 그 부하 중 하나가 가까운 게임센터에서 고등학생 하나가 아버지가 유산을 상속받아서 집에 돈뭉치가 굴러다닌다고 친구에게 자랑하는 것을 듣게 된 것이었다.

"그 고등학생이 바로 나였어. 내가 이야기한 거였어."

히사미는 눈을 동그랗게 뜨고 신이치를 바라보았다.

"아버지의 먼 친척이 천만 엔 정도를 아버지에게 유산으로 물려줬어. 어머니는 절대로 말하고 다니지 말라고 했지만, 친한 친구와 단둘이 있었고, 게임센터는 시끄러우니까 괜찮을 거라고 생각한 거야. 아버지가 그 돈으로 캠핑카를 산다고 해서 그 친구에게 여름방학 때 같이 여행 가자고 말을 꺼낸 거였어."

히사미는 도망치듯 눈길을 아래로 떨어뜨렸다.

"그래서 메구미는 내가 그런 말을 하지만 않았더라도 아버지가 그런 범행을 저지르지 않았을 거라고 하는 거야. 아버지는 가해자라기보다는 오히려 피해자라는 거지."

거기서 한 번 숨을 몰아쉬고 마음을 다잡은 다음, 이야기를 마무리지었다.

"……완전히 틀린 말은 아니라고 생각해. 그래서 어머니도 아버지도 밖에서 그런 이야기를 하지 말라고 주의를 준 거니까. 그런데도 난 그 말을 무시해버렸어. 그래서 그런 일이 벌어진 거야. 그러니 분명히 내게도 책임이 있어. 내가 메구미를 피해서 도망만 치는 것도 그것 때문이야."

미즈노 히사미는 홍차 잔을 든 채 그것을 뚫어져라 바라보고 있었다. 어찌 된 일인지 가게 안에는 손님이라고는 신이치와 히사미 둘뿐이었다. 종업원조차 카운터 안쪽으로 들어갔는지 보이지 않았다. 음악도 흘러나오지 않고, 마주 보고 앉은 히사미는 숨소리조차 내지 않는 것처럼 느껴졌다. 그 정적 속에서 신이치는 자신의 내면의 목소리가 들려오는 듯한 느낌을 받았다.

비겁한 녀석. 넌 왜 지금 이 자리에서 미즈노 히사미에게 그런 고백을 했지? 넌 히사미에게 위로받고 싶을 뿐이야. 네 잘못이 아니야, 살인자가 나빠, 메구미는 억지를 부리는 거야, 그런 위로의 말을 듣고 싶은 거지. 히사미를 네 편으로 만들고 싶을 뿐이야. 동정을 구하고 싶을 뿐이야. 넌 이제 다른 사람들과 그런 식으로밖에 이어질 수 없어.

"나……"

미즈노 히사미가 여전히 홍차를 바라보며 중얼거렸다. 신이치는 움찔했다.

"응?"

그녀는 잔을 내려놓으며 신이치의 눈을 바라보았다.

"나, 오늘 약속도 안 하고 갑자기 찾아왔는데, 괜찮아?"

갑자기 무슨 생뚱맞은 소린가. 그러니 이제 돌아가야겠다는 말일까?

"갑자기 신이치를 만나고 싶었어. 만나서 이야기하고 싶었어. 『도큐먼트 저팬』을 읽었거든."

"그래…… 구하기 어려웠을 텐데."

"아빠가 회사에서 다른 사람 걸 빌려온 거야. 내가 읽고 싶어할 거라고 생각했대."

히사미의 집에서는 딸이 최초 발견자인 이 사건에 특별히 관심이 많은 것 같았다. 그런 일은 다시는 생각하지 말라면서 뚜껑을 닫아버리지 않고, 살해당한 사람의 오른팔을 발견한 그 체험이 그녀의 마음속에서 자연스럽게 자리를 잡을 때까지 가만히 지켜봐주는 모양이었다.

"시게코 씨도 취재하느라 고생이 많았을 것 같아. 많은 사람을 만나서 이야기를 들었겠지? 경찰 정보도 많고. 신문 기자 같아."

"시게코 씨는 원래 그런 무거운 르포는 쓴 적이 없었대. 그래서 어려운 점도 많은 모양이지만, 이번이 좋은 기회라 열심히 하고 있는 것 같아."

"그 연재, 몇 회나 해?"

"쓸 게 없어질 때까지."

시게코의 말로는, 『도큐먼트 저팬』의 편집장은 구리하시 히로미와 다카이 가즈아키 두 범인에 대해 십 년이 걸려도 철저하게 조사해서 보도할 각오라고 한다.

"그럼 이제 겨우 시작인 거네."

"응. 그 두 사람이 죽기 이전에는 피해자들에 대해서만 썼는데, 범인이 밝혀지자 전체 구성을 완전히 바꿨다고 해."

임시증간호의 연재 첫회를 시게코는 아카이 산의 통칭 '유령빌딩'이라는 폐허를 찾아가는 것에서부터 시작하고 있다. 원래는 대형 종합병원이 들어설 장소였지만, 자금 부족으로 건축이 중단되면서 지금은 철골 구조물만이 그대로 남아 있어 인근에서는 심령 장소로 유명하다고 한다.

그린로드에서 사고를 일으켰을 때, 그들은 아카이 산에서 도쿄 방면으로 내려오는 길을 달리고 있었다. 그리고 사고 한 시간 전에는 그린로드의 도쿄 방면 출구 가까이에 있는 주유소에서 기름을 넣고 아카이 산 쪽으로 갔다는 사실이 확인되었다. 즉, 그날 그들은 한 시간 정도 사이에 그린로드를 왕복하고 돌아오는 길에 사고를 당한 것이다.

그들은 차 트렁크에 시체를 싣고 있었다. 따라서 그들이 그린로드를 달려서 아카이 산으로 향한 것은 시체를 버릴 장소를 찾기 위해서였으리라는 추측이 지배적이었다. 경찰과 매스컴은 모두 그렇게 추정했다. 그들이 아카이 산에 시체를 버리지 않고 다시 산을 내려온 것은 그 '유령빌딩' 방문이 일종의 사전 답사였기 때문이며, 결국은 그곳에 시체를 버릴 생각이었다는 것이다.

"트렁크의 시체, 그러니까 가와사키에 사는 샐러리맨 기무라 씨를 죽인 것은 범인들이 텔레비전 특별방송에 전화를 했을 때 여성 평론가가 힘없는 여자들만 골라 죽이는 비겁한 놈이라고 욕을 한 데 대한 보복이란 게 사실이겠지? 시게코 씨도 그렇게 썼어."

"정말로 그런지 아닌지는 알 수 없어. 범인들이 무슨 생각을 했는지는 말이야. 이미 죽고 없으니까."

신이치는 신중하게 말을 골랐다. 그 자신이 같은 질문을 시게코에게 했을 때 그녀가 그렇게 대답했기 때문이었다.

"그렇지만 젊은 여자만 노리는 비겁한 놈이라는 욕을 먹은 후에 남자를 죽인 건 확실한 사실이니까, 그렇게 추측하는 거야."

기무라 쇼지라는 최후의 희생자는 회사 차를 타고 히가와 고원의 별장지에 출장을 갔고, 거기서 돌아오는 길에 운 나쁘게도 범인들을 만나고 말았던 것 같다. 경찰에서는 기무라 씨의 행적을 조사하고 있지만, 정확히 그가 어디에서 실종되었는지는 아직 밝혀지지 않았다. 지갑, 휴대폰 등의 소지품도 발견되지 않았다.

범인들은 기무라 씨를 납치한 후 그 부인에게 전화를 걸어 남편을 위해 종이학을 접으라고 말했다고 한다. 종이학에는 기무라 씨와 부인의 추억이 얽혀 있다. 피해자의 개인적인 정보를 알아내어 유족에게 이런 장난을 치는 것은 히다카 치아키의 시체를 그녀의 어머니가 발견하도록 한 것과 똑같은 수법이다.

기무라 씨의 부인에게 걸려온 전화 역시 음성변조기를 사용한 것이었다. 그녀도 여성 평론가가 결과적으로 범인을 도발하고 만 그 프로그램을 보았었지만, 누구나 그랬듯 자신의 남편이 그 희생자가 될 줄은 꿈에도 생각하지 못했다. 그래서 부인도 음성변조기 목소리로 전화가 걸려왔을 때 당황한 나머지 통화 내용을 녹음할 생각을 하지 못했다.

구리하시 히로미와 다카이 가즈아키라는 이십대 젊은이. 그들이 그린로드에서 죽었을 때, 일본 열도 전체에서 절규가 터져나왔다. 정말로, 이들이 정말로 범인인가?

이런 사건에는 반드시 모방범이 생기기 마련이다. 그래서 처음에는 경찰도 신중한 자세를 보였다. 실제로 그 사건이 일어난 후 하루 이틀 동안은 기무라 쇼지라는 남자의 시체를 싣고 있었다고 해서 그것만으로 두 사람이 일련의 연속살인사건의 범인이라고 단정할 수는 없다는 의견이 많았다.

그러나 그후 하쓰다이에 있는 구리하시 히로미의 원룸에서 오른팔이 없는 여자의 백골이 발견되자 모방범의 가능성은 사라졌다. 또한 유해만큼 충격적이지는 않았지만 그 방에서 사는 사람이 일련의 사건과 관련되었음을 말해주는 여러 물적 증거도 나왔다. 그 대부분은 사진이었다.

이제 구리하시 히로미와 다카이 가즈아키라는 두 젊은이가 범인이라는 사실은 아무도 의심하지 않는다. 그러나 그들은 죽었다. 이제 사건은 더이상 일어나지 않는다. 젊은 여성들을 겁에 질리게 했던 악몽은 사라졌다.

그리고 마에하타 시게코의 르포 역시 두 사람이 범인이라는 사실을 바탕에 깔고 범행의 마지막 무대인 '유령빌딩'의 폐허 위에서 이야기를 시작하고 있다. 마에하타 시게코의 글의 첫부분은 이렇다.

그곳은 버려진 장소가 아니었다. 처음부터 준비된 장소였다.

하나의 무대극을 위해서 하나의 세트가 세워졌다. 완벽한 폐허의 세트가. 이제는 각본이 만들어지고 배우들이 각본에 따라 그 줄거리에 생명을 불어넣기를 기다릴 뿐이다.

그리고 각본이 완성되고, 연극이 시작되었다. 음침하면서도 소름끼치는 진실이 담긴 한 편의 훌륭한 연극이.

그러나 연극은 언젠가는 끝나기 마련이다. 연극이 끝나면, 그 대단원과 함께 완벽한 폐허의 세트도 쓸모없는 것이 된다. 그러나 너무도 아름다운 폐허이기에 없애버리기는 아깝다. 누군가 이 세트에 어울리는 각본을 써주지 않을까. 누군가가 다시 한번 이 세트에 숨을 불어넣어주지 않을까.

폐허는 기다려왔다. 자신에게 어울리는 각본이 나타나기를. 그러므로 폐허는 결코 버려진 것이 아니었다. 폐허는 때가 오기를 기다린 것이다.

그리고 마침내 최초의 각본에 뒤지지 않을 만큼 뛰어난 각본을 쓴 사람이 나타났다. 그들이 다시 이 폐허에 생명을 불어넣어줄 것이다.

이 폐허는 각본을 위해 만들어졌다. 최초의 각본은 욕망과 환멸의 이야기였고, 두번째 각본은 지배와 절망의 이야기였다. 전자는 거품경제 시절에 이 장소에 세워지려 했던 시설과 그것을 둘러싼 돈에 관한 이야기였고, 후자는 이 장소에서 사회를 향해 하나의 시체를 던져 보이며 이제는 살인에 대한 금기가 존재하지 않는다는 사실을 주장하려 한 두 젊은이의 이야기였다.

마에하타 시게코는 '유령빌딩' 주위를 걷는다. 비에 젖어 변색한 철골을 올려다보며 쓰레기로 뒤덮인 부지를 걷고, 얼룩진 콘크리트 위에 걸터앉는다. 그리고 저 11월 5일 오후, 검붉게 물든 저녁 하늘 아래에서 이곳이 기무라 쇼지의 시체를 '공개'하기에 적당한 장소인지 아닌지를 엄격한 무대예술가의 눈으로 검토하는 두 젊은이의 모습을 상상하고 글을 쓰기 시작한다. 두 사람은 한 시간 후에 죽을 운명이지만, 물론 자신들은 그것을 모른다.

"슬펐어. 아니, 슬프다기보다, 그보다 더 아픈 느낌이었어."

미즈노 히사미가 불쑥 그런 말을 던졌다. 신이치도 마에하타 시게코의 글을 읽고 그런 느낌을 받았다. 연재 첫회분 전체에 걸쳐 시게코는 탄식을 쏟아내고 있었다.

"나도 슬픈 느낌이 들었어."

"어떤 슬픔?"

"어떤 슬픔이냐니……?"

"시게코 씨가 무엇에 대해서 슬픔을 느끼는 것 같았어?"

"아, 글쎄."

신이치는 의자에 등을 기댔다.

"물론 희생자에 대해서지."

한 박자 두고 미즈노 히사미가 되물었다.

"그럴까?"

"그렇지 뭐."

반사적으로 그렇게 대답한 신이치는 곧 히사미의 표정이 딱딱하게 굳어 있다는 것을 알았다.

"난, 시게코 씨는 그런 사건이 일어났다는 것 자체를 슬퍼하는 것 같았어. 그런 사건을 일으키는 인간 그 자체를 슬퍼하는 것 같았어."

"그건……"

신이치는 말문이 막혔다.

"그래, 인간에게는 그런 행동을 저지르는 본질적인 성향이 있는 거야. 아주 슬픈 일이긴 하지만 사실이 그런 것은 어쩔 수 없어. 이런 사건도 이번이 처음은 아냐. 인간이 범죄를 저지르는 것 자체를 슬퍼하는 건 어쩌면 당연한지도 몰라. 그렇지만……"

말을 멈추고 미즈노 히사미는 입술을 깨물었다.

"그렇지만?"

신이치는 부드럽게 물었다.

미즈노 히사미는 깊은 한숨을 내쉬었다. 힘들게 신이치 쪽으로 고개를 돌리고 살짝 미소를 머금었다.

"이건 내가 여자니까 느끼는 걸 거야. 화내지 말고 들어줘."

"응."

"난 시게코 씨가 더 슬퍼해주길 바랐어. 인간에 대해서가 아니라 죽은 사람들을 위해서. 범인에게 더 화를 내주길 바랐어. 처음부터 멀리서 바라보는 그런 시선 말고, 주먹을 휘두르고 침을 튀기며 마구 욕을 해줬으면 싶었어."

신이치는 그런 생각을 해본 적이 없었다. 시게코의 문장은 냉정했지만, 희생자를 애도하는 마음은 충분히 느낄 수 있었다.

"하지만 그런 글을 쓰면서 감정을 마구 드러내면 안 되겠지?"

미즈노 히사미는 자신을 타이르려는 듯, 혀를 쏙 내밀며 말했다.

"역시 감정을 노골적으로 드러내는 사람은 저널리스트가 될 수 없을 거야. 아빠 엄마에게도 이런 말을 했더니, 감정적인 르포는 잠깐의 인기만 노리는 글이 많다고 했어. 아빠 엄마도 시게코 씨의 글이 아주 잘 쓴 글이라고 했어."

그러나 히사미는 그렇게 생각하지 않는 것이다. 여자니까 느낄 수 있는 것이라고 히사미는 말했다. 히사미는 히다카 치아키와 후루카와 마리코를 신이치보다 더 가까이 느끼는 것이다. 그래서 자기 일처럼 안타까워하고 범인을 미워하는 것이다. 그렇기 때문에 마에하타 시게코가 같은 여자이면서 감정을 억누르고 사건을 위에서 내려다보는 것에 반감을 느끼는 것이다.

"그래서 이런 생각이 들었어. 범죄라는 것은 모두 이런 식으로 문장으로 만들어지고, 분석되고, 해명되는 걸까, 하는 생각."

"인수분해 같은 거겠지."

"응."

히사미는 다시 입을 다물었다. 신이치는 솜털이 보송보송한 그녀의 볼을 바라보면서 그녀가 무슨 말을 하려는지 깨달았다. 애초에 우리는 히구치 메구미 이야기를 하고 있지 않았던가. 그녀는 무언가 결심한 듯 눈을 깜빡이고는 말을 이었다.

"신이치 네가 겪은 사건도 누군가 인수분해하겠지? 그러면 결국 그런 식의 글이 나올 거야. 범인을 비난하고 분노하거나, 피해를 입은 신이치의 가족을 위해 우는 것이 아니라, 인간이란 얼마나 어리석고 비참한가, 하고 애당초 정해져 있는 결론에 이르는 거야."

"……"

"그래서, 그런 인수분해 속에서는 히구치 메구미도 가련한 피해자가 되겠지. 하기야 그애가 나쁜 짓을 저지른 건 아니고, 가족이 무너지면서 그애의 인생도 뒤틀리고 말았으니까. 그렇지만 그애가 지금 네게 하는 행동은 사악한 거야. 그렇지만 그것도 인수분해 속에서는 그녀의 슬픔의 인자가 되어버리겠지."

미즈노 히사미는 결국 이 말을 하고 싶었던 것이다. 그래서 갑자기 신이치를 만나러 왔고, 시게코가 『도큐먼트 저팬』에 실은 글을 화제에 올린 것이다.

"그런 것이 올바른 분석이라면, 어떤 궤변도 다 통하고 말 거야. 나쁜 것은 모두 사라져버리고 불쌍한 인간만 남으니까. 남는 것은 피해자뿐이고, 나쁜 것은 모두 손가락 사이로 빠져나가버려. 그렇지만 그건 말이 안 돼. 그러니까 절대로 메구미의 말에 지면 안 돼. 그녀의 짐까지 네가 짊어져서는 안 되는 거야."

'맞아, 내가 짊어지고 있는 짐은 내 후회야. 메구미의 말이 아니야.'

"난, 신이치 네가 시게코 씨의 글을 읽고 화를 내고 있을 줄 알았어. 왜 좀더 피해자들을 위해 분노해주지 않느냐고. 바로 주위에 신이치 같은 피해자도 있는데."

그러나 신이치는 화를 내지 않았다.

나는 왜 미즈노 히사미처럼 화를 내지 않았을까? 여자가 아니기 때문에?

그렇지 않다. 그건 결코 아니다. 화를 내거나 인간의 어리석음을 탄식하기 전에 다른 무엇보다도 신이치가 슬펐던 것은, 죽은 후루카와 마리코나 히다카 치아키의 가족이 얼마나 스스로를 책망하고 죄책감에 시달리고 있을지, 돌이킬 수 없는 시간의 무게에 얼마나 고통받고 있을지 알기 때문이었다.

신이치는 가족을 잃은 사건의 원인을 제공했다. 누가 어떤 말로 위로해주어도, 신이치의 경박한 한마디가 미친 듯이 돈을 갈구하고 있던 히구치 히데유키의 귀에 들어가지 않았더라면 아버지도 어머니도 여동생도 지금 건강하게 살고 있을 것이라는 사실에는 변함이 없다. 그래서 스스로를 책망하는 것이다.

하지만 마리코의 외할아버지와 어머니, 히다카 치아키의 부모는 어떨까? 그들에게 신이치 정도의 실수가 있었다고는 볼 수 없다. 그들이 잘못해서 잔혹한 살인사건을 불러일으킨 것은 아니기 때문이다.

그래도 그들은 지금 자책감에 빠져 있을 것이다. 이렇게 하면 좋았을 텐데, 저렇게 했더라면 아무 일도 없었을 텐데, 하고. 돌이킬 수 없는 시간을 향해 모든 구원의 가능성을 상상하고 있을 것이다.

그런 것을 생각하면 신이치는 견딜 수 없었다.

경솔한 행동을 저질러 그 책임을 져야 하는 자신을 마리코와 치아키의 유족과 같이 생각할 수는 없다. 그렇지만 지옥의 고통은 마찬가지다. 시게코의 글을 읽었을 때뿐 아니라 사건을 생각할 때면 늘 신이치는 그런 생각에 사로잡힌다.

어떤 조사도, 어떤 보도도, 어떤 분석도 그것을 다루지는 못한다.

그들에게 가까이 다가가 손을 잡고 말해주고 싶다. 당신들은 잘못한 것이 없다고. 경솔한 언행으로 사건을 유발한 나 같은 사람도 있다고.

당신들에게는 죄가 없다고. 절대로 자책하지 말라고. 다른 누구도 이런 말을 할 수 없겠지만, 나는 할 수 있다고. 나에게는 그런 말을 할 자격이 있다고.

시게코의 글은 그 자체로 분명 의미가 있다. 그러나 신이치는 그런 의미가 절대로 닿을 수 없는 곳에 있다. 시게코가 아무리 분노하고 소리쳐도 그것이 남의 일이라는 점은 변하지 않는다. 미즈노 히사미가 왜 분노하고 절규하지 못하느냐고 시게코를 비판하는 것도 그것을 모르기 때문이다.

세상 사람들은 왜 이런 사건이 일어났는지, 다시는 이런 사건이 일어나지 않게 하려면 어떻게 해야 할지를 생각한다. 그러나 그 세상 사람들 속에 신이치나 마리코나 치아키의 유족은 들어가 있지 않다.

그것을 깨닫게 되자, 신이치는 그렇게 따스하게만 느껴졌던 미즈노 히사미의 손길이 갑자기 차갑게 느껴졌다. 둘 사이에 가로놓인 깊은 골을 그녀는 모르고 있다. 그렇기 때문에 쉽게 신이치의 손을 잡을 수 있는 것이다. 그러나 잡은 손과 손 사이의 깊은 심연을 보아버린 신이치는 그곳에서 한 발짝도 움직일 수 없었다.

"신이치."

자신을 부르는 소리에 눈을 뜨자, 미즈노 히사미가 바라보고 있었다. 마치 환자를 연민하는 듯한 눈길이었다.

"그건 아냐."

히사미가 말했다.

"응?"

"지금 신이치가 생각하는 건 틀렸어."

"내가 무슨 생각을 했는지 알아?"

"난 알 수 있어."

미즈노 히사미는 당당하게 고개를 끄덕였다.
"지금까지 계속 이야기를 나눠왔으니까."
"이야기를 나눴다고?"
신이치의 목소리에는 가시가 돋쳐 있었다.
"우리가 이야기를 나눴다고?"
미즈노 히사미는 눈을 깜빡거렸다.
"우리는 여태 이야기를 나눈 적이 없어. 너는 너고, 나는 나야. 히구치 메구미에게 어떻게 대처할 것인가는 내 문제일 뿐이야. 왜 내가 너랑 이야기를 나눠야 하지? 너는 애당초 내가 품고 있는 문제를 이해할 수 없어. 너는 나 같은 입장에 처한 적이 없으니까. 아냐?"
"……그건 그래. 미안해."
히사미는 의외로 순순히 그렇게 답했다. 그러나 신이치는 못 들은 척했다. 침묵이 두 사람을 감쌌다.
이윽고 신이치가 입을 열었다.
"나갈까?"
"응."
버스정류장에 이를 동안 두 사람은 입을 열지 않았다.
혼자서 버스를 타고 적어도 한 정류장 이상 떨어질 때까지, 미즈노 히사미는 울지 않으려 애썼다. 울지 않으려 너무 애쓴 나머지 이제 울어도 될 만큼 멀어지고 나서도 울음이 나오지 않았다.
히사미가 쓰카다 신이치와 사귀기 시작한 것을 알았을 때부터 그녀의 언니는 두 사람의 관계를 걱정했다. 결국에는 심각하게 다투고, 서로 상처를 받고, 서로를 미워하며 헤어질 거라는 것이었다.
언니는 말했다.
"불쌍하게도, 너무 빨리 만난 것 같아. 그애의 상처가 어느 정도 나은 다음에 만났더라면 좋았을 것을. 지금은 어떻게 해도 안 돼."

"왜 나는 안 된다는 거야?"

"너라서 안 되는 게 아냐. 누구라도 안 돼. 훨씬 어른이고 훨씬 어머니 같은 사람이 아니면 받아들일 수 없을 거야. 아니면 차라리 머리가 텅 비어서 하루 종일 자기밖에 생각하지 않는 여자이든지. 너는 어느 쪽도 아니거든. 어머니가 되기에는 너무 어리고, 백치가 되기에는 너무 머리가 좋아."

빨리 그애와 헤어지는 게 좋을 거라고 언니는 말했다. 미즈노 히사미는 그 말에 화를 냈다.

하지만 언니 말이 맞았다. 메마른 눈과 찢어진 가슴을 끌어안고 미즈노 히사미는 멍하니 그런 생각을 했다.

3

다케가미 에쓰로는 삼층 소회의실을 나서서 짧은 복도를 지나 잰걸음으로 계단을 내려갔다. 옆구리에 낀 둥근 서류통에는 9월 12일 오가와 공원 사건 발생 이후 팔십 일 동안 그려온 지도 복사본이 들어 있었다.

12월에 들어 연속 유괴살인사건의 특별합동수사본부는 보쿠도 경찰서 이층 강당에서 같은 층의 북쪽 끝에 있는 회의실로 옮겨졌다. 다케가미를 비롯한 데스크 담당은 삼층 소회의실로 자리를 옮겨 일을 계속하고 있다. 덕분에 하루에도 수십 번씩 이층과 삼층을 오르내려야 했다.

특별합동수사본부가 11월 5일 저녁에 군마 현 아카이 산에서 교통사고로 사망한 두 사람이 사건의 범인이라고 공식적으로 발표한 것은 11월 7일 이른 아침의 기자회견에서였다. 이 내용은 전국으로 방송되었고,

역 앞에서는 호외가 뿌려졌다. 그러나 사람들의 반응은 그렇게 격렬하지 않았다. 이미 두 젊은이에 대한 감정의 폭발과 정보의 유통이 임계점에 달해 있었기 때문이었다.

사람들은 이미 충분한 충격을 받았다. 11월 5일 밤, 느긋하게 바라보고 있던 텔레비전 화면에 트렁크에 시체를 실은 두 젊은이의 자동차가 절벽에 추락했다는 자막이 흘러나온 그때. 그 가운데 한 젊은이의 방에서 일련의 여성 유괴살인사건의 피해자의 것으로 보이는 사진과 비디오테이프가 발견되었다는 속보가 방송되었을 때. 그 순간 치열했던 보도 전쟁은 사그라지고, 사망한 두 사람은 완전히 진범으로 확정되었다.

그래서 5일 밤부터 7일 아침 기자회견 사이에 경찰은 왜 빨리 공식발표를 하지 않느냐는 항의전화가 빗발쳤다. 왜 매스컴의 선행보도를 용인했냐는 질책도 있었다. 물론 수사본부 쪽에서도 입을 다물고 있을 수만은 없어 추락사고에 관한 정보나 트렁크에 실려 있던 시체의 신원에 대해 밝혀진 사실을 즉각 발표하고는 있었지만, 그것만으로는 사람들의 욕구불만을 충족시킬 수 없었다.

공식발표까지 하루 가까이 시간이 걸린 것은 결코 특별수사본부가 뭔가를 주저했기 때문은 아니었다. 상황으로 보아 아카이 산에서 죽은 두 젊은이가 연속유괴살인범이라고 결론짓는 데는 거의 아무런 문제가 없었다. 발표가 늦어진 것은 둘 중 한 사람, 구리하시 히로미가 살고 있던 하쓰다이의 원룸에서 발견된 물증을 하나하나 확인하는 데 최소한 사십 시간이 필요했기 때문이다.

다케가미가 처음으로 구리하시 히로미의 방에 발을 들여놓은 것은 공식기자회견이 시작되기 두 시간 전인 7일 새벽이었다. 감식과 사진촬영도 모두 끝난 상태였다. 다케가미가 그 원룸 아파트에 간 것은 아파트 소유주와 시공회사에서 빌려온 청사진과 도면을 실물과 조회해 정확한 지도를 작성하기 위해서였다.

방은 칠층이었다. 엘리베이터를 타고 올라가는 동안 다케가미는 아카이 산의 사고가 보도된 후 시노자키가 더듬거리면서 '공기청정기라고 합니다'라고 한 말을 떠올리고 있었다. 간자키 경부가 말없이 다케가미에게 악수를 청하면서, 낮게 깔린 목소리로 뼈가 나왔다고 말했던 것도 떠올랐다.

구리하시 히로미의 방은 뒤죽박죽이었다. 감식반이 쓰레기봉투까지 수거해갔을 텐데도 역겨운 냄새가 코를 찔렀다. 백골 유해의 냄새도 섞여 있을지도 모른다.

"제 양복에서도 냄새가 날지 모릅니다."

동행한 아키쓰가 다케가미의 표정을 살피다가 자신도 얼굴을 찌푸리며 그렇게 말했다.

"이 아파트 쓰레기장에 버려진 쓰레기도 모두 가져갔는데, 그 작업을 도왔거든요."

다케가미는 창문을 열려는 아키쓰를 제지했다. 악취에는 금방 익숙해진다. 아직 실내에 남아 있는 인간의 체온을 느끼고 싶었다.

다섯 평 정도의 원룸에는 파이프 침대와 텔레비전 세트, 오디오 컴포넌트, 옷장 등이 비치되어 있었다. 바닥이 너무 어질러져 있어서 발을 디딜 자리도 없었다. 그 가운데 귤 상자 하나 넓이로 바닥이 보이는 장소가 있었다.

아키쓰가 손가락으로 그곳을 가리켰다.

"여기에 종이가방이 두 개 있었습니다. 하나는 여자의 옷, 다른 하나는 백골이 들어 있었습니다."

다케가미는 시노자키가 말한 공기청정기를 찾아보았지만, 벌써 음향연구소에서 작동음을 감정하기 위해 들고 가버린 후였다. 실물을 본 아키쓰의 이야기로는 꽤 비싸고 성능이 좋은 것이라고 했다. 이렇게 어지러운 방에 살면서 비싼 공기청정기를 두고 있었다는 것이 블랙코미디 같았다.

오랜 경찰생활을 거치면서 다케가미는 많은 범죄자의 소굴을 보아왔다. 제복경찰 때는 눈으로 직접 볼 기회가 많았고, 데스크 전문이 된 후로는 사진으로 보았다.

그곳들의 공통점은 난잡하게 어질러져 있고 서늘한 느낌을 준다는 것이었다. 그가 일으킨 사건이 심각하고 흉악할수록 한층 더 그랬다. 흉악한 사건을 일으킬 정도로 경제적으로나 감정적으로 궁지에 몰린 인간이 청결할 리가 없는 것은 당연하다. 그러나 다케가미가 느끼는 난잡함은 단순히 물질적인 것만은 아니었다.

어지럽게 흩어진 감정의 잔해가 목욕물 위에 뜬 찌꺼기처럼 여기저기 떠돌고 있다. 그것들이 피부에 들러붙는 듯한 느낌이다. 다케가미는 미신을 믿지 않고 혼령이나 유령의 존재에 대해서도 부정적이지만, 흉악한 사건을 일으킨 인물이 사건 직전까지 자고 일어났던 장소에는 어떤 종류의 나쁜 '기운'이 남아 있다는 것만은 경험적으로 믿고 있었다. 잘 아는 부동산업자도 그런 말을 했다. 자살자가 살던 방이나 강도나 살인 피해자가 살던 방은 불행하기는 하지만 위험하지는 않다, 정말로 위험한 것은 범인이 살고 있던 방이다, 라고.

"사진과 비디오테이프는 이 침대 아래에 있었습니다."

아키쓰는 그렇게 말하며 허리를 구부려 침대 아래로 팔을 밀어넣었다.

"높이 이십 센티미터 정도 되는 플라스틱 박스 두 개가 침대 아래 구석에 놓여 있었습니다. 그걸 열어보고는 깜짝 놀랐죠. 비디오테이프는 몇 개 안 됐지만 사진은 정말 많았습니다."

"카메라는?"

"그게 안 보입니다. 구리하시 히로미의 집에서도 나오지 않았습니다. 다른 곳에 있든지, 차 안에 있었는데 사고 때 없어졌는지도 모릅니다. 절벽 아래라서 발견되지 않았을 수도 있죠."

"어찌 됐건 기자회견이 시작되기 전에는 찾기 힘들 거야. 자, 시작해 볼까."

다케가미는 청사진과 줄자를 꺼냈다. 아키쓰는 팔을 걷어붙였다. 아직도 악취를 견디기 힘든지 입으로 숨을 쉬고 있다. 다케가미는 그의 양복에서 나는 냄새가 아니라는 사실을 확인하면서 묵묵히 일을 시작했다.

한 시간 가까이 작업을 하고 잠시 휴식을 취하기 위해 복도로 나왔다. 떨떠름한 표정으로 담배를 물면서 아키쓰는 손목시계를 보았다.

"이제 곧 시작되겠네요. 우리 머리 위에서 폭탄이 터지는 거예요."

소매를 걷어올린 그의 두 팔에 소름이 돋은 것을 다케가미는 보았다.

아키쓰가 말하는 '폭탄'은 기자회견이 시작되고 십오 분 후, 11월 7일 오전 일곱시 이십이분에 터졌다.

피해자들을 기록한 사진 등의 물증이 구리하시 히로미의 방에서 나왔다는 사실은 공식발표 이전에도 매스컴에 흘러들어가 뉴스로 보도되었다. 그러나 그 단계에서는 정보가 엄격히 제한되어 '피해자의 기록'이 밝혀졌다는 정도의 모호한 내용에 불과했다.

그러나 실제는 달랐다. 구리하시 히로미의 방에 보관되어 있던 사진과 비디오테이프에는 후루카와 마리코도 히다카 치아키도 아니며, 물론 기무라 쇼지도 아닌 여러 명의 여성이 찍혀 있었다. 그 가운데 한 사람이 아직 신원이 밝혀지지 않은 오른손이 절단된 백골의 여성이라고 가정한다 해도, 다른 일곱 명의 여성이 존재한다는 사실이 확인된 것이다.

그리고 공식기자회견의 가장 큰 목적 가운데 하나는 바로 그런 사실을 알리는 데 있었다. 아니나 다를까, 두 범인에 대한 취재전쟁을 시작한 매스컴도, 사건의 완전한 해결을 기대하고 있던 일반 시민들도, 땅바닥이 흔들리는 듯한 충격에 사로잡혔다.

일곱 명이나 더 살해당했단 말인가? 그 유해는 과연 어디에 있단 말인가? 아직 죽었다고 볼 수만은 없다고? 말도 안 되는 소리, 그건 허망한 바람에 지나지 않는다.

구리하시 히로미와 다카이 가즈아키는 도합 열 명이나 되는 인간을 죽인 셈이다. 왜 그런 일을 저질렀을까? 유해도 없고 살해 사실조차 확인할 수 없는 나머지 일곱 명 외에도 다른 피해자가 더 있는 것은 아닐까? 그 일곱 명이 죽은 것은 후루카와 마리코나 히다카 치아키 이전인가 이후인가? 그리고 무엇보다, 구리하시 히로미와 다카이 가즈아키는 왜 그런 기록을 남겨놓았을까?

이런 의문에 대해 어떤 감상적인 작가는 8일자 어떤 신문에 이런 칼럼을 썼다.

'타인을 없애려는 정신은 마음 깊은 곳에서 스스로를 없애려는 욕구를 내포하고 있다. 구리하시 히로미와 다카이 가즈아키는 그들 자신의 죽음을 무의식적으로 갈망하고, 그것을 예견하고 있었다. 그들을 움직인 것은 자신과 남을 모두 파멸시키고 싶어하는 인간의 본능에 가까운 충동이었다. 그랬기에 그들이 죽은 후 그들을 대신해 모든 것을 말해줄 물증을 남겨두었던 것이다.'

문학적일지는 몰라도 터무니없는 소리라고, 다케가미는 코웃음을 쳤다. 그들이 사진과 비디오테이프를 보관한 것은 단순히 그것이 즐거웠기 때문이다. 그것들을 보면 그들이 그녀들에게 가한 고통과 그녀들이 생명을 구걸하는 모습, 그리고 그녀들의 생살여탈권을 쥐고 있다는 압도적인 지배력의 환희를 손쉽게 재생하고 음미할 수 있는 것이다. 그것이 재미있으니까. 그리고 자신들이 영원히 잡히지 않을 것이라는 자신감이 있었기에 사진을 비롯한 모든 물증을 남겨두는 데 아무런 주저도 없었던 것이다.

그들이 둘이었다는 것도 서로의 기호나 감정을 고양시키는 요인이 되었을 것이다. 인간은 혼자서는 약하다. 범죄의 장소에서조차 혼자서는 약하다. 그러나 동료가 있으면 감정이 서로 공명하고 사고가 강화된다. 구리하시 히로미와 다카이 가즈아키는 서로가 서로를 부추기면서 미쳐가고 있었다.

거기에는 감상이 개입할 여지가 없다. 문학적인 요소도 없다. 자신과 남을 모두 파멸시키고 싶어하는 본능이라고? 다케가미는 헛소리 말라고 외치고 싶었다.

짐승에게 인간의 논리를 적용하다보면 원숭이의 털다듬기에도 심오한 철학적 의미가 깃들고 만다. 범죄에서 멀리 떨어져 남의 일처럼 지켜볼 수만 있다면 그래도 되겠지만, 그것은 현장의 경찰들이 느끼는 감각과는 너무도 동떨어져 있는 것이었다.

이층 특별수사본부의 문을 열면서 다케가미는 문득 오늘 아침에 시노자키가 잠이 덜 깬 눈을 비비면서 넘겨보고 있던 잡지를 떠올렸다. 『도큐먼트 저팬』이라는 보도잡지의 임시증간호에 그 사건에 대한 상세한 르포가 연재되기 시작했다고 한다. 그러고 보니 아키쓰가 취재 요청을 거부했다는 이야기도 들은 적이 있다.

듣자하니 꽤 많이 팔리고 있는 모양인데, 어떤 내용일까? 역시 '문학'일까? 약간의 짜증을 느끼면서도 다케가미는 냉정한 시선을 잃지 않았다. 그런 글이 나왔다는 것 자체가 이 사건이 사회적으로 지나친 주목을 받고 있음을 말해준다. 신문이나 텔레비전은 누구나 보는 것이지만,

잡지 연재를 챙겨읽으면서까지 진상을 알고 싶어하는 사람들이 이렇게 많으리라고는 생각하지 않았다. 아니, 지금은 많을지 몰라도 그리 오래 가지는 않을 것이다.

그러나 사회는 그렇다 해도 다케가미와 같은 경찰은 아직도 이 사건에 목까지 잠겨 있다. 마치 피의 지옥에 떨어진 망자처럼 때로는 연못 바닥까지 가라앉아서 여성들의 신원과 그녀들의 안부를 파헤치지 않으면 안 된다.

특별수사본부의 축소로 실질적인 수사 인원은 반으로 줄어들었다. 그래도 강당의 삼분의 일 정도밖에 안 되는 회의실 안은 복잡하기 이를 데 없다. 전화벨은 잠시도 쉬지 않고 울려댄다. 다케가미는 전화를 하고 있는 형사와 눈인사를 나누고 자신의 책상으로 향했다.

도리이도 전화중이었다. 실내가 너무 소란스러워 한쪽 귀를 손가락으로 막고 있다. 그의 책상 옆에는 오십대 정도로 보이는 부부가 앉아 서로의 손을 꼭 잡고 전화하는 도리이의 옆얼굴을 바라보고 있다. 다케가미는 가슴이 저며왔다. 오랜 세월 형사생활을 해왔지만 이런 광경에는 익숙해질 수가 없었다.

규모는 축소되었지만 수사본부가 여전히 활발하게 움직이고 있는 것은 사진 속의 여자들 때문이었다. 그 여자들을 모두 찾아내는 것이 수사의 가장 큰 목표가 되었다. 수많은 물증을 남기고 세상을 떠나버린 범인들의 행동을 철저히 캐내려는 것도, 그들의 행동 범위 안에 아직 발견되지 않은 유해가 숨겨져 있을 가능성이 높기 때문이었다.

그런 만큼 12월 1일부로 특별합동수사본부를 축소한다는 발표가 나왔을 때 일부 매스컴은 격렬하게 반발했다. 항의전화와 편지도 빗발쳤다. 사건이 아직 마무리되지 않았는데 수사의 손길을 늦춰도 되느냐는 것이었다. 다케가미는 그런 항의를 받은 것은 발표방식에 문제가 있었기 때문이라고 생각했다. 경찰이라는 집단은 어지간히 자기 표현이 서툴다.

사실 경시청도 이 사건에만 많은 인원을 배정할 수는 없는 형편이었다. 또한 경시청의 힘만으로는 그 일곱 명의 신원을 밝혀내는 것이 힘들다는 사정도 있었다.

특별수사본부가 기자회견을 통해 그녀들에 관한 정보를 공개한 직후에, 한 사람의 신원이 밝혀졌다. 그 이틀 후에 또 한 사람의 신원이 밝혀졌다. 한 사람은 마에바시 시, 다른 한 사람은 다나시 시에 주소지를 둔 사람이었다. 구리하시와 다카이 콤비가 기동력이 있었다는 것은 알고 있었지만, 이렇게 되면 나머지 다섯 명이 어디 출신이고 또 어디서 실종되었는지 가늠하기가 힘들어지고 만다. 그렇다면 무작정 보쿠도 경찰서의 특별수사본부에 많은 인원을 배치해두기보다는 수도권에서 활동해야 하는 요원만 남기고 전 관동지역의 현경과 연락을 취하면서 수사를 진행하는 편이 효율적이다. 특별수사본부의 축소에는 그런 의미가 있었던 것이다.

최초로 신원이 판명된 여성은 군마 현 마에바시 시의 이토 아쓰코라는 서른 살의 회사원이었다. 실종된 시기는 1994년 3월 15일경으로, 후루카와 마리코의 실종보다 이 년이나 빨랐다.

이토 아쓰코는 마에바시 시 출신으로, 도쿄의 전문대학을 졸업한 후 고향의 전자기기 판매회사에 취직했다. 영업 보조 업무였지만, 성실한 태도로 회사에서도 평가가 높았다. 부모와 두 살 아래 동생과 함께 시내에 살았고, 개를 좋아해 매일 아침 출근 전에 시바견 두 마리를 데리고 산책을 했다.

문제의 1994년 3월 15일, 이날은 평일이었지만 아쓰코는 유급휴가를 받아 쉬었다. 일 년 전부터 그녀는 회사에서 가까운 미술학원을 다니기 시작해 그림에 푹 빠져 있었는데, 특히 풍경화를 좋아해서 주말에는 자주 스케치를 하기 위해 여행을 나섰다. 누군가와 동행하지 않고 미니밴에 그림 도구와 이젤을 싣고 혼자서 나갔다고 한다. 15일에도 아침에 집을 나설 때 어머니에게 시부카와 쪽으로 스케치를 하러 간다고 했다. 그곳에 있는 채석장 부지를 꼭 한번 그려보고 싶다고 했다. 어머니는 그녀에게 샌드위치 도시락을 만들어주었고, 몇시에 돌아올 예정인지, 도착하면 한번 전화를 달라고 했다. 그런 스케치 여행은 아침 일찍 나서서 저녁에 돌아오는 것이 보통이었다. 시부카와는 마에바시에서 자동차로 그리 멀리 않아서 아쓰코도 저녁식사 전까지는 돌아올 것이라고 했다.

그날 오후 두시경, 채석장에서 스케치를 하던 아쓰코는 어머니에게 전화를 했다. 스케치하기에 정말 좋은 풍경이라고 했다. 그러나 하늘이 흐려서 비가 오기 전에 출발할 생각이고, 다음 기회에 또 와야겠다고 말했다.

"엄마, 꼭 혼자서 전세낸 것 같아. 아무도 없어. 스케치를 하면 늘 다른 사람들이 와서 말을 거는데, 오늘은 조용해서 너무 좋아."

아쓰코는 즐거운 듯이 말했지만, 어머니는 한적한 채석장에 딸이 혼자 있다는 생각에 가슴을 졸였다. 지금 어디서 전화하느냐고 물었더니 채석장에서 이 킬로미터 정도 내려온 곳에 있는 편의점이라고 대답했다. 그녀는 휴대폰이 없었다. 어머니는 가능한 한 빨리 돌아오라고 당부하고는 전화를 끊었다.

그 이후로 전화는 오지 않았고, 그녀는 밤이 깊어도 돌아오지 않았다. 어머니는 다음날 16일 아침에 경찰서로 달려가 신고했다.

당초 마에바시 경찰서에서는 사고일 것이라고 추정했다. 채석장 부지는 안전한 장소가 아니다. 발을 헛디뎌 아래로 떨어져 꼼짝도 못 하고 있을지도 모른다. 시부카와 방면의 석재회사를 조사해본 결과 금방 채석장을 찾을 수 있었다. 시부카와 역에서 북쪽으로 오 킬로미터 정도 떨어진 산속이었다. 공중전화가 있는 편의점도 금방 찾았다. 점원은 어제 오후에 젊은 여자가 혼자 음료수를 사러 왔었다고 증언했다. 그녀는 전화를 걸기 위해 동전을 바꾸었고, 계산을 하기 전에 공중전화로 누군가와 즐거운 목소리로 통화를 했다고 한다.

그러나 아무리 채석장을 뒤져보아도 이토 아쓰코의 모습은 없었다. 그녀의 미니밴도 부지 안에서는 발견되지 않았다. 그래도 만에 하나를 생각해 눈에 잘 띄지 않는 장소까지 경찰견을 투입해 밤늦도록 수색을 벌였지만 아쓰코의 머리카락 한 올도 찾지 못했다.

다음날은 수색 범위를 한층 넓혔다. 이번에는 아쓰코 본인이 아니라 아쓰코의 미니밴을 찾는 것이 목적이었다. 그녀가 어디에 차를 세웠건 차가 그대로 남아 있다면 아쓰코의 신변에 무슨 일이 벌어졌을 가능성이 높아진다. 반면 차가 없어졌다면 그 가능성은 꽤 낮아진다. 물론 차째 납치될 수도 있으므로 그 가능성은 어디까지나 상대적인 것이다.

아쓰코의 차는 발견되지 않았다. 그러나 목격정보가 나왔다. 15일 오후 네시 반경에 시부카와 역 가까운 주차장에서 나이와 복장이 아쓰코와 비슷한 여성이 차에서 내려 매점으로 걸어가는 모습을 보았다고 주차장 옆의 주유소 점원이 증언했다. 차가 미니밴이었는지 아니었는지는 기억하지 못했지만, 그녀가 혼자였다는 것만은 분명했다. 이토 아쓰코는 그리 화려한 차림은 아니었지만 서른 살이라는 나이에 비해 꽤 젊어 보이는 미인이었다. 그 남자 점원은 그녀의 미모에 끌려서 옆에 다른 남자가 없는지 살펴보았다고 했다. 그러나 아쓰코가 언제 매점을 나와서 차를 몰고 주차장을 빠져나갔는지는 모른다고 말했다. 미인을 보고 한번 눈길을 준 것뿐이라는 것이다. 그러나 그것으로 아쓰코가 채석장에서 사고를 당하지 않았다고 확신할 수는 없었다. 수수께끼는 시부카와 주차장을 떠난 후에 그녀가 어디로 갔고, 어디서 소식이 끊어졌는가 하는 것이었다.

그런데, 이후 탐문수사에서 의외의 사실이 밝혀졌다. 아쓰코와 친하게 지냈다는 동료 여사원이 그녀가 예전에 몇 년 동안 직속상관과 불륜관계를 맺었고, 그 때문에 고민했었다는 사실을 고백한 것이다. 문제의 상사는 현재는 다른 지점에서 근무하고 있고, 둘의 관계는 일 년 정도 전에 정리되었다고 한다. 그러나 동료 여성의 말로는 아쓰코는 최근에 그 상사에게서 몇 번에 걸쳐 다시 관계를 회복하자는 말을 듣고 곤란해하고 있었다고 했다.

"아쓰코가 그림을 배우기 시작한 것은 두 사람이 헤어진 무렵이었어요. 처음에는 기분전환 삼아 시작했는데 점점 깊이 빠져들게 되었다고 했어요. 그림을 그리면 나쁜 꿈에서 깨어나는 듯한 느낌이 들고 다시는 그런 잘못을 저지르지 않을 것 같다고 하더군요. 아쓰코는 새로운 인생을 시작한 거예요."

이토 아쓰코의 부모와 동생은 아쓰코가 상사와 불륜관계였다는 것을 전혀 모르고 있었다. 놀란 어머니가 아쓰코의 방을 뒤져보니 그 관계에 대해 자세히 기록되어 있는 일기가 나왔다. 거기에 따르면, 두 사람의 관계는 상사가 먼저 유혹의 손길을 뻗쳐 시작되었는데, 시종 그가 주도권을 잡고 있었던 것으로 보였다. 또한 그 상사는 결혼을 미끼로 아쓰코에게서 자주 돈을 뜯어냈다. 그녀가 그와 관계를 끊기로 결심한 것도 불륜관계에 대한 고민 때문이라기보다는 돈을 노리고 접근한 남자의 감언이설에 속았다는 사실을 깨달았기 때문이었다.

그렇게 해서 아쓰코의 전 상사는 마에바시 경찰서의 감시 대상이 되었다. 주변을 파헤쳐보니 악취가 풍기는 소문들이 냉장고 뒤에 쌓인 먼지처럼 나왔다. 빚도 많고, 생활은 방탕하고, 여자관계가 복잡해서 부부싸움이 끊이지 않고, 부인은 두 아이를 데리고 몇 번이나 집을 나가기도 했다. 그런 어두운 정보를 수집한 시점에서 형사들은 이것이 단순한 실종사건이 아니라 잠재적인 살인사건인 것으로 보았다. 이토 아쓰코의 부모는 딸이 관계를 회복하자고 협박하는 남자의 손에 목숨을 잃었을지도 모른다는 불길한 생각을 떨칠 수 없었다.

그러나 증거는 없었다. 문제의 상사는 15일 하루 종일 회사에 있었고, 아쓰코가 실종되었을 것으로 추측되는 시간대에도 알리바이가 있었다. 퇴근한 이후로는 알리바이가 단편적이긴 했지만, 그것만으로 그를 범인으로 지목할 수는 없었다. 이토 아쓰코의 실종은 허공에 뜨게 되었고, 그대로 시간만 흘러갔다.

그런 만큼 구리하시 히로미와 다카이 가즈아키의 손에 걸려들었을 가능성이 농후한 일곱 명의 여성들 가운데 이토 아쓰코가 들어 있다는 것을 알았을 때의 부모의 충격은 컸다.

수사본부는 그녀들의 프로필을 공개하는 것에 대해 큰 딜레마에 빠졌다. 구리하시 히로미의 방에 있던 사진은 모두 선명했고 피사체 여성들의 얼굴도 뚜렷이 확인할 수 있었지만, 그것을 그대로 공개하는 것은 불가능했다. 그녀들은 한결같이 묶여 있고, 수갑과 쇠고랑이 채워져 있고, 옷은 벗겨져 있고, 때로 얼굴과 몸에 명백한 폭력의 흔적이 남아 있었다. 다케가미는 그 사진들을 정리하면서 그녀들이 묶여 있지 않고, 폭력을 당하지 않고, 반라가 아니라고 해도 그 얼굴에 떠오른 표정만으로도 충분히 공개할 수 없을 정도라고 생각했다.

거기에는 절망보다 더 나쁜 것이 떠돌고 있었다. 그것이 구리하시와 다카이의 가장 악마적인 부분이었다.

사진 속의 여자들은 정말 참을 수 없어 비명을 지르는 것으로 보이는 경우 외에는 모두 웃고 있었다. 미소를 짓고 있거나 이를 드러내며 웃고 있었다. 물론 진심으로 웃는 것이 아니다. 웃으라는 명령 때문에 웃고 있는 것이다. 웃을 수밖에 없기 때문에 웃고 있는 것이었다. 많은 경우 그녀들은 억지로 입 끝을 치켜올리면서 웃고 있었다. 입은 웃고 있으면서도 눈은 죽은 것처럼 표정이 없고 볼은 눈물로 반짝이는 사진도 있었다.

맞아서 퍼렇게 멍든 눈을 뜨고 터져나오는 비명을 참으면서도 연인과 나란히 스냅사진을 찍을 때와 같은 수줍은 웃음을 짓지 않을 수 없었던 것은, 그렇게 하면 목숨만은 살려줄지도 모른다고 믿었기 때문이다. 그녀들이 그런 희망의 지푸라기를 부여잡을 수밖에 없도록 구리하시와 다카이가 교묘하게 유도했던 것이다.

피해자를 납치한 후에 그들의 입을 통해 개인적인 정보를 알아낸 것도 똑같은 이유에서였을 것이다. 이 사람들은 나에 대해 알고 싶어한다. 그렇다면 이야기를 해주자. 내가 살아 있는 인간이며, 나를 걱정하는 가족과 연인과 친구들이 있고, 자신들에게는 사람을 마음대로 죽일 수 있는 권리가 없다는 사실을 깨닫는다면 나를 살려줄지도 모른다. 그런 생각을 했기 때문에 피해자들은 스스로 입을 열었을 것이다.

그런 희망은 절망보다 더 사악하다. 절망의 효과를 더 크게 하기 위한 양념에 지나지 않기 때문이다.

결국 수사본부는 타협안을 내놓았다. 사진을 근거로 몽타주를 작성해 그것을 공개하기로 한 것이다. 그 몽타주와 함께 추정 신장, 체중, 신체적 특징을 정리해서 공개하고, 그것을 보고 혹시 실종된 가족인지도 모른다고 나서는 사람 가운데 정신적인 충격을 각오한 사람들에게만 실물 사진을 보여주기로 했다.

이토 아쓰코의 부모는 확신을 가지고 사진을 보았다. 구리하시와 다카이가 가지고 있던 개인적인 기록을 보기도 전에 그것이 자신의 딸이라는 사실을 알고 있었던 것 같았다.

이토 아쓰코의 신원이 확인된 후 다케가미는 마에바시 경찰서에서 아쓰코 사건을 담당했던 이시다라는 형사에게서 당시의 보고서 복사본을 받아보았다. 당시 이시다 형사는 풍기단속과 소속이었는데, 서류도 표면적으로는 실종사건으로 작성되어 있었다. 불륜 상대인 전 상사에 대한 내용이 별항으로 처리된 것은 역시 결정적인 증거가 없었기 때문일 것이다.

전화로 이야기를 나누어보았지만 이시다 형사는 어쩐지 의욕을 상실한 것 같았다. 그는 이토 아쓰코의 사건이 이런 식으로 해결된 것에 놀라고 있었지만, 그 이야기는 금방 끝내고 아쓰코의 전 상사가 마에바시 경찰서를 상대로 사생활 침해로 민사소송을 제기했다고 불평을 늘어놓았다. 마치 이토 아쓰코가 구리하시와 다카이에게 살해당하는 바람에 자신들이 괜한 봉변을 당하게 되었다는 듯한 태도였다.

사진을 보기 위해 특별수사본부를 찾아왔던 이토 아쓰코의 부모는 지금 도리이의 책상 옆에서 손을 잡고 있는 중년 부부처럼 겁먹은 얼굴은 아니었다. 딸이 실종된 이 년 동안 이미 에너지를 다 써버렸기 때문일 것이다.

실종자가 돌아오기를 기다리는 쪽에도 절망과 희망은 동시에 찾아온다. 어느 날 절망이 머리 위를 덮쳐 온갖 불길한 영상을 펼쳐 보이다가도, 그 다음날에는 희망이 날개를 펴고 내려와 딸이 부엌에서 커피를 끓이는 환영을 보여주기도 한다. 거의 상상력의 자가중독이라고 해도 좋을 것이다.

특별수사본부에 설치된 피해자 대책반의 의자에 앉겠다고 도리이가 자원했을 때, 많은 사람이 의외라는 표정을 지었다. 다케가미도 처음에는 크게 놀랐다.

그 나름의 자성의 표시였다. 오가와 공원 사건 발생 직후, 사려 깊지 못한 행동 때문에 후루카와 마리코의 어머니를 착란상태로 몰고 간 뼈아픈 기억을 끌어안고 있는 것이다. 그 빚을 갚고 싶었을 것이다. 아키쓰는 조금 비꼬는 표정으로 도리이가 자신의 행동을 반성하고 그 빚을 갚기 위한 행동에 나선 것은 출세에 지장을 줄 오점을 지우기 위해서라고 평했지만, 다케가미는 거기까지 폄하하는 것은 좀 심하다고 생각했다.

이윽고 도리이가 전화를 끊고 다케가미를 보았다. 다케가미는 곁에 있는 중년 부부에게 인사를 하고 둥근 서류통을 내밀었다.

"부탁한 지도네. 오가와 공원 지도면 돼?"

도리이는 고맙다고 인사를 하고 그것을 받아들었다. 그리고 그 중년 부부를 가리키며 말했다.

"이 두 분은 반년 전에 가출한 딸이 피해자일지도 모른다고 확인하기 위해 오셨는데, 그 딸이 오가와 공원에 자주 갔었다고 합니다. 실종 당일도 공원에 간 것 같다고 합니다. 그래서 한번 살펴보려고요."

다케가미는 고개를 끄덕였다. 혹시 사진을 볼 용기를 내도록 하기 위한 시간 벌기인지도 모르지만, 오가와 공원에 관련된 실종자라는 정보는 정말 중요하다. 이야기를 중단시킨 데 대해 사과하고, 다케가미는 책상 앞을 떠났다. 굳이 직접 지도를 들고 온 것은 도리이의 태도가 마음에 걸렸기 때문인데, 나름대로 이 일에 힘을 쏟고 있는 것 같아 마음이 놓였다.

삼층 소회의실로 돌아가는데, 반대편 복도에서 시노자키가 걸어오는 것이 보였다. 화장실에 갔다 오는 모양인지 물이 뚝뚝 떨어지는 손을 마구 털어대고 있었다. 느긋한 모습이긴 하지만 표정이 어두웠다.

요 며칠 사이에 시노자키가 힘이 없어 보이는 것 같아 마음에 걸렸다. 원래 말수가 적은데다 얌전하고 나약한 인상이라 입이 거친 아키쓰가 '아가씨'라는 별명을 지어줄 정도이니, 그런 변화가 별로 눈에 띄지 않아 데스크 팀의 다른 사람은 느끼지 못하고 있는 것 같았다. 다케가미가 걱정하게 된 것은, 그 동안 일처리에 빈틈이 없던 시노자키가 별것도 아닌 일에 몇 번이나 실수를 저지르게 되었기 때문이었다. 네 부를 복사하라고 했는데 한 부만 해온다든지, 철해두라고 한 서류를 그냥 클립으로 집어두기만 한다든지, 사소하지만 과거의 시노자키라면 절대로 범하지 않을 그런 실수였다.

모두가 피로에 절어 있다는 것은 분명하다. 사기도 높지 않다. 범인들은 죽어버렸고, 발견되지 않은 피해자만이 남았다. 앞으로 다섯 명, 유해의 신원이 밝혀지건 밝혀지지 않건, 유해가 발견되건 발견되지 않건, 상처의 깊이에는 변함이 없다. 형사들의 머리 위에도 검은 구름이 끼어 있다.

"시노자키, 괜찮나?"

다케가미가 말을 걸자 시노자키는 움찔했다. 은색 안경을 신경질적으로 밀어올리며 대답했다.

"아, 죄송합니다."

잘못한 것도 없는데 사과부터 하는 게 요즘 젊은이들의 습관인 모양이었다.

"속이 안 좋은 건가?"

소회의실 문을 열면서 다케가미는 일부러 밝은 어투로 말했다.

"배달 도시락집을 바꿔볼까?"

"아닙니다. 괜찮습니다."

시노자키는 그렇게 말하고 다케가미의 뒤를 따라 실내로 들어섰다. 아래층 특별수사본부와는 달리 실내는 조용했다. 평범한 구청 사무실

같은 분위기였다. 전화벨도 작게 울린다. 낡은 복사기가 종이를 토해내는 소리만이 유일한 소음이었다.

시노자키는 지금 실종 여성들에 관한 정보를 정리하고 있다. 사진에 나온 여성이 분명하다는 정보부터 확실치 않은 정보까지 망라해 다케가미가 지시한 분류에 따라 데이터베이스를 작성하는 것이었다. 다행히 시노자키는 컴퓨터를 잘 다루었고, 손도 빠르다.

나머지 다섯 명의 신원을 파악하는 것뿐이라면 딱히 이런 작업까지 할 필요는 없다. 그러나 수집된 정보를 정리해 언제든 확인할 수 있게 해두면 다른 실종사건이나 살인사건에서도 유용하게 활용될지도 모른다. 세상의 관심이 높아져 있을 동안, 연기처럼 사라져버린 사람들에 관련된 모든 정보를 가능한 한 많이 모아둘 필요가 있다.

그래서 시노자키는 공식기자회견 이래로 매일 밀려드는 실종자 리스트와 그들을 둘러싼 수상한 상황, 그리고 그들을 찾는 가족의 목소리에 둘러싸여 일하고 있다. 피곤한 것도 당연하다고 다케가미는 생각했다.

그러나 그것 때문이라면 진작에 이런 모습을 보이고도 남았을 것이었다. 사실 다케가미는 일주일 정도면 시노자키가 지쳐 나가떨어질 것으로 생각해 미리 다른 요원을 준비해두었었다. 그러나 시노자키는 조금도 굴하지 않고 일에 정진했다. 그래서 마음 놓고 맡겨두었다. 그런데 갑자기 며칠 전부터 바람 빠진 풍선처럼 의기소침해지고 말았다. 단순한 육체적 피로로 보이지는 않았다.

마에바시의 이토 아쓰코 다음으로 신원이 판명된 것은 도쿄 도 다나시 시에 사는 미야케 미도리라는 열일곱 살 소녀였다. 그녀가 부모와 두 살 위의 언니와 함께 사는 집을 나가 모습을 감춘 것은 1993년 6월 1일이었다. 엄밀히 말하면 마지막으로 딸의 모습을 본 것은 6월 1일 낮이었던 것 같다고 부모는 증언하고 있다. 미야케 미도리는 집에서 걸어서 오

분 거리에 있는 부모가 경영하는 찻집 '키 라르고'에 얼굴을 내밀어 이만 엔의 용돈을 얻어서 나갔다. 그녀가 그대로 외출했는지, 아니면 집으로 갔는지 부모는 모른다고 했다. 어디 가느냐고 묻지도 않았다.

그녀의 언니는 그녀가 가족들도 내놓은 딸이었다고 노골적으로 말했다. 초등학교 고학년 때부터 학교 수업을 따라가지 못했고, 중학교에 들어가서는 머리를 물들이고 피어스를 하고 등교해 몇 번이고 부모가 학교에 불려가야 했다. 고등학교 시험은 쳤지만 희망하는 학교에는 들어가지 못했고, 결국 삼 개월 만에 자퇴하고 집에서 빈둥거리며 지내고 있었다.

학교를 오가는 기본적인 생활습관이 무너지면서 미야케 미도리의 생활은 급속도로 흐트러지기 시작했다. 언니의 이야기에 따르면 미도리는 밤새 친구들과 놀다가 아침에 들어와 해가 중천에 뜰 때까지 잠을 잤다. 부모나 언니와는 용돈을 뜯어갈 때나 잠깐 대화하는 정도였다. 밤늦게까지 전화가 걸려오는 게 귀찮아서 휴대폰을 사준 후로는 가족과의 대화가 더욱 뜸해지고 말았다. 어쩌다 함께 식탁에 앉아도 부루퉁한 표정만 짓고 있어 분위기를 망치곤 했다고 언니는 내뱉듯이 말했다. 그러다가도 휴대폰이 울리면 즐겁게 상대와 이야기를 나누었다. 눈앞에 있는 가족보다도 그 작은 기계 저편에 있는 상대가 더 가까웠던 것이다.

미야케 미도리에게 외박은 일상사였다. 부모도 손을 들고 말았다. 이삼 일 계속 집을 비웠다가도 돈이 떨어지면 돌아오는 그런 애에게 굳이 설교를 해본들 쓸데없는 에너지 낭비일 뿐이었다고 아버지는 차가운 어투로 말했다. 어머니도 꽤 오래전부터 미도리를 어떻게 대해야 할지 가늠할 수 없었던 것 같았다. 사무적인 문장으로 작성된 조서만 보아도 충분히 상상할 수 있었다. 유일하게 여동생에 대한 분노를 솔직하게 털어놓던 언니의 조서가 오히려 가족의 정을 간직하고 있는 듯이 보였다.

그런 상황이었기에, 미도리가 6월 1일 낮에 '키 라르고'에서 이만 엔을 받아가서 모습을 감추어도 가족은 걱정하지 않았다. 그녀의 부재가 닷새를 넘어가자 가족들도 서서히 불안을 느끼긴 했지만, 경찰에 신고하지는 않았다.

그러나 미도리가 집을 나간 지 일주일이 지나자 어머니도 불안을 느끼기 시작했다. 그녀는 미도리의 친구관계를 파악하지 못하고 있었다. 친구라고 해봐야 신주쿠 길거리에서 만난 남자가 대부분이고, 주소도 이름도 모를 뿐만 아니라 그 숫자도 장난이 아니었다.

고민 끝에 언니와 의논해 이윽고 경찰서 소년과를 찾았다. 거기에는 일 년쯤 전 미도리가 상해사건에 말려들었을 때 신세를 진 형사가 있었기 때문이었다.

사정을 들은 형사는 실종신고를 권했다. 사실 미도리와 같은 경우에 경찰이 바로 수사에 착수하는 일은 없다. 그러나 일주일이나 귀가하지 않는 것은 아무리 불량소녀라고 해도 심상치 않은 일이므로, 인근 파출소에 인상착의를 배포해두면 경찰이 순찰중에 발견하고 본인 확인을 할 수 있다. 다만 지금까지의 경과나 가족관계로 추정하건대 사건에 말려들었을 가능성보다는 가출해서 친구들 집을 전전하며 신주쿠나 시부야 부근에서 놀고 있을 가능성이 더 높다는 의견이었다.

언니는 이렇게 말했다.

"정말 따뜻하고 마음씨 좋은 형사였어요. 미도리는 나쁜 애가 아니라고, 다만 자신이 있어야 할 곳을 알지 못해서, 그 외로움을 어떻게 표현해야 할지 몰라서 생활이 흐트러진 것뿐이라고 했어요. 그래서 실종신고를 하는 것도 미도리가 집에 돌아왔을 때 아버지 어머니, 그리고 언니가 경찰에 달려갈 정도로 걱정했다는 것을 본인에게 알리기 위해서라고 설명했어요. 그리고 미도리가 돌아오면 조금 더 신경을 써주라고 당부했어요."

그러나 어머니와 언니는 실종신고를 내지 않았다. 언니는 자신이 반대했다고 말했다.

"지금까지 그애 때문에 얼마나 애를 먹었는지 몰라요. 그애가 말썽을 피우고 다니는 바람에 엄마 아빠는 나한테는 신경도 쓰지 않았거든요. 정말 골치 아픈 애라고, 말은 그렇게 하면서도 역시 부모니까 신경을 쓰지 않을 수 없었던 거예요. 그애가 하는 말은 뭐든 다 들어주었으니까요. 그렇지만 난 언제나 혼자였어요. 그런데 또 가출을 해서 이렇게 걱정을 끼치고, 그러다 언제 불쑥 나타나면 또 따뜻하게 대해주라니 그게 말이 돼요? 농담하지 말라고 그래요. 나도 동생처럼 엄마 아빠의 관심을 받고 싶었어요. 미도리는 돌아와도 차갑게 대해줘야 된다고 생각했어요. 그렇게 하지 않으면 절대로 정신을 차리지 못해요. 만일 실종신고를 내면 이번에는 내가 집을 나가버리겠다고 했어요."

한 달이 지나도 미야케 미도리는 돌아오지 않았다. 반년이 지나도 소식 한 번 없었다. 그러나 언니의 반격을 받은 부모는 시간이 흐르면 흐를수록 걱정스러운 마음과는 달리 실종신고를 낼 수 없는 상태에 빠지고 말았다. 그래서 미도리는 가출해서 친구들과 즐겁게 놀고 있을 것이라는 희망적인 관측이 가족이 내린 공식적인 결론이 되고 말았다.

한편 지역 소년과의 형사는 미도리의 실종 기간이 생각보다 길어지는 것을 알고 예전 상해사건 때 그녀와 같이 잡혔던 아이들에게 미도리의 소식을 물어보기도 했다. 그러나 별다른 성과는 없었다. 한 소녀의 입에서 미도리가 실종될 당시에 빈번하게 매춘을 하고 있었다는 것, 무대는 주로 신주쿠이고, 거기서 매춘 동료라고나 할까, 상대를 알선해주는 역할을 하는 남자와 연결되어 있었다는 것을 알아냈지만, 그 소녀도 남자의 이름은 몰랐다. 단서는 아무것도 없었다.

구리하시 히로미의 원룸에서 미야케 미도리의 사진이 나오지 않았더라면 그녀는 영원히 가출 소녀로 남았을 것이다. 그것도 그 나름대로 평화로운 상태라고 할 수 있을 것이다.

미야케 미도리는 피사체로서 매력적이었던 듯, 일곱 명의 컬렉션 가운데 가장 사진이 많았다. 그 가운데는 옷을 갖춰입고 의자에 앉아 정면을 바라보고 있는 사진도 있었다. 그래서 몽타주를 보고 수사본부를 찾아온 부모와 언니에게 그 사진을 보여줄 수 있었다. 부모는 금방 미도리임을 확인하고 담당 형사에게 딸의 생존 가능성을 물었다. 이렇게 번듯한 사진이 남아 있을 정도이니 미도리는 범인과 어떤 관계를 가지고 있지 않을까, 그러므로 유괴살인사건의 피해자는 아닐 수 있지 않을까 하는 것이었다.

담당 형사는 미도리의 다른 사진도 보았기 때문에 그럴 가능성은 눈곱만큼도 없다는 것을 알고 있었다. 가능한 한 에둘러 표현하면서 형사는 자신의 생각을 설명했다. 정말 어려운 일이었다. 속옷 차림으로 개목사리를 하고 바닥을 기며, 얼굴에는 폭력을 당한 흔적이 시퍼렇게 남아 있는 소녀에 대해 어떻게 온건한 말로 설명할 수 있단 말인가.

형사의 설명을 들은 부모는 울음을 터뜨렸다. 그러나 언니는 받아들이지 않았다. 그녀는 다른 사진도 보아야겠다고 고집을 부렸다. 그렇게 잔혹한 범죄를 저지른 범인들이 이런 평범한 스냅사진을 찍었다면 여동생도 공범일 가능성이 있다는 것이었다. 그 말에 어이가 없어진 담당 형사는, 그렇다면 동생이 여성들을 유괴하는 것을 돕는 공범이라고 생각하느냐고 물었다. 그러자 언니는 창백한 얼굴로 그렇다고 대답했다. 그렇게 많은 여자들이 그렇게 쉽게 유괴당한 것은 범인들 중에 여자가 있어서 방심한 탓이 아닐까요? 동생은 그 정도 일은 간단히 할 수 있는 애니까요.

결국 그 언니의 기세에 눌려 미야케 미도리의 사진을 모두 보여주게 되었다. 사진관에서 흔히 서비스로 주는 얇은 앨범 다섯 권 분량의 사진을 언니는 삼십 분에 걸쳐 모두 보았다.

그리고 경찰서 화장실로 뛰어들어가 토했다.

다케가미는 그때 마침 특별수사본부 쪽에 있었기 때문에 여자 경찰관에게 부축을 받으며 화장실에서 나오는 그녀를 보았다. 나중에 사정 설명을 듣고 언니의 예리한 두뇌에 감탄했지만, 그 예리함이 그녀를 행복하게 하지 않는다는 사실에 암담한 기분을 느꼈다.

그러나, 어쨌든 이렇게 해서 두 개의 묘표가 세워졌다. 이토 아쓰코와 미야케 미도리. 다케가미는 노안경을 벗고, 안경의 흔적을 손가락으로 문지르면서 두 사람의 실종 시기와 이름을 속으로 중얼거려보았다.

미야케 미도리가 실종된 것이 1993년 6월이라면, 후루카와 마리코는 물론이고 이토 아쓰코가 실종된 1994년 3월 15일보다도 이전이다. 그렇다면 나머지 다섯 명도 언제 실종되었는지 가늠할 수 없다. 아니 오히려 나머지 다섯 명 전부가 후루카와 마리코보다 먼저 유괴되어 죽임을 당한 것은 아닐까 하고 다케가미는 직감했다.

그것은 어디까지나 직감일 뿐 증거는 없다. 그러나 다케가미에게는 소식 불명의 다섯 명의 여성과 실종 당시의 상황이 뚜렷한 이토 아쓰코와 미야케 미도리는, 구리하시 히로미와 다카이 가즈아키가 오가와 공원 사건이라는 본무대를 세상에 드러내기 이전에 이른바 '연습무대'로 사용한 희생자가 아닐까 하는 느낌이 들었다. 그러므로 그녀들에 대한 유괴감금살인은 후루카와 마리코보다 오래전의 일이 되는 셈이다.

그 이유 중 하나는, 사진과 비디오 컬렉션에 후루카와 마리코나 히다카 치아키가 포함되지 않았다는 사실이었다. 이것은 오가와 공원 사건으로 화려하게 세상에 데뷔한 구리하시와 다카이에게 이제는 그런 개인적인 기록 따위는 의미가 없어지고 말았기 때문이 아닐까. 더 재미있는 것을 가졌기 때문이 아닐까. 그 재미있는 것이란 물론 유괴와 살인을 통해 사회에 메시지를 보내고, 텔레비전 방송국에 전화를 걸고, 사건에 흥미를 가진 사람들을 조롱하면서 경찰을 놀리는 일이다.

말하자면 두 범인은 자신들이 행한 일을 사회에 공표해 사회가 자신들의 '작품'을 보고 어떤 반응을 보이는지 확인하고 싶은 욕망을 가지고 있었다는 것이다. 그러나 거기에 도달하기까지는 반드시 그 전 단계가 필요하다. 자신의 '작품'을 만들어내고, 아이디어를 내고, 부족한 부분을 보완하고, 실험을 거듭한다. 완성한 작품을 검증하고, 둘이서 평가를 하고, 만족하기도 하고 반성하기도 하면서 다음 '작품'에 착수한다. 그런 일을 거듭하면서 '작품'을 완성하는 데 필요한 노하우나 기술을 습득한다. 점점 기술이 좋아지자 어떤 종류의 지겨움을 느끼기 시작했고, 그래서 다음 단계로 넘어가고 싶다는 욕망이 싹텄을 것이다.

취미 삼아 소설을 쓰거나 만화를 그리거나 영화를 만드는 사람들도, 어지간히 자신이 있지 않고서는 처음 만든 작품을 널리 공개하지 못할 것이다. 처음에는 친한 사람 몇몇에게만 보여주면서 자기만족에 빠져 있다가, 그 자기만족을 에너지원으로 삼아 다음 작품으로 넘어가는 것이다. 그래서 어느 정도 경험을 쌓고 자신이 생겼을 때 비로소 자신이 만든 작품이 다른 사람 눈에 어떻게 비칠지 궁금해지는 법이다. 구리하시와 다카이의 심리도 그와 똑같은 과정을 거치지 않았을까.

이토 아쓰코, 미야케 미도리의 집으로는 범인들의 전화가 걸려오지도 않았고, 유류품이 배달되지도 않았다. 매스컴에 그녀들을 살해했다는 정보를 흘리지도 않았다. 이것도 구리하시와 다카이가 아직 '연습' 중이었기 때문으로 볼 수 있지 않을까. '연습'이라는 말이 잔혹하다면,

그녀들을 사로잡아 학대하고 결국에는 죽임으로써 자신들의 절대적인 지배력을 발휘하는 것만으로 만족을 느꼈다고 해도 좋을 것이다.

인간이 일으키는 재난의 뿌리에는 오로지 지배와 피지배의 관계만이 있을 뿐이라는 것이 다케가미의 생각이었다. 그러나 그것을 그렇게 노골적으로 드러내는 사건은 드물다. 구리하시와 다카이의 행위를 추적 조사하는 것은 인간의 사악함을 파헤치는 일이기도 하다. 썩은 냄새를 풍기는 캄캄한 광맥이 끝없이 뻗어 있는 것이 뚜렷이 보인다. 그러므로 그들의 야망이 자기만족에서 사회적인 갈채를 요구하는 단계로 팽창되어갔다고 상상하는 것은 너무도 간단한 일이다. 지극히 상식적인 인간이 가지고 있는 지극히 상식적인 욕망조차 가장 파괴적인 루트를 따라 표현한 그들이었기 때문에.

사람은 누구든 자신의 환상이라는 왕국 속에서는 작은 왕관을 쓰고 왕좌에 앉은 왕이다. 그런 부분이 있다는 것 자체는 결코 사악하지도 않고 죄도 아니다. 오히려 알력으로 가득한 현실세계를 살아가기 위해서는 없어서는 안 될 것이기도 하다.

그러나 그 왕에게도 전제군주에 대한 동경은 있다. 그것 또한 누구든 가질 수 있는 자연스러운 지향이다. 그 또는 그녀는 곧 바깥 세계로 눈길을 돌린다. 영토를 넓히고 자신이 세운 성 안으로 들어오는 시민의 수를 늘리는 것이다. 어느 정도의 '연습'을 거듭하여 자신의 역량이 확인되면 기꺼이 길을 떠난다.

그러나 그 앞길은 천차만별이다. 그들이 어디까지 나아갈 수 있을지, 무엇으로 만족을 얻을지, 어느 정도 규모의 왕국을 만들어낼지, 거기서 선정을 펼칠지 독재자가 될지. 결국 그것이 인생이 아닌가 하고 다케가미는 생각했다. 어떤 여자는 순종적이고 상냥한 마음을 가진 아내로서 한 남자의 왕비가 되어 행복하게 살아갈 것이다. 어떤 남자는 추앙받는 기업인으로서 몇백 명 사원의 왕이 되어 만족할지도 모른다. 어떤 여자는 배우가 되어 어떤 시대의 여자들에게 꿈을 주고, 남자들에게는 동경의 대상이 되어 자신의 왕국을 건설할지도 모른다. 어떤 남자는 연구에 몰두하는 학자가 되어 비록 좁더라도 자기 분야에서 중요한 실적을 쌓아 그곳을 자신의 왕국으로 삼을지도 모른다.

사람은 모두 그렇게 살아가는 것이다. 다케가미도 데스크 담당자로서 유능하다는 평가를 받으면서 그의 작은 왕국을 세워가고 있다. 그리고, 적어도 아내는 그의 시민이다. 동시에 그는 아내의 시민이기도 하다. 물론 서로의 압제를 참을 수 없을 정도가 되면 이민을 갈지도 모를 위험에 빠지겠지만, 그러기 전까지는 서로에게 시민임이 분명하다. 우리는 환상 속에서만 존재하는 영토를 차지하기 위해 서로 싸우기도 하고 함께 개척하기도 하면서, 서로에게 서로의 시민이 됨으로써 살아갈 수 있다. 인간이 나약하다는 것은 바로 그런 뜻이라고 다케가미는 생각하고 있었다.

그러나 때로 대화를 나누거나 전쟁을 벌이거나 의기투합하는 등의 절차를 거부하고 억지로 시민을 늘리려는 왕이 나타난다. 그런 왕은 실제로 법에 저촉되는 범죄자가 되는 경우도 있고, 되지 않는 경우도 있다. 그러나 어느 경우이건 파괴적인 인간이라는 데는 변함이 없다.

파괴적인 인간은 결코 누군가의 시민이 될 수 없다. 다만 왕으로 존재할 따름이다. 그러므로 고독하다. 고독하기에 결코 자신을 배신하지 않고 절대적으로 복종하는 영원한 시민을 얻고 싶어한다. 그래서 어떤 자는 물리적으로, 또 어떤 자는 정신적으로 타자를 죽인다. 그 물리적인 예의 극단에 위치하는 것이 바로 연속살인범이며, 구리하시와 다카이도 그런 고독한 왕이다. 그들이 지나간 자리에는 시체의 산과 피의 강이 남는다.

그리고 그들은 자신들이 그런 왕이라는 사실을 사회적으로 인정받고 싶어 오가와 공원 사건을 일으켰다. 사고로 죽지 않았더라면 아직도 사건은 계속되었을 것이다. 왕은 이제 막 진군을 시작했을 뿐이었다. 그들의 사기는 절정에 이르러 있었다. 그렇기 때문에 사진이나 비디오테이프로 찍은 여자들은 과거의 유물일 뿐이다. 어쩌면 오가와 공원 사건을 일으킨 이후로 구리하시 히로미는 그런 기억을 담은 상자가 침대 아래에 들어 있다는 사실 자체를 깡그리 잊어버리고 있었을지도 모른다고 다케가미는 생각했다.

연속살인자는 대체로 단독범이며 이인조인 경우는 좀처럼 찾아보기 어렵다. 미국에서는 몇몇 예가 있긴 하지만, 애당초 그런 연속살인 자체가 많지 않은 일본에서는 사실상 구리하시 히로미와 다카이 가즈아키 콤비가 처음일 것이다. 오히려 그 점이 그들에게 흥미로운 부분이라는 것이 다케가미를 포함한 특별수사본부 전체의 의견이었다.

왜 둘일까? 특히 소년이 일으킨 흉악범죄에 많이 나타나는 집단범은 그 바닥을 파헤쳐보면 폭도에 가까운 집단심리의 메커니즘이 작동하고 있는데, 구리하시와 다카이의 경우는 사정이 완전히 다르다. 둘이라는 숫자에는 그보다 많은 숫자에서는 찾아볼 수 없는 의미가 내포되어 있다.

리더는 누구였을까? 완전히 대등하게 의논해서 행군하지는 않았을 것이다. 설령 반걸음이라도 어느 한쪽이 먼저 걸었을 것이다.

그 둘은 기묘한 조합이었다. 사진으로 보는 한, 구리하시 히로미는 꽤 핸섬한 편이었지만 그와는 대조적으로 다카이 가즈아키는 뚱뚱한 체격에다 이웃의 이야기를 들어보아도 그럴듯한 말은 거의 없었다.

두 사람은 초등학교 시절부터 서로 친했는데, 구리하시가 주역이고 다카이는 그 뒤를 따라다니는 보조였다고 한다. 중학교 때의 담임선생은 다카이 가즈아키가 구리하시 히로미와 그의 주위 친구로부터 따돌림을 받는 존재였다고 증언했다. 그래서 걱정이 되어 다카이 가즈아키를 몰래 불러 이야기를 들어보니, 의외의 대답이 돌아왔다고 했다.

"히로미는 사실 외로움을 많이 타는 앤데, 그걸 아는 사람은 저밖에 없어요. 지금은 저렇지만 금방 옛날 같은 친구로 돌아갈 거예요. 그애의 진짜 모습을 아는 사람은 나밖에 없거든요."

이 담임선생도 다카이 가즈아키에 대해서는 솔직하고 착하지만 다소 둔하다는 평가를 내리고 있었기 때문에, 그런 말을 듣고 놀라면서 한편으로는 친구를 너무 미화하는 게 아닌가 하는 생각이 들었다고 했다. 그러나 아무리 설득을 해도 다카이 가즈아키의 대답은 변하지 않았다.

영리함과 우둔함. 공격자와 수비자. 구리하시와 다카이의 관계는 그런 느낌을 준다. 그렇다면 리더가 누구였는지는 당연하다.

간자키 경부는 두 범인의 소년 시절을 파헤치기 위해 특별 팀을 구성했다. 지난주부터 아키쓰가 그 팀에 배속되었기 때문에 다케가미는 보고서뿐 아니라 그에게서도 직접 이야기를 들을 수 있었다. 새로운 사실이 속속 밝혀질 터이므로 속단은 금물이지만, 지금까지 두 사람의 관계로 추론하건대 주범은 구리하시 히로미, 종범은 다카이 가즈아키라는 구성은 변하지 않을 것이라고 아키쓰는 말했다.

간자키 경부가 이 특별 팀을 만들었을 때, 다케가미는 경부의 의도를 금방 알아차리지 못했다. 사건의 전모를 밝혀내기 위한 방법치고는 너무 돌아가는 길이라는 생각이 들었다. 혹시 간자키 경부가 두 사람의 공범관계를 의심하고 있는지도 모른다는 생각이 들었다.

실제로 뒷조사를 해보아도 다카이 가즈아키의 행동에는 흐릿한 점이 너무 많았다. 구리하시 히로미와 달리 그에게서는 어떤 물증도 나오지 않았다.

우선 사건의 경과 전반에 걸쳐 소재가 불명확했다. 다만 백지에 잉크를 떨어뜨린 듯 눈에 띄는 유일한 단서는, 11월 4일 오후 여덟시 넘어 히가와 고원 역에서 차를 타고 별장지대 쪽으로 십오 분 정도 들어간 곳에 있는 그린힐이라는 고급 별장지대 입구의 카페 '은하'에서 구리하시 히로미로 보이는 남자와 다카이 가즈아키로 보이는 남자가 만났다는 사실뿐이었다. 이것은 종업원의 증언에 의한 것으로, 그녀는 두 사람의 얼굴은 정확히 기억하지 못했다.

오후 여섯시경 구리하시 히로미가 먼저 와서 창가 자리에 앉았다. 처음 자리에 앉으면서 한 사람이 더 온다고 했다. 삼십 분도 안 되어 초조한 기색을 보였는데, 종업원은 그런 그를 계속 관찰했다고 한다. 그리고 여덟시가 넘어서야 다카이 가즈아키로 보이는 남자가 왔다는 것이었다.

그 전날인 11월 3일 밤에는 히가와 고원의 별장지대 어딘가에서 11월 5일에 다카이 가즈아키의 자가용 트렁크에서 시체로 발견된 회사원 기무라 쇼지의 소식이 두절되었다. 집을 지키고 있는 기무라 부인에게 범인의 전화가 걸려온 것이 그날 밤 열한시경이었으니 기무라 쇼지가 납치된 것은 그 이전이었을 것이다. 그러므로 간단히 생각하면 구리하시와 다카이는 3일 열한시 이전에 기무라를 납치하고 어딘가에 감금한 다음, 앞으로의 계획을 짜기 위해 '은하'에서 만났다고 할 수 있을 것이다.

다만 걸리는 게 있다. 그 3일에 다카이 가즈아키는 도쿄에 있었다. 그가 도쿄를 벗어난 것은 다음날인 11월 4일 오후 다섯시경이었다. 그리고 약 세 시간 후에 '은하'에서 구리하시 히로미와 만난 것이다.

이날 아침 다카이의 아버지가 쓰러져 병원에 실려가는 소동이 벌어졌는데, 다카이는 아버지를 데리고 병원에 갔다. 아버지가 치료가 끝나 귀가한 것은 점심때가 지나서였다. 다카이 가즈아키의 집은 '장수암'이라는 메밀국수집을 운영하고 있는데, 이날은 아버지 때문에 임시휴업을 했다.

다카이 가즈아키의 여동생 유미코의 증언에 따르면, 저녁 다섯시경에 어머니와 저녁 메뉴에 대해 의논하고 있는데 가게 쪽에 있던 가즈아키가 이층 부엌으로 올라와서 나갔다 오겠다는 말을 했다. 유미코는 오빠가 구리하시 히로미의 전화를 받고 나가는 것이라고 짐작했다.

구리하시와 다카이가 주인과 하인 같은 관계라는 것은 가족 모두가 알고 있었다. 유미코는 몇 번이나 오빠에게 구리하시와 관계를 끊으라고 충고했다고 한다. 구리하시는 다카이에게서 돈도 갈취하고 있었던 것 같았다.

다카이 가즈아키는 몹시 서두르는 기색이었다. 그런 태도를 보고 유미코는 전화를 한 것이 구리하시 히로미라고 확신했다. 가즈아키는 누구를 만나러 가느냐는 말에 아무 대답도 않고, 서둘러 자신의 차를 타고 집을 나섰다. 그후 아카이 산의 그린로드에서 사망할 때까지 그가 어디서 무엇을 했는지, 가족은 모른다. 연락도 없었다고 한다. 어머니의 말로는 다카이 가즈아키가 그런 식으로 집을 나간 경우는 지금까지 한 번도 없었기 때문에 5일 아침에 경찰에 신고를 할까 생각했다고 한다. 아버지가 말려서 하루만 더 기다려보기로 했는데, 그린로드에서 사고가 일어난 것이었다.

11월 3일에 다카이 가즈아키는 하루 종일 집에 있었다. 그러므로 히가와 고원의 별장지대에서 기무라 쇼지의 납치에 가담했을 수는 없다. 가족은 그렇게 증언했다. 도쿄에서 히가와 고원까지는 자동차로 편도 세 시간 정도, 야간이면 그보다 더 빨리 갈 수 있다. 실제로 11월 4일 다카이 가즈아키는 그 정도 시간에 '은하'에 도착했다. 그가 대단한 운전 솜씨를 가졌다고 가정한다면, 가족들 몰래 차를 타고 나갔다가 아침까지 돌아왔다고 볼 수도 있을 것이다.

그러나 기무라 부인이 범인에게서 전화를 받은 3일 오후 열한시까지 히가와 고원 부근에 가서 기무라 쇼지의 납치에 관계하려면, 적어도 오후 여덟시에는 도쿄를 출발해야 한다. 그러나 장수암의 영업시간은 오후 여덟시까지이고, 다카이 가즈아키가 문을 닫을 때까지 일하는 모습을 본 손님도 있다.

그렇다면 적어도 기무라 쇼지를 납치한 것은 구리하시 히로미의 단독범행으로 보아야 한다. 그가 혼자서 납치하고, 부인에게 전화를 걸고, 하룻밤을 기무라와 어딘가에서 지내고, 다음날, 그것도 꽤 늦은 오후에 공범자 다카이 가즈아키를 불러낸 것이다.

참으로 기묘한 공범관계가 아닌가.

그리고 또하나, 심각한 의문이 있다. 아무것도 모르는 다카이 가즈아키가 도쿄에서 아버지 일을 돕고 있을 동안 구리하시 히로미는 기무라 쇼지와 함께 대체 어디에 있었던 것일까?

결론은 하나. 구리하시 히로미에게는 도쿄 하쓰다이의 원룸 외에도 납치 감금과 살인을 위한 아지트가 있었다는 것이다. 사진 촬영을 포함해서 모든 것을 행할 수 있는 장소.

이것은 특별수사본부의 공식 견해로, 구리하시와 다카이의 아지트를 발견하는 것 역시 수사본부의 중요한 사명 중 하나가 되었다. 두 사람의 주변을 샅샅이 파들어가 인간관계와 사실관계를 밝혀내고 사건의 전체상을 재구성하는 지상명령 가운데에서도 아지트의 발견은 가장 큰 위치를 차지하고 있다.

그렇다면 그 아지트는 어디에 있을까. 두 가지 단서가 있다.

하나는 기무라 쇼지가 납치된 장소이다. 히가와 고원 일대의 별장지. 11월 3일 일요일에 그가 별장지대를 견학하기 위해 간 장소이고, 아마도 그가 범인들에게 납치된 장소일 것이다.

그날 기무라 쇼지는 오후 한시경에 아내에게 전화를 걸었다. 그때는 아직 히가와 고원의 별장지대에는 도착하지 않았다. 거기서 육 킬로미터 떨어진 유료도로 출구를 나서자마자 휴식 겸 점심을 들면서 아내에게 전화를 한 것이다. 그리고 그날의 예정을 이야기했다. 이것은 부인의 기억도 뚜렷하고 그 레스토랑 안에 설치되어 있는 공중전화의 발신기록에 기무라 쇼지의 집 전화번호가 남아 있어 분명히 확인된 사실이다.

기무라 쇼지는 휴대폰을 가지고 있었음에도 레스토랑에서 공중전화를 사용했다. 그 이유에 대해 기무라는 아내에게 이렇게 말했다.

"휴대폰 상태가 좋지 않아. 배터리가 다 된 것 같아. 충전한다는 걸 깜빡 잊어버렸어."

기무라의 휴대폰은 현재까지도 발견되지 않았다. 유해 근처에도, 다카이 가즈아키의 차 안에도 없었다. 부인의 말로는 휴대폰을 가지고 다니면서 배터리가 끊어져 곤란을 겪은 일이 한두 번이 아니었다고 한다.

그런데 그날 밤 열한시경 범인들이 기무라의 집에 전화를 걸었고, 기무라의 아내가 그 전화를 받았다. 범인들은 기무라를 어디서 납치했는지는 말하지 않았다. 오후 한시에 본인이 전화를 건 이후로 부인과 기무라가 연락을 주고받지 않았으므로 그가 납치되었을 때 정말로 히가와 고원의 별장지대에 있었는지는 확실하지 않다.

그러나 구리하시와 다카이의 사고사 이틀 후인 11월 7일에 히가와 고원 별장지대에서 북쪽으로 이 킬로미터 떨어진 숲속에서 기무라 쇼지의 차가 발견되었다. 이로써 약간의 의문이 풀렸다. 그의 차는 내비게이션이 장착되어 있었고, 발견 당시는 전원이 꺼져 있었지만 스위치를 켜자 히가와 고원 별장지대 북동부의 지도가 표시되었다.

이 북동부는 히가와 고원 별장지대 가운데서도 가장 표고가 높아 별장지로서 개발이 늦어지고 있는 곳이지만, 부인과 직장 동료들의 말을 종합해볼 때 기무라 쇼지는 열성적인 영업사원이라 일부러 개발이 늦어지는 지역을 견학하러 갔다 해도 이상한 일은 아니었다.

수사본부에서는, 기무라는 그날 오후 신축 예정인 자신의 집에 참고로 하기 위해 별장지 안의 여러 건물을 둘러본 후 해가 질 무렵 도쿄로 돌아가다가 히가와 고원 북동부 어딘가에서 길을 잃은 것으로 추정했다. 인가가 거의 없는 곳이고, 있다고 해도 사람이 드문 별장뿐이다. 휴대폰은 상태가 좋지 않다. 내비게이션에 의지하여 길을 찾을 수밖에 없다. 그런 때에 구리하시 히로미를 만나고 만 것이다.

그때는 그렇게 늦은 시각은 아니었을 것이다. 왜냐하면 구리하시 히로미는 기무라를 자신의 아지트에 감금한 다음부터 부인에게 전화를 건 밤 열한시 사이에 그에게서 신변에 관련된 이야기를 들었을 터이기 때문이다. 그것도 어림짐작이 아니라 부부의 개인적인 일까지 알아내 부인에게 심술궂은 말을 던졌다. 그 정도의 정보를 끌어내려면 꽤 시간이 걸렸을 것이다. 그리고 기무라가 이야기를 하게 만들기 위한 준비작업도 필요했을 것이다. 이동중인 차 안이나 남에게 목격될 위험이 있는 장소가 아니라 자신들에게 가장 안전한 아지트에 자리를 잡고 기무라 쇼지에게 그가 놓인 상황을 완전히 인식시킨 후, 다시 말해 자신들이 그의 생살여탈권을 쥐고 있으며 자신들의 질문에 대답하지 않으면 어떻게 된다는 것을 철저히 인식시켜놓지 않으면 그런 내용까지 절대로 말하지 않을 것이기 때문이다.

또한, 부인에게 전화를 걸기 전이나 후, 어느 쪽이든 구리하시 히로미는 기무라의 차를 버리러 히가와 고원 별장지대에서 떨어진 숲까지 가지 않으면 안 되었다. 아무리 인적이 드문 장소라고는 하지만 하룻밤 동안 방치해두면 산림 순찰대에게 발견될 가능성이 있다. 아마도 3일 밤에 행동했을 것이다. 그날 밤에 다카이가 장수암의 문을 닫은 후 귀신같은 솜씨로 도쿄와 히가와 고원 별장지대를 왕복하지 않았다면, 구리하시는 그 작업을 혼자서 한 셈이다. 이 두 가지를 생각해볼 때, 그들의 아지트는 히가와 고원 동북부에서 그리 멀지 않은 장소에 있을 것으로 추정할 수 있다.

또 한 가지, 이 가설을 뒷받침하는 것이 휴대폰의 기록이다.

구리하시와 다카이가 휴대폰은 역탐지할 수 없다는 착각을 한 듯한 흔적이 있다. 실제로 휴대폰은 유선전화처럼 언제든 발신번호를 파악할 수 있는 것은 아니다. 그러나 그 전화가 어느 기지에서 중계되었는지를 조사하면 발신 지역을 알아낼 수는 있다.

9월 12일, 구리하시 히로미가 HBS 보도국에 건 전화는 네리마의 중계기지를 통했다. 23일, 구리하시 히로미가 아리마 요시오에게 건 전화는 신주쿠 서부의 중계기지를 통했다. 그 구역에는 하쓰다이의 원룸이 있다. 네리마 중계기지의 범위 내에는 구리하시 히로미의 집인 구리하시 약국이 있고, 다카이 가즈아키의 집인 장수암도 있다. 10월 4일, 구리하시 히로미가 심하게 기침을 하면서 아리마 요시오에게 건 전화도 이 중계기지를 통한 것이었다.

또 있다. 10월 11일, 후루카와 마리코의 유해가 발견된 당일 오후 아리마 요시오가 유해를 확인하러 나간 사이에 구리하시 히로미는 아리마 두부가게에 전화를 걸었다. 종업원 기다 다카오가 전화를 받았다. 이 전화는 도쿄가 아니라 군마 현 중부에 있는 나카하라 지구 중계기지의 안테나를 통했다. 이 중계기지가 커버하는 범위 내에는 히가와 고원 별장지대와 그 주변 십 킬로미터 정도의 산림지역이 포함되어 있다.

11월 1일, HBS의 특별방송에 건 전화(광고 전과 후)와 방송 후에 아리마 요시오에게 건 전화도 이 나카하라 중계기지를 경유한 것이다.

아지트는 아마도 그 지역에 있을 것이다.

도쿄에는 안테나 기지가 많아서 몇 킬로미터 단위로 세밀하게 영역을 관할하지만, 인구가 적은 산림지대에서는 한 대의 안테나로 넓은 지역을 커버하기 때문에 나카하라 중계기지가 관할하는 지역은 꽤 넓다. 그래서 수사본부에서는 아지트 수색의 기점을 기무라 쇼지의 차에 달린 내비게이션이 표시한 지점으로 정하고, 거기에서부터 반경 오 킬로미터 이내를 중점 수사 범위로 정했다. 그 가운데에서도 히가와 고원 별장지대가 가장 중요한 수사지역임은 말할 것도 없다. 일련의 범행에는 별장이나 임대별장이 유력한 무대가 될 수 있다. 한 채 한 채를 일일이 조사하는 롤러 작전을 개시하기로 하고, 다케가미는 등기부를 기초로 히가와 고원 별장지대 안에 존재하는 건물의 일람표를 만들었지만, 그 지역은 등기부만으로는 알 수 없는 부분이 많아서 자세한 부분은 군마 현경의 협조를 얻어야 했다.

어쨌든 아지트가 발견되어야만 구리하시와 다카이의 기묘한 공범관계도 밝혀질 것이다. 다시 말해, 그 미치광이들이 어디에서 시작해서 어떤 경과를 거쳐 어디로 귀착하는지, 그것을 백일하에 드러내기 위해서는 아지트의 발견이 급선무인 것이다.

구리하시 히로미의 원룸에는 마치 바다 밑에 깔린 침전물처럼 구리하시 히로미의 검은 꿈이 들러붙어 있었다. 그러나 거기에는 다카이 가즈아키의 기운은 없었다. 철저한 탐문수사를 벌였지만 다카이 가즈아키가 하쓰다이의 원룸에 출입하는 것을 보았다는 증언도 없었다. 10월 초에 나이와 체격으로 보아 아마도 다카이가 아닌가 여겨지는 남자가 아파트 앞에 서 있는 것을 보았다는 신문배달부의 불확실한 목격증언이 한 건 있을 뿐이었다. 다카이 가즈아키는 꽤 높은 아파트 창을 올려다보며 잠시 동안 그 자리에 서 있었다고 한다. 그 기이한 모습이 신문배달부의 기억에 남아 있었던 것이다.

다카이 가즈아키에 관해서는 또 한 가지, 10월 중순경에 그로 보이는 인물이 오가와 공원에서 어슬렁거렸다는 목격증언이 몇 건 있었다. 쓰카다 신이치와 미즈노 히사미가 오른팔을 발견한 쓰레기통 부근을 별 목적도 없이 어슬렁거리고 있었다는 것이다.

이런 종류의 큰 사건은 용의자가 확정되면 사방에서 목격증언이 나오는 법이다. 그 신뢰성의 폭은 기존의 단위로는 측정할 수 없을 정도로 넓다. 인간의 기억은 쉽게 변질되는 것이며 착각이나 선입견은 거짓말과는 달리 그 배경에 죄책감이 없기 때문에 진위를 판단하기가 참으로 어렵다. 수사하는 쪽은 노련한 골동품상처럼 팔짱을 끼고 턱을 끌어당긴 채 고객이 가지고 온 '증언'이라는 물건이 진짜인지 가짜인지를 냉정하게 판단해내야 한다. 상대가 아무리 성실한 인물이라도 그것을 감정에 반영해서는 안 되는 것이다.

하쓰다이의 원룸 앞이나 오가와 공원에서의 목격담은 이런 엄격한 감정을 거친 후에야 비로소 신뢰성을 가질 수 있을 것이라고 다케가미는 생각했다. 특별수사본부의 다카이 담당 사이에서는 그 외에도 몇 가지 신뢰성 높은 증언이 주목을 받고 있고, 그것들은 모두 다카이 가즈아키라는 일견 얌전해 보이는 젊은이의 가면 아래에 감추어져 있던 야수성을 시사하는 꽤 자극적인 것이었다. 그러나 다케가미는 그것들을 그대로 믿을 수는 없다고 생각했다. 만일 다케가미가 데스크 담당이 아니라 현장 지휘관이었다면 보고자에게 증언에 의문을 가지고 다시 한번 확인해보라고 명령했을 것이다.

구리하시와 다카이의 관계는 대체 어떤 것이었을까? 그 형태가 어디서 어떻게 비틀렸기에 둘의 결합이 그런 광기의 증폭장치로 변질될 수 있었을까? 다케가미가 무엇보다 절실하게 알고 싶은 것은 그것이었다. 그것만 알면, 무대의 막을 걷어버리듯이 사건의 전체상을 한눈에 볼 수 있을 것이라고 생각했다.

구리하시 히로미와 다카이 가즈아키는 어떤 대화를 나누었을까. 두 사람은 얼마나 자주 접촉했을까. 어느 쪽이 먼저 연락을 취했을까.

다카이 가즈아키의 유족은 다카이에게는 전용전화가 없었고 최근에는, 특히 오가와 공원 사건 이후로는 구리하시가 전화를 하거나 가게로 찾아오는 경우도 거의 없었으며, 만약 11월 4일에 걸려온 전화가 구리하시 히로미가 건 것이었다면 아주 오랜만의 전화였다고 했다. 또한 가족이 아는 한 다카이가 구리하시에게 전화를 건 것은 10월 13일에 구리하시의 어머니 스미코가 계단에서 떨어져 입원했을 때 문병 전화를 건 것이 전부라고 한다. 이때의 통화는 꽤 길었던 듯하다.

가족끼리는 누가 언제 어디서 전화를 걸었는가 하는 일은 잘 기억하지 못하는 것이 보통이다. 분명 다카이는 전용전화가 없었지만 가게가 문을 닫지 않았을 때는 가게 안의 전화를 사용할 수 있었고, 장수암 코앞에도 공중전화부스가 있다. 다카이가 구리하시의 하수인적 공범자라면, 약속만 미리 해둔다면 가족 모르게 연락을 취할 방법은 얼마든지 있다.

그렇다면 구리하시 히로미는 어떠했는가.

그린로드의 사고 현장에서는 휴대폰이 발견되지 않았지만, 수색 결과 하쓰다이의 원룸에서 휴대폰이 발견되었다. 그러나 이 휴대폰의 통화기록을 아무리 조사해보아도 HBS 보도국도, 아리마 요시오도, 히다카 치아키의 집도, 기무라의 집도 나오지 않았다. 다카이 가즈아키에게 건 전화는 많았다. 그 외의 지인도 있었다. 그러나 결정적인 장소에 대한 통화기록은 없었다. 대체 어떻게 된 일일까.

다른 휴대폰이 있었던 것이다.

즉, 구리하시는 두 대의 휴대폰을 나누어 사용한 것이다. 그리고 수사본부가 찾아내야 할 또 한 대의 전화에 대해서는 청구서도 계좌이체 통지서도 구입 서류도 존재하지 않았다. 물론 본체도 발견하지 못했다. 아마도 사고 때 자동차 바깥으로 떨어졌을 것이다. 그후에도 수색은 계속되었지만, 그 작은 물건을 과연 찾아낼 수 있을까.

구리하시 히로미의 이름과 주소로 일본 전역의 휴대폰 통신회사에 조회해보아도 하쓰다이의 원룸에 있던 전화번호밖에 나오지 않았다. 아마도 그 다른 한 대의 휴대폰은 선불식 휴대폰일 것이다. 몇 번씩 계속 바꾸어가며 사용했을 가능성도 충분히 있다. 이 사건을 위해 구입한 휴대폰이고, 번호를 아는 사람은 본인과 공범자인 다카이 가즈아키뿐이 아닐까.

선불식 휴대폰은 가짜 이름과 가짜 주소로도 쉽게 구입할 수 있다. 구리하시가 어디서 그 휴대폰을 입수했는지를 조사한다는 것은 불가능한 일이다. 현물이라도 있으면 본체를 조사해 통화기록을 찾아볼 수 있을 테지만.

휴대폰이 역탐지되지 않는다고 착각한 구리하시가 왜 일부러 범행용 선불식 휴대폰을 사용했을까. 수사회의에서도 여러 가지 의견이 나왔다. 만에 하나 자신이 의심받게 되었을 때 재빨리 그 전화기를 처분해 통화기록을 없애려고 한 것이 아닌가 하는 의견도 있었지만, 다케가미는 그렇게까지 생각하지는 않았다. 요컨대 휴대폰을 실수로 잃어버릴 때를 대비한 것이라고 보아야 한다는 생각이었다.

누구든 휴대폰을 잃어버릴 수 있다. 예컨대 다케가미의 딸도 물건을 잘 잃어버리는 성격도 아닌데 요 일 년 동안 휴대폰을 두 번이나 잃어버렸다. 반대로 역 플랫폼에서 휴대폰을 줍기도 했다. 그런 때 주운 쪽은 주인을 찾기 위해서 휴대폰에 등록된 번호나 메시지를 대수롭지 않게 살펴보기 마련이다.

그리고 거기에서, 이를테면 HBS의 번호가 나온다면?

백만분의 일 정도의 위험일지도 모른다. 그러나 구리하시 히로미는 그런 것까지 대비해둔 것이다.

이 사건에는 아직까지 불가사의한 부분이 많다. 알려진 것이 너무 적다. 그중에서도 다케가미가 산더미처럼 쌓인 수사 자료를 읽고 정리하면서 이상하게 느꼈던 것이 두 가지가 있다. 그 하나가, 이 사건 속에는 신경질적일 만큼 세심하고 조심스러운 측면과 노골적으로 승부수를 띄우는 듯한 거친 측면이 마구 섞여 있다는 것이었다. 선불식 휴대폰은 조심스러운 측면의 한 예이다. 한편으로 아리마 요시오를 전화로 불러내어 마구 농락한 것은 거칠면서도 즉흥적인 측면이다.

다카이 가즈아키와 구리하시 히로미. 어느 쪽이 세심한 부분의 담당자인가. 두 사람 사이에는 어떤 역학관계가 작용하고 있었을까. 어느 쪽으로도 끼워맞출 수 있을 것 같아 보이긴 하지만, 미세한 퍼즐의 단편은 어떤 가설에서도 벗어나버린다. 게다가 벗어나는 단편이 그때마다 다르다.

다카이 가즈아키는 사건 속에서 어떤 역할을 담당했을까. 사건이 극단적인 방향으로 치달을 때 그의 역할에는 어떤 변화가 있었을까.

혹시, 구리하시의 공범이 다카이가 아닌 건 아닐까?

그런 갑작스러운 생각이 때로 머릿속을 가로질렀다. 그때마다 다케가미는 고개를 흔들며 그런 생각을 떨쳐버리려 했다. 두 사람이 사고사한 상황으로 추론하건대 다카이가 사건에 대해 아무것도 몰랐다는 것은 개연성이 없다. 그의 역할은 수수께끼지만, 분명 어떤 역할을 담당하고 있었다는 것만은 사실이다.

사고가 일어나기 직전에 그들은 그린로드 입구 부근에 있는 주유소에서 기름을 넣었다. 거기에 대해서는 주유소 종업원들이나 다른 고객들의 증언이 있어 꽤 신빙성이 높다. 그 가운데서도 특별수사본부의 주의를 끈 것은 애인의 차에 타고 있었던 여성의 증언이었다.

그녀는 구리하시 히로미의 얼굴을 보았을 뿐만 아니라 그에게 말을 건 것도 기억하고 있었다. 애인이 종업원에게 길을 묻는 동안 화장실에 갔다가 자동판매기에서 캔커피를 사서 돌아오는 도중에 구리하시 히로미와 부딪쳤다고 한다. 그래서 그녀는 죄송합니다, 하고 사과했다. 그때 그와 정면으로 시선이 마주쳤다.

어떤 인상이었느냐는 형사의 물음에 그녀는 이렇게 대답했다.

"약이라도 한 사람 같아 보였어요."

불안해진 그녀는 재빨리 차 안으로 들어가 남자에게 그런 말을 했고, 두 사람은 바로 출발했다.

"그 사람이 따라오는 것 같은 기분이 들었거든요."

구리하시 히로미가 차 쪽으로 달려오는 것을 보았다는 것이었다. 정말 무서웠다면서 그녀는 눈물을 글썽였다.

"주유소가 안 보일 때까지 그 사람을 지켜보았어요. 도로 끝에 서서 약간 구부정하게 몸을 숙이고 있었어요. 누군가가 달려와서 어깨를 끌어안는 것 같았어요. 언뜻 그 사람을 달래는 것 같아 보였는데, 잘은 모르겠어요."

같은 장면을 목격한 주유소 점장의 말에 따르면, 구리하시 히로미가 커플이 탄 빨간 지프(정확하게는 체로키)의 뒤를 좇아가는 듯이 도로로 달려간 것까지는 같았다. 그런데 그 직후, 그는 뭔가에 놀란 듯이 뒷걸음질을 하다가 이번에는 지프와는 반대 방향으로 도망치려는 듯 몸을 돌렸는데, 다카이 가즈아키가 다가와 그를 제지하고 끌어안듯 하면서 차 쪽으로 데리고 갔다고 한다.

"당시에는 그 두 사람이 사건의 범인이라는 사실을 몰랐기 때문에 그렇게 마음에 두지 않았지만, 약 같은 걸 했나 하는 생각을 하긴 했었어요. 구리하시 히로미라고 했던가요? 안 뚱뚱한 쪽. 그 남자가 비틀거렸어요. 또 한 사람은 안색이 별로 안 좋았던 것 같은데, 기억은 잘 안 나는군요."

이 두 사람의 증언에 공통적으로 약을 먹은 것 같아 보였다는 말이 나왔다는 사실은 주목할 만했다. 두 사람 모두 약물중독자를 직접 본 적은 없다고 답했으므로 그들의 느낌도 영화나 드라마에서 본 약물중독자의 모습에서 유추한 것에 지나지 않을 것이다. 그러나 적어도 그때의 구리하시 히로미가 제삼자의 눈으로 보았을 때 정신적으로 균형을 잃고 있었다는 것은 중요한 사실이다. 게다가 그것을 다카이 가즈아키가 진정시키고 끌어안았다는 사실은 더욱 중요하다.

연속살인자가 살인에 중독되어 내부 붕괴를 일으키는 예는 그리 드물지 않다. 어느 단계를 넘어서면 급속히 자살 충동을 느끼게 된다는 것도 잘 알고 있다. 구리하시 히로미도 그런 의미에서 위험한 단계에 들어서 있었던 것이 아닐까. 혹시 그린로드의 사고는 그런 상태에서 일어난 발작적인 자살이 아니었을까.

그 모든 수수께끼를 풀어줄 열쇠는 다카이 가즈아키가 쥐고 있다. 수사본부에서도 그런 의견이 많았고, 다케가미는 다른 누구보다도 그런 느낌을 강하게 가지고 있었다. 그는 어떤 방식으로 살인에 가담했을까. 어떻게 해서 구리하시 히로미의 광기를 공유하게 된 것일까.

아지트만 발견된다면 거기에 대답이 있을 것이다. 다른 곳에서는 아무것도 발견되지 않는다 해도, 아지트에는 반드시 구리하시 히로미와 다카이 가즈아키의 관계와 역할분담을 말해줄, 사건의 바닥에 가라앉은 침전물이 남아 있을 것이다.

11월 4일에 히가와 고원 역으로 불려나간 이후로 구리하시 히로미와 행동을 같이하고 그를 지탱해주었던 다카이 가즈아키. 이 사건 하나를 보아도 그가 무고한 제삼자라고 볼 수는 없다. 협박을 당해 어쩔 수 없이 따랐다고도 볼 수 없다. 그는 사정을 알고 있고, 적극적으로 구리하시 히로미와 행동을 같이했으며, 나약해진 구리하시 히로미의 정신을 지탱해주는 역할을 했을 것이다.

그렇다면 다카이 가즈아키의 목적은 무엇이었을까? 아니 그 이전에, 그가 구리하시 히로미와 행동을 같이하게 된 것은 언제부터일까? 어느 시점부터일까?

다케가미는 아무리 빨리 잡아도 후루카와 마리코 납치 감금 이후일 것이라고 생각했다. 좀더 늦을 가능성도 있다. 그 이전의 살인은 아마도 구리하시 히로미의 단독범행이었을 것이다. 그렇게 생각하는 것이 그 방대한 기록사진의 존재에 의미를 준다. 그 단계에서는 아직 살인과 폭행과 그 기록은 구리하시 히로미의 개인적인 취미였을 것이다.

그것이 어떤 계기로 다카이 가즈아키라는 외부 요인이 가해짐으로써 사회에 대한 도전적인 자세가 환기되어, 단순한 기호에서 일종의 메시지성을 띤 극장형 범죄로 발전했음이 분명하다. 그것이 바로 다케가미가 생각하는 두 미치광이의 형상이었다. 그 형상은 구리하시 히로미라는 매우 경박한 살인자의 미숙한 머릿속에서 구축될 수 있는 차원의 것이 아니라는 느낌이 들었다.

사회에 대한 뿌리 깊은 열등의식과 증오심, 그리고 소외감이 없다면 절대로 그런 짓을 저지를 수 없다. 구리하시 히로미라는 인간만으로는 그 허들을 넘을 수 없다. 그래서 다카이 가즈아키가 있어야 하는 것이다. 흘수선을 넘기 위한 밸러스트의 역할로서.

지금까지 한 번도 세상에서 인정받지 못하고, 있으나 없으나 마찬가지로 취급당하고, 동급생들에게 경멸당하고 선생에게서도 소외당한 소년 시절의 모습을 그대로 간직한 채 부모의 비호 아래 지겨운 일상을 보내면서 멍하니 살아가는 청년. 그런 그가 살인이라는 비일상에 흠뻑 젖어 있는 소꿉친구의 가면 속 얼굴을 보았을 때, 거기에서 어떤 이야기가 그려졌을까.

어떻게든 아지트를 찾아내야 한다. 그곳에는 모든 것이 남아 있을 것이다.

"다케가미 씨, 전화 왔습니다."

그 목소리에 다케가미는 퍼뜩 얼굴을 들었다. 입에 문 담배에서 재가 툭 하고 떨어졌다. 다케가미는 책상 위에 지렁이 시체처럼 비틀어져 있는 재를 쓸어내면서 수화기를 들었다.

"여보세요, 다케가미?"

귀에 익은 목소리였다.

"오래 연락 못 해서 미안. 나야. '건축가'야."

회전의자를 삐걱거리면서 다케가미는 자리를 고쳐앉았다. 담배를 끄고, 수화기를 고쳐잡았다. 건너편 책상에서 컴퓨터 자판을 두드리고 있던 시노자키가 손길을 멈추고 다케가미를 바라보았다.

"고마워. 전화 기다리고 있었지."

다케가미가 그렇게 말하자 상대는 웃었다.

"아직 승낙은 안 했어. 사실은 좀 곤란해."

"……어쩔 수 없지 뭐."

"흥미는 있어. 그런데 또 위에 구멍이 뚫리면 큰일이라고, 아내가 결사반대야."

"그것도 당연한 일이지."

헛기침을 몇 번 하고 '건축가'는 말을 이었다.

"결국 거절하게 된다고 해도 한번 만나기는 해야지. 나한테 이런 부탁하는 거, 당연히 윗선에는 비밀이겠지?"

"그래, 맞아."

"사진도 무단으로 들고 나오는 거고?"

"그럴 생각으로 예비 파일을 만들어뒀지."

"들키면 자네 퇴직해야 할 텐데. 지금까지 쌓아온 경력도 모두 헛일이 돼. 경비원이라도 할 생각이야?"

"자네처럼 유유자적하게 살지는 못하겠지."

상대는 또 웃었다. 어둠이 깔린 웃음이었다.

"한 시간 후에 거기서 볼까?"

"그래, 좋아."

"파일 가지고 와."

"……"

"내 눈으로 파일을 보고 싶어. 보고 나서 내가 도움이 될지 안 될지 생각해볼게."

"알았네."

"다시 한번 말해두지만, 내가 알 수 있는 건 건물에 대한 부분뿐이야. 그래도 좋아?"

"물론이지."

그렇게 말하고 '건축가'는 전화를 끊었다. 찰칵하는 소리가 난 후에 다케가미는 수화기를 내려놓았다.

시노자키가 궁금한 듯한 눈으로 바라보고 있었다. 그의 두 눈 아래에 검은 그림자가 져 있었다. 저 친구도 약이라도 한 것 같은 얼굴이군, 하고 다케가미는 생각했다.

"시노자키, 잠깐 나랑 산책이나 좀 하지."

다케가미는 의자에서 일어서며 말했다.

다케가미가 말하는 '산책'이란 조서에 첨부된 지도나 도면을 실물과 대조하는 작업이라는 것을 데스크 담당 요원들은 알고 있다. 그래서 아무도 의심하지 않는다. 실제로 시노자키도 그렇게 생각하고 줄자가 필요하냐고 물었다.

"그냥 몸으로 들고 와. 진짜로 산책을 하고 싶은 거야. 자네에게 할 말도 좀 있고."

시노자키는 멀뚱하니 눈만 깜빡였다. 몇 번 그를 본 적이 있는 다케가미의 아내는 일 년 내내 잠만 자는 어린애 같은 얼굴이라고 평했다.

"저런 타입은 의외로 연상의 여자에게 인기가 있어."

그런 말을 한 적도 있다. 모성애를 자극하는 타입이라면, 형사에는 너무도 어울리지 않는 남자다.

시노자키가 산책용 도구를 가지러 간 사이에 다케가미는 보쿠도 경찰서 정면 현관 앞에서 두 개비째 담배를 피웠다. 문득 어떤 기억이 떠올랐다. 오가와 공원의 쓰레기통에서 오른팔이 나온 그날, 쓰카다 신이치와 나란히 앉아 이야기를 나눈 적이 있었다. 그때, 담배연기 너머로 보았던 피곤에 지친 소년의 얼굴이 떠올랐던 것이다.

그애는 지금 무엇을 하고 있을까. 범인들이 사망하고, 사건이 거의 정리되어가고 있다는 것을 알고 안도하고 있을까.

멍하니 기억을 더듬고 있자니, 그때 소년에게 말하려다 결국 하지 못했던 말이 가슴속에서 꿈틀거렸다.

자네에게는 책임이 없다, 가족이 죽은 데 대해 죄책감을 가져선 안 된다고 다케가미가 힘주어 말했지만 소년은 거의 듣고 있지 않았다. 다케가미는 그 사건의 담당자는 아니었지만 내용은 자세히 알고 있었다. 강도범이 소년의 집을 노린 것이 소년이 친구에게 집에 큰돈이 생겼다는 말을 했기 때문이라는 것도 알고 있었다. 그래서 그런 말을 했던 것이다. 그리고 또 한마디를 덧붙이고 싶었다.

'자네, 커서 형사가 되어보는 건 어때?'

죄책감을 짊어진 채 이 세상의 사악함을 보고 벌벌 떨기만 하는 것보다는 적극적으로 거기에 맞서 싸우는 것이 인생을 더 보람되게 해주지 않을까. 다케가미는 일찍 부모를 여읜 어린아이가 어른이 되어 의사가 되겠다는 결심을 하는 것과 비슷한 일종의 비장하고 숭고한 패기를 쓰카다 신이치에게 불어넣어주고 싶었다.

그러나 그 자리에서는 말을 하지 못했다. 소년의 절망과 피로가 너무 깊어 보였던 것이다.

"오래 기다리셨죠?"

시노자키가 잰걸음으로 다가왔다. 여기도 피로에 지친 다 큰 소년이 있군, 하고 다케가미는 내심 쓴웃음을 지었다.

4

"아까 나한테 온 전화 말이야."

보쿠도 경찰서 건물을 벗어나 첫번째 교차로에서 다케가미가 말했다.

시노자키는 소심한 연인처럼 몇 걸음 떨어져서 따라가고 있었다. 다케가미는 오가와 공원을 한 바퀴 돌 생각이었다.

'건축가'에게서 온 전화라고 다케가미는 말했다.

"사실은 일을 부탁했어."

"집을 새로 지으시려고요?"

시노자키는 기계적으로 물었다.

"설마."

"하긴 그렇겠지요. 어떤 분이신데요?"

"옛날 동료야."

오가와 공원 앞 큰길로 나서자 다케가미는 공원 입구 쪽으로 발길을 돌렸다.

"십 년 전까지 본청에서 같이 근무했어. 훌륭한 형사였지. 그런데 위 천공으로 그만 쓰러지고 말았어."

"위에 구멍이 뚫렸어요?"

"응, 긴급수술을 받았어. 그것도 세 번이나. 체질적으로 위벽이 얇은 모양이야. 부인이 이러다가는 죽고 말 거라고 울며불며 설득해서 결국 일을 그만두고 말았지."

"십 년 전이라면 아직 마흔 정도밖에 안 되었네요."

"그렇지. 그래도 생계는 문제가 없어. 자식이 없는데다 부인이 학교 선생이거든. 굳이 그런 몸으로까지 일을 할 필요가 없지."

"그래서 유유자적하게 사는 거로군요."

다케가미는 시노자키가 아까의 통화 내용을 듣고 있었다는 사실을 깨달았다.

"임대빌딩 사업은 그리 바쁜 일이 없어."

건널목의 신호가 바뀌자 다케가미는 성큼성큼 건너기 시작했다. 시노자키가 잰걸음으로 그 뒤를 따랐다.

"몸이 좋아지니까 시간이 남아서 심심해진 거야. 그래서 옛날부터 관심이 있던 분야를 공부하기 시작했지. 그 친구, 건축을 좋아했거든. 어렸을 때는 건축가가 꿈이었다더군."

"그런데 왜 경찰이 된 거죠?"

"그건 몰라. 실업계 학교의 색인에 경찰학교와 건축학교가 나란히 있어서 그랬는지도 모르지."

시노자키는 웃지도 않고 진지한 표정으로 고개를 끄덕였다. 진지한 것 같기도 하고 흘려듣고 있는 것 같기도 한 묘한 태도였다. 다케가미는 시노자키를 불러낸 또다른 목적을 먼저 말할까 망설였다. 자네, 무슨 고민이라도 있나? 그렇게 묻고 싶었다. 힘이 없어 보여. 무슨 일 있어?

두 사람은 오가와 공원 안으로 들어갔다. 사건의 여파가 수습되고 겨울이 되었다. 인적이 드물었다. 바람이 차갑게 옷을 파고들었다.

다케가미는 호주머니에서 담배를 꺼냈다. 바깥에서 피우는 담배는 맛이 좋다.

"삼 년 정도 열심히 공부해서 일급건축사 자격증을 땄는데, 사무실을 내지도 않고 회사에 취직을 하지도 않았어. 일을 하다가 또 위에 구멍이 뚫리면 안 된다고 부인이 말린 거야. 남편에게 일하지 말라고 고함을 치면서 말리는 부인은 그 사람 말고는 난 아직 못 봤어."

시노자키는 걸으면서 재채기를 했다.

"그래서 그 친구는 취미 삼아 자기 집을 설계해서 신축했지. 그때 집들이에 온 친구가 마음에 들었는지 자기 집 설계를 부탁한 거야. 그렇게 알음알음으로 일이 들어오고 경제적으로도 어려울 게 없으니, 하고 싶은 일만 받아서 하면서 즐기는 거야. 부러운 인생이지."

"정말 그렇네요."

맥 빠진 목소리로 시노자키는 고개를 끄덕였다.

"그런데, 그 친구 일부에서는 '기인'으로 통해."

"기인?"

"응, 사람보다 건물을 좋아하거든. 형사 때부터 그랬어. 같이 현장에 가면, 그 친구는 관계자의 이야기를 듣고 유해를 살펴보기보다는 현장이나 주변 건물을 더 자세히 관찰하는 거야. 거기서 얻어낼 수 있는 정보가 인간의 말보다 더 신뢰성이 있다는 거지."

두 사람은 맥없이 물을 질금질금 뱉어내는 분수 옆의 벤치에 앉았다.

"예를 들면 이런 식이지. 본청에서 나랑 같은 반에 있을 때, 도쿄의 단독주택에서 주부가 살해당한 사건이 발생했어. 금요일 새벽 두시 지나서였는데, 야근과 접대에 지쳐 남편이 집에 돌아와보니 일층 부엌에서 부인이 타월로 목이 졸려 죽어 있었던 거야. 남편이 바로 신고를 하긴 했는데, 너무 횡설수설해서 알아듣기도 힘들 정도였다고 해.

이층에서 자고 있던 초등학생 아들은 무사했어. 아이는 아무 소리도 못 들었다고 했지. 보일러실 창으로 들어왔는지 창문 유리가 안쪽으로 깨져 있었어. 공교롭게도 집 주위는 콘크리트 바닥이라 발자국이 없었는데, 실내에는 이백육십 사이즈의 고무바닥 발자국이 두 개 남아 있었어.

남편이 돌아왔을 때 불이 켜진 곳은 부엌뿐이라고 했어. 그 부엌에는 창이 없기 때문에 바깥에서는 불빛이 안 보여. 남편도 현관문을 열고 들어가서야 아내가 아직 깨어 있다고 생각했어. 그런데 시체를 보고 기절초풍을 했지. 유해는 파자마에 얇은 울 카디건을 걸치고 맨발에 실내화를 신고 있었어. 4월 말이었으니까 춥지는 않았겠지. 피해자의 침대에는 누운 흔적이 없었어.

부엌과 거실의 가구 서랍이 열려 있고 잡지꽂이가 쓰러져 있었지만, 실내는 비교적 깨끗한 편이었어. 다만 식기 선반 서랍에 있던 현금 오만 엔이 사라졌지. 흉기로 사용한 타월은 욕실에 있던 것이었어.

신고를 받은 경찰이 달려갔을 때 피해자의 몸에는 체온이 남아 있었어. 범행은 겨우 한두 시간 전에 일어난 거야. 유해가 옮겨진 흔적은 없었고, 다만 약간의 몸싸움이 있었던 듯 카펫이 약간 뒤틀려 있었고, 조미료나 식기 같은 게 바닥에 떨어져 있었어. 피해자는 범인에게서 등을 돌려 도망치려다 쓰러져서 뒤에서 목이 졸려 죽은 거야. 자, 시노자키, 자네라면 이 상황을 어떻게 볼 건가?"

약간의 틈을 두고 시노자키가 대답했다.

"절도범이 들어왔다가 부인에게 들키자 죽인 거겠죠."

"처음부터 죽이려고 들어온 게 아니라?"

"그랬더라면 흉기를 준비했겠죠. 욕실 타월 같은 건 잘 사용하지 않잖아요. 범인은 사람들이 모두 잠들어 있다고 생각하지 않았을까요? 그런데 부인이 남편을 기다리면서 깨어 있었던 거죠. 그래서 당황한 범인이 부인을 죽인 겁니다. 그리고 눈에 잘 띄는 식기 선반의 서랍을 뒤져서 그 돈만 훔친 거죠. 계단 위로 올라가지 않았으니까 아이는 눈치채지 못했던 겁니다."

"잡지꽂이는?"

"피해자와 몸싸움을 벌일 때 넘어진 게 아닐까요? 아, 몸싸움이 있었던 건 부엌이었죠. 그럼 도망칠 때 너무 서두르다 그랬겠지요."

"유감이지만 보일러실까지 가는 데는 거실을 지날 필요가 없어."

시노자키는 안경을 벗고 어린애처럼 눈을 비볐다. 다케가미는 웃었다.

"잡지꽂이가 왜 뒤집어져 있었을까 하는 하나의 의문만 제외하면, 자네 생각은 당시 우리가 생각했던 것과 똑같아. 이건 절도범의 소행이라고 말이야. 당시 그 지역에 동일한 수법의 절도사건이 빈발해서 순찰 중점 지구로 지정되었을 정도였으니까 말이야."

시노자키는 안경을 고쳐쓰면서 물었다.

"그럼 의문을 풀 열쇠는 무엇입니까?"

후후, 하고 웃으며 다케가미가 말했다.

"물론 우리도 기혼 여성이 죽은 경우는 우선 남편을 의심해야 한다는 철칙을 잊지 않고 있었어. 게다가 이 경우는 남편이 최초 발견자야. 죽은 부인과 부부관계는 어땠는지, 경제적인 문제는 없었는지, 사건 당일 밤 남편의 행동에 수상한 점은 없었는지 자세하게 조사를 했지. 그렇지만 문제는 없었어. 유복한 집안이었고, 둘은 이웃에서도 알아주는 잉꼬부부였지. 게다가 내가 본 한에서 사건 당일 밤 남편의 미친 듯한 행동에는 거짓도 없고 연극도 없었어. 그건 진짜 착란상태였어. 역시 그 지역에 출몰하던 상습절도범이 강도로 돌변한 것이라고 결론을 내렸지.

그런데, 그런 우리 가운데 유일하게 그 친구만이 처음부터 다른 말을 하는 거야. 그건 남편의 소행이라고, 남편이 범인이라고 말이야.

왜 그렇게 생각하느냐고 물었어. 그러자 그 친구는, 집을 보면 안다는 거야.

'왜 이런 집을 지었을까, 이런 집에 사니까 아내를 죽이게 된 거야'라고.

아까도 말했지만 부부는 돈이 많았어. 그 집도 직접 주문해서 지은 거였지. 그 친구의 의견에 흥미를 느껴서 그 집을 지은 설계사무소에 알아봤더니, 의외의 사실이 밝혀졌어. 그 집이 전적으로 남편의 주문에 따라서 지어졌다는 거야. 부인은 남편의 말을 따르기만 할 뿐이었고. 담당 건축가는 처음 인사할 때 외에는 부인이 입을 떼는 모습을 보지 못할 정도였다고 했어."

"그게 의외라는 겁니까?"

"물론 의외지. 이상한 일이라고 생각하는 게 정상이야. 자네도 결혼해서 집을 지을 때가 되면 알게 돼."

무슨 영문인지 시노자키는 고개를 숙이고 있었다.

"집이란 건 남편이 아니라 아내의 것이야. 그래서 아무리 얌전한 여자라도 집을 지을 때가 되면 가만있지 않는 게 보통이야. 게다가 동네에서도 유명한 잉꼬부부가 아닌가. 남편이 아내의 의견을 묻지 않은 건 누가 봐도 이상한 일이야. 건축사 말로는, 그녀는 입을 꾹 다물고 남편 옆에 앉아서 인형처럼 고개를 끄덕이기만 했다는 거야."

다케가미는 담배를 든 한쪽 손으로 허공에 집 모양을 그렸다. 연기가 꼬리를 끌고 아지랑이처럼 흔들리며 삼각형의 지붕 모양을 만들어냈다.

"그래서 그 친구와 같이 다시 한번 현장에 가보기로 했지. 남편의 회사를 찾아가서 미안하지만 집을 다시 한번 살펴보겠다고 했더니 순순히 열쇠를 건네주더군. 그 친구는 남편이 꽤 자신이 있는 모양이라고 했어. 아무도 자신이 범인이라고는 생각하지 않을 것이라고 속으로 웃고 있는 거라고 말이야. 집 앞에 서자 그 친구는 우선 집이 너무 낮다고 했어. 돈 걱정 없이 집을 짓는 사람이라면 천장은 가능한 한 높게 하는 것이 자연스러운 심리라는 거지. 그런데 그 집은 이층이면서도 이상할 정도로 낮았어. 그건 이 집 주인인 남편의 마음을 나타내는 것이라고 하더군. 아내와 아이를 이 집에 작은 새처럼 가두어서 질식하기 일보 직전까지 몰아가고 싶은 마음을 나타내는 것이라고.

집 안으로 들어서자 그런 느낌이 더 확실해지더군. 낮은 집치고는 계단 경사가 급하고, 그 계단 아래가 바로 거실이어서 천장까지 뚫려 있었어. 계단을 올라가서 이층 첫번째 방이 부부 침실이고 바로 곁에 남편의 서재가 있는데, 거기서 부엌을 한눈에 내려다볼 수 있게 되어 있어. 즉, 남편이 이층 층계참에 서면 부엌에 있는 아내의 움직임을 머리 위에서 관찰할 수 있게 되어 있는 셈이지. 마치 교도소에서 간수가 죄인을 감시하는 것처럼 말이야. 거실 천장이 뚫린 구조를 원하는 사람은 보통 그런 짓은 하지 않아. 부엌은 집의 숨겨진 이면이야. 일부러 무대 뒤편이 드러나 보이도록 설계를 하는 것은 말이 안 된다는 거야.

우리는 남편의 서재에 들어가보았지. 책상 정면에 창이 있고, 거기서 아래를 내려다보니 보일러실 천장이 보였어. 내가 그 의자에 앉고 그 친구는 아래로 내려가 보일러실로 들어가자, 서재의 의자에 앉은 내 눈에 그 친구의 벗어지기 시작한 머리가 보이는 거야. 그것도 감시창이었던 셈이지.

그 친구는 다시 돌아와서 이 집은 창이 너무 작다고 말했어. 바깥에서 사람이 들여다볼 수 없도록, 다시 말해 바깥에서는 아무도 아내의 모습을 보지 못하게 만들었다는 거지. 그런 다음 일층 차고로 갔어. 남편의 차가 있는 위치에서도 거실을 볼 수 있는 작은 창이 있었지. 여객선의 둥근 창처럼 생겼어. 그래서 언뜻 보기에는 장식으로 만든 것 같지만, 거기에 창이 달린 의미를 곰곰이 생각해보니 갑자기 등줄기가 서늘해지는 거야.

건축가는 또 이렇게 말했어. '봐, 이 집은 모든 방에 전화기가 있어. 부엌에도, 화장실에도, 계단 층계참에도 있어. 이건 편리를 위해 설치한 게 아냐. 일종의 원격감시장치야. 남편은 바깥에서 하루에도 몇 번이나 전화를 걸었을 거야. 물론 안 걸지도 모르지. 그렇더라도 내가 전화를 걸면 바로 받으라는 무언의 위압을 느낄 수는 있어.'"

다케가미는 다시 한번 허공에 집 모양을 그렸다.

"우리는 다시 집 안으로 들어가서 한 바퀴 돌아보고 천장과 벽을 올려다보았지. 두 종류의 벽지를 조합해서 벽에 선을 그려넣은 것이라든지, 방의 칸막이를 세운 각도라든지, 처음 보았을 때는 막연히 괜찮은 디자인이라고 생각했던 것들이 갑자기 다른 의미로 보이기 시작했어. 그 친구가 말하기를, 이 집은 모든 곳이 예각으로 되어 있다는 거야. 예각이란 뭔가 의문을 제기하는 각이라는군. 그러니까 그 집은 감시하고, 추궁하고, 몰아붙이고, 감금하는 공간이라는 거지. 그 집이 남편의 취향을 그대로 따른 것이라면, 그 남편이 어떤 인간인지는 눈 감고도 알 수 있다고 그 친구는 말했어. 한마디로 질투심에 가득 찬 폭군, 그러니 범인은 그 남편일 수밖에 없다는 거야.

즉, 그 '건축가' 친구는 집을 보면 거기에 사는 인간의 마음을 볼 수가 있어. 인간의 마음은 사는 곳에 그대로 나타나니까. 살인자의 집은 살인자의 얼굴을 가지고 있고, 사기꾼의 집은 사기꾼의 얼굴을 가지고 있어. 그 친구는 그것을 읽어낼 수 있는 거야."

시노자키는 안경테를 손가락으로 잡은 채 가만히 다케가미의 얼굴을 들여다보고 있었다. 다케가미는 빙긋 웃었다.

"물론 그렇다고 해서 뭐든지 알 수 있다는 말은 아니야. 그 친구도 자기는 생활공간을 보고 그 사람의 일면을 알아낼 수 있을 뿐이라고 했으니까. 그렇지만, 그것만으로도 귀중한 수사 자료가 될 수 있지 않겠어? 게다가 그 친구는 건축물 자체를 너무 좋아해서 수도 없이 많은 건물들을 관찰해왔어. 가령 이렇게 길을 걸어가다가도 흥미로운 집을 보면 무조건 인터폰을 누르고 들어가는 거야. 그래서 주인이 허락하면 안을 관찰하고, 아니면 겉이라도 살펴보고 거기에 어떤 사람이 사는지 확인하는 거야. 때로는 몰래 조사해볼 때도 있어. 기인이라고 불리는 것도 그 때문이야."

다케가미는 오른쪽 관자놀이에 집게손가락을 대며 말했다.

"그 친구의 머릿속에는 지금까지 그렇게 축적된 소프트웨어가 가득 들어 있어. 그것을 활용하지 않을 수야 없지."

"그렇다면 선배님은……"

시노자키는 헛기침을 했다. 오래 침묵을 지키고 있다가 갑자기 말을 하려다 보니 목이 막힌 것이다.

"구리하시 히로미가 남긴 사진을 그 '건축가' 친구에게 보여줄 생각이세요? 그들의 아지트를 찾아낼 단서를 얻기 위해서?"

다케가미는 고개를 끄덕였다.

"그렇지만 상대는 민간인입니다. 옛날 동료라고는 하지만 퇴직한 사람이 아닙니까."

"그건 그래."

"그렇다면, 공식적인 수사협력 의뢰 없이 어디까지나 선배님 개인적으로 부탁하겠다는……"

다케가미는 다시 한번 고개를 끄덕였다.

"그런데도 일반에게 공개할 수 없는 사진을 보여주겠단 말씀이군요. 파일도 그럴 목적으로 하나 더 만들었고요."

시노자키는 그렇게 말하고, 다시 고개를 끄덕일 게 분명한 다케가미를 보지 않으려는 듯 눈길을 돌렸다.

"저한테 이런 말을 해도 괜찮습니까? 제가 상사에게 밀고라도 하면 곤란할 텐데요."

"자네 상사는 나야."

"다른 사람도 있지 않습니까."

"밀고하고 싶어?"

다케가미는 새 담배에 불을 붙이면서 물었다.

"해야만 할 의무가 있지 않나 생각하는 중입니다."

"물론 의무는 있지."

다케가미가 담배연기를 뿜어내면서 선뜻 인정하자, 시노자키는 눈을 들어 다케가미를 바라보았다.

"밀고하고 싶어?"

시노자키가 애절한 표정을 짓는 것을 보고 다케가미는 웃음을 터뜨렸다.

"당연히 밀고하고 싶지 않을 거야. 물론 나를 존경해서라거나, 나와 같이 목이 잘려도 좋다고 생각할 만큼 인간적으로 나에게 매혹당해서 그런 게 아닐 거야. 흥미가 있는 거겠지. 아냐? 자네, 알고 싶지? '건축가'가 정말로 그런 감식안을 가지고 있다면, 그 사진을 보고 구리하시 히로미의 아지트에 대해 어떤 의견을 내놓을지 알고 싶겠지? 그러니까 말고는 할 수 없다는 거야."

"선배님은 제 머릿속이 훤히 들여다보이는 모양이죠?"

"미안하지만, 보여."

시노자키는 후후후, 하고 웃었다. 자전거를 타다 넘어져서 쑥스럽게 웃는 어린애 같았다.

"그렇지만 왜 저한테 이런 말을 하세요? 선배님 혼자만 알고 있으면 되는 일인데."

"그건 안 돼. 십 년 전이었다면 나 혼자만 알고 있었겠지만, 이제는 그럴 수 없어. 난 벌써 오십이 넘었어."

"무슨 뜻이세요?"

"어느 날 갑자기 뇌혈관이 터져서 쓰러질 수도 있는 나이라는 거야. 누구든 그런 나이가 되면 혼자서 비밀을 가지고 있을 수가 없어. 나중이 곤란해지니까 말이야. 젊은이에게 뭔가를 남겨두어야지."

"불길한 얘기 하지 마세요."

"그런 문제가 아냐. 게다가 '건축가'는 자네 말대로 민간인이기 때문에 정년이 없어. 나는 때가 되면 이 자리에서 물러나야 해. 그렇지만 만일 자네가 '건축가'와 마음이 잘 맞으면, 그 친구가 쓰러질 때까지 일종의 정보원으로 얼마든지 활용할 수 있어. 어때, 괜찮은 이야기 아닌가?"

"그건 그렇네요."

시노자키는 고개를 끄덕였다.

"그렇지만 선배님, 과연 그 사진으로 아지트를 알아낼 수 있을까요? 적어도 제가 본 한에서는 촬영 장소를 추측할 만한 배경이 들어 있는 사진은 한 장도 없었어요."

그것은 다케가미도 잘 알고 있었다. 구리하시 히로미는 그만한 개인 컬렉션을 만들었으면서도 사진에 관해서는 완전히 초보인 듯 피사체의 몸과 얼굴만 찍어댔다. 물론 여성들의 몸을 찍는 것이 목적이었으니 당연하다면 당연하다.

그러나, 그래도 배경에 그 방의 벽지가 찍혀 있는 것도 많고, 그녀들이 앉아 있는 의자의 등받이에 햇살이 비치기도 하고, 사슬이 연결된 침대 다리 옆에 문틀이 보이기도 하는 등, 전혀 정보가 없는 것은 아니다. '건축가'라면 거기서 뭔가 건져낼 수 있을 것이라고 다케가미는 기대하고 있었다.

이전에 다른 건으로 '건축가'가 어떤 범죄의 현장이 된 방을 단 한 장의 사진만 보고 밝혀내어 다케가미를 놀라게 한 적이 있었다. 우선 실내의 밝기와 바닥에 찍힌 가구 그림자의 길이로부터 창의 위치와 천장의 높이, 창틀의 크기까지 계산해내고, 그 방의 대략적인 면적도 도출해냈다. 그 다음이 더 요술 같았다. 그는 그 방이 단독주택이 아니라 아파트이되 지상 오층 이상은 아니라는 것, 실내에 노출되어 있는 기둥의 형태로 추정하건대 80년대 중반 이전에 지은 건물이라는 것, 적어도 과거에 두 번, 전매나 임대로 일 년 이상 거주한 세대가 바뀌었다는 것, 그리고 그중 한 세대에는 취학연령 이하의 어린아이가 둘 이상 있었다는 것 등을 열거했다. 모두 들어맞았다.

"기대해도 좋을 거라고 믿어. '건축가'는 반드시 그 사진에서 아지트에 대한 단서를 찾아내줄 거야."

"그 사진을 보고 또 위에 구멍이 뚫리는 사태가 일어나지 않으면 좋겠는데요."

시노자키는 그렇게 말하고 한숨을 내쉬었다.

"그건 그렇고, 그 많은 사진을 현상한 사진관도 아직 찾아내지 못했지 않습니까."

아무리 과거를 조사해봐도, 구리하시 히로미에게도 다카이 가즈아키에게도 사진을 찍는 취미는 없었다. 그러니 사진을 직접 현상했을 리는 없다. 그렇다면 분명 필름을 사진관에 가지고 가서 현상을 맡겼을 것이다.

일반 사진관이라면 그 필름에 찍힌 여성들의 모습을 보고 어떻게 대처할까? 우선 생각할 수 있는 것은, 이런 사진은 취급하기 곤란하다고 거절하는 것이다. 요금을 더 얹어준다 하더라도 작은 사진관이라면 분명 받지 않을 것이다.

그 다음이 조금 복잡하다. 범죄와 연관된 사진이라고 생각해 경찰에 알리는 가게도 있을 것이다. 만에 하나를 생각해서 손님의 이름이나 전화번호를 적어두는 가게도 있을 것이다. 가까운 동업자에게 연락해서 이런 필름을 가지고 온 남자 손님이 없었는지를 묻기도 하고, 또는 앞으로 올지도 모른다는 경고를 하거나 어떻게 하면 좋겠느냐고 의논하는 경우도 있을 것이다.

어느 쪽이든, 구리하시 히로미가 일반 사진관을 이용했다면 그 사진의 존재가 세상에 알려진 단계에서 이미 그 사진관 가운데 어느 곳에서 신고를 했을 것이다.

그러나 지금까지 그런 정보는 들어오지 않았다. 사진이 들어 있는 앨범 가운데 몇 개가 사진관에서 서비스로 주는 것이라 그 출처를 밝히려고도 해보았지만, 그 수가 너무 많은데다가 그것이 구리하시 히로미가 그 사진을 현상할 때 입수한 것인지도 확실하지 않아 단서가 되지 못했다.

현재 특별수사본부에서는 구리하시 히로미가 그 많은 사진을 현상하기 위해 그런 '위험한' 종류의 사진을 고가로 취급해주는 가게를 이용했을 것으로 추정하고 있다. 아마추어라도 그런 가게를 찾는 것은 그리 어렵지 않다. 도색잡지를 들춰보면 그런 가게 광고는 얼마든지 찾을 수 있다. 물론 노골적으로 그런 내용을 싣지는 않지만, 알아보기는 어렵지 않다.

그리고 그런 사진관은 수상한 일이 있어도 결코 경찰에 알리지 않는다. 털면 먼지가 날 수 있는 장사다. 그냥 입을 다물고 있을 뿐이다. 그렇다 하더라도 그런 업자들 사이에서는 이번 건이 화제에 오르내리고 있을 것이다. 수사본부로서는 오로지 끈기 있게 추적하는 수밖에 없다. 그 담당은 다케가미와 가끔씩 술도 한잔씩 하는 노련한 형사인데, 육개월 안으로 구리하시 히로미가 이용한 업자를 찾아내겠다고 큰소리를 치고 있다.

"곧 찾아내겠지."

다케가미는 그렇게 말하고 자리에서 일어섰다.

"슬슬 돌아갈까."

시노자키도 자리에서 일어나 두 손을 탁탁 털고는 경쾌하게 발걸음을 옮기기 시작했다. 다케가미는 천천히 그 뒤를 따르면서 '건축가'에게 파일을 건네줄 때 따라오라고 말했다.

"그러면 저도 공범이 되겠네요."

"밀고하기 힘들어지겠지."

뒤통수를 긁적이고만 있는 시노자키에게 다케가미는 불시에 질문을 던졌다.

"그런데, 자네 요즘 무슨 고민거리라도 있어? 여자 문제야?"

시노자키가 이 사건 때문에 악몽을 꾸고 컴퓨터 화면에서 살해당한 여자들의 얼굴의 환영을 보기도 한다는 것을 다케가미는 잘 알고 있었다. 시노자키를 고통스럽게 하는 것은 사건의 잔혹함이었다. 그래서 여자 문제냐고 물은 것은, 지금 이 상황에서 가장 있을 법하지 않은 질문으로 분위기를 바꿔보려고 한 것이었다.

그런데 시노자키는 갑자기 발걸음을 멈추더니 얼굴이 창백해지는 것이었다. 다케가미도 깜짝 놀라 발걸음을 멈추고 말았다.

"어이, 이봐."

다케가미의 당황하는 모습을 보고, 시노자키는 자신이 너무 정직하게 반응하고 말았다는 것을 깨닫고 후회했다. 서둘러 안경을 끌어올리고, 아무것도 아니라고 우물거리고는 재빨리 앞으로 걸어나갔다.

"어이, 잠깐 기다려."

다케가미가 그의 팔을 잡아챘다.

"자네 분위기가 너무 심각해. 사생활에 간섭할 생각은 없지만, 요즘 자네 모습이 마음에 걸려서 도저히 봐줄 수가 없어. 그래서 물어본 거야. 자네, 정말로 고민이 뭐야? 상사로서 진지하게 묻는 말이니 솔직하게 말해봐."

시노자키는 다시 발걸음을 멈추었다. 교실에서 오줌을 싸버린 어린아이가 그 자리에 뻣뻣하게 굳어버린 것 같은 몸짓이었다. 다케가미는 너무 우스꽝스럽기도 하고 애처롭기도 하고 화가 나기도 해서 그만 입을 다물었다.

"사실은 선을 봤습니다. 아니, 실은 보지도 못하고 펑크를 내고 말았습니다."

시노자키가 기어들어가는 목소리로 말했다.

정말로 연애문제잖아, 하고 다케가미는 어이가 없어 다시 물었다.

"언제 이야기야?"

시노자키는 마른침을 삼켰다. 그가 말하기도 전에 다케가미가 다급하게 물었다.

"최근 일이야? 내가 자네 행동이 어딘가 이상하다고 생각한 건 보름 전쯤부터야. 그즈음에 선을 보게 되어 있었나? 그런데 상대방이 싫다고 했어? 아니면, 그 일 때문에 여자친구하고 틀어진 거야?"

"여자친구는 없습니다."

시노자키는 멀뚱한 표정으로 눈을 깜빡거렸다.

"얼마 전에 차였어요. 그래서 이대로 가다가는 평생 독신으로 살 것 같다며, 친척 아주머니가 주선한 겁니다."

시노자키의 안색이 더 하얗게 변했다. 다케가미는 아직 이야기의 초점을 잡지 못했지만, 어쩐지 느낌이 좋지 않았다.

"그래서, 그 선이 언제였는데?"

"9월 12일이었습니다."

다케가미는 무슨 말을 하려다가 갑자기 입을 다물었다. 9월 12일?

"오가와 공원에서 오른팔이 나온 그날입니다."

그러면서 시노자키는 그 쓰레기통이 있던 방향으로 고개를 돌렸다.

"그런데 오른팔이 발견되는 바람에 선을 못 봤다는 말인가?"

"그렇습니다."

그게 얼굴이 하얗게 질릴 정도로 문제가 된단 말인가?

"저는 선 같은 건 생각이 없어서 상대방의 사진이나 경력도 보지 않았습니다. 바쁘기도 했고. 당일날 자리에서 인상만 쓰고 있으면 금방 끝날 거라고 생각했습니다. 그래서 그날 비상이 걸린 게 오히려 내심 다행이었습니다. 친척 아주머니에게 전화를 건 다음, 선에 대해서는 다 잊어버리고 경찰서로 달려갔습니다. 상대방 이름이나 얼굴, 가족 구성에 대해서는 아무것도 몰랐습니다. 백지였던 겁니다."

시노자키는 한 번 숨을 크게 들이마시고 말을 이었다.

"그런데 꼭 이 주일 전에 아주머니에게서 전화가 걸려온 겁니다. 또

선 이야기였습니다. 지금은 그런 여유가 없다고 거절했더니, 이번에는 갑자기 열심히 사과를 하는 겁니다. 지난번에는 미안했다고요. 다음에는 상대방 가족에 대해서도 자세하게 알아보겠다고 말이죠. 그게 무슨 말이냐고 물었더니, 그랬더니……"

다케가미는 몸살이라도 걸린 것처럼 등줄기가 서늘해졌다.

"그렇습니다."

시노자키는 다케가미의 얼굴빛을 읽고 고개를 끄덕였다.

"저도 믿을 수 없었습니다. 제가 선을 보려고 했던 여자가, 바로 다카이 유미코였습니다. 네리마에서 메밀국수집을 하는 그 집 딸 말입니다."

다카이 가즈아키의 여동생이었다.

"그런가…… 그래서 자네…… 그렇지만 그 선 이야기는 그걸로 끝났잖아? 상대방을 만날 일도 없지 않나?"

무서운 우연도 다 있다 싶기는 하지만, 지난 일이니 마음에 담아두고 있을 필요는 없을 것이다. 그러나 시노자키는 안경을 벗고 눈두덩을 누르더니 힘없이 고개를 저었다.

"그렇게 끝났으면 좋았겠지만……"

"다른 일이라도 있었나?"

"그 아주머니 이야기로는, 상대방이 이제 와서 저를 만나고 싶어한다는 겁니다."

"그건 또 무슨 말인가?"

"그때는 그쪽도 저에 대해서 그냥 지방공무원 정도로만 알았던 것 같습니다. 그런데 사건이 일어난 후에, 아마도 아주머니가 입을 열고 말았을 테지만, 제가 보쿠도 경찰서의 형사이고 오가와 공원 사건의 수사본부에 있다는 사실을 알아버린 겁니다. 다카이 가즈아키가 사망한 직후에는 그쪽도 너무 혼란스러워서 저를 떠올릴 여유가 없었을 테고, 겨우 안정을 되찾은 후에야 다시 생각이 난 거겠죠. 사실 안정이라고 하기는 어려운 것이, 그 아버지는 쓰러져서 입원중이고 어머니와 딸은 매스컴을 피해 여기저기 옮겨다니며 생활하고 있다고 합니다."

흉악범의 가족이 당해야 하는 이차적인 피해는 어떤 통계에도 잡히지 않고 어떤 신문에도 실리지 않는다. 그러나 분명히 존재한다. 이번 사건의 경우는 범인들이 모두 죽는 바람에 유족의 입장이 더욱 비참해졌다. 범인이 짊어져야 할 짐을 모두 그들이 짊어져야 하기 때문이다.

"구리하시 히로미의 가족은 약국을 한댔지?"

"예, 다카이 가즈아키의 메밀국수집에서 가깝습니다. 어릴 때부터 친구니까요."

"그쪽도 가게 문을 닫았겠지?"

"지금은 그 부모들도 행방불명이라고 합니다. 조서나 가택수색 기록을 보면, 어머니는 아들이 죽은 직후부터 이미 제정신이 아니었던 모양입니다."

다케가미는 새삼 시노자키의 얼굴을 바라보았다.

"다카이의 여동생도 괴로울 거야. 그런데, 이제 와서 자네를 다시 만나고 싶다는 건 무슨 이유일까?"

시노자키는 하늘을 올려다보았다.

"아주머니 이야기로는, 그녀는 자신의 오빠가 절대로 범인이 아니라고 주장한다고 합니다."

다케가미는 말없이 담배를 빼물었다. 손으로 라이터를 빙글빙글 돌렸다.

"오빠는 결백하다, 사고를 당했을 때 구리하시 히로미와 같이 있었던 것은 뭔가 다른 사정이 있어서이지 살인에 관련된 것은 아니다, 그 차의 트렁크에 시체가 실려 있었던 것도 본인은 절대로 몰랐을 것이다,

그런 말을 한답니다."

"오빠는 그럴 사람이 아니라는 말이지."

다케가미는 그렇게 중얼거리며 라이터를 켰다. 작은 불꽃이 일었다가 바로 꺼져버렸다.

"그래서 저를 만나고 싶다는 겁니다. 형사니까요. 만일 제가 기자나 방송국 리포터였다고 해도 만나려고 했을 겁니다. 그녀의 입장에서 볼 때는 경찰이건 매스컴이건 마찬가지일 테니까요. 어쨌든 자신의 주장을 받아들여줄 돌파구를 찾고 싶은 겁니다."

"그래서 자네는 만나볼 생각이란 말이지?"

이번에는 시노자키가 입을 다물었다.

"만나볼 거지? 그렇지 않다면 그렇게 맥이 빠져 있을 리가 없잖아. 만나서 어떤 말을 해야 할까, 어떻게 대하면 좋을까, 그걸 고민하고 있는 거겠지."

시노자키는 고개를 돌려 다케가미의 손에 들린 담배를 물끄러미 내려다보며 말했다.

"그러면 안 됩니까?"

"안 돼. 만나지 마. 이건 명령이야."

"그렇지만……"

"자네, 만나서 어쩔 생각이야? 다카이 유미코에게 자네가 뭘 해줄 수 있겠어?"

"이해를 할 수 있도록, 사정을 설명할 수는 있지 않겠습니까?"

"이해? 뭘 이해한다는 거야? 말도 안 되는 소리."

다케가미는 내뱉듯이 말했다.

"백년을 무릎 꿇고 설명해도 이해하지 못할 거야. 오빠가 결백하다고 다카이 유미코가 믿고 있는 한, 주변 사람들이 할 수 있는 일은 아무것도 없어. 안타깝겠지만 어쩔 수 없어."

"그렇지만 사실을 받아들이지 않으면 그녀도 앞으로의 인생을 제대로 살아갈 수 없을 겁니다."

"자네 무슨 소설 같은 얘기를 하고 있구만."

다케가미는 화가 치밀어 손가락에 끼고 있던 담배를 바닥에 내팽개쳤다.

"잘 들어. 인간이 사실을 정면으로 마주한다는 건 애당초 불가능한 일이야. 절대로 그러지 못해. 물론 사실은 하나뿐이야. 그러나 사실에 대한 해석은 관련된 사람의 수만큼 존재해. 사실에는 정면도 없고 뒷면도 없어. 모두 자신이 보는 쪽이 정면이라고 생각하는 것뿐이야. 어차피 인간은 보고 싶은 것밖에 보지 않고, 믿고 싶은 것밖에 믿지 않아."

추워서인지 아니면 감정이 격앙되어서인지, 시노자키는 몸을 가늘게 떨고 있었다.

"다카이 유미코가 무엇을 믿건 그건 자유야. 그녀가 오빠는 결백하다고 생각하고 싶다면, 좋을 대로 하면 돼. 현실과 자신의 믿음이 맞지 않으면 언젠가 그녀도 마음을 바꾸게 될 거야. 그러다 오빠는 결백하지는 않지만 구리하시 히로미에게 이용당한 희생자라고 생각하게 될지도 몰라. 또는, 구리하시 히로미의 범행을 막으려고 했지만 그럴 수 없었던 나약한 친구였다고 생각할지도 모르지. 아니면 생각을 백팔십도 바꿔서, 오빠는 나약하고 교활하고 음험한 범죄자이고 그 때문에 자신이 이렇게 고통받고 있다고 분노하게 될지도 몰라. 어떤 생각도 가능해. 그녀는 그렇게 생각하면 돼. 그게 바로 자기 스스로를 이해시키는 일일 테니까.

만일 그녀가 오빠의 결백을 주장하면서 소송을 제기하거나, 누군가에게 신체적인 위해를 가하거나, 정신적인 고통을 겪는다면, 그녀의 그런 행위 자체를 그만두게 하거나, 충고를 하거나, 소송 상대가 되어줄 수는 있겠지. 할 수 있는 일은 거기까지야. 누구도 그녀의 마음속까지는 들어갈 수 없고, 또 들어가서도 안 돼. 아무리 선의를 가지고 있다 하더라도 그건 쓸데없는 간섭에 지나지 않으니까.

어쩌면 선을 보고 결혼하게 되었을지도 모를 여자에 대해 자네가 신경을 쓰는 건 이해가 가. 그런 마음은 우리 같은 일을 하는 사람에게는 특히 더 필요한 거지. 그러나 시노자키, 자네가 다카이 유미코를 만난다 해도 좋은 일이라고는 눈곱만큼도 있을 수 없다는 사실을 알아야 해. 그녀는 더 깊이 상처입게 될 테고, 더 강하게 자신의 신념을 굳힐 거야. 그거야말로 그녀의 인생을 뒤틀어버리는 일이 되는 게 아닐까? 내 말이 틀렸나?"

다케가미와 시노자키 곁을 코트 깃을 세운 젊은 샐러리맨이 급한 발걸음으로 지나쳐갔다. 이런 곳에서 남자 둘이 뭘 하는 건가 하는 눈길로 흘끗 바라보면서.

시노자키는 천천히 입을 열어 하얀 입김을 토해내면서 머뭇머뭇 말했다.

"제가, 틀린 건지도 모르겠습니다."

"그래, 자네가 틀렸어."

다케가미는 거친 숨을 뱉어내며 그렇게 말하고는 담배를 물었다. 너무 힘을 주어 무는 바람에 담배가 찌부러졌다.

"그…… 그녀가…… 오빠는 결백하다고 믿을 수밖에 없는 그런 상황이 있을지도 모릅니다. 다카이 가즈아키의 행동에는 모호한 구석이 너무 많으니까요. 구리하시 히로미의 그 사진들처럼 눈에 보이는 증거가 없지 않습니까. 그가 일련의 범행에서 어떤 역할을 담당했는지, 수사본부도 아직 잘 모르고 있지 않습니까."

다케가미는 담배를 피우면서 분노를 억누르는 표정으로 시노자키를 바라보았다. 시노자키는 겁먹은 표정으로 눈을 깜빡이면서도 입을 다물지는 않았다.

"아주머니에게 들은 이야기로는, 다카이 유미코는 경찰이 처음부터 그녀의 오빠를 구리하시 히로미의 공범자로 정해놓고 수사를 벌이고 있는 것이 아닌가 의심한다고 합니다."

"그러니까, 그녀는 그렇게 생각하고 싶은 거야."

"화내지 마세요."

시노자키는 지지 않고 말을 이었다.

"다카이 가즈아키가 구리하시 히로미와 같이 시체를 실은 차에 탄 것은 사실입니다. 그리고 그린로드의 주유소에서 목격된 상황으로 보아도, 억지로 따른 것이 아니라 오히려 앞장서서 구리하시 히로미와 행동을 같이한 것 같습니다."

"맞아, 그건 절대로 무시할 수 없는 사실이야."

"말씀하신 대롭니다. 그건 중요한 사실입니다. 그리고 우리는 텔레비전 방송국에 걸려온 전화의 성문 감정 결과를 바탕으로 연속 여성 유괴살인범은 두 사람이라는 결론을 내렸습니다. 그런 상황에서 구리하시 히로미와 다카이 가즈아키라는 두 사람이 갑자기 튀어나왔습니다. 그래서 우리가 일종의 사고 정지 상태에 빠져 정말로 그 두 사람이 맞는지 엄밀하게 검증해보려고도 하지 않는 것이 아닌가 하고 그녀는 의심하고 있는 겁니다. 예를 들면, 실제로 그 프로그램에 걸려온 전화 목소리와의 성문 비교 감정에서도, 일치한 것은 구리하시 히로미 하나뿐이지 않습니까."

시노자키의 말 그대로였다. 구리하시 히로미의 하쓰다이 원룸에 있던 자동응답기에 본인의 목소리가 들어 있었고, 그것을 HBS 특별방송에 걸려온 전화 목소리와 대조해본 결과 동일인물의 목소리임이 밝혀졌다. 프로그램 전반에 걸려온 전화, 즉 광고 때문에 방송이 중단되는 바람에 화가 나서 끊어버리기 전까지의 전화 목소리였다.

그렇다면 그 다음에 다시 걸려온 전화의 목소리는 다카이 가즈아키라고 단정할 수 있는가 하면 그렇지도 않았다. 그의 경우는 목소리 샘플이 없어 감정이 불가능했다. 아나운서도 아니고 배우도 아니고 가수도 아닌 사람이 자신의 목소리를 녹음으로 남겨둘 기회는 거의 없다. 다카이 가즈아키는 자동응답기를 사용하지도 않았고, 전용전화조차 없었다.

성문 감정에 대해 경찰이 임무를 소홀히 한 것은 결코 아니다. 자료가 없어서 할 수가 없는 것이다. 그러나 그런 상황 때문에 다카이 유미코가 오빠의 결백을 꿈꿀 여지가 생겨버렸으며, 시노자키가 하고자 하는 말도 바로 그것이라는 것을 다케가미는 알고 있었다.

"다카이 유미코의 말로는, HBS 특별방송 후반에 걸려온 전화의 말투는 절대 오빠의 것이 아니라는 겁니다. 오빠는 그런 상황에서 그렇게 침착한 태도로, 전국으로 생중계되는 방송에서 날카롭게 이야기를 할 수 있는 사람이 아니라고 말입니다. 그러니까 그건 완전히 다른 사람이라고 피를 토하듯이 말했다고 합니다. 아주머니는 그 기세에 너무 놀라서 저에게 말하지 않을 수가 없었던 겁니다."

"그래서 자네는 그런 그녀의 말을 담당 형사를 대신해서 다시 한번 들어주겠다는 건가?"

"그녀의 말을 들어주러 가겠다는 게 아닙니다. 경찰이 제대로 수사를 하고 있고, 사실을 무시하고 미리 결론을 내리는 게 아니라는 말을 하고 싶습니다. 그녀를 설득하고 이해시키고 싶다는 겁니다."

"그러니까 그런 게 무의미하다는 거야. 자네가 아무리 설명을 해도 그녀는 무조건 경찰 수사가 엉터리라고 생각할 거야. 그녀가 그렇게 생각하고 싶어하는 한은 말이야. 이제 그만두지. 이런 이야길 해서 뭘 하겠어."

다케가미는 성큼 발걸음을 내디뎠다.

시노자키는 버림받은 것처럼 잠시 멍하니 그 자리에 서 있었다. 방금 전의 대화를 잘 정리해서 마음속에 담아두지 않으면 균형을 잃은 배처럼 작은 파도에도 마구 흔들리고 말 것 같았다.

다케가미는 앞으로 걸어가고 있다. 시노자키는 뒤를 따라갔다. 어깨를 나란히 하고 걸을 기분은 아니었다.

다케가미의 말이 맞다. 당연히 그 충고에 따라야 한다. 다카이 유미코의 심리상태에 대해서도 다케가미의 짐작이 정확할 것이다. 옆에서 누가 무슨 말을 해도 그녀가 오빠의 결백을 굳게 믿는 한 어떤 말도 귀에 들어오지 않을 것이다. 만약에 다카이 가즈아키가 살인을 저지르는 결정적인 장면을 찍은 비디오테이프가 나왔다 하더라도, 그녀는 그것을 인정하지 않을 것이다.

알고 있다. 머리로는 알고 있다. 그래도 시노자키는 망설여졌다.

'한 시간이라도, 삼십 분이라도 좋으니 만나서 말을 들어달라고 하더라.'

아주머니는 수화기 저편에서 거의 비꼬는 듯한 투로 그렇게 말했다.

'꺼림칙하지 않아? 아무리 사람 일은 모른다고 하지만, 그런 아가씨를 엮어주려 했다니 정말 면목이 없구나. 앞으로는 내가 무슨 말을 해도 믿어주지 않는 건 아니겠지?'

한 시간이라도 좋고 삼십 분이라도 좋다고, 거만하고 둔감한 아주머니에게 자존심마저 내던지고 매달리는 다카이 유미코라는 여자가 마음에 걸려 견딜 수 없었다. 어떤 얼굴인지 궁금해서 전에 팽개쳐뒀던 사진을 꺼내 들여다보기도 했다.

얌전하게 생긴 얼굴이었다. 약간 수줍은 듯한 표정에, 쌍꺼풀 없는 눈 속의 눈동자도 그리 밝게 빛나는 것 같지는 않았다. 아마도 선을 보기 위해 이런 사진을 찍어야 하는 것 자체가 내키지 않았던 것 같았다.

당신에게 당신의 오빠가 죽었다는 사실을, 당신의 오빠가 연속 여성유괴살인사건의 용의자 중 한 사람이라는 사실을, 그런 최악의 소식을 전한 사람은 누구였습니까? 시노자키는 사진 속의 다카이 유미코에게 물었다. 그 사람은 당신 가족을 정당하게 대했습니까? 당신들을 만나 이야기를 들을 때나 당신들에게 사정을 설명할 때, 그 사람은 올바르게 행동했습니까? 지금 당신 주위에 당신이 안고 있는 고민을 털어놓을 수 있는 사람이 있습니까?

한 시간도 좋고 삼십 분도 좋으니 만나달라는 그녀의 바람을 시노자키는 아무리 생각해도 매정하게 뿌리칠 수는 없을 것 같았다.

경찰서 입구가 보였다. 다케가미가 계단을 오르고 있었다. 안에서 특별수사본부 형사 두 명이 나오고, 다케가미와 스치면서 무슨 말인가를 했다. 다케가미는 고개를 끄덕였다. 그리고 그 자리에 멈춰 섰다.

시노자키가 다가오자, 다케가미는 퉁명스럽게 말했다.

"세번째 희생자의 신원이 밝혀졌어. 아까 도리이가 만나고 있던 사람들이야. 딸의 얼굴을 확인했다는군."

5

다음 마감 때까지는 아직 여유가 있었지만, 마에하타 시게코는 요 일주일 동안 모든 일을 접고 오로지 원고 집필에 몰두했다. 식사는 외식이나 배달로 해결했고, 청소도 통 하지 않았다. 갈아입을 옷 때문에 빨래만 겨우 하고 있는 상태였다.

그런데도 쇼지는 불평 한마디 없이 시게코를 응원해주었다. 잔소리 한마디라도 하고 싶어 안달하는 시어머니를 견제해 응원사격을 가하는 타이밍도 놓치지 않았다.

“시게코는 지금 세상을 위해 아주 중요한 일을 하고 있는 거야. 다들 시게코의 일에 주목하고 있어. 우리 집안에 그런 대단한 며느리가 들어왔다는 사실을 자랑스럽게 생각해야 해. 집안일은 나도 도울 테니까 괜찮아.”

“아버지 어머니도 『도큐먼트 저팬』의 르포를 자랑스러워하고 있어. 복사까지 해서 동네 사람들에게 나눠준다니까. 얼마나 웃었는지 몰라.”

쇼지의 마음이 너무 고마웠다. 그의 순수한 열광에는 어떤 어두운 의도도 없었고, 볼을 발갛게 물들이며 시게코를 칭찬하는 그 표정에는 어떤 그늘도 감추어져 있지 않았다. 정말 좋은 사람이라고 생각하면서 시게코는 늦은 밤 욕조에 잠겨 저도 모르게 미소를 지었다.

그러나 쇼지가 아침 일찍 공장으로 나가고 이제 귀찮게 말을 거는 상대가 없어지면, 어디서 누가 시게코의 글을 칭찬했다는 이야기에서도, 다음 연재는 얼마나 썼느냐는 관심에서도 해방되어, 그때부터 최소 열 시간은 머릿속에 구상해둔 다음 글과 조용히 대면할 수 있게 된다. 아, 이제야 귀찮은 사람이 사라졌어, 하고.

그럴 때의 쇼지는 서로를 갈구하는 커플 옆에 눈치도 없이 달라붙어 있는 둔감한 친구 같은 존재였다. 그리고 그 친구가 사라지고 나면 남은 남녀가 서로 눈을 맞추며 겸연쩍게 웃는 것처럼, 시게코는 컴퓨터 화면과 마주하고 풋, 하고 웃고 만다. 자, 이제 나랑 둘이서만 데이트를 하는 거야.

12월 첫 금요일이었다. 쇼지는 친구들과 술 약속이 있어서 늦게 온다고 했다.

"시게코도 데리고 오라고 난리야. 유명인을 한번 만나보고 싶다고. 그래도 바빠서 안 된다고 했지."

고마운 일이다. 쇼지가 친구들에게 마누라 자랑을 늘어놓는 성격이 아닌 것이 너무 고마웠다. 주말이니까 천천히 놀다 와, 너무 많이 마시지 말고, 그렇게 말하며 시게코는 남편을 배웅했다.

혼자가 되자 먼저 새로 커피를 끓였다. 구수한 향기가 나기 시작할 즈음 귀찮게도 전화벨이 울렸다. 오늘 아침의 첫 전화였다.

세번째 벨소리를 듣고 수화기를 들어보니 일 년에 한 번 연하장을 주고받는 정도의 사이인 동창생이었다. 동창회 명부에서 시게코의 전화번호를 알아냈을 것이다. 흥분한 목소리로 마구 떠들어댔다. 어젯밤 시게코가 출연한 텔레비전 프로그램을 보았다는 것이었다.

그 프로그램은 밤 열시부터 시작하는 뉴스쇼로, 시게코와 동년배인 여성 캐스터가 진행하는 프로그램이었다. 시게코가 출연한 것은 십오분 정도 되는 특집 코너였다. 오가와 공원을 걸으면서 연속 여성 유괴살인사건에 대해 이야기하는 형식이었는데, 인터뷰어는 없고 카메라맨이 뒤를 따라올 뿐이었다. 기획을 들었을 때는 혼자 이야기하는 건 무리라고 생각해 거절했지만 『도큐먼트 저팬』 편집장의 집요한 권유로 결국 출연하게 되었다.

일단 해보니 의외로 재미있었다. 촬영이 끝난 후에 말을 너무 잘한다는 칭찬까지 들었다. 예의상 하는 말은 아니었던 듯, 앞으로도 『도큐먼트 저팬』에 르포를 실을 때마다 같은 형식으로 출연해달라는 요청을 받은 것이 바로 어제였다. 물론 승낙할 생각이었다.

다만 텔레비전 방송국 쪽에서는 연재와 동시진행하는 것만으로는 특색이 없다고 판단해 독자적인 기획을 준비하고 있었다. 바로 어제 담당 프로듀서가 한 말 가운데는 시게코가 피해자의 유족을 방문해서 그들의 생생한 목소리를 듣는 기획도 포함되어 있었다. 우선 첫 대상으로는 후루카와 마리코의 외할아버지인 아리마 요시오를 생각하고 있다고 했다.

피해자 유족과의 인터뷰는 원고 작성을 위해서도 처음부터 계획한 일이었고, 어떻게든 실현시키기 위해 노력하고는 있었지만 쉽지 않았다. 매스컴에 얼굴을 드러내고 싶지 않다는 유족의 심정은 충분히 이해할 수 있었다. 더구나 텔레비전 카메라 앞에서 말을 하게 한다는 것은 거의 무모하기까지 한 일이라고 시게코는 생각했다. 게다가, 오래전의 일이기는 하지만 사카기 다쓰오와의 약속도 마음에 걸렸다.

친구와 간단히 대화를 끝내고, 커피를 마시면서 어제까지 쓴 원고를 읽었다. 시게코의 르포는 잡지에 게재할 분량을 벌써 넘어섰고, 지금 쓰고 있는 부분은 연재 4회분에 해당하는 것이었다. 도입부인 1회에서는 아카이 산 그린로드 현장을 찾아가서 실종 여성의 이야기를 쓰기로 한 경위와 더불어 시게코 자신과 연속 여성 유괴살인사건과의 연관성을 그렸고, 2회와 3회에서는 사건 발생에서부터 구리하시 히로미와 다카이 가즈아키의 사고사까지를 시간순으로 기록하고 사건의 개요를 설명하는 데서 끝났다. 르포가 본격적으로 핵심을 파고들어가는 것은 바로 이 4회부터이다.

여기서부터 드디어 구리하시 히로미와 다카이 가즈아키 두 사람에 대해, 그들의 마음속에 자리잡고 있던 어둠에 대해, 시게코가 조사한 내용과 자신의 생각을 풀어나가야 한다. 연재 형식이므로 취재와 집필을 거의 동시에 진행하지 않으면 안 된다는 것이 어려운 일이었다. 그러나 시게코 자신이 그런 식으로 암중모색하면서 사건의 핵심에 도달하는 과정을 그리는 데에 이 르포의 의미가 있다고, 데지마 편집장은 말했다. 의문의 여지가 없이 깨끗하게 정리된, 아무런 여백도 없는 판결문 같은 글은 소용이 없다는 것이었다.

1회 원고를 완성하느라 얼마나 고생했는지 모른다. 구리하시 히로미와 다카이 가즈아키라는 두 젊은이에 대해 명확한 이미지를 떠올릴 수 없었기 때문이었다. 그러나 데지마 편집장은 그래도 괜찮다는 것이었다. 시게코의 글은 그런 성격을 띠는 것이 마땅하다고 열변을 토했다.

"이런 말도 안 되는 사건을 다루는데, 첫 페이지부터 나는 모든 것을 해명했다, 모든 것을 알고 있다고 하면 어떻게 되겠어? 독자는 한 번은 읽어줄지도 모르지. 그렇지만 읽자마자 잡지를 쓰레기통에 던지면서, 지가 뭘 안다고 까불어, 사건을 이용해서 유명해지려는 장사꾼 같은 게, 하고 욕을 할 게 뻔해."

"그렇지만 잡지 기사는 독자에게 정보를 제공하는 게 아닌가요?"

시게코가 그렇게 반론하자 데지마 편집장은 코웃음을 쳤다.

"정보? 그럼 내가 묻겠는데, 정보가 뭐지? 지금까지 자네가 써온 먹거리 안내나 새로운 다이어트 방법 해설? 하기야 그렇기도 해. 어디가 최적의 데이트 장소이고, 어디가 어떤 드라마의 로케이션 호텔이고, 감성을 풍부하게 하려면 무슨무슨 책을 읽고 영국에서 직수입한 허브티를 마셔야 하고, 뭐 그런 것들도 나름대로 멋진 정보겠지. 즐겁게 읽어줄 사람들이 있으니까. 그래서 여성지 필자는 편해. 조사할 필요도 없고, 그냥 들은 내용이나 누가 가져온 정보를 그대로 실으면 그만이잖아. 그것이 부정확한 정보라도, 또는 완전히 엉터리 정보라도 독자는 잡지에 실렸으니까 그런대로 괜찮은 정보라고 생각하고 받아들여. 그러다보면 독자가 스스로 정보를 가지고 잡지 쪽으로 다가오게 되어 있어."

시게코는 할 말이 없었다. 볼이 뜨거워지고 관자놀이가 욱신거렸다. 너무 화가 나서 오히려 말이 나오지 않았다.

"이건 심한 모욕이에요!"

부르르 떨면서 내뱉듯이 말했다.

"나에 대해서뿐만 아니라 여성지 전체에 대한 모욕이에요!"

편집장은 눈 하나 깜짝하지 않았다.

"사실을 말했을 뿐이야."

"우리가 조사도 해보지 않고 상품을 추천하고, 누가 권하니까 아무 생각 없이 그 가게를 소개한 적은 단 한번도 없어요. 직접 눈으로 확인했다구요."

"확인했어? 어떻게 확인했지? 그 식당에서 밥을 먹어봤어? 그 브랜드 제품을 입어봤어?"

"할 수 있을 때는 그렇게 해요."

"그랬겠지. 그 정도는 간단하지. 즐거운 일이니까. 그럼 다이어트는? 해봤어? 열흘이나 이 주일 해봐서 이 킬로그램이 빠졌으니까 이 방법은 효과가 있다는 식으로 확인했어? 아니면, 진짜 연애와 가짜 연애의 구별법 같은 건 어때? 직접 시험해봐서 확인한 후에 '정보'라고 제공한 거야? 자네는 그런 식으로 연애를 판단하고 구별해서 지금의 남편과 결혼한 거야?"

"그건……"

시게코는 입술을 깨물었다.

『사브리나』에서는 그런 안이한 기획은 하지 않았다는 말이 목구멍까지 치고 올라왔다. 그러나 말할 수 없었다. 분명히 몇 번 그런 기획기사를 쓴 적이 있기 때문이다. 직업적인 감각으로 쓴 것이다. 그렇게 요구받았기 때문에 썼다. 독자는 이런 것을 원한다는 말을 들었으니까. 그것을 믿었으니까.

그 자리에서 독자가 정말로 이런 정보를 원할지 의문을 가지는 것은 시게코의 역할이 아니었다. 정말로 이런 글을 써도 될까 하는 회의를 품어서는 절대로 그런 일은 할 수 없다.

그렇게 말하고 싶었다. 말하고 싶었지만, 말을 하면 변명밖에 안 된다는 것을 알고 있기에 가만히 입술만 깨물고 있을 수밖에 없었다.

"우리 잡지에 계속 글을 싣고 있는 니시자와라는 여성 작가가 있어. 알고 있나?"

"물론 알죠."

그녀는 반년 정도 전에, 도시에서 서서히 증가하고 있는 아동학대에 대한 상세한 르포를 발표해 높은 평가를 받았다. 단행본으로 출간되어서는 논픽션 분야 베스트셀러가 되어 젊은 논픽션 작가에게 주는 상을 받기도 했다. 시게코보다 다섯 살이나 어리지만, 대단한 사람이었다.

"그 여자, 최근에 갑자기 이름이 알려졌지. 그때까지는 본 척도 않던 여성지들이 앞을 다투어 그 여자에게 손을 내밀고 있어. 요전에 어떤 잡지에서 '지적인 여성이 되기 위한 필독서 다섯 권'을 추천해달라고 한 적이 있는데, 니시자와는 어이없는 기획이라고 코웃음을 치면서도, 그래도 자기가 소개하면 한 사람이라도 더 읽을 것이라는 사명감 때문에 다섯 권을 써줬어. 잡지가 나온 후에 그 코너의 담당 편집자를 우연히 만날 기회가 있어서 물어봤대. 당신은 내가 추천한 다섯 권을 읽어보았느냐고. 그러자 그 사람은 헤실헤실 웃으면서, 그걸 읽을 시간이 어디 있느냐고, 그걸 읽을 정도면 니시자와 씨에게 부탁하지도 않았을 거라고 했대."

데지마 편집장은 작은 폭발과도 같은 웃음을 터뜨렸다.

"자네는 그런 걸 정보라고 생각하고 글을 써왔겠지. 그리고 그 방식을 이번 르포에 도입할 생각이었고. 그런 건 필요 없어. 범인들의 심리적 배경이나 동기에 대해 경찰은 이렇게 말하고 있습니다, 저명한 범죄

심리학자는 이렇게 말합니다, 페미니스트 여성 평론가는 이런 의견입니다, 그런 이야기를 늘어놓는 게 무슨 의미가 있을까? 그런 글이라면 다른 잡지에나 써."

시게코는 십 년 동안 글을 쓰면서 좋은 일도 있었지만 나쁜 일도 수도 없이 겪었다. 그래도 타고난 승부욕으로 버티면서 단 한번도 눈물을 흘리지 않았다. 억울해서 나오는 눈물은 절대로 다른 사람 앞에서 보이지 않았다. 그런데 그때만은 저도 모르게 눈두덩이 뜨거워지면서 눈물이 흘러나올 것 같았다. 데지마 편집장 앞에서 눈물을 보이기 싫어서 억지로 참으며 턱을 들어올리고 하늘을 바라보았지만, 그래도 눈물을 들킬 것 같아 고개를 숙이고 눈만 깜빡이고 있었다.

이 나이에 조금 심한 말을 들었다고 상처를 입을 정도로 나약하지는 않다고 생각했다. 그런데도 이렇게 심한 충격과 억울한 감정에 휩싸이는 것은, 데지마 편집장이 지금까지 시게코가 살아온 인생을 조금도 이해해주지 않고 깡그리 쓰레기 취급을 해버렸기 때문이다.

르포 연재 매체가 『도큐먼트 저팬』으로 정해지기까지는 많은 우여곡절이 있었다. 그 과정에서 시게코는 많은 고민을 했고, 결과적으로 의리를 저버리는 행동을 했다. 시게코에게 실종 여성에 대한 르포를 처음으로 권했던 『사브리나』의 이타가키 전 편집장은 완전히 배신을 당했다고 생각할 것이다. 그가 제공한 지면은 그의 후배가 편집장을 맡고 있는 막 창간한 여성지였는데, 콘셉트가 『사브리나』와 거의 같아 사회적인 문제도 자주 다루기 때문에 시게코의 르포를 실을 수 있다면 서로에게 이익이 될 것이었다. 그러나 시게코는 하룻밤을 꼬박 생각한 끝에 그 제안을 거절했다. 아무래도 저널리즘 성격이 강한 매체가 더 나을 거라고 생각한 것이었다.

"여성지라서 거절하는 거야?"

시게코는 그렇지 않다고 대답했다. 제공된 지면으로는 자신의 생각을 도저히 다 담을 수 없다고 설명했다. 일반적인 여성지는 광고 지면이 많아 이런 글에 많은 페이지를 할당하지 못한다.

이타가키 전 편집장은 결국 물러나긴 했지만, 시게코의 말을 믿지 않는 것 같았다. 『도큐먼트 저팬』에서 첫회 연재가 시작되었을 때, 전화를 걸어와서 언제 연재를 결정했느냐고 물었다. 시게코는 사실대로 대답했지만, 그 전화는 결코 즐겁지 않았다. 신뢰하고 존경하며 의지해온, 전우이자 스승이기도 했던 편집장을 잃어버렸다는 생각이 들었다.

그런데, 그렇게까지 해서 선택한 『도큐먼트 저팬』에서는 시게코의 생각 자체를 아예 깡그리 부정하고 있다. 세상에 이런 일이 어디 있단 말인가.

"울고불고 야단법석을 떠는 거야 개인의 자유지만, 내가 없는 곳에서 해주기 바라."

데지마 편집장은 자리에서 일어섰다.

"자기 머리로 생각할 수 없는 인간은 절대로 좋은 글을 쓸 수 없어. 이건 내 경험에서 나온 신념이야. 미안하지만, 나는 신념을 굽힐 생각은 없어."

시게코는 회의실 구석에 혼자 남아 문이 닫히는 소리를 듣고 있었다.

『도큐먼트 저팬』을 출간하는 히쇼 출판사는 영세한 곳이었다. 회사 빌딩이 있긴 하지만, 너무 낡고 좁았다.

시게코가 르포 연재를 제안했던 출판사는 모두 몇 번 같이 일을 한 적이 있는, 이른바 연줄이 있는 곳이었다. 모두 대형 출판사이고 잡지도 여럿 내고 있었다. 그러나 결과적으로는 어느 쪽에서도 연재 이야기가 구체화되지 않았다. 그러다 그 이야기가 사람 입을 타고 흘러서 데지마 편집장 귀에 들어갔고, 별 어려움 없이 연재가 결정되었다.

당시에는 순수하게 기뻤다. 누가 뭐래도 진보적인 보도잡지였다. 쇼지도 두 손을 들고 환영했다. 그러나 어둡고 우중충한 회의실에 혼자 남아 있자니 자신의 선택이 잘못된 것이 아닌가 하는 의구심이 일면서 너무 외로워 견딜 수가 없었다. 도대체 난 여기서 뭘 하고 있는 거지? 이런 모욕을 당하면서까지 쓰고 싶은 뭔가를 내가 가지고 있을까?

그래도 시게코는 쓰기 시작했다. 여기까지 온 이상 그럴 수밖에 없었다. 시게코의 원고가 데지마 편집장의 마음에 들지 않아 연재 기획이 무산되면 차라리 마음 편할 테지만, 설령 그렇게 된다 해도 1회분의 원고는 써야 한다. 그래서 자신의 솔직한 기분을 그대로 드러내고, 이런 글을 쓴다고 해서 이미 일어난 사건을 돌이킬 수도 없고 희생자를 되살릴 수도 없지만, 이 어처구니없는 사건에 대해 모르면 모르는 대로 쓰지 않을 수는 없다는 기분으로 글을 써나갔다.

그러자 데지마 편집장이 오케이 사인을 보내왔다. 마치 여우에게 홀린 것 같은 기분이었다.

'지금은 조금 알 것 같기도 해.'

컴퓨터 모니터에 흐릿하게 비치는 자신의 얼굴을 향해 싱긋 웃어 보이면서 시게코는 생각했다.

데지마 편집장이 하고 싶었던 말은, 요컨대 과정을 솔직히 쓰라는 것이었다. 전문가나 식자에게 의견을 구해 그들이 제공한 정보를 그대로 흘려보내지 말고, 시게코가 손으로 더듬으며 이해하고 생각한 그 과정을 그대로 드러내라는 것이었다.

연재 4회는 시작이 어려웠다. 어떻게 시작하면 좋을까. 구리하시 히로미와 다카이 가즈아키. 두 사람 중 누구를 중심에 두고 글을 시작해야 할까. 지금까지 취재를 통해 파악한 한에서 구리하시 히로미는 성적도 좋고 운동도 잘하는 우등생이고, 다카이 가즈아키는 그와는 대조적으로 열등생이었던 것 같다. 그 두 사람은 어릴 적부터 친구로 이십몇 년간의 짧은 인생 동안 가까운 곳에 살았고, 결국은 손을 잡고 흉악범죄를 저지르고 말았다. 과연 누가 누구를 부추긴 것일까? 누가 더 큰 영향을 끼쳤을까? 그들의 이야기는 어디서 시작해야 할까?

이미 다른 잡지나 텔레비전에서 보도된 것처럼 다카이 가즈아키는 어렸을 때 시각장애로 고생했다고 한다. 기능적으로는 정상이지만 사실 왼쪽 눈이 제대로 기능하지 않아서 그 결과 글자를 똑바로 읽고 쓸 수가 없고 다른 아이들에 비해 학습능력도 심하게 떨어졌던 것으로 보인다. 믿기 힘든 이야기지만, 미국에서는 그런 기능장애에 대한 연구가 많이 진행되어 기능 회복을 위한 전문 훈련기관도 설치되어 있다고 한다.

다카이 가즈아키를 그 고통에서 구해준 사람은 수영부 고문이었던 가키자키라는 교사로, 시게코는 그를 만나기 위해 몇 번이나 연락을 취해보았지만 만날 수 없었다. 시게코는 그 시각장애가 다카이 가즈아키의 인생에 커다란 영향을 끼쳤으며 그와 구리하시 히로미의 관계와도 깊은 연관성을 가지고 있다고 믿었기에, 그를 취재하지 못하는 것이 무척이나 안타까웠다.

그러나 그 대신에 초등학교 이학년과 삼학년 때 다카이와 구리하시 두 소년의 담임을 맡았던 여교사를 취재할 수 있었다. 그녀는 당시 자신은 다카이 가즈아키의 시각장애에 대해서 전혀 눈치채지 못했다면서 자신의 부족함을 탓했다.

그녀에 따르면, 당시의 다카이 가즈아키는 얌전하면서 둔한 아이였다고 한다. 한편 구리하시 히로미는 머리 회전이 빠르고 재치가 있는 귀여운 소년으로, 반에서 가장 인기가 높았다고 한다. 당시에는 둘이 각별히 친하지는 않았던 것 같다고 했다.

"구리하시 히로미가 다카이 가즈아키를 괴롭히는 경우가 많았다고 할까요."

다카이 가즈아키는 친구다운 친구 하나 없는 외톨이였다고 한다. 당시에는 학교 방침으로 일 년에 한 번 학생들을 대상으로 앙케트 조사를 했는데, '존경하는 사람은 누구인가요' '아버지와 어머니 가운데 누가 더 좋나요' '친한 친구는 누구인가요. 이름을 적어주세요' 같은 항목으로 된 기명 조사였다. 회수한 앙케트는 담임과 학생주임에 의해 분석되어 가정방문과 개인면담 때 자료로 활용되었다.

그런데 이학년 때도 삼학년 때도 친한 친구의 이름을 적는 난에 다카이 가즈아키의 이름을 쓴 아이는 한 명도 없었다. 다카이 가즈아키는 이 년 다 구리하시 히로미라고 적었다. 그러나 구리하시 히로미는 한 번도 다카이 가즈아키의 이름을 적지 않았다. 여교사는 그 일로 학생주임과 나누었던 대화를 기억하고 있었다.

"가즈아키는 아버지 어머니를 존경한다고 대답했어요. 그 이유를 쓰는 난에는 열심히 일하니까, 라고 적었습니다. 잘 아시겠지만 집이 메밀국수집을 해요. 정말 흐뭇하더군요. 다만 글씨가 너무 읽기 힘들었습니다. 그래서 본인을 불러 나무라고 어머니를 불러서 특별히 만든 글씨 연습장을 주고 연습을 시키게 했었는데……"

다카이 가즈아키와 같은 시각장애를 가진 사람들은 놀라울 정도로 복잡한 거울글자도 간단하게 쓸 수 있다고 한다. 사실 그들에게는 그 거울글자가 보통의 상태에서 그들의 눈에 보이는 글자이기 때문이다. 그래서 미술 쪽에 재능이 있으면 오히려 그 특징을 살려서 디자이너로 성공하는 경우도 있다고 한다. 그리고 그런 사람들은 자신이 특이한 시각장애를 가지고 있다는 사실을 모르는 경우가 많다.

요컨대 이 시각장애는 눈이 아니라 뇌 기능의 문제이다. 왼쪽 눈이 사물을 인식하지 못한다는 것은 왼쪽 눈을 관장하는 오른쪽 뇌의 기능 일부가 쉬고 있다는 것이다. 그래서 적절한 기능 회복 훈련을 해서 쉬고 있는 뇌의 일부를 움직이게 하면 극적으로 좋아진다. 특히 어린이의 경우는 주위 사람들이 그것을 빨리 알아차리면 결코 회복이 어렵지 않다고 한다.

다만 주위에서 언제 그것을 알아차리느냐가 문제이다. 다카이 가즈아키는 중학교 이학년 때 가키자키 선생을 만나기 전까지는 둔감한 아이로 방치되어 있었다. 그때까지 그 여린 마음에는 수많은 생채기가 새겨졌을 것이다. 그리고 그런 상처가 그와는 대조적인 어린 시절을 보내고 있던 구리하시 히로미라는 존재 사이에서 기묘한 뒤틀림을 만들어냈을 것이다. 시게코는 그렇게 생각하고 있었다.

다카이 가즈아키는 가키자키 선생을 만나 그 세계에서 벗어났을 때, 자신이 오랜 세월 갇혀 있었던 투명한 감옥을 뒤돌아보고 아연실색했을 것이다. 자신이 두 눈으로 보고 있던 것이 다른 사람들에게는 달리 보였다. 자신이 아둔해서가 아니라 처음부터 다른 것을 보고 있었던 것이다. 다른 사람과 다른 것을 보고 있었기에 당연히 반응이 달랐던 것이다. 어린 다카이가 그것을 깨닫고 맛보았을 안도감을 상상하면 시게코는 마음이 아팠다. 그 다카이 가즈아키의 내면에는 치유할 길 없는 상처가 남아 있지 않았을까 하는 생각도 들었다. 사방으로 닫혀버린 가능성과 끊어진 회로가 기능 훈련으로 회복되긴 했지만, 과거를 돌이킬 수는 없다. 그의 가슴에는 지울 수 없는 상흔이 남아버린 것이다.

그로 하여금 구리하시 히로미라는 어린 시절의 친구에게 고착되게 만든 것은 그 상흔이 아니었을까. 다카이 가즈아키는 결코 가질 수 없었던 황금 같은 유년과 소년 시절을 구리하시 히로미는 가지고 있었다. 그래서 그의 곁을 떠날 수 없었을 것이다.

청년기의 구리하시 히로미는 시게코의 눈으로 보자면 단순히 자존심

비대증인 실패자에 지나지 않았다. 좋은 대학에 들어가긴 했지만 거기서 무언가를 얻은 것도 아니다. 이시키 증권이라는 일류 증권회사에 들어가 자신보다 우수한 인간을 만났고, 또는 자신보다 떨어지는(적어도 그렇게 보이는) 것 같으면서도 자신보다 상위에 있는 인간에게 머리를 숙여야 하는 냉엄한 현실을, 늘 머리를 조아리고 잡무에 시달려야만 월급을 받을 수 있다는 사실을 깨달았다. 아무도 자신을 존경해주지 않고 특별 취급해주지 않는다는 데 화가 나서, 자신은 여기 있어야 할 인간이 아니라는 과대망상에 빠져 회사를 뛰쳐나오는 경우는 현대사회에서 그리 드문 일도 아니다. 나는 이런 별볼일 없는 일을 하기 위해 이 세상에 나온 인간이 아니라고 외치며 지겨운 일상에서 뛰쳐나오는 데까지는 좋았지만, 결국에는 놈팡이처럼 빈둥거리며 살아갈 수밖에 없는 '우수한' 젊은이는 쓸어담을 정도로 많다.

그러나 다카이 가즈아키는 그런 구리하시 히로미에게 환멸을 느끼지 않았다. 비록 백수가 되었어도 다카이 가즈아키에게 그는 여전히 동경의 대상이었다. 그래서 다카이 가즈아키는 그에게 협력했다. 그가 조금만 더 자의식이 강했더라면 전개는 달라졌을지도 모른다. 어느 지점에서 이 위험하고 폭력적인 게임을 그만두고 경찰에 달려갔을지도 모른다.

어느 보도를 보아도, 아무리 취재를 해봐도, 구리하시 히로미의 주위에 넘쳐나는 증거 가운데 다카이 가즈아키가 사건에 관련되었다는 사실을 말해주는 물증은 없었다. 그것 때문에 특별수사본부는 머리를 싸매고 있었다.

기무라 쇼지가 소식이 끊어지고 그의 집에 음성변조기를 사용한 음성으로 전화가 왔던 그날 밤, 다카이 가즈아키는 도쿄의 집에 있었다. 그렇다면 어떻게 생각해도 그것은 구리하시 히로미의 단독범행으로 볼 수밖에 없다. 다음날 다카이 가즈아키는 집을 나와 가족에게도 행선지를 알리지 않고 하룻밤을 어딘가에서 보냈고, 다음날인 11월 5일에 구리하시 히로미와 함께 아카이 산의 그린로드에서 사망했다. 사고사하기 직전에 들렀던 주유소에서는 상태가 이상해 보이는 구리하시 히로미를 감싸듯이 행동했다는 목격증언이 있었다.

시게코는 생각했다. 그들의 '협력관계'는 늘 그런 식이 아니었을까? 구리하시 히로미가 폭주하고, 다카이 가즈아키는 그것을 제지하기 위해서 죽을힘을 다해 그 뒤를 따라가는 형식.

처음에는 구리하시 히로미가 단독으로 시작했던 것이 아닐까. 그의 방에 남겨진 사진과 비디오테이프 속의 여성들, 구리하시 히로미는 그 여자들을 유괴하고, 감금하고, 고문하고, 능욕하고, 죽인 다음 시체를 유기했다. 그것을 반복하면서 그는 자존심을 만족시켰다. 그것이 얼마나 추악하고 비열한 짓인지, 적어도 그의 이성은 인식하고 있었을 테지만, 이성보다 더 강한 '분노하는 자존심'이 구리하시 히로미로 하여금 범행을 그만둘 수 없게 만들었다.

사회가 그를 받아들여 바라는 지위를 주지 않는 바에야 자기만의 작은 독립국을 만들어 그 안에서 왕이 되는 것이 훨씬 수월하다. 왕은 그 나라에 사는 모든 사람의 생살여탈권을 장악하고 있으므로 무슨 짓을 해도 상관없다. 희생양이 젊은 여성들이었던 것은, 구리하시 히로미가 자신의 성적 안테나를 같은 또래의 여성으로 향하고 있는 젊은 남자였기 때문이다. 그가 유아성애자였다면 어린아이를 노렸을 테고, 동성애자였다면 젊은 남자를 노렸을 것이다. 그러므로 지금 일부 여성들 사이에서 이번 사건에 대해 '여성을 소모품으로 취급하는 남성우위의 사회'가 그 원인을 제공한 것이라고 주장하는 것을 시게코는 그리 달갑게 여기지 않았다. 일본이 남성중심사회라는 것은 엄연한 사실이며, 여자를 장난감처럼 취급하는 생각이 뿌리 깊게 박혀 있고 그런 것들이 폭력적인 성범죄를 낳는 토양이 되는 것도 사실이지만, 그런 주장만으로 이 사건을 가늠하려 한다면 나무를 보고 숲 전체를 상상하는 식의 오류에 빠지고 말 것이다.

구리하시 히로미를 움직인 것은 다른 어떤 것도 아닌, 자신을 인정해 주지 않은 현실에 대한 격렬한 분노였다. 그리고 다카이 가즈아키는 맹목적으로 그에게 달라붙어서 그를 도와주는 것 외에는 그 분노를 다스려줄 방법을 몰랐다. 그래서 두 사람은 멈추지 못했다. 시게코는 그렇게 생각했다. 착각일 수도 있지만, 지금으로서는 그렇게 생각할 수밖에 없었다. 그리고 그것을 그대로 글로 썼다.

키보드를 두드리기 시작하는데 전화벨이 울렸다. 시게코는 수화기를 들었다.

"저……"

여자의 목소리였다. 젊은 여자 같았다. 『도큐먼트 저팬』의 편집부에는 이런 젊은 여자가 없다.

"예, 누구시죠?"

시게코의 퉁명스러운 어투에 상대는 움찔하는 것 같았다. 약간의 틈을 두고, 상대는 빠른 어투로 물었다.

"마에하타 시게코 씨세요?"

"그런데요."

"르포를 쓰시는 분이시죠?"

"예, 그래요."

"저어……"

뭔가를 망설이다가 떨리는 목소리로 상대는 말을 이었다.

"저, 다카이 유미코라고 해요. 다카이 가즈아키의 여동생입니다."

시게코는 저도 모르게 수화기를 귀에서 떼고 뚫어져라 내려다보았다. 수화기는 시게코의 손에서 이를 드러내며, 농담이야, 하고 웃지도 않았다. 이건 꿈도 아니고 환상도 아닌 엄연한 현실이었다.

"여보세요, 여보세요? 마에하타 씨, 끊었어요? 여보세요?"

젊은 여자의 목소리가 애타게 부르고 있다. 시게코는 재빨리 수화기를 귀에 갖다대고는 "미안해요, 좀 놀라서요" 하고 솔직히 말했다.

"안 끊었어요. 잘 들려요."

떨리는 듯한 안도의 한숨 소리가 들려왔다.

"고마워요. 갑자기 이렇게 전화를 드려서 실례일지도 모르지만, 꼭 하고 싶은 얘기가 있어서요…… 미안해요."

"괜찮아요. 신경쓰지 마세요. 그런데, 여기 전화번호는 어떻게 아셨죠?"

"아, 처음엔 잡지 뒤에 나와 있는 전화번호를 보고 『도큐먼트 저팬』 편집부에 걸었는데…… 그랬더니 편집장이라는 분이 받아서 마에하타 씨에게 직접 전화해보라고 번호를 가르쳐주셨어요."

시게코는 쓴웃음을 지었다. 데지마 편집장은 충분히 그러고도 남을 사람이다. 다카이 유미코가 편집부에 전화를 건 것이 언제인지는 모르지만, 시게코에게 미리 귀띔해주지 않은 것도 그답다.

"저, 이건 장난전화가 아니에요. 전 정말로 다카이 유미코예요. 그리고, 저, 마에하타 씨에게 하고 싶은 말은……"

숨이 넘어갈 것 같은 상대의 목소리를 부드럽게 가로막으며 시게코는 말했다.

"다카이 씨, 전화로는 이야기하기 힘들지 않겠어요? 직접 만나뵐 수 없을까요?"

상대의 목소리가 밝아졌다.

"만나주실 건가요?"

"물론이죠. 나도 다카이 씨 가족들을 만나서 이야기하고 싶었거든요."

이 르포를 완성하기 위한 취재과정에서 구리하시 히로미와 다카이 가즈아키의 유족을 만나는 일이 가장 큰 난관이었다. 경박한 비유지만, 시게코에게는 호박이 덩굴째 굴러들어온 셈이었다.

그러나 이 행운에도 주의해야 할 점이 있다. 다카이 유미코의 목적이 무엇인가 하는 것이다. 왜 『도큐먼트 저팬』에 전화를 걸었던 것일까?

그렇지만 지금 이 자리에서 그런 것까지 꼬치꼬치 캐묻다가는 겨우 찾아온 기회를 놓치고 말 것이다. 나중에 천천히 고민해보면 된다. 시게코는 거침없이 말을 이어갔다.

"다카이 씨, 어디서 만날까요? 편한 곳을 알려주시면 그쪽으로 갈게요."

"장소…… 글쎄, 어디가 좋을까요……"

"지금 계신 곳으로 갈까요?"

"아, 안 돼요! 여긴 좀…… 저기, 어머니에게는 말을 안 했거든요."

"거기 어머니랑 같이 있어요?"

"예. 어머니의 옛날 친구 집이에요."

"도쿄예요?"

"도쿄는 위험할 것 같아 사이타마 쪽에 와 있어요. 혹시 미사토 시 아세요?"

"물론 알지요. 우리집이 가쓰시카니까 그리 멀지 않네요. 아버님은요?"

"아버지는 고혈압 때문에 도쿄 집 가까이에 있는 병원에 입원해 계세요. ……하지만 매스컴 쪽 사람들이 찾아와서 소동을 부리는 바람에 저도 어머니도 찾아갈 수가 없어요. 의사 선생님은 절대로 면회를 시켜주지 않지만, 텔레비전 방송국 사람들이 계속 찾아온다고 해요."

"정말 고생이 많아요. 가족들은 잘못이 없는데…… 아버지가 걱정되죠?"

다카이 유미코는 무슨 말인가를 했지만 울먹이는 목소리라 잘 알아들을 수 없었다.

"그럼 이렇게 해요. 내가 차를 타고 데리러 갈게요. 지금 있는 집 가까운 곳에 눈에 띄는 건물이나 공원이나, 약속 장소가 될 만한 곳 없나요?"

"눈에 띄는 건물……"

"역이나 호텔은 말고요. 그런 데서 기다리긴 좀 그렇죠?"

그린로드에서 사고가 일어나고 며칠 후 다카이 가즈아키의 유해가 가족의 품으로 돌아와 조촐한 장례식을 치렀을 때, 가족을 추적하고 있던 한 일간지 기자가 그 사실을 보도했다. 장례식장 근처에 사는 학생 하나는 그 장면을 비디오로 찍어서 이 사건과 인연이 깊은 HBS에 팔기까지 했다. 와이드쇼에서는 그 비디오테이프를 방영하면서 다카이 부부와 유미코의 눈 주변을 검은 띠로 가렸지만 얼굴의 전체적인 인상은 드러나버리고 말았다. 게다가 일간지 쪽에서는 아예 유족의 얼굴을 가려주지도 않았다. 전체적으로 흐릿하긴 했지만, 그후 같은 사진을 확대해 모 주간지가 보도하는 바람에 다카이 부부와 유미코는 세상에 얼굴이 알려지고 말았다.

그 보도가 나간 지도 한 달 정도 지났으니, 인기 탤런트처럼 길 가는 사람들이 유미코를 알아보는 일은 없을 것이다. 하지만 그럴 위험성이 거의 없다 해도 유미코가 받을 심리적 압박감은 여전하다. 지나쳐가는 수많은 사람들 가운데 한 명이라도 눈치를 채면, 그때는 유미코의 정신에 무슨 일이 일어날지 모른다.

이런저런 의논을 한 결과, 유미코가 지금 있는 집에서 택시로 오 분 정도 떨어진 곳에 있는 고속버스 터미널 로비에서 만나기로 했다. 평일 낮에는 사람들의 출입도 거의 없고, 시게코의 차에 바로 유미코를 태울 수 있다. 유미코가 휴대폰이 없다고 해서 시게코는 터미널에 도착하는 대로 로비에서 공중전화를 찾아 자신의 휴대폰에 연락을 하고 공중전화의 번호를 가르쳐달라고 부탁했다.

"그런 다음 공중전화부스 가까운 곳에서 기다리고 있어요. 무슨 일이 있으면 내가 그 전화로 연락을 할 테니까."

"알겠어요."

"선글라스는 있나요?"

"네, 싸구려지만……"

"좋아요. 그럼 그걸 쓰고 와요. 그걸 표시로 삼으면 되겠네요. 나는, 음, 노란 스웨터를 입고 갈게요. 노란색에 라운드넥이고, 가슴에 커다란 테디베어가 그려져 있어요. 작년 크리스마스 때 우리 남편이 선물해준 건데 나 같은 아줌마가 입기에는 너무 튀더라고요. 설마 이런 때 도움이 될 줄은 몰랐네요."

분위기를 부드럽게 할 생각으로 웃었지만, 상대는 웃지 않았다. 시게코는 다시 진지한 목소리로 말을 이었다.

"내가 데리러 갈 테니까 아무 걱정 말아요. 돌아갈 때도 안전하게 바래다줄게요. 좀 늦어질 것 같으면 우리집에서 묵어도 돼요. 어쨌든 마음 놓고 나와요. 어머니에게는 일단 친구 집에 간다고 해두세요. 나중에 찬찬히 설명하면 걱정하시지 않을 거예요."

단숨에 그렇게 말하고 마음속에서 우러나오는 감정을 담아 상냥한 목소리로 덧붙였다.

"이렇게 전화해줘서 정말 고마워요."

다카이 유미코가 또 무슨 말을 하긴 했지만 역시 알아들을 수 없었다. 시게코는 약속한 장소를 확인하고 전화를 끊었다.

가슴이 심하게 뛰기 시작했다. 이것이 특종의 감촉인가 하는 생각에 빰을 가볍게 때리면서 웃었다. 기자도 아닌데, 뭐가 특종이라는 거야.

그러나 지금까지 구리하시 히로미와 다카이 가즈아키의 가족에게서 직접 이야기를 들은 것은 특별수사본부의 형사들뿐이다. 그리고 그들은 유족들이 그 두 사람이 저지른 범죄에 대해 어떻게 생각하는지, 바깥 세계나 매스컴으로 단 한마디도 흘려보내지 않았다. 시게코는 자기 혼자서 그 벽에 큰 돌파구를 열 수 있을지도 모른다는 생각을 했다. 가슴이 뛰는 것도 당연했다.

6

수화기를 내려놓고 다카이 유미코는 주위를 둘러보았다. 집에는 아무도 없는 것 같았다. 귀를 기울여보았지만 아무 소리도 들리지 않았다. 가쓰키 아주머니는 아까 장 보러 나갔고, 어머니는 아직 위층 방에서 자고 있다.

사이타마 현 미사토 시 교외에 있는 이 낡은 목조주택은 주인인 가쓰키 아주머니 말로는 '오래된 것 말고는 내세울 게 없는 흰개미 소굴'이라고 하지만, 요 한 달 가까이 다카이 아야코와 유미코에게는 유일한 피난처였다.

유미코가 '가쓰키 아주머니'라고 부르는 가쓰키 히로에는 어머니 아야코의 어릴 적 친구로, 두 사람은 벌써 반세기 가까운 세월 동안 친하게 지내왔다. 가쓰키 부부에게는 자식이 없어 유미코를 어릴 적부터 많이 귀여워해주었다. 히로에의 남편은 실력 있는 목수였는데, 오 년 전에 심장병으로 갑자기 세상을 떠나고 말았다. 그 이후로 히로에는 남편이 남겨준 커다란 이층 주택에서 추억만을 벗 삼아 조용히 살고 있었다. 그리고 지금은 거기에 아야코와 유미코가 더해졌다.

11월 5일 가즈아키의 사고사 이후로 가족에게 평온이란 눈곱만큼도 찾아볼 수 없었다. 가족 셋이서 치른 조촐한 장례식마저 매스컴에 노출되고, 아버지의 병세는 급속히 악화되었다. 어머니는 가즈아키가 한줌 재로 변한 후로 하루 종일 유골함을 끌어안고 우울한 눈으로 웅크리고만 있을 뿐, 식사도 하지 않고, 목욕도 하지 않고, 옷도 갈아입지 않아 마치 더러운 인간 표본 같았다. 모녀 둘만 남은 집에는 한낮에도 창을 꼭꼭 닫아야 했다. '장수암'의 간판을 내리고 나서도 계속 전화가 걸려오고, 인터폰이 울리고, 유리창으로 돌과 달걀, 그리고 욕지거리가 날아왔다. 특히 구리하시 히로미의 원룸에서 일곱 명의 여자 사진과 비디오테이프가 발견된 후로 며칠 동안, 유미코는 도무지 살아 있다는 느낌을 가질 수 없었다. 당장이라도 누군가 문을 발로 차며 안으로 밀고 들어와 어머니와 자신을 바깥으로 끌어내지는 않을까, 그리고 몰매를 맞아 너덜너덜해진 자신들의 시체가 전선에 거꾸로 매달려 구경거리가 되지는 않을까 하는 공포에 떨었다.

그래도 집을 떠나지 않은 것은 갈 곳이 없기 때문이기도 했지만, 가장 큰 이유는 장례식을 마친 후 아버지가 병원으로 실려갈 때 유미코의 손을 잡고 헛소리처럼 "가게를 부탁해, 가게를 부탁해" 하고 중얼거리던 목소리가 귀에 쟁쟁하게 울리고 있었기 때문이었다. 이웃들은 그런 가운데에도 남몰래 음식을 가져다주고, 난폭한 구경꾼들을 쫓아내주었다. 눈물이 날 정도로 고마운 일이었다.

구리하시 부부가 벌써 약국 문을 닫고 도망쳤다는 사실을 알려준 것도 그 이웃들이었다. 구리하시 히로미의 행실이 나빴다는 사실은 그들도 잘 알고 있었기 때문에, 유미코나 아야코와 이야기를 할 때도 다들 구리하시 히로미를 욕하면서 가즈아키는 마지못해 끌려다녔을 뿐일 것이라고 위로해주었다. 그리고 가장 욕을 먹어야 할 구리하시 히로미의 부모가 도망쳐버렸으니 당신들도 빨리 이곳을 떠나는 게 좋겠다고 애써 눈을 마주치지 않고 말했다. 즉, 보기에 딱해서 지금은 도와주지만 당신들이 계속 여기 살면 다른 사람들에게 피해를 끼치게 되니 빨리 떠나라는 말을 완곡하게 표현한 것임을 유미코는 깨달았다.

가즈아키가 마지못해 구리하시 히로미에게 끌려다녔을 것이라는 사람도 결코 가즈아키가 아무 짓도 하지 않았다고는 말하지 않았다. 그것이 유미코의 마음의 가장 여린 부분부터 갉아먹어갔다. 조금씩 갉혀나간 마음의 조각들이 마치 부서진 유리가 물 속에서 쌓이듯이 몸의 깊은 곳에 가라앉았다. 밤의 꿈속에서 유미코는 그 파편 속에 발을 들이밀었다가 비명을 지르며 깨어나기도 했다. 그럴 때면 온몸이 식은땀으로 젖어 있었다.

아마 11월 하고도 중순이 지난 때였을 것이다. 한밤중이 지나 가쓰키 히로에가 갑자기 집을 찾아왔다. 차가운 비가 내리는 밤이라 기자도 구경꾼들도 없었다. 혹시 가쓰키 아주머니가 일부러 이런 날을 기다렸다가 찾아왔는지도 몰랐다.

"유미짱, 유미짱, 나 가쓰키 아줌마야, 어서 일어나."

창을 두드리며 자신을 부르는 소리를 듣자 멍하게 잠을 이루지 못하던 머리가 퍼뜩 맑아졌다. 유미코는 서둘러 아래층까지 뛰어갔다. 문을 열자 히로에가 모자 달린 코트를 입고 추운 듯이 몸을 움츠린 채 서 있었다. 유미코는 그 앞에서 그만 울음을 터뜨리고 말았다. 아야코도 그 소리에 잠에서 깨어 아래로 내려와서는 역시 울음을 터뜨리며 가쓰키 히로에의 품에 안겼다. 두 사람은 한참이나 그렇게 끌어안고 울었다.

겨우 안정을 되찾자 히로에는 어머니에게 빨리 짐을 싸라고 말했다.

"어쨌든 지금은 여기를 떠나는 게 좋겠어. 우리집으로 가자. 우리집이라면 아무도 괴롭히지 않을 거야. 좀더 빨리 왔어야 하는데, 여기 접근하기가 너무 힘들어서 늦어버렸어, 미안해. 몇 번 살피러 왔는데 사람들이 몇 겹으로 에워싸고 있어서……"

유미코는 바로 짐을 싸기 시작했지만, 의외로 지금까지 반은 죽은 사람처럼 지내던 어머니가 저항하기 시작했다. 아버지에게 아무 말도 않고 가게를 버릴 수는 없다는 것이었다. 유미코는 초조함과 분노와 당혹감이 뒤섞인 목소리로 어머니에게 대들었다. 지금도 아버지를 문병하러 갈 수도 없는 형편이잖아. 식당도 둘이서 지키기에는 너무 벅차. 어떤 소동이 벌어질지 몰라. 어쨌든 지금은 우리 몸을 지키는 게 급선무잖아!

그래도 어머니는 끝까지 제 발로 집을 나가려 하지는 않았다. 어쩔 수 없이 따라나선다는 표정이었다. 유미코는 이 집과 이 가게가 부모의 인생 그 자체라는 사실을 뼈저리게 느꼈다.

약 한 시간이 지나 유미코는 두 손에 보스턴백을 들고, 히로에는 커다란 배낭을 메고 바깥으로 나왔다. 가로등 불빛 속에서 하얀 안개비가 춤을 추고 있었다. 아야코는 두 팔로 가즈아키의 유골함을 끌어안았다.

"자, 가자."

히로에의 목소리에 따라 두 사람을 발걸음을 옮겼다. 어머니는 뒤를 돌아보지 않았지만, 유미코는 뒤를 돌아보지 않을 수 없었다. 누군가 뒤를 미행하지 않나 살펴보기 위해서였다.

예상했던 대로, 고속버스 터미널에는 아무도 없었다. 그도 그럴 것이 터미널 자체가 문이 닫혀 있었기 때문이었다. 유미코는 마치 쫓겨난 듯한 기분이었다.

가만 생각해보면 당연한 일이었다. 도호쿠나 조에쓰 지방으로 가는 심야 고속버스 터미널이니 평일 낮에는 열어둘 필요가 없다. 발권소와 대합실이 있는 건물 입구 문에 자물쇠가 걸려 있었다. 흔들어보았지만 꼼짝도 하지 않았다. 더럽고 긁힌 자국이 가득한 유리문 너머로 세 줄로 늘어선 벤치와 공중전화가 흐릿하게 보였다.

유미코는 오른손으로 선글라스 테를 잡으면서 주변을 둘러보았다. 버스정류장에도 사람 그림자 하나 없고, 낙엽과 쓰레기가 초겨울 바람에 휘감겨 인도 위에서 스산한 소리를 내고 있었다.

터미널 출구, 보도 끝에 공중전화부스가 하나 있었다. 할 수 없이 그곳까지 갔다. 유미코는 조심스럽게 발걸음을 옮겼다. 익숙하지 못한 선글라스 때문에 시야가 어두웠다. 자칫하면 넘어질 것 같았다.

전화부스 앞까지 갔을 때, 터미널 입구 쪽으로 한 대의 승용차가 미끄러져들어왔다. 마에하타 시게코인가 하고 유심히 살펴보았다. 오래된 회색 밴이었다. 유리창 너머로 운전석과 조수석에 남녀 한 쌍이 앉아 있는 것이 보였다. 실망하고 눈길을 돌려버렸다.

밴은 입구 옆에 잠시 정차해 있었다. 운전석에 있던 남자가 내려 바로 곁의 공중화장실로 들어갔다. 화려한 스웨터에 너덜너덜한 청바지를 입고 있었다. 조수석의 여자는 창을 반쯤 열고 담배를 피우고 있었다.

유미코는 전화부스로 들어가 수화기를 들었다. 카드를 밀어넣었지만 발신음이 들리지 않았다. 몇 번이나 반복해도 마찬가지였다.

공중전화부스에서 나와 닫힌 문에 기대고 서자, 아까의 그 젊은 남자가 화장실에서 나와 운전석에 앉더니 차를 돌려 출구 쪽으로 나아갔다. 유미코는 얼굴을 숙이고 슬쩍 등을 돌리면서 차가 지나가기를 기다렸다. 회색 밴이 다가오자 음악 소리가 들려왔다.

왼쪽 깜빡이가 깜빡이더니 차가 유미코 바로 옆에 멈춰 섰다. 그때,

반쯤 열린 조수석 문에서 하얀 손목이 나오더니 뭔가를 집어던졌다. 그것은 유미코 쪽으로 똑바로 날아왔다.

황급히 얼굴을 가렸는데, 오른 손등에 무언가가 부딪쳤다. 따끔하는 통증이 느껴졌다. 발아래 떨어진 물건을 보니 이 센티미터 정도 길이의 타다 만 담배꽁초였다. 여자가 던진 것이다.

회색 밴은 왼쪽으로 방향을 꺾어 터미널을 빠져나갔다. 유미코에게는 신경도 쓰지 않는 듯했다. 웃음소리가 난 것도 아니었다. 일부러 한 짓은 아닌 것 같았다.

차는 가버렸다. 유미코는 손등을 살펴보려고 선글라스를 벗었다. 욱신거리긴 하지만 겉으로는 아무렇지도 않았다. 한숨을 쉬고 왼손으로 오른 손등을 문지르면서 담배꽁초를 발바닥으로 짓이겼다.

그때, 전화부스에서 일 미터 정도 떨어진 곳에 누군가 서 있는 것을 깨달았다. 워킹슈즈를 신은 여자의 발 네 개가 보였다. 눈을 들어올리자 통통한 체형의 중년 여자 두 명이 유미코 쪽을 뚫어져라 바라보고 있었다.

유미코는 눈을 돌리고 모른 척했다. 그러나 곧 선글라스를 끼지 않았다는 사실을 깨닫고 등허리가 서늘해졌다. 급히 선글라스를 꼈지만, 두 여성은 여전히 이쪽을 살펴보고 있었다. 두 사람은 서로의 얼굴을 바라보더니 당장이라도 이쪽으로 다가올 기세였다.

유미코는 오른쪽으로 돌아서 대합실이 있는 건물 쪽으로 달려갔다. 뒤에서 누가 부르는 것 같았지만 돌아보지 않았다. 달려서 자물쇠가 걸린 문 앞까지 오자 그 유리창에 두 중년 부인의 모습이 비쳤다. 이쪽으로 걸어오고 있다. 유미코는 휘청거리면서 터미널 입구로 달려갔다. 나가자. 이곳을 벗어나자. 여긴 싫어.

바로 옆에서 차 시동을 거는 소리가 들렸다. 또 누가 온 건가? 여기까지 나를 추적해온 건가?

공중화장실 앞을 지나치려 하는데, 그 안에서 나오는 남자와 부딪칠 뻔했다. 상대도 놀란 듯했다.

"어이, 아가씨!"

넘어지려는 몸을 억지로 바로 세운 유미코는 이를 꽉 깨물고 발걸음을 옮겼다. 들키고 말았다. 저들은 내가 다카이 유미코라는 사실을 알아버리고 만 것이다. 무슨 꼴을 당할지 모른다. 도망쳐야 해. 도망쳐야 해.

"어이, 아가씨! 선글라스 떨어졌어."

공중화장실에서 나온 남자는 유미코의 선글라스를 주워들고 큰 소리로 불렀다. 그러나 유미코에게는 그 소리가 들리지 않았다. 남자가 뭐라고 외치는 것만은 분명했지만, 그것은 유미코가 도망칠 이유가 되기에 충분했다.

"쳇, 기껏 친절하게 주워주는데 왜 저래."

남자는 떨어질 때 오른쪽 렌즈에 금이 가버린 그 선글라스를 어떻게 처리해야 할지 잠시 망설이다가 공중화장실 옆의 쓰레기통 속에 던져 넣고 그 자리를 벗어났다. 무슨 일이었을까, 그 아가씨. 그의 눈에 터미널 출구 쪽에서 어깨를 나란히 하고 멀어져가는 두 중년 부인의 모습이 비쳤다. 평화로운 풍경이다. 그 아가씨, 어딜 그리 서둘러 가던 걸까?

유미코는 터미널을 빠져나와 건널목 하나를 건너서도 계속 달렸다. 지리를 잘 아는 곳이 아니었다. 달리다보니 방향감각이 없어져 무작정 모퉁이를 돌아 파란 신호등을 보고 다시 길을 건넜다. 통행인과 부딪칠 뻔하다가 몸을 비틀어 겨우 피하고는 마구 달렸다.

선글라스가 없다. 달리는 사이에 그것을 깨닫고 더욱 패닉 상태에 빠졌다. 맨얼굴을 드러내고 거리를 달리다니, 마치 악몽을 꾸는 것 같았다. 지나치는 사람들이 모두 유미코를 보고 놀란 표정을 지었다. 젊은 여자가 뭔가에 쫓기듯 머리카락을 휘날리며 달리는 모습에 사람들이 놀라는 것은 당연했다. 그러나 냉정한 판단력을 잃은 유미코의 눈에는 그렇게 보이지 않았다. 사람들이 다 나를 알아본다. 모두가 나를 손가락질하고 있다. 모두가 나를 욕하면서 따라오고 있다. 도망쳐야 한다.

발을 헛디뎌 왼쪽 구두가 벗겨졌다. 삐끗하면서 발목이 아파왔지만 그래도 멈추지 않고 달렸다. 달리는 발의 균형이 맞지 않아 오른쪽 구두도 벗어던졌다. 그 기묘한 광경을 길을 가던 사람들이 멈춰 서서 지켜보기 시작했다.

옆을 지나가던 회사원으로 보이는 커플이 유미코를 손가락으로 가리키며 눈을 동그랗게 떴다. 남자가 고개를 갸우뚱했다. 마침 손님을 태우려고 길가에 차를 대던 택시 운전사가 깜짝 놀라 창밖으로 머리를 내밀었다. 자전거를 타려던 학생이 페달에 발을 올린 채 어이없는 표정으로 유미코를 바라보았다. 차를 세우고 짐을 싣고 있던 택배 배달부는 질주하는 유미코의 창백한 얼굴을 보고, 그녀의 뒤편에 누가 있나 하고 살펴보았다. 대체 어떤 놈이 여자를 쫓고 있는 거야?

그러나 아무도 없었다. 달리는 그녀를 쫓는 사람은 아무도 없었다. 유미코가 달리는 방향을 따라 한 대의 왜건이 유유히 미끄러져가고 있을 뿐이었다.

유미코는 다시 건널목을 맞닥뜨렸다. 신호등이 깜빡이고 있다. 달려서 건너려 했다. 멈추고 싶지 않았다. 양말만 신은 발로 인도에서 도로로 내려갔다. 그때, 좌회전하려고 꺾어든 경트럭이 눈앞에 나타났다.

급브레이크를 밟는 소리가 들렸다. 다행히 부딪히지는 않았지만, 갑자기 나타난 경트럭의 차체가 시야에 가득 차는 바람에 당황한 유미코는 그만 그 자리에 엉덩방아를 찧고 말았다. 문이 열리고 운전수가 상반신을 바깥으로 내밀었다.

"뭘 하는 거야!"

유미코는 목소리도 나오지 않고, 무릎에서도 힘이 빠지고, 두 눈만 크게 뜬 채 두 손으로 몸을 끌어안고 경기를 일으킨 아이처럼 벌벌 떨고 있었다. 눈물도 나오지 않고, 감정이라는 감정의 퓨즈가 모두 끊어져버리고 말았다.

신호가 빨간색으로 바뀌었다. 보다 못한 삼십대 여자 하나가 유미코에게 달려와 부축하려 했다.

"괜찮아요?"

경트럭 운전사는 난폭하게 문을 닫더니 차를 달렸다. 검은 배기가스가 얼굴 앞으로 뿜어져나와 유미코를 부축하려던 여자가 기침을 했다.

유미코는 마치 기절한 사람처럼 눈을 꼭 감고 있었다. 인도까지 고작 일 미터밖에 안 남았지만 여자 혼자서는 옮길 수 없었다. 그러나 길가에 선 남자들도 다들 모른 척하고만 있었다.

그때, 아까의 경트럭이 나왔던 곳과 같은 장소에 왜건이 멈춰 섰다. 문이 열리더니 한 남자가 내려섰다. 그는 재빨리 유미코와 여자 쪽으로 다가왔다.

여자는 남자에게 고맙다는 말을 하고 둘이서 유미코의 팔을 잡고 인도로 옮겼다. 유미코는 다리에서 힘이 빠졌는지 혼자서는 서 있지도 못했다.

"구급차를 불러야 될까요?"

여자가 낯선 남자에게 물었다. 지적인 눈과 의지가 강해 보이는 의연한 입매가 인상적인 청년이었다. 머리칼은 약간 긴 편이지만 잘 정돈되어 전체적으로 깔끔한 분위기를 풍겼다.

"아뇨, 그럴 필요는 없습니다."

활기차고 듬직한 목소리였다.

"이 사람과는 아는 사입니다. 속이 좀 안 좋은 모양이에요…… 제가 병원에 데리고 가겠습니다."

"어머, 그래요?"

여자는 흘끔거리며 다카이 유미코를 관찰했다. 물론 그녀는 유미코의 얼굴을 알아보지 못했고, 단지 마치 영화에 나오는 좀비 같다고만 생각했다. 미친 듯이 달리다가 힘이 빠져 아무것도 들리지 않고 보이지 않는 상태에 빠져버렸는지도 모른다. 불쌍하게도.

신호가 바뀌었다. 보고도 못 본 척하면서 신호를 기다리고 있던 사람들이 길을 건너갔다.

"정말 감사합니다."

젊은이는 유미코를 도우려던 여자에게 머리를 숙이더니 다카이 유미코의 어깨를 부축해서 차 쪽으로 데리고 갔다. 여자는 길을 건너면서도 몇 번이나 고개를 돌려 남자가 상냥하게 말을 걸면서 여자를 차에 태우는 모습을 바라보았다. 젊은 여자는 여전히 아무런 반응이 없고, 안전벨트도 그가 매어주고 있었다. 저 두 사람은 대체 어떤 관계일까, 그런 생각을 하면서 그녀는 고개를 갸우뚱하고 웃었다. 자신이 약속시간에 늦었다는 사실을 떠올린 것이다. 이번에는 그녀가 서두를 차례였다.

"유미코."

운전석에 앉자 남자는 조수석의 다카이 유미코에게 말을 걸었다.

"괜찮아? 다리 아프지? 이런 데서 뭘 하고 있었어?"

다카이 유미코는 멍한 눈으로 앞유리창만 바라보고 있었다. 그는 목소리를 조금 더 높였다.

"버스터미널 앞을 지나다가 유미코가 바쁘게 달려가는 걸 봤거든. 그래서 서둘러 따라온 거야. 도중에 한 번 놓치는 바람에 못 찾을 줄 알았지. 무슨 일이야? 누가 따라와?"

다카이 유미코는 천천히 눈을 깜빡거렸다.

"버스터미널?" 하고 유미코는 중얼거렸다.

"그래, 거기, 버스터미널."

남자는 그녀의 무릎 위에 올려진 손에 손을 겹치면서 부드럽게 다독였다.

"누구 기다리고 있었어? 아니면 버스를 타려고?"

다카이 유미코는 다시 눈을 깜빡거렸다. 이번에는 의지가 들어간 확실한 동작이었다. 정신을 차리려고 노력하는 모습이었다.

"버스터미널!"

그녀는 큰 소리를 내더니 갑자기 스위치가 켜진 인형처럼 정신을 차렸다. 대체 내가 지금 뭘 하고 있는 거지? 여기는 어디지? 왜 이런 차를 타고 있지? 마에하타 씨와의 약속은?

"큰일났어, 돌아가야 해!"

"무슨 일이야?"

남자가 놀라서 그녀의 어깨에 손을 올렸다.

"유미코, 괜찮아?"

고개를 돌려 그의 얼굴을 보고, 다카이 유미코는 비명을 질렀다. 문을 열고 바깥으로 뛰쳐나가려 했지만 안전벨트 때문에 움직일 수 없었다. 남자는 그녀의 어깨를 붙들었다.

"자, 잠깐, 도망갈 필요 없어, 나야, 나, 아미카와야, 오빠 친구!"

'오빠'와 '친구'라는 단어가 혼란에 빠진 유미코의 귀에 들어왔다. 문에 달라붙은 자세로 그녀는 천천히 옆을 돌아보았다.

"아미카와……?"

"그래, 아미카와 고이치. 기억하지? 가게에 놀러 간 적도 있잖아."

그는 그렇게 말하고 유미코를 안심시키려는 듯이 밝게 웃었다. 남자치고는 드물게 애교 있는 웃음이었다.

"이름보다는 별명으로 기억하려나?"

아미카와 고이치는 겸연쩍은 듯 코를 문질렀다.

"네 오빠나 친구들은 나를 '피스'라고 불렀어."

(3권에 계속)

옮긴이 **양억관**

울산 출생. 현재 전문번역가로 활동하고 있다. 옮긴 책으로 『언더그라운드』『색채가 없는 다자키 쓰쿠루와 그가 순례를 떠난 해』『세상의 끝, 혹은 시작』『제로의 초점』『고역열차』『중력 삐에로』『단테의 신곡』『당신이 모르는 곳에서 세상은 움직인다』『러시 라이프』『달빛의 강』『조제와 호랑이와 물고기들』『LAST』『자정 5분 전』『69』『나는 공부를 못해』『SPEED』『인간 동물원』『교코』『코인로커 베이비스』『남자의 후반생』『바보의 벽』『성화 이야기』『흑냉수』『들돼지를 프로듀스』『용의자 X의 헌신』『나는 모조인간』『내 인생, 니가 알아?』『사고루 기담』 등이 있다.

문학동네 블랙펜 클럽

모방범 2

1판 1쇄 2006년 8월 3일
1판 22쇄 2012년 1월 5일
2판 1쇄 2012년 3월 9일
2판 22쇄 2023년 11월 1일

지은이 미야베 미유키
옮긴이 양억관

펴낸곳 (주)문학동네 | 펴낸이 김소영
출판등록 1993년 10월 22일 제2003-000045호
주소 10881 경기도 파주시 회동길 210
전자우편 editor@munhak.com | 대표전화 031) 955-8888 | 팩스 031) 955-8855
문의전화 031) 955-1927(마케팅) 031) 955-2684(편집)
문학동네카페 http://cafe.naver.com/mhdn
인스타그램 @munhakdongne | 트위터 @munhakdongne
북클럽문학동네 http://bookclubmunhak.com

ISBN 978-89-546-1772-7 04830
978-89-546-1770-3 (세트)

www.munhak.com